KB165329

너는
알고
있다

All
These
Beautiful
Strangers

엘리자베스 클레포스 장편소설
정지현 옮김

나무옆의자

엄마, 아빠, 마크와 애니에게

차례

프롤로그

아빠는 엄마를 위해 엄마의 고향에 있는 랭글리 호수에 집을 지었다. 아빠가 지은 고층 빌딩이 즐비한 도시, 캘러웨이 집안의 이름과 돈, 뉴욕 어퍼 이스트 사이드의 펜트하우스가 있는 세계와는 수백 킬로미터 떨어진 곳이었다.

랭글리 호수의 집은 그 지역에서 흔히 볼 수 있는 염화비닐 플라스틱 외장재로 마감한 잿빛으로 변해가는 집들과는 달랐다. 아니, 그 집은 집이 아니었다. 두꺼운 벽과 철통같은 나무 울타리가 에워싼 삼층짜리 돌요새였다.

내가 어릴 때 우리 가족은 해마다 그 요새에서 여름을 보냈다. 뒷마당 잔디밭에 쳐놓은 텐트에서 파자마 파티를 하고 오후에는 해안가에 띄운 뗏목에 누워 일광욕을 즐겼다. 테라스에 놓인 땀이 송골송골 맺힌 길쭉한 레모네이드 잔, 엄마의 원피스와 챙 넓은 모자가 기억난다.

예전에는 아빠가 사람들을 들어오지 못하게 하려고 그 집을 지은 줄 알았다. 그러다 행크 외삼촌이 그 집에서 웬 사진을 발견했다. 부모님 방의 헐거운 마룻바닥 아래 숨겨진 신발 상자에서 발견된 그 사진은 2007년 엄마가 사라지기 몇 주 전에 찍은 것들이었다. 사진을 보았을 때 내가 그때까지 완전히 잘못 알고 있었음을 깨달았다.

아빠가 랭글리 호수에 집을 지은 것은 우리 말고 다른 사람들이 들어오지 못하게 하기 위해서가 아니었다. 우리를 그 안에 두기 위해서였다.

1부

1
찰리 캘러웨이

2017년

모든 것은 그날 아침 명함만 한 크기의 두꺼운 카드에 인쇄된 메모로 시작되었다.

안녕. 좋은 아침.

너만을 위한 정식 초대장이야.

보내는 사람이 익명인 것을 이해해주길. 하지만 넌 우리가 누구인지 알 거야.

우린 멀리서 널 지켜보고 있어.

우리는 오메가의 정반대, 끝과 가장 먼 곳에 있어.

이 단서로 우리를 찾아와. 빨리 시작하고 싶다.

그 카드는 놀우드 오거스터스 사립학교의 '개학 기념' 전단지 위에 놓여 있었다. 전단지에는 놀우드를 상징하는 군청색과 황금색 글씨로 금요일 오후 강당에서 열리는 클럽 데이에 전교생이 참석해야 한다고 적혀 있었다. 놀우드의 모든 학생 클럽과 단체 목록이 뒤따랐다. 맨 아래에는 섬세한 황금색 글씨로 "교실 안팎에서 탁월함을 발휘하는 정확한 사고 능력과 자립심을 갖춘 학생들을 양성한다"는 놀우드의 선언문이 보였다.

놀우드의 상급생 여자 기숙사 로즈우드 홀의 입구에 마련된 우편함에서 전단지를 꺼내다 떨어뜨리지 않았더라면 카드를 발견하지 못했을 것이다. 카드를 읽는 순간 심장이 멎는 듯했다. 보낸 사람이 누구인지는 쉽게 알 수 있었다. "넌 우리가 누구인지 알 거야. …… 우리는 오메가의 정반대, 끝과 가장 먼 곳에 있어." 놀우드에서 유일하게 특별 활동 목록에 올라 있지 않은 클럽, 에이스(A's)였다. 사실이 클럽 말고 다른 클럽은 가입할 가치도 없다.

앤드루스 선생님의 사진학 개론 시간에 메모의 뒷부분에 대해 생각했다. 보통 수업 시간이라면 딴짓을 할 수가 없다. 놀우드의 모든 수업은 이른바 하크니스(Harkness) 방식으로 이루어진다. 학생들이 테이블에 서로 마주 보고 둘러앉아 선생님은 거의 개입하지 않는 가운데 토론으로 교과 내용을 익힌다. 어떤 선생님들은 노트에 적힌 학생들 이름 옆에 참여 횟수를 표시한다. 수업이 끝난 후 이름 옆에 표시가 별로 되어 있지 않은 학생은 '오늘 수업에서 목소리를 내지 않았네요'나 '모두가 말하지 않으면 모두가 실패하는 것과 마찬가지' 같은 경고문을 받는다. 개인적으로 내가 가장 좋아하는 경고 문구는 '참여하지 않는다면 토론의 백 퍼센트를 놓치는 것'이다.

하지만 대학을 갓 졸업하고 부임한 앤드루스 선생님은 다른 선생님들보다 느긋했다. 그의 사진학 개론은 이번 학기 선택 과목 중에서 가장 인기였다. 과목 때문이 아니라 선생님의 멋진 외모 때문이었다. 앤드루스 선생님에게는 어딘가 음울하면서도 다듬어지지 않은 패셔니스타 같은 느낌이 풍겼다. 바지에 넣어 입지 않는 체크무늬 셔츠, 감지 않은 짙은 갈색 머리를 가리려고 쓰는 비니, 촉촉한 갈색 눈동자에 나보다도 긴 속눈썹. 또 앤드루스 선생님에게는 놀우드의 모든 남학생을 뛰어넘는 단연 두드러지는 경쟁력이 하나 있었다. 바로 수염을 기를 수 있다는 것. 그의 도드라진 광대는 언제나 오후 다섯 시의 완벽한 그림자로 가려져 있었다.

오늘 앤드루스 선생님은 두꺼운 사진학 이론 프린트를 나눠주는 대신 기다란 렌즈가 달린 값비싸 보이는 카메라를 가져와서 모두에게 돌려 구경하게 했다.

"망원 렌즈라는 거야. 서로 멀리 떨어져 있는 두 대상이 가까이 있는 듯한 착각을 불러일으키지. 피사체에 물리적으로 가까이 다가갈 수 없을 때 자연스러운 장면을 포착할 수 있어."

선생님이 노트북을 클릭하자 프로젝터 화면에 아프리카 정글에서 느긋하게 휴식을 취하는 사자 사진이 떴다.

"망원 렌즈를 사용하는 가장 대표적인 보기가 바로 야생동물이나 스포츠 사진이지." 선생님의 설명이 계속 되었다. "사자나 야구공을 치는 선수에게 가까이 다가가면 사진 찍는 사람이 위험하잖아. 보통 망원 렌즈는 안전을 목적으로 사용하지만 거리 사진을 찍을 때 자연스러움을 포착하려고 사용하기도 해."

선생님이 노트북을 다시 클릭하자 이번에는 뉴욕의 분주한 거리에서 찍힌 젊은 여자와 아이의 사진이 화면을 가득 채웠다.

선생님의 말을 들으며 카메라를 무릎에 놓고 이리저리 만져보았다. 머릿속으로는 에이스의 수수께끼를 떠올렸다.

나에게는 울지 않는 머리와
잠자지 않는 침대가 있다.
나는 달릴 수 있지만 절대로 걷지 않는다.
해가 진 후에 나를 만나러 와.

우선 약속 '시간'은 확실했다. 오늘 통금 시간 이후. 하지만 '장소'는 알 수 없었다. 머리가 있는 장소가 어디일까? 혹시 교장실? '잠자지 않는 침대'는 콜린스 교장 선생님의 예민한 성격을 가리키는 게 아닐까? 하지만 그러면 다음 문장과 맞지 않는다. 좋아, 그럼 침대가 있는 장소는 어디지? 혹시 침대가 기반암을 비유하는 말인가? 그렇다면 채석장일까?

그때 테이블 아래에서 뭔가 딱딱한 것이 정강이를 눌렀다. 고개를 들자 맞은편에 앉은 로이스 돌턴이 쳐다보고 있었다. 내가 곧바로 눈치채지 못하자 로이스는 헛기침을 하며 앤드루스 선생님 쪽을 힐끗 쳐다보았다. 순간 반 전체가 뭔가를 기대하는 표정으로 조용히 나를 쳐다보고 있음을 깨달았다. 자세를 고쳐 앉고 카메라를 테이블에 올려놓았다.

"탁월한 질문이네요." 일부러 천천히 말하면서 부지런히 머리를 굴렸다. 선생님이 과연 무슨 질문을 했을지, 혹은 딴짓을 하고 있었다는 사실이 들통나지 않도록 방향을 완전히 틀어줄 만한 이야깃거리가 생각나길 바랐다.

그때 교실 앞쪽의 화면에 뜬 여성과 아이의 사진이 보였다. 아이는 속상한 표정이고 여성은 몸을 굽혀 아들과 눈높이를 맞춘 자세였다. 그녀는 아이의 머리카락을 귀 뒤로 쓸어 넘기고 달래주려는 듯 손을 내밀고 있었다. 처음에는 알아차리지 못했지만 여성도 심란한 표정이었다. 사진을 찍기 전에, 그리고 찍은 후에 무슨 일이 있었을까 궁금해졌다. 사진을 찍은 사람이 저렇게 개인적으로 힘겨운 순간을 포착해 만천하에 공개했다는 사실이 거슬렸다. 사실 사진을 찍은 사람은 물리적으로뿐만 아니라 정서적으로도 멀리 떨어져 있지만 그들과 가까이 있는 듯한 착각을 일으켰다. 사진가 스스로는 안전하게 보호받으면서 예술을 한답시고 저 민감한 순간을 세상에 보여주고 있었다.

"주제와 벗어난 얘기일지 모르지만 거리 사진을 보고 이런 생각을 하게 되네요." 내가 말문을 열었다. "순간의 진실을 제대로 포착하려면 물론 거리가 필요합니다. 하지만 그것을 담기 위해 부정직해야 한다는 것이 모순적으로 느껴져요. 거리에서 피사체는 자신이 관찰되고 있다는 사실을 모르기 때문에 자연스럽게 행동할 수 있습니다. 하지만 그게 윤리적인 질문을 제기하는 것 같아요. 예술인가 아니면 사생활 침해인가? 이 문제에 대한 선생님의 견해가 궁금해요. 너무 앞서갔다면 죄송합니다."

오래전에 배운 방어기제였다. 1) 그럴듯한 말을 줄줄이 늘어놓으면서 주의를 기울이고 있었던 척해라. 2) 질문과 관계없는 발언일 수도 있다는 점을 인정해라. 3) 다른 질문으로 방향을 바꿔라. 어떤 선생님인지에 따라 관계없는 내용일수록 더 좋다. 정말로 그 주제에 대해 생각하고 있었던 것처럼 보이기 때문이다. 4) 에두른 사과로

지적인 호기심이 수업 속도를 과도하게 앞섰다는 암시를 주면서 마무리해라. 이렇게 하면 수업 시간에 딴생각을 한 게 아니라 한발 앞서 깊이 고민하고 있었던 게 된다.

앤드루스 선생님은 내가 제시한 방향에 약간 놀란 것처럼 보였다. "흠…… 흥미로운 질문이네요. 이름이……?"

그가 미리 학생 명단을 보고 이름을 외우지 않은 것이 사랑스럽게 느껴질 정도였다.

"캘러웨이. 찰리 캘러웨이입니다."

내 이름을 알아듣고 그의 눈이 반짝이더니 딱 적당한 만큼의 침묵이 이어졌다. 새로운 사람을 만날 때면 으레 나오는 반응이다. 상대의 머리가 바쁘게 돌아가는 모습이 보일 정도다. 설마, 그 캘러웨이 집안? 그 엄마가…… 그렇게 됐다는…… 가엾어라. 다들 궁금해하는 표정을 보이지만 실제로 대놓고 물어보는 경우는 거의 없었다.

"캘러웨이 양." 앤드루스 선생님은 내 질문에 대해 생각하면서 까슬까슬한 턱을 만지작거렸다. "윤리와 예술은 언제나 흥미로운 토론 주제죠."

앤드루스 선생님이 다시 말하기 시작할 때 테이블 맞은편의 돌턴을 쳐다보았다. 돌턴은 손가락을 입술에 총처럼 가져가 총구의 연기를 후 하고 부는 시늉을 했다. 끝내줬어.

고마워. 나도 입모양으로 답했다. 돌턴은 공범이라도 되는 듯 비밀스럽게 윙크를 했다.

학교 식당 밖의 하늘이 어두워지기 시작했다. 통금 시간까지는 세 시간밖에 남지 않았는데 만남 장소를 맞혀야 하는 에이스의 수수께끼를 아직도 풀지 못했다. 내가 생각해낸 가장 정답에 가까운 답은 캠퍼스에서 삼십 분 정도 떨어진 오래된 채석장이다. 채석장은 더 이상 사용되지 않았고 몇 해 전에는 홍수로 잠기기도 했다. 늦봄이나 초가을이면 때때로 주말에 놀우드 학생들이 그곳을 찾았다. 용감한 아이들은 바위 아래로 뛰어내리고 게으른 아이들은 편안한 옷차림으로 옆에서 일광욕을 했다. 채석장은 에이스가 모이는 만남의 장소로 잘 어울리는 듯했다. 캄캄한 어둠 속에서 바위 아래의 까마득한 호수로 입회자들을 내던지는 입회식 풍경까지 그려졌지만 수수께끼의 모든 구절이 들어맞지는 않았다.

머릿속으로 수수께끼를 뒤집어보면서 접시에 담긴 크림소스훈제연어를 깨작거렸다. 스티비 소란토스가 선거 문구를 무엇으로 하면 좋겠는지 물어볼 때마다 나는 입안에 음식이 가득 들어 있는 척했다. 이번에도 학생회 회계 담당자로 출마하는 스티비는 가장 많은 표를 얻을 수 있게 해줄 짧지만 강력한 문구를 내놓으라고 모두를 괴롭히고 있었다.

"'뽑든지 말든지.' 어때?" 드루가 코르크 오프너처럼 구불구불하고 풍성한 짙은 금발 머리를 어깨로 넘기며 제안했다. "그러거나 말거나 나는 욜로족을 위한 슬로건이잖아."

"마음에 든다. 명령조이면서도 불만스러워. 만만치 않은 느낌." 야엘이 말했다.

"남자들한테는 통할 거야." 드루가 숱 많은 눈썹을 씰룩거리며 모두를 쳐다보았다.

"하지만 될 대로 되라는 식인 것처럼 보이고 싶진 않은데." 스티비의 목소리에서 살짝 짜증이 묻어났다.

나는 눈알을 굴리며 드루를 쳐다보았다. 드루는 웃음을 참으려고 롤빵을 한 입 크게 베어 물었다. 스티비 소란토스가 진지하지 않다고 생각하는 사람이 전교에 한 명이라도 있느냔 말이다.

매사에 지나칠 정도로 노력하는 스티비의 모습은 가끔, 아니 자주 내 신경을 거슬리게 했다. 학생회 회계 담당자. 학생윤리위원회 회장. 선생님이 질문할 때 가장 먼저 손을 번쩍 드는 학생. 과학 실험에서 B+를 받고 오랫동안 키우던 개가 죽기라도 한 것처럼 퉁퉁 부은 눈으로 엉엉 울고 있는 모습을 본 적도 있다. 제발 진정하도록 스티비의 물병에 몰래 수면제를 타고 싶다는 생각이 든 게 한두 번이 아니었다.

물론 스티비가 왜 그러는지 안다. 모두가 알았다. 스티비는 장학생이었다. 본인이 직접 말해준 것도 아니고 우리끼리 그런 이야기를 한 적도 없지만. 사립학교 놀우드는 지원이 필요한 학생에게 교복과 맥북, 아이패드를 제공하고 등록금을 면제해주어 사회경제적 차이를 없애고자 안간힘을 썼다. 하지만 학교가 아무리 노력해도 장학생들의 출신은 지울 수가 없었다. 스티비는 우리처럼 카르티에 팔찌를 끼거나 이브생로랑 책가방을 메고 다니지 않았고 명품도 하나 없었다. 가족과 휴가를 떠난 적도 없고 다른 학생들처럼 차를 갖고 있지도 않았다. 하지만 그런 것들보다 스티비의 출신을 가장 잘 드러내는 것은 자신이 놀우드에 어울린다는 사실을 끊임없이 증명하려고 애쓰는 모습이었다. 정말로 대단한 사람은 그 무엇도 중요하지 않은 것처럼 행동하니까 말이다. 역설적이지만.

"부탁이야, 찰리. 넌 항상 제일 좋은 아이디어를 내잖아." 내가 또 한 입 깨작거리며 입안이 가득 차서 말을 못하는 척할 때 스티비가 말했다.

"뭐야." 드루가 아스파라거스를 찍은 포크로 스티비를 가리켰다. "내 아이디어는? 완전 좋은데."

일학년 때는 내가 스티비에게 드라마 〈소프라노스〉(두 가족과 마피아의 이야기를 그린 미국 드라마로 1997년부터 2007년까지 방영했다—옮긴이)를 주제로 한 선거운동을 제안했었다. 그리고 야엘이 스티비의 흑백 사진을 멋지게 찍어주었다. 슈트를 입고 선글라스를 낀 사진과, 자욱하게 피어오르는 연기 속에서 입가에 시가를 문 채 푹신한 안락의자에 앉아 있는 사진이었다. 드루와 내가 그 사진들을 포스터 크기로 확대해 앞쪽에 토니 소프라노의 유명한 대사들을 넣었다.

"아예 결정하지 않는 것보다 잘못된 결정이 낫다."

"날 여기까지 부르다니…… 알려줘야겠군…… 이제 내가 대장이다."

"넌 일등이 어떤 기분인지 ×도 몰라."

오른쪽 하단에는 드라마 제목과 똑같은 굵은 붉은색 글씨로 '소란토스를 뽑아라'라고 썼다.

다른 후보들은 전부 진지하게 방향을 잡아 포스터에 진부한 말을 써놓거나 더 나쁘게는 자신의 이름을 가지고 말장난을 했다. 스티비의 압도적인 승리였다.

"알았어." 더 이상은 어쩔 도리가 없어 보여 내가 말했다. "이건 어때? '나 벌써 이 년째야. 그래도 내가 자격 없다고 생각한다면 엿 먹어.'"

야엘이 생각해보는 척하면서 말했다. "엄청나게 미묘하고 탁월하네. 근데 너무 수준이 높은 게 아닐까 몰라?"

스티비가 우유 잔을 쟁반에 탁 하고 내려놓는 바람에 우유가 조금 튀었다. 아래쪽을 처다보니 진주 같은 하얀 우유 방울이 내 소매에도 튀어 있었다.

"알겠어. 진지한 척해주는 것도 너희들한테는 그렇게 힘든 일이구나." 스티비는 대형마트에서 산 싸구려 책가방을 어깨에 걸치고 일어섰다.

"스티비……." 야엘이 뭐라 말하려고 했다.

"난 도서관 간다." 스티비는 이렇게 말하고 식당의 저쪽 끄트머리로 향했다. 확고하게 한 걸음씩 내딛을 때마다 등에 닿은 가방이 흔들렸다.

야엘은 한숨을 내쉬고 짐을 챙기면서 격분한 미소를 지었다.

"데프콘 3 발령. 상황을 수습하겠다."

"나 기분 상하려고 해. 진지하게 낸 아이디어였는데." 야엘이 간 후 드루가 말했다.

나는 어깨를 으쓱하고 냅킨으로 소매를 닦았다.

스티비와 야엘과는 자동으로 친구가 되었을 뿐이었다. 두 사람은 드루와 항상 함께였고 드루와 나도 항상 함께였으니까. 드루와는 같이 밥을 먹었고 수업 시간에 같이 앉았고 통금 시간까지 휴게실에서 몇 시간이나 같이 놀았고 룸메이트이기도 했다. 그래서 그 애들과도 친해지려고 노력했다. 여름에 가족과 마서스비니어드섬에 갔을 때는 같은 시기에 그곳에 머무른 야엘의 가족과 요트를 탔다. 추수감사절에는 오하이오의 집으로 돌아가는 비싼 비행기표 때문에 학교에 혼자 남아 있을 스티비를 초대해 그리니치에서 함께 명절을 보내기도 했다. 나는 그 애들과 (대부분은) 잘 지냈고 그들이 그럭저럭 마음에 들었지만 드루 같은 느낌은 절대로 없었다. 드루와는 너무도 잘 맞는 사이였다.

드루와는 일학년 때 우연히 리버라는 아이와 셋이 기숙사 방을 함께 쓰게 되면서 만났다. 우리 둘은 리버를 무척 싫어했다. 리버는 제모도 하지 않고 데오도란트나 식탁용 소금도 사용하지 않았으며 포크 음악을 들을 때 남을 배려해 볼륨을 적당히 줄여야 한다는 사실도 무시했다. 공부에도 신경 쓰지 않았던 듯 다음 학기가 시작되기도 전에 학교를 그만뒀다. 리버와 지내는 건 너무도 괴로웠다. 드루와 나는 그 괴로움을 함께 이겨내면서 끈끈한 유대감이 생겼다.

나는 드루가 음식을 활기차게 씹으면서 라이벌 그자비에와의 배구 대항전에 대해 이야기하는 것을 쳐다보았다. 너도 받았어? 너도 에이스에 뽑혔어? 라고 묻지 않고 물어볼 수 있는 방법을 찾으려고 애쓰는 중이었다. 그냥 물어볼 수는 없기 때문이다.

"왜?" 드루가 물었다. 그제야 나는 텔레파시를 보내려다가 뚫어져라 쳐다본 꼴이 되었음을 깨달았다. "내 얼굴에 뭐라도 묻었어?"

"응. 소스 묻었어. 여기." 나는 턱을 가리키면서 거짓말을 했다.

"고마워." 드루가 냅킨으로 턱을 닦았다.

가망이 없었다. 드루의 포커페이스를 해석할 수가 없었다. 그래서 사촌 레오를 찾으려고 식당 안을 두리번거렸다. 레오는 나보다 두 달 늦게 태어났지만 백팔십팔 센티미터나 되는 키를 보면 그렇게 보이지 않았다. 외모만으로 우리가 사촌이라는 사실을 알기는 불가능했다. 레오는 대대로 내려오는 캘러웨이 집안의 잘생긴 외모 그대로였다. 밝은 청색 눈동자, 금발, 도드라진 광대뼈. 반면 나는 엄마를 닮았다. 짙은 갈색 머리와 커다란 회색 눈동자, 반투명할 정도로 창백한 피부, 아담한 키, 모두 엄마를 빼다 박았다. 단테도 이런 지옥을 상상하지는 못했다. 너무도 간절하게 잊고 싶은 사람을 매일 거울로 봐야 하는 지옥 말이다.

두 테이블 건너에 돌턴과 샘, 사학년의 인기 남학생들과 함께 앉아 있는 레오가 보였다. 미식축구 훈련이 끝나고 샤워를 해서인지 머리칼이 아직 젖어 있었고, 몸을 앞으로 기울여 친구들에게 뭐라고 말할 때는 젖은 머리칼이 흘러내려 살짝 눈을 가렸다. 그런 모습을 멀리서 보는 것만으로 그가 에이스에 뽑혔으리라고 확신할 수 있었다. 물어볼 필요도 없이, 왼쪽 볼에 보조개를 만들며 자신만만하게 한쪽 입꼬리를 말아올린 미소를 보는 것만으로 알 수 있는 사실이었다. 레오와 나는 항상 서로의 마음을 정확하게 읽었다. 지옥 같은 어린 시절을 보낸 나를 레오가 옆에서 전부 지켜본 결과였다. 결국 나를 구해준 것은 레오였다. 적어도 레오는 내가 나를 구하는 방법을 알려주었다.

"젠장." 드루가 말했다. 물컵이 엎질러져 사방으로 쏟아진 물이 테이블 가장자리로 뚝뚝 떨어졌다. 드루가 컵을 세워놓는 동안 나는 냅킨으로 물을 닦기 시작했다.

"네 가방." 드루의 말에 물이 닿기 전에 테이블에서 가방을 치웠다.

그 순간 알 수 있었다. 바로 그거야. 오늘 밤 에이스가 만나는 장소가 어디인지 알아냈다.

"미안. 칠칠치 못하게." 드루가 말했다.

"아니, 사양할게." 나는 생각하지도 않고 그냥 내뱉었다.

"응?"

"아, 아니야. 괜찮다고."

놀우드의 주말 통금 시간은 밤 아홉시였다. 평소 드루와 나는 휴게실에서 최대한 늦게까지 놀다가 방으로 들어와 책상에 앉아서 몇 시간 동안 읽어야 할 책이나 숙제를 끝내거나 이야기를 나누었다. 하지만 오늘은 둘 다 일찍 잠자리에 들었다. 나는 침대에 누운 채 어둠 속에서 천장을 쳐다보면서 반대편 침대에 누운 드루의 숨소리에 귀 기울이며 그녀가 과연 잠이 들었는지 알아내려고 했다. 드루를 깨우지 않고 몰래 창밖으로 빠져나갈 수 있을까 싶었다.

에이스에 대한 생각이 머리를 떠나지 않았다.

놀우드에는 네 가지 유형의 클럽이 있다. 스포츠 클럽, 공부 클럽, 취미 클럽, 그리고 왜 있는지 모르겠는 클럽(다 같이 둘러앉아 치즈를 먹는 치즈 클럽 같은 것). 이런 클럽들에 들어가면 바보 같은 의식이나 신체적 능력을 증명하는 원시적인 욕구로 체육관에서 땀을 뻘뻘 흘리면서 하는 훈련, 버저를 옆에 두고 둘러앉아서 질문에 답하고 투표로 선출된 서기가 무의미하게 모든 사항을 일일이 기록하는 회의 따위가 기다린다. 이런 클럽들은 다른 학교와 대항전을 하고 바자회나 세차 같은 것으로 지역 여성들의 쉼터를 지원할 모금을 한다. 놀우드에서는 팔찌의 장식을 하나씩 수집하듯 이런 클럽에서 활동을 해야만 했다. 그래야 대학 입학 원서에서 보여줄 수 있다. 미국 최고의 고등학교에서 철저한 교육을 받고 지역 사회의 구성원으로서 기여도 한, 대학들이 그렇게도 침 흘리며 좋아하는 '다재다능한' 인재임을.

하지만 에이스는 대학 지원서에 쓸 수 있는 활동이 아니었다. 드러내어 말할 수 없는 활동이었다. 바자회나 세차 같은 봉사 활동도 하지 않았고 땀 흘리는 훈련도 하지 않았다. 당연히 회의 내용을 기록하는 서기도 없었다.

작년에 인문학부 부장 선생님이 토요일 오전에 전교생이 의무적으로 참여하는 문화 함양 수업을 만들려고 했다. 이에 에이스가 사악한 중상모략을 펼쳤고 가을 학기가 끝날 때쯤 인문학부 부장 선생님은 학교를 떠나고 없었다. 인문학부 부장 선생님이 메인 주에 사는, 아빠와의 관계에 문제가 있는 십오 세 소녀와 주고받은 부적절한 이메일이 어떻게 놀우드의 전교생과 교직원들에게 단체로 전송되었는지 '아무도' 몰랐지만 배후가 에이스라는 것은 '누구나' 알았다. 교장 선생님은 학교 보안에 대한 조사를 실시했지만 인문학부 부장의 외설적인 행태에 경악하고 해고할 수밖에 없었다. 그렇게 하여 토요일 아침에 끔찍한 수업을 듣는 대신 늦잠이라는 성스러운 행위가 지켜질 수 있었다.

금요일에 사복을 입을 수 있는 것도, 졸업반이 혼자 방을 쓸 수 있는 것도, 우리 학교 무도회가 《뉴욕 포스트》의 가십난에 종종 언급될 정도로 퇴폐적인 것도 전부 에이스의 힘이었다. 전교생이 사랑하는 권리와 전통을 손에 넣기까지 얼마나 많은 협박과 뇌물, 조종이 있었는지는 아무도 몰랐다. 배후에 에이스가 있다는 것만 알 뿐이었다. 에이스는 누군가를 곤란한 상황에서 빼내줄 수도 있었다. 내가 일학년 때 에이스 멤버로 추정되는 셀레스테 리가 과학관 건물 이층 여자 화장실에서 스테파니 매슈스와 싸워 스테파니의 코피를 터뜨린 일이 있었다. 스테파니가 학교에 신고한다면 셀레스테는 정학을 받을 터였다. 에이스가 뒤에서 어떤 압력을 가했는지 모르지만 스테파니는 그날 오후 교장실에 불려가서도 입을 꾹 다물었다.

에이스의 힘이 미치는 범위는 놀우드를 벗어났다. 소문에 따르면 아이비리그 행정이사회와 7대 명문 여대 세븐 시스터스에 핵심 멤버가 들어가 있고, 누구라도 대학 졸업 후 포춘 500대 기업에 취직시켜줄 수 있을 정도로 영향력을 행사한다.

에이스는 모두가 알지만 정작 아무도 모르는 실체였다. 자신이 멤버가 아닌 이상 누가 에이스 멤버인지 알 길이 없었다. 놀우드의 다른 클럽과 달리 에이스는 자신이 선택해서 들어가는 클럽이 아니기 때문이다. 에이스가 멤버를 선택했다.

어둠 속에서 드루가 작은 목소리로 나를 불렀다. 깨어 있다면 들릴 만한, 자고 있다면 깨지 않을 정도의 목소리였다.

고민하다가 결국 대답했다. "응?"

드루는 침대에서 몸을 일으켜 불을 켰다. "그냥 말하라고."

"뭘?"

"너 오늘 밤에 갈 데 있어?"

"어쩌면." 내가 대답했다.

"휴, 다행이다." 드루는 침대에서 일어나 옷장으로 걸어갔다. "너도 과연 받았을지 알아내려고 하루 종일 지켜봤어. 물어볼 순 없으니까." 드루는 두꺼운 검은색 레깅스와 부츠를 꺼내며 말했다.

"또 누가 받았을까?" 나도 침대에서 천천히 일어나 옷장을 뒤적거리기 시작했다. 악명 높은 비밀 클럽의 야간 모임에 뭘 입고 나가야 할까? 짙은 색 스키니 청바지와 케즈 스니커즈, 진동이 넓은 검은색 민소매 티셔츠와 후드 티셔츠로 결정했다.

"마리사 웬트워스도 뽑혔다면 레지에서 떨어져버릴 거야." 드루가 말했다.

드루는 수수께끼를 푼 것이었다. 울지 않는 머리를 가진 것은? 잠자지 않는 침대를 가진 것은? 달리지만 걷지 않는 것은? 정답은 바로 강이었다. 에이스가 만나는 장소는 스폴딩강 위쪽의 레지였다. 레지라고 부르는 이유는 정말로 그곳이 암붕이기 때문이다. 시골길 옆에 있는 숲속 빈터로 아래에 가파른 산골짜기와 강이 내려다보였다.

"마리사 웬트워스는 에이스에 어울리지 않아. 에이스는 배짱 있는 사람을 원해. 손이 더러워지는 걸 마다하지 않을 사람 말이지."

"레오도 뽑혔을까?" 드루가 물었다.

"당연히 뽑혔을 거야."

"레오가 직접 말했어?"

"말로는 안 했지. 레오가 안 뽑히면 그게 정상이야?"

"그건 그렇지." 드루가 눈알을 굴렸다.

드루와 레오는 일학년 때 매우 짧은 기간 동안 사귀었다. 그나마 레오로서는 누군가와 가장 오래 사귄 것이었지만. 레오의 모든 비밀스러운 이성교제가 그러했듯 드루와도 나쁘게 끝났다. 드루는 레오를 별로 좋아하지 않았지만 레오가 당연히 에이스에 뽑혔을 거라는 사실은 인정하지 않을 수 없었다.

사실 레오는 뭘 하든 터무니없을 정도로 생각을 많이 하는 성격이라 '자연스럽게 멋스럽다'는 말은 맞지 않았다. 하지만 겉으로는 확실히 그런 분위기를 풍겼다. 레오는 이마 위로 머리를 매끈하게 넘기고 다녔다. 맵시 있게 몸을 압박하는 맞춤 청바지와 V넥 티셔츠, 윤기 나는 가죽 재킷 등 옷도 잘 입었다. 무엇을 하든 멋스러워 보이는 자신감을 내뿜었다. 레오는 어쩌면 우리 할아버지를 빼고, 내가 아는 그 누구보다 자신을 위하는 성격이라 골리는 게 통하지 않았다.

드루와 나는 한 명씩 이층 기숙사 방 창문을 빠져나갔다. 창밖에는 가지를 튼튼하게 뻗은 느릅나무 한 그루가 로즈우드 홀 기숙사쪽으로 높이 솟아 있었다. 우리는 V자 모양의 나무 몸통 부분으로몸을 낮추었다. 나나 드루나 한밤중의 비밀스러운 외출이 처음은 아니었다.

로즈우드 홀 주차장에서 드루가 자신의 BMW 자동차의 전조등을끄고 기어를 중립으로 놓았다. 함께 도로 쪽으로 차를 밀다가 스탠펠드 선생님이 깨어날 염려가 없다는 확신이 들고서야 차에 올라탔다. 스탠펠드 선생님은 우리 기숙사 사감으로 기숙사 일층에 살았다.

학교에서 충분히 멀리 떨어진 도로에 이르렀을 때 드루가 선루프를 내리고 달을 향해 늑대처럼 울부짖었다. 나는 웃음을 터뜨리며 창밖으로 팔을 걸치고 축축한 밤공기를 잡으려는 듯 손가락을 펼쳤다.

우리는 앞으로 벌어질 일에 대해서는 말하지 않았다. 에이스가 입회자들에게 어떤 테스트를 할지 추측하지도 않았다. 뭐가 되었든 쉽지 않으리라는 것을 알고 있었으니까. 대신 우리는 무심한 듯 신난척했다. 속으로는 흥분되고 겁이 나면서도.

2
찰리 캘러웨이

2017년

우리 학교에는 오래전에 죽은 한 학생에 대한 이야기가 있다. 너무 오래된 일이라 이름도 모르고 어떻게 죽었는지도 모르지만 그의 유령을 보았다는 학생들이 가끔씩 있었다. 실연의 상처를 이기지 못하고 졸업반 때 남학생 기숙사 샤워실에서 목 매달아 자살했다고도 하고, 시험을 망치고 기숙사에서 약을 먹고 영원한 잠에 빠졌다고도 했다. 그의 유령을 보면 끔찍한 불운이 닥친다는 뜻이었다. 브라이스 랭스턴은 어느 날 밤에 도서관에서 집으로 가다 유령을 보았다고 했다. 다음 날 아침 그는 하버드에서 불합격 편지를 받았다. 다들 식은 죽 먹기로 붙을 것이라고 예상했는데 대기자 명단에도 들어가지 못했다. 그리고 다음 해에 아만다 킹이 자동차 사고로 죽었는데 사고 직전에 유령을 봤다는 소문이 돌았다. 나는 밤에 혼자 캠퍼스를 돌아다닐 때면 언제나 유령을 떠올렸다. 희끄무레한 형체가 보인 것 같아서 홱 돌아보면 아무것도 없었다.

레지 위쪽의 빈터에 서 있는 지금도 유령에 대한 생각이 떠오르지 않을 수 없었다. 에이스는 그곳에 작은 모닥불을 피워놓았다. 입회자들은 불빛에 서로가 보일 만큼 가까이 서 있었는데 그래도 돌턴은 손전등을 들고 있었다. 손전등이 말하고 있는 돌턴의 턱 아래쪽을 비추고 그의 그림자를 만든 모습을 보니 불안해졌다. 나는 발목을 포갠 채로 드루의 BMW의 차가운 후드에 등을 기대고 서 있었다.

자기소개는 필요하지 않았다. 놀우드의 학생은 모두가 아는 사이였다. 그런데도 우리는 처음 만나는 것처럼 서로를 위아래로 훑어보았다. 어떻게 보면 처음 만나는 것이 맞았다. 이제까지는 그저 놀우드에 다니는 학생들이었다. 축구팀, 학생회 등에 소속된 아이들도 있고 무언가로 유명한 아이들도 있고 집안 때문에 유명한 아이들도 있었다. 하지만 이곳에서 우리를 묶어주는 것은 단 하나, 모두가 에이스라는 것뿐이었다.

모닥불 가에 둘러앉은 졸업반 중에는 당연히 에이스 멤버일 거라고 추측할 수 있었던 이들도 보였다. 축구팀과 라크로스팀 주장이며 지극히 미국적인 인물인 로이스 돌턴, A급 영화배우의 아들이자 가끔씩 시내 카페에서 공연도 하고 실제로 실력도 좋은 레이디 킬러스라는 밴드의 리드 싱어인 크로스비 피어스, 엄마가 상원의원이고 할아버지는 하원 다수당 원내 부총무인 웨스 알드리치, 캘빈 클라인 모델도 하고 뉴욕 패션 위크 무대에도 섰던 전문 모델 렌 몽고메리, 학교 신문《놀우드 크로니클》특집 기사 편집자 하퍼 카트라이트가 그들이었다.

하지만 다르시 플레밍은 좀 의외였다. 졸업반 회장인 다르시는 프랑스인 외교관의 딸로 승마 실력이 뛰어나고 프랑스어와 포르투갈어가 유창했다. 에이스 멤버라기에는 너무 모범생 같았다. 인문학부 부장 선생님을 쫓아내는 계략에 가담했다고 상상하기가 어려웠다.

나와 같은 새로운 삼학년 입회자들도 힐끔 보니 역시 그럴 만한 이들과 의외인 이들이 섞여 있었다. 물론 예상대로 레오도 보였다. 레오는 내 맞은편의 무리에서 절친한 친구 중 한 명인 돌턴과 나란히 서 있었다. 메릴 요크도 보였다. 아빠 친구의 딸이고 어릴 때는 함께 휴가를 보내기도 했지만 항상 분위기를 싸하게 만드는 재주가 있는 아이였다. 하지만 그 애의 집안이 놀우드에서 유명한 것은 사실이었다. 메릴의 아빠가 기부한 천문대에는 그 애의 할아버지 이름이 붙었다. 축 처진 금발에 혹독한 뉴햄프셔의 겨울에도 항상 구릿빛 피부를 유지하는 브라이턴 매버릭도 이 자리에 있을 만했다. 축구 선수인 브라이턴은 어린 시절 하얀 모래가 있는 샌타바버라의 바다에서 서핑을 하면서 자랐다.

하지만 나머지는 잘 이해되지 않았다. 연극에 미쳐 있고 작년 여름에 뉴욕 소극장 연극에서 주연을 맡았던 이모젠 리브스. 항상 노트북과 한 몸이고 거대한 헤드폰을 끼고 다니는 주드 베인. 수학 천재지만 너무 거만해서 봐주기 힘든 오든 스타인. 이 아이들은 에이스가 왜 뽑았는지 도무지 알 수 없었다.

물론 내가 뽑힌 이유는 분명히 알 수 있었다. 레오는 순전히 본인이 잘나서 이 자리에 있지만 나는 앨리스테어 캘러웨이의 장녀이자 뉴욕시 최대 규모의 부동산 재벌 캘러웨이 그룹의 상속녀라는 이유만으로 뽑힌 것이었다. 나는 어퍼 이스트 사이드의 펜트하우스에서 자랐고 마서스비니어드에 있는 사유지(아빠가 랭글리 호수의 집에 가는 것이 고통스러워 구입한 여름 별장)에서 여름을 보냈다. 어퍼 이스트 사이드의 절반이 우리 집안 소유이고 언젠가는 내가 물려받게 될 터였다. 혈연 법칙에 의하면 그러했다.

"너희들이 이 자리에 온 건 우리가 가능성을 발견했기 때문이다." 돌턴이 입을 열었다. "하지만 정말로 우리 일원이 되고 싶으면 '게임'을 해야 한다. 앞으로 몇 달에 걸쳐 너희들의 학교 우편함에 세 장의 티켓이 전달될 거다. 티켓마다 어떤 아이템이 적혀 있다. 무슨 수를 써서라도 구해서 정해진 날짜에 가지고 와라. 아이템을 구하지 못하면 나오지 마라. 어차피 탈락이니까. 아이템을 구하기 위해서 애원하거나 빌리거나 거짓말하거나 훔치거나 속임수를 쓸 수도 있다. 게임의 법칙은 하나뿐이다. 들키지 말 것."

렌 몽고메리가 앞으로 나오더니 돌턴의 손전등을 가져가 두 손으로 마이크처럼 들었다. 키가 크고 몹시 마른 렌은 분명 남자들이 흠뻑 빠질 만한 허스키한 저음의 소유자였다.

"만약 들키면 너희는 우리를 모르는 거야. 우리는 존재하지 않아. 충성심은 에이스의 가장 중요한 자질이다. 충성심이 없으면 우리도 없다. 우리가 너희를 택한 것도 그런 자질이 보였기 때문이야. 하지만 과거에 잘못 짚었던 적도 있는 만큼⋯⋯ 만약의 경우를 대비한 보험이 필요하지."

렌은 말을 멈추고 허리에 걸린 가방에서 카메라를 꺼냈다. 그리고 입회자들을 보며 씩 웃었다.

"우리도 해본 적 없는 일은 시키지 않을 테니까 안심해."

나는 무슨 말인지 알아차렸다. 에이스는 우리가 장전된 총을 내밀면 일을 망칠 경우에 그 총으로 우리의 머리를 겨누려는 것이었다.

"오든, 네가 먼저야." 렌은 이렇게 말하고 뒤돌아 숲속으로 걸어갔다. 모닥불의 따뜻한 불빛을 벗어나자마자 어둠이 곧바로 그녀를 삼켰다. 오든은 양손을 주머니에 깊숙이 찔러 넣고 따라갔다.

두 사람이 사라지자 돌턴이 자신의 차 트렁크를 뒤져 아이스박스를 꺼냈다. 크로스비는 자신의 차 스테레오를 켜고 문을 열어놓았다. 베이스 소리가 땅으로 울려 퍼져 내 스니커즈 발바닥까지 전해지는 게 느껴졌다. 드루가 아이스박스에서 IPA 맥주 두 병을 집었고 내가 열쇠고리에 달린 병따개로 열었다.

"렌은 걱정하지 마." 돌턴이 상황을 누그러뜨리려는 듯 미소 지으며 말했다. "겉으론 무섭지만 실제로는 별로 안 그래."

"글쎄, 과연 그럴까." 크로스비가 턱을 문질렀다. "경험자로서 절대 무시할 성깔이 아니라고 말해두지."

크로스비와 렌은 사귀었다 헤어졌다를 반복하는 커플로 전교에서 유명했다.

"쯧쯧." 드루가 한심하다는 듯이 혀를 찼다. "신사는 여자친구와의 일을 떠벌리지 않는 법이거늘."

"난 스스로 신사라고 주장한 적 없거든." 크로스비가 말했다.

"뭘 구해 오라고 할 건지 힌트 안 줄 거야?" 드루가 머리카락을 빙글빙글 돌리며 물었다. 한쪽 입꼬리가 살짝 올라간 것으로 드루가 크로스비를 좋아한다는 걸 알 수 있었다.

"당연히 줘야지." 크로스비가 말했다. "첫 번째 아이템은 바로 돌턴의 처녀성."

"타임머신이라도 지원해줄 건가 보지?" 내가 물었다.

크로스비가 웃음을 터뜨리며 자신의 맥주병을 내 맥주병에 부딪혔다. "좋았어. 건배."

돌턴이 옆에서 낑낑거렸다. "가혹하군. 내 명예를 옹호해줄 사람은 없는 거야?"

돌턴은 놀우드에서 최고로 인기가 많은 남학생이었다. 대대로 내려오는 부잣집 출신으로 할아버지는 영국 최고의 금융가문 태생이고, 아버지는 월스트리트에서 일했으며, 미국인인 엄마는 환자들이 전 세계에서 찾아올 정도로 유명한 외과의였다. 한마디로 혈통 좋은 집안이었다. 돌턴은 외모도 멋졌다. 큰 키에 짙은 갈색 머리, 꿈꾸는 듯한 눈동자. 여자친구가 없을 때가 없는 것도 당연했다.

"미안, 돌턴. 넌 여자들 사이에서 남창이라고 불리거든." 내가 말했다.

"얘기가 나와서 말인데." 크로스비가 빈터 건너편에서 다르시 플레밍과 이야기 중인 하퍼 카트라이트를 고갯짓으로 가리켰다. "돌턴의 가장 최근 희생양이 자꾸 이쪽을 째려본다. 아무도 못 느꼈어?"

하퍼 쪽을 힐끗 보니 정말로 이쪽을 노려보고 있었다.

"쟤 원래 저렇게 생겼거든. 뭐라더라? 가만히 있는데 시비 거는 얼굴? 확실히 말해두는데 우린 원만하게 헤어졌다고." 돌턴이 말했다.

"어련할까. 고등학생들의 이별이 퍽이나 원만하겠다." 크로스비가 대꾸했다.

"하퍼는 지금 당장 널 원만하게 살해하고 싶은 얼굴인데. 아님 나거나." 내가 말했다.

우리는 맥주를 마시고 웃으면서 시시껄렁한 이야기를 나누었다. 렌이 왜 입회자 한 명을 데리고 돌아와 또 다른 입회자를 데리고 어둠 속으로 사라지는지에 대해 이야기하는 사람은 없었다. 갔다가 돌아온 사람도 아무 말 하지 않았다.

렌은 시무룩한 표정의 메릴과 돌아온 후 내 이름을 불렀다. 하지만 내 이름만 부른 것은 아니었다.

"레오. 너도."

레오는 마시던 맥주를 브라이턴 매버릭에게 건네고는 브라이턴이 무슨 말을 했는지 웃음을 터뜨렸다. 마치 이 모든 것이 별것 아니고 그저 평범한 월요일 밤일 뿐이라는 듯. 레오는 항상 그런 식이었다. 거만하고 두려움이 없었다.

우리는 렌의 뒤에 바짝 붙어서 칠흑처럼 어두운 숲속으로 들어가 텅 빈 시골길로 이어진 빈터에 도착했다. 길가에는 아우디 A8이 주차되어 있었다. 렌은 리모컨을 누른 후 우리 두 사람을 위해 뒷문을 열어주었다.

"내 사무실로 들어가." 그녀는 이렇게 말하며 뒷좌석을 가리켰다.

내가 먼저 차에 타고 레오가 뒤따라 들어오며 문을 닫았다. 렌은 앞좌석에 타고 실내등을 켰다. 나는 눈을 끔뻑거리면서 한 손으로 빛을 가렸다. 캄캄한 숲을 지나온 후라 불빛이 너무 밝았다.

렌은 카메라를 꺼내 렌즈로 나와 레오를 보았다.

"너희 둘 친하지?" 렌이 카메라를 내리고 물었다.

"엄청 친하지." 내가 곁눈질로 슬쩍 레오를 쳐다보았다.

"그럴 줄 알았어. 집안에 마음에 드는 사람이 있다니 얼마나 좋을까. 우리 집안 사람들은 전부 재수탱이거든. 뭐, 나도 좀 그렇지만 난 그래도 호감 가는 재수탱이야. 최소한 난 그렇게 생각하고 싶어."

그녀는 다시 카메라를 들어 올리고 렌즈를 조절했다.

"찰리, 오른쪽으로 좀 더 바짝 다가앉아봐. 안 잡혀."

맨 팔이 레오의 팔에 닿을 만큼 붙어 앉았다.

"좋아. 레오, 찰리한테 어깨동무해봐. 그래, 완벽해. 자, 찰리, 고개를 약간 기울여. 좋아. 그리고 얼굴을 숙여. 좀 더. 더 가까이……."

"어, 정확히 어디로 가까이 가라는 거야?" 내가 물었다.

"매력적인 캘러웨이의 입술로." 렌이 히죽거렸다.

심장이 쿵쾅거리는 게 느껴졌다. 레오를 쳐다보니 눈을 가늘게 뜨고 렌을 보면서 쓴웃음을 짓고 있었다.

"너한테 사악한 면이 있다는 걸 알고 있었지, 몽고메리." 레오가 말했다.

렌도 레오에게 미소를 보냈다. "넌 그 절반도 몰라, 캘러웨이."

렌이 다시 카메라를 눈으로 가져갔다. "둘이 친하다며. 얼마나 친한지 보여줘."

뭔가 시큼한 것이 내 명치로 미끄러지듯 흘러들었다.

나라는 사람을 나타내는 것들은 많았다. 나는 캘러웨이였다. 엄마가 그렇게 된…… 불쌍한 애였다. 대부분의 사람들에게는 의미가 있지만 내가 직접 얻은 것은 아니었다. 물려받거나 갑자기 나에게 닥친 일이었다. 하지만 에이스의 멤버가 되는 것만큼은 나 스스로 해내기로 마음먹은 일이다. 이름 때문에 입회 권유를 받은 것이겠지만 회원 자격은 내가 직접 따낼 것이다. 무엇도 두려워하지 않는 사람, 힘 있는 사람, 자신의 뜻대로 타인을 움직이는 사람이 될 것이다. 토요일 아침에 일찍 일어나게 한다는 이유로 인문학부 부장을 외국으로 쫓아내는 사람이 될 테다. 비록 내가 할 그런 일들이 밖으로 알려지지는 않겠지만 누구보다 나 자신이 안다는 것이 중요하다.

레오에게로 얼굴을 돌려 아무런 감정도 없는 일 분 동안 입술을 포갰다. 몸을 떼고 렌을 쳐다보았다.

"만족해?" 내가 물었다.

"귀엽네." 렌이 말했다. "하지만 우리가 추구하는 건 귀여움이 아니지."

우리는 렌을 쳐다보았고 렌은 카메라를 내려놓고 짜증 섞인 한숨을 내쉬었다. "있지, 너희들은 최적의 후보가 아닌 것 같다. 하긴, 에이스가 누구한테나 맞는 건 아니지."

"잠깐." 레오와 내가 동시에 말했다.

레오가 나를 보았다. 말은 하지 않았지만 괜찮은지, 내가 괜찮겠는지 묻고 있다는 걸 알 수 있었다. 거의 알아차릴 수 없을 정도로 살짝 고개를 끄덕였다. 레오의 손이 내 얼굴 가장자리를 따라 가만히 내려와 턱을 감쌌고 그가 다가와 부드럽게 키스했다. 입술이 겨우 내 입술을 스치는 정도였다.

다섯 살 때 할머니 집 장미 덤불 뒤에서 레오가 나에게 키스한 적이 있었다. 부활절이었는데 엄마가 나에게 터무니없이 봉긋한 소매가 달린 밝은 꽃무늬 원피스를 입혔다. 난 그 소매가 너무 싫어서 계속 잡아당겼다. 그리니치에 있는 할머니, 할아버지 집이었는데 레오가 할머니의 정원을 달려 나를 쫓아와 장미나무 아래에서 잡아 쓰러뜨렸다. 깃털처럼 가볍고 빠른 키스였다.

이 키스도 시작은 그때의 키스 같았지만 곧바로 바뀌었다. 다르고 어둡고 훨씬 위험한 무언가가 깔려 있는 키스였다. 레오의 혀가 내 입술을 벌어지게 했고, 한쪽 팔로는 허리를 감싸고 가까이 끌어당겼다. 셔츠 안쪽의 맨 허리에 닿은 레오의 따뜻한 손끝이 느껴졌다.

레오는 놀우드에서 바람둥이로 유명했다. 한 무리의 여자아이들이 복도에서 저희들끼리 신나게 이야기를 나누다가 레오가 지나가면 갑자기 조용해지고 얼굴을 붉히며 손으로 입을 막고 소곤거리기 시작하는 모습을 나도 한두 번 본 것이 아니었다. 괜히 바람둥이라고 소문난 게 아니었는데 실상은 더 나빴다. 레오는 복잡한 여자 관계를 이용해 비밀 놀이까지 만들어서 친한 친구들과 게임을 했다. 정복 보드 게임이라고 이름 붙인 게임이었다.

레오가 언젠가 격자무늬 보드 게임판 같은 것을 보여주었다. 맨 위에 베이스가 있고 아래쪽 네모칸에 여학생들 이름이 들어 있었다. 노인들이 아닌 성적 호기심이 과다한 십대 남학생들을 위한 빙고 게임 같았다. 레오와 친구들은 새 학기마다 새 이름들이 들어간 보드판을 만들었고 누가 먼저 '연속으로 네 칸을 지우는지' 내기를 했다. 레오는 네모칸에 넣는 이름이나 배치하는 방식에 항상 창의적이었다. 예쁘거나 쉽게 넘어오는 여자아이들뿐만 아니라 내숭쟁이, 신입생, 사회성 부족한 연극부 괴짜들까지 포함시켰으니까. 따라서 연속으로 네 칸을 지우려면 죽어도 마음에 안 드는 여자에게 작업을 걸거나 내숭 떠는 이학년생을 꼬셔서 한 번도 넘어본 적 없는 선을 넘게 만들어야 했다. 네 칸을 지우는 것 자체가 흔치 않은 일이었다. 레오도 이학년 봄 학기 때 딱 한 번 해냈을 뿐이다. 정복 게임은 레오의 친구들 사이에서 큰 인기를 끌었다. 크로스비는 게임을 하려고 한 학기 동안 렌과 헤어지기까지 했다. 솔직히 십대 남자애들은 다 돼지 같은 놈들이다. 내가 남자친구를 한 번도 사귀지 않은 것도 그래서다.

내 이성 경험의 정점은 지난여름 마서스비니어드에 있는 아빠의 별장에서 세드릭 로스와 키스를 한 것이었다. 세드릭은 나보다 나이가 많은 대학생인데 밤중에 조용한 길에서 자기 아버지의 페라리로 나에게 운전을 가르쳐주었다. 아빠의 여름 별장 서재의 낡은 책들에 둘러싸인 먼지투성이 소파에서 우리는 키스를, 딱 키스만 하곤 했다. 여름이 끝나면 다시 볼 일이 없으리라는 것을 알고 있었다. 나는 그에게 아무런 감정도 없었고 감정이 생길 일도 절대 없었다. 세드릭은 입을 벌리고 숨 쉴 때 약간 벌어진 앞니 사이에서 작은 휘파람 소리가 났고, '문자 그대로'라는 말을 어찌나 자주 쓰는지 '문자 그대로' 돌아버릴 지경이었다. 하지만 나는 그런 작은 결점을 즐겼다. 그것들이 가져다주는 짜증을 갑옷이라도 되는 듯 수집했고 소름끼칠 때까지 계속 떠올렸다. 세드릭을 좋아하는 마음이 있었다면 키스하지 않았을 것이다. 누군가가 가까이 다가오게 두는 것은 위험하고 무모하기까지 한 일처럼 느껴졌다. 누군가에게 마음을 준다는 것 자체가 그랬다. 나는 아빠가 엄마로 인해 상처 받은 모습을 보았다. 사랑은 아빠를 눈멀게 했고 한없이 약하게 만들었다. 약한 것과 전혀 거리가 먼 앨리스테어 캘러웨이를. 아빠와 우리 모두가 엄마 때문에 상처 받은 것은 약하고 바보 같게도 엄마를 사랑했기 때문이다. 나는 두 번 다시 그런 실수를 하지 않겠다고 결심했다.

레오의 키스에서 느껴지는 급박함은 잠시나마 우리가 있는 장소를 잊게 해주었다. 렌의 카메라에서 나는 찰칵 소리마저 조용해지는 듯했다.

평소 나는 취하도록 술을 마시지 않는다. 경계가 풀어지고 행동을 완전히 제어하지 못하게 되는 느낌이 싫어서다. 하지만 빈터로 돌아

가서는 돌턴이 따주는 맥주를 연거푸 들이켰다. 어지럽고 무감각해질 때까지. 속이 텅 빈 것 같고 메스꺼웠다. 아무것도 느끼지 않고 싶은 마음이 간절했다.

"오줌 마려워." 잠시 후 드루가 내 팔을 당기며 말했다.

"알았어, 알았어." 나는 발음이 불분명하게 나오지 않도록 애썼다. "같이 가줄게."

"자, 손전등 가져가." 돌턴이 나에게 손전등을 건넸다.

그것을 받아들고서 등 뒤로 나를 잡아끄는 드루를 따라 숲속으로 들어갔다. 손전등으로 앞쪽을 비추려 했지만 자꾸 비틀거리고 발을 헛디뎌 드루가 내 쪽으로 끌려올 지경이었다.

"진정하라구, 캘러웨이."

빈터에서 충분히 멀리 왔을 때 드루가 쭈그리고 앉았고 나는 등을 돌리고 섰다. 손전등으로 숲을 비추며 아무 생각 없이 이쪽으로 돌렸다 저쪽으로 돌렸다 하는데 빽빽한 나무 사이에서 하얀색의 반투명한 형체가 보였다. 순간 손전등을 떨어뜨려 불이 나갔다.

"젠장."

"아무것도 안 보여." 드루가 불평했다. "오줌 묻히긴 싫은데."

"알았어, 알았어. 기다려봐." 비틀거리며 손전등을 찾기 시작했다. 손으로 더듬거려 차갑고 둥그런 금속의 손잡이를 집어 스위치를 켰다. 하얀색 형체가 있었던 나무 사이를 다시 비추었지만 아무것도 보이지 않았다.

"누굴 본 것 같아. 저쪽에서 누가 움직였어. 너도 봤어?"

"우리만 있는 게 아니잖아." 드루가 말했다.

"뭐?" 한 발 물러나 이상한 형체가 있었던 쪽으로 손전등을 비추며 이리저리 살폈다.

"음, 그러니까…… 여긴 자연이잖아. 다람쥐 같은 거였을 거야."

"그래."

피해 망상이라고 스스로를 타일렀다. 유령도 아니고 아무것도 보지 못한 것이라고. 방금 렌의 차 안에서 있었던 일 때문에 불안해서 그런 거라고. 다 끝나고 렌은 레오와 나에게 윙크하며 "비밀이 우리를 하나로 묶어줄 거야."라고 말했다. 속이 메스꺼웠지만 이상하리만치 위안이 되기도 한다고 생각했다. 어떻게 보면 렌의 말이 맞았다. 이제 우리는 하나로 이어졌다. 서로의 비밀을 안다. 그 결속은 약이 될 수도 독이 될 수도 있을 것이다.

3
찰리 캘러웨이

2017년

초등학교 이학년 때 윌크스 선생님이 어떤 초능력을 가지고 싶은지 써보라고 했다. 내가 쓴 글에는 센트럴 파크의 베데스다 분수 근처에서 램프의 요정을 만나 한 가지 소원을 빌게 되는 내 또래 소녀가 나왔다. 소녀는 투명 인간이 되게 해달라고 빌었고 소원이 이루어진다.

소녀는 마음대로 어디든 가고 무엇이든 했다. 돈도 내지 않고 센트럴 파크 동물원에 들어갔다. 회전목마도 타고 벨비디어 성의 작은 탑에도 올라갔다. 한동안은 즐겁기만 했다. 하지만 곧 지겨워진 소녀는 집으로 가서 예전 생활로 돌아가려고 하지만 모든 것이 달라져버렸다. 소녀가 눈에 보이지 않기에 부모님이 밤마다 재워주러 오지도 않았고 수업 시간에 선생님이 이름을 부르는 일도 없었다. 점심시간에 친구들과 함께 앉았지만 대화와 놀이에는 끼지 못했다. 소녀는 외롭고 슬퍼졌다.

　소녀는 유일하게 자신을 볼 수 있는 분수의 요정을 찾아갔다. 한 가지 소원을 더 빌어도 되는지 물었다. 하지만 요정은 진지한 얼굴로 안 된다고 했다. 한 가지 소원을 빌 수 있는 기회도 얻지 못하는 아이들이 대부분인데 두 가지라니 말도 안 된다고. 보이지 않는 것보다 보이는 것에 힘이 있다는 사실을 너무 늦게 깨달은 소녀는 울기 시작했다.

　만약 내가 평범한 일곱 살짜리였다면 윌크스 선생님은 그저 조숙하다고 생각하며 창의성이 우수하다는 평가를 내렸을 것이다. 하지만 당시는 엄마가 행방불명된 여름 이후였다. 아빠는 엄마를 찾으려고 사립탐정을 고용했다. 탐정은 엄마가 어떻게 되었는지, 아니, 적어도 자신이 알 수 있는 사실을 말해주었다. 요점만 말하자면 윌크스 선생님은 내 글을 재미있어하지도 즐거워하지도 않았고 걱정했다. 선생님에게 이 일을 전해들은 아빠는 나에게 심리상담을 받게 했다.

　과거의 일로 트라우마를 겪는 청소년들을 전문으로 치료하는 닥터 맬비가 나를 맡았다. 그녀의 환자 중 한 명이었던 내 또래 소년은 주식중개인이었던 아버지가 투자 실패 후 입안에 권총을 쏴서 자살하는 장면을 목격했다. 대기실에서 군인 액션 피규어를 가지고 놀면서 그 애가 직접 해준 이야기였다. 나는 어린이용 테이블에서 마지못해 퍼즐을 만지작거리고 있었다. 가끔씩 나보다 먼저 와 있는 좀 더 큰 여자애는 팔뚝에 붕대를 칭칭 감은 모습이었다. 그 애는 나에게 말을 걸지도 어린이용 테이블에서 놀지도 않았다. 축 늘어진 자세로 의자에 앉아서 잡지만 휙휙 넘겼다.

닥터 맬비의 사무실 벽은 솜사탕 같은 핑크색이었다. 우리는 푹신한 러그가 깔린 바닥에 앉아 커다란 커피 테이블을 앞에 두고 젠가 게임을 했다. 게임을 하면서 그녀가 내 심리 상태를 관찰했다.

"여기에서는 아무 말이나 해도 괜찮아."

"아빠한테 말할 거예요?"

그녀는 탑의 맨 아랫부분에서 나무 조각을 조심조심 빼내 맨 위에 올렸다.

"우린 널 기분 좋게 만들어주려는 거란다." 그녀는 이렇게 말했지만 내 질문에 대한 답은 아니었다. "하고 싶은 말이 있니? 저 밖에서는 하면 안 되는 말 같은 거?" 그녀가 핑크색 벽을 가리켰다.

"씨팔, 씨팔, 씨팔, 씨팔."

그해 여름 테디 작은아빠가 요트의 작은 돛을 조절하다 맥주를 떨어뜨렸을 때 내뱉은 말이었다. 그러자 그리어 작은엄마가 작은아빠의 이름을 불렀다. 거기엔 이름 그 이상의 뜻이 담겨 있었기에 따라 하면 안 되는 말이라는 것을 알 수 있었다. 단 한마디로, 혹은 그마저도 하기 싫을 때는 표정만으로 너무도 많은 말을 할 수 있는 작은엄마가 난 항상 놀라웠다. 작은엄마는 엄격한 표정으로 레오로 하여금 저녁 식사 때 따끔거리는 회색 재킷을 입게 만들고, 치켜올린 눈썹으로 자기가 아니라 내가 요트를 조정한다고 우는 소리를 내는 사촌 파이퍼를 조용히 시킬 수 있었다. 그때 작은엄마는 "테디."라고만 말했지만 사실 그 말은 "애들-앞에서-그러면 안-돼죠-테디."라는 뜻이었다.

나는 '씨팔'이 정확히 무슨 뜻인지 알지 못했다. 적어도 문자 그대로의 의미는 몰랐다. 그 말을 입에 담으면 어떤 기분인지만 알았다.

달리 말로 표현할 수 없는 분노와 수치심과 외로움을 압축해준다는 것을. 내면에서 느끼는 그대로 소리 내어 말해진 적이 없는 것들, '씨팔'은 그것들을 담아냈다. 처음에는 치아와 입술, 뼈와 살이 맞닿고, 중간에 둥글게 한 덩어리로 모아졌다가, 마지막에는 냉혹하게 할퀴었다.

"그러면 기분이 나아지니?" 닥터 맬비가 물었다.

나는 고개를 끄덕였다. 정말로 그랬으니까. 닥터 맬비는 인내심을 가지고 앉아 내가 핑크색 벽을 향해 몇 번이고 그 말을 하게 해주었다. 씨팔, 씨팔, 씨팔, 씨팔. 한 번 말할 때마다 기분을 음미했다. 소리가 만들어질 때 입에서 느껴지는 기분, 마침내 뱉어낼 때 가슴의 움푹 꺼진 곳에서 느껴지는 기분을. 그것은 숨을 너무 오래 참아서 폐가 터질 지경일 때 공기를 들이마시는 것과 같은 느낌이었다.

한밤에 숲속에서 에이스와 만난 다음 날 아침 우편함에 종잇조각에 휘갈겨 쓴 쪽지가 들어 있었다.

샬럿,

널 꼭 만나야겠다. 로지스 다이너에서 아홉시에 만나자꾸나. 정말 중요한 일이야.

행크

에이스가 보낸 첫 번째 티켓이 아니라는 사실에 약간 실망스러웠다.

행크? 도대체 행크가 누구지? 누구기에 학교에서 가장 가까운 소도시인 폴스처치에 있는 싸구려 식당에서 만나자는 거지? 처음에는 상사병 걸린 후배 남학생이 간도 크게 이러는 거라고, 학교에서는 너무 부끄러워 그러는지도 모른다고 생각했다. 조잡한 글씨에서 어딘가 절박함이 느껴졌다.

하지만 혼란스러움이 뜨거운 분노와 공황 상태로 바뀌었다. 빌어먹을. 행크가 누군지 알았다. 수줍음 많은 남학생이 아니었다. 엄마의 오빠, 행크 외삼촌이었다.

지난 몇 시간 사이에 삼촌이 우리 학교에 왔었다는 이야기였다. 아직도 어슬렁거리며 지켜보고 있을까? 삼촌이 서 있을지도 모른다는 생각에 재빨리 고개를 돌려 우편물실에 있는 사람들을 힐끗 보았다.

내가 열 살 때 아빠가 접근금지를 신청한 이후로 행크 외삼촌을 못 본 지 수년이 됐다.

이렇게 된 일이었다. 어느 날 오후 외삼촌이 초등학생이던 나를 방과 후에 데려갔다. 학교 앞쪽에 부모들이 아이들을 기다렸다가 데려가는 장소가 있었는데 그쪽 인도 앞에 외삼촌의 녹슨 트럭이 서 있는 것을 보고 나는 약간 놀랐다. 하지만 삼촌이 설명을 해주었다. 보모는 아파서 퇴근했고 내 여동생은 친구 집에 있으며 아빠는 일 때문에 늦는다고(아빠는 항상 퇴근이 늦었다. 캘러웨이 그룹의 회장이라 늘 바빴으니까.). 삼촌이 나를 봐주고 먹을 것도 사주러 왔다고 했다. 나는 알았다고 했다. 삼촌이 트럭 조수석 문을 열어주었고 나는 안에 탔다.

삼촌은 시내 건너편에 있는 치즈 탄 냄새가 나는 싸구려 피자 가게로 나를 데려가 커다란 플라스틱 컵에 담긴 탄산음료를 시켜주었다. 그의 맞은편에 앉아 말없이 빨대를 빨고 있는데 삼촌이 엄마에 대해 묻기 시작했다.

닥터 맬비 말고 나에게 엄마 이야기를 한 사람은 없었다. 하지만 삼촌은 물었다. 사라진 달에 엄마가 어땠는지? 조금이라도 다른 점이 있었는지? 집에 누가 왔었는지? 엄마와 아빠 사이는 어땠는지? 엄마가 사라진 그날 밤, 내가 듣거나 본 것이 있는지?

그랬다. 우린 이야기를 나누었다. 사실 엄마 이야기를 해서 기분이 좋았다. 그것도 엄마를 아는 사람과. 나쁘고 금지된 일처럼 마음속에만 담아두지 않아도 되어서 좋았다. 가족 중 누군가가 알고 싶어하고 듣고 싶어하니까.

삼촌이 나를 집에 데려다주었을 때는 날이 캄캄해져 있었다. 그때까지는 무섭거나 뭔가가 잘못되었다는 느낌이라곤 전혀 없었는데 삼촌이 집 앞 연석에 차를 대자 거기 주차된 경찰차가 보였다. 경찰차의 붉은색과 파란색 불빛이 보도에서 요란하게 움직이며 번쩍였다. 바로 그때부터 나는 겁에 질려 울기 시작했다.

삼촌이 차를 세우자마자 나는 안전벨트를 풀고 차문을 열려고 손잡이를 마구 흔들었다. 하지만 열리지 않았다. 차가 워낙 낡아서 요령 있게 열지 않으면 꼼짝도 하지 않았던 까닭이다. 나는 비명을 지르기 시작했다. 그때 경찰과 아빠가 우리를 발견하고 달려왔다. 행크 외삼촌의 트럭 조수석에 탄 채로 우리에 갇힌 짐승처럼 비명을 지르며 손바닥으로 유리창을 마구 치는 나에게로. 외삼촌이 황급히 나가 밖에서 문을 열려고 했다.

하지만 삼촌은 문을 열지 못했다. 후드 쪽으로 돌아가는 순간 아빠가 삼촌의 재킷 옷깃을 잡아 후드로 밀쳤기 때문이다. 나는 안에서 비명을 지르느라 아빠가 삼촌에게 뭐라고 했는지는 듣지 못했다.

행크 외삼촌과 경찰들이 간 후 아빠는 외삼촌이 나를 어디로 데려갔고 뭘 했고 무슨 이야기를 했는지 물었다. 나는 외삼촌의 녹슨 트럭을 타고 피자 가게에 간 것, 탄산음료를 마신 것, 외삼촌이 엄마에 대해 그리고 아빠에 대해 질문한 것을 이야기했다.

그 주 수학 시간에 선생님이 각자 조용히 방정식을 풀라고 하고 출석부를 교무실에 가져다놓으러 갔을 때, 나는 교실 안에서 점점 커지는 그 소리를 들었다. 수군거림과 비웃음이었다. 그것은 정말로 실체가 있는 것처럼 교실 안을 가득 채우고 나를 짓눌러 폐에 든 공기를 빼앗아갔다. 그해 엄마가 실종된 후 숨통을 짓눌러오던 익숙한 느낌이 전해졌다. 사람들이 나를 쳐다보고 나에 대해 이야기하고 갖가지 어림짐작을 하는 것 같은 느낌. 그럴 때면 가슴이 텅 비는 듯했고 숨을 참고 눈을 감고 사라지고 싶었다.

"물어봐." 누군가 나에게도 들릴 만큼 큰 소리로 속삭였다. 그러자 토미 하트먼이 자기 책상에서 몸을 앞으로 숙이고는 연필로 내 어깨뼈 사이를 세게 찔렀다.

"야, 샬럿." 크고 불친절한 목소리였다.

대답을 할지 말지 망설이다가 몸을 반쯤 뒤로 돌려 그 애를 쳐다보았다. 무슨 상황이 펼쳐지건 일회용 반창고처럼 빨리 떼어버리는 것이 상책이었다.

"왜?" 내가 물었다. 피가 뺨에 몰리고 가슴에서 뜨거운 두려움이 솟구쳤다. 얼굴과 목소리에 두려움이 드러난다는 것이 싫었다.

"어떻게 한 거래?" 토미가 물었다.

"누가 뭘 어떻게 해?"

"알잖아." 토미는 내가 무슨 말인지 정확히 알면서 자신을 놀리고 있다는 듯 짜증이 난 목소리였다.

다들 이미 수학 문제는 뒷전이었다. 반 아이들 모두가 나를 쳐다보는 게 느껴졌다.

"몰라." 손바닥에서 땀이 나 아무도 보지 않기를 바라며 바지 허벅지 부분에 닦았다.

바로 그때 그 애가 그 말을 했다.

"너네 아빠가 엄마를 어떻게 죽였어?" 토미 하트먼이 물었다.

목덜미에 소름이 돋고 숨을 쉴 수가 없었다. 뭐라 말하려고 입을 열었지만 아무 말도 나오지 않았다. 내 입이 바보처럼 벌어져 있었다. 마른 땅에서 헐떡거리는 물고기처럼 입을 떡 벌리고 그 애를 쳐다보았다.

"목 졸라 죽였을 거야." 반에서 제일 예쁘고 제일 못된 여자애 모니카 페트로스키가 말했다.

그러자 허가 받은 이벤트라도 되는 듯 너도나도 끼어들었다.

"시체는 어디에 숨긴 거야?"

"아빠가 너도 죽일까 봐 무섭지 않니?"

"닥쳐." 내가 말했다. "닥쳐!"

내 안의 말없던 분노가 생각보다 훨씬 큰 목소리로 튀어나왔다. 아이들은 놀라며 조용해졌지만 그때뿐이었다.

"아이고." 뒤쪽에 앉은 누군가가 말했다. "얘들아, 조심해. 샬럿 캘러웨이가 죽일지도 몰라."

토미 하트먼이 폭소를 터뜨렸고 모니카 페트로스키는 너무 깔깔거린 나머지 코로 힝힝 소리까지 냈다.

입술을 깨물며 버티려고 안간힘을 썼지만 그럴 수 없었다. 뜨거운 눈물이 차오르는 게 느껴졌다. 고개를 들자 담임인 홀리데이 선생님이 문가에 서 있었다.

선생님은 두 팔을 허리에 올리고 아이들을 노려보았다. "지금 무슨 일이지?"

교실 안이 재빠르게 조용해졌고 또다시 모두의 시선이 나에게 향했다. 나는 간절히 바랐다. 제발. 나를. 그만. 쳐다보기를. 모두 앞에서 울 순 없었다. 절대 울지 않으리라.

"샬럿?" 홀리데이 선생님의 목소리는 친절하지도 위안을 주지도 않았다. 자신이 자리를 비운 틈에 내가 교실 분위기를 소란스럽게 만들기라도 한 것처럼 강력히 따져 묻는 듯한 목소리였다. 한편으로는 그 잔인함이 고마웠다. 누군가 단 한 명이라도 친절함을 보여준다면 참고 있던 눈물이 펑펑 터질 테니까.

"배가 아파서요. 양호실에 가도 될까요?"

쉬는 시간까지 양호실에 숨어 있었다. 어떻게 된 일인지 알려준 것은 두꺼운 안경을 낀 항상 조용한 여자아이 헤더 프랭크였다. 학교 경기장의 텅 빈 관람석에 앉아 헤더는 가방에서 얇은 타블로이드 신문을 꺼냈다.

굵은 핏빛 글씨로 '아내를 죽인 부동산 억만장자, 친정 오빠가 다 밝히다'라는 제목이 적혀 있었다. 그 아래에는 멋진 양복 차림으로 홀터넥 드레스를 입은 얼굴이 보이지 않는 금발 여인의 등에 한쪽 팔을 두르고 몸을 수그려 리무진에 오르는 아빠의 사진이 실렸다. 사진 속의 아빠는 잘생기고 거만해 보였는데 얼굴에 분노에 찬 비웃음이 어려 있었다. 그래서 위험해 보였다. 포식자처럼.

아빠 사진 옆에는 가장자리를 후광처럼 처리한 엄마의 사진이 있었다. 내가 아는 사진이었다. 외갓집 계단 벽에 엄마의 오빠들인 행크, 로니, 월 외삼촌의 사진과 함께 걸려 있는 것을 수백 번은 봤으니까. 사진 속의 엄마는 기껏해야 열여덟 살 정도였다. 어깨쯤 닿는 머리에 하늘거리는 크림색 드레스를 입었고 카메라를 보고 웃고 있었다. 아빠 사진 옆에 있으니 더욱 어리고 상냥하고 순수해 보였다. 사슴 같은 눈의 연약한 여성. 뭔가에 사로잡혀 기사를 읽기 시작했다.

동화로 시작된 이야기가 이렇게 비극으로 끝날 줄은 아무도 예상하지 못했다. 공장 노동자 프랭크 페어차일드와 유치원 교사 앨리스 페어차일드의 딸 그레이스 페어차일드는 코네티컷 주 힐스버러의 서민 가정에서 성장했다. 캘러웨이 그룹의 후계자인 억만장자 앨리스테어 캘러웨이의 눈에 띄면서 그녀 앞에 새로운 세상이 열렸다. 어퍼 이스트 사이드의 펜트하우스, 전세기로 떠나는 호사스러운 주말여행, 값비싼 선물. 그레이스는 백마 탄 왕자를 찾았다고 생각했다. 왕자의 이면에 살인자가 숨어 있으리라고는 전혀 알지 못한 채.

"그의 매력과 돈에 눈에 멀었던 겁니다." 그레이스의 오빠 행크는 말한다. "그래서 사람을 제대로 보지 못했던 거예요. 실체를 알았을 때는 이미 늦었죠. 그레이스가 사라진 그 달, 앨리스테어와 그레이스는 계속 싸웠습니다. 그레이스는 이혼을 요구할 생각이 있었어요. 사라진 그날, 그에게 떠나라고 했죠. 둘은 싸움을 했고 그레이스는 자신을 만지지 말라고 소리쳤습니다. '내 몸에서 손 치워요.'라고 했어요."

읽는 것을 멈추었다. 내가 외삼촌에게 해준 말이었다. 싸구려 피자집에서 마주 보고 앉아 삼촌이 사준 탄산음료를 빨대로 마시면서. 질문 공세를 퍼붓는 삼촌에게 엄마가 아빠에게 마지막으로 한 말을 이야기해주었다. 배신자, 무가치하고 한심한 배신자처럼. 하지만 나는 외삼촌이 가장 큰 금액을 제시한 사람에게 정보를 팔아넘겨 온 세상이 다 보게 만들 줄은 알지 못했다.

삼촌에게 다른 이야기도 했다. 행복한 이야기들. 왜 삼촌은 그런 이야기는 하지 않은 걸까?

헤더에게 타블로이드지를 건넸다. 손에 닿은 종이가 미끄럽고 끈적거렸다.

"이건 사실이 아니야. 신문에서 이런 식으로 쓴 거야. 삼촌이 이런 식으로 말한 거야. 엄마 아빤 이혼하려고 하지 않았어."

또다시 이런 일이 반복되고 있다니 믿어지지 않았다.

엄마가 사라진 직후 엄마의 실종은 굉장히 큰 뉴스거리였고 수많은 가십 잡지의 표지를 장식했다. 싣지 않은 뉴스 매체가 없었다. 경찰은 아빠를 불러다 조사를 했다. 수색대가 랭글리 호숫가 집 근처의 숲을 수색했고 다이버들이 호수를 뒤지기도 했다. 다들 시체를 찾으려 했지만 끝내 발견되지 않았다.

아빠에게는 알리바이가 있었지만 세상은 신경 쓰지 않았다. 엄마가 실종된 그날 밤 아빠가 호숫가 집에서 수백 킬로미터 떨어진 뉴욕의 아파트에 있었다는 것도, 아빠가 엄마를 사랑했고 절대로 해칠리 없다는 것도. 어둡고 흥미진진한 이야기였기에 다들 달려들기 바빴다. 살인자라고 속삭이고 아내를 죽인 자라고들 했다.

아빠는 사라진 엄마를 찾으려고 사립탐정을 고용했는데 탐정이 은행 CCTV 영상을 발견했다. 코네티컷 뮤추얼 은행의 CCTV 영상이었다. 실종 며칠 전에 엄마는 아빠와 공동 소유한 은행 금고에서 수십만 달러를 인출했다. 엄마는 그 돈과 함께 우리의 삶에서 나가버렸다. 그때 나는 일곱 살, 여동생 세라피나는 겨우 다섯 살이었다. 전국 뉴스 채널들은 은행 CCTV 영상을 수주일 동안 틀어댔다. 엄마가 돈을 훔치고 우리를 버렸다는 수치스러운 증거를.

아빠는 일 년 동안 엄마를 찾았지만 흔적조차 발견하지 못했다. 엄마가 사라진 지 일 년째 되는 날에는 탐정의 조사도 그만두게 했다. 엄마가 그렇게까지 모습을 드러내고 싶어하지 않는다면 더 이상 찾고 싶지 않다고.

엄마가 떠나고 일 년 동안 나는 사람들의 시선과 연민의 눈길, 수군거림을 견뎌야 했다. 우리 가족 모두가 그랬다. 겨우 정상적인 삶으로 돌아가기 시작하려는 찰나 또 이렇게 된 것이다.

삼촌이 밉다, 생각했다. 아빠에게 이런 짓을 하고 내가 아빠에게 이런 짓을 하게 만든 삼촌을 영원히 용서하지 않으리라. 마침내 폭풍우가 걷히고 맑아지려는 순간에 삼촌은 우리에게 먹구름을 드리웠다.

"진짜 너희 아빠가 그런 것처럼 썼네." 헤더가 내 말을 못 들은 것처럼 말했다. 그 아이의 바보 같은 안경을 확 쳐버렸다. 안경이 발아래의 금속 스탠드로 떨어지면서 왼쪽 안경알에 돌이킬 수 없는 흠집이 생겼다.

나중에 아빠는 나와 동생을 서재에 앉혀놓고 앞으로 행크 외삼촌과 말을 해서는 안 된다고 했다. 아빠가 함께 있지 않는 한 외삼촌은 우리 근처에 올 수 없게 되었다고. 아빠는 그 말을 하면서 우리를 처다보지 않았고 나도 그런 아빠를 나쁘게 생각하지 않으려고 애썼다.

"행크 삼촌은 상태가 안 좋다." 아빠가 말했다. 그리고 좀 조용해질 때까지 테디 작은아빠와 그리어 작은엄마 집에서 잠깐 살아야 한다고 덧붙였다. 그 점에 대해서도 아빠를 나쁘게 생각하지 않으려했다.

나는 행크 외삼촌이 우편함에 남긴 쪽지를 구겨서 쓰레기통에 던졌다. 생각하지 않기로 했다. 고개를 드니 우편물실 창밖으로 사각형 안뜰을 지나는 레오와 돌턴, 크로스비가 보였다. 주의를 딴 데로돌릴 좋은 기회였다. 어깨에 멘 가방 끈을 조절한 후 그들에게 달려갔다.

"칩은 오십 달러어치 사야 돼." 내가 따라잡았을 때 크로스비가 이렇게 말하고 있었다.

"오늘 저녁에 중요한 계획이라도 있나 봐?" 내가 살짝 숨을 헐떡이며 물었다.

"그냥 남자 몇 명이서 하는 친선 포커 게임." 레오가 말했다.

"여자한테 지기 싫어서 '남자끼리만' 하는 거야?" 내가 말했다.

크로스비가 나에게 어깨동무를 했다. "찰리, 여기 있는 내 친구 돌턴은 내가 아는 가장 열렬한 페미니스트라고."

"그래, 난 남자 여자 똑같이 박살내지. 난 네 돈을 따는 게 두렵지 않아, 캘러웨이." 돌턴이 말했다.

"좋아. 몇 시에 시작이야?" 내가 말했다.

이틀 연속으로 통금 이후에 창문을 빠져나갔다. 하지만 이번에는 로즈우드 홀 주자창이 아닌 북쪽의 캠퍼스 끄트머리로 향했다. 상급생 남자 기숙사로 가는 가장 빠른 길은 조명 환한 캠퍼스를 통하는 것이지만 놀우드의 보안 요원 라일리 아저씨가 순찰을 돌았다. 그래서 캠퍼스 가장자리를 빙 둘러 곳곳에 풀이 무릎까지 자라 있는 개발되지 않은 들판을 가로질렀다. 한 조각 달만이 길을 밝혀주었다.

돌턴의 방은 상급생 남자 기숙사인 아카시아 홀 일층에 있었다. 돌턴은 졸업반이라 독방을 썼다. 남자애들은 내가 어느 방인지 알 수 있도록 창문의 닫힌 커튼 앞에 양초를 놓아두었다. 창유리를 세 번 두드리자 돌턴이 커튼을 올리고 촛불을 끄고 들여보내주었다.

"안 올 거라고 생각하던 참인데." 내가 방으로 들어온 후 돌턴이 창문을 닫을 때 크로스비가 말했다. 돌턴은 라일리 아저씨가 순찰 도중에 야간 카드 게임을 절대로 눈치채지 못하도록 커튼을 단단히 쳤다. "겁먹고 말이지."

돌턴은 싱글 침대 옆에 오래된 카드 테이블을 준비해놓았다. 맞은편에는 회전의자가, 테이블의 또 한편에는 트렁크가 놓여 있었다. 내가 제일 늦게 와서 남은 자리는 침대의 크로스비 옆자리뿐이었다.

"사실 올까말까 망설이긴 했어. 좀 걸리는 게 있어서 말이지." 내가 침대에 앉아 다리를 편하게 접으며 말했다. "첫째, 나에게 완전히 박살나서 돈을 다 잃은 후에도 애들이 날 계속 좋아할까? 둘째, 얘들이 울면 어떡하지? 한 방에 있는 남자애들이 전부 다 우는 모습은 본 적이 없어서 말이야."

"말은 요란하군." 크로스비가 카드를 섞으며 말했다.

"자만하다가 망할지어다, 캘러웨이," 돌턴이 트렁크에 앉으며 말했다.

오든이 큰 필통을 꺼내 '칩'을 나누기 시작했다. 진짜 포커 칩으로는 할 수 없었는데 진짜 돈을 가지고 온 사람이 없는 것과 같은 이유였다. 놀우드에서는 도박을 하다가 걸리면 무조건 정학이다. 혹시 걸려도 그럴듯하게 부인할 수 있도록 포스트잇이 십 달러, 연필이 오 달러, 지우개가 이 달러, 스키틀즈 알이 일 달러 칩 대신 쓰였다. 하지만 나중에 따로 주고받게 될 돈은 진짜였다. 잃은 사람들이 딴 사람들에게 주말까지 돈을 주기로 했다.

가장 먼저 돌턴이 카드를 돌렸다. 나는 패를 집어 들고 들뜰 만큼 신이 났다. 꽤 좋은 패였다. 퀸 한 벌, 에이스 하나. 하지만 내가 가진 카드보다 플레이어들을 관찰하는 데 집중했다. 언제 앞사람이 올린 판돈을 받기만 하고 더 올리지 않는지, 언제 판돈을 더 올리는지, 언제 일찍 판을 포기하거나 앞사람의 판돈을 받아들이는지.

난 항상 포커가 좋았다. 사람을 읽는 게임이기 때문이다. 누구나 은연중에 생각이 드러난다. 빨라지는 호흡, 얼굴의 경련, 뻣뻣해지는 목. 레오는 나와 포커를 친다는 사실이 억울할 터였다. 그만큼 내가 그를 잘 알기 때문이다. 가진 패가 좋을 때 레오는 마음에 드는 여자에게 말할 때와 똑같은 모습을 보인다. 오른쪽 입꼬리가 보일락 말락 떨리면서 거의 거만해 보이는 웃음을 띤다. 레오를 아주 잘 알아야만 잡아낼 수 있는 특징들이다.

심리를 보여주는 행동이 생리적인 반응으로 나타나지 않을 수도 있다. 나는 오든이 신중한 플레이어임을 금방 알 수 있었다. 오든은 거의 항상 판돈을 받아들이기만 하고 더 올리지는 않거나 일찍 접었다. 그래서 판돈을 올리거나 두 번째 라운드 이후에도 남아 있으면 좋은 패를 가졌다는 뜻이었다. 그리고 크로스비는 한 번 사는 인생 신나게 산다는 듯이 플레이했다. 접어야 할 때 연습된 태연함으로 판돈을 올리고 거의 막판에야 물러났다. 돌턴은 가장 읽기 힘든 상대였다. 게임 내내 그를 간파할 수 없었다.

마지막 패를 받아들었을 때는 새벽 두시가 가까운 시각이었다. 마지막 라운드의 판돈을 걸 때였다. 다들 크게 걸어서 모인 판돈이 육십오 달러나 되었다. 레오가 접고 오든도 막 접었고 돌턴 차례였다. 이십 달러를 더해 앞사람의 판돈을 받아들이거나 판돈을 더 올리거나 아니면 접거나 해야 했다. 모두 그가 망설이는 이유를 알고 있었다. 그때까지 돌턴이 딴 돈은 우리들 중에 가장 큰 금액인 백 달러였다. 만약 돌턴이 이십 달러를 추가해 판에 계속 남았다가 내가 이겨 판돈을 다 가져오면 나는 총 구십오 달러가 되고 돌턴은 팔십 달러가 되므로 내가 이긴다. 만약 그가 그냥 접으면 이번 판을 내가 따건 말건 돌턴은 계속 일등이었다.

나는 카드를 뒤집은 채로 앞으로 밀었다. 마치 내 차례이고 접기로 결정한 듯이.

"네 차례 아닌데." 오든이 속삭였다.

"아, 미안." 다시 카드를 들고 당황한 척 연기했다. 자유자재로 얼굴까지 붉힐 수 있었다면 그렇게 했을 것이다.

"이십 달러 걸겠어." 돌턴이 잔뜩 쌓인 칩 중에서 포스트잇 두 장을 테이블 가운데에 놓으며 말했다.

나는 그가 포스트잇을 내려놓자마자 카드를 들어 올리고 포스트잇 두 개를 테이블 가운데로 가져갔다.

"이십 달러 받고, 십 달러 올릴게."

연필 두 자루를 테이블 가운데로 밀었다.

"이 사기꾼." 돌턴은 미소 짓고 있었지만 눈빛은 냉정했다. 침착해 보이려고 했지만 나 때문에 짜증이 났음을 알 수 있었다.

"너 부정행위야." 오든이 말했다.

"도덕적인 애매모호함이지." 내가 바로잡아주었다. "내가 일부러 그런 거라면 말이야. 사실은 접으려고 한 게 아니었을 수도 있어."

"정말이야?" 오든이 물었다.

"그렇다면 믿을래?"

"난 얘가 맘에 든다." 크로스비가 모두에게 말했다. "너 맘에 든다. 난 네가 일부러 그런 거였으면 좋겠는데." 그가 내 등을 툭 쳤다.

오든은 편들어주기를 바라며 레오를 보았지만 소용없었다. 레오는 웃음을 터뜨리며 회전의자에 등을 기댔다. 그리고 고개를 흔들며 말했다. "쟤 끼워주지 말자니까."

"십 달러 받고." 크로스비가 연필 두 자루를 가운데에 놓았다. 돌턴도 마지못해 똑같이 했다.

그리고 우리 셋은 동시에 카드를 뒤집었다. 돌턴은 잭이 세 장, 크로스비는 투 페어, 나는 플러시였다.

크로스비는 애석해하며 느리게 박수를 쳤고 돌턴은 크게 한숨을 쉬었다. 오든은 작게 욕설을 내뱉었다.

"잘했어, 사촌." 레오가 말했다.

"너희들 모두 잘했어." 나는 이렇게 말하며 연필과 포스트잇, 지우개, 스키틀즈를 전부 내 앞으로 쓸어왔다. "아까 농담한 거 아니야. 너희들이 울음을 터뜨리면 난 진짜 기겁할 거야."

남자 기숙사에서 로즈우드 홀로 돌아가는 이른 새벽의 캠퍼스는 무서울 정도로 고요했다. 재킷 입은 어깨를 더욱 움츠리며 걸음을 재촉했다. 새벽에 혼자 밖에 나와 있으니 유령 생각을 하지 않을 수 없었다. 저주할 대상을 찾아 캠퍼스를 떠돈다는 죽은 남학생 유령.

버려진 들판에 이르렀을 때 누군가 나를 지켜보고 있다는 직감이 날카롭게 파고들었다. 들판만 건너가면 기숙사였다.

바보 같은 생각 하지 마, 찰리. 유령은 없어. 아무도 널 보고 있지 않아.

그래도 더욱 빨리 걷기 시작했다. 뒤에서 희미하게 뭔가가 움직이는 소리가 들렸다. 유령은 몸이 없어. 유령은 발소리도 내지 않아.

갑자기 걸음을 멈춰보았다. 뒤쪽에서도 멈추는 소리가 분명히 들렸고 느껴졌다. 실체가 있는 누군가가 나를 따라오고 있었다. 나는 달리기 시작했다.

들판은 저 멀리의 늙은 참나무 두 그루를 제외하고는 허허벌판이 었는데 나무 사이로 로즈우드 홀이 보였다. 일층 주방에 아직 불이 켜져 있었다. 가끔 요리사 윌슨 부인이 다음 날 아침에 내놓을 비스킷 반죽을 하느라 밤늦게까지 깨어 있을 때가 있었다. 앞쪽 잔디밭으로 불빛이 새어 나오는 곳까지만 갈 수 있다면 안전하다고 안심할 수 있을 터였다.

하지만 과연 성공할 수 있을지 알 수 없었다. 달리는 동안 피가 귀로 몰려 쿵쾅거렸고 옆구리에 날카로운 통증이 느껴졌다. 나를 따라오는 게 누구인지 모르겠지만 숨소리와 발소리가 점점 가까이 들렸다. 후디 주머니에서 열쇠를 꺼내 손가락 사이에 발톱처럼 쥐었다. 주먹을 옆구리에 붙여 언제든 날릴 채비를 하고, 멈춰서 뒤돌았다. 숨이 찼지만 간신히 말을 했다.

"우…… 움직이지 마. 소리 지를 거야."

상대는 이 미터도 떨어지지 않은 곳에 있었지만 너무 깜깜해서 형체를 완전히 알아볼 수 없었다. 숱 많은 수염과 건장한 어깨를 가진 남자였다.

상대가 항복의 의미로 두 팔을 들어올렸다. "소리 지르지 마." 걸걸한 목소리가 어딘지 낯익었다. "놀라게 하려는 건 아니었다. 그냥…… 기다렸는데 네가 안 나와서."

처음에는 상대가 착각한 것이라고 생각했다. 캄캄한 어둠 속에서 나를 스토킹한 저 덩치 큰 남자는 나를 다른 사람과 착각한 것이다. 그런데 그때 아침에 우편함에서 나온 쪽지가 떠올랐다.

"행크 외삼촌?"

그가 한 걸음 다가왔고 나는 한 걸음 뒤로 물러났다. 겁에 질리기는 마찬가지였다. 열쇠를 끼워 넣은 주먹을 들어 올렸다. 외삼촌은 나를 놀라게 했음을 깨닫고 그 자리에서 멈추었다. 상심하기라도 한 듯 어깨를 축 늘어뜨렸다.

"샬럿." 나를 부르는 삼촌의 목소리가 너무 다정하고 친근해서 경계를 풀 뻔했다. "샬럿, 나야. 괜찮아. 난 절대로 널 해치지 않아. 그걸 알아주렴."

나는 확신하지 못한 채로 주먹을 내렸다.

"여기서 뭐 하시는 거예요?"

"널 꼭 만나야 했어." 약간 헐떡이는 목소리였다. "네 엄마 일이다."

"듣고 싶지 않아요."

"들어야 해. 넌 꼭 들어야 돼. 네가 꼭 봐야 하는 게 있다."

"관심 없어요." 이렇게 말하고 가려고 돌아섰다. 더 이상 삼촌의 억측을 듣고 싶지도 질문에 답하고 싶지도 않았고, 오래전 삼촌이 엮은 복잡한 거미줄로 빨려 들어가고 싶지도 않았다. 그럴 수 없었다. 절대 그러지 않을 작정이었다.

"샬럿." 삼촌이 내 팔을 잡고 가지 못하게 막았다. 위스키 냄새가 풍길 정도로 가까운 거리였다.

나는 허둥지둥하지 않으려고, 내가 얼마나 화났는지 보여주지 않으려고 안간힘 썼다.

"엄마는 죽은 게 아니에요." 내가 단호하게 말했다. "우릴 떠난 거야. 떠나버렸다고. 돌아오지 않는다고요. 인정하고 잊어버리세요. 우리처럼."

어깨를 으쓱하며 삼촌의 손길을 풀려고 했지만 삼촌의 손가락은 내 팔을 더욱 세게 잡았다. 나는 얼굴을 찡그렸다.

"잘 들어라." 삼촌이 다시 말하기 시작했다. "네가 네 엄마를 어떻게 생각하는지 알아. 주변에서 들은 이야기가 있을 테니."

"이야기라고요? 은행 CCTV 영상을 봤어요, 삼촌. 온 세상이 그걸 봤다고요."

엄마가 사라지기 전의 마지막 한 달은 온통 거짓이었다고 생각하지 않을 수 없었다. 밤에 나를 재워주고 욕조에 물을 채워주고 아침에 딸기를 썰어 오트밀에 넣어줄 때마다 엄마는 나를 떠날 결심이 이미 서 있었을 테니까.

"그건…… 네가 생각하는 것과 달라. 그레이스는 절대로 너와 세라피나를 그렇게 떠날 사람이 아니야. 그 앤 너희들을 세상 그 무엇보다 사랑했어. 보이는 것과 달라. 네가 들은 얘기와 달라."

"놔주세요. 아파요."

외삼촌은 내 팔을 잡은 자신의 손을 보더니 자신이 팔이 거기 있다는 사실에 충격 받은 표정으로 나를 놓아주었다.

"네가 이걸 봐야 해." 삼촌이 어깨에 걸친 가방으로 손을 옮겼다. 순간 도망칠까 생각했다. 이제 숨을 좀 골랐으니 기숙사까지 무사히 도착할 수 있을 것이다. 하지만 실패한다면, 도망치려다 오히려 삼촌을 더욱 자극하면 어쩌지? 해치지 않겠다고 했고 그럴 의도가 없다 해도 나보다 훨씬 덩치가 크고 절박한 심정인 데다 솔직히 약간 제정신이 아니지 않은가. 무슨 짓을 할지 어떻게 알아?

어찌 할지 고민하고 있을 때 삼촌이 서류 봉투를 내밀었다.

"그게 뭐예요?"

"직접 봐라."

봉투를 받아들었다. 오래되어 누렇게 변색되어 있었다. 오른쪽 상단에 우표가 붙어 있고 앞쪽에 휘갈겨 쓴 엄마의 이름과 호숫가 집 주소가 보였다. 봉인은 뜯어져 있었다. 안에 한 무더기의 사진과 종이 한 장이 들어 있었다. 먼저 종잇조각을 꺼냈다. 전부 대문자로 '나는 알고 있다(I KNOW)'라고 적혀 있었다.

다음으로 사진을 꺼내 어둠 속에서 휴대폰을 손전등 삼아 천천히 한 장씩 넘겨보았다. 한 백 장은 되는 것 같았다. 처음 수십 장은 멀리서 연속으로 찍은 스냅사진이었다. 엄마가 거기 있었다. 엄마는 어느 식당의 창가 자리에 앉아 있고 얼굴이 분명히 보였다. 심란한 표정이었다. 맞은편에는 웬 남자가 앉았는데 얼굴은 보이지 않고 맞은편의 엄마를 위로하려고 테이블 앞으로 손을 뻗은 상태였다. 다음 사진에서는 그의 손이 엄마의 손을 잡고 있었다. 나는 삼촌을 올려다보았다. 삼촌은 나를 골똘히 쳐다보고 있었다.

"아는 사람이니? 사진에서 네 엄마랑 같이 있는 남자, 본 적 있어?"

사진을 넘겨보았다. 다음 사진은 각도가 달랐다. 남자의 얼굴이 보였다. 짙은 색 수염에 코가 넓었다. 눈 아래쪽은 푹 꺼지고 잿빛이었다. 머리가 약간 벗어졌고 삼십대 정도로 보였다. 양복 차림이었다.

"아뇨. 한 번도 본 적 없는 사람이에요."

나머지 사진들도 휙휙 넘겨보았지만 남자는 식당 밖에서 찍힌 사진에는 등장하지 않았다. 식당이 아닌 곳에서는 엄마가 나와 세라피나와 함께 있는 사진들뿐이었다. 우리는 호숫가 집의 앞쪽 진입로에 있었다. 엄마가 세라피나를 안고 있는 사진도 있고 SUV에서 우리를 내려주는 사진도 있었다. 외할머니와 힐스버러의 슈퍼마켓에서 나오는 우리, 행크 외삼촌의 트럭에 탄 우리, 나와 세라피나가 호수에서 수영하는 모습을 호숫가에서 지켜보는 엄마. 수업 시간에 앤드루스 선생님이 보여준 망원 렌즈 카메라가 떠올랐다.

마지막 사진에서 나는 심장이 철렁 내려앉았다. 근거리 착시 현상이 아니라 사진 찍은 사람이 정말로 그 자리에 있었다. 그가 내민 한 손이 사진에 보였고, 코네티컷 외갓집 뒷마당에 선 내가 손 닿을 만한 거리에 있는 카메라 렌즈를 올려다보는 모습이었다. 사진을 뒤집어보니 딱 한 단어가 적혀 있었다. 멈춰(STOP).

뭘 멈추라는 거지?

"이 사진들이 다 뭐예요?"

"호숫가 집에서 찾았다. 네 엄마 아빠 방 헐거운 마룻바닥 안에서."

"거긴 왜 가신 건데요?"

행크 외삼촌이 호숫가 집에 몰래 들어가 물건을 뒤졌다는 것을 알면 아빠가 가만있지 않을 터였다.

64

"궁금한 게 있어서 직접 답을 찾으러 갔지. 뭔가를 찾은 것 같구나. 이것들이 뭐고 무슨 뜻인지 아직 모르겠지만 뭔가 뜻이 있을 거라고 확신한다."

반박하고 싶었지만 그럴 수가 없었다. 사진을 보고 나니 가슴이 싸늘해지고 텅 비고 숨이 다 빠져나가버렸다. 누군가 우리를 미행한 건가? 이 사진들은 위협의 의미였을까? 그렇다면 도대체 왜? 엄마가 누군가 우리를 위협하게 만들 무슨 일을 했단 말인가?

"이 사진을 누가 찍었는지 기억하니?" 삼촌이 물었다.

나는 손에 쥔 사진을 보며 고개를 흔들었다. 뼛속까지 불안했지만 사진에 대한 기억이 전혀 없었다.

"기억나는 게 있을 거다." 삼촌이 더욱 절실하게 말하고는 한 손으로 자신의 헝클어진 머리를 쓸었다. "그해 여름 주변 사람 중에 느낌이 이상했던 사람 없었어? 주변에 있는 게 당연한 사람이었을 수도 있어. 그 집에는 수많은 사람이 들락거렸으니까. 정원사나 가정부? 네 엄마가 불안해하거나 무서워하진 않았니? 사소한 일이나 좀 이상했던 일. 아무리 작은 거라도 유용할지 몰라."

"기억나는 건 벌써 다 말씀드렸잖아요." 내 말에서 분노가 새어 나왔다. 삼촌은 모든 걸 이야기한 나를 배신했었다.

삼촌은 엄마가 죽었으며, 엄마에게 무슨 일이 생겼는지 알 수 있는 열쇠를 내가 쥐고 있다고 확신했다.

"뭔가가 또 있을 거다." 삼촌이 쏘아붙였다. 그가 한 손을 들어 올리기에 순간 나를 치거나 붙잡으려는 건가 싶었지만 움츠러들지 않으려 했다. "네가 나한테 말하지 않은 게 분명 있을 거야."

나는 대답 대신 물었다. "아빠도 이 사진들에 대해 아세요?"

"난 앨리스테어가 뭘 알고 뭘 모르는지 몰라. 그 친구는 내 말을 듣지 않은 지 오래됐으니까."

"아빠가 사진을 보면……."

하지만 삼촌이 말을 잘랐다.

"이건 더 이상 캘러웨이 집안의 문제가 아니다." 삼촌이 내뱉었다. "난 더 이상 그 사람들을 찾아가지 않아. 그들은 이미 오래전에 내 동생에 대한 결론을 내렸고 또 분명히 보여도 줬지. 샬럿, 그들은 네 가족이지만 네 엄마에게 했던 말을 너에게도 해야겠구나. 그들은…… 냉혹한 사람들이다. 그레이스는 너무 늦게야 그걸 깨달았어. 너도 그럴지 모르지. 하지만 현실이 그래. 내가 할 수 있는 말은 이것뿐이구나."

삼촌에게 봉투를 다시 건넸다. "도와드릴 게 없어요. 죄송해요."

삼촌은 마지못해 봉투를 받아들고 턱을 문질렀다. 내게 실망했다는 듯이 나를 보며 고개를 저었다. "샬럿, 넌 캘러웨이지. 하지만 페어차일드이기도 해. 넌 우리 일원이야. 그걸 잊지 마라."

그 말은 나를 따끔하게 찔렀다. 나는 뭐라고 말해야 할지 몰라 입술을 깨물며 시선을 돌렸다.

"네 외갓집에서 해마다 그레이스의 생일 파티를 연다." 삼촌이 봉투를 가방에 넣으며 말했다. 나에게서 아무것도 얻지 못하리라는 사실에 체념한 듯했다. "올해 마흔넷이 됐을 거야. 너하고 세라피나가 오면 어머니가 많이 기뻐하실 거다."

나도 그 파티에 대해 알고 있었다. 엄마의 가족이 엄마가 사라진 후에도 매해 열어온 엄마의 생일 파티. 지금보다 어렸을 때는 아빠가 좋은 생각이 아닌 것 같다며 가지 못하게 했다. 하지만 지금은…… 기숙학교에 다니고 있으니 내 마음대로 하기가 수월하다. 놀우드는 힐스버러와 완전히 딴 세상인 것처럼 느껴졌다. 바로 그 점이 매력이었다.

"생각해볼게요." 나는 거짓말을 했다.

"그래, 그럼." 삼촌은 어떻게 작별인사를 해야 좋을지 모르겠다는 듯이 한 손으로 뒷목을 문질렀다. 나는 그런 삼촌을 빤히 쳐다보기만 했다.

잠시 엄마의 시선으로 삼촌을 보려고 노력했다. 행크 외삼촌은 엄마가 가장 좋아한 오빠였다. 어린 나에게 엄마는 고작 열두 살밖에 안 된 자신에게 행크 외삼촌이 외할아버지의 스테이션왜건으로 운전을 가르쳐준 이야기를 들려주었다. 엄마가 브레이크 대신 액셀을 밟아 우편함을 박살냈는데 행크 외삼촌은 자신이 한 일이라고 말했다. 오빠가 아빠에게 벨트로 세 대나 맞는 모습을 엄마는 이층 난간 사이로 머리를 쏙 내밀고 지켜보았다. 엄마가 초등학교 사학년 때 자전거에서 굴러 떨어졌을 때 행크 외삼촌은 의사가 턱을 꿰매는 동안 엄마의 손을 잡고 주의를 다른 데로 돌려주었고, 엄마가 혼자만 턱에 붕대를 감고 있지 않도록 의사에게 자신의 턱에도 못생긴 갈색 일회용 반창고를 붙여달라고 했다.

행크 외삼촌과 나는 수많은 여름 추억을 나눈 사이였다. 햇볕에 심하게 탄 발가락, 7월 오후의 이글거리는 태양 아래서 다 먹기도 전에 녹아버리는 아이스크림을 사 먹던 힘겨운 여정, 약간 시큼한 냄새를 풍기던 호숫물과 땀. 하지만 지금 우리를 연결해주는 것은 엄마의 유령뿐이다.

이상하지만 우리를 갈라놓는 것도 바로 그것이었다.

4
그레이스 캘러웨이

2007년 8월 4일
오후 4시 35분

그날 공기에서 여름이 물러가고 있다는 게 느껴졌다. 칠월의 숨
막히는 열기가 팔월 오후의 선선한 기운에 밀려나고 있었다. 수그러
들 기미가 보이는 것은 뜨거운 더위뿐만이 아니었다. 딸들의 기분도
마찬가지였다. 샬럿과 세라피나가 들썩이기 시작했다. 호숫가 집에
서 보내는 시간이 식상해지기 시작한 것이다. 앞마당 잔디밭의 스프
링클러 사이를 맨발로 뛰어다니고 뒷마당에서 캠핑을 하고 테라스
에서 바비큐 파티를 하곤 했던 일이 한때는 신나는 모험이었지만 이
제 일상처럼 느껴지기 시작했다. 아이들은 앨리스테어가 호숫가의
오래된 느릅나무에 매달아준 타이어 그네를 더 이상 타지 않았고 부
표까지 누가 빨리 가나 수영 시합을 하는 것에도 흥미를 잃었다. 며
칠 전 샬럿과 세라피나는 집 안의 작은 아지트에서 차가운 가죽 소
파에 앉아 플레이스테이션 3을 하고 있었다.

뭔가가 끝나가는 느낌이 들었다. 정말로 끝이었다.

내가 앉은 뱃머리의 푹신한 자리에서 키를 잡은 앨리스테어를 바라보았다. 그는 무릎에 샬럿을 앉히고 딸에게 새로 산 팔 미터 크기의 보트를 운전하는 법을 가르쳐주고 있었다.

모터 소리와 선체에 닿아 부서지는 파도 소리 때문에 두 사람이 무슨 이야기를 나누는지는 들리지 않았다. 세라피나는 내 옆에서 무릎을 꿇고 앉아 보트 바깥으로 몸을 기울여 손가락을 벌리고 물보라를 잡으려 했다. 넘실거리는 파도에 배가 흔들리면 균형을 잃을까 봐 아이가 입은 구명조끼 뒷부분의 고리에 손가락을 집어넣어 아이를 내 옆에 바짝 고정시켜두었다.

호수 위쪽으로는 오십만 평의 대지가 펼쳐졌다. 주변은 숲과 미개발지였다. 호숫가에 드문드문 몇 채의 집이 있고 북쪽에 공용 보트 선착장이 있었다. 우리는 호수 끄트머리에서 알루미늄 보트에 탄 어부 한 명을 지났다. 그가 야구모자의 챙 아래로 우리를 쳐다보았고 나는 손을 흔들어 인사했다.

보통 사람들에게 우리 가족이 어떻게 보일지 상상해보았다. 호수에서 보트를 타며 토요일 오후를 즐기는 행복한 가족처럼 보이겠지.

마음속으로 사진을 찍었다. 바람에 금발의 곱슬머리가 휘날리는 세라피나. 찰칵. 샬럿은 아빠의 뉴욕닉스 로고가 들어간 모자를 쓰고 보트 운전대 앞에서 빼꼼 얼굴을 내밀었다. 앨리스테어가 최대한 조여주었지만 모자가 너무 커서 계속 코로 흘러내려 눈을 가렸다. 샬럿은 끝까지 모자를 벗지 않겠다고 우기며 고개를 뒤로 젖혀 앞을 보았다. 찰칵. 햇빛이 앨리스테어의 금발에 닿았다 오일을 바른 구릿빛 어깨에서 반사되었다. 잘생기고 완벽한 남편이 두 팔로 딸을 안고 있다. 찰칵.

　대학교 때 사진학 수업을 들었는데 교수가 안셀 애덤스의 인용구를 벽에 걸어놓았다. "사진은 찍는 것이 아니라 만드는 것이다." 난 사진이 한 번이 아니라 두 번 만들어지는 것이라 생각했다. 첫 번째 순간에는 사진작가가 사진을 만든다. 그가 프레임과 각도, 조명, 피사체의 구도를 선택한다. 사진가가 사람들에게 보여주고자 하는 것을 선택하는 것이다. 연출된, 인공적인, 사진작가가 하고자 하는 이야기다. 하지만 사진은 사람이 그것을 보는 순간 두 번째로 만들어진다. 있는 그대로의 사진만을 보는 것이 아니라 사진을 통해 자신을 본다. 자신의 고유한 맥락과 이야기, 인식을 더한다. 의미를 만든다. 나는 사진에 실제로 담긴 것보다 사람들이 사진에서 보는 것이 더 많은 것을 알려준다고 생각했다.

　마음으로 찍은 사진들을 살피면서 나를 지웠다. 훌륭한 파괴다. 이방인의 시선으로 사진을 보려고 했다. 그 이미지들을 내 마음의 눈에서 아주 멀리 떨어뜨렸다. 복잡함이 하나로 합쳐져 무해한 색깔과 선(線)의 팔레트가 될 때까지. 아주 잠시 동안, 정말로 모든 것이 멀리서 보이는 그대로라면 얼마나 좋을까 생각했다.

5
찰리 캘러웨이

2017년

엄마 아빠가 또 소리치고 있었다. 벽 너머로 다 들렸다. 세라피나를 위해 영화를 틀고 볼륨을 높였다.

"넌 여기 있어." 동생에게 말하고 우리 방을 나가 복도를 지났다. 반쯤 열린 엄마와 아빠의 방을 살짝 엿보았다.

침대에 아빠의 여행가방이 놓여 있었다. 엄마는 서랍 하나가 열린 서랍장 옆에서 아빠의 여행가방에 와이셔츠를 던졌다.

"빨리 가요." 엄마가 말했다.

"젠장, 그레이스." 아빠는 막 샤워를 하고 나온 참이었다. 욕실 거울에 뿌연 김이 서려 있고 면도를 한 아빠의 뺨이 붉었다. 아빠의 허리에는 수건이 둘러져 있었다.

아빠는 엄마의 손목을 잡아 자신의 품으로 당겼다.

"날 봐."

"내 몸에서 손 치워요." 엄마가 쏘아붙였다.

"엄마?" 내가 엄마를 불렀다.

두 사람이 함께 고개를 돌려 문가에 서 있는 나를 보았다. 아빠가 엄마를 놓았다. 엄마의 눈이 붉었고 얼굴은 일그러져 있었다. 엄마는 내가 보지 못하도록 곧바로 다시 고개를 돌렸다.

"엄마 왜 울어?" 내가 물었다.

아빠가 다가와 나를 안아 올렸다. 그러기엔 내가 너무 커버렸는데도.

"아이스크림 먹을까?" 아빠가 물었다.

"좋아."

아빠는 나를 주방으로 데려가 냉장고를 뒤져 초콜릿 아이스바 두 개를 꺼냈다. 우리는 뒤쪽 테라스 계단에 앉아 호수를 내다보며 아이스크림을 먹었다.

"아이스크림 먹는다고 엄마가 화내지 않을까?" 내가 손바닥에 흘러내린 초콜릿을 핥으며 물었다. 엄마는 나와 세라피나에게 이렇게 늦은 오후에는 아이스크림을 절대 먹지 못하게 했다. 저녁 먹기 전에 간식을 먹으면 입맛이 없어진다고.

"샬럿. 너도 다 컸으니까 아빠 없는 동안 엄마를 잘 보살펴야 한다. 할 수 있겠어?" 아빠가 말했다.

"아빠 벌써 가?"

"내일 아침 일찍 회의가 있어."

"가지 마. 내일 또 보트 태워준다고 했잖아."

"다음 주말에 하자. 응?"

"나도 아빠랑 같이 가면 안 돼?"

아빠는 한동안 말이 없었다.

"넌 여기서 엄마를 보살펴야 해." 아빠가 말했다. "아빠를 위해서 그래줄 수 있겠어?"

나는 아무 말도 하지 않았다. 아빠가 우리만 남겨두고 가지 않기를 바랐지만 어쩔 수 없다는 것을 알았다.

아빠는 짐을 마저 챙기기 위해 안으로 들어갔고 나는 뒤쪽 포치에 남았다. 아빠가 가는 모습을 보고 싶지 않았다. 현관이 열리고 닫히는 소리와 아빠의 차가 진입로에서 후진하는 소리가 들렸을 때 나는 아빠가 두 해 전에 만들어준 타이어 그네에 가서 앉아 있었다.

태양이 흐릿해질 때까지 계속 앉아 있었다. 누군가 찾으러 오기를 바랐는데 아무도 오지 않았다.

덤불 속에서 무슨 소리가 들렸다. 고개를 돌려보니 누가 서 있었다. 웬 남자였다. 청바지에 짙은 색 재킷을 입은 그는 카메라를 눈에 대고 있어서 얼굴이 보이지 않았다.

그네 타는 것을 멈추었다.

그가 가까이 왔다.

키가 컸다. 눈을 가늘게 뜨고 그를 쳐다보았다. 낯익으면서도 낯설었다.

누구냐고 무슨 일이냐고 물어보려고 입을 열었지만 말이 나오지 않았다.

그가 다가와 나를 내려다보며 섰다. 손 내밀면 닿을 수 있을 만큼 가까운 거리였다. 나는 그의 카메라 렌즈를 올려다보았다.

찰칵.

그가 사진을 찍었다.

누구세요 누구세요 누구세요?

이 말이 계속 머릿속에서 울려 퍼졌다.

내 말을 듣기라도 한 듯, 내 생각이 이마에 쓰여 있어 읽기라도 한 듯 남자가 갑자기 멈추었다. 천천히 카메라를 내리는 그의 얼굴을 보았다.

아니, 얼굴이 있어야 할 곳을 보았지만 아무 얼굴도 없었다.

피부가 있어야 할 곳에 마치 끓여서 벗긴 것 같은 붉은 살덩어리가 있었다. 눈이 있어야 할 곳에는 두 개의 검은 구멍이 있고 입술은 위아래로 꿰매져 있었다. 그는 필사적으로 무슨 말을 하려는 듯 꿰맨 입술을 움직이려 했지만 끔찍하고 고통스러운 신음 소리만 흘러나왔다.

나는 경악하며 숨을 빨아들였다.

그가 손을 내밀어 나를 잡았고 나는 비명을 질렀다. 눈을 감고 빠져나가려 몸부림쳤다. 하지만 그는 내 어깨를 잡은 손에 더욱 힘을 주어 세게 흔들었다.

"찰리." 목소리가 들렸다. "찰리, 괜찮아. 나야."

깜짝 놀라며 깼다. 어깨에 손이 놓여 있었다. 고개를 들어보니 레오가 서서 나를 내려다보며 내 몸을 살살 흔들고 있었다. 나는 또다시 소리를 질렀다.

"진정해, 사촌. 그냥 나야." 레오가 말했다.

"눈뜨자마자 네 얼굴이 보이면 여자들이 저렇게 반응하는 게 정상이야. 처음 겪는 일인 척하지 마, 레오." 드루가 말했다.

"드루, 언제나 반갑단 말이지." 레오가 고개를 돌려 드루를 보았다. "특히 이렇게 환한 아침 일찍부터는 더더욱."

"꺼져." 드루가 말했다.

"그럴 줄 알았지."

"꺼져버려."

침대에 앉아 눈을 비볐다. 침대 옆 탁자에 놓인 시계를 보니 아침 여섯시 삼십분이었다.

드루는 가운 차림에 젖은 머리를 수건으로 감싼 채 문가에 서 있었다. 한 팔에는 샤워용품 가방이 매달려 있었다.

"대체 어떻게 들어온 거야?" 드루가 물었다.

"네가 샤워하러 가면서 문을 열어놨던데." 레오가 어깨를 으쓱하며 대답했다.

"앞으론 절대 안 그럴 거야." 드루가 샤워용품 가방을 서랍장에 내려놓았다.

"무슨 일이야, 레오?" 내가 물었다. 빠르게 흩어지는 꿈을 기억나는 것만이라도 잡으려 애쓰느라 머릿속이 뒤죽박죽이었다. 랭글리 호숫가의 집, 엄마가 사라진 날 있었던 엄마와 아빠의 싸움, 나에게 뭔가 말하려고 했던 카메라를 든 얼굴 없는 남자에 대한 꿈을 꿨다.

레오가 침대에 누운 내 옆에 앉았다. "일 교시 수업이 취소됐어." 그가 침대 옆 탁자에서 리모컨을 가져다 내 TV를 켰다. 엄밀히 말하면 레오의 TV였다. 작은엄마가 공부에 방해된다고 기숙사 방에 TV를 두지 못하게 해서 엑스박스와 함께 내 방에 옮겨놓은 것이었다. "〈콜 오브 듀티〉를 좀 하고 싶었거든."

"나가. 옷 입어야 돼." 드루가 말했다.

"얼마든지 갈아입어. 난 이미 다 봤으니까."

드루가 레오에게 빗을 던졌다. 레오가 피한 빗은 내 침대 머리판에 맞고 바닥으로 떨어졌다.

내가 양손을 들었다. "조심해. 아군의 공격에 당하고 싶진 않다고."

"미안." 드루가 말했다.

"게임 나중에 하면 안 돼?" 내가 레오에게 물었다.

"제목이 괜히 이런 게 아니야." 레오가 컨트롤러를 들고 어쩔 수 없다는 듯이 어깨를 으쓱했다. "의무가 날 불러."

"알 게 뭐야." 드루가 서랍장 맨 위 서랍을 홱 열어 브라와 팬티를 꺼냈다. "그냥 화장실에서 입으련다."

"검은색 레이스 속옷 입어. 나 그거 좋았어." 레오가 말했다. 나는 드루가 나가며 헤어스프레이를 던지기 전에 침대에서 일어났다.

"꼭 해야겠어?" 나는 갈아입을 깨끗한 옷을 찾아 옷장을 뒤적거렸다.

"삼십 퍼센트라도 덜 재미있었으면 자제하려고 했을 거야." 레오가 TV 화면에 눈을 고정시키고 손가락으로 컨트롤러를 움직이며 말했다.

내 친구들 중에 레오를 좋아하는 사람은 한 명도 없었다. 드루에게는 확실한 이유가 있었고 야엘과 스티비는 의리 때문에 그랬다. 나는 그들이 레오를 거만하고 잔인하다고 생각하는 걸 알았다. 레오에게 좀 무정한 면이 있다는 것은 나도 인정하는 바였다. 하지만 레오는 내 가족이고 유일한 조력자일 때도 있었다.

열 살 때 스카스데일에 있는 테디 작은아빠와 그리어 작은엄마의 집에서 살게 되었을 때 레오는 나를 잘 보살펴주었다. 브렌틀리 아카데미에 등교한 첫날, 레오는 내게 같이 점심을 먹자고 했다. 학기 중간에 학교를 옮겨간 전학생에게는 결코 작은 호의가 아니었다. 나는 레오와 레오의 친구 리치 매스터슨 사이에 앉았다. 리치는 내가 기억하기로 진한 갈색 머리에 주근깨가 있는 귀여운 아이였다. 그런 그가 햄 샌드위치를 내려놓고 나를 보고 물었다. "너네 아빠가 시체를 숨길 때 너도 도왔나?"

맙소사, 여기서 또 이럴 순 없다.

숨을 쉬려고 했지만 쉬어지지 않았다. 폐에서 공기가 다 빠져나갔다.

"샬럿 엄마는 창녀였어." 레오가 말했다.

나는 레오의 배신이 믿기지 않아 휘둥그레진 눈으로 그를 쳐다보았다. 아득한 침묵이 내려앉았다. 나를 조롱하던 리치의 웃음이 굳고 입술이 떨렸다.

"돈 때문에 남자랑 자는 여자 말이야." 우리가 그 말의 뜻을 모르는 바보천치라도 되는 듯 레오가 설명했다. 입을 떡 벌리고 쳐다보고 있어 그랬을 것이다. 레오는 샌드위치를 한 입 베어 물고 아무렇지 않게 씹으면서 말했다. "리치, 넌 분명 알 거야. 네 엄마도 창녀잖아."

"야." 얼굴이 빨개진 리치가 말했다. "우리 엄마는……."

"너네 아빠 돈을 몽땅 가지고 도망갔잖아?" 레오가 물었다. 질문이 아니었다. 리치의 아빠는 그리어 작은엄마의 환자였기 때문이다. 레오가 가장 즐기는 취미는 엄마가 서재에서 환자와 있을 때 눈에 띄지 않지만 말소리는 들리는 곳에 앉아 비밀을 수집하는 것이었다. "그치? 너네 엄마는 창녀야. 하지만 아무도 그 얘길 안 해. 넌 별로 중요한 사람이 아니니까. 넌 엄마가 창녀인 별 볼일 없는 사람일 뿐이야. 샬럿의 엄마도 창녀지만 사람들은 샬럿 엄마에 대해 얘기하지. 샬럿 엄마는 캘러웨이니까. 중요한 사람이거든."

리치가 입술을 깨물었다. 목이 뻣뻣하게 굳고 안에서 싸움이 벌어지고 있는 게 보였다. 내가 수백 번이나 했고 매번 졌던 싸움, 눈물을 흘리지 않으려고, 보고 있는 사람들에게 내가 무너지고 있다는 것을 보여주지 않으려고 벌인 싸움. 리치가 안쓰럽게 느껴질 뻔했다. 물론 그렇진 않았지만.

그 후로 브렌틀리에서는 누구도 내 엄마 이야기를 꺼내지 않았다. 그날 레오는 다른 아이들로부터뿐만 아니라 나 자신에게서 나를 구해주었다. 나에게 엄마를 미워하는 법을 가르쳐줌으로써. 그 분노는 아름다운 선물이었다. 그 전에는 수많은 감정을 느꼈었다. 닥터 맬비가 이름 붙이는 것을 알려준 애도, 상실, 죄책감, 수치심 같은 감정들을. 하지만 분노는 느낀 적이 없었다.

나는 처음으로 자신을 통제할 수 있게 되었다. 다시는 주도권을 놓지 않으리라고 맹세했다.

그런 내 앞에 행크 외삼촌이 사진을 들고 나타났다. 뒷면에 멈추라는 한마디가 적혀 있는, 찍힌 기억이 없는 사진. 도대체 뭘 멈추라는 거지?

"와플 먹으러 가자." 내가 감색 놀우드 교복 재킷을 입으며 레오에게 말했다.

"알았어." 레오가 컨트롤러를 내려놓았다. "사촌, 널 위해서라면 기꺼이."

그날 아침 우편함에서 또 하나의 쪽지를 발견했다. 판지 같은 두꺼운 종이에 인쇄된 에이스의 첫 번째 티켓이었다.

아이템 #1: 낸시 레이건의 목걸이
금요일 자정에 새 주인들에게 전달하기

콜린스 교장 선생님은 자식이 셋이지만 애완견 핏불 낸시 레이건은 선생님의 자랑이자 기쁨이었다. 내가 처음 낸시의 존재를 알게 된 것은 교장실에서 교장 선생님이 이야기 도중에 가족사진을 가리켰을 때였다.

"저 무렵엔 아직 인지 능력이 완전히 발달하지 않는다지만 난 알 수 있단다. 우리 낸시는 정말 똑똑해. 물론 말은 못하지만 눈을 보면 다 알아듣는다는 걸 알 수 있지."

나는 선생님이 태어난 지 얼마 안 된 딸에 대해 말하는 줄 알았다.

"저도 비슷한 나이 대의 사촌이 있어요. 클레멘타인이라고." 분명히 '사촌'이라고 했건만 교장 선생님은 듣지 못한 모양이었다.

"가장 효과적인 식단이 뭐니?"

좀 이상한 질문이기는 했다. 의구심을 가졌어야 했는데 처음 만났을 때라 약간 괴짜라고만 생각했다.

"저희 그리어 작은엄마는 건강에 신경을 정말 많이 쓰시거든요. 채식, 글루텐 무첨가 이런 거요. 지금은 '농장에서 식탁까지'를 실천하고 계세요. 직접 기른 채소로 퓌레를 만들고 그러시죠. 아마 클레멘타인은 직접 키운 유기농 당근 퓌레를 먹을걸요."

"농장에서 식탁까지라." 교장 선생님이 턱을 긁었다. "그래그래. 나도 해봐야겠구나. 낸시의 털에 윤기가 날 거야."

그때서야 실수를 알아차렸다. 그 이후로 이어진 대화에서 나는 클레멘타인이 개인 척했다. 이 년이 흐른 지금까지도 교장 선생님은 나에게 클레멘타인에 대해 물어보고 나는 계속 거짓말을 한다.

교장실에는 액자에 담긴 낸시의 사진들이 있다. 소문에 따르면 선생님의 집 벽난로 선반 위에는 금박 액자에 담긴 낸시의 실물 크기 유화 초상화가 걸려 있다고 한다. 마커스 랜스버리가 작년 가을에 삼촌과 교장 선생님 집에 초대를 받아 차를 마시러 갔을 때 봤다고 주장했다.

물론 낸시의 목걸이는 전교생이 다 알았다. 지난 크리스마스에 낸시는 다이아몬드로 뒤덮인 그 목걸이를 선물 받았다. 교장 선생님의 부인은 이날 부피가 가장 큰 자신의 선물을 뜯어보고 마구 화를 내며 소리 질렀다. 그녀가 받은 것은 최신형 진공청소기였다.

저녁에 스티비와 도서관으로 공부를 하러 갔다. 우리는 둘 다 미국 문학 수업을 듣는데 실비아 플라스의 시집 『에어리얼』을 배우고 있었다. 나는 「아빠」라는 시의 첫 두 연을 소리 내어 읽고 책을 내려놓았다.

"무슨 뜻인지 모르겠어. 적어도 운은 좀 맞는 것 같네." 내가 말했다.

"억눌린 감정에 대해 얘기하는 거야." 스티비가 말했다. "숨 쉬기도 어려운 작은 상자 안에 살고 있는 것처럼."

"그럼 그냥 그렇게 말하면 되지, 왜?" 내가 물었다.

"말로는 충분하지 않을 때도 있으니까. 말의 무게를 전부 담으려면 비유나 소리, 운이 필요해."

"그렇구나." 내가 페이지를 넘기며 툴툴거렸다.

"난 플라스의 무삭제판 일기를 살펴봐야겠어." 스티비가 일어나며 말했다. "시 분석에 유용한 역사적 맥락을 찾을 수 있을지도 몰라."

"신나 죽겠네."

책을 계속 읽었다. 그러다 갑자기 누가 쳐다보는 느낌이 들어 고개를 들어보니 테이블 맞은편에 돌턴이 서 있었다.

"내 위대한 포커 실력에 경의를 표하러 온 거야?" 내가 한쪽 눈썹을 치켜세우며 물었다.

"뭐 비슷한 거지." 돌턴은 교복 재킷 주머니에서 봉투를 꺼내 테이블에 놓고 내 앞으로 밀었다. 그러더니 놀랍게도 자리에 앉았다. "어젯밤에 누군가가, 여기서 이름 같은 건 언급하지 않기로 하지. 어젯밤에 그 누군가가 법칙대로 플레이를 했으면 결과가 달랐을 수도 있어."

"그래. 그 누군가는 절대로 후회하지 않거든." 내가 봉투를 열어 현금을 자세히 살피면서 말했다.

돌턴이 웃음을 터뜨렸다. "정말 내 앞에서 세보는 거야? 날 못 믿어, 캘러웨이?"

"난 내가 널 던질 수 있는 거리만큼 널 믿어." 미국 문학 교과서에 봉투를 끼워 넣었다. "그런데 난 널 들지도 못할 거란 말이지."

"그 불신이 오로지 나를 향한 거야, 아님 모든 남자를 못 믿는 거야?"

"모든 남자. 스스로가 특별하다고 생각하지 마."

돌턴이 또 웃었다. "어쩌다 우리 남자들이 그런 억울한 누명을 쓰게 된 거지?"

"내 사촌이 레오인 거 몰라?"

"레오를 기준으로 모든 남자를 판단하지 말기를 진심으로 바랄게." 돌턴이 말했다.

나는 웃음을 터뜨렸다. "너한테는 안 된 일이지만 난 십대 남자의 머릿속이 어떻게 생겨먹었는지 직접 경험으로 얻은 지식이 있거든. 그건 너희 모두에게 좋은 징조가 못 돼. 너흰 전부 역겨워."

돌턴이 몸을 기울여 내 교과서를 두드렸다. "뭐 좀 가벼운 읽을거리를 읽고 계신가?"

내가 교과서를 들어 보여주었다. "미국 문학. 플라스의 시집 『에어리얼』의 시를 분석하고 있어. 하나도 이해가 안 가는데 중요한 에세이도 써야 해."

"너희 문학 선생님 누구야?"

"모리슨 선생님."

돌턴이 고개를 끄덕였다. "내가 도와줄 수 있을 것 같은데."

"그래? 플라스 팬이라도 되는 거야?"

돌턴이 웃었다. "아니. 내가 제일 못하는 과목이 문학일걸."

"그렇게 확실하게 공표를 해주시니 그냥 나 혼자 알아서 할까 봐."

돌턴은 듣는 사람이 없는지 확인하려는 듯 은밀하게 주변을 살폈다. 그리고 또다시 몸을 앞으로 숙이더니 낮은 목소리로 말했다. "에이스의 자산을 말하는 거야."

"에이스의 자산?" 나도 되도록 작은 목소리로 되물었다.

"그래. 우리한테…… 매년 매 수업에서 제출한 에세이, 시험지 같은 것들의 저장소가 있거든. 역사가 수십 년은 돼. 에이스의 모든 멤버가 모은 거고 에이스라면 누구나 자유롭게 사용할 수 있지. 내가 작년에 모리슨 선생님의 미국 문학 수업에서 A-를 받은 것도 그 덕분이거든. 엄마랑 아빠가 엄청 자랑스러워하시더라. 내 포르셰 림(바퀴의 일부로 타이어를 장착하는 부분—옮긴이)도 갈아주셨다니까."

"들킬까 봐 걱정되지 않아?" 내가 물었다.

놀우드는 부정행위를 절대로 그냥 보아 넘기지 않고 곧바로 퇴학시키는 무관용 원칙을 고수했다. 게다가 모리슨 선생님을 비롯한 선생님들은 얼마 전부터 모든 학생의 에세이를 온라인 자료와 자체 데이터베이스에 등록된 다른 에세이들과 비교 분석하여 표절 여부를 자동 확인해주는 온라인 서비스를 사용하기 시작했다.

"지금 그 해결책을 세우고 있어. 그건 그냥 소프트웨어일 뿐이야. 조금만 안다면 피해갈 수 있지."

곧바로 주드 베인이 떠올랐다. 나와 같은 입회자인 컴퓨터 천재. 에이스가 그를 발탁한 것도 그 때문일까? 시스템을 해킹하려고?

"그건 아직 시간이 걸리니까 그 전까지는 아주 오래된 에세이를 사용하면 돼. 너무 오래돼서 데이터베이스에 없는 것들. 모리슨 선생님이 지금까지 읽은 플라스 에세이를 전부 다 기억하는 것도 아닐 테고."

"그건 그래."

돌턴이 의자에 등을 기댔다. "홈커밍 때 무슨 계획 있어?"

"온 가족이 그자비에와의 시합을 보러 올 거야. 우리 아빠도 여기 졸업생이거든. 테디 작은아빠도 비슷하고. 작은아빠는 졸업 전에 퇴학당했을 거야. 유지니아 할머니는 그 얘길 싫어하셔. 어쨌든 사촌 파이퍼도 내년에 입학할 것 같고 해서 온 가족이 올 거야. 넌?"

그때 흘낏 보니 스티비가 가장 가까운 책장을 돌아서 다가오고 있었다. 스티비는 우리 테이블에 앉은 돌턴을 보고 우뚝 멈추더니 제자리에서 방방 뛰며 기쁨을 표출했다. 내가 보면서 슬쩍 고개를 젓자 스티비는 우리 대화를 엿듣는 것이 확실한데도 책을 찾는 척하기 시작했다.

"우리 엄마도 여기 출신이야. 하지만 못 오실 거야. 일 때문에 바쁘시거든." 돌턴이 말했다.

"안타깝네."

돌턴이 어깨를 으쓱했다. "홈커밍 계획을 물어본 건 경기 말고 무도회를 말한 거였어."

스티비가 꺅 소리를 내더니 이내 기침 소리로 감추려 하는 것을 알 수 있었다. 나는 무시했다.

"아."

"혹시 같이 가기로 한 사람 있어?"

"난 항상 파트너 없이 여자 친구들하고 가거든." 마치 비행기를 착륙시키려 애쓰는 것처럼 내 쪽으로 미친 듯 손짓을 보내는 스티비가 보이지 않도록 살짝 고개를 돌렸다.

"여자 친구들?" 돌턴이 물었다.

"응. 드루, 스티비, 야엘. 어쩌다 보니 우리만의 전통 같은 게 돼서."

일학년과 이학년 때 우리 넷은 홈커밍에 같이 갔다. 함께 준비하고 함께 춤을 췄다. 무도회가 끝난 후에는 스티비와 야엘이 나와 드루의 방까지 매트리스를 끌고 와 한 방에서 잤다. 다들 별로 자지는 못했지만. 우리는 드루가 기숙사 주방에서 슬쩍해 온 요리용 백포도주를 마시며 새벽까지 웃고 떠들었다.

"넌? 누구랑 가?"

돌턴이 어깨를 으쓱했다. "아직 아무한테도 파트너 신청 안 했어. 나도 너처럼 파트너 없이 가야겠다."

"흥." 내가 눈알을 굴렸다. 로이스 돌턴이 파트너 없이 무도회에 간다고? 도저히 상상이 되지 않았다.

"왜?" 그의 한쪽 입꼬리가 멋쩍다는 듯 씰룩거렸다. 나는 그의 웃는 모습이 귀엽고 마치 가파른 절벽에 서서 아래를 내려다보는 것처럼 심장을 철렁하게 만든다는 생각을 하지 않으려고 애썼다. "내가 혼자서 하루 저녁을 넘길 수 없을 거라고 생각하는 거지?"

"놀우드에 너랑 같이 무도회에 가고 싶은 여학생이 백 명은 될 텐데 한 명한테도 파트너 신청을 하지 않는 건 약간 무례한 일이라고 생각해."

"내가 대의를 위해 파트너 신청을 해야 한다?"

"에이, 너도 좋으면서 아닌 척하지 마. 무도회에 같이 가고 싶은 여자애가 놀우드에 한 명은 있을 거 아냐."

"흠, 너한테 신청하려고 했는데 넌 이미 파트너가 세 명이나 있으니 너무 늦은 것 같네." 돌턴이 말했다.

나는 또 눈알을 굴렸다. 돌턴은 추파 던지기의 달인이었다. 문득 그를 진지하게 좋아하는 여자애들이 가엾게 생각되었다.

"그래, 안타깝지만 우리 전통은 아무도 깰 수 없거든." 내가 말했다.

돌턴이 일어나 도서관 안을 기웃거리다 렌과 다르시가 있는 테이블에 앉은 후에야 스티비가 책을 들고 돌아왔다.

"돌턴이 무도회에 같이 가자고 했는데 넌 단번에 거절해버렸어." 스티비가 화난 목소리로 말했다.

나는 한숨을 쉬었다. "같이 가자고 한 것도 아니고 거절한 것도 아니야. 플라스의 어려운 시는 그렇게도 잘 분석하면서 바로 눈앞에서 평범한 언어로 이루어지는 평범한 대화를 완전히 잘못 읽다니 놀라운걸."

"알았어, 클레오파트라."

"웬 클레오파트라?"

"발뺌의 여왕이지." 스티비가 설명했다.

스티비에게 연필을 던졌다.

책을 읽다 고개를 들 때마다 저쪽 건너편에 앉은 돌턴에게로 시선이 향하지 않도록 애썼지만 어쩔 수가 없었다. 책을 읽는 그를 바라보게 되고 그가 렌이나 다르시한테 말을 걸 때면 무슨 이야기인지 궁금해졌다. 나중에 고개를 들었을 때 테이블이 텅 비어 있고 돌턴이 보이지 않자 순간적으로 실망감이 느껴졌다.

"이거 괜찮아?"

야엘이 거울 앞에서 드레스 입은 자신의 옆모습을 보며 물었다.

야엘과 옷 쇼핑을 할 때면 키가 크고 늘씬해서 뭐든 잘 어울리는 그녀의 모습에 항상 자괴감이 들었다. 야엘은 목이 길게 올라온 스타일의 진한 파란색 민소매 미니 드레스를 입어보는 중이었다. 수많은 비즈와 크리스털 장식이 들어간 옷이었다. 야엘의 잘록한 허리와 긴 다리를 돋보이게 해주는 스타일이고 색깔도 도자기 인형 같은 피부에 잘 받았다.

"정말 미워." 내가 절반은 농담으로 말했다.

금요일 오후, 야엘과 드루, 스티비와 홈커밍에 입고 갈 드레스를 사려고 폴스처치의 유일한 부티크인 델핀에 왔다. 나는 저항하다가 의지와 상관없이 끌려왔다. 드레스를 이 분 만에 골랐다. 처음이자 유일하게 입어본 드레스로 결정해버렸다. 등이 파인 와인색 실크 미니 드레스. 심플하지만 우아했다. 난 어여쁜 공주다!라고 소리 높여

외치지 않는 유일한 드레스이기도 했다. 친구들은 장미색과 민트색, 보라색의 시폰 및 레이스 재질 드레스와 망사로 된 치마 부분이 볼록한 드레스를 입어보았다. 나는 한 시간 동안 의무적으로 옷걸이를 들고 사이즈를 찾아주고 다른 견해를 제공했다. 서서히 인내심이 바닥나고 있었다. 드레스가 드레스지, 모든 드레스가 다 똑같아 보이기 시작했다. 그러다 탈의실에서 야엘이 옷을 벗는 동안 의자에 주저앉아 핸드폰을 만지작거리는 중이었다.

그날 밤에 대한 생각을 하지 않을 수 없었다. 에이스가 지시한 첫 번째 아이템의 마감 시한이 그날 자정이었다. 첫 번째 도전과제를 완수할 시간을 이틀밖에 주지 않은 것이다.

숙제는 이미 해놓았다. 낸시의 기본적인 스케줄, 그러니까 낸시가 언제 어디에 누구와 함께 있는지를 알아두었으니까. 전날 오후에 사각형 안뜰에서 교장 선생님의 사택이 잘 보이는 지점도 알아두었다. 언덕에 위치한 곳이라 울타리 너머의 뒷마당이 보였다. 삼각법 숙제를 하면서 낸시가 드나드는 모습을 추적했다. 개를 스토킹하다니 정말 웃기는 일이라는 생각이 들었다.

"이거 마음에 들어?" 드루가 노크도 없이 야엘과 내가 있는 탈의실 문을 열었다. 드루는 목 부분이 하트 모양으로 파인, 앞보다 뒤쪽 길이가 더 긴 샴페인색 시폰 드레스를 입고 있었다.

야엘이 뒤로 뺀 한쪽 다리에 힘을 주고 서서 드레스를 유심히 살폈다. 브라와 팬티만 입고 있었지만 개의치 않는 듯했다.

"돌아봐." 야엘의 지시에 따라 드루가 우리 앞에서 천천히 한 바퀴 돌았다.

"앞뒤 길이가 다른 스타일은 유행이 지났어." 야엘이 말했다.

드레스 태그에 붉은 부분이 보여서 자세히 들여다보았다. "역시. 작년 시즌 거야. 세일이네." 내가 말했다.

드루가 재빨리 나에게서 택을 가져갔다. "이런. 누가 실수로 신상 옷걸이에 걸어놨나 봐. 신상이 세일 제품이랑 섞이는 거 정말 싫다니까."

"좋은 물건을 싸게 사는 건 좋은 일이야." 스티비가 칸막이 위로 머리를 빼꼼 내밀며 말했다. 스티비는 바로 옆 탈의실에 있었는데 의자 위에 올라가 팔을 괸 채 몸을 기울이고 있어서 팔꿈치 위밖에 안 보였다.

"마음에는 드는데. 나 빈티지 스타일 잘 어울리지 않아?" 드루가 말했다.

"너 어디 아프니?" 내가 장난으로 드루의 이마에 손을 갖다 대며 열을 재는 시늉을 했다. 여성 의류 소매업 분야의 거물을 엄마로 둔 드루는 평소 고급 패션을 선호했다. 새것일수록, 비쌀수록 좋았고 세일 매대를 뒤지는 사람이 아니었다.

드루가 내 손을 밀쳤다.

"무시해. 너 그거 입으니까 완전 섹시해." 스티비가 말했다.

"크로스비가 렌하고 헤어지게 만들 만큼 섹시해?"

"두 사람 다시 사귀는 거야?" 드루의 말에 야엘이 물었다.

"잘 모르겠어. 나한테 무도회 파트너 신청을 안 했으니 아마 그렇겠지."

"우리 넷이 가는 건 줄 알았는데." 내가 핸드폰에서 눈을 떼고 약간 짜증 섞인 어조로 말했다. "우린 네 예비 파트너일 뿐인 거야?"

"진……정해." 드루가 첫 음절을 끌며 말했다. "당연히 내 첫 번째 선택은 항상 너희들이지. 하지만 너희들은 드레스 입은 내 모습을 남자들만큼 알아주지 않잖아. 그리고 내가 아무리 너희들을 사랑하지만 너희들하고 키스하고 싶진 않다고."

"돌턴이 찰리한테 무도회에 같이 가자고 했어." 스티비가 속삭였다.

"뭐? 언제?" 드루가 소리쳤다.

"그런 말 없었잖아." 야엘이 내 팔을 꼬집었다.

"아야." 나는 팔을 문질렀다.

"어제 도서관에서. 하지만 찰리가 거절했어." 스티비가 말했다.

"로이스 돌턴을 거절했다고?" 야엘이 눈을 동그랗게 떴다.

나는 스티비를 째려보았다. "하여간 비꼼과 유머를 이해하지 못하는 사람들이 있다니까. 돌턴이 진지하게 신청한 건 아니었어."

"너무 진지했지." 스티비가 말했다. "네가 살짝 쿡 찌르면 분명 다시 가자고 할 거야. 네가 거절할 때 상처 받은 것 같더라."

"글쎄." 드루는 엄지손톱을 깨물며 생각에 잠겼다. "난 돌턴이 매케나 세인트 클레어하고 무도회에 간다고 들었는데. 오늘 아침 프랑스어 시간에 매케나가 돌턴에게 자기 드레스와 어울리는 어떤 부토니에르(턱시도 깃의 단춧구멍에 꽂는 꽃—옮긴이)를 준비해줘야 할지 계속 고민하던걸."

"아." 스티비는 맥 빠진 듯 탄식을 내뱉고 안쓰러운 눈으로 나를 보았다. 마치 돌턴이 내가 아닌 매케나 세인트 클레어와 무도회에 간다는 사실을 내가 신경 쓰기라도 하는 것처럼.

매케나는 이학년이고 그 학년에서 제일 예뻤다. 큰 키에 날씬하고 눈은 초록색에 아몬드 모양이었다.

"그래." 내가 과장되게 눈알을 굴리며 말했다. "내가 거절하니까 퍽이나 상처 받은 것 같더라. 그래서 이 분 만에 다른 애한테 같이 가자고 했을걸."

태연한 척하려고 했지만 내 농담은 착지를 잘못했다. 억울해하는 것처럼 들린 것이다. 전혀 억울하지 않았으니 그건 부당했다. 정말이지 억울하지 않았다.

야엘이 입술을 깨물었다. "어차피 로이스 돌턴은 네 댄스 파트너로 별로일 거야. 너하고 키 차이가 너무 많이 나."

"맞아. 걔는 좀……." 드루가 맞장구를 쳤다.

드루가 말꼬리를 흐리며 내 기분을 나아지게 할 비판적인 형용사를 찾으려 했다. 하지만 생각나지 않자 화제를 돌렸다.

"이거 벗는 것 좀 도와줄래?" 드루가 뒤돌아서며 부탁했다.

나는 지퍼를 내려주었다.

돌턴과 무도회에 가지 못하게 된 내 기분을 풀어주려고 애쓰는 친구들의 의도는 좋지만 그 애처롭고 형편없는 노력을 계속 보고 있기가 힘들었다. 애초에 파트너가 되고 싶은 마음이 없었기에 더더욱. 정말이었다.

"시내에서 볼 일이 좀 있어." 내가 휴대폰을 가방에 집어넣으며 말했다. "나중에 보자, 알았지?"

"같이 가줄까?" 스티비의 목소리는 내가 부서지기 직전의 연약한 존재라도 되는 듯 한없이 부드럽고 폭신폭신했다.

"아니." 내가 쏘아붙였다.

마치 내가 철썩 때리기라도 한 것처럼 스티비는 눈에 보일 만큼 뒤로 확 물러섰다.

"내 말은, 괜찮다고." 나는 억지로 웃음을 지었다. "나중에 보자."

"그래."

자리를 떠났다. 그들이 하는 말이 들리지 않을 정도로 멀어지자마자 친구들이 분명 안타깝다는 말투로 나에 대한 이야기를 시작할 것을 알기에 짜증이 났다. 게다가 내가 로이스 돌턴 같은 남자를 받아들일 거라고 생각했다는 사실이 짜증을 더욱 돋우었다. 놀우드의 최고 남창 로이스 돌턴인데 말이다. 정말 내가 그와 무도회에 가고 커플들이 할 법한 감상적인 행각을 벌일 거라고 생각한 걸까? 돌턴은 매력적인 말과 행동으로 여자를 꿰뚫고 있는 선수였다. 분명히 내 드레스와 완벽하게 어울리는 코사지를 구해줄 것이다. 집에 바래다주는 길에는 내가 추워한다는 것을 알고 재킷을 벗어 덮어주겠지. 집 앞에 도착해서는 어색하게 몇 마디를 나누다 키스하겠지. 우린 분명 즐거운 시간을 보낼 것이다. 상상이 되었다.

하지만 친구들과 달리 나는 그다음에 일어날 일도 상상할 수 있었다. 내가 경계를 푸는 순간 돌턴은 다음번 예쁜 여학생에게로 가버릴 것이고 나는 그를 볼 때마다 눈을 흘기게 되겠지. 에이스 모임에서 하퍼 카트라이트가 그랬던 것처럼. 그건 절대적으로 사양이다. 매케나 세인트 클레어나 가지라지. 난 정말로 관심 없으니까.

미미 슈퍼마켓 계산대에 생베이컨 오백 그램과 지퍼백 상자를 올려놓고 레딩에 있는 동생에게 전화를 걸었다.

"무슨 일 있어?" 세라피나는 약간 놀라면서 전화를 받았다. 문자를 보내는 편이 훨씬 쉬워서 서로 전화는 거의 하지 않기 때문이다.

"내일 뭐 해?" 내가 물었다.

"토요일 말이야?" 세라피나가 물었다. 기숙사 침대에서 뒹굴거리며 손톱을 뜯는 모습이 상상되었다. "내가 가장 좋아하는 두 가지 죄악을 실천하고 싶은데. 식탐과 나태. 왜?"

"행크 외삼촌한테서 전화가 왔어."

외삼촌이 직접 찾아왔다는 말을 하거나 사진 이야기를 꺼내면 놀랄까 봐 거짓말을 했다.

"그 미친 사람? 무슨 일인데?" 세라피나가 물었다.

"외할머니 외할아버지가 해마다 엄마의 생일 파티를 여는 거 알지?"

잠깐 침묵이 흘렀다.

"응."

"나더러 오라고. 너하고 나 둘 다 왔으면 좋겠대."

수화기 너머로 또 침묵이 흘렀다. 이번에는 좀 더 길었다. 계산대 아주머니가 천천히 내 물건을 입력하고 종이 봉지에 넣었다.

"세라피나, 듣고 있니?" 턱과 어깨 사이에 휴대폰을 받치고 지갑에서 이십 달러 지폐를 꺼내 건넸다.

"언니가 거길 왜 가고 싶어하는지 이해가 안 가."

계산원에게 소리 내지 않고 입모양으로만 고맙습니다, 라고 말하고 물건을 들고 바깥 인도로 나갔다. 정당한 질문이었다. 사실 사진만 아니었더라면 나도 가고 싶지 않았을 것이다. 하지만 사진을 봤고 그 사진이 나를 불안하게 만들었다. 무슨 사진이고 어떤 의미인지 알 수 없었지만 그것들은 확실히 의문을 품게 했다. 답을 얻지 못한 채로 남겨둘 수 없는 의문을. 사실대로 말하지 않고 세라피나를 이해시킬 방법이 떠오르지 않았지만 그런 이야기를 전화로 하고 싶지도 않았다.

"그냥 이젠 때가 됐다고 생각해. 엄마가 뭘 했든 외가도 우리 가족이잖아."

사실은 힐스버러에 가야 하고 랭글리 호수의 집에도 가야 해서였다. 엄마의 오랜 친구 클레어 아줌마도 만나봐야 했다. 동생도 온다면 모든 것을 설명하고 함께 풀어갈 수 있을지 몰랐다.

"모르겠어. 크리스마스 같은 날은 괜찮지만 오직 엄마를 위한 일로 만나는 건 좀 이상해. 게다가 아빠가 알면 화내실 거고." 세라피나가 말했다.

"딱 하루야. 싫으면 중간에 나오자. 약속해."

한숨이 흘러나왔다. 길게 늘어진 숨.

"내가 기차 시간표 알아봐주면 올래? 힐스버러 역으로 데리러 갈게."

"죄악은 다음에 실천해야겠네." 세라피나가 말했다.

"넌 덕의 화신이야. 내 착한 동생아."

드루는 내 책상 서랍 옆에 무릎을 꿇고 앉아 큰 종이클립 두 개로 자물쇠를 따려고 했다.

"젠장. 부러졌어."

그녀는 부러진 클립을 바닥에 던져버리고 옆에 있는 새것을 집었다.

"너무 세게 누르지 마." 내가 침대에 앉아 발목까지 오는 검은색 부츠를 신으며 말했다. 드루는 첫 번째 아이템으로 상담 선생님의 사무실에서 렌의 밀봉된 서류를 훔쳐야 했으므로 내 책상 서랍을 잠가놓고 자물쇠 여는 연습을 하는 중이었다. 유튜브에서 자물쇠 따는 영상을 어찌나 많이 보았는지 나도 옆에서 실컷 들었다.

"그래. 알았어." 드루는 새 클립 두 개를 자물쇠에 넣고 다시 시도 했다.

휴대폰으로 시간을 보았다. 열한시가 가까웠다. 옷장 거울을 통해 머리부터 발끝까지 온통 검은색으로 갖춰 입은 내 모습을 확인했다. 블랙진, 검은색 탱크톱, 검은색 풀오버. 온통 검은색으로 이루어진 옷차림은 새벽 강도짓에도 세련된 스타일의 정석으로 잘 어울리니 얼마나 편리한가.

딸깍 소리가 크게 났다. 드루가 내 책상 서랍을 빼내고 있었다.

"성공이다." 드루가 말했다.

"그럴 줄 알았어."

미니 냉장고에서 슈퍼마켓에서 사 온 베이컨 몇 줄을 꺼내 지퍼백에 넣고 풀오버 주머니에 넣었다.

"한 시간 후에 레지에서 보는 거지?" 창문으로 향하면서 내가 물었다.

드루가 입술을 삐쭉 내밀더니 쪽 소리를 내며 작별 인사를 했다.

낸시는 내가 예상한 장소에 있었다. 교장 선생님의 사택 뒷마당 느릅나무 그늘 아래에 느긋하게 누워 있었다. 낸시는 다이아몬드 목걸이를, 콜린스 부인은 진공청소기를 받았던 지난 크리스마스의 사건이 나에게는 다행스러운 일이었다. 그 일로 아직까지 콜린스 부인의 화가 풀리지 않아 낸시는 날씨가 좋을 때는 밖에서 자게 되었던 것이다. 선생님 부부의 침대 발치에 놓인 실크 베개가 아니라.

울타리를 넘어가기는 어렵지 않았다. 낸시는 느릅나무 아래에서 몸을 조금도 움직이지 않았다. 고개를 들어 나른하게 나를 쳐다볼 뿐이었다. 내 움직임 때문에 뒤쪽 포치에 불이 켜졌고 나는 안에서 누군가 밖을 내다볼까 봐 가만히 쭈그리고 앉았다. 땅을 기어 천천히 낸시에게 다가갔다.

좀 더 가까워지자 낸시가 으르렁거렸다. 목구멍 뒤쪽에서 나는 낮게 웅웅거리는 소리였다. 낸시는 금방이라도 달려들 것처럼 몸이 뻣뻣해진 채로 일어섰다. 나는 낸시와 몇 센티미터 떨어지지 않은 곳에 멈춰 섰다.

"착하지."

주머니에서 천천히 휴대폰을 꺼내 그날 다운로드 해놓은 개 휘슬 앱을 열었다. 낸시가 달려들기 직전에 버튼을 눌렀다.

물론 사람인 내 귀에는 아무 소리도 들리지 않았기 때문에 한순간 효과가 없나 보다 하는 무서운 생각이 들었다. 그런데 낸시가 멈추었다. 궁둥이를 대고 앉아 낑낑거리면서 고개를 옆으로 갸우뚱했다. 나는 다시 버튼을 눌러 개 휘슬 소리를 껐다.

"우리가 상부상조할 수 있는 방법이 있어."

주머니에서 베이컨 봉지를 꺼내 열었다. 낸시가 킁킁거리며 냄새를 맡았다. 혀를 내밀었다 넣었다 하며 주둥이를 핥았다. 베이컨 몇 줄을 꺼내 내 발치에 놓았다. 낸시가 곧바로 다가와 먹기 시작했다.

"당근 퓌레를 먹게 만들어서 미안해. 내 잘못인 것 같다."

나는 조심스럽게 몸을 기울였다. 목 뒤쪽에 다이아몬드 목걸이의 버클이 보였다. 거기로 손을 가져가다가 낸시가 휙 고개를 돌려 날카로운 이빨로 손을 무는 모습을 상상했다. 머리를 저어 생각을 떨쳐버렸다. 낸시에게 물려 손가락 몇 개를 잃는 것은 둘째 치고 임무 완수에 실패하면 에이스에서 탈락이다.

천천히 두 손을 낸시의 뒷덜미로 가져갔다. 낸시는 으르렁거리지도 몸을 빼지도 않았다. 베이컨에 정신이 팔려서 내가 보이지도 않는 것 같았다. 재빨리 버클을 풀어 묵직한 목걸이를 주머니에 집어넣었다.

"착하다."

그때 낸시가 나를 올려다보았는데 눈빛이 바뀐 듯했다. 베이컨을 다 먹은 것을 보고 초조하게 마지막 남은 베이컨 몇 줄을 지퍼백에서 꺼냈다. 그걸 낸시의 발 아래로 던졌지만 알아차리지 못한 것 같았다.

낸시의 배에서 낮게 으르렁거리는 소리가 새어 나왔다. 눈 주위의 접힌 살이 이마까지 올라가더니 이빨을 드러내고 한 번 짖었다. 개 휘슬 앱을 틀기 위해 주머니에서 휴대폰을 꺼내려 했지만 베이컨 기름이 묻어 손가락이 미끄러졌다. 할 수 없이 획 돌아서 최대한 빨리 울타리 쪽으로 달리기 시작했다.

낸시와 거리가 가까웠기 때문에 내 두 발이 녀석의 네 발보다 빠르지 못하다는 사실을 알고 있었다. 아니나 다를까 낸시가 달려들어 발을 꽉 물었고 발목 부분의 살에서 낸시의 이빨이 느껴졌다. 헉 소리와 함께 몸이 앞으로 휘청했다.

울타리에 거의 다다라 있었다. 철책에 발을 디디고 몸을 들어 올려 낸시가 또다시 달려들어 물기 전에 울타리를 넘었다. 내가 다시 들어오는지 보려고 낸시가 울타리 바로 앞에서 계속 서성거리는 소리가 들렸다.

울타리에서 몇 미터를 절뚝거리며 걸어가다가 바지를 걷어 물린 데를 살폈다. 교장 선생님 사택 뒷마당에서 새어 나오는 희미한 불빛에 오른쪽 발목뼈 아래에 낸시의 날카로운 앞니가 남긴 분홍색 반

달 모양의 상처가 보였다.

안전한 거리까지 멀리 온 후에야 용기를 내어 마당을 돌아보았다. 낸시는 느릅나무 아래의 자기 집으로 돌아가 그날 밤 내가 거기 있었다는 유일하게 남은 증거인 미미 슈퍼마켓의 마지막 베이컨을 먹어치우고 있었다.

여덟 명의 입회자 중에서 시간 맞춰 레지로 온 것은 일곱뿐이었다. 우리는 렌의 차 후드에 놓인 피크닉 바구니에 약탈품을 넣었다.

교장 선생님의 사랑하는 애완견 핏불에게서 훔친 다이아몬드 목걸이

학교 수위의 열쇠꾸러미

삼각법을 가르치는 프랭클린 선생님이 젊은 시절 해외 파병에서 돌아와 닉슨 대통령과 악수를 나누는 사진 액자

상담 선생님의 사무실에서 훔친 렌 몽고메리의 밀봉 서류

교무부장 선생님의 컴퓨터 비밀번호

교장 선생님의 서명이 들어간 외출증

붉은 와인 얼룩이 있는 베이지색 스카프

오든이 훔쳐야 했던 것이 무엇인지는 알 수 없었다. 그는 오지 않았다.

6
그레이스 캘러웨이

2007년 8월 4일
오후 7시 52분

전화가 울렸다. 벨이 두 번째로 울리기 전에 받으려다가 침대 옆 탁자에 발가락을 찧었다. 아이들을 깨우고 싶지 않았다. 문득 그의 전화면 어쩌지? 싶었지만 클레어의 목소리가 인사를 건넸다.

"슈퍼마켓에서 나오다가 앨리스테어의 차가 시내를 지나는 걸 봤어. 고속도로 쪽으로 가던데. 무슨 일 있니?"

클레어는 우리의 생활 패턴을 너무 잘 알고 있었다. 앨리스테어가 금요일 저녁에 와서 일요일 밤 늦게 떠난다는 것을. 아직 토요일이었다. 이번 주 일도 있고 해서 내가 잘 있는지 확인하는 것이었다.

"아무 일 없어." 나는 거짓말을 했다. "그이가 일이 있어서 일찍 간 거야. 내일 아침 일찍 고객이랑 골프 약속이 있대."

벌써 수주 전에 이 모든 일이 시작되었을 때 처음 거짓말을 했고 이제는 거짓말이 입에 붙어버렸다. 거짓말은 하면 할수록 하기가 쉬워졌다. 의지와 상관없이, 나도 모르는 사이에 튀어나오기도 했다. 나 자신마저 속이고 있는 것이 아닐까 싶을 때도 있었다.

"가족과 함께하는 하루를 포기하고 역시 가족을 나 몰라라 하는 남자와 골프를 치러 간다고? 참 멋지기도 하셔라." 클레어가 건조하게 말했다.

앨리스테어를 싫어하는 클레어의 마음은 거의 적의에 가까웠다. 나는 대꾸하지 않았다.

"폭풍이 칠거래." 클레어가 주제를 바꾸었다. "말상대 필요해? 나 갈 수 있는데. 냉장고에 피노 와인도 있고."

"애들하고 게임하기로 했어. 앨리스테어가 없는 동안 모녀들끼리 오붓한 시간을 좀 보내려고."

"알았어. 그럼 할 수 없지." 클레어는 실망한 빛이 역력했다.

"내일 전화할게." 내가 말했다.

사실 아이들은 일찍 재웠다. 하루 종일 보트를 탄 아이들은 몹시 피곤해했다. TV를 보다 소파에서 잠들어 한 명씩 이층에 있는 방으로 옮겼다.

창문 너머 호수를 바라보았다. 클레어의 말대로 폭풍이 칠 것 같았다. 구름이 부풀어 오르고 하늘도 잔뜩 흐렸다.

올 여름에는 혼자 호수에서 밤 수영을 즐기는 것이 나만의 일과가 되었다. 부표까지 갔다가 돌아오기를 반복했다. 내가 좋아하는 운동이었다. 하지만 어깨를 다쳐서 지난 며칠은 수영을 하지 못했다.

물속에 몸을 담글 때의 느낌, 팔을 돌릴 때마다 근육이 늘어졌다 당겨지는 느낌, 눈을 감고 숨을 참았다 수면으로 올라와 가쁘게 호흡하는 순간이 그리웠다.

열린 채로 침대에 놓인 여행가방을 지나쳐 서랍장에서 수영복을 꺼냈다. 마지막 수영을 할 시간은 있으니까.

7
찰리 캘러웨이

2017년

뉴햄프셔에 있는 놀우드에서 코네티컷 주 힐스버러의 외갓집까지는 차로 네 시간 삼십 분이 걸리지만 내 메르세데스로 뉴잉글랜드 고속도로를 힘차게 달려 세 시간 삼십 분 만에 해냈다. 생일 파티는 일곱시에 시작이었지만 그 전에 할 일이 두 가지 있었다. 하나는 펜실베이니아의 기숙학교에서 오는 세라피나를 기차역에서 데려오는 것, 또 하나는 빈손으로 갈 수 없으니 슈퍼마켓에 들르는 것이었다.

힐스버러는 코네티컷 주 페어필드 카운티의 소도시로 노동자들이 주로 산다. 외할아버지가 은퇴할 때까지 다녔던 오래된 제재공장이 그 지역의 대표적인 산업이었다. 아빠는 엄마와 결혼하고 이 년 후에 그곳의 랭글리 호수에 엄마를 위한 집을 지었다. 힐스버러의 집들은 대부분 염화비닐 플라스틱 외장재로 마감한 회색 상자처럼 생겼으며 진입로에는 자갈이 깔려 있고 지붕이 비스듬한 간이 차고가 있었다. 하지만 아빠가 지은 집은 완전히 달랐다. 힐스버러 끄트머리에 위치한 호수 바로 옆에 자리 잡은 그 집의 포장된 진입로는 도로에서부터 시작되어 우뚝 솟은 느릅나무 그늘 속을 들어갔다 나왔다 하면서 구불구불 이어져 초록의 마당에 이르렀다. 집 가까이에는 돌담이 있고 그 옆으로 1.5미터의 생울타리가 둘러져 있었다. 그래도 아주 멀리에서 보면 집이 보였다. 커다란 아치형 창문이 입을 떡 벌린 채 높이 서 있는 삼층집이었다.

어릴 때는 여름을 그 집에서 보냈다. 엄마와 세라피나와 나는 얇은 면 원피스에 커다란 밀짚모자를 쓰고 맨발로 그 집을 걸어 다녔다. 밤늦게 잠자리에 들었고 잔디밭에서 소풍을 즐겼다. 오후에는 부표까지 헤엄쳐 가서 그 위에 팔다리를 벌리고 누워 햇살이 물기를 다 핥아줄 때까지 있었다. 저녁에는 바깥에서 캠핑을 하며 유령 이야기를 했다. 텐트 천장의 캔버스천이 얇아서 별이 다 보였다. 주말에는 아빠가 뉴욕에서 왔다. 우리는 진입로를 타고 들어오는 아빠의 차 소리가 들리면 달려나갔고, 아빠는 우리를 안아 올려 우리가 어지러워서 깔깔거릴 때까지 빙빙 돌렸다. 아빠는 뒤쪽 포치에서 황새치를 그릴에 굽고 엄마에게 시를 읽어주었다. 그때의 엄마가 아직도 생각난다. 다른 의자에 발을 올려놓고 눈을 감은 채 시를 읽는 아빠의 목소리 방향으로 고개를 기울인 모습. 나는 세라피나를 잡으려고 꺅꺅거리며 스프링클러 사이를 달렸다.

기차역 플랫폼에서 레딩에서 오는 여섯시 삼십분 기차를 기다리는데 휴대폰이 울렸다. 동생이었다.

"화내지 마." 동생이 인사 대신 말했다.

"혹시 기차 놓쳤어?"

"아니. 그건 아니야."

"어디야?"

"레딩."

"아직도 출발 안 했다고?"

"언니가 화내지 말아줬으면 하는 게 바로 이 부분이야. 나 안 가."

"세라피나, 안 온다니 그게 무슨 소리야?"

"그냥…… 마음이 바뀌었다니까?"

"아빠가 알면 혼날까 봐 걱정돼서 그래?"

"그런 게 아니야."

"그럼 뭔지 말해봐."

"언니는 엄마를 놔줘야 해. 외가 식구들도 엄마를 이제 그만 놔줘야 하고. 지금까지 그러고들 있는 건 정상적이지 못한 일이야."

나는 동생의 잘못이 아니라고 속으로 되뇌었다. 엄마가 떠났을 때 세라피나는 고작 다섯 살이었다. 엄마의 좋은 모습을 기억하기에는 너무 어렸다. 그래서 사람들이 기억하라고 하는 것만 기억하는 것이다. 아니면 사람들이 잊어버리라고 한 것만 잊어버리거나.

외갓집은 기차역과 반대편, 병원 근처에 있었다. 마당이 좁고 염화비닐 플라스틱 외장재로 마감한 잿빛으로 변해가는 집 중 하나였다. 자갈을 간 진입로가 꽉 차서 길가에 주차를 했다. 집 옆에 세워진 외할아버지의 낡은 스테이션왜건이 보였다. 엄마가 열두 살 때 행크 외삼촌에게 운전을 배웠다는 바로 그 차. 그 뒤에는 누군가의 미니밴이 주차되어 있고 진입로 끄트머리에는 행크 외삼촌의 녹슨 트럭이 후미 부분이 길 쪽으로 튀어나온 채 서 있었다.

집 안의 모든 불이 켜져 있고, 앞쪽 현관으로 향하는데 구석방에서 축구 경기의 함성 소리와 외할아버지의 짧고 날카로운 욕설이 들렸다. 낸시에게 물린 발목이 아직 욱신거려서 약간 절뚝거리며 현관문으로 갔다. 케이마트에 들러 포장된 쿠키를 샀는데, 플라스틱 쿠키 상자를 방패라도 되는 듯이 앞에 들고 초인종을 눌렀다.

누군가 나오기까지 시간이 좀 걸렸다. 잠시 후 문이 활짝 열리더니 한 손에 맥주를 든 누군가가 문가에 기대섰다. 그레이슨 로즈였다. 그는 코네티컷 대학교 스웨트셔츠와 낡은 청바지 차림이었고, 길고 살짝 곱슬한 금발머리에 일주일은 깎지 않은 듯한 까칠한 수염이 선명한 턱선 주위를 덮고 있었다. 그리고 그 변함없는 회색 눈동자. 어릴 적 이후로 그레이슨을 처음 보았다. 어릴 적 나는 그에게 반했었다. 그는 키가 크고 어깨가 다부졌으며 미식축구 선수였으니까. 그레이슨의 엄마 클레어 아줌마가 우리 엄마의 가장 친한 친구여서 두 사람이 외출할 때면 그레이슨이 나와 세라피나와 자신의 남동생 라이더를 돌보곤 했다.

그가 눈을 가늘게 뜨고 나를 쳐다보더니 이내 누구인지 알아보는 듯한 표정을 지었다.

"너 정말 방금 초인종 누른 거야?" 그는 내가 그곳에 온 것이 전혀 이상하지 않다는 듯이, 몇 년이 아니라 일주일 만에 만나는 것처럼 물었다.

"환영위원회라도 돼?" 시끄러운 축구 경기와 사람들의 이야기 소리로 안이 시끄러워서 내가 목소리를 약간 높이며 말했다.

"사실은 그 반대지." 그레이슨이 맥주를 벌컥 마셨다. "뭐 팔러 온 사람인 줄 알았어. 전도하는 사람들이거나. 무안 주지 않고 보내는 임무를 내가 맡은 거지.”

“안 사요!” 안에서 누군가가 소리쳤다.

“쿠키 사 왔는데.” 내가 쿠키 상자를 들어 올리며 말했다.

“마사 스튜어트가 따로 없네.”

“그레이슨, 누구니?” 안에서 내가 아는 목소리가 소리쳤다. 외할머니였다.

“샬럿이에요.” 그레이슨이 뒤쪽에 대고 소리쳤다.

잠깐 동안 아무 말도 들리지 않더니 그레이슨 뒤에서 할머니가 나타났다. 할머니는 처음 보는 외계 생명체라도 마주한 듯 입을 떡 벌리고 나를 바라보았다.

“샬럿.” 진정된 후에 할머니가 입을 열었다. “샬럿, 모르는 사람처럼 초인종 누르지 않아도 돼. 들어오렴. 얼른 들어와.”

할머니는 나에게 한 팔을 두르고 나를 집 안으로 데려갔다. 내가 그 자리에 나타난 것이 절대로 꿈이 아니라는 것을 확인하려는 듯 계속 내 팔을 쓰다듬었다.

“놀랍구나. 기분 좋은 놀라움이야. 널 보니까 정말 좋구나. 다들, 봐라. 샬럿이 왔어.”

거실에는 모르는 얼굴들도 있었다. 아는 사람인데 내가 몰라보는 것인지, 아니면 그냥 동네 사람들인지 알 수 없었다. 리클라이너에 앉아 무릎에 앉힌 아기를 어르고 있는 캐롤라인 외숙모는 알아볼 수 있었다. 로니 외삼촌의 아내였다. 그 아기가 내가 만나본 적 없는 또 다른 사촌인지 궁금했다. 캐롤라인 외숙모는 나와 눈이 마주친 순간 하던 말을 멈추고 충격으로 놀라서 살짝 딸꾹질을 했다. 나는 사람들을 보면서 얼빠진 것처럼 건성으로 손을 흔들었다.

"안녕하세요."

어쩌면 미리 전화로 온다고 알렸어야, 아니 경고를 했어야 했는지도 몰랐다.

"쿠키 가져왔구나! 세심하기도 하지, 샬럿."

할머니는 인자하게 말하며 내 초라한 쿠키 상자를 받아들고 주방으로 나를 데려갔다.

할머니는 내가 슈퍼마켓에서 사 온 쿠키를 접시에 옮겨 담고 그 접시를 거대한 고기찜과 버터를 발라 반짝이는 옥수수, 감자샐러드, 사워도 롤 등 집에서 만든 온갖 맛있는 음식들로 가득한 조리대에 놓았다.

어린 사촌 두 명이 집 안을 뛰어다니자 감자튀김과 소스를 든 외할머니의 동생 제인 이모할머니가 집 안에서 뛰지 말라고 소리쳤다. 구석방에서 맥주를 더 갖다 달라고 외치는 소리가 들렸다.

내가 기억하는 어린 시절의 외갓집 그대로였다. 늘 사람들로 북적거리고 쉴 새 없이 움직이고 모두가 동시에 이야기하는 곳.

"네 할아버지가 제일 좋아하는 거지." 할머니는 내가 사 온 쿠키 몇 개를 집어 작은 접시에 담았다. 미리 알고 골라서 사 오기라도 한 것처럼 할머니가 나를 보고 미소 지었다. 사실은 슈퍼마켓 안 베이커리 진열대 가장 위쪽에 있어서 그냥 집어 온 건데 말이다.

그때 누군가 내 어깨에 팔을 두르고 살짝 껴안았다.

돌아서 누군지 확인한 순간 몸이 경직되었다.

"잘 있었니, 예쁜이?" 클레어 로즈가 말했다.

클레어 아줌마를 몇 년 만에 처음 보았다. 그녀는 항상 같은 어른 혹은 '여자 친구'에게 이야기하듯 나를 대해주었기 때문에 내가 어릴 때 가장 좋아한 어른 중 한 사람이었다. 아줌마는 여름 동안 언제나 우리 호숫가 집에 있었고, 엄마와 많은 시간을 함께 보냈다. 나와 세라피나의 생일마다 계속 카드를 보내주기도 했다. 하지만 아무리 매력적이고 편안하고 나를 생각해주는 사람이라도 경계하지 않으면 안 되었다. 나는 그녀가 겉으로 말하는 것 이상으로 엄마에 대해 많은 것을 알고 있다는 걸 알았다. 엄마가 떠나려고 준비한 사실을 안 사람이 있다면, 혹시 엄마와 지금도 연락하는 사람이 있다면 당연히 클레어 아줌마일 터였다.

아줌마는 조리대 앞으로 몸을 기울여 감자샐러드를 접시에 담았다.

"잘 지내요." 내가 말했다. 십 년의 시간을 몇 문장으로 요약하려면 어떻게 해야 할까? "지금은 뉴햄프셔에 있는 기숙학교에 다녀요. 이번에 고등학교 삼학년이 됐어요."

"연애 상황은 어떻고?" 클레어 아줌마가 감자샐러드를 먹으며 물었다. "파티는? 파티 얘기를 해줘."

"클레어." 할머니가 아줌마를 나무랐다. "샬럿은 분명 공부를 열심히 할 거야."

"그렇죠. 그래도 조금은 놀아도 되잖아요. 책만 파고 있으면 놓치는 것들이 많단다, 샬럿. 너만 할 때의 나랑 그레이스가 어땠는지 생각난다. 우리가 뭘 하고 놀았는지."

"물론 그레이스도 보통 십대들처럼 반항하던 시기가 있었지. 하지만 샬럿이 오해하면 안 되잖니. 그레이스는 착실한 학생이었어." 할머니가 말했다.

"그레이스가 똑똑하지 않았다는 말이 아니에요. 그레이스는 더없이 똑똑했죠. 하지만 교실에만 처박혀 있거나 가만히 앉아 있는 걸로는 만족하지 않았어요. 샬럿, 네 엄마는 큰 세상으로 나가 제대로 살아보고 싶어했단다. 우린 많은 모험을 함께했지. 고등학교 이학년 때는 교장실에서 외출증을 잔뜩 훔쳐서 오전에 학교를 나가 시사이드 하이츠 해변으로 갔어. 하루 종일 해변에 있었어. 맨발로 모래밭을 걷고 주차장에서 모르는 사람에게 받은 미지근한 맥주도 마시고."

"샬럿." 할머니가 말을 가로막고 쿠키가 담긴 접시를 내게 건넸다. "구석방에 있는 할아버지께 갖다 드리지 않으련?"

"그럴게요." 접시를 받아들었다. 할머니의 등 뒤에서 아줌마가 웃으며 입모양으로 말했다. 이따 다시 얘기하자.

구석방은 조명이 흐릿했다. 할아버지는 손에 맥주를 들고 레이즈 감자칩을 무릎에 올린 채 리클라이너에 앉아 있었다. 앉은 채로 상체를 일으키더니 손에 든 맥주를 TV를 향해 들면서 화난 목소리로 소리쳤다. 감자칩 몇 개가 봉지에서 무릎으로 흘러나왔다.

"공을 놓친 게 아니잖아! 눈이 삐었구먼!"

막내 로니 외삼촌은 그레이슨과 이제 십대가 된 그레이슨의 동생 라이더와 소파에 앉아 있었다. 라이더는 세라피나와 비슷한 나이인 것 같았다. 나보다 몇 살 어린 사촌 패트릭은 TV 앞에 큰대자로 누워 있고 행크 외삼촌은 소파 뒤의 카드 테이블에 앉아 있었다. 행크 외삼촌은 나를 보자 얼굴에 핏기가 가셨고 나는 재빨리 고개를 돌렸다. 삼촌은 놀우드로 나를 만나러 간 것이나 호숫가 집에 몰래 들어가 사진을 발견한 이야기를 가족들에게 하지 않았을 것이다. 오라고는 했지만 내가 오지 않을 거라고 생각했을지도 모른다.

"저기, 안녕하세요, 할아버지."

할아버지가 TV에서 나에게로 스치듯 시선을 옮기더니 곧바로 약간 경계하는 얼굴로 힐끗 뒤를 보았다. 왜 그러는지 알 수 있었다. 잠깐 동안이나마 할아버지는 내가 엄마인 줄 알았던 것이다. 나는 어려서부터 엄마를 많이 닮았지만 지금은 놀라울 정도로 똑 닮았으니까.

"샬럿." 할아버지가 잠시 후에 말했다. "여긴 어쩐 일이니?"

할아버지는 미소를 지었지만 눈에 슬픈 빛이 감돌았다. 그제야 나는 왜 외갓집에 다시 오는 것이 그렇게 힘들게 느껴졌는지 기억하게 되었다. 할아버지는 리클라이너에서 일어나 두 팔로 나를 안았다. 우리 캘러웨이 집안은 신체적인 애정 표현을 잘 하지 않지만 무례하게 굴고 싶지 않아서 두 손에 쿠키 접시를 든 채로 어색하게 할아버지를 안았다.

"제일 좋아하시는 쿠키 가져왔어요." 나를 놓은 할아버지에게 이렇게 말하며 증거로 접시를 내밀었다.

"네 할머니한테는 말하면 안 된다." 할아버지가 접시를 받으며 공범이라는 듯 윙크를 했다. "단걸 먹어대니 살찐다고 뭐라고 해서."

할아버지가 불룩한 배를 쓰다듬었다.

"단것 때문이 아니라 하루 종일 앉아 계시니까 살찌시는 거죠." 로니 외삼촌이 웃으며 말했다. 삼촌이 나를 안으려고 일어나기에 커피 테이블을 돌아 가까이 가주었다. "정말 반갑다, 꼬마야. 형. 누가 앉는지 봐봐." 로니 외삼촌이 행크 외삼촌에게 말했다.

행크 외삼촌은 접이식 테이블 앞에서 살짝 고개를 끄덕였다. "안녕, 샬럿."

"안녕하세요, 행크 외삼촌."

"라이더 옆에 자리가 남는데." 로니 외삼촌이 소파 끄트머리를 고 갯짓으로 가리켰다. "앉아서 같이 시합 볼래?"

나는 벽 옆의 소파 끄트머리 자리에 앉았다.

"안녕, 라이더. 오랜만이야. 많이 컸네."

마지막으로 보았을 때 라이더는 금발 곱슬머리가 달린 젓가락처 럼 작은 키에 깡마른 다섯 살짜리 꼬마였다. 에너지가 넘치고 항상 재미있는 말을 하고 짓궂은 장난을 쳤었다. 지금 그는 팔다리가 흐 느적거릴 만큼 길고 말랐다. 소파에 비스듬히 기대앉았는데 긴 다리 가 커피 테이블 아래로 사라져 보이지 않았다. 피곤해 보였다.

"응." 라이더가 TV에서 눈을 떼지도 않고 말했다. "성장 호르몬이 넘쳐흘러서."

"좋겠네. 난 아직 기다리는 중이야."

라이더는 그저 고개를 끄덕였다.

"사춘기가 시작되기 전의 십대들이 참 예민해요." 그레이슨이 앞 으로 살짝 몸을 기울이며 나에게 어깨를 으쓱해 보였다.

"사춘기 전 아니거든, 멍청아." 라이더가 말했다.

"고운 말 써라." 그레이슨이 말했다.

경기에서 공정하지 못한 판정이 또 나와 모두가 흥분했다. 그러고 나서 로니 외삼촌이 그레이슨에게 코네티컷 대학교의 올해 선발 명 단에 대해 물었고 나는 그들에게 잊힌 채 그냥 조용히 앉아 있었다. 외계인, 이방인처럼 느껴졌다. 두 손을 어찌 두어야 할지 난감해서 팔꿈치 안쪽으로 집어넣었다. 여기 온 것을 백 번은 후회했다.

나무판으로 덧댄 벽에 걸린 액자 속 사진들을 쳐다보았다. TV에 서 흘러나오는 불빛에 가끔씩 사진들이 반짝였다. 대부분 행크, 월,

로니 외삼촌과 엄마의 어릴 적 사진이었다. 동네 풀장의 안전요원으로 일하는 행크 외삼촌, 해병대 신병훈련소에서 군복을 입고 있는 윌 외삼촌, 스케이트보드를 타는 로니 외삼촌, '주 챔피언'이라고 적힌 띠를 어깨에 걸고 어느 체육관 수영장 옆의 시상대에 서 있는 엄마. 엄마는 젖은 머리로 카메라를 향해 자랑스러운 표정으로 웃고 있었다. 엄마의 사진들이 또 있었다. 그중 하나는 얼굴에 아이스크림을 잔뜩 묻히고서 아파 보일 정도로 입을 크게 벌리고 웃는 사진이었다. 또 다른 사진에서는 고등학교 무도회에 가기 위해 진홍색 드레스를 입고 머리를 빗어 넘긴 모습이었다. 양복에 타이를 한 짙은 갈색 머리 남학생이 두 팔로 엄마를 끌어안고 있었다.

엄마는 남자 형제들밖에 없는 외동딸이었다. 그래서 강인한 성격이 되었을 것이다. 사진을 보니 엄마가 십대가 되기 전부터 항상 오빠들을 따라다니는 선머슴이었음을 알 수 있었다. 절대 지지 않으려 하고, 무릎은 늘 까져 있고, 손은 더러운. 좀 더 자라면서는 약간 여성스러워져서 화장도 하고 짧은 상의도 입고 가끔 치마도 입었다. 하지만 사진을 보면서 엄마에게 전혀 무른 면이 없었다는 사실을 깨달을 수 있었다. 마지막으로 함께 보낸 여름에 당장 싸움이라도 걸려는 듯 턱을 치켜들고 어깨를 똑바로 펴고 있던 엄마의 모습이 떠올랐다.

열시 쯤 되어 모두가 주방의 식탁 주위에 모였다. 모두 동시에 한 자리에 있기에는 사람이 너무 많아서 몇몇은 문가에 기대고 또 몇몇은 구석방에서 까치발을 하고 쳐다보았다. 할머니가 나를 식탁 가운데로 끌어당기고 내게 팔을 둘러 가만히 있도록 했다. 할머니는 직접 엄마의 생일 케이크를 굽고 아이싱까지 입혔다. 케이크에는 자주색 아이싱으로 "생일 축하해, 그레이스"라고 쓰여 있고 아이싱에 4와 3이라는 숫자 모양 초가 구부정하게 꽂혀 있었다. 모두가 다 함께 불협화음으로 생일 축하 노래를 불렀다. 끝부분에서 로니 외삼촌이 "몇 살이니, 몇 살이니, 넌 원숭이처럼 생겼고 동물원 냄새가 나"라고 노래했다. 노래가 끝나고 모두의 시선이 나를 향하자 할머니가 여전히 팔을 두른 채 내게 속삭였다. "촛불 꺼야지, 샬럿."

외갓집 식구들에게는 어쩔 수 없이 나에게서 엄마가 겹쳐 보인다는 것을 알게 되었다. 몸을 기울여 심호흡을 하고 촛불을 껐다. 이 세상 어딘가 바닷가 백사장에서 똑같이 촛불을 끄는 엄마를 상상했다. 우리는 함께 숨을 들이마시고 함께 초를 끈 것이다.

8
그레이스 캘러웨이

2007년 8월 4일
오후 8시 48분

호수에 도착했을 때 비가 오기 시작했다. 물이 허리까지 닿는 곳으로 들어갔다. 발이 닿은 호수의 모래 바닥이 허물어졌다. 한 걸음 걸을 때마다 조금씩 더 깊이 빠졌다. 태양이 자취를 감추었지만 물은 여전히 미지근했다. 심호흡으로 폐에 산소를 채운 후 물에 뛰어들었다.

나는 고등학교 때 평영 백 미터에서 일 분 기록을 깨뜨렸다. 수영 실력을 타고났다. 항상 물에 이상한 연대감이 느껴졌다. 남자친구 제이크가 북쪽 뉴햄프셔의 차가운 산골짜기에서 익사한 것이 더욱 충격적이었던 이유도 그 때문이었다.

소식을 들었을 때 나는 별말을 하지 않았다. 열여섯 살에는 죽음이 이해되지 않는다. 나이가 들어서도 마찬가지다. 친숙한 이방인처럼 좀 더 익숙해지는 것뿐. 하지만 열여섯 살일 때는 답을 꼭 알려고 완강하게 고집을 부린다. 어두운 심연과도 같은 죽음에 대고 소리친다. 그 안에 돌을 던져 죽음의 배꼽에 부딪히는 소리를 들으며 크기를 가늠하려고 한다. 하지만 아무것도 알 수 없다.

제이크가 떠나고 일주일 후 오 교시 경제 수업을 빼먹고 학교 수영장으로 몰래 들어갔다. 관람석에서 옷을 벗고 속옷 차림으로 수심 깊은 곳으로 뛰어들었다. 아래로, 아래로, 아래로, 그냥 가라앉았다.

어떤 기분일지 알고 싶었다. 심장 뛰는 소리가 귓가에 울려 퍼졌다. 머리가 어지럽고 폐가 비명을 지를 때까지 숨을 참았다. 눈을 뜨자 소독약 때문에 눈알이 타는 듯 화끈거렸다.

지금 나는 빠르고 거칠게 숨 쉬면서 물 위를 빠르게 달린다. 얼굴을 물속에 넣었다 뺐다 하면서 호수를 가로지른다. 기진맥진한 달콤한 느낌이 나를 채울 때까지 부표가 있는 곳까지 갔다가 호숫가로 돌아오기를 반복한다. 어깨의 상처가 욱신거린다.

마지막으로 부표를 돌 때였다. 집 방향으로 고개를 돌리는 순간 뒤쪽 현관의 불이 꺼졌다. 갑자기 어둠이 나를 온통 둘러싸고 흐릿한 달빛만이 길을 비추고 있었다. 달빛이 호수의 수면과 집 모서리에 비쳤고 나는 무언가, 누군가 있는지 어둠 속을 뚫어져라 쳐다보았다.

바보 같은 생각 하지 말자, 생각했다. 당연히 누가 있을 리 없었다. 이곳에는 우리뿐, 수 킬로미터 이내에 아무도 없다. 뒤쪽 현관 전구가 나간 것일 테다.

하지만 내 안의 원초적인 본능이 나를 불안하게 만들었다. 갑자기 날카로운 소리가 들렸고 소리가 나는 쪽으로 곧장 고개를 돌렸다. 뒷마당에서 나는 소리였다. 물가 근처에서 다급한 움직임이 보였다.

무겁고 어둡고 느릿느릿한 움직임. 속이 뒤틀렸다. 나는 물속으로 하강했다. 갑자기 물이 차게 느껴졌다. 몸을 떨면서 두 눈으로 움직이는 물체를 쫓았다. 심장이 방망이질 쳤다.

또다시 날카로운 소리가 들려왔다. 이번에는 무슨 소리인지 알 수 있었다. 오래된 느릅나무에 매단 금속 체인 소리였다. 내 눈이 쫓고 있던 알 수 없는 물체는 바람에 날리는 타이어 그네였다. 스스로를 비웃어주었다. 나를 기다리고 있는 어둡고 불길한 것은 아무것도 없었다. 머리와 신경이 장난을 친 것이다. 두려워할 것은 아무것도 없었다.

밤하늘을 올려다보았다. 빗줄기가 굵어지고 폭풍이 거세지고 있었다. 그만 돌아가는 게 좋을 것 같았다. 심호흡으로 진정을 한 후 다시 물에 뛰어들어 집 쪽으로 헤엄치기 시작했다.

9
찰리 캘러웨이

2017년

다음 날 엄마의 옛 방에서 일어났다. 그곳은 외갓집 다락방으로 벽 가운데부터 천장까지가 비스듬했다. 침대 옆의 작은 원형 창문으로 진입로와 농구 골대가 내다보였다. 토요일 아침에 엄마가 윌과 행크 외삼촌이 농구 시합을 하는 소리에 잠에서 깨는 모습을 상상했다.

엄마의 이불은 외할머니가 직접 만든 퀼트 이불이었다. 침대 옆에는 흔들의자와 거울 달린 서랍장이 있었다. 서랍장 거울에는 이제는 빛바랜 사진 수십 장이 끼워져 있었다. 엄마가 친구들이나 반 아이들과 찍은 사진, 엄마와 클레어 아줌마가 저지의 해변 산책로에서 찍은 사진, 엄마가 앞 현관 계단에서 짙은 갈색 머리 남학생과 나란히 앉아 웃는 모습. 저쪽 구석 선반에는 엄마가 고등학교 수영부에서 활동하면서 딴 트로피와 띠가 진열되어 있고 그 옆에는 이젤과 낡은 작업복이 있었다.

갑자기 내가 엄마를 전혀 알지 못한다는 생각이 들었다. 오랫동안 엄마를 잊으려고 미워하려고 노력했다. 그 전에 엄마는 나에게 한 사람이 아니라 그냥 엄마였다. 내가 목욕을 마치면 젖은 머리를 땋아주던 여성. 내가 아플 때 밤새 곁을 지키며 아픈 목을 진정시켜주기 위해 밀어 올려 먹는 막대 아이스크림을 먹이고 DVD에 흠집이 생겨 더 이상 작동하지 않을 때까지 함께 〈아틀란틱의 꿈〉을 보던 여성. 하지만 엄마는 내 엄마이기 전에 한 사람이었다. 엄마에게도 친구들, 좋아하는 것과 싫어하는 것, 추억, 모험, 가슴앓이의 경험이 있었다. 내가 태어나기 전에 자신만의 온전한 삶을 살았다. 그런 모습을 이해하려고 한다면 엄마가 떠난 이유를 이해할 수 있을지도 몰랐다.

가장 좋은 시작점은 행크 외삼촌이 들른, 바로 랭글리 호수의 집이었다. 삼촌은 그곳에서 분명한 단서가 되는 사진들을 찾았다. 호숫가의 집에 가지 않은 지 수년 째였지만 지금 다시 가서 새로운 눈으로 본다면 뭔가 발견할지도 모른다. 적어도 도움이 될 만한 뭔가가 떠오를 수 있었다.

주방으로 내려가보니 할머니가 가스레인지 앞에서 팬케이크를 굽고 있었다. 프라이팬에서는 베이컨이 구워지는 중이었다. 옷을 다 입고 가방을 어깨에 멘 나를 보자 할머니의 웃음이 옅어졌다.

"벌써 가려고?"

"일찍 출발하려고요." 거짓말이었다. "내일 중요한 삼각법 시험이 있어서 공부해야 되거든요. 하지만 아침은 먹고 갈 수 있어요."

"잘됐구나. 차려줄 테니 앉으렴."

할머니는 식탁에 앉은 나에게 베이컨과 계란 프라이, 팬케이크가 담긴 접시와 커피잔을 놓아주고 옆에서 내가 먹는 모습을 지켜보았다.

"네 할아버지는 늦잠을 자는구나." 할머니가 화난 듯한 미소를 지으며 말했다. "나이가 일흔다섯인데 자기 한계를 몰라."

"베이컨 냄새예요?"

고개를 들어보니 행크 외삼촌이 어슬렁어슬렁 주방으로 들어왔다. 어제와 똑같은 청바지와 구겨진 체크무늬 셔츠 차림이었다. 방금 자고 일어난 머리는 엉망진창이었다.

"언제 철이 들려는지 원." 할머니가 말했다.

외삼촌과 가까이 있고 싶지 않았다. 할머니가 무슨 일로 주방을 나가고 둘이 남게 될 것을 생각하니 약간 무섭기까지 했다. 또 질문하고 가정을 펼칠까? 그런 일이 생기지 않도록 팬케이크를 서둘러 먹었다.

다 먹은 접시를 싱크대에 넣으려다 보니 조리대에 씻어놓은 타파웨어 용기가 잔뜩 쌓여 있었다. 무더기마다 이름 적힌 작은 메모지가 붙어 있었는데 클레어 아줌마의 이름도 보였다. 어젯밤에는 제대로 이야기할 기회가 없었다. 아줌마를 따로 만나 조금 캐물으면 새로운 정보와 함께 행크 외삼촌이 가져온 사진에 대한 단서를 얻을 수 있을지도 몰랐다.

"할머니, 클레어 아줌마 그릇 제가 갖다줄까요? 어차피 가는 길인데."

"집 기억나니? 혹시 모르니까 주소 적어줄게."

할머니는 다른 메모지에 주소를 적고 문가에서 조금 불편할 정도로 오래 나를 안았다.

"또 한 해가 지나기 전에 다시 와다오." 할머니가 말했다. "네가 와서 좋았어…… 정말 좋았다."

포옹을 푼 할머니의 눈에 눈물이 맺혀 있었다. 할머니는 눈물을 감추려고 얼른 돌아섰다.

클레어 아줌마네 집은 메이플 스트리트에 있는 파란색 이층집이었다. 내가 차를 댄 진입로에는 초록색 해치백 자동차가 세워져 있었다. 켜켜이 쌓인 타파웨어 그릇을 두 팔로 들고 현관문 앞에 서서 초인종을 눌렀다.

나온 사람은 그레이슨이었다. 그는 청바지에 밝은 색 브이넥 티셔츠 차림이었다. 금방 샤워를 한 듯 머리는 아직 젖어 있고, 감귤류와 너트맥 향기가 났다.

"마사 스튜어트, 또 보네."

"아줌마 계셔? 할머니가 가는 길에 이것 좀 갖다주라고 하셔서."

하지만 그레이슨은 그릇을 가져가지 않았다. 문을 잡고 앞으로 들어오라는 몸짓을 했다.

"동생들 데리고 수영하러 가셨어. 로즈 집안에서 흔치 않은 조용하고 평화로운 아침이지."

나는 애써 실망감을 감추었다.

"아, 언제 오시는지 알아?"

"몇 시간 걸릴 거야. 들어와."

다른 수가 없어서 그를 따라 주방으로 갔다.

"그냥 저기 조리대에 올려놓으면 돼. 내가 나중에 정리할게." 그레이슨이 말했다.

그는 냉장고를 열고 머리를 휙 수그려 안을 살폈다. "뭐 마실 거줄까?"

"아니, 됐어. 가봐야 해. 내일 보는 철학 시험 공부해야 돼서."

"철학?" 그레이슨이 물병의 물을 한 모금 마셨다. "뭐 배워? 아리스토텔레스? 데카르트? 니체?"

젠장. "음…… 푸코."

"와, 나 푸코의 파놉티시즘에 대해 리포트 썼는데." 그가 하품을 하고 두 팔로 기지개를 켜며 말했다. 나는 티셔츠가 올라가면서 드러난 그의 탄탄한 복근을 무시하려고 애썼다.

"그래." 나는 침을 꿀꺽 삼키며 말했다. 내가 왜 이러지? 시선을 돌렸다. "파놉티시즘…… 나도 그 주제로 리포트 써야 돼."

그레이슨이 눈을 가늘게 뜨고 나를 쳐다보았다. "시험공부 해야 한다며?"

젠장.

"그래. 그러니까 시험이 리포트 쓰는 거야. 리포트를 써야 하니까 공부해야지."

뭐 어쩔 건데, 멍청아.

그레이슨은 미소를 짓고 있었다.

"뭐야?" 내가 물었다.

"너 무슨 꿍꿍이가 있구나. 무언가에 엄청 집중하는 것처럼 찡그리는 얼굴을 보니까 알겠어. 옛날에 내가 너희들을 봐주고 있을 때 너하고 라이더가 사라졌다가 나타난 거야. 뭐 하고 왔냐니 네가 아무것도 아니라고 했지. 이층에 올라가봤더니 내 방에 두루마리 화장지를 잔뜩 풀어놨더군. 그때도 너 이런 얼굴이었어."

"누구는 닌텐도로 덩키콩 게임을 하느라 바빠서 동생들을 잘 돌보지도 않았잖아."

"레벨 9였어. 공주를 구하기 직전이었다고."

"몰라. 나 진짜 가봐야 해."

"칸트의 파놉티시즘 리포트 쓰러?"

"그래. 칸트의 파놉티시즘 리포트 쓰러."

"시도는 좋은데 파놉티시즘은 칸트가 아니라 푸코의 이론이야." 그레이슨이 말했다.

젠장.

"이러니까 가서 공부해야 돼."

"샬럿, 무슨 일인지 그냥 얘기해."

나는 한숨을 쉬었다. "알았어. 하지만 아줌마한테 말하면 안 돼."

"좋았어. 난 엄마한테 말할 수 없는 일을 하는 게 제일 좋더라." 그 레이슨이 웃으며 말했다.

"그나저나 왜 집에 있어? 대학교 막 졸업하지 않았어? 다 큰 어른 처럼 사회로 나가야 하는 거 아니야?"

그레이슨이 조리대에 놓인 과일 그릇에서 사과를 집어 한 입 깨물 며 대답했다. "졸업했지. 어른의 직업도 있고. 그런데 공짜 숙식 제공 의 유혹을 뿌리칠 수가 없어서 말이지."

내가 눈을 굴렸다. "그러니까 어른-아이라는 거야?"

"물려받을 재산이 없는 사람도 있거든." 그레이슨이 말했다.

나는 대답 대신 어깨를 으쓱했다. 스스로 벌지 않은 돈을 가지고 태어났다는 사실을 사람들이 언급할 때 부끄러웠던 적은 없다. 마찬 가지로 돈을 가지고 태어나지 못한 사람들이 스스로 부끄러워해야 한다고 생각한 적도 없다. 주어진 패는 어쩔 수 없지만 그것을 가지고 어떻게 플레이를 하는지가 중요하다고 생각했다.

"아, 손전등 좀 빌릴 수 있을까?"

"같이 데려가주면 빌려주지."

"알았어. 차에서 봐. 이 분 줄게. 그 안에 안 오면 그냥 출발할 거야."

호숫가의 집으로 가는 차 안에서 그레이슨에게 행크 외삼촌이 발견한 사진에 대해 이야기해주었다. 누군가에게 말하고 나니 속이 후련했는데 그레이슨은 딱 안성맞춤인 대상이었다. 엄마와 나, 우리 가족에 대해 잘 아는 사람이기에 구구절절 배경을 설명할 필요가 없었다. 하지만 그는 가장 공정한 제삼자이기도 했다. 호숫가 집에 누군가와 함께 가는 것이 나을 수도 있었다. 혼자 갈 생각을 하니 조금 초조했다. 한 명보다는 두 명이 뭔가를 찾을 가능성도 더 높을 터였다.

"어떻게 들어가지?" 목적지를 알고 그레이슨이 물었다. "이거 무단침입인가? 너네 집인데 정말 무단침입이 맞나? 검색해볼까?"

그는 나를 보고 웃으며 한 손으로 머리카락을 아무렇게나 쓸어 넘겼다.

"그것 좀 그만해." 내가 말했다.

"뭘?"

나는 어깨 너머까지 머리카락을 과장되게 쓸어 넘겼다. "이거."

그레이슨이 웃음을 터뜨렸다. "미안. 내 아름답고 남성적인 머릿결 때문에 집중이 안 되는구나?"

"아니거든. 검색하지 마. 행크 외삼촌도 열쇠 없이 들어갔잖아. 방법이 있을 거야."

오른쪽으로 방향지시등을 켜고 집까지 이어지는 길고 구불구불

한 진입로를 달리기 시작했다. 겉으로 보기에 집은 수년 전 우리가 그곳을 떠났을 때 그대로였다. 아빠가 관리인을 두었기 때문에 사람이 살지 않는 것처럼 보이지 않았다. 잔디는 깔끔하게 깎여 있고 화단에는 잡초도 없었으며 관목도 잘 손질되어 있었다.

집으로 들어가는 것은 생각보다 훨씬 쉬웠고 흥미롭기까지 했다. 내가 어릴 때 우리 가족이 여분의 열쇠를 숨겨놓던 곳, 뒤쪽 주방문 옆의 개구리 동상에 열쇠가 그대로 있었다. 집 안은 어둡고 쓸쓸했다. 마룻바닥에는 먼지가 두껍게 쌓이고 커튼은 꽉 닫혀 있고 가구들은 커다란 하얀색 천으로 덮여 있었다. 커튼을 열면 환해져서 잘 보이겠지만 어두운 채로 두고 손전등을 사용하기로 했다.

벽의 사진들이 제자리에 그대로 걸려 있었다. 저지 쇼어에서 찍은 엄마의 사진도 보였다. 붉은색 수영복을 입고 발목까지 오는 바닷물 속에 서 있는 모습이었다. 엄마는 뒤돌아 사진 찍는 사람(아빠일까?)을 보며 웃고 있었다. 매우 내밀한 순간에 포착된 사진 같았다. 문득 사진 속의 엄마가 어쩌면 지금의 나보다 겨우 몇 살 많을 정도로 무척 젊다는 생각이 들었다. 동그란 회색 눈동자와 계란형 얼굴, 짙은 갈색 머리, 창백한 피부. 놀라울 정도로 나와 닮은 모습이었다. 입꼬리가 살짝 비뚤어지는 웃음도 오른쪽 뺨의 보조개도 똑같았다.

사진이 굉장히 많았다. 그리니치의 유지니아 할머니 집에서 찍은 엄마와 아빠 사진, 외갓집에서 엄마가 어릴 적 타던 그네를 타고 노는 우리 자매의 사진. 아빠가 엄마를 안고 엄마가 아빠를 올려다보는 자연스러운 모습도 있었다. 그리고 우리 가족의 예전 모습이 담긴 스냅사진들.

그 사진들 옆에는 금박 입힌 묵직한 액자에 든 가족사진이 걸려 있었다. 아직 갓난아기인 세라피나는 엄마의 무릎에 앉고 나는 엄마 옆에, 아빠 앞에 섰다. 아빠는 캘러웨이 집안 사람들 특유의 파란 눈동자와 금발, 높은 이마를 가진 키 크고 늘씬한 미남이었다. 이제 관자놀이부터 희끗해지기 시작하는 머리칼을 제외하고는 이상하리만치 지금과 똑같은 모습이었다.

"아빠는 정말 무모한 짓을 했어. 엄마랑 결혼한 거." 내가 말했다.

"두 분은 어떻게 만나신 거야?" 그레이슨이 물었다. 물을 만한 질문이었다.

"칼라일 호텔 연회장에서 만났대." 백 번도 넘게 들은 이야기였다. "우리 할머니, 할아버지가 주최한 자선 행사에서. 아빠는 캘러웨이 그룹에서 일하고 있었고 엄마는 스물둘이었어."

"그럼 그레이스 아줌마는…… 칵테일 담당 웨이트리스 같은 거였어?"

"아니." 내가 그를 쩨려보며 말했다.

"왜? 칵테일 웨이트리스가 뭐 어때서."

벽에 걸린 엄마의 사진을 다시 보았다. 너무도 우아하고 행복해 보이는 모습이었다. 어렸을 때는 엄마가 칼라일 호텔의 연회장에서 뭘 하고 있었는지 물어볼 생각을 전혀 하지 못했다. 내 머릿속에서 엄마는 무도회 드레스를 입고 아빠와 함께 춤을 추는 모습이었으니까. 춤추다가 아빠가 엄마를 획 들어 올리기도 하고. 하지만 지금 생각해보면 엄마가 그 자리에 있었다는 사실이 확실히 이상하다고 인정하지 않을 수 없었다.

"난 네 아빠가 항상 무서웠는데." 그레이슨이 사진을 빤히 보며 말했다. "상대방을 주눅 들게 하는 면이 있거든."

나는 아무 말도 하지 않았다. 엄마가 떠난 날 밤이 떠올랐다. 아빠는 실종 신고를 하러 경찰서에 가고 없었다. 외할머니가 와서 우리와 함께 있어주었다. 외할머니는 이층 손님방에서 잠들었다. 밤늦게 세라피나가 울면서 내 침대로 기어들어왔다. 할머니를 깨우고 싶지 않았다. 난 일곱 살이고 언니니까 보탬이 되고 싶었다.

"울지 마. 요새를 만들어서 그 안으로 기어들어가자. 아무것도 안 보이게."

우리는 침대에서 이불과 베개를 다 끄집어내고 아래층 거실 소파의 쿠션도 가져왔다. 침대 시트와 베갯잇 등을 넣어두는 리넨 캐비닛도 몽땅 털어오고 푹신한 목욕 수건과 두꺼운 오리털 이불, 식탁보도 모았다. 그것들을 의자와 램프, 테이블에 씌우고 스카치테이프로 끝부분을 벽에 붙여서 거실과 주방, 이층 복도를 통과해 문간의 모서리에 고정시켰다. 손전등을 켜고 우리가 만든 미로 같은 통로를 기어가면서 방과 그 용도에 이름을 붙이다가 아래층 서재의 커피 테이블과 소파 사이로 비집고 들어가 잠들었다.

그날 밤 몇 시인지 아빠가 집으로 돌아왔다. 현관문이 삐걱거리는 소리가 들리고 머리 위를 가린 두꺼운 이불 커튼 사이로 불이 켜지는 것이 보였다. 앞쪽 복도에서 욕설과 함께 우리를 부르는 아빠의 목소리, 벽에서 테이프를 떼어내는 소리, 의자들이 뒤집어지면서 단단한 나무 바닥에 부딪히는 소리가 들렸다.

"가." 내가 동생에게 속삭였다. "가. 얼른."

어디로 가야 하는지 몰랐다. 하지만 우리는 나란히 거실로 기어갔다. 우리 요새의 부드러운 천장이 무너졌다. 나무 바닥이 너무 단단해서 맨 무릎과 손바닥이 아팠다. 내가 주방으로 먼저 들어가 커다란 참나무 식탁 아래를 은신처로 삼았다.

아빠는 세라피나를 먼저 발견했다. 아빠가 동생의 발목을 잡고 식탁 밖으로 잡아 당겼다. 나는 다 보았다. 고작 일 미터 정도밖에 떨어지지 않은 곳에 앉은 아빠는 세라피나를 무릎으로 끌어당긴 후 잠옷 바지를 내렸다. 아빠의 손이 동생의 엉덩이를 때리는 날카로운 소리가 들렸다. 한 대, 두 대, 세 대. 동생은 나를 똑바로 쳐다보고 있었다. 붉어진 찡그린 얼굴에서 눈물이 흘러내렸다. 동생은 엉엉 울었지만 내 이름을 부르지도 내가 있는 곳을 이르지도 않았다.

나는 넓은 식탁 아래에서 좀 더 뒤쪽으로 물러나 양손으로 입을 막았다. 아빠가 내 숨소리와 헐떡거리는 소리를 듣지 못하도록 손가락을 입으로 밀어 넣었다.

그런데 지금 사진 속의 아빠는 큰 키에 웃는 얼굴로 엄마에게 한 팔을 두른 모습이다.

"아빠는 집에 잘 안 계셨지?" 그레이슨이 물었다.

"되도록 계셨어."

"그렇구나. 자주 보지 못한 것 같아서."

"오빠가 우리 집에 항상 있었던 건 아니잖아."

"그래. 그렇지." 그레이슨이 말했다.

이층에 올라갔지만 오른쪽으로 돌아 내 방이었던 곳으로 가지는 않았다. 그곳이 어떤 모습인지 상상이 되었다. 오랜 시간이 지났지만 눈을 감고도 뭐가 뭔지 알 수 있는 방이었다. 호수 쪽으로 나 있는 커다란 퇴창, 연한 핑크색 벽, 세라피나와 내가 자는 캐노피 달린 침대 두 개, 구석에 놓인 내 인형의 집. 대신 나는 왼쪽으로 돌아 반대쪽 끄트머리에 있는 부모님 방으로 향했다. 문은 닫혀 있었지만 잠겨 있지는 않았다. 안은 어두웠다. 커튼 사이로 옅은 햇빛이 스며 들어왔다. 커튼을 젖혔더니 진열창 장식에서 먼지가 수북이 떨어져 기침이 나왔다.

엄마의 화장대를 덮은 천을 걷어내고 의자에 앉았다. 엄마 화장품을 가지고 놀던 어릴 때처럼 보석함을 열어 벨벳 케이스를 뒤지기 시작했다. 너무 많았다. 모두가 아빠가 준 선물일 것이다. 어쩌면 진주 목걸이는 생일선물로, 다이아몬드 귀고리는 결혼기념일에, 사파이어 반지는 나를 낳고서, 보석 박힌 백금 팔찌는 밸런타인데이에 받은 게 아닐까 짐작했다.

엄마가 이 중에서 과연 하나라도 착용했을지 의아했다. 엄마가 떠난 후에도 SUV는 진입로에 그대로 주차되어 있었다. 가방과 열쇠, 지갑, 휴대폰도 침실의 앤티크 책상에 그대로 있었다. 엄마가 뉴욕에서 호숫가 집을 오갈 때 짐을 넣어가지고 다니던 페이즐리 무늬 여행가방 두 개가 사라졌다는 사실이 밝혀진 것은 며칠이 지난 후였다. 엄마의 물건 중에도 사라진 것들이 있었다. 칫솔, 빗, 아끼는 여름 원피스들, 샌들 한 켤레. 처음에는 엄마가 남기고 간 것들과 가져간 것들의 중요성을 알아내는 일에 신경이 쓰였다. 그러다 탐정이 은행 CCTV 영상을 발견하자 이해할 수 있었다. 엄마가 눈에 띄는 것, 조금이라도 추적 가능한 것들은 가져가지 않았다는 사실을. 엄마는 발견되고 싶지 않았던 것이다.

여행가방 하나는 안감이 찢어져 있었던 기억이 났다. 세라피나와 나는 짐을 싸다 그것을 발견하고 비밀 공간처럼 특별하다고 생각했다. 그래서 여행할 때마다 그곳에 가장 아끼는 작은 물건들을 넣었다. 그해 여름에 세라피나는 말 피규어를 넣었고 나는 아빠가 바르셀로나 출장에서 사다 준 팔찌를 넣었다. 어릴 때 잠 못 이루는 밤에는 엄마가 짐을 풀다가 나와 세라피나가 숨겨놓은 보물을 발견하는 상상을 하기도 했다. 한편으로는 엄마가 내 일부분을 가져갔다는 사실이 좋았다. 어쩌면 그것이 엄마에게 작은 위안이 되지 않았을까 궁금했다.

보석함의 맨 아래 서랍에서 끈으로 졸라매는 오래된 파우치가 보였다. 안에서 게 모양 펜던트가 달린 싸구려 금 목걸이가 나왔다. 게의 몸통은 가짜 루비이고 집게발은 가짜 다이아몬드였다. 떠올려보니 엄마는 그 목걸이를 자주 했었다. 엄마가 가장 좋아한 액세서리여서 거의 매일 착용했다. 예전에는 당연히 아빠가 준 것이라고 생각했는데 지금 자세히 살펴보니 얼마나 볼품없는지 알 수 있었다. 금색 체인은 빛이 바랬고 가짜 루비는 탁한 플라스틱이었다. 아빠가 주었을 리 없었다. 엄마가 왜 이 목걸이를 자주 했는지, 왜 값비싼 보석들과 함께 보석함에 넣어두었는지 궁금했다. 알 수 없는 무언가에 이끌려 목걸이 파우치를 주머니에 집어넣었다.

"이봐, 여기서 뭣들 하는 거야?"

화장대 의자에 앉은 채로 뒤돌아보니 아래위가 붙은 작업복을 입은 남자가 손전등을 들고 문가에 서 있었다. 사람이 서서 드나들 수 있는 대형 옷장에 들어가 있던 그레이슨이 얼어붙었다.

"우리 집인데요. 그쪽이야말로 여기서 뭐 하시는 거죠?" 내가 말했다.

"경찰을 부르겠어." 남자가 주머니에서 휴대폰을 꺼내 버튼을 누르기 시작했다. 그는 나에게 손가락질을 했다. "보석함에서 뭘 꺼내가는 거 다 봤다. 돌려놓는 게 좋을 거야."

"아저씨, 앤 샬럿 캘러웨이예요." 그레이슨에 옷장에서 나와 내 옆에 서며 말했다. "얘 아빠가 이 집 주인이에요. 아저씨 월급 주는 사람이기도 하고요. 자기 딸을 경찰에 신고하면 엄청 화낼걸요."

남자가 망설였다. "네가 캘러웨이 씨의 딸이라고?"

"네. 증명할 수 있어요."

가방에서 운전면허증을 꺼내 들어 보였다. 남자가 나에게 걸어와 면허증을 집어들더니 눈을 가늘게 뜨고 이름과 사진, 그리고 내 얼굴을 번갈아 보았다.

"이제 아저씨 차례예요. 누구시죠?" 면허증을 돌려받으며 내가 말했다.

"프랭키 마틴이다." 그가 뒷목덜미를 만지작거리며 말했다. "오 년째 이 저택 부지를 관리하고 있어. 집 안에 들어온 건 오늘이 처음이고. 오늘 누가 올 거라는 말은 없었는데."

그는 내가 여기 있어도 되는지 아직 모르겠다는 듯이 계속 가늘게 뜬 눈으로 나를 쳐다보았다.

"원하시면 저나 아저씨가 우리 아빠한테 전화를 걸어보죠." 내가 진심이라는 듯이 가방에서 휴대폰을 꺼내 들었다. "하지만 아빠는 지금 아루바에 출장 가서서 방해받고 싶어하지 않을 거예요." 나는 연락처에서 아빠의 전화번호를 찾아 엄지를 '전화걸기' 버튼 쪽으로 가져갔다.

아빠가 아루바에 있다는 것은 거짓말이었다. 일요일이니 뉴욕의 집에 있거나 할아버지와 골프를 치고 있을 것이다. 하지만 호숫가 집에 온 이유를 아빠에게 설명하기는 정말 싫었다.

"아니다, 괜찮아." 남자가 다시 뒷덜미를 긁적거리며 말했다. "갈 때 잘 잠그고 나가라. 문을 제대로 잠그지 않아서 누가 들어오면 내가 곤란해지니까."

"알겠습니다." 그레이슨이 말했다.

마틴 씨가 돌아간 후 우리는 방방마다 차례로 뒤졌지만 구석구석을 다 살핀다는 것은 불가능했다. 밖이 어두워지기 시작해 그만 돌아가기로 했다.

"가는 길에 데려다줄게." 내가 말했다.

"고마워."

나는 잠시 머뭇거렸다. 아직 클레어 아줌마와 대화를 나눠보지 못했다.

"저기, 나 배고픈데." 그레이슨을 곁눈질하며 말했다. "저녁 먹고 가도 아줌마가 괜찮다고 하실까?"

"사람이 많을수록 좋지." 그레이슨이 앞으로 몸을 숙여 에어컨을 조절하며 말했다. "운이 좋네. 일요일 저녁 메뉴는 슬로피 조(다진 쇠고기와 양파 등을 토마토소스와 볶아 햄버거 빵 사이에 끼워 먹는 샌드위치―옮긴이)거든."

"좋았어."

저녁 식사 자리에서 막내 놀런은 동네 수영장의 높은 다이빙대에서 뛰어내린 이야기를 했고 라이더는 모든 질문에 투덜거리듯 한 단어로 대답했다. 식사가 끝나고 아줌마를 도와 설거지를 했다. 그레이슨은 놀런을 목욕시키려 이층으로 데려갔고 라이더는 터덜터덜 제 방으로 게임을 하러 갔다.

"그레이슨이랑 오늘 뭐 했어?" 아줌마가 싱크대에 뜨거운 물을 받으며 물었다. 싱크대에서 수증기가 피어올랐다. "설마 녀석이 널 하루 종일 잡아놓고 축구 중계를 보게 한 건 아니길."

"아니에요. 계속 밖에 나가 있었어요. 그레이슨이 3번지에 있는 맨디스 아이스크림 가게에 데려가줬어요. 공원도 산책하고요."

젠장, 맨디스가 아직 있나? 마지막으로 가본 게…… 일곱 살 때인데. 거짓말이 통했는지 아줌마를 힐끔 곁눈질했다. 아줌마는 고개를 끄덕이며 세제를 덜었다.

"고맙구나. 집 밖으로 데리고 나가 머리를 식힐 수 있게 해줘서. 그애한테는 꼭 필요한 일이거든."

집 밖으로 데리고 나가 머리를 식힐 수 있게 해줘서? 그레이슨이 친구가 없나? 그렇게 놀라운 일도 아니었다. 외모는 좀 멋있지만 성격이 비호감이니까.

"아, 네."

"그리고 네 엄마 생일파티에 와준 것도 고맙고. 네가 온 게 외갓집 식구들한테는 정말 큰 의미거든." 아줌마가 말했다.

"네. 저…… 저도…… 함께해서 좋았어요."

"그 접시 좀 이리 줄래?" 아줌마의 말에 조리대에 쌓인 설거지거리에서 맨 위에 있는 접시를 건넸다.

"아줌마, 엄마 말이 나와서 말인데요……."

"응?"

"그냥 궁금해서……" 나는 망설였다. "잘 모르겠어요. 어제 아줌마 말을 들으니까 엄마가 자유로운 영혼이었던 것 같아서. 엄마는 한자리에 묶여 있는 게 싫어졌던 걸까요? 그래서 다 그만두고 싶었을까요? 불가능한 얘기는 아니죠? 그래서 떠난 걸까요?"

아줌마는 한동안 아무 말 없이 비눗물로 접시를 닦기만 했다. 그러더니 접시를 내려놓고 수돗물을 껐다. 그다음에는 몸을 돌려 나를 마주 보았다. 뜨거운 물에 붉어진 두 손에 여전히 물기가 남아 있었다.

"네 엄마는 너하고 세라피나를 떠난 게 아니야, 샬럿. 난 네 엄마를 세상 그 누구보다 잘 안다. 절대로 그런 일을 할 사람이 아니야."

"그럼 엄마가 떠난다는 말을 한 적이 없었어요? 가정으로라도. 다른 생활을 원하지도 않았고요?"

아줌마는 속에서 두 마음이 싸움이라도 벌이는 듯 아랫입술을 깨물었다.

"아줌마. 제발 알려주세요."

아줌마가 한숨을 쉬더니 나를 보았다. "네 엄마가 너하고 세라피나한테만큼은 숨기려고 했는데, 네 엄마랑 아빠는 자주 싸웠어."

"저도 알아요. 본 적도 있고요."

"이건 달라, 샬럿. 그냥 말다툼이 아니라 물리적인 싸움이 되기도 했어."

"그건…… 아빠가 엄마를 때렸다는 말씀이세요?" 내가 물었다. 속이 뒤틀리고 현기증이 일었다. 안 돼, 안 돼. 물어보지 말았어야 했다. 이런 걸 알고 싶은 게 아니었다.

"그래. 그랬다고 생각해." 아줌마가 말했다.

"그냥 아줌마 생각이신 거예요, 사실인 거예요?"

"네 엄마는 네 아빠와 가정을 지키려는 마음이 강했어." 아줌마는 행주로 손을 닦았다. "부부 사이가 행복하지 않다는 것을 사람들에게 알리고 싶지 않았지. 그레이스가 실종되기 며칠 전에 두 사람 사이에 유난히 심한 다툼이 벌어졌어. 밤에 네 엄마가 우리 집에 왔는데, 몸 왼쪽이 온통 멍투성이고 어깨에는 몇 센티나 찢어진 상처가 있었어. 내가 직접 붕대를 감아줬다."

"아빠가 엄마한테 그랬다고요?"

몸을 지탱하려고 조리대로 뻗는 내 손이 떨리고 있었다.

"그레이스가 무슨 일인지 말해줬어. 서로 의견충돌이 있었고 점점 흥분했나 봐. 그레이스 말로는 넘어졌다고 했어."

"그럼 사고였네요."내가 말했다. 누구나 싸우고 이성을 잃는다. 그러다 보면 사고도 생길 수 있고.

말이 되지 않았다. 모든 것이 터무니없었다. 클레어 아줌마가 잘못 알고 있는 것이다. 정말로 그런 일이 있었다면 내가 몰랐을 리 없다.

"아빠는 그럴 분이 아니에요. 절대로."내가 다시 힘주어 말했다.

"그레이스는…… 외부인이었어. 그 세계 사람이 아니었으니까. 그 사람들은 거기가 그레이스가 있을 자리가 아닌 것처럼 그녀를 대했지. 차가웠어. 집안사람들 전체가 그레이스한테 차가웠어."

"그건 사실이 아니에요."정말 사실이 아니었다. 내가 몰랐을 리 없다.

"아빠는 엄마를 사랑했어요."

"그랬겠지. 예전에는 사랑했다는 걸 나도 알아. 적어도 처음에는."

애초에 이런 질문을 한 것 자체가 바보 같았다. 클레어 아줌마가 내 부모의 관계에 대해 뭘 알겠는가? 옆에서 본 것도 아닌데. 아줌마는 아무것도 보지 못했다. 엄마가 출근하려는 아빠에게 살금살금 까치발로 다가가 넥타이를 반듯하게 펴준 것도. 뒤쪽 테라스에서 감자를 굽는 엄마의 청바지 뒷주머니에 아빠가 두 손을 집어넣고 엄마는 그런 아빠에게 몸을 기울이던 것도. 내가 본 것을 아줌마가 보았다면 아빠가 엄마에게 손찌검을 하리라는 건 생각조차 못 했으리라. 아빠는 엄마를 사랑했다. 정말로 사랑했다. 그 사랑이 아빠를 망가뜨렸다.

"정말로 엄마가 사랑받지 못하고 나쁜 대우를 당하고 폭력까지 당했다고 생각하시는데도 엄마가 우리를 떠난 게 아니라는 말씀이세요?" 내가 물었다.

"은행 안전금고 얘기를 들었을 때 난 놀라지 않았어. 정말로 그레이스가 네 아빠를 떠나 새 인생을 시작하려고 그 돈을 인출했다고 해도 너하고 세라피나를 두고 가진 않았을 테니까."

"그런데 왜 안 데려간 거죠?"

"앨리스테어 캘러웨이는 헤어지고 싶다고 해서 헤어질 수 있는 남자가 아니니까. 특히 힐스버러의 노동자 집안 출신 여자라면 더더욱. 떠나려는 걸 네 아빠가 알게 되었을 거야. 알고 벌을 준 거지. 절대로 떠날 수 없게."

아줌마의 말에 소름이 끼쳤다. 아줌마의 정신 나간 추측은 행크 외삼촌보다 나을 것이 없었다. 아니, 더 끔찍했다. 질투에서 하는 말이니까. 아줌마는 우리 아빠를 싫어했다. 엄마가 아빠를 사랑해서 질투한 거다.

"숲을 뒤지고 호수를 수색해도 그레이스의 시신이 나오지 않았을 거야. 당연해. 앨리스테어는 너무나 똑똑하거든. 하지만 네 엄마는 아직 어딘가에 있고, 발견되길 기다리고 있어. 시신이 발견되면 앨리스테어는 더 이상 자기가 한 짓을 숨기지 못해. 그가 어떤 사람인지 온 세상이 알게 되는 거지."

"아줌마는 거짓말쟁이예요. 거짓말을 하고 있어요. 왜 그냥 사실대로 말하지 않죠? 나 아줌마를 봤어요. 그날 밤 호숫가에 엄마랑 있는 거."

지금까지 아무한테도 말하지 않은 사실이었다. 초기 수사 때 경찰한테도 아빠한테도 행크 외삼촌한테도. 전부 다 말했지만 그것만은 말하지 않았다.

엄마가 사라진 밤에 폭풍우가 쳤다. 하루 종일 하늘이 흐렸고 구름이 잔뜩 끼어 있었다. 오후 늦게 부모님이 싸웠고 아빠가 떠났다. 엄마는 일곱시 삼십분쯤에 나와 세라피나를 이층 방에 재웠다. 그러곤 어깨에 수건을 걸치고 머리에 고무 캡을 쓰고 밤 수영을 하러 호수로 나갔다. 나는 잠들었다가 창유리를 때리는 빗소리에 깼다. 꿈에서 엄마가 나를 불렀던 것이 생생하게 기억났다. 일어나 창가로 갔다. 그리고 물속에 있는 엄마와 클레어 아줌마를 보았다.

아줌마는 엄마와 마주 보고 있어 나에게는 등만 보였지만 뒤로 묶은 익숙한 금발 때문에 알아볼 수 있었다. 아줌마가 거기 있다는 사실이 전혀 이상하게 느껴지지 않았다. 두 사람은 함께하는 시간이 많았고 밤에 방충망이 쳐진 포치에 앉아 자주 와인을 마시곤 했다. 하지만 그날 두 사람이 안고 있는 모습은 보통 때와 좀 달랐다. 물속에서 너무 필사적으로 서로에게 달라붙어 있는 모습이 당혹스러워서 고개를 돌렸었다. 장이 꼬이는 느낌이었다.

두 사람이 그렇게 안고 있는 것은 아무런 의미도 없다고 나 자신을 타일렀다. 엄마는 아빠를 사랑했다. 엄마가 비명을 지르고 아빠가 집을 나갔지만 엄마가 진심으로 그런 것은 아니었다. 나는 알 수 있었다. 나는 다시 침대로 기어들어갔다.

아침에 깨어보니 폭풍우가 휩쓸고 지나간 마당의 뒤쪽 잔디밭에 나뭇가지가 엉망으로 널려 있었다. 호수 수면은 유리처럼 잔잔했다. 일어나 복도를 지나 엄마를 찾으러 부모님 방으로 갔다. 하지만 엄마는 없었다. 이부자리에 잠을 잔 흔적도 없었다.

"그날 밤 엄마랑 아줌마가 같이 있는 걸 봤어요. 호수에서 봤다고요. 전 아줌마하고 우리 엄마가…… 그냥 친구가 아니었다는 걸 알아요."

클레어 아줌마는 몸을 지탱할 곳이 필요한 듯 싱크대에 기대어 섰다. "샬럿. 네가 무슨 말을 하는지 도저히 모르겠다."

"거짓말 안 하셔도 돼요. 아무한테도 말 안 할 거예요. 그냥 제가 알아야겠기에 그래요."

"내가 네 엄마를 마지막으로 본 건 사라지기 며칠 전이었어. 그날은 너희 집에 가지 않았어."

"그냥 사실대로 말해주세요. 제발 호수에서 뭘 하고 있었던 건지 알려주세요. 사진들이 무슨 의미인지도요."

"사진이라니?"

"아시잖아요. 다 알아요."

"샬럿. 네가 그날 밤에 뭘 봤는지, 누굴 봤는지 모르지만 나는 아니야."

아줌마가 위로해주려는 듯 손을 내밀었지만 나는 뒤로 물러섰다. 조리대의 유리컵이 내 손에 맞아 바닥으로 떨어져 산산조각 났다.

"샬럿."

"가봐야겠어요."

앞뒤 가리지 않고 테이블에서 가방을 낚아채 비틀거리며 현관으로 걸어갔다. 차에 올라타 후진을 할 때야 상황 파악이 되었다.

클레어 아줌마는 거짓말을 하고 있다. 분명히 거짓말이다.

하지만 정말로 거짓말인지 확신할 수 없었다.

2부

10
앨리스테어 캘러웨이

1996년 가을

우리 집안은 매년 십일월이면 할로윈과 추수감사절 사이에 칼라일 호텔에서 자선행사를 열었다. 모든 수익금은 여동생 올리비아가 채택하는 모호하고 터무니없는 대의에 쓰였다. 어느 해인가는 식물의 법적 권리를 위해 투쟁하는 미국식물윤리위원회를 위한 기금을 모으기도 했다. 올리비아는 브로콜리에도 권리가 주어져야 한다고 생각했다. 덕분에 그해의 연회에서 제공된 식사는 형편없었다. 자연에서 채취한 허브와 채소, 닭고기, '인도적인' 발효 과정을 거친 포도로 만든 와인으로 이루어진 일곱 가지 코스 요리였다. 또 다른 해에는 다리가 셋뿐인 개들에게 의족을 달아주는 기금 마련이 목적이었다. 하지만 그런 대의는 위장일 뿐 위대한 캘러웨이 가문이 유일하게 믿는 것은 단 하나, 우리 집안뿐이었다. 그것이야말로 우리가 널리 알리고자 애쓰는 단 하나의 대의였다.

그날도 나는 정각 여덟시에 도착했다. 깔끔하게 면도하고 양복을 멋지게 차려입고 옆에는 약혼자 마고 휘태커를 대동했다. 테디를 찾아 두리번거렸지만 보이지 않았다. 평소 시간을 엄수하지 않는 테디는 분명히 메인 코스가 나온 후에 면도도 하지 않은 까칠한 얼굴로 나타날 것이다. 일부러 계산이라도 한 듯한 부적절한 복장, 이를테면 날씨와 어울리지 않는 토미 바하마 셔츠와 플리플롭 같은 차림으로. 아버지의 인내심과 어머니의 맹목적인 사랑의 한계가 어디인지 시험하는 것은 테디에게 일생의 과업과도 같았다. 애초에 인내심이 매우 부족한 아버지는 어머니만 아니었다면 벌써 오래전에 테디의 상속권을 박탈했을 것이다. 어머니의 테디에 대한 사랑의 깊이는 여전히 바닥을 보이지 않았다.

평소와 마찬가지로 유지니아는 조금도 비용을 아끼지 않았다(나는 어릴 때부터 어머니를 이름인 유지니아로 불렀다. '어머니'라는 호칭이 노화를 앞당긴다는 것이 어머니의 생각이었다.). 테이블 중앙을 장식한 연보라색 난초는 콜롬비아 보고타에서, 와인은 이탈리아 토스카나에 있는 와인 저장고에서 날아왔고 메인 코스로 나온 스테이크는 뉴욕 최고의 정육점 지하 저장고에서 삼 주 동안 건조 숙성시킨 것이었다. 작은 부분 하나하나까지 세심하게 신경 쓰지 않은 것이 없었다. 테이블보는 풀을 먹여 다림질했고, 물잔은 나이프 끝부분에서 정확히 일 인치 떨어진 곳에 놓였다. 유지니아는 자를 가지고 다니며 직접 간격을 쟀다.

"앨리스테어, 근사하구나." 유지니아가 내 양쪽 뺨에 키스하며 말했다.

어머니는 나에게 차갑고 무관심했다. 항상 있어야 할 자리에서 제대로 할 일을 하고 있는 내가 지루했던 것 같다. 야단치거나 걱정할 일이 없고 올리비아와 테디처럼 애지중지해야 할 필요도 없었으니까. 하지만 아버지는 나를 가장 좋아했다. 아버지에게 올리비아는 바보 같고 경솔하게 보였고, 테디는 제멋대로에 반항적인 자식이었다. 반면 나는 늘 성실하고 뭐든 빨리 배우고 충실하게 능력을 증명했다. 아버지는 나에게 계속 시련을 던져 언젠가 가문의 수장 자리를 물려받을 자격이 있는 사람으로 단련시켰다.

"마고도 왔구나." 유지니아가 말했다.

어머니는 내가 결혼상대로 예쁘지도 변덕스럽지도 부유하지도 않은 여자를 선택한 것에 큰 실망을 했다. 한마디로 자신과 닮은 사람을 선택하지 않아서였다. 내가 집안 대대로 내려오는 반지를 마고에게 준 사실도 못마땅해했다. 에메랄드컷 십팔 캐럿 노란색 카나리아 다이아몬드 반지였다. 고리 부분은 백금이고 큰 다이아몬드 옆에 반달컷 다이아몬드 두 개가 들어 있다. 할머니의 반지였는데 유지니아는 테디에게 주려고 반지를 탐냈지만 할머니가 나에게 물려주었다. 반지를 마고에게 준 후로 어머니는 그녀를 겁주어 쫓아버리려는 심산으로 매우 못되게 굴었지만 그때마다 마고는 조금도 물러나지 않고 미소로 반응했다.

"유지니아, 정말 반가워요." 마고가 조금의 비아냥거림도 없이 인사를 건넸다. "어느 디자이너의 옷인지 꼭 알려주세요. 드레스가 너무 아름다워요."

"기꺼이 알려줘야지, 얘야." 친절한 대답이 아니라는 걸 알 수 있었다. 유지니아에게 '얘야'는 결코 애정의 표시가 아니었다. 나에게는 그 말이 '하찮은 인간'이나 '가난뱅이'로 들렸다. 그 말에 담긴 속

뜻이 그러했지만 그런 말은 교양 있는 모임에서 쓸 수 없으니 다른 말로 대신할 뿐이었다. "하지만 알려줘도 모를 거야. 넌 패션을 잘 모르잖니. 네 드레스도 웬만큼 괜찮구나. 앨리스테어가 골라줬니?"

"네, 선물 받았어요."

"베르사체 가을 제품이에요. 괜찮다고 하실 줄 알았는데." 내가 말했다.

"본체가 달랐다면 그랬겠지." 유지니아는 마고를 위아래로 훑으며 와인을 한 모금 마셨다. "본체가 달랐다면 돋보였을 거야."

내가 뭐라고 말하려 했지만 마고가 내 팔을 잡았다.

"목이 마르네. 뭣 좀 마시러 갈까? 얘기 즐거웠습니다, 유지니아. 나중에 다시 뵐게요."

어머니는 우리에게 희미하게 미소 지었고 마고가 나를 다른 곳으로 이끌었다.

"어머니가 네 화를 돋우게 만들지 마." 마고가 불만스러운 목소리로 속삭였다.

"넌 어떻게 안 그럴 수 있지?" 나도 작은 소리로 물었다.

마고는 어깨를 으쓱했다. "얻을 게 없으니까. 그리고 재미있기도 하고. 게임을 한다고 생각하거든. 어머니가 고약하게 나올수록 난 상냥하게 나가는 거지. 결국은 내가 어머니를 꺾을 거야. 언젠가 캘러웨이 그룹 지분을 나에게 넘겨주실걸. 고약한 할망구가 날 사랑하게 만들 거야."

"유지니아는 누구도 사랑하지 않아. 자기 자신과 테디밖에는."

"그래. 테디는 어떻게 그렇게 만들었을까?" 마고가 웨이터가 내민 와인 잔을 두 개 집어 하나를 내게 건네며 물었다.

"테디는 상처 입은 아기 새야." 내가 잔을 받으며 말했다. "망가졌지. 그래서 유지니아는 자기가 고쳐줘야 한다고 생각하는 거고."

"흥미롭네." 마고가 말했다. 그녀의 머릿속에서 기어가 움직이며 계획이 만들어지고 있는 모습이 보이는 듯했다. "연약함이 매력이 될 수 있을 줄은 몰랐네. 유용하겠어."

와인을 마시며 내 약혼녀를 바라보았다. 마고는 온통 강하고 뚜렷한 특징들이 서로 돋보이려고 싸우는 듯한 생김새였다. 높은 이마, 날카로운 턱, 튀어나온 광대뼈. 그중 하나만 있었더라면 매우 인상적인 외모였겠지만 전부가 한 얼굴에 있는 바람에 빛이 바래 오히려 평범하게 보였다.

나는 항상 예쁜 여자보다 평범한 외모의 여자에 관심이 갔다. 평생 모든 측면에서 열심히 노력했다는 뜻이기 때문이다. 그들이 눈에 띄려면 그래야만 했다. 유머 감각이나 똑똑함, 대담함을 전부 노력으로 얻었다. 반면 예쁜 여자들은 그냥 가만히 앉아 미소만 짓는다. 그들은 항상 착하고 친절한 나머지 한쪽으로 잡아끌어 추악한 진실을 알려주어 그 얼굴에서 멍청한 미소가 사라지게 만들고 싶어진다. 아니면 무뚝뚝하거나 성미가 까다로워서 마구 때려 그들도 다른 사람들과 똑같이 멍들고 부러진다는 사실을 알려주고 싶어진다.

마고는 똑똑했다. 그녀가 갈고닦기로 선택한 것이 바로 그것이었다. 물론 책으로 배워서 얻은 것이기도 했다. 그녀는 컬럼비아 의대 일학년이었다. 하지만 세상 물정에도 밝았다. 야심 많고 교활하고 조종에 능했다. 구십구 퍼센트 확신하건대 그녀는 소시오패스임에 틀림없다. 적어도 소시오패스 성향을 강하게 보였다. 그것은 나와 그녀의 가장 단단한 연결고리 중 하나였다. 소시오패스 아버지와 자아도취에 빠진 어머니 밑에서 자란 나에게는 그런 그녀가 익숙할 수밖에 없었다.

사실 강한 소시오패스 성향은 내 세계에 존재하기 위한 전제조건이었다. '정상적인' 사람들, 그러니까 의지가 약한 족속들은 양심이야말로 인간의 조건이라지만 나에게 양심은 당장 버튼을 눌러 입 닥치게 만들고 싶은 우는 소리에 불과했다. 양심은 십억 달러 부동산 기업을 운영하지도 비용 절감 결정을 내리지도 못한다. 양심은 수지타산이 맞지 않는다는 이유로 자식이 셋이나 있는 싱글맘 모니카나 아내가 유방암 3기인 제리를 해고하지도 못한다. 반면 소시오패스는 휴게실에서 웃는 얼굴로 모니카에게 아이들의 안부를 묻고, 거의 이성을 잃은 모습으로 아내의 마지막 항암 치료가 효과가 없었다고 말하는 제리를 위로하듯 고개를 끄덕이고는 곧바로 뒤돌아 매출 목표를 달성하지 못했으니 회사를 그만두라고 말할 수 있다. 회사는 자선단체가 아니라고. 소시오패스는 모니카가 그달 아이들의 치과 치료비를 어떻게 지불할지, 제리와 그의 아내가 직장 의료보험 없이 어떻게 할지 걱정되어 잠 못 이루지 않는다.

간단하고 명확하다. 양심은 목을 조른다. 정상적인 인간은 감정과 감성, 연약한 속마음이 있고 아기자기한 삶을 살아가지만 영원히 그것밖에 안 된다. 정상. 평균. 나는 결코 평범하고 싶지 않았다. 나는 캘러웨이다. 평범하게 나고 자라지 않았고 평범함을 위해 길러지지도 않았다. 나는 평범한 삶에 매력을 느끼지 못했다. 나에게서 평범함을 전부 없애버려 더욱 우월하고 강해졌다.

마고가 내 팔에 손을 올렸다. 그녀는 뒤쪽의 입구를 쳐다보고 있었다.

"저 가소로운 인간, 무슨 속셈인 거지?"

뒤돌아 그녀의 시선을 따라가보았다. 놀랍게도 거기에 테디가 있었다. 제시간에 온 것도 모자라 양복을 차려입고 있었으며, 머리는 단정하게 잘라 젤을 발랐다. 옆에 꽤 괜찮아 보이는 파트너도 대동했다. 네크라인이 하트 모양으로 파이고 어깨가 드러나는 단순한 새틴 드레스를 입은 짙은 갈색 머리의 미인이었다. 제발 봐달라고 아우성치는 선정적이거나 요란한 구석이 전혀 없었다. 테디가 평소 가족 행사에 데려오는 몸에 착 달라붙고 노출이 심한 드레스를 입은 늘씬한 금발들과는 달랐다.

"무슨 속셈이지? 내숭 떠는 재미없는 여자를 끼고 제시간에 나타나다니?" 마고가 눈살을 찌푸린 채 테디와 여자를 보며 말했다. 어머니가 두 사람을 반갑게 맞이했다.

나는 와인을 들이켰다. "모르겠는걸. 곧 알게 되겠지."

마고에게 빈 잔을 건네고 동생이 있는 곳으로 걸어갔다.

내가 가장 두려운 일은 테디가 어느 날 정신을 차리고 아버지에게 잘 보이려고 노력하게 되는 것이었다. 그동안 죽어라 노력한 건 나인데 녀석이 족제비처럼 캘러웨이 그룹 경영권을 차지하게 되는 것 말이다. 놀우드 오거스터스 사립학교를 수석으로 졸업한 것도, 컬럼비아를 최우등으로 졸업한 것도 나다. 밑바닥에서부터 일을 배워야 한다고 생각하는 아버지 때문에 여름마다 캘러웨이 그룹에서 인턴으로 일하며 하찮은 인간처럼 우편실에서 죽어라 일한 것도 내가 아닌가. 내가 그렇게 고생할 때 테디는 흥청망청 놀며 하고 싶은 대로 다 했다. 세 군데 기숙학교에서 쫓겨났고 프린스턴에는 기부금으로 입학했다. 지금은 학교에 나가는 시간보다 친구들과 술 마시고 호화스러운 여행을 즐기는 시간이 더 많다. 녀석에게는 모든 것이 장난이었고 그 편이 나에게도 나았다. 나는 테디가 정신 차리지 않기를 바랐다. 정신 차리고 제대로 하려 든다면 어머니의 편애가 유리하게 작용할 것이고 아버지는 우리 둘 중 누군가 한 명이 망가질 때까지 경쟁을 시킬 테니까. 나는 가장 열심히 노력한다는 것 말고 아버지가 나를 가장 아끼는 다른 이유가 있다는 착각 따위는 하지 않았다.

테디는 전채 요리가 놓인 테이블에서 작은 접시를 채우고 있었다.

"천천히 해. 네가 보통은 디저트만 남았을 때 와서 잘 모르나 본데 일곱 가지 코스가 나오거든. 그러니까 천천히 먹어도 돼."

"아, 꺼져." 테디가 말했다.

"여자는 누구야?"

테디가 연어 파이를 한 입 베어 물면서 어깨 너머를 보았다.

"그레이스."

나도 뒤를 힐끗 돌아보았다. 여자는 여전히 입구에 서서 어머니와 한창 이야기 중이었다. 그레이스. 어울리는 이름이었다. 부드럽고 고풍스러운 이름. 그레이스는 정말로 고풍스러운 미인이었다. 조용하고 얌전했다. 저런 여자가 왜 내 동생과 있는 걸까?

"네 타입은 아닌 것 같은데." 내가 말했다.

"내 타입? 긴 다리? 금발? 쉬운 여자?"

"그래."

"바로 그래서지." 테디가 또다시 연어 파이를 입안에 넣고 씹으면서 말했다. "도전이 없으면 만족도 없는 거야."

"설마 그 바보 같은 게임을 아직도 하는 건 아니겠지. 빙고 딩고 말이다."

짜증이 났지만 한편으로는 안심이 되었다. 테디가 빳빳하게 다림질된 양복을 입고 제시간에 등장한 이유가 바보 같은 게임 때문이고 나나 캘러웨이 그룹과는 아무런 관계가 없다니.

"정복 보드 게임이야. 네 칸을 지우기 직전이라고."

"그래? 그레이스는 어느 칸이지?"

"이번 판에는 동네 주민을 추가했지. 그레이스하고는 공립 도서관에서 만났어."

"네가 도서관에는 왜 갔는데?"

"길을 잃어서." 테디가 말했다.

"넌 더 이상은 내려갈 곳이 없겠지 싶을 때마다 더 깊이 바닥을 치는구나."

테디가 내 등을 찰싹 치며 웃었다. "우린 항상 자기 자신을 능가하려고 하잖아? 그게 캘러웨이의 방식이지. 가자, 소개해줄게. 나 '순수한 청년'인 척하고 있거든. 그레이스가 믿게끔 동생을 무척 사랑하는 형 역할 좀 해줘."

"듣기만 해도 기운 빠지는군. 나 피곤해."

동생의 속셈을 다 알고 나니 지루해졌다. 유치하고 어리석은 게임 따위에는 전혀 관심이 없었으니까.

"내가 형한테도 가치 있는 일로 만들어주면?" 테디가 물었다.

"정확히 무슨 생각이지?"

테디는 깊은 생각에 잠긴 것처럼 보였다. "다음 여름에 아버지가 회사에서 인턴으로 일하라고 하면 잠수 타려고. 우루과이 해안에 보트를 가진 친구가 있거든. 최소한 두 달 동안 잠수 탈 거야."

"정확하게 짚어보자. 힘든 인턴직을 퇴짜 놓고 여름 내내 요트에서 신나게 노는 게 나를 위한 거라고?"

"아니면 내가 지금 당장 아버지한테 가서 속마음을 털어놓는 거지. 최근에 진지하게 생각해봤는데 그동안의 행동에 후회가 든다고 말이야. 앞으로 학교도 제대로 다니고 회사일도 본격적으로 배워보겠다고."

테디는 평소 바보 천치 같다가도 이럴 때가 가끔 있었다. 평소의 게으르고 바보 같은 모습은 다 연기일 뿐 녀석도 어쩔 수 없는 예리하고 극악무도한 캘러웨이라는 생각이 들게 만드는 때가 있었다. 녀석은 뼛속까지 철저하게 캘러웨이였다.

"좋다. 소개해줘." 내가 말했다.

테디는 나에게 한 팔을 두르고 나를 그레이스와 유지니아가 있는 곳으로 데려갔다.

"그레이스, 우리 형 앨리스테어야. 컬럼비아 졸업하고 아버지하고 같이 캘러웨이 그룹에서 일하고 있어."

그레이스가 나를 보았다. 분명히 어디에서 본 듯한 얼굴이었는데 콕 집어 말할 수 없었다. 그녀의 눈동자는 옅은 노란색으로 소용돌이치는 회색이었다. 멀리서 볼 때는 눈동자가 무슨 색인지 알기 어려웠는데 가까이에서 보니 굉장히 아름다웠다.

"반가워요. 테디한테 말 많이 들었어요." 그레이스가 말했다.

나는 그녀가 내 쪽으로 손을 내민 것을 금방 알아차리지 못했다.

"아, 이런." 내가 그녀의 손을 잡았다. 회사에서 하루 종일 잡는 데 익숙한 두툼한 손들과는 아주 다른 느낌이었다. 내 손에 잡힌 그녀의 손은 작고 따뜻하고 부러질 듯 연약했다.

"형, 이쪽은 그레이스 페어차일드야. 화가야." 테디가 말했다.

"전문 화가는 아니에요. 작품을 팔아본 적이 한 번도 없거든요."

"훌륭한 화가는 처음에 인정받지 못하는 경우가 많잖아." 테디가 말했다. "예를 들어 반 고흐는 살아 있을 때 딱 두 점밖에 팔지 못했지만 지금은 작품 하나에 수백만 달러씩 하잖아. 바로 눈앞에 있는 걸작의 가치를 오랜 세월이 지나서야 알아보다니 사람은 참 이상도 하지."

테디는 그레이스의 가녀린 허리에 팔을 둘렀다. 이미 자신의 것이라도 된다는 듯 그렇게 쉽게 그녀를 만지는 모습이 거슬렸다.

"사실 테디의 눈에는 이상한 것들이 참 많죠." 내가 말했다. "양복, 면도, 시간 엄수 같은 것들. 하지만 그런 건 누구에게나 이상하다고 할 수 있겠네요."

테디가 나를 째려보았다.

젠장. 동생을 사랑하는 형 역할이라는 것을 깜빡했다.

"춤추실래요?" 내가 그레이스에게 물었다.

그레이스는 내 말에 놀란 표정이었지만 곧바로 원래 표정으로 돌아왔다. "그래요. 물론이죠."

그녀는 테디에게서 팔을 빼고 나에게 손을 내밀었다. 갑자기 배속이 팽팽해지는 느낌이었다.

테디나 어머니가 보이지 않도록 몇몇 커플을 지나쳐 그녀를 댄스 플로어로 데려갔다.

그레이스가 내 귀에 대고 속삭였다. "비밀을 털어놓을게요. 어차피 곧 들통날 테니까. 사실 나 춤출 줄 몰라요."

나는 미소 지으며 그녀의 귀에 입술을 가까이 가져갔다. "비밀 지켜드리죠. 걱정 말고 그냥 나에게 기대기만 해요. 내가 리드할 테니까. 아무도 눈채채지 못할 겁니다."

그런 다음에 그녀를 안았다. 한 손으로 그녀의 허리를 안고 다른 손으로는 손바닥을 마주 대어 그녀의 손을 잡았다. 그리고 가까이 당기고 춤을 추었다.

"생각보다 나쁘지 않네요." 그녀가 잠시 후에 말했다. "멋지게 보이게 만들어줘서 고마워요."

"전혀 힘들지 않은데요." 내가 말했다.

그레이스의 뺨이 붉어졌다. 그녀는 붉어진 뺨을 가리기 위해 웃음을 터뜨렸다. 그녀의 목걸이에 달린 게 모양 펜던트가 눈에 띄었다. 그것은 목구멍이 위치한 부분에 놓여 있었다. 테디가 준 걸까.

"테디 말로는 도서관에서 만났다던데. 운이 나빴네요. 다른 곳은 몰라도 도서관에서 집적거리는 남자가 있을 줄은 생각도 못 했을 텐데 말이죠."

그녀가 웃음을 터뜨렸다. "도서관에서 아르바이트를 하고 있어요. 그래서 거기 있는 시간이 많죠. 그림은 취미에 가깝고요. 행복해서 하는 일이지 그림으로 먹고살 수 있을 거라고 생각진 않아요."

"그림이 아니면 앞으로의 계획이 뭐죠?" 내가 물었다.

"솔직히 말하자면 커서 뭐가 되고 싶은지 아직 찾아가는 중이랍니다. 당신은 어때요? 아버지의 뒤를 이어 가족 회사를 경영하는 게 항상 꿈이었나요?"

"그렇게 되리라는 것을 항상 알고 있었죠." 나는 어깨를 으쓱했다.

"꿈하고는 다르잖아요." 그레이스가 말했다.

그녀가 나를 보았다. 꿰뚫어보는 듯한 시선이었다. 불안함인지 편안함인지 모를 기분이 들었다. 그것은 이미 나에 대해서 알고 있다는 눈빛이었다. 내가 누구에게도 보여준 적 없는 모습까지도 다 안다는 듯한.

"그가 말한 그대로네요." 그레이스가 말했다.

"테디가 내 얘기를 했어요?"

"테디 말고 제이크 그리핀요."

그 이름을 듣는 순간 온몸에 전기 충격이 가해진 듯했다. 나도 모르게 우뚝 멈춰 섰다. 너무도 오랜만에 듣는 이름이었다.

"미안해요. 말하지 말걸 그랬나 봐요. 말하지 않으려고도 했지만 그것도 이상한 것 같아서."

나는 내가 가만히 서 있다는 사실을 깨닫고 다시 음악에 맞춰 몸을 움직이기 시작했다.

"제이크하고는 어떻게 아는 사이였어요?"

"그 일이 있었을 때는 사귀는 사이였죠. 그 전에는 어릴 때부터 친구였고요."

"당신이 그 그레이스군요."

그녀가 왜 그렇게 낯설지 않게 느껴졌는지 그제야 알 수 있었다. 그녀를 만난 적은 없지만 본 적이 있었다.

"제이크가 내 얘길 했어요?" 그레이스가 물었다.

나는 고개를 끄덕였다. "제이크의 기숙사 방 책상에 당신 사진이 있었어요."

거의 육 년이 지난 지금까지 그 사진이 기억났다. 그레이스는 밑단이 자연스럽게 커팅된 청반바지와 운동화를 신고 집 앞 계단에 앉아 있었다. 절반 정도 남은 아이스크림콘을 한 손에 들고 코와 턱에 아이스크림을 잔뜩 묻힌 채 얼굴을 숙이고 웃음을 터뜨리는 모습이었다. 뭐가 그렇게 재미있어서 웃는 걸까 사진 액자를 들어 자세히 들여다본 적도 있었다.

"아이스크림콘을 들고 있는 모습이 자연스럽게 포착된 사진이었는데 얼굴에 묻은 아이스크림이 더 많더군요." 내가 말했다.

"아이스크림은 원래 그렇게 먹는 거 아닌가요?"

사진에 대해 자세히 물어보고 싶었다. 누가 찍었고 무엇 때문에 그렇게 웃었는지. 하지만 고개를 들어보니 테디가 그녀 뒤에 서 있었다.

"방해해도 될까?" 테디가 물었다.

그레이스는 놀란 사슴 같은 얼굴로 나를 올려다보았다.

"물론이지." 그녀가 말했다.

더 이상 춤을 추고 있지 않은데도 나는 여전히 한 손을 그녀의 허리에 올리고 다른 손으로 그녀의 손을 잡고 있었다. 마지못해 손을 놓았다.

와인 잔이 담긴 쟁반을 든 가장 가까이 있는 웨이터에게로 다가가 잔을 하나 집어 들었다. 댄스 무대에는 등을 돌린 채였다. 두 사람이 함께 있는 모습을 보고 싶지 않았다.

마고가 나에게로 왔다.

"걱정할 만한 게 있는 거야?"

"뭐가?"

"테디하고 저 성모 마리아 같은 여자 밀이야." 마고기 물었다.

"아. 아니, 유치한 게임을 하는 것뿐이야."

"테디는 참 한결같네."

"그런데 정말 이상해." 내가 말했다.

"뭐가?"

"저 그레이스라는 여자 말이야. 제이크 그리핀하고 사귀는 사이였대."

마고의 표정을 슬쩍 살핀 후 시선을 돌렸다. 그녀의 반응을 가늠해보고 싶었다.

"누구?" 마고가 물었다. 그녀의 눈에는 아는 것 같은 기색이 전혀 없었다. 정말로 전혀 기억하지 못했다.

이상했다. 지난 육 년 동안 그렇게도 나를 괴롭혔던 이름이 마고에게는 조금의 영향도 끼치지 않는다는 사실이. 어둠 속에서 그녀와 나란히 침대에 누워 있을 때 그 이름을 입 밖에 내고 싶을 때도 있었다. 마고도 그 생각을 하는지, 나처럼 그 이름이 계속 떠나지 않아 괴로운지, 나만 그런 게 아닌지 알고 싶었다.

하지만 마음속 깊은 곳에서 징징거리는 작은 목소리로 울려 퍼지는 그 이름을 도저히 지울 수 없다고 말하면 마고가 어떤 반응을 보일지 짐작할 수 있었다. 지금 제이크의 이름에 마고가 보인 반응은 내 짐작이 옳았음을 일깨워주었다.

또 끌려 다니고 있잖아. 그녀는 실망스러운 목소리로 말할 것이다.

어떻게 그러지 않을 수 있는데? 내가 말하겠지. 그녀도 아는 일이니까. 그날 밤 그녀도 거기 있었으니까. 어떻게 일말의 죄책감도 느끼지 않을 수가 있는 거야?

그러면 마고는 이렇게 대답할 것이다. 얻을 게 없으니까.

그녀의 말이 맞을 것이다.

죄책감이나 회한을 느끼는 내가 약한 것이다. 그 일을 생각한다는 것 자체가 약한 것이다.

"놀우드 같이 다닌 제이크 그리핀." 무심해 보이기를 바라면서 마침내 내가 어깨를 으쓱하며 말했다. "그 자살한 애."

"아, 제이크." 마고가 말했다. "세상 참 좁네."

"그래." 정말로 세상이 참 좁았다.

다시 댄스 플로어로 시선을 옮겼다. 무대 가운데에서 그레이스를 안고 있는 테디가 보였다.

나에게 세상은 언제나 크고 무한한 가능성으로 가득한 곳이었다. 무엇이든 손에 넣고 정복하기만 하면 되었다. 마고와 나는 세상을 정복할 준비가 되어 있었다. 두려울 것도 우리를 막는 것도 없었다. 무엇도 우리를 건드릴 수 없었다. 우리가 절대로 그렇게 내버려두지 않을 테니까.

하지만 오늘 밤 참으로 오랜만에 세상이 작게 느껴졌고 그 안의 나도 작게만 느껴졌다.

11
찰리 캘러웨이

2017년

삼각법 시간에 목에 건 플라스틱 게 모양 펜던트를 만지작거리면서 붉게 변하기 시작하는 창밖의 나무들을 바라보았다. 삼각법은 졸업반 대상의 수업이지만 나는 어려서부터 숫자와 복잡한 방정식 문제를 푸는 머리가 뛰어났다.

이것도 똑같다고 생각했다. 복잡한 방정식일 뿐이라고. 엄마의 실종도 아빠가 엄마를 살해했다는 (일부 사람들의) 추측도 전부 다. 처음에는 복잡한 미분과 변수에 겁이 나지만 한 부분씩 차근차근 나누면 나중에는 반드시 이해가 된다. 방정식은 꼭 논리적인 답으로 이루어지게 되어 있다.

"답 아는 사람?"

창가를 보고 있다가 깜짝 놀라며 교실 앞쪽의 화이트보드로 홱 고개를 돌렸다. 삼각법 시간에 한눈을 팔다니 위험한 짓이었다. 나이 많은 프랭클린 선생님은 군인 출신으로 학생들에게 군대식 말투를 사용하게 했다. 베트남전에 참전했던 선생님은 계층제와 권위주의가 옳다는 강한 신념이 있었고 질문을 받았을 때 교차곱하기와 나눗셈을 빨리 해서 답을 내놓지 못하는 가엾은 학생은 마땅히 고문하고 망신을 줘야 한다고 생각했다.

삼각법은 앤드루스 선생님의 사진학 개론과 함께 놀우드에서 하크니스 교수법을 따르지 않는 수업이었다. 그 이유를 알기는 어렵지 않았다. 교사와 학생들이 동등하게 빙 둘러앉아서 학생이 자유롭게 발언할 수 있는 수업 방식은 프랭클린 선생님이 소중히 여기는 모든 가치에 위배되니까. 대신 학생들의 책상은 교실 앞쪽을 정면으로 마주 보며 일렬로 반듯하게 놓였다. 자유 토론 대신 선생님이 화이트보드 앞에 서서 소리쳐 문제를 내고 겨우 펜을 종이에 가져갔을 때 정확한 답을 대라고 요구하는 방식으로 수업이 이루어졌다. 깊은 의미를 시사하거나 자유로운 해석이 가능한 답변 따위로 교묘하게 빠져나가는 일은 꿈도 꿀 수 없었다. 항상 답은 하나뿐이니까. 무슨 문제를 풀라고 했는지 듣지 못했지만 나는 손을 번쩍 들었다. 답을 아는 것처럼 보이는 것이야말로 프랭클린 선생님의 수업 시간에 호명되지 않을 수 있는 확실한 방법이다. 프랭클린 선생님은 아직 노트에 대고 미친 듯이 문제를 풀고 있거나 시선을 돌리며 제발 자신의 이름이 불리지 않기를 바라며 신에게 기도하는 학생에게 집중했다.

"켄싱턴 군. 정답을 아는 것처럼 보이는군." 선생님이 말했다.

앨 켄싱턴은 정답을 아는 것 같은 얼굴이 전혀 아니었다. 자신의 애완견이 선생님에게 걷어차이기라도 한 것 같은 표정이었다.

"음…… x는 삼십 도?" 앨이 말했다.

프랭클린 선생님이 앨을 노려보았다.

"선생님!" 앨이 목까지 붉어진 채로 말했다. "죄송합니다. x는 삼십도 아닙니까?"

선생님이 마커를 내밀면서 말했다. "나와서 과정을 써봐라. 그 답이 어떻게 나왔는지."

앨의 답이 틀렸다는 뜻이었다. 남의 실수에서 배워야 한다는 강력한 신념을 가진 선생님은 실수를 모두가 보는 데서 알리고 한 줄 한 줄 차례로 짚어보게 만들었다.

앨은 노트를 들고 일어나 두려움에 떨면서 앞으로 불안정하게 걸어갔다. 그가 오든 스타인의 책상을 지나칠 때, 나 말고 유일한 삼학년 학생인 오든이 주먹을 입에 가져가 기침하는 척하면서 말했다.

"사십오."

앨은 뻣뻣하게 굳어서 잠시 멈추었다가 계속 걸어갔다.

"방금 뭐였지, 스타인 군?" 프랭클린 선생님이 물었다.

"뭐가 말입니까, 선생님?" 오든이 천진하게 반문했다.

"켄싱턴 군이 지나갈 때 무슨 숫자를 말한 것 같은데."

선생님 뒤에서는 앨이 화이트보드에 재빨리 풀이 과정을 휘갈기고 있었다. 선생님의 관심이 다시 자신에게로 향하기 전에 어느 부분이 잘못되었는지 알아내 사십오라는 답을 도출하려고 안간힘을 썼다. 선생님이 앨을 보고 있었더라면 앨이 답을 가지고 맨 끝에서부터 거꾸로 문제를 풀기 시작한 것을 알 수 있었으리라.

"아닙니다, 선생님." 오든이 말했다.

"나는 부정행위를 절대로 그냥 넘기지 않는다. 놀우드의 무관용 원칙은 자네도 알고 있겠지?"

"예, 선생님."

"아까 뭐였지?"

"뭐가 말입니까, 선생님?"

프랭클린 선생님의 이마에 불거진 핏줄이 금방이라도 터질 것만 같았다. "켄싱턴 군이 지나갈 때 뭐라고 한 거지?"

"아무 말도 하지 않았습니다, 선생님. 기침을 한 겁니다. 어머니도 제 기침 소리가 이상하다고, 마치……."

"사십오입니다!" 앨이 의기양양하게 두 팔을 치켜들며 화이트보드에서 앞쪽으로 튀어나왔다. "사십오. 답은 사십오입니다." 앨은 화이트보드의 풀이를 가리켰다. "삼각항등식을 이용해서 코사인 이차방정식을 구하면 됩니다."

프랭클린 선생님은 천천히 숨을 내쉬었다. "인생의 교훈을 배울 수 있는 기회가 사라졌군. 켄싱턴 군, 가서 자리에 앉아라."

"설명할 수 있습니다. 이제 이해됩니다. 어떻게 풀어야 하느냐 하면……."

"켄싱턴 군, 가서 앉아!" 선생님이 쏘아붙이자 앨은 따귀라도 맞은 듯이 물러섰다.

만약 오든이 아니라 다른 학생이었다면 선생님은 화이드보드 앞으로 불러내어 절대로 풀 수 없는 방정식 문제를 풀어보라고 시켰을 것이다. 하지만 오든은 그러기에는 너무 똑똑했다. 수학 천재라고 할 수 있었다. 선생님은 오든이 빛날 수 있는 무대를 내어줄 생각이 없었다.

"자네한테는 이런 게 장난인가, 스타인 군?"

교실 앞쪽을 쳐다보니 선생님은 언제나 그 자리에 있던 책상 끄트머리에 놓인 사진을 처음 보는 듯이 눈을 가늘게 뜨고 쳐다보고 있었다. 나는 그것이 에이스 입회자 한 명이 첫 번째 임무로 훔쳐낸 사진이라는 사실을 잠시 후에야 깨달았다. 마지막으로 그 사진을 본 것은 일주일 전 레지에서였다. 그동안 사진이 계속 프랭클린 선생님의 책상에 놓여 있었다면 그날은 어떻게 된 거지? 에이스가 사진을 돌려준 것인가? 하지만 돌려줄 거라면 왜 훔치라고 했을까?

"이게 재미있느냐고 물었다, 스타인 군?" 프랭클린 선생님의 목구멍으로 깊은 분노가 차올랐다.

모두가 오든을 쳐다보았다.

"뭐가 재미있느냐는 말씀입니까, 선생님?" 오든이 물었다.

"내 사유재산을 파손하는 것 말이다. 이런 게 자네한테는 장난인가?"

오든이 앉은 채로 뒤척였다. "죄송합니다만, 무슨 말씀이신지 모르겠습니다."

프랭클린 선생님이 오든 쪽으로 사진을 돌렸다. 처음에는 사진에서 달라진 점을 알아채지 못했다. 군복 차림의 선생님이 백악관 대통령 집무실에서 찍은 사진 그대로였다. 닉슨 대통령과 악수하는 모습이었다. 몸을 앞으로 기울여 사진을 자세히 본 순간 나는 경악했다.

누군가 포토샵으로 프랭클린 선생님의 얼굴 부분을 오든의 웃는 얼굴로 바꿔놓았다. 오든의 우스꽝스러운 웃는 얼굴과 군복 차림에 근엄한 분위기를 풍기는 선생님의 몸이 합쳐진 모습이 어찌나 대조를 이루고 터무니없는지 내 옆자리의 실라 앤드루스는 결국 참지 못하고 터져 나온 웃음을 가리려고 미친 듯 기침을 해댔다.

"선생님, 저는……." 오든이 뭐라 말하려 했다.

"당장 교장실로, 스타인 군." 선생님의 꽉 다물린 입은 말할 때도 거의 움직이지 않았다.

"선생님, 제가 아닙니다. 사진 속의 얼굴은…… 제가 맞습니다만, 제가 그런 게 아닙니다." 오든이 말했다.

"스타인 군!" 프랭클린 선생님이 호통을 쳤다. 반 전체가 조용해 졌다.

오든은 매우 길게 느껴지는 일 분 동안 앉은 채로 돌턴의 뒤통수를 빤히 쳐다보았다. 마치 뒤돌아 자신의 눈을 쳐다보게 만들려는 듯이. 맨 앞줄에 앉은 돌턴은 전혀 흥미로운 일이 아니라는 듯 태연하게 앞을 보고 있었다. 마침내 오든이 짐을 챙겨 밖으로 나갔다. 벽이 흔들릴 정도로 문을 쾅 닫았다.

프랭클린 선생님은 수업이 끝났다고 말해주지도 않은 채 뒤따라 나갔다. 선생님이 간 후 실라는 책상에 엎드려 숨을 헐떡이며 웃어댔다.

"걸작이야 정말." 실라가 나에게 말했다.

교실 여기저기서 포효하는 소리 때문에 실라의 목소리가 잘 들리지 않을 정도였다. 너도나도 책상을 돌려 이야기를 나누고 있었다. 프랭클린 선생님의 삼각법 수업과 어울리지 않게 교실에는 활기와 흥분감이 넘쳤다.

"오든이 얼마나 오래 계획한 일일까? 정말 천재라니까. 나도 저런 배짱이 있었으면." 실라가 말했다.

실라에게 말해주고 싶었다. 넌 저 장난의 절반도 알지 못하는 거라고, 저 장난에 대해 전부 아는 사람은 전교생 중에서 오직 열네 명뿐이라고. 저 사진 액자에 들어간 오든이 누명을 뒤집어쓴 것이라고.

돌턴을 흘낏 보니 짓궂은 웃음을 띤 크로스비와 이야기하고 있었다. 무슨 말을 하는지 입모양을 유심히 보았지만 너무 멀어 읽을 수가 없었다.

에이스가 새 학년이 시작된 후 처음으로 움직였다. 학교에서 제일 인기 없는 선생님의 체면을 구기는 동시에 첫 번째 아이템을 가져오지 않은 입회자를 질책하는 장난이었다. 이 일은 앞으로 일주일 동안 학생부터 교직원까지 캠퍼스 내 모두의 입에 오르내릴 터였다. 하지만 나는 이 장난에 끼지 못했고 전혀 예상조차 하지 못했다. 왜지? 왜 난 제외된 거지? 새 입회자 중에 이 일에 개입한 사람이 있을까? 힘든 일을 도맡아 한 사람이 분명히 있을 텐데. 적어도 아이템을 훔치는 목적이 무엇인지는 알아야 하지 않나?

노트를 찢어 공처럼 구겨서 돌턴의 뒤통수로 던졌다. 하지만 한참 빗나갔다. 이름을 불렀지만 교실이 워낙 시끄러워 전해지지 않았다. 팔짱을 끼고 의자에 삐딱하게 기대앉아 돌턴과 크로스비 쪽을 빤히 쳐다보았다. 그들이 뒤돌아서 어떻게 된 일인지 단서를 주기를 바랐건만 그런 일은 일어나지 않았다.

다들 종이 울릴 때까지 책상을 지켰다. 프랭클린 선생님이 돌아와 수업 시간이 끝나지도 않았는데 교실이 텅 빈 모습을 볼까 봐 걱정되어서였다. 선생님은 돌아오지 않았다. 내가 돌턴과 크로스비와 에이스의 졸업반 멤버들에게 화가 난 이유가 곧 더 큰 폭풍이 몰려올지도 모른다는 걱정 때문이었다는 것을 그때 알았어야 했다. 하지만 나는 알지 못했다. 남은 수업 시간 동안 사진이 놓여 있던 선생님의 책상 자리만 하릴없이 바라볼 뿐이었다. 그 사진이 얼마나 오랫동안 선생님이 알아차리기를 바라며 거기 놓여 있었을지 궁금했다. 에이스 모임 다음 날 아침부터 터지기만을 기다리는 폭탄처럼 저 자리에 놓여 있었을까.

"똑똑."

눈을 뜨고 목을 길게 빼 내 기숙사 방의 열린 문 쪽을 쳐다보았다. 레오가 문가에 기대서 있었다. 훤칠한 근육질의 몸은 아직 축구부 훈련 유니폼 차림이었고, 어깨에는 운동 가방을 걸쳤다. 땀에 젖은 금발은 뒤로 쓸어 넘겼고 뺨은 붉게 달아올라 있었다.

아직 잠이 깨지 않아 정신이 혼미했다. 공부하다 깜빡 잠든 모양이었다. 배에 올려진 노트북이 뜨끈했고 밝은 화면에는 플라스의 시 「아빠」를 분석하는 문장의 한가운데에서 커서가 깜빡거렸다. 돌턴에게 에이스가 보유한 자료가 담긴 USB 드라이브를 받은 터였다. 모리슨 선생님의 수업에 제출된 오래전 에세이 자료들이었다. 플라스의 『에어리얼』에 관한 에세이도 몇 편 들어 있어 읽어보고 아이디어를 '빌린' 덕분에 에세이를 쓰기가 훨씬 쉬웠다.

"몇 시야?" 갈라진 목소리로 내가 물었다. 밖의 하늘은 셔벗처럼 연한 분홍색이었다.

"거의 다섯 시 반." 레오가 내 침대 끄트머리에 가방을 내려놓고 앉으며 말했다.

내가 양말 신은 발로 그를 쿡 찔렀다. "거기 앉지 마. 땀투성이잖아."

그러자 레오는 아예 침대로 올라와 내 옆에 대자로 누웠다.

"라벤더 향기인가?" 그가 내 베개에 대고 킁킁거렸다. "'깨끗한 빨래 향?"

"이젠 아니야. 덕분에." 내가 그를 밀치며 말했다.

"완전 피곤하다." 레오는 하품을 하면서 내 베개를 머리에 받쳤다.

"코치가 한 시간 동안 달리게 시켰어. 며칠이라도 잘 수 있을 것 같다."

고개를 돌려 내 베개의 절반을 차지한 레오를 쳐다보았다. 눈을 감고 있어 광대뼈 위로 파르르 떨리는 긴 속눈썹이 보였다. 그는 느리고 침착하게 숨을 쉬고 있었다.

"네 방처럼 편안해하면 곤란하지." 나는 레오를 살짝 밀어냈다. 그가 눈을 뜨자 밝은 청록색 눈동자가 드러났다. 그는 웃으며 일어나 앉더니 캘러웨이 집안의 트레이드마크인 금발을 한 손으로 쓸어 올렸다.

"오든 얘기 들었어?" 레오가 물었다.

"현장에 있었어. 삼각법 수업 같이 듣잖아."

"아니, 그건 나도 알아. 오든의 기숙사 방에서 뭐가 나왔는지 들었냐고?"

"아니. 뭔데?"

"프랭클린 선생님의 사진 원본 일부. 운동장 부속 건물 내 오든의 로커도 수색했는데 지난주 분실된 수위 아저씨 열쇠 꾸러미가 나왔대."

수위의 열쇠 꾸러미도 에이스가 요구한 아이템이었다. 불길한 예감이 들었다.

"학교에서 오든에게 절도와 무단침입, 사유재산 파손, 교사 희롱죄를 묻고 있어. 정학당할 거래. 이번 주말에 학생윤리위원회와 만날 거고."

내가 일어나 앉았다. "너 알고 있었어?" 수위 열쇠 꾸러미를 훔쳐 오는 것은 레오의 임무였지 않은가. "에이스가 이럴 거라는 거 알고 있었어?"

"아니. 난 아무 말도 못 들었어." 레오가 말했다.

"그러니까…… 모임에 나오지 않았다고 오든을 벌주는 거야? 게임에 참여하지 않았다고?" 내가 물었다.

레오가 어깨를 으쓱했다. "그런 것 같아."

"이런 일도 포함될지 몰랐어."

에이스에 대해 밀고를 하면 대가가 따른다는 것은 알았지만 아이템을 구하지 못하거나 게임을 그만두어도 벌을 받는지는 몰랐다. 오든이 게임을 그만두었는지 혹은 아이템을 제시간에 구하지 못했는지도 나는 몰랐다. 에이스에게는 어떤 쪽이건 상관없었을 것이다.

처음에 프랭클린 선생님의 사진 사건만 해도 악의 없는 장난처럼 보였다. 가벼운 경고 정도로. 그저 며칠 방과 후에 남으면 되겠지 싶었다. 그런데 수위 아저씨의 열쇠 꾸러미까지 뒤집어씌워 정학을 받게 한다고? 에이스는 오든의 미래, 학생부 기록을 망치고 있었다. 도대체 무슨 이유로? 이상했다. 오든은 불과 지난주에 돌턴, 크로스비, 나, 레오와 포커를 쳤다. 우리 일원이었다.

"우리한테 보내는 메시지 같아. 오든뿐만 아니라 우리 모두에게 말이야." 레오가 말했다.

"그래." 게임은 발각되어서도 그만두어서도 안 되는 것이었다.

"그래서 말인데 우리 동맹을 맺으면 어떨까 해." 레오가 말했다. "다음 번 아이템을 찾을 때 서로 도와주자는 거야. 성공 가능성이 두 배로 높아지게. 첫 번째 아이템만 해도 어려웠잖아. 앞으로 절대 쉬워질 리 없어."

"그래. 동맹 그거 좋은 생각이야." 내가 말했다.

혼자서 하지 않아도 된다는 생각에 안도감이 느껴졌다. 특히 엄마 일을 혼자서 해나가고 있기에 더더욱 그랬다. 하지만 그 일만큼은 혼자일 수밖에 없었다. 레오가 내 엄마를 어떻게 생각하는지 알기에 털어놓을 수도 없었다. 레오는 절대로 공정하게 들어줄 수 있는 대상이 아니었다.

침대 헤드에 등을 기대고 레오를 힐끔 쳐다보았다. 레오는 내 베개를 베고 누워 깜빡 잠이 든 모양이었다.

어릴 때 우리는 매일 이렇게 나란히 누워 잠을 잤다. 행크 외삼촌과의 사건이 있은 후 나와 세라피나가 테디 작은아빠와 그리어 작은엄마 집에서 잠깐 살던 때였다. 그 집 이층에 내 방이 따로 있었다. 예쁜 방이었다. 작은아빠와 작은엄마는 내가 벽지 색깔을 직접 고르게 해주고 내가 가장 좋아하는 책들로 책장을 가득 채워주었다. 하지만 밤에 혼자 침대에 누우면 방이 무한대의 공간처럼 느껴지고 무한대의 외로움이 밀려왔다. 그 집은 내가 처음 들어보는 소리들로 이루어져 있었다. 지하실의 보일러가 신음하고 포효하는 소리. 이층 화장실 변기를 내리면 파이프를 따라 물이 흐르면서 쏴 하는 끔찍한 소리가 났다. 어둠에 형체가 만들어지기 시작했다. 내 화장대 거울 뒤와 책장 뒤에 분명히 움직이는 뭔가가 있어서 잠을 잘 수 없었다. 그래서 거의 매일 레오의 방으로 갔다. 파란색 이불로 기어들어가 그 애의 등 뒤에 웅크린 채 차가운 발가락을 그 애의 따뜻한 종아리에 붙이고 코를 그 애의 뒷목덜미에 한껏 파묻었다. 어둠으로부터, 익숙하지 않은 소리로부터, 머릿속의 끔찍한 환상들로부터 최대한 멀어지기 위해서. 레오는 내가 그러는 것을 항상 허락해주었다. 그렇게 해야만 잠들 수 있었다.

"찰리?" 내 이름을 부르는 레오의 나지막한 소리에 깜짝 놀랐다. 그는 여전히 눈을 감은 채였다. "뭐 물어봐도 되니?"

"뭐든지." 내가 말했다.

"로이스 돌턴을 어떻게 생각해?"

돌턴의 이름을 말할 때 레오의 어조는 약간 이상했다. 성으로만 부르지 않고 성과 이름을 함께 불러서였는지도 모른다.

"왜?" 내가 의심적게 물었다. 뭔가 들은 말이 있을까? 돌턴이 레오에게 나에 대해 물어봤거나 나에게 관심 있다고 했나?

"그냥 조심하라고. 여자한테는 좋은 사람이 못 되거든. 물론 처음에는 좋지만 끝은 아니야. 끝은 항상 있는 법이잖아."

"둘이 친구인 줄 알았는데."

"친구 맞아. 사귄 적이 없으니까 친구일 수 있는 거야."

"하."

"진지하게 하는 말이야, 찰리." 레오가 눈을 뜨고 나를 보았다. 그는 놀라울 정도로 진지했다. 평소 진지할 때가 별로 없는데 말이다. "돌턴하고 사귀지 않겠다고 약속해."

"돌턴하고 사귀지 않을게." 내가 말했다. 쉬운 약속이었다. 1) 십칠 년 동안 남자친구를 한 번도 사귀지 않았을 뿐만 아니라 멀지 않은 미래에 생각을 바꿀 마음도 없고 2) 로이스 돌턴 같은 바람둥이와 사귈 바보 천지도 아니니까.

"좋아." 레오가 다시 눈을 감았다.

우리는 그렇게 나란히 침대에 오랫동안 함께 있었다. 그러다 레오가 잠에 빠지면서 숨소리가 깊어졌고 나도 그의 뒤에 붙어 잠들었다.

　다음 날 오후 모리슨 선생님의 미국 문학 수업 시간에 '모음운'과 '부조화음'의 정의를 베껴 쓰고 있을 때 렌이 교실로 들어오더니 선생님에게 노란색 외출증을 내밀었다. 모리슨 선생님은 외출증을 확인한 후에 나를 쳐다보았다.

　"찰리, 교장실에서 널 찾는구나." 선생님이 말했다.

　순간 나는 얼어붙고 말았다. 곧바로 낸시의 다이아몬드 목걸이가 떠올랐다. 들리는 소문에 의하면 교장 선생님은 사랑하는 애완견이 절도를 당했다는 사실을 알고 발작을 일으켰다. 목걸이가 단순히 어딘가에 떨어졌다고 생각해서 정원사에게 마당을 쥐 잡듯이 뒤지게 했다. 범인이 나라는 것을 알게 된 것일까? 나도 모르게 증거를 남겼던 것일까? 아니면 오든이 저지른 짓인가? 자신의 무죄를 증명하려고 에이스 전부를 고발한 것일까?

　"교장 선생님께서 무슨 일인지 말씀하셨나요?" 내가 물었다.

　모리슨 선생님은 외출증을 다시 확인했지만 사유란이 비어 있는지 오히려 답을 기대하는 얼굴로 렌을 쳐다보았다.

　렌은 어깨를 으쓱할 뿐이었다. "전 외출증을 전달만 할 뿐이에요. 교장 선생님은 무슨 일인지는 전혀 말씀하지 않으세요. 학생의 프라이버시를 반드시 지켜주시죠." 렌은 이 말을 하면서 나에게 경고의 눈빛을 보냈다. 곧바로 화이트보드로 다시 관심을 돌린 모리슨 선생님은 그 눈빛을 보지 못했다.

　젠장.

교과서를 챙겨 가방을 어깨에 걸치고 렌을 따라 복도로 나갔다. 머릿속으로는 낸시의 목걸이를 가져간 그럴싸한 이유를 지어내려 애썼다. 퇴학을 피하게 해줄 수 있는 이유라면 더더욱 좋을 것이다. 그때 불과 몇 걸음 떨어진 로커에 기대 나를 보며 웃는 다르시가 보였다.

"그냥 장난 좀 쳐본 거야, 캘러웨이." 렌이 유쾌하게 내 어깨를 쿡 찌르며 말했다. "교장 선생님은 치과에 가셨어."

"우리가 널 탈출시켜주려고. 취미 활동에 딱 안성맞춤인 시간이라서 말이지." 다르시가 말했다.

다르시가 내 어깨에 팔을 둘렀고 우리는 함께 인문학관을 나갔다. 그다음에는 왼쪽으로 돌아 로즈우드 홀로 향했다.

일부 상급생들에게는 자유 시간이 있었다. 도서관에서 자습을 할 수도 있고 한 학기 동안 지도 교사의 조수가 될 수도 있었다. 자유 시간을 이용하는 세 번째 선택지는 바로 교장실의 잔심부름꾼 역할이었다. 교장 선생님의 이런저런 심부름을 하고, 한가할 때는 교장실 밖 소파에 앉아 숙제를 할 수도 있었다. 놀우드에서 교장실 잔심부름꾼은 누구나 탐내는 자리였는데 문자 그대로 학교 행정실 안으로 들어간다는 뜻이기 때문이었다. 그렇게 되면 아무도 모르는 것들을 알 수 있었다. 징계 회의에 소집되는 학생에게 외출증을 전달하고, 상담 선생님들이 토로하는 고충을 얼핏 듣고, 교장 선생님과 불만 가득한 학부모의 전화 통화도 엿들었다. 가끔씩 교장 선생님에게 학생의 개인 서류를 가져다주기도 하는데 당연히 보면 안 되지만 어쩔 수 없이 눈이 그쪽으로 향해 한 학생의 매우 사적인 정보를 알게 된다. 이를테면 안드레아 포레스터가 섭식장애로 한 차례 병원에 입

원했다는 것이나 프랭키 르완도스키가 음주운전을 하다 적발된 적이 있다는 것 등 써먹을 데가 있거나 흥미로운 정보들 말이다. 학교 식당에서 좋은 이야깃거리가 되어주는 소재들. 한마디로 교장실 잔심부름꾼을 하면 학교의 최신 정보를 꿰어 찰 수 있었다.

이번 학기에는 그 일을 렌이 맡았다. 지난번 에이스 모임에서 교장 선생님의 서명이 들어간 외출증 꾸러미를 본 기억이 떠올랐다. 다른 입회자가 훔쳐낸 첫 번째 아이템이었다. 드디어 재미도 조금씩 누리게 되는구나 싶었다.

한낮이라 기숙사는 비어 있었다. 복도가 외롭고 쓸쓸하게 느껴졌다. 나는 렌과 다르시를 따라 졸업반 학생들의 방이 있는 일층 복도 끝으로 갔다. 렌이 카드 열쇠를 넣은 후 나더러 들어가라고 방문을 잡아주었다.

렌의 방은 지저분했다. 그녀는 졸업반이라 방을 혼자 쓸 수 있었다. 창가에 붙여놓은 싱글 침대에는 고급 침구 브랜드의 아무 무늬 없는 검은색 이불이 정돈되지 않은 채로 어지럽게 널려 있었다. 문 옆에는 의자와 책상이 있었는데 거짓말이 아니라 책상에는 코드가 뱀처럼 꼬인 투박한 드라이어, 은색의 미우미우 가죽 카드 케이스, 통계와 확률 교과서, 반쯤 마신 다이어트 펩시 등으로 가득해 빈 공간이 하나도 없었다. 그리고 사방이 옷가지 천지였다. 의자에도 걸려 있고 바닥에도 널브러져 발에 밟히는 것 없이 지나가기가 불가능했다.

"맙소사, 넌 지독한 게으름뱅이야." 다르시가 사랑스러운 특징이라도 되는 것처럼 말했다.

"내 광기에는 질서가 있어." 렌이 말했다. 그녀가 몸을 아래로 숙여 티셔츠 더미 아래에서 화장품 케이스처럼 보이는 것을 꺼냈다. 그리고 침대에 앉아서 케이스를 열었다. 안에는 분쇄기와 작은 투명 비닐봉지에 팔분의 일쯤 담긴 대마초, 전자담배가 들어 있었다.

"편하게 있어." 다르시가 나에게 말하고 방문을 닫고는 침대의 다른 끄트머리에 앉았다.

나는 버려둔 청바지들 아래에 파묻힌 빈백 의자를 발견했다. 옷가지를 치워버리고 거기에 앉았다. 다르시가 침대 옆 탁자에 쌓인 잡지 중에서 《코스모》 최신호를 던져주었다. 무심코 잡지를 넘기는데 반짝이는 사진과 더불어 '내 피부톤에 맞는 완벽한 립글로스 찾기', '침대에서 그를 뿅 가게 만드는 다섯 가지 비결', '올 가을 필수 트렌드' 같은 기사 제목들이 보였다.

나에게는 항상 여자 친구를 사귀는 것이 어렵기만 했다. 보통 여자아이들이 좋아하는 것들을 나는 좋아하지 않았다. 화장에도 관심이 없었고 옷과 쇼핑도 별로였다. 남자친구를 사귀어본 적도 없었다. 무엇보다 여자 친구들에게는 많은 수고를 들여야 했다. 레오를 비롯한 남자들하고 어울릴 때는 모든 것이 쉽고 투명했다. 비디오 게임이나 카드놀이 같은 것을 하면 되었다. 물론 남자들은 무신경하기도 하고 힘들게 할 때도 있지만 그래도 상황 파악을 모호하게 만들지는 않았다. 하지만 여자들은 내막이 너무 많았다. 읽고 분석해야 하는 맥락 천지고 주의를 기울여야 하는 무언의 법칙도 잔뜩 있었다. 감정도 설명해야 했다. 내가 드루와 친해질 수 있었던 이유도 쓸데없는 감정 소비가 없어서였다. 야엘과 스티비는 드루와의 사이에 패키지 상품처럼 따라왔고. 하지만 그 친구들과의 사이에서도 틀린 말이나 행동을 하는 나 자신을 자주 발견했다.

"뭐 좋은 거 찾았어?" 다르시가 렌에게 물었다.

"걱정 안 해도 될 것 같아." 렌이 전자담배 기화기에 분쇄한 가루를 넣으며 말했다. "걔 지난주 물리학 시험에서 B 받았어. 덕분에 반 평균이 내려가겠지. 통계학 시험은 아직 안 본 것 같은데, 알다시피 웡 선생님은 한 학기에 A를 두 명 정도밖에 주지 않잖아. 넌 이미 통계학 시험을 봤으니까 다음 학기에 네가 훨씬 유리해."

누구 이야기인지 물어보지 않았지만 충분히 짐작이 갔다. 다르시 플레밍과 스텔라 옹이 올해 졸업생 대표를 두고 막상막하로 경쟁하고 있다는 사실은 누구나 알고 있었다. 렌은 교장실 잔심부름꾼의 특권을 이용해 스텔라 옹의 성적을 주시하고 다르시에게 경쟁자에 대한 최신 정보를 알려주는 것일까? 하지만 두 사람이 내 앞에서 거리낌 없이 그 이야기를 한다는 사실이 놀라웠다. 나를 비밀을 이야기할 수 있는 믿을 만한 측근으로 생각한다는 뜻일까?

렌이 담배를 한 모금 들이마셨다.

"그러길 바라. 올해 매클레이 승마대회 결승전에 나가고 싶었거든. 그런데 성적 경쟁이 워낙 치열하니까 엄마가 한사코 승마를 쉬고 공부에 집중하라지 뭐야."

"승마는 바보 같아." 렌이 숨을 내쉬며 말했다.

"너 승마하니?" 다르시가 나에게 물었다.

"아니. 여동생은 해. 사실 레이놀즈도 그래서 간 거야. 그 학교는 마구간이 있고 승마부도 뛰어나니까."

"너희 마서스비니어드섬에 별장 있지?" 렌이 내게 물었다.

"응. 에드거타운에."

"그럴 줄 알았어. 올 여름에 레투알에서 널 본 것 같거든."

"응. 우리 거기 자주 가."

"우린 칠마크에 아빠 별장이 있어. 수상 별장. 매년 독립기념일에 크게 파티를 열어. 언제 한번 와." 렌이 말했다.

몽고메리 집안의 독립기념일 파티는 전설이나 다름없었다. 손님들이 삼십 미터 길이의 하얀 천막에서 굴과 랍스터로 저녁 식사를 하고 라이브 밴드의 연주에 맞춰 밤하늘의 별 아래에서 춤을 추었다. 작년에 몽고메리 집안은 바닷가에서 불꽃놀이도 벌였는데 소문으로는 그 비용만 십만 달러가 넘는다고 했다. 당시 나와 가볍게 즐기는 사이였던 세드릭 로스가 다녀와서 전부 다 말해주었다.

"재미있겠네." 내가 말했다.

"자." 렌이 나에게 전자담배를 던졌다.

대마초를 처음 피워본 것은 지난여름 세드릭 로스와 보트 창고 위의 방에서였다. 그는 날카로운 부모의 눈을 피해 그곳에 대마초 흡입용 담뱃대를 숨겨놓았다.

"숨 쉬어." 세드릭의 지도에 따라 몸을 앞으로 숙이고 총열처럼 생긴 유리통에 입을 가져갔다.

그는 숨을 들이마시고 연기를 폐에 가둬두는 방법을 직접 보여주었다. 목이 타는 듯했다. 불이 붙은 듯해서 본능적으로 기침을 했는데 기침이 멈추지 않고 점점 심해졌다. 몸이 축 늘어지고 머릿속이 흐트러지면서 주변의 모든 것이 다르게 느껴졌다. 처음으로 혀에 공기의 맛이 느껴졌다.

이번에 렌의 전자담배를 한 모금 들이마실 때는 연기가 목을 간질였지만 기침을 참았다. 눈물이 나기 시작했다.

기숙사 방에 초를 두면 안 되지만 렌의 책상에는 왁스 워머의 코드가 꽂혀 있었다. 렌이 일어나 네모난 왁스의 포장을 풀어 워머에 올렸다.

"하비스트 애플 향이야."

나는 벽을 바라보았다. 아무것도 걸리지 않은 흰 벽이었다. 대부분의 여학생들은 좋아하는 가수의 포스터를 붙이거나 장식용 끈으로 뒤덮인 보드판을 걸어 사진을 꽂아놓거나 작은 전구가 달린 줄을 매달아놓거나 하지만 렌의 방에는 그런 것이 전혀 없었다.

어쩌면 렌과 다르시 그리고 다른 에이스들과도 드루처럼 쉽게 친해질 수 있을지 모른다는 생각이 들었다.

전자담배를 한 모금 더 들이마셨다. 텅 빈 벽을 바라보면서 대마초의 효과가 퍼지기 시작하는 것을 느꼈다. 밝은 흰색 벽이 내 눈앞에 넓게 펼쳐졌다. 그 안에는 가능성이 가득했다.

학생윤리위원회가 여는 징계 공청회는 항상 전교생에게 개방되었다. 장소는 놀우드에서 가장 큰 강의실인 블리커 홀이었다. 강당을 제외하고 전교생을 수용할 수 있는 유일한 공간이어서 주로 중요한 초빙 강연이나 전교 행사에 사용되었다. 보통 때 같으면 학생윤리위원회와 징계 받을 학생, 교장 선생님만 참석하지만 오든 스타인의 공청회에는 수십 명의 학생들과 몇몇 교직원까지 몰려갔다. 모두가 보는 앞에서 발생한 사건인 탓이었다.

크로스비와 돌턴, 렌은 드루와 내 뒷줄에 앉았다. 뒤에서 크로스비가 연필로 자꾸 드루의 목을 찔렀다. 드루는 킥킥거리며 짜증나는 척하다가 뒤돌아 그를 철썩 때리는 행동을 계속했다. 나는 앞자리 의자 등받이에 발을 올려놓았다. 발목이 가려웠지만 긁지 않으려 애썼다. 간밤에 낸시에게 물린 곳에 항생제 연고를 바르고 반창고도 새로 붙여놓은 터였다. 반창고를 살짝만 떼어 엿보았다. 물린 상처에 딱지가 앉았다. 틀림없이 흉터가 남을 것이다.

"내일 여기 주민들이 모닥불을 피운대." 렌이 돌턴에게 말하는 소리가 들렸다. 이곳 폴스처치 지역의 고등학생들을 말하는 것이었다. 그들은 시내와 캠퍼스 사이의 숲에서 가끔 파티를 열었다. 파티에는 맥주와 대마초가 넘쳐나 놀우드의 상급생들도 가끔 참석했다. "갈 거야?" 렌이 돌턴에게 물었다.

뒤돌아보니 렌이 손톱을 뜯고 있었다. 억지로 끌려온 것처럼 지루한 표정이었다.

"어쩌면. 재미있을 수도 있겠네." 돌턴이 말했다.

"별로. 이 학교에서는 신나는 일을 만들려면 손목이라도 그어야 하나?"

"무슨 그런 말이 있어, 렌." 돌턴이 뭐라 했다.

"그렇잖아. 왜 아무것도 없는 촌구석에 학교를 지었느냐 말이야. 여긴 재미있는 일이 하나도 없어."

크로스비가 또다시 드루를 찌르려고 하자 렌이 그의 손을 때리며 밀쳐버렸다.

"그만해. 우린 다섯 살도 아니고 유인원도 아니니까."

앞쪽에서 이 년간 학생윤리위원회 회장을 맡고 있는 스티비가 오든의 처벌에 대한 위원회의 판결을 읽으려고 일어섰다. 의자 다리가 나무 바닥을 긁으면서 시끄러운 소리를 냈다. 스티비는 오든의 죄목을 읽었다. 절도, 사유재산 파손. 교직원 희롱. 이 주 정학을 받기에 충분했다. 적어도 놀우드 오거스터스 사립학교의 교칙에 따르면 그렇다는 말이고 공식적인 처벌은 항상 학생윤리위원회가 권유하고 교장 선생님이 이행했다. 학생윤리위원회는 학교 측에 자신들의 존재감을 각인시키기 위해서 언제나 가장 무거운 처벌을 권해왔다. 같은 학생들에게 특혜를 주는 의지 약한 아이들로 이루어진 집단으로 보이지 않기 위해서였다. 또한 학생윤리위원회에는 오로지 정직한 모범생들뿐이었다.

"위원회는 놀우드 오거스터스 학교 학생으로서 부적절한 행동을 저지른 스타인 군을 이 주간의 정학에 처할 것을 권유합니다." 스티비가 판결문을 읽었다. "또한 정학 기간이 끝난 후에는 학교생활을 다시 시작해도 되는 상태인지 상담 지도 교사의 평가를 선행할 것을 권유하는 바입니다."

나는 눈을 굴려 주위를 보았다. 학생윤리위원회 테이블 맞은편의 강연 무대 쪽에 앉은 프랭클린 선생님이 팔짱을 끼고 기침을 했다. 처벌 수준이 별로 가혹하지 않다고 생각하는 것이 분명했다. 그는 틀림없이 오든을 퇴학시키자고 주장했을 것이다.

"고맙습니다, 소란토스 양." 콜린스 교장 선생님이 말했다. 그는 경기장 스타일의 좌석을 정면으로 마주 보는 강의실 중앙에 놓인 커다란 나무 테이블에 앉아 있었다. 교장 선생님은 턱을 긁으며 앞에 펼쳐진 채 놓인 서류철을 내려다보더니 오든에게 살짝 손짓을 했다. 오든이 곧바로 일어났다.

교장 선생님은 잠시 후 학생들과 교직원으로 이루어진 청중을 바라보며 말했다.

"이 훌륭한 학교에 재직하면서 처음으로 학생윤리위원회의 판결에 반대하게 되는군요."

스티비가 놀라며 연필을 떨어뜨렸다. 연필이 큰 소리로 테이블 위를 굴러 바닥으로 떨어졌다.

"스타인 군이 저지른 실망스러운 행동보다 더 큰 문제가 걸린 사안이라는 점을 위원회가 고려하지 못한 것 같습니다. 그것은 제 잘못입니다. 우리는 오랫동안 잡초가 무성하게 자라도록 내버려두었습니다. 지금 뿌리 뽑지 않으면 정원 전체가 망가질 겁니다.

전통. 전통이란 무엇입니까? 놀우드 오거스터스 사립학교에는 훌륭한 전통이 많습니다. 이 나라 최고의 인재들을 배출해 최고의 명문대에 보내고 최고의 기관에 취직시키는 전통이 있습니다. 탁월함과 진실성, 혁신을 추구하는 전통도 있지요. 하지만 우리는 오랫동안 오로지 자신들의 재미를 목적으로 학생과 교직원을 익명으로 희롱하고 괴롭히는 소수의 학생들을 그냥 보아 넘기는 전통 또한 발전시켜왔습니다. 스스로 자경단이라고 주장하는 그들은 이 학교의 가치관에 반대하고 이를테면 토요일 아침의 문화 함양 수업을 무효화하는 것과 같은 상스럽고 이기적인 목적을 옹호합니다. 대부분 한 인간의 평판 같은 훨씬 더 소중한 것을 희생시켜가며 말이죠.

전통. 그것은 수많은 졸업생들은 물론 때로는 교직원과 재학생들마저도 이 집단을 보호하기 위해 사용해온 말입니다. 나는 오랫동안, 너무 오랫동안 침묵으로 일관했습니다. 하지만 이 전통이 우리 학교에 꼭 필요한 전통을 위협한다면 나는 더 이상 참지 않을 것입니다."

교장 선생님은 이제 오든을 보았다.

"스타인 군, 귀하는 프랭클린 선생님의 수업 시간에 발견된 불미스러운 사건을 일으킨 혐의를 받고 있지만 귀하 혼자 한 일이라고 생각하지 않습니다. 그렇기에 이 주 정학이 적절한 처벌이라고 생각하면서도 계산이 잘 되었다고는 생각하지 않아요. 한 사람만이 아니라 이 일에 개입한 모두가 이 주 정학을 받아야 하기 때문이지요. 전통에 따르면 이 불법 집단의 구성원이 최소한 열두 명은 되는 것 같으니 이 사건의 총 처벌 기간은 열두 명 모두에게 이 주씩 주어지는 것이어야 합니다. 아니면 스타인 군이 희생양이 되어 혼자 이십사 주 정학을 다 받아야 합니다."

순간 나는 헉하고 숨을 들이마셨다. 너도나도 작게 수군거리는 소리가 강의실을 꽉 채웠다.

"이십사 주라고 한 거야 지금?" 드루가 나에게 물었다.

대답하지 않았다. 나는 오든을 보고 있었다. 오든은 눈이 휘둥그레져서 교장 선생님의 말에 담긴 무게를 온전히 이해하려고 애쓰는 표정이었다. 학생부 기록에 영원히 남을 이 주 정학도 충분히 끔찍한 일이었다. 그것만으로도 최고 명문대에 들어가기 힘들어진 마당에 이십사 주 정학이라니? 한 학년을 새로 다녀야 할 판이었다.

"스타인 군, 다시 묻겠습니다. 마지막으로 묻는 겁니다." 교장 선생님이 말했다. "공범자들을 알려주면 모두 똑같이 처벌을 받고 그렇지 않으면 혼자 다 받아야 합니다. 선택은 스타인 군에게 달려 있어요. 지금 바로 선택하세요."

옆에 앉은 드루는 여전히 온몸이 경직되어 꼼짝도 하지 않았다. 드루가 무슨 생각을 하는지 알 수 있었다. 이런 비행을 저지른 기록이 남는다면 웰즐리 대학에 입학할 수 없다는 생각. 또한 부모님을 생각하고 있을 것이다. 항상 부모님의 관심을 얻으려고 애썼지만 이런 최악의 일로 관심을 받고 싶지는 않다고 생각하겠지. 하지만 나는 대학 입학이나 아빠의 반응에 대해 생각하지 않았다. 내 머릿속에 떠오른 것은 놀우드만큼이나 오랜 역사를 지닌 에이스의 전통이 앞날을 알 수 없는 위기에 처했다는 사실이었다. 아직 정식 멤버가 되지도 못했고 내 발자취를 남기지도 못했는데 이렇게 끝나서는 안된다. 아직 시작조차 못했는데.

오든은 뻐끔거리는 물고기처럼 입을 열었다 그냥 닫았다.

레지에서의 첫날 밤이 분명하게 떠올랐다. 오든은 고개를 숙이고 주머니에 손을 찔러 넣은 채 렌을 따라 캄캄한 숲속으로 들어갔었다. 에이스는 오든의 약점을 쥐고 있을까? 그에게 충분히 불리한 약점일까?

"저는……."

오든은 입을 열더니 강의실 안을 둘러보았다. 잠시 나에게 시선이 머물렀지만 그는 금방 눈을 돌렸다.

"저 혼자 했습니다. 혼자 한 일입니다."

드루가 옆에서 크게 숨을 내쉬었다.

교장 선생님은 한숨을 쉬었다. 실망한 표정이었다. "좋습니다. 스타인 군은 지금 이 순간부터 이십사 주 동안 정학에 처해집니다. 그리고 여러분……." 교장 선생님의 두툼한 손가락이 관객석을 가리켰다. 그에게는 모두를 쳐다보면서도 청중 개개인으로 하여금 자기만을 쳐다보는 것처럼 느끼게 만드는 불가사의한 능력이 있었다. "누구를 말하는지는 스스로 잘 알 겁니다. 충고 하나 하죠. 과거의 학교 행정부는 짖기만 하고 물지는 않았지만 더 이상은 아닙니다. 우리 학교의 전통을 위협하는 학생들에게는 더 이상의 경고도 특별대우도 없을 겁니다. 불법적인 단체를 없애지 않으면 내가 무슨 수를 써서든 없앨 겁니다."

"저런 게 신나는 일인가, 렌?" 뒤에서 돌턴이 속삭였다.

확실하지는 않지만 렌이 답으로 조그맣게 으르렁거리는 것 같았다.

12
그레이스 페어차일드

1996년 가을

나는 고등학교 졸업을 앞두고 수영 장학생으로 뉴저지의 트렌턴 주립 대학에 합격했다. 우리 집안에는 대학을 나온 사람이 한 명도 없기 때문에 엄마가 물려준 올스모빌을 끌고 내가 남쪽으로 약 삼백 이십 킬로미터를 달려 트래버스 홀에 있는 기숙사로 들어간 것은 결코 작은 일이 아니었다.

사실 힐스버러는 떠나는 사람이 없는 곳이다. 힐스버러 사람들은 그곳에서 태어나 자라고 고등학교 때부터 사귄 상대와 결혼하고 부모님과 같은 동네에 집을 샀다. 그 자식들에게도 똑같이 되풀이되는 삶이었다. 하지만 나는 절대로 그럴 생각이 없었다. 나는 항상 넓은 세상으로 나가고 싶었다. 내 안에서 뭔가가 끌어당기는 느낌이었다. 어떤 힘이 나를 힐스버러의 궤도에서 벗어나도록 잡아당기는 것 같았다.

제이크도 비슷했다. 그것이 우리가 친해질 수 있었던 이유이기도 했다. 제이크는 내가 아는 사람들과 달랐다. 큰 꿈이 있고 매우 똑똑하고 진취적이었다. 고등학교는 뉴햄프셔에 있는 비싼 기숙학교에 전액 장학생으로 입학했다. 제이크가 그 학교로 떠나고 더 이상 길 건너편에 살지 않게 되더라도 우리 사이는 변함없으리라는 사실을 우린 둘 다 알고 있었다. 실제로도 그랬고.

제이크와 나는 짝이 맞는 두 개의 퍼즐 조각 같았다. 닮은 점도 있고 다른 점도 있었지만 다른 점조차도 서로를 항상 보완해주었다. 제이크는 여동생만 둘이라서 대부분의 남자들과 달리 섬세했다. 반면 나는 오빠만 셋이라 겉보기와 달리 터프해 사람들이 깜짝 놀라곤 했다. 제이크는 책을 많이 읽어서 똑똑한 반면 나는 미술을 잘했다. 인형 옷 같은 원피스와 닥터 마틴 워커에 항상 물감을 묻히고 다녔고 손에는 점토 얼룩이 가시지 않았다. 그리고 내가 조용하고 속마음을 잘 드러내지 않는 반면 제이크는 만나는 순간 상대방을 편안하게 해주는 성격이었다. 제이크는 내 가장 친한 친구였고 내가 그 누구보다도 사랑한 사람이었는데, 죽었다.

그냥 죽은 것도 아니고 자살이었다. 제이크의 죽음은 비극적인 사건이었지만 그것이 스스로의 선택이었다는 사실이 나를 가장 힘들게 했다.

전혀 예상하지 못한 일이었다는 것 때문에도 힘들었다. 제이크가 고등학교 삼학년, 내가 이학년이었던 그해 가을 학기가 끝나갈 무렵이었고 제이크는 곧 겨울방학이 시작하면 집에 오기로 되어 있었다. 일이 벌어지기 이틀 전에도 통화를 했는데 평소와 다를 바 없는 무척 행복한 모습이었다. 그게 우리의 마지막 대화가 될 줄 알았다면 더 주의를 기울였을 텐데. 그날 샤워를 끝내고 나오자마자 제이크에게 전화가 왔고 나는 클레어라는 친구와 싸운 일로 심란한 상태였다. 게다가 다음 날 아침에 제출해야 하는 미술 과제가 있어서 평소보다 일찍 전화를 끊었다.

며칠 후 제이크가 죽었다는 소식을 듣고 그날의 대화를 계속 곱씹었다. 내가 무엇을 놓쳤는지 찾으려고 애썼다. 제이크는 곧 집에 온다는 사실에 잔뜩 들뜬 것 같았다. 방학 동안 마서스힐에서 눈썰매를 타고 랭글리 호수에서 스케이트도 타고 A&W에서 아이스크림 섞은 루트 비어도 먹자고 계획까지 세웠다. 그 대화 속에 도와달라는 외침이 있었던가? 작별인사는 또 어디에 있었단 말인가?

처음에는 많은 의문을 품었다. 제이크의 기숙사 방에서 발견되었다는 타자기로 친 유서를 보고 싶었다. 유서를 뚫어져라 보면서 허점을 찾으려고 했다. 장례식 다음 날 제이크의 엄마에게 전화를 걸어 제이크가 유서에서 시험지를 훔친 사실을 인정한다고 했는데 그게 무슨 말이냐고 물었다. 항상 전과목 A를 받았던 제이크가 왜 부정행위를 하려고 했을까? 도무지 말이 되지 않았다.

다음 날 엄마가 나를 불러 이야기했다.

"네 상처가 크다는 걸 알지만 그리핀 부인의 심정도 이해해주렴. 그녀는 아들을 잃었잖니. 넌 아물려는 상처를 계속 들쑤시고 있는 거야."

한편으로는 엄마의 말이 맞는다는 사실을 깨달았다. 내가 가진 의문들은 이기심에서 나온 것이었다. 그런 선택을 한 제이크에게 화가 났지만 나 자신에게 더 화가 났다. 나는 그 누구보다 나를 잘 아는 제이크에게 작은 성공이건 큰 실패건 전부 다 이야기했다. 제이크는 참을성 있게 내 말에 귀 기울이고 넘어질 때마다 일으켜 세워주었다. 하지만 나는 제이크에게 그렇게 해주지 못했다. 힘든 일이 있었고 내 도움이 절실히 필요했는데 내가 귀 기울이지 않아서 알아차리지 못한 것이다. 사람이 사람을 이렇게까지 크게 실망시킬 수 있을까. 하지만 내가 계속 제이크의 죽음에 의문을 던지고 뭔가 다른 답을 찾아낸다면 제이크를 그렇게까지 실망시키지는 않은 것이 되리라고 생각했다.

하지만 엄마의 말에 틀린 곳도 있었다. 아물려는 상처를 계속 들쑤신다는 말은 사실이 아니었다. 이 슬픔은 영원히 내게서 사라지지 않을 테니까. 제이크는 내 일부였고 그런 내 일부가 사라진 것이다. 절대로 다시 돌아올 수도 없다. 불과 열여섯 살이었지만 내가 영원히 온전해질 수 없으리라는 것을 알았다. 미술에 집중하려고 대학을 그만둔 열아홉 살에도 알았다. 트렌턴에 산 지 삼 년째 되던 스물두 살에 새로 사랑하게 된 남자를 만났을 때도.

그의 이름은 테디 캘러웨이였다. 당시 나는 미술로는 생계유지가 어려워 도서관에서 아르바이트를 했다. 워크맨의 믹스 테이프 음악을 헤드폰으로 들으면서 반납도서를 제자리에 꽂고 있을 때였다. 카트를 앞으로 미는데 뭔가 부딪히는 느낌이 나더니 고통스러워하는 신음 소리가 작게 들렸다. 고개를 들어보니 카트 앞에 얼굴을 찡그린 젊은 남자가 있었다. 요란한 소리와 함께 카트에서 바닥으로 책 몇 권이 떨어졌다.

"젠장." 내가 말했다.

남자는 처음에는 놀란 표정이더니 이내 킥킥거렸다. 나는 뭐가 재미있어서 그러는지 알 수 없었다. 오히려 매력적인 그의 외모에 더 정신이 팔렸다. 그는 꿰뚫는 듯한 아름다운 파란색 눈을 가졌고, 적어도 나보다 사십 센티는 더 커 보일 만큼 키가 아주 컸다. 그가 손가락을 입술에 대고 조용히 하라는 손짓을 했다. 나는 내가 헤드폰을 낀 상태로 "젠장"이라는 말을 조용한 도서관에 어울리지 않는 크기로 말했다는 사실을 깨닫고 경악했다.

역시나 나이 지긋한 여성이 우리가 있는 통로로 얼굴을 내밀고 날카롭게 한마디 했다. "좀 조용히 해주세요."

그녀가 사라진 후 나는 입술을 깨물어 웃음을 참았다. 내 카트 앞에서 재미있어하는 표정을 짓고 있는 남자를 다시 쳐다보면서 헤드폰을 빼고 조용하게 말했다. "젠장."

남자가 웃음을 터뜨렸다.

카트 옆으로 가서 무릎을 꿇고 흩어진 책들을 줍기 시작했다. 남자도 도와주었다.

"덜렁거리는 성격이군요?" 그가 속삭였다.

"그쪽은 단도직입적인 성격이네요?" 나도 속삭였다.

그가 나를 보며 미소 지었다.

"발은 죄송해요. 정신을 딴 데 팔다가."

"괜찮아요. 그 발은 자주 쓰지도 않거든요." 그가 편안한 미소로 말했다. "뭐 듣고 있었어요?"

"그냥 이것저것요." 내가 책을 켜켜이 쌓아 두 팔로 안으며 말했다. "너바나, 펄 잼, 스매싱 펌킨스."

"스매싱 펌킨스 좋죠." 남자가 고개를 끄덕였다. "작년에 롤라팔루자 페스티벌에서 봤어요. 지난번 앨범 듣는 거예요?"

내가 고개를 끄덕였다.

"이름이 뭐예요?" 남자가 물었다.

"그레이스 페어차일드. 그쪽은요?"

"테디. 테디 캘러웨이."

그 이름을 듣자마자 제이크가 떠올랐다.

들어본 적이 있는 성이었다. 기숙학교에 다닐 때 제이크에게 캘러웨이 성을 가진 친한 친구가 있었다. 제이크가 그 친구에 대해 자주 이야기했고 사진도 보여주었다. 사진에서 보았던 모습들이 언뜻 기억났다. 큰 키, 금발, 담청색 눈, 우쭐해하는 미소. 사진에서 본 소년은 지금 도서관의 먼지 가득한 서고에서 내 옆에 무릎 꿇고 있는 남자와 닮았다.

"그쪽 놀우드 사립학교 나왔죠." 내가 말했다.

테디는 놀란 얼굴이었다. "맞아요. 미안한데 우리 구면인가요? 그쪽도 놀우드 다녔어요?"

"아뇨. 예전에 친구가 다녔어요. 제이크 그리핀이라고. 혹시 알아요?"

"아뇨. 사실 일학년 때 몇 달 다닌 게 전부예요. 고등학교는 대부분 앤도버에서 다녔죠."

"아."

"혹시 내 형 앨리스테어를 말하는 게 아닌지? 형은 사 년 내내 놀우드를 다녔거든요."

앨리스테어. 기억났다. 그 이름이었다.

"아, 맞아요."

"그쪽은 어느 비싼 사립 고등학교를 나왔어요?" 테디가 물었다.

"나요? 아무 데도. 난 공립학교에 다녔어요."

"운이 좋네요."

내가 어깨를 으쓱했다.

"프린스턴 다녀요?" 그가 물었다. 프린스턴은 트렌턴에서 이십 킬로미터밖에 떨어지지 않은 곳에 있었다.

"아뇨. 그냥 이 동네 살아요."

그의 얼굴이 환해졌다. "정말이에요?"

"나의 또 어떤 지극한 평범함이 그쪽을 감탄시킬 수 있을까요?" 내가 물었다.

"그냥 신선해서. 자, 내가 들어줄게요."

들고 있던 책을 그에게 건네주었다. 손이 그의 팔뚝을 살짝 스치는 순간 전기가 흘렀다.

"오늘 저녁에 뭐 해요, 그레이스?" 그가 책 더미를 카트에 놓으면서 일어선 나에게 물었다.

목에 건 펜던트를 만지작거렸다. 제이크와 사귈 때 마지막으로 함께한 여름에 웨스트 헤이븐의 바닷가 노점상에서 그가 사준 목걸이였다. 집게발로 두 개의 다이아몬드를 움켜쥔 루비 게. 그의 별자리와 탄생석으로 된 펜던트였다.

청바지 허벅지 부분에 손을 닦고 입술을 깨물며 테디를 쳐다보았다.

"모르겠는데요. 그쪽은 뭐 하는데요?" 내가 과감하게 물었다.

테디는 여덟시에 내가 사는 아파트로 와서 시내의 작고 오래된 식당으로 나를 데려갔다. 그는 문을 열어주고 의자를 빼주고 내가 추워하자 재킷을 벗어주는 등 전형적인 매너를 보였다.

첫 데이트를 하고 이 주 후에 그는 뉴욕시의 칼라일 호텔에서 가족이 개최하는 자선 행사에 나를 데려갔다.

테디의 세상으로 들어간 것은 그때가 처음이었다. 트렌턴에서는 줄곧 내 세상에서 만났다. 테디가 도서관으로 오거나 내 아파트에서 시간을 보내거나 영화를 보러 갔다. 그가 다니는 프린스턴에서 만난 적도, 학교 식당에 들어간 적도, 그의 친구들을 만난 적도 없었다.

테디가 나와 다른 세계의 사람이라는 것은 처음부터 알고 있었다. 하지만 처음 실감한 것은 칼라일 호텔에서였다. 연회장에 발을 들이자마자 난생 처음 보는 풍경이 펼쳐졌다. 빳빳한 양복, 반짝거리는 이브닝드레스, 크리스털 와인 잔, 일곱 가지 코스로 이루어진 저녁 식사. 그 속에 동네 중고품 가게를 뒤져서 찾은 단순한 드레스를 입은 내가 있었다. 사람들은 영화에 나오는 파리지앵처럼 볼에 입을 맞추며 인사를 했고 마치 외국어라도 되는 듯 내가 모르는 레스토랑, 요리사, 디자이너, 호텔, 도시에 관한 이야기를 했다. 나는 미소를 잃지 않으려 애쓰고 손을 어디에 두어야 할지 난감해하며 서 있을 뿐이었다.

그날 저녁 유일하게 괜찮았던 것이 테디의 형 앨리스테어와의 만남이었다. 마치 모르는 사람들로 가득한 인파 속에서 아는 얼굴을 발견한 듯한 기분이었다. 사진을 보고 제이크에게 이야기만 들었을 뿐 한 번도 만난 적이 없는 사람인데 이상하게도 오랜만에 다시 만난 친구와 밀린 이야기를 나누는 것처럼 익숙했다. 그와 춤을 추면서 편안함을 느꼈다. 제이크에 대한 이야기를 하는 것조차도.

제이크가 죽은 후 이 년 동안 힐스버러에서 그랬던 방법으로 그날 저녁의 남은 시간을 버텨냈다. 약간의 용기가 생길 때까지 술을 마시고 이해되지 않는 말에 웃음을 터뜨리고 울고 싶은데 웃었다. 주위에 있는 사람들이 내게 원하는 모습을 보여주었다. 정말 싫었지만.

행사가 끝난 후 기사가 운전하는 차로 뉴욕에서 뉴저지로 돌아갔다. 뒷자리에서 테디가 내 무릎에 머리를 기댔다. 그도 약간 취한 상태였다. 어두워 잘 보이지 않았지만 그의 머리카락을 쓸면서 얼굴선을 떠올려보았다.

"재미있었어?" 그가 나를 올려다보며 물었다.

"응." 거짓말을 했다.

"어머니가 널 정말 마음에 들어하셨어."

"널 무척 사랑하시는 것 같았어." 이 말은 사실이었다.

테디와 나 둘뿐이라면 계속할 수 있을 것 같았다. 그와의 관계에는 의심이 들지 않을 것이다. 하지만 우리만의 세계에 우리 둘만 있을 수가 없었다. 그의 세계에 들어가야만 했다. 내가 할 수 있을 것 같지 않았다. 내가 있어야 할 곳이 아닌 것 같고 초라하게만 느껴질 것이다. 싫어서 도망쳐온 것들로 다시 돌아갈 수는 없었다. 또다시 남들을 편하게 해주려 내가 아닌 모습을 가장하고 솔직한 감정을 숨기면서 살기는 싫었다. 우리 사이의 격차를 도저히 극복해낼 수 있을 것 같지 않았다.

내 아파트에 도착했을 때 테디가 집 앞까지 같이 가주었다. 내가 핸드백에서 열쇠를 꺼내는 동안 그는 문가에 기대서 있었다.

"자고 가도 돼? 나 좀 취했는데." 테디가 물었다.

"좋은 생각이 아닌 것 같아." 그의 눈을 보지 않으면서 대답했다.

"집까지 운전하면 안 된단 말이야." 그가 바보 같은 미소를 지으며 말했다. 그러고는 내 장갑을 벗기고 손목에 키스했다.

"네가 운전하는 게 아니잖아. 운전기사가 있잖아." 내가 손목을 빼며 말했다.

"왜 그래?" 평소처럼 맞장구쳐주지 않는 내 태도에 놀란 그가 물었다.

입술을 깨물며 얼굴을 들어 그의 눈을 똑바로 쳐다보았다. "불가 피한 일을 오래 끌 필요가 없다고 생각할 뿐이야."

눈이 시큰했다. 나 자신이 싫었다. 그 앞에서 눈물을 보이고 싶지 않았다.

"불가피한 일을 오래 끌어? 그레이스, 도대체 무슨 말이야?"

"알잖아. 너도 알고 있어." 나도 모르게 목소리가 높아지며 감정이 드러났다.

"뭘 알아?"

"우리가…… 다르다는 거. 너무 다르다는 거."

"오늘 일 때문이야? 재미있었다고 했잖아."

"재미없었어. 알겠어? 네가 듣고 싶은 말이 그거야? 난 재미없었어. 어떤 기분이었느냐면…… 모르겠다. 좋지 않았어."

그가 나를 껴안았다. 그의 손길에 빠져들거나 위로받기를 거부하면서 뻣뻣하게 서 있었다.

"그레이스." 그가 나를 껴안은 채 머리에 대고 속삭였다. "미안해."

"네 잘못이 아니야. 사과하지 마. 넌 잘못한 거 없어."

그가 몸을 떼고 두 손으로 내 어깨를 잡았다. 그는 떨고 있었다. 헤어지게 된 것에 상심해서 그러는 거라고 생각했지만 잠시 후 사실은 그가 웃고 있다는 사실을 깨달았다.

"도대체 뭐가 웃겨?" 약간 짜증이 나서 물었다.

"그게……." 그가 말하려다 또 웃었다. "오늘 널 그 자리에 데려간 이유는 너에게 잘 보이고 싶어서였어. 네가 그런 자리를…… 나만큼 싫어할 줄은 몰랐어."

"정말 취했구나."

"아니. 아니, 그래, 취했어. 그게 그 사람들과의 저녁 시간을 버틸수 있는 유일한 방법이니까."

나도 모르게 킥킥 웃음이 나왔다. "그래. 그건 사실이야."

"정말 끔찍해. 모든 게 다. 음식, 이 양복, 허영심 가득한 대화, 프랜시스코 트리볼리인지 뭔지 하는 인간도."

"아이비리그의 유일한 셰프 후원자세요. 미슐랭 별을 세 개나 받았답니다." 내가 저녁 내내 프랜시스코 트리볼리에 대한 이야기만 떠들어대던 여자의 거만한 말투를 흉내 내 말했다.

"엿 먹으라고 해." 테디가 말했다.

나는 웃음을 터뜨렸다.

"제발 들여보내줘." 테디가 코트 주머니에 손을 넣은 채 깡충깡충 뛰었다. "불알이 쪼그라들 정도로 추워."

"알았어. 허튼 꿈은 꾸지 마. 너하고 네 불알은 소파에서 자는 거야."

"보이스카우트의 명예를 걸고," 테디가 한 손을 올렸다. "허튼 수작 부리지 않을 것을 가슴에 십자가를 긋고 두 눈을 뽑아버리고 맹세합니다."

내가 웃음을 터뜨렸다. "원래 맹세문하고 다르잖아."

결국 테디를 안으로 들였다. 찬장에 넣어둔 오래된 피노 와인을 함께 해치웠고 테디는 맹세한 대로 소파에서 잤다. 나도 소파에서 그를 껴안고 함께 잤다. 거실의 낡은 TV에서 성인용 야간등처럼 불빛이 흘러나오는 가운데 잠이 들었다. 잠에 빠지면서 제이크가 죽고 오랫동안 느껴본 적 없는 감정이 희미하게 나를 흔드는 것을 느꼈다. 나를 있는 그대로 보고 이해해주는 사람이 있을지도 모른다는 느낌 말이다.

13
찰리 캘러웨이

2017년

놀우드 오거스터스 사립학교의 홈커밍은 캘러웨이 집안의 가족 모임이나 마찬가지였다. 할아버지와 유지니아 할머니는 물론 내 나이 때 잠깐 놀우드에 다닌 테디 작은아빠, 그리어 작은엄마, 두 사람의 딸 파이퍼와 클레멘타인까지 모두 참석했다. 놀우드 졸업생인 아빠도 당연히 참석할 예정이었지만 같은 주말에 열리는 세라피나 학교의 홈커밍에 가기로 막판에 마음을 바꾸었다. 전화로는 세라피나가 소외감을 느끼지 않도록 하기 위해서라고 했다. 물론 실망스러웠지만 한편으로는 안심이 되기도 했다.

그 전 주말에 클레어 아줌마의 이야기를 들은 후로 아빠를 마주할 자신이 없었다. 나는 아빠의 겉모습과 행동, 숨결 하나하나까지도 주시할 것이 분명했다. 혹시라도 숨겨져 있는 부분, 그동안 내가 알아차리지 못했거나 알아차리고 싶지 않았던 부분을 발견할까 봐 두려웠다.

나는 바로 그 생각에 사로잡혀 있었다. 밤잠을 못 이루면서 수없이 엎치락뒤치락한 어두운 생각. 아빠는 클레어 아줌마가 말한 일을 할 수 없는 사람일까, 아니면 아빠가 그런 일을 할 수 있는 사람이기를 내가 바라지 않는 것일까?

"세라가 왜 놀우드가 아니라 레이놀즈에 들어갔는지 이해할 수 없어." 관중석에서 파이퍼가 앞에 앉은 키 큰 남자를 피해 경기를 보려고 목을 길게 빼며 말했다. "놀우드가 모든 면에서 우월하잖아. 학문, 비교과 활동, 남학생들의 외모까지."

주말 홈커밍을 앞둔 금요일 오후였고 놀우드 라이온스가 라이벌 그자비에 팬서스에 맞붙는 미식축구 시합을 지켜보려고 전교생이 모여들었다. 파이퍼는 내 옆에 앉았다. 다른 쪽 옆에는 유지니아 할머니가 앉았다. 담요와 방석, 와인과 치즈 바구니를 챙겨 온 할머니는 몇 분에 한 번씩 파이퍼 옆의 그리어 작은엄마나 무릎에 사촌 클레멘타인을 안고 있는 테디 작은아빠를 불러 브리 치즈나 밀 크래커를 먹겠느냐고 물었다. 하프타임 때는 명품 와인 캐리어백에서 와인을 꺼내 기다란 와인 잔에 따랐다. 내가 "유지니아, 학교에서 술 마시면 안 돼요."라고 소곤거리자 할머니는 그저 미소 지으며 "물론, 넌 학교에서 술 마시면 안 되지."라고 말했다.

할아버지도 할머니를 말리지 않았다. 하지만 유지니아에게 억지로 뭔가를 시키는 것은 불가능했기에 할아버지는 거의 시도조차 하지 않았다. 게다가 레오가 쿼터백으로 뛰고 있어 할아버지는 매우 기분이 좋은 상태였다. 경기 종료 이 분을 앞두고 우리가 칠 점차로 이기고 있었다.

"레이놀즈에는 마구간이 있어서 세라피나가 애마 페퍼민트를 거기 둘 수 있잖아. 세라피나한테는 그게 제일 중요했어." 내가 파이퍼에게 말했다.

파이퍼가 긴 금발을 어깨 뒤로 넘겼다. 그녀는 밝은 파란색 눈동자와 긴 이마까지 철저하게 캘러웨이 집안 사람이었다.

"엄마가 레이놀즈하고 앤도버나 퍼트니도 생각해보라고 했지만 난 기대하지 말라고 했어." 열두 살인 파이퍼는 내년에 기숙학교에 들어간다. 파이퍼가 부모님과 함께 이곳에 온 이유도 그 때문이었다. 그들은 놀우드 진학을 고려하고 있었다.

"아, 작은 물고기 같으니." 내가 파이퍼의 어깨에 기대며 말했다.

"물고기?" 파이퍼가 지독한 냄새라도 맡은 듯 얼굴을 찡그렸다.

"응, 물고기. 신입생. 커다란 연못의 작은 물고기."

"난 절대 물고기가 아니야. 난 캘러웨이야."

레오가 의기양양한 표정으로 공을 엔드 존으로 가져가며 놀우드 라이온스가 또 득점을 했다. 모두 일어나 환호했다.

경기가 끝난 후 할머니가 당신과 나는 레오가 샤워를 하고 옷을 갈아입을 때까지 기다리고 나머지는 먼저 폴스처치의 피오나로 가서 테이블을 잡아놓는 것이 좋겠다고 말했다. 피오나는 이 지역의 유일한 고급 레스토랑인데 홈커밍이나 졸업식처럼 가족들이 방문하는 주말이면 항상 문전성시를 이루었다. 레스토랑으로 출발하면서 테디 작은아빠가 장난으로 내 팔을 꼬집으며 소곤거렸다. "노인네 운전대 못 잡게 해."

다들 떠나고 할머니와 둘이 남았을 때 나는 재킷 주머니에 손을 깊숙이 찔러 넣고 피해 갈 수 없는 일을 정면 돌파할 준비를 했다. 단도적입적인 성격의 할머니는 가족 개인사의 특이점을 파헤치곤 했다. 몇 년 동안은 나와 레오의 연애에 지대한 관심을 보였다. 나는 일학년 때 할머니 앞에서 드루 일로 레오를 약 올리는 실수를 저질렀다. 드루 가족의 신상 정보를 입수한 그녀는 드루의 고모가 같은 테니스 클럽에 다닌다는 사실을 알고 고모와 고모부에게 복식 경기를 제안했다. 이 주 후 가족이 함께하는 저녁 식사에서 레오는 할머니에게 드루와 잠깐 사귄 사이라고 털어놓을 수밖에 없었다. 할머니는 온 가족 앞에서 레오에게 캘러웨이 집안 사람은 절대로 여자와 잠깐 재미만 보아서는 안 되며 남자가 문란해 보이면 안 된다고 말했다. 나는 토마토 비스크가 목에 걸릴 뻔했고 레오는 귀까지 빨개져서 고개를 숙였다. 우리는 앞으로 누구와 사귀든 절대 할머니 앞에서는 언급하지 말자고 다짐했다(나는 남자를 사귀지 않으니 사실은 내가 레오의 연애사를 입 밖에 내지 않겠다고 약속한 것이었다.).

그런데 놀랍게도 할머니는 크래커 상자를 와인백에 말끔하게 집어넣으며 연애에 대한 것이 아닌 다른 질문을 했다. "지난 주말에 랭글리 호수 집에 갔었다고 네 아빠가 그러던데."

"아빠가 그걸 어떻게?"

"관리인이 전화했다더구나. 그 집에 아무도 오가지 않은 지 오래라 너와 네 친구 때문에 정원사가 크게 놀란 모양이야."

"죄송해요."

내가 힐스버러에 간다면 오직 엄마 때문인데도 할머니는 호숫가 집에서 무엇을 했는지, 힐스버러에는 왜 갔는지 묻지 않았다.

"네 엄마 집안 사람들은 믿고 싶은 것만 믿었지. 그레이스가 변한 모습을 믿으려 들지 않았어. 자식을 잃는 것은 비극이고 하물며 자식에 대한 믿음을 잃는 것은 더 큰 비극이지. 그래서 괴롭지 않은 쪽으로 이야기를 만들어낸 거야. 그걸로 탓하고 싶은 생각은 없다. 하지만 그 사람들이 너까지 그 꼬일 대로 꼬인 망상 속으로 끌어들이는 것만은 비난할 수밖에 없구나." 할머니는 한숨을 쉬었다. "샬럿, 네가 꼭 알아야 하는 게 있다. 네가 어떤 사람이고 자신에 대해 어떻게 생각해야 하는지 앞으로 평생토록 사람들이 규정하려고 할 거야. 절대로 그렇게 하도록 내버려두지 말렴."

나는 이제 텅 빈 축구장을 바라보았다. 하늘은 온통 분홍색과 오렌지색으로 물들었다. 여름이 끝나갈 무렵의 하늘 같았다. 밤보다 낮이 긴 나날들이 끝났음을 알리는 하늘, 가을의 차가운 공기를 알리는 하늘.

"사실 네 엄마는 불행했어." 유지니아가 말했다. "줄곧 불행했다. 늘 조용하고 말 없고 겁먹은 모습. 자주 심기가 불편했고 감정이 폭발했지. 한번은 네 작은아빠를 때린 적도 있단다. 코가 부러질 뻔했지." 할머니가 고개를 내저었다.

"엄마가 작은아빠를 때렸다고요?" 처음 듣는 말이었다. 엄마와 작은아빠가 서로 적대적이었던 모습은 본 적이 없었다. 내 기억에 두 사람은 대화를 나눈 적도 거의 없었다. "왜요?"

"사람들 앞에서 폭력을 휘두르는 것은 어떤 이유로도 정당화되지 않아." 할머니는 내 질문을 일축했다. "난 가끔 네 엄마의 행동을 보고 호르몬 불균형이 아닌가 싶을 때도 있었단다."

갑자기 알게 된 새로운 사실이 내 마음의 호수에 자갈을 던져 엄마에 대한 기억에 파문을 일으켰다. 할머니의 말이 사실일까? 갑자기 엄마에 대한 모든 기억이 모호해지면서 다른 색깔이 드리워졌다.

호숫가 집에서 어느 날 아침 엄마 아빠의 방에 가보니 문이 잠겨 있던 일이 떠올랐다. 평일이라 아빠는 뉴욕에 있었다. 방문 앞에서 한동안 손잡이를 돌리며 엄마를 불렀지만 엄마는 문을 열지 않았다. 잠시 후 클레어 아줌마가 집에 왔다. 아줌마는 엄마가 아프다면서 세라피나와 나를 데리고 나가 아침을 사주려고 왔다고 했다.

당시 내가 이해하지 못한 일이 또 있었을까?

"네 엄마는 오랫동안 우리 집안에서 겉돌았어." 할머니가 말했다. "떠나기 몇 달 전에는 앨리스테어마저도 멀리했지. 앨리스테어가 정말 괴로워했다."

그때 레오가 경기장 부속 건물에서 같은 팀 선수 한 명과 함께 나왔다. 그가 멀리서 우리에게 손을 흔들었다. 할머니는 일어나 어깨의 와인백을 고쳐 멨다.

"네 아빠를 생각해서 그동안 네 엄마 이야기를 하지 않았다만 이제 너도 진실을 알아야 할 것 같구나." 할머니는 이렇게 말하고 등을 돌렸다.

자기 재질의 세면대에 나와 나란히 선 야엘이 거울 가까이로 몸을 기울이고 아래쪽 속눈썹에 아이라이너를 집중해서 발랐다. 그리고 거울에서 좀 떨어져 자신의 기술에 감탄했다. 선이 완벽하고 풍성하게 그려졌다.

"너 끝나면 나도 해줘." 드루가 말했다. "넌 스모키 화장을 정말 잘한단 말이야. 내가 하면 꼭 걸어 다니는 시체처럼 보인다니까."

"너무 많이 바르니까 그렇지. 단순한 것이 아름답다." 야엘이 말했다.

나는 거울에 비친 내 창백한 얼굴과 방금 감아서 축축한 머리를 멍하니 쳐다보았다. 보통은 준비부터 즐겁게 하고 홈커밍 무도회에서 친구들과 재미있게 놀다 오지만 오늘은 가슴이 꽉 막혔다. 할머니에게 엄마에 관한 말을 들은 후로 아무것도 손에 잡히지 않았다. 엄마가 조울증을 앓았을지 모른다니. 외갓집 식구들이 엄마가 변한 모습을 받아들일 수 없어서 엄마가 사라진 게 아니라는 이야기를 만들어낸 것이라니. 분명 할머니의 말에는 사실도 있을 것이다. 하지만 과연 어느 부분이 얼마큼이나 사실일까?

"찰리가 멍 때리고 있네." 스티비가 소리쳤다.

"응?"

"그거 쓸 거야?" 스티비는 내 앞의 세면대에 세워진 빨간색 립스틱을 가리켰다.

"아니. 여기." 내가 립스틱을 건넸다.

"괜찮아?" 스티비가 립스틱을 받으며 물었다. "오늘 하루 종일 침울해 보여."

"괜찮아."

야엘이 나에게 어깨동무를 했다. "괜찮아, 찰리." 야엘은 내 어깨에 얼굴을 갖다 대고 거울 속의 나를 이해한다는 표정으로 바라보았다. "우리한테 숨기지 않아도 돼. 난 왜 그런지 알아."

안다고?

야엘이나 스티비에게 엄마 이야기를 한 적은 한 번도 없었다. 드루에게는 딱 한 번 할 뻔했다. 일학년이 된 지 얼마 되지 않은 어느 토요일 밤이었다. 자연스럽게 나온 화제였다. 드루와 나는 또 다른 룸메이트였던 리버와 함께 폴스처치에 있는 슈퍼마켓에 갔었다. 기숙사 방에서 영화를 보기로 해서 불량식품을 마구 쓸어 담았다. 계획대로라면 셋이 즐거운 시간을 보내며 더욱 친해질 수 있는 기회였지만 결과적으로 드루와 나에게는 '리버가 못 먹는 음식'이라는 주제로 특강을 들은 시간이었다. 남은 학기 내내 우리는 그 주제에 관해 원치 않는 전문가가 되었다. (그 밖에도 '리버가 여성혐오라고 생각하는 것', '리버가 방바닥에 버려놓고 쓰레기가 아니라고 주장하는, 애초에 왜 버렸는지 알 수 없는 것'에도 우리는 전문가가 되었다.) 내가 슈퍼마켓에서 제일 먼저 곰모양 젤리를 집어 드는 실수를 저질렀을 때 리버는 골대를 수비하는 골키퍼처럼 카트에 담긴 젤리를 쳐냈다.

"왜 그래?" 내가 물었다.

"곰모양 젤리는 젤라틴투성이야." 리버가 혐오스럽다는 표정을 지었다.

"그래서?"

리버가 눈썹을 치켜세웠다. 드루를 쳐다보니 나만큼이나 어리둥절한 표정이었다.

"엄청 살찌는 음식이라도 돼?" 드루가 물었다.

리버는 비웃는 표정을 지었다. "젤라틴은 분쇄한 동물의 콜라겐으로 만들어."

드루와 나는 서로를 쳐다보았다.

"그래. 그럼 곰 젤리는 사지 말아야겠다." 나는 이렇게 말하고 선반을 둘러보다 M&M 초콜릿을 집었다. "너 젤리보다 초콜릿을 좋아하니?" 그러기를 바라며 물었다.

리버가 눈알을 굴렸다. "그런 초콜릿은 겉면을 벌레에서 분비된 수지로 코팅한 거야."

"그렇게 말하니까 식욕이 떨어지네." 드루가 말했다.

"그래. 난 죄 없는 동물을 고문해서 만든 음식에는 식욕을 못 느껴." 리버가 말했다.

내가 계피와 설탕을 입힌 피칸을 집었다.

"그럼 견과류는 어때?"

리버가 죽일 듯한 표정으로 나를 노려보았다.

"왜? 설마 너 식물에도 지각이 있다고 믿는 사람인 거야?"

"설탕을 입혔잖아. 뼈에 해로워."

"여기 네가 먹을 수 있는 게 있기나 해?" 내가 물었다.

"농산물 코너를 확인해볼게." 리버는 나에게서 카트를 잡아채 단호하게 밀었다.

나중에 유기농 케일과 신선한 과일로 가득한 카트를 앞세우고 계산대에서 차례를 기다릴 때였다. 껌과 요크 민트 초콜릿 옆에 진열된 잡지들을 훑어보는데 《스타 인콰이어러》의 표지에 엄마가 있었다. 두꺼운 선글라스와 모자 차림으로 해변의 선베드에 누운 모습이었다. 사진을 찍지 못하게 하려는 듯 한 손을 들고 있었다. '억만장자의 아내 그레이스 캘러웨이, 부에노스아이레스에서 내연남과 포착되다'가 제목이었다.

순간 내 얼굴에서 핏기가 가셨다. 얼굴을 든 순간 드루와 눈이 마주쳤다. 표정으로 드루도 그 타블로이드지를 보았음을 알 수 있었다. 내가 뭐라 말하려고 입을 열었다. 거짓말이라고 설명하려고, 상대가 말을 꺼내기도 전에 내가 먼저 잘라버리려고. 그런데 드루가 선수를 치며 말했다.

"맙소사."

"왜?" 리버가 카트에서 계산대로 오렌지를 옮기며 물었다.

"이 블루베리 유기농이 아니야." 드루가 말했다.

"뭐?" 리버가 드루가 들고 있는 블루베리로 손을 뻗었다.

"나 유전자조작식품 안 먹는데. 유기농으로 가져와줄래? 부탁해."
드루가 말했다.

리버가 한숨을 쉬었다. "알았어. 금방 올게."

리버가 간 후 드루는 《스타 인콰이어러》 옆에 있는 《피플》을 집어
들더니 아무렇지 않게 휙휙 넘겼다.

"실패한 사람이 또 나왔네." 드루가 유명인의 이혼 기사에 혀를 쯧
쯧 찼다. 누구인지는 보지 못했다. 스스로 미친 사람처럼 보이지 않
도록 차분하게 설명할 말을 떠올리느라 머릿속이 바빴으니까.

표지에 실린 엄마의 사진은 내가 여섯 살 때 세인트토머스섬으로
떠난 가족 여행에서 찍은 것이었다. 바로 내가 찍은 사진이라서 알
았다. 엄마는 바로 그 선베드에서 낮잠을 자다가 방금 일어났고 나
때문에 놀라서 찍지 말라고 손을 올린 것이었다. 《스타 인콰이어러》
가 어떻게 그 사진을 손에 넣었는지, 가족 앨범을 훔쳐냈는지 가족
중 누군가가 비싼 값에 팔아넘긴 것인지는 모르겠다. 하지만 그런
엉터리 기사 같은 일은 그때가 처음도 마지막도 아니었다.

아빠가 엄마를 떠나게 만든 것도 죽인 것도 아니고 타블로이드지
의 말은 죄다 거짓말이라고, 그 이야기는 하고 싶지 않다고 말하고
싶었다.

하지만 드루는 묻지 않았다. 업신여기는 듯한 미소를 짓지도, 불
쌍하게 쳐다보지도 않았다. 드루는 그저 《피플》을 잡지 진열대에 돌
려놓았다. 엄마의 사진이 아예 보이지 않도록 《스타 인콰이어러》 앞

에. 그러고 나서 우리는 카트에 담긴 물건을 계산대로 마저 옮겼다. 그때 알았다. 드루와 내가 가장 친한 친구가 되리라는 것을.

그것이 내가 놀우드에서 누군가에게 엄마에 대해 이야기한 것과 가장 가까운 경험이었다. 엄마와 관련된 일은 과거에 남기고 앞으로 나아가고 싶었다. 그런데 야엘이 어떻게 아는 거지? 내 속이 그렇게 뻔히 들여다보였나?

"돌턴 때문이잖아, 맞지? 오늘 돌턴을 볼 생각에 두려워서." 야엘이 말했다.

돌턴이라. 사실 이틀 동안 돌턴에 대해서는 까맣게 잊고 있었다.

나도 거울 속의 야엘을 쳐다보았다. 야엘은 진심으로 걱정 가득한 얼굴로 나를 보고 있었다. 드라마 같은 우리 가족사와 아무런 관련도 없는 사람에게 다 털어놓으면 정말 좋을지도 모르겠다. 그냥 이야기를 들어주고 필요하면 새로운 관점을 제공해줄 사람에게. 혼자이 모든 일을 감당하지 않아도 된다면 좋을 것이다. 하지만 그러려면 그들에게 전부 다 말해야 한다. 처음으로 돌아가 모든 것을 말할 생각을 하니 너무 버거웠다. 게다가 친구들을 믿었다가 나중에 된통 후회할 일이 생기면 어떻게 하나? 예전에 그랬듯이.

"그래. 돌턴 때문이야." 내가 잠시 후에 말했다.

"너무 신경 쓰지 마." 드루가 다가와 내 어깨를 꽉 쥐면서 말했다. "내가 머리 해줄게. 너한테 잘 어울릴 것 같은 올림머리가 있어. 돌턴이 보면 매케나 따위는 단번에 잊어버릴걸."

"그래. 고마워." 진짜처럼 보이기를 바라면서 드루에게 미소를 지었다.

체육관에 가보니 줄 전구가 장식되어 있고 학생회가 설치한 무대에서 라이브 밴드가 연주를 하고 있었다. 스티비와 야엘, 드루는 댄스 플로어로 나갔다. 그곳에는 무도회에 참석한 거의 모든 학생이 다 함께 거대한 무리를 이루어 빙빙 돌고 있었다. 하지만 나는 삼십 분 전에 뭘 좀 마셔야겠다는 핑계로 텅 빈 테이블로 빠져나와 혼자 앉았다. 사람들과 어울리며 평상시처럼 있으려고 했지만 한계에 부닥쳤다. 학교에서 잔디밭에 마련해준 저녁을 먹으며 사람들과 쉴 새 없이 대화를 나누었고 그다음에는 한 시간 동안 두 손을 높이 들고 방방 뛰며 춤을 추었으니 말이다. 굽이 십 센티미터나 되는 마놀로 블라닉 구두를 신고 있었기에 결코 쉬운 일이 아니었다. 아직 이른 시간이지만 이제는 빠져나갈 구실을 찾는 중이었다.

그때 휴대폰 진동이 울렸다. 가방에서 휴대폰을 꺼내 보니 놀랍게도 그레이슨의 이름과 문자 메시지가 보였다.

그레이슨: 일요일에 말도 없이 갔더라.

문자를 보고 미소가 지어졌다. 바로 답장을 보냈다.

나: 인사 못 해서 미안해. :/
그레이슨: 괜찮아. 엄마가 말해줬어. 엄마가 걱정하시더라.

입술을 깨물며 휴대폰을 내려놓았다. 내 기분이나 클레어 아줌마의 걱정 같은 이야기는 하고 싶지 않았다. 하지만 엄마에게 우울증이 있었다는 할머니의 말이 떠올랐다. 사실이라면 분명히 아줌마도 알고 있을 것이다. 다시 휴대폰을 들어 답장을 보냈다.

> 나: 혹시 아줌마한테 이런 말 들어본 적 있어? 우리 엄마가 우울증이 있었다거나 폭력적으로 감정을 폭발시키거나 했다고.
>
> 그레이슨: 아니. 왜? 무슨 일인데?
>
> 나: 할머니가 그러는데 엄마가 감정 기복이 심했다고 해서. 몰라. 사실일까?
>
> 그레이슨: 모르겠어.

"그레이슨이 누구야?"

고개를 들어보니 드루가 약간 숨을 헐떡거리며 앞에 서 있었다. 이마가 땀으로 반짝거렸다.

"아무도 아니야." 나는 화면이 보이지 않도록 테이블 아래로 휴대폰을 내렸다. "그냥 옛날 친구."

"잘생긴 옛날 친구?" 드루가 한쪽 눈썹을 치켜올리며 말했다.

"그런 거 아니야."

"알았어, 비밀스러운 아가씨. 캐묻지 않을게." 드루는 내 옆자리에 털썩 주저앉았다. "아직도 수분 보충이 안 된 거야? 목 축이러 간다고 한 지가 언젠데."

"미안해."

드루는 몸을 숙여 하이힐의 스트랩을 풀기 시작했다. "이 녀석 때문에 죽을 맛이야. 무슨 생각으로 팔 센티미터 하이힐을 신었는지."

휴대폰 진동이 울려서 보니 그레이슨에게서 또 문자가 왔다.

그레이슨: 네 엄마 사건을 조사한 사립탐정 알아? 사건 자료 같은 거 본 적 있어?

사립탐정이라, 오랫동안 잊어버리고 있던 존재였다. 일곱 살 때 그를 한 번 만났었다. 그가 나를 인터뷰했다. 다음 해에 본 기억도 났다. 그가 아빠를 만나러 왔고 두 사람은 함께 서재로 들어가 문을 닫았다.

나: 흠. 아니. 알아볼 순 있어.
그레이슨: 뭔가 있을지도 몰라.

"같이 춤추자." 드루가 말했다. 드루는 다시 일어나 있었다. 이번에는 맨발인 그녀가 두 손으로 나를 일으켜 세웠다.

댄스 플로어를 보니 무대 가장자리에 있는 야엘과 스티비가 보였다. 야엘이 손을 흔들었고 스티비는 올가미를 던져 나를 무대로 끌고 오는 시늉을 했다. 웃음이 터졌다. 그때 음악이 끝나고 느린 곡이 나왔다.

"함께 추시겠소?" 드루가 물었다.

"물론이오." 내가 웃으며 대답했다.

드루는 내 손을 잡고 무대 한가운데로 끌고 갔다. 우리는 두 손을 서로의 어깨에 올린 채 적당히 떨어져서 마치 중학교 무도회에 온 것처럼 몸을 앞뒤로 흔들고 다섯 살 아이처럼 깔깔거렸다.

우리 주변에는 실제 커플들이 꼭 껴안고 블루스를 추고 있었다. 렌의 허리를 안은 크로스비가 보였다. 드루도 그들을 보았다. 눈알을 굴리며 구토하는 시늉을 하는 드루를 보자 웃음이 터졌다. 그때 돌턴과 매케나가 시야에 들어왔다.

솔직히 여러 가지 일로 복잡한 만큼 아무렇지 않을 거라고 생각했다. 그런데 아니었다. 갑자기 배를 주먹으로 한 대 맞은 느낌이었다.

바닥에 끌리는 등이 파인 붉은색 드레스를 입은 매케나는 정말 아름다웠다. 돌턴은 매케나를 안고 있었다. 그가 귀에 대고 뭐라고 속삭이자 매케나를 고개를 젖히고 웃음을 터뜨렸다. 나는 고개를 돌렸다.

저게 나였다면 어땠을까? 바보 같지만 어쩔 수 없이 드는 생각이었다. 돌턴의 파트너 신청을 받아들였다면 어땠을까? 돌턴이 매케나가 아닌 나를 안고 내 귀에 속삭이고 있다면? 갑자기 마음이 무거워졌다.

블루스 곡이 끝난 후에는 신나고 시끄러운 곡이 나왔다. 드루에게 가까이 다가가서 큰 소리로 말했다.

"나 화장실 좀."

"같이 가줄까?"

"아냐, 그냥 있어. 금방 올게."

"알았어. 우리 있는 곳으로 찾아와."

여자 화장실로 향했다. 내가 정말로 가려는 곳은 그 바로 옆의 비상구였다. 더 이상 있을 수가 없었다. 드루에게는 나중에 핑계를 대면 될 것이다. 몸 상태가 좋지 않았는데 모두의 시간을 망치고 싶지 않아 몰래 빠져나갔다고.

바깥 공기는 쌀쌀하고 상쾌했다. 맨살이 드러난 팔로 가슴을 끌어안고 떨지 않으려 연신 손을 움직였다. 캠퍼스에 울려 퍼지는 사람들의 목소리가 들렸다. 학교 측에서 졸업생들을 위해 축구장에다 커다란 천막을 세우고 저녁 식사와 오락거리를 준비해놓았고, 강당에서는 폴스처치 시립 오케스트라의 공연이 펼쳐지고 있었다. 내가 서 있는 곳은 구불구불하게 강당으로 이어지는 길이었다. 정확히 몇 시인지 궁금했다. 공연이 끝나는 시간에 강당 입구를 지나게 될 수도 있었다. 할아버지나 테디 작은아빠와 마주쳐 혼자 무도회에서 기숙사로 돌아가는 모습을 보여주고 싶지 않았다. 대답하고 싶지 않은 질문이 잔뜩 쏟아질 테니까. 뒤돌아 아카시아 홀을 돌아서 가는 먼 길을 택하는 쪽이 최선일 터였다. 재빨리 돌아서는 순간 누군가와 부딪혔다.

"죄송……."

깜짝 놀라며 고개를 드는 순간 돌턴의 초콜릿브라운 색 눈동자가 보였다. 그의 향수 냄새가 맡아질 정도로 가까운 거리였다. 향신료와 목재가 섞인 감귤 향이 풍겼다.

그가 내 두 팔을 잡고 휘청거리지 않게 해주었다. 그리고 왠지 나를 보며 미소 짓고 있었다. "안녕, 캘러웨이."

"안녕." 내가 묵묵하게 말했다. 돌턴이 왜 여기에 있는 거지?

"네가 나가는 걸 봤는데 괜찮은지 확인하고 싶어서." 그가 말했다.

"괜찮아."

"그래. 다행이네."

그는 여전히 두 손으로 내 팔을 잡은 채였다. 왜 아직도 내 팔을 잡고 있는 거지?

"그게 용건이야?" 내가 팔을 잡은 그의 손을 날카롭게 힐끗 쳐다보며 물었다.

"가는 이유가……?" 그는 마침내 손을 떼고는 주머니에 집어넣었다.

"어, 피곤해서. 심문하는 거야?"

"기분이 안 좋아?" 그가 어리둥절한 표정으로 물었다.

방금 전까지 돌턴의 품에 안겨 있는 상상을 해놓고 왜 갑자기 쏘아붙이는지 스스로도 알 수 없었다. 그럴 수밖에 없다는 사실에 갑자기 짜증이 솟구쳤다.

"원하는 게 뭐야, 돌턴?"

"기숙사까지 바래다줄 수 있을까?"

"기숙사까지 바래다주고 싶다고?"

"응."

"왜?"

"왜 안 돼?"

"매케나는 어쩌고?"

"매케나가 어쨌는데?"

"앵무새야? 계속 내 말만 따라할 거야?"

"미안." 돌턴이 깜짝 놀라며 말했다. "나한테 화났니?" 그가 잠시 후에 물었다.

나는 한숨을 쉬었다. "네가 이러는 게 이해가 안 되는 것뿐이야. 가서 파트너랑 춤이나 춰."

"내가 매케나를 파트너로 데려와서 화났어?"

"아니. 난 네 파트너가 누구든 관심 없어."

"그래. 내가 너한테 무도회에 같이 가자고 했을 때 넌 다른 애랑 가라고 했잖아. 그래서 다른 애랑 왔어. 그런데 넌 그 일로 화가 난 듯하네."

정확히 맞혔다고 속으로 생각했다.

"아니." 나는 이렇게밖에 말하지 못했다.

왠지 모르게 돌턴은 미소 짓고 있었다. 왜 웃는 거지? 비웃는 건가? 재미있다고 생각하는 거야?

"그만 실실거려. 한 대 치기 전에." 내가 말했다.

"찰리, 할 말이 있어. 잘 듣고 사실대로 말해주길 바란다."

"알았어."

"난 네가 좋아."

"당연하지." 내가 말했다.

돌턴이 웃음을 터뜨렸다. "이래서 네가 좋다니까, 캘러웨이. 넌 다른 여자애들하고 달라."

한 손을 들었다. "잠깐, 내가 대신 말해주지. 바로 다음에 네 입에서 나올 뻔한 대사를. '이런 느낌 처음이야.'겠지."

"하, 쉽게 만들어주질 않네." 돌턴이 목덜미를 문질렀다. "대사가 아니야. 넌 정말 이 학교의 다른 여자애들하고 달라. 다른 여자애라면 그 말을 칭찬으로 받아들일 텐데 넌 꺼지라는 식이잖아."

"그래, 이런. 미안. 뻔한 대사가 아니면 뭐였는데?"

"네가 다른 여자애들하고 다른 이유는, 다른 여자애들은 무리 지어서 다니잖아, 혼자가 두려운 것처럼. 하지만 넌 혼자 있을 때가 많지. 친구가 없어서가 아니라 혼자인 게 편해서. 그리고 넌 선생들에게 허튼 소리를 하는 데도 도가 텄고. 남자들의 한밤중 포커판을 스스로 찾아가 전부 이겨버리고. 물론 네 전술은 약간 불공정했지만. 그리고 여자애들 대부분은, 남자애들도 마찬가지로 연애에 목숨을 거는데 넌 누구랑 사귀는 걸 한 번도 본 적이 없어. 넌 그냥…… 달

라. 난 그런 네가 좋아. 이건 대사가 아니야. 진실이지."

나는 말없이 가만히 있었다. 평소 말재주가 있어 항상 위트 넘치는 말로 바로 응수하는 나였다. 선생님의 질문에 막힘없이 술술 견해를 늘어놓으며 관심을 딴 데로 돌려서 처음에 한 질문이 무엇이었는지조차 선생님이 잊어버리게 만드는 데 선수였다. 그런 내가 한마디 말도 떠올릴 수 없었다.

"뭐라고 말 좀 해봐." 돌턴이 말했다.

숨을 내쉬었다. 입김이 보일 정도로 날이 추웠다.

"나도 네가 괜찮다고 생각해." 잠시 후 내가 말했다.

"좋아, 그럼." 그 말로 다 해결되었다는 듯 돌턴은 재킷을 벗어 내어깨에 걸쳐주었다. "자. 떨고 있잖아."

"괜찮아." 그렇게 말하면서도 나는 재킷을 입었다. 아직 그의 온기가 남아 있었다.

"가자." 돌턴이 내 손을 잡았다. "보여주고 싶은 게 있거든. 꼭 같이 보고 싶어."

우리는 뒤돌아 강당으로 이어지는 길을 걷기 시작했다. 걷는 동안 캠퍼스 내 교회에 우뚝 선 종탑에서 정각을 알리는 종소리가 들렸다. 열 시였다. 나는 자리에 멈춰 설 뻔했다. 돌아설 뻔했다. 오케스트라 공연히 막 끝날 시간이었다. 우리 앞의 강당 문이 열리고 사람들이 쏟아져 나왔다. 졸업생들의 인파를 피해 뒤돌아 반대편으로 가고 싶었지만 그때 그것이 보였다.

강당 앞의 짧은 기둥에는 한 줄로 흉상들이 놓여 있다. 한쪽에는 백 년의 역사를 지닌 놀우드의 역대 교장 선생님들 흉상이 자리했는데, 물론 줄의 맨 끝에는 지난해부터 콜린스 교장 선생님의 흉상이 놓였다. 그것은 나머지 것들보다 약간 더 흰빛이어서 평소에도 두드러졌다. 다른 흉상들은 햇빛과 비바람에 변해 적갈색을 띠었다. 그런데 오늘 콜린스 교장 선생님의 흉상은 완전히 다른 이유에서 두드러졌다. 강당의 투광 조명등 덕분에 멀리서도 콜린스 교장 선생님 흉상의 목에 낸시의 다이아몬드 목걸이가 걸려 있는 것을 볼 수 있었다. 다이아몬드가 조명에 반짝거렸다. 하지만 눈길을 끄는 것은 개목걸이나 거기에 걸린 목줄뿐만이 아니었다. 흉상의 입술 옆에 "짖어! 멍! 멍!"이라고 적힌 풍선이 붙어 있었던 것이다. 그리고 기둥에는 누군가 스프레이식 페인트로 "따라와, 콜린스. 착하지."라고 써놓았다.

교장 선생님은 오든의 징계 공청회에서 더 이상 짖기만 하고 물지는 않는 행정부가 아니라고 말했다. 에이스에 대한 위협이었다. 돌턴이 교장 선생님의 도전을 어떻게 생각하는지 물었을 때 렌은 대답 대신 으르렁거렸다. 그때는 이상하다고 생각했었다.

졸업생 가운데 누군가가 교장 선생님의 흉상에 낙서가 되어 있는 것을 발견했다. 흉상 주변으로 사람들이 모여들었다. 그들의 열띤 흥분감이 전해졌다. 그때 한 사람이 흉상을 향해 서둘러 걸어갔고 앞에 있는 사람들이 홍해처럼 갈라졌다. 콜린스 교장 선생님이었다.

"당황스러운 일이야. 어른이 십대 아이들도 통솔하지 못해서야 원. 그게 맡은 일이거늘. 이해가 되지 않아." 할아버지가 말했다.

"나도 봤어야 했는데." 그날 아침 파이퍼는 오렌지주스 잔에 대고 한숨을 쉬며 백 번은 말했다. "호텔에서 아기를 보는 대신 거기에 갔어야 했는데."

"나 아기 아니야." 클레멘타인이 테이블에 포크를 던졌다.

"그만해." 그리어 작은엄마가 포크를 들어 클레멘타인에게 건넸다.

로지스 다이너는 일요일 아침 교회 예배가 끝나는 시간이면 항상 북적거리지만 오늘은 유난히 정신없었다. 아직 홈커밍 주간이라 졸업생들이 이 지역에 머무르고 있기 때문이었다. 가족과 함께 온 놀우드 학생을 열 명도 넘게 보았다. 헤어지기 전에 마지막으로 식사를 함께하려는 같은 생각으로 온 것이었다.

나는 부스의 바깥쪽에 앉아 대화를 건성으로 들었다. 그레이슨과 주고받은 문제가 계속 생각났다. 밤새 그의 제안에 대해 이리저리 생각하며 뒤척였다. 너무도 당연한 일인데 그렇게 좋은 출발점이 될 만한 방법을 왜 생각하지 못했지? 내가 가진 수많은 질문에 대한 답으로 가득한 상자가 어딘가의 어둡고 먼지 가득한 창고에 있을 것이다.

"콜린스 교장은 해고당해야 돼." 할아버지가 말했다. "집에 가서 재단 이사 프레드 이킨스에게 전화를 해야겠군. 분명 벌써 소식을 들었겠지."

"괜히 아버지 동맥류만 심해져요." 테디 작은아빠가 말했다. "어린 애들이 스프레이 페인트하고 풍선으로 장난친 것뿐인데요. 저 때는 훨씬 심했어요." 작은아빠가 맞은편의 나에게 눈을 찡긋했다.

"테디, 그럼 그런 행동이 용납되는 줄 알잖아요." 그리어 작은엄마가 물티슈로 클레멘타인의 입가를 닦아주며 말했다.

"가끔 문제도 일으키는 게 건강에도 좋은 법이야." 작은아빠가 말했다. "레오, 샬럿, 너희가 보석으로 빼달라고 교도소에서 전화하는 일 없이 십대 시절을 마무리한다면 난 좀 실망스러울 거다."

"테디." 작은엄마가 작은아빠의 이름을 불렀다.

"영구적인 기록으로 남기 전에 실컷 즐기라고." 작은아빠가 말했다.

"아침 식사 자리에서 전도는 금지야." 유지니아 할머니가 말했다.

"예, 어머니." 작은아빠가 할머니의 심기를 거스르려는 듯 말했다.

작은아빠가 화장실에 간다고 자리를 비웠다. 잠시 기다렸다가 나도 일어나 따라갔다. 로지스 다이너에는 화장실이 뒤쪽의 남녀 공용하나뿐이었다. 그래서 복도에 기대어 기다렸다. 변기 물 내리는 소리와 세면대 물소리가 이어서 들렸다.

긴장하지 말고 물어보자고 다짐했다. 여러 모로 나에게는 두 번째아빠 같은 작은아빠니까. 내가 캘러웨이 집안에서 레오 말고 비밀을털어놓을 수 있는 대상이 있다면 작은아빠뿐이었다.

화장실 문이 열리고 작은아빠가 불을 껐다.

"아, 이런. 미처 보지 못했구나." 작은아빠는 한 걸음 물러서서 화장실 문을 잡고 불을 켜주었다. "들어가렴."

내가 앞으로 다가가 문을 잡았다.

"사실은 드릴 말씀이 있어요."

"그래. 뭔데?" 작은아빠가 물었다.

"엄마 일이에요." 나는 초조하게 침을 삼켰다. "그 얘길 좋아하는사람은 아무도 없지만."

작은아빠는 한순간 얼굴에서 미소가 사라졌지만 이내 말했다. "뭘알고 싶은 거니?"

"우선 할머니가 전날 이상한 말을 했어요." 내가 귀 뒤쪽의 머리카락을 잡아당기며 말했다. "엄마가 작은아빠를 한 번 때렸다고, 코가부러질 뻔했다고요."

작은아빠의 시선이 나에게서 다른 곳으로 향했다. 마치 뭔가가 기억나 정신이 완전히 거기에 팔린 것처럼. 잠시 후에 다시 정신이 드는 듯 작은아빠가 희미한 미소를 지으며 말했다. "네 엄마의 라이트 훅은 굉장히 셌지."

"그럼 사실인가요?"

"다 까마득한 옛날 일이야. 어머니가 왜 그 이야기를 꺼냈는지 모르겠구나." 작은아빠는 약간 못마땅한 듯했다.

"제가 지난주에 랭글리 호수 집에 갔다는 걸 알고 그런 거예요."

작은아빠가 얼굴을 찡그렸다. "거긴 왜 갔어?"

나는 머뭇거렸다. "아빠한테 말 안 하실 거예요?"

"샬럿……."

"아빠한테 말하실 거면 말씀 못 드려요. 그 사람이 아빠는 개입시키면 안 된다고 확실히 못 박았거든요."

"그 사람이라니?"

또 머뭇거렸다. "아빠는 모르게 해주신다고 약속하시는 거죠?"

작은아빠가 한숨을 쉬었다. "알았다. 약속하마."

"행크 외삼촌요. 기억하세요? 엄마 첫째 오빠요."

"만난 적 있어."

"외삼촌이 지난주에 절 만나러 왔어요. 엄마 일로…… 꼭 할 말이 있다면서. 그리고 호숫가 집에서 찾은 사진을 보여줬어요. 작은아빠, 작은아빠가 그 사진들을 보셨어야 해요. 외삼촌은 그 사진들이 엄마의 행방과 관련 있다고 생각해요."

"무슨 사진인데?" 작은아빠가 물었다.

"엄마가 모르는 남자하고 식당에 있는 사진요. 그해 여름에 찍은 나하고 세라피나와 엄마의 다른 사진도 있었어요. 스토커가 찍은 것 같은 소름끼치는 사진이었어요. 그 여름에 누군가 힐스버러에서 우릴 감시한 것 같은."

작은아빠의 이마가 걱정으로 일그러졌다. "사진 가지고 있니? 내가 볼 수 있을까?"

나는 고개를 저었다. "행크 외삼촌이 가지고 있어요. 친가와 외가 사람들이 항상 의견 차이가 있었던 것은 알지만 그 사진을 어떻게 생각해야 할지 모르겠어요. 솔직히 정말 이상해요. 어려운 부탁인 거 알지만 아빠가 고용한 사립탐정이 찾은 엄마에 대한 정보를 구할 수 있을까요? 전 꼭 전부를 알아야겠어요. 알 수 있는 것들만이라도요."

작은아빠는 잠깐 동안 말이 없었다.

"사립탐정의 사건 파일은 구해줄 수 있다. 너와 나의 비밀로 하자."

"감사합니다, 작은아빠." 나는 안도의 한숨을 내쉬었다.

"당연하지." 작은아빠가 나에게 어깨동무를 했고, 우리는 함께 자리로 돌아갔다. "혈육 사이에 작은 비밀 하나쯤 있어도 되잖아?"

14
앨리스테어 캘러웨이

1996년

십이월 말 연휴를 맞이해 그리니치의 부모님 집에 온 가족이 모였다. 늘 그렇듯 유지니아는 스스로를 뛰어넘었다. 온 집안에서 상록수 냄새가 풍겼다. 계단 옆의 현관에는 육 미터 높이의 크리스마스 트리가 서 있고 호랑가시나무 가지와 리본이 난간을 감쌌다. 벽난로 선반은 곳곳이 화려한 화환으로 장식되었고, 벽에는 눈 덮인 풍경화가 자랑스럽게 걸렸다. 앞마당 잔디밭에는 나뭇가지마다 하얀 전구가 반짝거렸다.

다들 모임에 누군가를 데려왔다. 캘러웨이는 혼자 있으면 큰일 나는 줄 아는 사람들이니까. 나는 작년 크리스마스와 다름없이 마고를 데려갔다. 올리비아는 같이 바사에 다니는 친구 포터를 초대했다. 아가일 무늬 스웨터에 뿔테 안경을 쓴 포터는 쓸데없이 긴 문장으로 예술과 사르트르에 대해 이야기하는 것을 좋아했다. 테디는 크리스마스가 지난 다음 날 약간 취한 상태로 학교 친구 한 명을 데리고 나타날 것이라는 내 짐작과 달리, 크리스마스 사흘 전에 그레이스와 함께 나타났다.

마고와 나는 결혼 준비 때문에 오후 내내 버그도프 백화점에 있었으므로 저녁에 응접실에서 다 같이 둘러앉았을 때야 테디와 그레이스를 볼 수 있었다.

벽난로의 불길이 타올랐다. 테디와 그레이스는 마고와 내가 앉은 커다란 소파에 함께 앉았고, 유지니아는 바에서 음료를 준비하고 있었다.

"마지막으로 이발을 한 게 언제니?" 유지니아가 스카치를 건네며 늘 그렇듯 테디에게 호들갑을 떨었다.

테디는 머리칼을 쓸어 올리며 헝클어진 머리를 가다듬었다. "좀 바빴거든요."

"로버트에게 전화하마. 그가 와서 이발과 면도를 제대로 해줄 거야." 유지니아가 말했다.

나는 앞으로 몸을 기울여 치즈 커터로 유지니아가 커피 테이블에 가져다놓은 파르미자노 레자노 치즈의 하얀 껍질을 쭉 그었다. 치즈를 자르면서 그레이스의 하얗고 늘씬한 목을 떠올렸다.

그레이스가 그 자리에 있어서 짜증이 났다. 지난번에 만났을 때 그녀가 오래전에 아문 딱지를 후벼 판 탓에 다시 상처를 마주하지 않으면 안 되었다. 한밤중에 높은 절벽에 서 있는 꿈도 계속 꾸었다. 너무 어두워서 주변이 하나도 보이지 않았다. 하지만 그곳이 어디이고 아래에 무엇이 있는지 본능적으로 알 수 있었다. 벗어나려고 해도 언제나 절벽이 앞에 나타나 뒤로 물러섰다. 때론 뒤에서 나타나 앞으로 움직이기도 했다. 하지만 매번 잘못됐다. 매번 그 아래로 떨어져 물에 빠졌다. 차갑고 캄캄한 물이 나를 완전히 에워쌌다. 헤엄쳐 빠져나가려 하지만 제때 물 밖으로 나갈 수가 없었다. 아무리 발버둥치고 아무리 빠르게 헤엄쳐도 빠져나갈 방법이 없었다. 매번 차가운 땀에 흠뻑 젖은 채로 숨을 헐떡거리며 깨어났다.

마고가 옆에서 자고 있을 때 그 꿈을 꾼 적도 두 번이나 있었다. 그녀는 크게 걱정하며 병원에 가자고 했다. 주치의 카마이클 박사와 응급 예약을 잡아 온갖 검사를 받았다. 모두 정상이었다.

"완벽하게 건강한 상태야." 마지막 진료를 받을 때 카마이클 박사가 말했다.

"그런데 왜 한밤중에 땀에 흠뻑 젖어서 깨죠?" 내가 물었다.

"불안 때문이지. 최근에 스트레스 받는 일 있었나? 평소와 다른 일 없었어?"

그레이스가 떠올랐다. 그 일이 있었을 때는 사귀는 사이였죠, 라고 그녀는 말했었다.

"곧 결혼을 합니다. 구월에 비니어드섬에서요." 대신 나는 이렇게 말했다.

"그것 때문일 수 있겠군." 카마이클 박사가 껄껄 웃으며 말했다. "결혼을 앞두고 누구나 한 번쯤 겪는 증상이야."

그는 신경안정제를 처방해주었다. 나는 잠이라도 자려고 약을 사탕처럼 입안에 털어 넣었다.

그런데 그레이스가 또 나타난 것이다. 가족의 일원이라도 되는 듯 우리 집 응접실에 앉은 모습으로. 단순히 거슬리는 것 이상이었다. 도대체 그녀가 여긴 왜 온 거지? 테디의 유치한 게임이 아직 끝나지 않은 건가?

"두 개의 진실과 하나의 거짓말. 우리 가족이 좋아하는 게임이지." 유지니아가 모두에게 말하는 중이었다.

"내가 먼저 할래." 난롯가에 놓인 의자 끄트머리에 걸터앉은 올리비아가 말했다.

"먼저 게임 법칙을 설명해야지." 유지니아가 붉은 와인이 담긴 잔을 들고 안락의자에 앉았다. "그리고 그레이스가 제일 먼저 하자꾸나. 손님이니까."

올리비아는 의자에 깊숙이 앉으며 한숨을 쉬었다. "불공평해. 우린 그레이스에 대해 아는 게 거의 없으니까 그레이스가 엄청 유리하잖아."

"꼭 해야 해요? 그냥 평범하게 몸짓으로 단어 설명하기 같은 게임하면 안 되나?" 테디가 불평했다.

"오빠 항상 지니까 그러지." 올리비아는 이렇게 말하고 그레이스에게 덧붙였다. "완전 못하거든요."

"어차피 병적인 거짓말쟁이일수록 잘하는 게임이니까 칭찬으로 알게. 당연히 넌 잘하겠지." 테디가 말했다.

올리비아가 혀를 내밀었다.

올리비아와 테디는 이 게임을 할 때마다 다투었다. 지난번에는 올리비아가 와인이 든 잔을 테디의 얼굴로 던지면서 게임이 끝났다.

"세 가지 이야기를 하면 돼. 두 가지는 진실이고 하나는 거짓이지. 세 가지 중에 무엇이 거짓인지 나머지 사람들이 맞히면 되는 거야." 유지니아가 그레이스와 포터에게 설명했다. 마고는 게임을 해본 적이 있었다.

"무엇이 거짓인지 맞히기 전에 질문을 해도 돼요. 거짓말로 답해서 속여도 되고." 올리비아가 덧붙였다.

"사람들이 답을 맞히지 못하면 계속 게임에 남을 수 있어. 답을 맞히면 탈락이고. 한 명만 남을 때까지 돌아가면서 말하는 거야." 유지니아가 말했다.

"이긴 사람은 상품을 받아요. 항상 좋은 거죠. 이번엔 상품이 뭐예요, 유지니아?" 올리비아가 물었다.

"상품은 내 시계야." 그녀가 손목에서 백금 시계를 풀어 들어올렸다. 문자판에 다이아몬드가 박힌 롤렉스 시계였다.

"어디 봐요." 올리비아가 시계를 가져갔다. "예뻐라."

"그럼, 그레이스 먼저 시작해." 유지니아가 말했다.

"세 가지라." 그레이스가 와인 잔의 가느다란 손잡이 부분을 움켜쥐었다.

"싫으면 게임 안 해도 돼." 테디가 말했다.

"아니, 해야 돼. 왜 하지 말라는 거야?" 올리비아가 이의를 제기했다.

"괜찮아." 그레이스가 테디의 무릎에 한 손을 올리며 말했다. 그녀는 잠깐 동안 입술을 깨물며 깊은 생각에 잠겼다.

"첫째, 난 고등학교 때 수영선수였고 주대회에서 1등을 했어요." 잠시 후에 그녀가 계속 말했다. "둘째, 난 대학을 졸업하지 못했어요. 셋째, 난 오빠가 넷이에요."

"고등학교 때 무슨 수영을 했어요?" 마고가 물었다.

"평영요."

"신기하다. 테디 오빠도 고등학교 때 평영 챔피언이었는데." 올리비아가 말했다.

"조용히 해, 리브." 테디가 말했다.

마고는 고개를 갸우뚱하며 그레이스를 유심히 보았다. 그리고 약혼반지를 만지작거렸다. 생각에 잠길 때 자주 하는 행동이었다. "사실인 것 같네. 키는 작지만 수영선수의 몸이야."

"그러게, 가슴도 없고." 올리비아가 덧붙였다.

"무슨 말을 하는 거야, 올리비아?" 테디가 소리쳤다.

그레이스의 얼굴이 붉어졌다.

"오빠들 이름이 뭐죠?" 내가 물었다.

그레이스의 눈이 나에게 향했다. 잠시 후에야 대답이 나왔다. "로니, 윌, 필립, 행크."

"맙소사, 부모님이 가톨릭 신자라도 되세요?" 올리비아가 말했다.

"어머니, 쟤 입마개 씌우면 안 돼요?" 테디가 불평했다. 테디만 유일하게 유지니아를 "어머니"라고 불렀다.

"올리비아, 공손하게 굴거라." 유지니아가 꾸짖었다.

"오빠들에 대한 이야기를 좀 해봐요." 아버지가 말했다.

"로니는 막내오빠인데 우리 집의 오락부장 역할이에요. 셋째 오빠 윌은 용감한 모험가 유형이죠. 필립 오빠는 우리 집에서 제일 똑똑해요. 법대에 다녀요. 행크는 첫째 오빠인데 거칠어 보이지만 속마음은 정말 따뜻해요."

"어떤 오빠가 가장 좋아요?" 올리비아가 물었다.

"전부 좋아요. 하지만 제일 친한 사람은 큰오빠인 것 같아요."

"대학은 왜 졸업 안 했어요?" 포터가 물었다.

그레이스는 어깨를 으쓱했다. "여러 이유가 있었어요. 내가 하고 싶은 게 뭔지 확실히 모르겠다는 생각이 들었죠. 공부나 학위가 살면서 꼭 알아야 하는 것을 가르쳐준다고 생각하진 않아요. 세상 밖으로 나가서 제대로 살아보고 싶었어요."

"바보 같은 이유네요." 올리비아가 말했다.

"자, 이제 그만하죠." 테디가 박수를 쳤다. "단어 맞히기 하실 분?"

"뭐야? 답이 바보 같으면 바보 같다고 말해도 되거든? 게임의 일부분이야." 올리비아가 대꾸했다.

"올리비아가 맞다, 테디. 너무 예민하게 굴지 마라." 아버지가 한소리 했다.

테디는 귓불이 빨개진 채 커피 테이블을 쳐다보았다.

"오빠들 이름이 뭐라고?" 아버지가 그레이스에게 물었다. 그레이스는 잠시 조용하다가 말했다. "로니, 윌, 행크, 패트릭요."

"아까는 필립이라고 했단다. 패트릭이 아니라."

그레이스가 눈을 살짝 크게 뜨더니 손을 내려다보았다. "제가 그랬어요?"

"이게 거짓말이라고 생각하시는 분? 그레이스는 오빠가 네 명이 아니다." 올리비아가 모두에게 물었다.

테디만 빼고 모두 손을 들었다.

"맞아요." 그레이스가 살짝 미소 지으며 말했다. "그게 거짓말이었어요. 전 탈락이네요."

"다음번에는 그렇게 쉽게 포기하지 말아요." 올리비아가 짜증을 숨기지 않고 말했다. "아빠가 잘못 들은 거라고 우길 수도 있었잖아요."

"그건 안 통하지." 아버지가 그레이스에게 눈을 찡긋했다. "난 강철 올가미처럼 날카롭거든."

"이제 내 차례야." 올리비아가 자부심 강한 공작처럼 의자에 앉은 채 허리를 꼿꼿이 폈다.

그레이스는 남은 게임 내내 조용했다. 테디는 그녀 옆에서 조용히 부글부글 끓어올랐다. 자기 차례가 되어 테디가 말한 세 가지는 이것이었다. "내 동생 올리비아는 쓰레기다, 나는 내 동생 올리비아가 싫다, 나는 올리비아가 끔찍하고 고통스럽게 죽기를 바라지 않는다." 게임에서 이긴 사람은 아버지였다. 아버지는 올리비아의 손에서 시계를 가져와 어머니에게 돌려주었다.

그날 저녁 나는 기나긴 복도를 지나 테디의 방으로 들어갔다. 침대 옆의 안락의자에 아무렇지 않게 앉아 가방을 푸는 테디를 바라보았다. 테디는 내가 들어온 것을 계속 알아차리지 못하고 있었다. 침대 옆 탁자에서 고무공을 집어 위로 던졌다가 잡고 다시 던졌다.

"뭐야?" 더 이상 내 존재를 무시할 수 없을 때에야 테디가 말했다.

"아무것도. 단지…… 손님 선택이 놀라워서." 내가 공을 제자리에 두며 말했다. "그 여자랑 아직까지 못 자고 있는 거니?"

셔츠를 펼치던 테디의 손길이 멈추었다. 그의 등이 뻣뻣해지고 귀가 빨개졌다.

"이제 그런 거 아니야." 테디가 나를 보지 않은 채 말했다. "형이 상관할 일도 아니고."

"무슨 말이야? 설마 진지한 마음이라는 거야?"

"그러면 안 돼?"

"테디, 그 여자는 좋은 선택이 아니야. 그녀는 너무…… 평범해."

테디가 사악하게 웃었다. "평범이라. 평범한 사람이 최악이라는 것처럼 말하네. 틀렸어. 형은 나와 달리 그녀를 몰라."

"잘 들어." 내가 일어나 동생의 어깨를 탁 쳤다. "내 말이 부당하다고 생각하겠지만 널 위해 하는 말이야. 넌 어떤 모습이건 이 집안에서 견딜 수 있어. 멍청하거나 반항적이거나 경박하거나 허영심 강한 모습이거나 뭐든 괜찮아. 네가 뭘 하든 상관없지만 평범해서는 안돼. 하지만 그레이스는 평범해. 이 집안에서 견딜 수 없을 거야. 그러니까 서로를 위해서 그냥 자고 끝내버려."

순식간의 일이었다. 한 손을 테디의 어깨에 올리고 있었는데 어느 순간 테디가 내 셔츠 칼라를 잡고 벽으로 밀쳤다. 그가 붉어진 얼굴로 씩씩거렸다. 눈이 분노로 이글거렸다.

내가 웃음을 터뜨렸다.

"조심해라, 테디. 감정이 드러나잖니."

유지니아는 내가 마고와 결혼한다는 사실을 마침내 받아들였다. 캘러웨이가 주인공인 행사를 계획하는 것을 너무도 사랑하는 나머지 그럴 수 있었던 듯하다. 마음에 들지 않는 신부는 잊어버리고 결혼식 준비에만 집중할 수 있으니 말이다.

다음 날 아침에 일어나 보니 어머니와 마고가 아침 식탁에 나란히 앉아 있었다. 테이블에는 원단 견본들이 펼쳐져 있었다.

"내가 세상에서 가장 사랑하는 두 여성분께서 뭘 하고 계신가요?" 내가 말했다.

"뭐야!" 올리비아가 기분이 상한 듯 발끈했다. 올리비아는 잡지와 오렌지주스 잔을 앞에 놓고 몇 자리 떨어진 테이블에 앉아 있었다. 나는 올리비아의 말을 무시했다.

"결혼식의 전체적인 색깔을 고르는 중이야." 마고가 밝게 말했다.

"봐도 될까?" 내가 테이블에 펼쳐진 견본 하나에 손을 뻗으며 말했다.

어머니가 내 손을 찰싹 때렸다. "넌 남자잖니. 남자들의 의견은 수렴하지 않아."

"어째서요?"

"넌 색맹이잖아."

"저 색맹 아닌데요."

어머니는 한숨을 쉬더니 흰색 원단 견본 두 개를 들고 물었다.

"무슨 색이야?"

"하얀색요."

"이래서 안 된다니까." 어머니가 왼쪽의 견본을 가리켰다. "이건 에그 크림 컬러란다. 베이스가 옐로 컬러지." 그러고 나서 오른쪽 견본을 가리켰다. "그리고 이건 문라이트 컬러야. 블루가 베이스지. 솔직히 하늘과 땅 차이야."

나는 눈을 찡그리고 더 자세히 보았다. "둘이 똑같아 보이는데요."

"봐라, 색맹 맞잖니." 어머니가 혀를 찼다.

"알았어요." 나는 수긍하며 주전자를 들어 커피를 따랐다. "전 그냥 커피만 가지고 갈 길 가겠습니다."

마고와 어머니는 내 말을 무시하며 테이블보 색깔에 대해 킥킥거렸다. 그때 창밖으로 잔디밭에 있는 테디와 그레이스가 보였다. 두 사람은 스노슈잉을 하고 있었다. 그레이스는 크림색 짧은 코트에 울 모자를 귀까지 내려썼고, 추위로 코가 빨갰다. 테디가 그녀를 눈 속으로 밀어 넘어뜨렸다. 그녀가 웃음을 터뜨렸다. 등을 대고 넘어진 그녀는 물갈퀴 모양의 스노슈즈 낀 발이 허공으로 솟은 우스꽝스러운 모습이었다. 그녀가 테디의 다리를 잡아당겨 옆으로 쓰러뜨렸다.

그레이스는 누운 채로 팔과 다리를 위아래로 휘저으며 스노 엔젤을 만들기 시작했다. 홀마크 카드를 보는 것 같았다. 그때 테디가 그레이스의 머리카락을 넘겨주고 그녀에게 키스했다. 갑자기 속이 쓰린 기분이 들어 얼른 고개를 돌렸다.

15
찰리 캘러웨이

2017년

놀우드에서 상급생들이 시월 첫째 주말에 메인 주의 캠프 왈라비로 수련회를 떠나는 전통이 있다. 나는 어릴 때 캠프에 가본 적은 없지만 모닥불에 마시멜로를 구워 먹고 긴 머리 히피의 통기타 연주에 맞춰 '쿰바야'를 부르고 낮에는 카누를 타고 우정 팔찌를 만드는 상상을 했다. 그런 악의 없는 일들 말이다. 하지만 하퍼 카트라이트는 수련회 버스 안에서 모두의 착각을 바로잡아주었다. 절대로 여유로운 주말여행이 아니라고.

"휴식이 아니라 정신 바짝 차리라는 경고에 가깝지." 하퍼가 버스 좌석에 기대어 말했다.

물론 상담 지도 교사와의 일대일 상담이 기다리고 있으니 인생에서 가장 중요한 결정을 앞두고 있다는 사실을 일깨워주기는 할 것이다.

"가치 있는 대학교는 열 개 정도밖에 없고 통계적으로 경쟁이 매우 치열하며 떨어지면 자살하는 게 낫다는 사실을 깨닫게 해줄 거야. 그 교사들은 학생을 한 명 울릴 때마다 보너스를 받거든." 하퍼가 또 말했다.

"그렇게 나쁘지는 않아." 돌턴이 말했다. "전략을 세우는 것을 도와주는 거야. 어떤 비교과 활동이 부족한지 어떤 수업을 들어야 대학에 지원할 때 돋보일지."

"작년에는 하버드 입시처에서 나온 사람이 강연을 했어." 크로스비가 드루의 무릎을 장난 삼아 손가락으로 튕기며 말했다. 드루는 어떤 속임수를 써서 크로스비의 옆자리에 앉는 데 성공했고 렌은 통로 건너편에서 그녀를 노려보았다.

"멀미 나는 것 같아." 내가 옆에 앉은 레오에게 말했다. "뒤로 가서 좀 누워 자야겠어."

"빨리 나아." 레오가 말했다.

버스 뒤쪽의 긴 의자가 비어 있어 짐 가방을 베개 삼아 누웠다. 그리고 전날 도서관에서 훔친 1990~1991년 졸업 앨범을 꺼냈다. 클레어 아줌마와 행크 외삼촌을 만난 후 아빠에 대해 생각해보게 되었다. 아빠가 내 나이 때 어떤 모습이었는지 알려줄 만한 정보가 이 앨범에 들어 있을 것이다.

놀우드의 전통적인 색깔인 군청색과 황금색으로 이루어진 양장본 앨범을 펼쳤다. 종이가 매끄럽고 반짝거렸다. 맨 앞은 세상을 떠난 학생을 '추모'하는 페이지였다.

제이크 그리핀

1973. 7. 8 ~ 1990. 12. 21

사랑하는 아들, 형제, 친구,
놀우드 오거스터스 사립학교 가족의 소중한 일원

제이크라는 학생이 어쩌다 죽었는지는 나와 있지 않았다. (지병? 교통사고? 이를테면 자살 같은 끔찍한 사건?) 페이지 가운데에는 제이크의 증명사진이 크게 실려 있었다. 놀우드 교복 재킷을 입고 타이를 맨 그는 짙은 갈색 머리에 상냥한 이미지를 풍기는 미남이었다. 순수하고 환한 미소가 보는 사람도 웃음 짓게 만들었다.

증명사진 둘레에는 제이크의 학교생활 모습—학생회 사회자로 의사봉을 들고 회의 시작을 알리는 모습, 접이식 의자에 올라가 홈 커밍 무도회장에 색 테이프를 장식하는 모습, 테니스 대회에서 서브를 성공시키고 라켓을 높이 치켜든 모습—을 담은 사진들이 있었다. 다음 페이지로 넘기려는 순간 사진 하나가 눈길을 끌었다. 사각형 안뜰에서 제이크가 한 남학생의 어깨에 팔을 두르고 있는 사진이었다. 그 아래에는 제이크 그리핀과 앨리스테어 캘러웨이라는 설명이 적혀 있었다. 제이크 옆에 서 있는 열일곱 살의 아빠를 하마터면 알아보지 못할 뻔했다. 하지만 가만히 들여다보니 익숙한 특징이 눈에 들어왔다. 짧게 자른 금발, 파란 눈동자, 긴 이마, 날카로운 턱. 아빠가 맞았다.

아빠는 놀우드에서 보낸 학창시절과 그때 사귄 친구들에 대해 자주 말했었다. 그중 다수와는 지금껏 친하게 지냈다. 그 친구들과 일요일에 골프를 쳤고 여름에는 마서스비니어드섬에서 가족끼리 함께 저녁을 먹었고 가끔씩 휴가를 함께 떠나기도 했다. 하지만 아빠는 제이크 그리핀에 대해서는 말한 적이 없었다. 내가 아빠에게 한 번도 들어본 적 없는 이름이었다. 그런데 둘이 어깨동무를 하고 카메라를 향해 환하게 미소 짓는 모습이라니.

하지만 아빠가 제이크에 대해 말하지 않은 것은 별로 이상한 일이 아닐 수도 있었다. 정말로 사진으로 보이는 만큼 가까웠거나 그렇지 않거나 고통스러운 기억임이 분명하기에 말하지 않았을 것이다.

페이지를 넘겼다. 졸업반 학생들의 사진이 알파벳 순서로 나왔다. 아빠의 사진은 거의 맨 앞에 있었다. 앨리스테어 캘러웨이. 그는 친구들이 뽑은 '최고로 다재다능한 학생'이었다. 사진과 함께 배치된 글귀는 출처를 알 수 없는 것이었다. "절대 뒤돌아보지 마라. 이미 벌어진 일은 어쩔 수 없다. 현명하게 앞을 보라."

몇 페이지를 더 넘겨보니 아빠가 어떤 학생이었는지 쉽게 알 수 있었다. 모두가 좋아하는 잘생기고 똑똑하고 운동까지 잘하는 학생. 테니스부 주장, 조정부 주장, 졸업반 학생회장, 졸업생 대표. 하지만 원래 졸업 앨범에는 기억되고 싶은 행복한 모습만 담기지 않던가?

캠프 왈라비에는 기막힌 일들이 잔뜩 기다리고 있었다. 에어컨이 없는 숙소, 너도나도 리더가 되려고 다투어야 하는 집중적인 팀 구축 훈련, 학생들끼리 서로의 소극적 공격성에 대해 소극적 공격으로 맞받아쳐야 하는 강요된 담소 시간 등. 하지만 가장 기막힌 일은 휴대폰을 비롯한 바깥세상과 연결되는 첨단 기기를 가져갈 수 없다는 것이었다. 때문에 테디 작은아빠가 엄마의 사건 파일을 구했는지도 알 수 없었고, 내 머릿속이 얼마나 복잡한지 알고 있는 유일한 사람인 그레이슨과도 연락할 수 없었다.

임의적으로 배치된 열두 명으로 이루어진 우리 조는 배구 코트에

가 있었다. 우리 지도 교사인 커크는 자신의 운명에 지나치게 열정적인 이십대 남자였다.

"자." 커크가 손뼉을 치면서 노래하듯 말했다. "오늘 오후에는 배구를 할 거야. 두 팀으로 나누어 리더를 정할 건데 오늘 오전에 트러스트 폴(상대방이 잡아주리라는 믿음으로 뒤로 넘어지는 게임으로 집단적인 신뢰 구축 훈련에 사용된다—옮긴이)을 아주 잘한 두 사람이 있어."

나는 넘어지기 같은 수동적인 행동을 잘하는 것이 어떻게 다른 사람보다 돋보이는 능력이 될 수 있는지 물어보려고 손을 들었다. 하지만 앞에 서 있는 키 큰 돌턴 때문에 손이 가려졌다.

"실라하고 재커리, 앞으로 나와서 팀원을 고르도록. 믿음직한 두 사람이니까 믿고 따라보자." 커크의 말에 다들 박수갈채를 보냈지만 나는 내키지 않아 느리게 손바닥을 마주쳤다.

"중력한테 수고했다고 해주자. 중력이 다 했잖아." 내가 말했다.

돌턴이 고개를 돌려 싱긋 웃었다. 적어도 한 명은 재미있어했다.

"크로스비 우리 팀으로 데려갈게요." 실라가 말했다.

크로스비가 나를 살짝 치고 지나가 실라가 서 있는 네트 쪽으로 갔다. 두 사람은 하이파이브를 했다.

재커리는 돌턴을 호명했다. 그다음에 실라는 하퍼 카트라이트를 골랐다. 재커리가 또 호명할 차례가 되었을 때 돌턴이 그의 귀에다 뭐라고 속삭였다.

"아, 그건 좀." 재커리가 울상을 짓더니 그래도 나를 가리켰다. "찰리 데려가겠습니다."

나를 호명하기 싫어한 재커리를 탓할 수는 없었다. 나는 스포츠와 거리가 멀었으니까. 땀을 흘리고 숨을 헐떡거리고 몸이 뻐근해지는 활동에 전혀 매력을 느끼지 못했다. 운동이 전혀 재미있지 않았고 소질도 없었다.

"잘 왔어, 캘러웨이." 돌턴이 그들 쪽으로 걸어가는 나에게 말했다. 그가 머리 위로 양손을 들어 올렸고, 나는 그의 손과 마주 닿기 위해 까치발을 해야 했다.

"그래. 음…… 파이팅." 내가 말했다.

"그럴 줄 알았어." 뒤쪽에서 하퍼가 말하는 소리가 들렸다. 돌아보니 눈알을 굴리면서 키스하는 흉내를 내고 있었다. 거슬렸지만 상관없었다. 만약 실라가 동조하는 것처럼 곧바로 웃음을 터뜨리지만 않았다면 신경 쓰이지도 않았을 것이다.

팀이 다 정해지고 나는 네트 옆에서 돌턴의 앞에 섰다. 돌턴이 서브를 했다. 내 맞은편에는 상대팀의 하퍼가 자리했다. 그 애와 나는 키가 비슷해서 그 점에서만큼은 공정한 대결이 될 수 있을 터였다. 하퍼는 금발의 곱슬머리를 어깨 뒤로 넘기고 배구 코트의 짙은 모래를 수상쩍게 발로 쳤다.

돌턴의 날카로운 서브가 네트를 넘어갔다. 아무도 손대지 못한 공이 모래 먼지를 일으키면서 상대팀 코트에 떨어졌다. 우리 팀은 환호했다.

"괜찮아, 괜찮아." 실라가 팀의 사기를 북돋으려 말했다. "다음은 우리가 잡을 거야."

"다들 자나?" 하퍼가 네트 아래로 돌턴에게 공을 넘겨줄 때 재커리가 말했다.

"다음 서브는 내 쪽으로 보내, 돌턴. 네 서브가 그렇게 매섭다면 말이지." 하퍼가 말했다.

"좋으실 대로, 카트라이트 양." 돌턴이 미소를 띠며 말했다.

돌턴의 다음번 서브는 바람을 가르며 네트를 겨우 넘어갔고 하퍼가 뛰어올라 공을 쳤다.

공이 곧바로 내 쪽으로 날아오고 있다는 사실을 알아차렸을 때는 너무 늦었다. 한 걸음 뒤로 물러나 공을 정확히 쳐낼 수 있는 위치도 아니었으므로 그냥 피했다. 뒤에서 공이 둔탁한 소리와 함께 코트에 떨어졌다.

"바로 이거지!" 하퍼가 꺅 하고 소리쳤고 실라가 하이파이브를 해주었다. 손바닥이 부딪히는 소리가 크게 났다.

"공을 쳐야 한다는 거 알지?" 재커리가 나에게 물었다.

갑자기 배구가 선수들끼리 신체적인 접촉을 하는 스포츠였으면 좋겠다는 생각이 들었다. "네 얼굴을 배구공 삼아 연습해도 될까?"

"진정하셔."

다음 서브는 실라 차례였다. 그녀의 서브가 득점으로 이어지고 다시 공이 그들에게 돌아갔다. 뒤이어 나는 우리 팀이 돌아가며 서브를 하고 있으며 다음번이 내 차례라는 사실을 깨닫고 가슴이 철렁했다. 내 상체의 힘은 여덟 살짜리만도 못했다.

언더핸드 서브를 시도했지만 공이 네트를 넘어가지 못했다. 하지만 재커리의 뒤통수를 맞혔으니 굴욕적이나마 작은 성취였다. 맞은편 코트에서 하퍼가 큰 소리로 킥킥거렸다. 말이 힝힝거리는 것처럼 추한 콧소리라는 것만이 유일한 위안을 주었다.

"괜찮아. 시도 좋았어!" 커크가 소리치며 크게 손뼉을 쳤다. 물론 기분이 더욱 끔찍했다.

반드시 실수를 만회하기로 결심했다. 무릎을 낮추고 몸을 앞으로 숙였다. 돌턴이 어떻게 하는지 지켜보았다. 그는 공에 닿기 전까지는 두 손을 움켜잡지 않았고 공을 치기 전에 팔뚝을 평평하게 폈다. 나도 할 수 있다. 다음 공이 날아왔을 때는 준비가 되어 있었다. 내 쪽으로 날아오는 공을 보며 칠 준비를 했다.

"내가 할게!" 돌턴이 말했다. 그가 내 자리로 곧장 돌진해와 공을 위로 쳤고 나는 간신히 옆으로 물러났다. 위로 올라간 공을 재커리가 상대팀 네트로 날렸다.

"뭐야?" 내가 말했다.

돌턴은 나에게 호의를 베푼 것처럼 눈을 살짝 찡긋했다. "걱정하지 마. 내가 맡아줄게."

나는 비웃음을 지었지만 돌턴은 재커리와 서로 가슴을 맞대고 원시인 같은 소리를 내느라 정신이 없었다.

물론 지금까지 내가 그에게 못 미더운 운동 신경을 보여준 것은 사실이지만 그래도 화가 났다.

다음번에 공이 내 쪽으로 왔을 때 나는 공을 향해 몸을 내던졌다.

"내가 할게!" 돌턴과 나는 동시에 소리쳤고, 순간 서로 부딪히고 말았다. 돌턴이 넘어지고 나도 그 위로 넘어졌다.

"괜찮아?" 우리 주위에 날리던 먼지가 가라앉고 돌턴이 물었다. 나는 그의 가슴을 찰싹 때렸다.

"아야."

"내 공이었어."

"그냥 도와주려고 한 건데."

"도와주지 마."

일어나 무릎에 묻은 모래를 털었다.

"괜찮아, 돌턴? 찰리 때문에 다쳤어?" 재커리가 물었다.

"내쪽으로 뛰어든 게 누군데." 내가 말했다.

"돌턴이 자기가 한다고 말하면 넌 옆으로 빠져. 돌턴은 우리 팀의 르브론 제임스야. 결정적인 순간은 르브론 제임스에게 맡기라고."

"지금 내 쪽으로 한 걸음도 가까이 오지 않는 게 좋을 거야, 재커리." 내가 말했다.

"네 여자 좀 조용히 시켜, 돌턴."

"너 뭐라고 했어?" 내가 재커리에게 따졌지만 돌턴이 한 팔을 내밀어 내 허리를 잡았다.

"그냥 무시해."

더 이상은 어쩔 수 없었다. 공이 네트를 넘어오고 있었다. 내 쪽까지 오지 않고 네트 바로 앞으로 떨어질 공이었다. 하지만 상관없었다. 앞으로 달려가 뛰어올라 공을 치려는 순간 하퍼 카트라이트가 보였다. 반대편 네트에서 기다리고 있는 하퍼가. 손바닥이 공에 닿는 순간 내 머릿속에 든 생각은 이것뿐이었다. 어디 쳐봐라, 나쁜 년아. 나는 재커리의 얼굴이라고 생각하고 공을 때렸다.

하퍼는 다이빙하며 공을 받아내려 했지만 동작이 빠르지 못했다. 공은 코트를 때렸다. 득점이었다.

순간 나는 전혀 스포츠맨답지 못한 모습으로 소리를 질렀다. 지도 교사 커크가 아마 경악했을 것이다. 돌턴이 나를 어깨에 들쳐 메고 승리의 춤을 추었다.

"이제 어쩔래, 재커리? 어쩔 테야?" 내가 소리쳤다.

"한창 좋은 분위기에 방해해서 미안한데." 누군가의 목소리가 들렸다. 돌턴이 움직임을 늦추고 나를 내려놓았다. 내 생활지도 교사

머라이어였다.

놀우드의 모든 학생에게는 생활지도 교사가 배치되는데 내 담당은 머라이어였다. 생활지도 교사와 최소한 한 학기에 한 번 만나 수업 시간표도 확인하고 '목표'와 '성취하고자 하는 바'에 대한 이야기를 나눠야 했다. 그것만으로도 성가신 일이지만 머라이어는 교과 및 비교과 활동을 넘어서까지 지도가 이루어져야 한다고 생각하는 사람이었다. 그래서 항상 가족의 안부나 힘든 일이 없는지 따위를 물었다. 그리고 내가 금방이라도 눈물을 펑펑 쏟을 경우를 대비해 책상에 놓인 티슈를 항상 내 쪽으로 밀어준다. 이건 내 착각이 아니다. 마지막으로 그녀의 사무실을 찾았을 때 내가 티슈를 달라고 하자 그녀의 눈이 반짝거렸다. 하지만 립스틱을 닦으려는 것임을 알고는 실망하는 빛이 역력했다.

머라이어는 중년 여성으로 항상 세미 정장을 입었다. 면바지와 로퍼, 칼라 달린 셔츠와 재킷. 그녀는 학생들에게 자신을 편하게 이름으로 부르라고 권하고, 깊은 생각에 잠길 때는 바지 앞주머니에 손을 넣고 고개를 끄덕였다. 웬일인지 바지 주머니에 손을 넣는 사람들은 항상 나를 귀찮게 했다.

"찰리랑 상담이 있는데 잠깐 빼내 가도 될까?" 머라이어가 물었다.

"네, 얼른 데려가세요." 재커리가 말했다.

"모르는 모양인데 방금 점수 내가 땄어." 내가 말했다.

"그래, 축하한다. 뿐만 아니라 몇 점이나 잃게 하고 우리 팀 스타를 다치게 할 뻔도 했지. 모르는 모양인데 넌 아직도 마이너스야." 재커리가 대꾸했다.

"아, 재커리. 우리가 함께한 특별한 시간이 정말 그리울 거야." 나는 지나가면서 그의 머리를 쓰다듬었다.

사이드라인에서 머라이어가 나를 껴안았다.

"정말 반갑구나, 찰리. 대화할 기회가 생겨서 정말 기쁘다. 지난번 상담에서는 별로 성과가 없었던 것 같아서."

포기하세요, 부인. 난 절대 안 울어요. 이렇게 말하고 싶었다.

우리는 호수를 향해 걷기 시작했다. 머라이어는 바지 앞주머니에 손을 넣고 고개를 끄덕였다.

"친구들한테 들은 말이 있겠지만 이 상담은 너희를 겁주려는 게 아니란다. 원하는 목적지로 갈 수 있도록 도와주려는 거야. 우선 일 년 반 후에 네 모습이 어떨지 이야기하는 것부터 시작하면 좋겠구나. 놀우드 학생들은 그 나이에 대부분 대학에 진학하지만 일부는 개인적으로 성장할 수 있는 기회를 찾기도 하지. 아웃워드 바운드 (Outward Bound, 1941년 영국에서 설립된 국제적 교육기관. 대자연 속에서 정신과 신체를 함양하는 프로그램을 운영한다—옮긴이) 같은 곳에 들어가거나 일 년 동안 여행이나 자원봉사 활동을 하기도 하고."

"제 계획은 변함없어요. 전 펜실베이니아 대학에 들어가서 경영학을 전공할 거예요."

머라이어가 나를 보며 미소 지었다. "찰리, 난 우리가 지금 이 순간 서로에게 솔직했으면 좋겠구나. 또래 친구들이나 가족이 네 선택을 뭐라고 할지 압박감을 느끼지 않아도 돼. 네가 원하는 길을 찾을 수 있도록 도와주는 게 내 일이야."

"네. 제가 원하는 건 이미 말씀드렸는걸요. 펜실베이니아 대학, 경영학 전공요."

"경쟁이 무척 치열한 곳이지. 합격률이 십이 퍼센트도 안 되고."

"저 내신도 좋고 시험 점수도 좋아요."

"그래, 그렇지. GPA 3.7에 시험 점수는 백분위 99니까. 네 지적인 면을 의심하는 건 아니란다, 찰리."

"그럼 뭐가 문제죠?"

"펜실베이니아 같은 학교는 힘든 학과 공부를 잘 헤쳐나갈 수 있는 학생인지를 중요시하지. 뿐만 아니라 다재다능한 학생을 원해. 학과목 이외에도 관심을 가지고 학교는 물론 밖에서도 자기 위치를 쌓아나갈 수 있는 학생. 그런데 넌 비교과 활동을 전혀 하지 않잖니. 놀우드 학생치고는 매우 드문 경우지. 클럽 활동도 스포츠도 하지 않고 특별한 관심사도 없고."

"대학교 지원 에세이에 바로 그런 내용을 쓰려고 해요. 인습의 틀에 순응하지 않기에 고유하고 다재다능한 사람이라고. 요즘 학생들의 이력서는 꼭 스테로이드를 맞은 것 같아요. 하나같이 오케스트라를 하고 테니스 선수이고 학생회 임원이죠. 정말로 관심이 있어서가 아니라 목표 대학에 자기 가치를 입증하려면 그래야만 하니까요. 하지만 전 클럽이나 스포츠 참여로 제 자신을 정의할 필요가 없어요. 펜실베이니아 같은 학교에서, 그다음에는 세상에서 자신만의 길을 개척하는 자유로운 사고를 가진 사람이니까요."

"네가 그런 대답을 할 줄 알았다." 머라이어가 말했다.

"그런 대답이라니 무슨 대답을 말하시는 거죠?"

"조종하려는 대답." 그녀는 멈추어 나를 보았다. 여전히 주머니에 손을 넣고 고개를 끄덕였다. "네 경우는 똑똑함이 오히려 발전을 막는 것 같구나. 넌 지성을 이용해 자신에게 유리한 쪽으로 비트는 방법을 배웠어. 사람을 조종할 줄 알지."

뺨이 뜨겁게 달아올랐다. 머라이어가 나에게 이런 식으로 말한 적은 한 번도 없었다. "뭐라고 하셨어요?"

"네가 네 자신마저 조종하는 법을 배웠기에 난 걱정이 되는구나. 넌 방금 나에게 한 말을 정말로 믿고 있어."

나는 대답하지 않았다. 그녀는 나를 궁지로 몰았다. 그녀의 말에 동조한다면 남을 조종하는 사람이 되고 동조하지 않는다면 거짓말하는 사람이 된다.

"선생님의 견해를 듣고 싶네요. 제가 사실을 비틀었다면 선생님이 다시 풀어주세요. 제가 비교과 활동을 하지 않는 진짜 이유가 뭔가요?"

"넌 공감 능력이 부족해. 사람을 믿지 않는 데다 자신이 남보다 낫다는 가르침을 받았기에 타인과 쉽게 교감하지 못하지. 자신의 이익을 위해 타인을 이용하는 법도 배웠어. 한마디로 넌 자기애 성격장애야."

순간 온몸의 숨이 빠져나간 기분이었다. "젠장." 예의가 중요한 상황이 아니었다. "선생님 생각을 솔직하게 말씀해주세요. 제 감정이 상할까 봐 망설이지 마시고요. 알다시피 전 감정이 없으니까요."

"그 반대야. 자기애가 강한 사람들은 깊은 감정을 가지고 있단다. 대부분은 자기 자신에 대한 감정이지만. 찰리, 난 널 해치려는 게 아니야. 도와주려는 거야."

"그게 펜실베이니아 대학이랑 무슨 상관이죠?"

"네 미래와 상관있는 일이란다, 찰리. 네가 되고 싶은 사람. 바꾸기에 늦지 않았어."

머라이어는 숄더백에서 종이 한 장을 꺼내 내게 건넸다. 놀우드 오거스터스 클럽 데이 포스터였다. 몇 주 전에 우편함에 들어 있던 것이었다.

"놀우드에서 제공하는 기회들을 한번 살펴보렴. 조금이라도 너에게 의미가 있는 클럽을 골라봐. 아직 가입 기간이 남았어. 그냥 한번 해보는 거야. 새로운 경험과 새로운 사람들을 받아들여봐. 너 자신한테 놀라운 결과가 생길지도 몰라."

그날 저녁 캠프파이어에서 지도 교사 커크가 기타를 꺼내 이글 아이 체리의 〈세이브 투나잇〉을 부르기 시작했다. 모두가 따라 불렀다. 나는 노래도 잘 부르지 못하는 데다 사람들과 어울릴 기분도 아니어서 불빛이 비치기는 하는 가장 끄트머리 쪽으로 혼자 슬그머니 물러나 있었다. 쓰러진 나무 뒤에 앉아 밤하늘을 보았다. 구름도 달도 없는 하늘에 뜬 모든 별들을 바라보았다.

들려오는 목소리의 주인공들에 대해 생각하지 않을 수 없었다. 나는 친구들이 어느 대학과 직업을 목표로 하는지 전부 알고 있었다. 그도 그럴 것이 요즘은 죄다 그 이야기뿐이다. 레오는 외가 쪽 전통대로 하버드에 갈 계획이고 드루는 힐러리 클린턴의 모교인 웰즐리에서 정치학을 공부하고 싶어한다. 스티비는 버클리에 들어가 의예과 과정을 밟으려는 계획이고 야엘은 주로 뉴욕에 남고 싶다는 이유로 컬럼비아 대학으로 마음이 기울고 있다. 모두가 확고하다. 확실한 결정으로 미래를 계획해놓았다. 나도 마찬가지다. 친구들도 생활지도 교사에게 꿈은 물론 개인적인 성격에 대해 쓴소리를 들었을지 궁금했다.

분명히 나에게만 해당되는 일일 거라는 생각이 들었다. 나에게 문제가 있고 머라이어가 나에 대해 한 말이 전부 사실이라는 생각을 멈출 수 없었다.

머리 바로 위에서 나뭇가지가 툭 부러졌다. 레오가 서서 나를 내려다보고 있었다.

"미안. 놀라게 하려는 건 아니야. 같이 있으려고 왔어." 레오가 나를 따라 바닥에 누웠다.

"안녕, 사촌." 내가 말했다.

"빨리 대학 가고 싶다." 레오가 한숨을 쉬었다. "아니면 캠퍼스에 새 얼굴들이 있던 때로 시간을 돌리거나. 상급생 여자애들하고는 벌써 전부 사귀어봤어. 여긴 더 이상 기대할 게 없어."

"그것 참 큰 문제네." 내가 비아냥거리듯 말했다.

"오죽하면 실라 앤드루스를 꼬셔볼까 싶다니까. 커크 선생님의 관능적인 바리톤 목소리가 배경 음악으로 깔린 데서 모닥불 불빛에 비친 그 애를 바라보고 있자니 한번 해볼까 싶더라고. 바보 같은 실수를 할까 봐 여기로 온 거야."

"네가 자기를 가지고 놀려고 하면 실라 앤드루스가 불알을 잘라버릴걸. 나라면 가까이하지 않겠어." 내가 말했다.

"스티비는 어떨까?" 레오가 눈썹을 꿈틀거리며 물었다. "내숭 떠는 뻣뻣한 여자들이 침대에서 제일 재미있거든."

"거의 불가능해. 스티비는 똑똑해서 너에게 다시 기회를 주지 않을 거야. 자기의 순결도 물론이고."

"난 도전이 좋아. 네가 스티비한테 나에 대해 좋게 말해줄래? 태도가 좀 수그러지게."

그때 퍼뜩 뭔가가 떠올라 내 얼굴에서 미소가 사라졌다. 몸을 일으켜 앉았다. "그 유치한 게임에 스티비의 이름도 넣은 건 아니겠지?"

나는 레오의 믿음을 깨뜨리고 그 누구에게 정복 게임에 대해 말한 적이 없었다. 드루에게조차 말하지 않았다. 하지만 레오가 스티비의 이름을 보드판에 넣었다면 스티비에게 경고해주지 않으면 안 된다. 스티비를 가지고 노는 모습을 가만히 두고 볼 수는 없으니까.

"진정해. 농담한 거야. 하지만 얌전한 고양이 같은 여자애를 게임에 넣으면 확실히 재미있어지긴 할 거야."

"내 친구들은 절대 보드판에 넣지 않겠다고 약속해." 확실히 약속을 받아내야겠기에 내가 말했다.

레오는 내가 자신의 농담을 별로 재미있어하지 않자 짜증이 나는지 나를 향해 눈을 흘기며 말했다. "약속해." 그러고는 주제를 바꾸어 물었다. "상담은 어땠어?"

"좋았어. 아주 좋았지." 나는 도로 누우며 명랑한 목소리를 꾸며냈다. "난 아주 형편없는 사람이야."

레오가 웃음을 터뜨렸다.

"장난 아니야. 나더러 대놓고 자기도취증이래."

"넌 캘러웨이야. 우린 모두 자기도취증이고. 유전 같은 거야."

내가 웃었다. "그런 것 같네."

그때부터 나는 조용히 눈을 감고 어릴 때처럼 대화해보려고 했다. 어떻게 말해야 할지 모르지만 상대방의 감정을 느껴보려고 애쓰는 것 말이다.

나는 묻고 싶었다. 나 나쁜 사람 아니지? 원래 캘러웨이는 이기적이고 남을 조종하고 모가 난 사람들이잖아. 하지만 난 지금까지 누굴 상처 준 적은 없는걸. 심각한 상처를 입힌 적은 없었어. 그렇지 않아?

하지만 바보 같은 생각이었다. 소리 내어 말할 필요가 없어 다행이었다. 하지만 만약 말한다면 레오는 이해해줄 것이다. 그런 내 생각이 레오에게 전해졌을까 생각하며 계속 눈을 감은 채로 좀 더 누워 있었다. 어둠 속에서 내 손을 잡은 레오의 손이 느껴졌다.

16
그레이스 페어차일드

1996년 크리스마스이브

사흘 연속으로 잠을 이룰 수 없었다. 테디의 부모님 집은 내가 살면서 가본 가장 큰 집인 데다가 편안하게 느껴지지도 않았다. 모든 것이 차갑고 광택이 나고 사람 손길이 느껴지지 않았다. 사람이 사는 집 같지가 않았다. 내가 머무는 방의 장식장 위에는 아침마다 꽃병에 새로운 생화가 놓이고 저녁에 가보면 방이 싹 정리되어 있었다. 메이드가 지저분한 옷들을 세탁해 잘 개어 다시 여행가방에 넣어놓고 세면대에 묻은 치약을 깨끗이 닦고 침대보를 완벽하게 다림질해 개어놓았다. 내 모든 흔적이 깔끔하게 지워져 있었다. 내가 살아온 집과는 너무도 달랐다. 우리 집에서는 모두가 자신의 흔적을 조금씩 남겼다. 로니 오빠의 대마초 냄새가 풍기는 차고의 낡은 소파, 겨울 부츠를 벗을 때마다 짚고 서느라 생긴 현관 벽의 손때, 윌 오빠의 화산 실험이 잘못되어 남은 주방 천장의 얼룩, 부모님 말을 듣지 않고 몰래 집 안에서 공놀이를 하다가 생긴 굽도리널의 움푹 파인 자리, 그런 것들 말이다.

집만 이질적으로 느껴지는 것이 아니었다. 사람들도 낯설었다.

유지니아는 친절하게 반겨주며 질문 공세를 퍼부었다. 말 타니? 아뇨. 스키는? 아뇨. 가장 좋아하는 휴양지는? 여행은 많이 해보지 않아서. 그녀는 공통점을 찾으려 무던히 애썼지만 결국 아무런 공통점이 없다는 사실만 증명되었을 뿐이었다.

테디의 아버지는 과묵했다. 올리비아와 친구 포터는 자신들에게만 몰두하느라 남에게는 별 관심이 없었다. 마고는 내 이름조차 제대로 기억하지 못했다. 한 번은 "개비", 또 한 번은 "지나"라고 불렀다. 앨리스테어는 냉담했다. 저녁 식사 때 옆에 앉았는데 나에게는 겨우 두 마디 정도만 말했을 뿐 포터와 실존주의와 예술에 관한 난해한 대화를 나누었다. 테디조차도 평소와 달랐다. 우리 둘만 있을 때는 유쾌하고 태평스러운 성격인데 가족과 있을 때는 자신을 희화화한 듯한 나태하고 경솔한 모습이었다. 마치 자신을 향한 사람들의 기대를 부인하는 동시에 남의 생각 따위는 전혀 개의치 않음을 보여주려는 것처럼.

나는 내가 들어간 기이한 세계에서 길을 잃은 듯한 느낌이었다. 저녁 식사 때 오리고기 육즙으로 만든 소스가 뿌려진 푸아그라가 나왔다. 무슨 요리인지 몰랐지만 물어보기가 창피해서 그냥 먹었다. 그런 맛은 처음이었다. 산뜻하면서도 버터처럼 부드러운 것이 혀에서 살살 녹는데 천국이 따로 없었다. 올리비아는 푸아그라를 외면하고 샐러드를 먹었다. 채식주의자인지 물으니 자신은 동물 학대에는 전혀 식욕을 느끼지 못한다고 말했다. 그리고 푸아그라가 만들어지는 끔찍한 과정을 자세히 설명해주었다. 하루에 두 번씩 오리의 식도에 튜브를 꽂아 지방과 함께 끓인 옥수수 사료를 억지로 먹여 간이 평소보다 열 배나 커지게 만든다고. 그래서 그렇게 훌륭한 맛과 식감이 나온다고. 그녀의 설명이 끝나고 나는 경악해서 포크를 내려놓았다. 치즈 코스와 디저트로 나온 초콜릿 수플레도 들어가지 않았다.

내일은 최악의 일이 벌어질 터였다. 브런치를 먹은 후 선물을 풀어보기로 되어 있기 때문이었다. 나는 테디의 도움을 얻어 선물을 준비해 갔다. 테디가 바니스 백화점에서 가족들의 선물을 구입할 때 나도 옆에 있었다. 계산대에서 테디는 아버지를 위해 고른 멋진 실버 커프링크(내 월세의 절반 가격이었다)와 어머니를 위한 에르메스 가방(6개월치 월세)을 보여주었다. 반면 내가 준비한 것은 정성만 들어간 선물이었다. 그의 어머니에게는 커피테이블에 올려놓을 만한 원예 도서를, 그의 아버지에게는 면도기를 줄 것이다. 다음 날 테디의 가족과 함께 앉아 "오", "아" 하는 거짓된 감탄사와 고맙다는 말을 들을 생각을 하니 두려워졌다. 그들은 분명 나를 위해 값비싼 선물을 준비했을 텐데.

더 이상 마음 졸이며 누워 있을 수 없어 이불을 걷고 일어났다. 여행가방에서 수영복과 고글을 꺼냈다. 수영복을 입고 욕실에서 수건을 가져왔다. 어둠 속에서 휑뎅그렁한 복도를 지나 테디가 저녁 식사 후에 보여준 실내수영장으로 향했다.

몇 바퀴를 돌았는지도 잊어버렸을 즈음 고개를 들어보니 수영장에 나 혼자가 아니었다. 수영장 끄트머리, 내가 수건을 놓아둔 긴 의자 근처에 앨리스테어 캘러웨이가 있었다. 바짓단을 접어 올리고 물속에 발을 담근 채였다. 그가 자신을 보고 있는 나에게 손에 든 맥주

를 들어 보이며 인사를 했다. 고글을 벗고 그가 있는 쪽으로 헤엄쳐
갔다.

"여기서 보네요." 그가 말했다.

"잠이 안 와서요." 코를 꼭 집어 물을 빼내며 내가 말했다.

"방이 마음에 안 들어요?"

"그게 아니라…… 예쁘긴 한데…… 박물관에서 자는 기분이에요."

"'아늑함'은 유지니아의 스타일이 아니거든요." 앨리스테어가 맥
주를 한 모금 들이켜며 말했다.

수심이 깊은 곳이라 나는 수영장 가장자리를 잡고 몸을 지탱했다.
어색한 침묵이 내려앉았다. 그가 왜 여기에 있는지 궁금했다. 그도
잠을 잘 못 이루는지, 평소 혼자 밤마다 수영을 하며 스트레스를 푸
는지. 하지만 그는 수영복을 입고 있지 않았다. 옷을 제대로 입은 상
태였다. 혹시 나를 따라온 걸까?

앨리스테어는 테디의 가족 중에서도 가장 생각을 읽기 힘든 사람
이었다. 자선행사에서는 친절하고 매력적이고 대화하기도 편했다.
오래전 랭글리 호수 위쪽에 있는 우리의 트리 하우스에 앉아 제이크
가 말해준 모습 그대로였다. 제이크는 합판 바닥에 졸업 앨범을 펼
쳐놓고 친구들의 사진을 가리키며 이야기해주었다. 앨리스테어의
증명사진이 기억났다. 밝은 금발에 담청색 눈동자. 교복을 입은 모
습이 놀라울 정도로 미남이고 인상적이었다. 턱을 살짝 젖히고 약간
거만한 모습으로 바라보는 얼굴이었다. 그가 놀우드에서 사귄 첫 번
째 친구이고 테니스부에서도 자신을 무척 챙겨준다는 제이크의 말
이 믿어지지 않을 정도였다. 하지만 전날 저녁에 두 개의 진실과 하
나의 거짓말 게임을 할 때 앨리스테어는 나를 거의 쳐다보지 않았고

오늘 저녁 식사 때도 나를 무시했다. 도대체 내가 무슨 잘못을 해서 그의 태도가 바뀌었는지 이해되지 않았다.

"고등학교 때 수영을 했다고요?" 앨리스테어가 물었다. 그가 다 듣고 있었다니 놀라웠다.

"평영 주 챔피언이었어요." 내가 정확히 바로잡아주었다.

앨리스테어가 휘파람을 불었다. "그렇게 대단하신 분이 바로 앞에 계신 줄 몰랐네요."

내가 입술을 깨물며 그에게 물을 뿌렸다.

그가 웃음을 터뜨리며 일어섰다.

"반대편까지 시합하죠." 그가 셔츠를 벗었다. 군살 없이 탄탄한 배가 드러났다. 그가 벨트를 풀기 시작할 때 나는 고개를 돌렸다. "더 재미있게 해보죠. 내기해요."

"이 집안 사람들은 왜 뭐든 경쟁으로 생각하죠?" 내가 절반은 농담으로 물었다.

"잃을 게 없으면 무슨 재미예요?" 그가 반문했다.

"좋아요." 그때 한 가지 아이디어가 떠올랐다. "내가 이기면 당신이 어머니 몫으로 준비한 비싼 선물을 나하고 바꿔요. 참고로 난 커피테이블에 올려놓을 책을 준비했거든요."

"책이라고요? 너무 일방적인 흥정이군요." 그가 놀리듯 말했다.

그가 박서 차림으로 물속에 들어와 내 옆으로 왔다.

"좋아요." 그는 찬물에 적응하려고 숨을 길게 내쉬었다. "내가 이기면 당신에게 키스할 거예요."

나는 할 말을 잃었다. 농담으로 하는 말인지, 웃어야 하는지 알 수 없었다.

"나한테 키스한다고요?" 농담임을 알려주는 결정적인 대사가 튀어나오기를 바라며 내가 물었다.

"그래요."

"왜죠?"

"그러고 싶으니까."

"그러면 안 되는 거잖아요." 그 말밖에 떠오르지 않았다.

"이길 수 없는 내기는 하면 안 되죠. 설마 정말 날 이길 수 있다고 생각하는 거예요?"

그는 졸업 앨범에서 보았던 그 거만한 눈빛을 하고 있었다. 눈을 가늘게 뜨고 그를 보았다.

"셋에 출발하는 거예요." 내가 고글을 내리며 말했다. "하나, 둘, 셋."

벽을 힘껏 발로 차면서 출발했다. 계속 수영을 하고 있던 터라 피곤했지만 몸이 데워져서 유리했다. 앨리스테어는 차가운 물로 뛰어들자마자 단거리 경주를 하는 셈이었다. 나는 짧게 숨을 쉬면서 전력으로 나아갔다. 곁눈으로 보니 앨리스테어가 나를 따라잡고 있었다. 내 팔이 더 빨리 움직였지만 그는 키가 커서 유리했다. 내가 팔을 두 번 움직일 때 그는 한 번만 움직였다. 그가 나보다 0.5초 빨리 도착해 벽을 쳤다.

나는 물속에 섰다. 수심이 얕은 지점이었다. 숨이 너무 가빠 온몸이 뒤틀릴 지경이었다. 옆에 있는 앨리스테어도 숨이 찬 듯했다. 표정은 의기양양했지만 숨을 헐떡였다.

"생각보다 빠르네요." 그가 말했다.

"생각만큼 빠르진 못했죠." 내가 대꾸했다.

둘 다 숨을 고른 후 앨리스테어가 벽을 따라 나에게 가까이 다가왔다. 거의 코가 맞닿을 거리였다. 그가 나를 보았다. 동생과 똑같은 파란색 눈이지만 어딘지 달랐다. 더 어둡고 서늘했다. 테디의 눈이 구름 한 점 없이 환한 여름 하늘이라면 앨리스테어의 눈은 북극해였다. 그의 얼굴이 나에게로 다가왔지만 마지막 순간에 내가 고개를 돌렸다. 그의 입술이 내 뺨을 스칠 때 턱의 까칠한 수염이 느껴졌다. 뒤로 물러서는 그의 눈에 분노가 서렸다.

"이건 키스가 아니잖아요." 앨리스테어가 말했다.

나는 어깨를 으쓱했다. "구체적으로 어떤 키스라고는 안 했잖아요. 내 잘못이 아니에요."

나는 느리고 여유롭게 다시 헤엄쳐가기 시작했다. 잠시 후 뒤에서 앨리스테어가 헤엄쳐 따라오는 소리가 들렸다.

수영장의 가운데 지점에 이르렀을 때 뒤에서 따라잡은 앨리스테어가 내 발목을 잡는 것이 느껴졌다. 그가 내 몸을 획 돌려 자신의 단단하고 따뜻한 가슴팍으로 끌어당겼다. 향신료와 월하향 꽃잎처럼 이국적이면서도 달콤한 향기가 풍겼다. 그가 나를 내려다보았다. 키스하려는 것임을 알 수 있었다. 그는 내 턱을 들어 올린 다음 내 입술에 가볍게 입을 맞췄다. 그러고는 한 손으로 머리를 받치고 나를 좀 더 세게 끌어당겼다. 그는 혀로 내 입술을 벌리고 거칠게 키스했다. 숨이 막히고 심장이 마구 방망이질치고 허벅지 맨 윗부분이 시큰거렸다.

키스가 끝난 후 그가 반쯤 감은 눈으로 내 입술에 대고 속삭였다. "이게 키스죠."

17
찰리 캘러웨이

2017년

캠프 왈라비에서 돌아와보니 기숙사 침대에 커다란 박스가 놓여 있었다. 안에서 테디 작은아빠의 편지가 나왔다.

꼬맹아, 약속한 대로 사립 탐정 린치 씨가 수집한 사건 파일을 전부 보낸다.

박스에는 '통화 기록', '신용 카드 사용 기록' 같은 라벨이 붙은 두꺼운 서류봉투가 가득했다. '인터뷰'라고 적힌 드라이브를 노트북에 꽂았다. 각종 이름과 날짜로 이루어진 몇 개의 폴더가 떴다. 친가와 외가 쪽 사람은 물론이고 친한 친구들과 직원들까지 전부 포함되어 있었다. 알파벳 순서로 정리되어 친가 쪽 인터뷰가 맨 위에 떴다. 누구 인터뷰를 가장 먼저 들어봐야 할까. 엄마에게 우울증이 있었고 그것이 실종과 관련 있을지도 모른다는 유지니아의 말은 이미 들었다. 그리어 작은엄마의 폴더를 클릭했다. 작은엄마는 심리학자였다.

하버드 출신이고 뉴욕 대학에서 박사학위를 땄다. 누군가 엄마의 정신 상태와 실종의 연관성에 대한 견해를 냈다면 분명히 작은엄마일 것이다.

오디오 파일을 클릭했다. 드루가 방으로 들어올지도 모르니 헤드폰을 꼈다.

"이름과 날짜, 그레이스 캘러웨이와의 관계를 말하세요."라고 말하는 남자의 목소리가 나왔다. 린치 씨인 것으로 생각되는 굵고 거친 목소리였다.

"그리어 캘러웨이. 2007년 10월 22일. 그레이스 캘러웨이는 제 형님, 그러니까 남편 형의 아내입니다."

2007년 10월 22일이면 엄마가 사라진 지 두 달 후, 은행 CCTV 영상이 발견되고 몇 주가 지난 때였다.

"캘러웨이 부인, 형님과는 가까웠습니까?"

"아니요. 남편과의 과거가 있으니 당연하겠죠."

무슨 뜻이지? 테디 작은아빠가 무슨 이유에서 엄마를 싫어하기라도 했을까?

"하지만 친절하게 대하는 사이였습니다. 가족 모임과 연휴 때 자주 만났으니까요."

"그녀에 대한 인상이 어떻습니까?"

"복잡한 질문이네요. 그레이스에 대한 제 인상은 그녀를 만나기도 전에 있었던 일들에 영향을 받았기 때문이죠. 하지만 그녀의 과거를 돌이켜보면 그레이스는 패턴에서 벗어나지 않는 사람입니다. 유기라는 비슷한 행동 패턴을 보이거든요. 일관되게 단 하나의 욕구가 그 패턴을 움직이는 듯하고요."

"그 욕구가 뭐죠?"

"겉으로 보기에는 돈이죠. 하지만 이 욕구에는 항상 근본적인 원인이 존재하죠. 어쩌면 그레이스에게 돈은 노동자 집안에서 자라면서 경험하지 못한 자유나 안정감을 상징할 수 있습니다. 힘이 있다고 생각하게 해주었을 수도 있고요. 정확히는 모르겠네요. 그녀를 잘 알지 못해서요."

"그레이스가 패턴에서 벗어나지 않는 사람이라고 하셨는데 예를 들어 설명해주실 수 있습니까?" 린치 씨가 물었다.

"그녀가 테디에게 한 행동을 보죠. 그녀가 프린스턴 근처에서 살다가 테디를 만난 건 우연이 아닙니다. 분명 그녀는 부유한 남자를 만나려고 노린 거예요. 테디가 좋은 먹잇감이었겠죠. 안정적이고 부유한 집안 출신이니. 그래서 그레이스는 그에게, 그와의 관계에 투자를 한 거죠. 그러다 앨리스테어를 만난 거예요. 이미 캘러웨이 그룹의 경영에 참여하고 있는, 조건이 더 유리한 상속자를요. 그래서 그쪽으로 기운 거죠. 그레이스는 그를 손에 넣을 기회를 놓치지 않았어요. 이를테면 업그레이드라고 생각한 거죠."

가슴이 쿵쾅거리는 소리가 들리는 듯했다. 어지러웠다. 엄마가 작은아빠와 사귀었다고? 작은아빠를 버리고 아빠에게 갔다고? 이 모든 게 사실인가?

"그 두 사람과의 관계에 모두 돈이 동기로 작용했다고 보십니까?" 린치 씨가 물었다.

"그렇습니다. 다들 그레이스가 돈을 챙겨 도망간 게 놀라운 일이라도 되는 듯 굴지만 그녀의 과거를 보면 반복적으로 나타나는 행동이에요. 그레이스는 대부분의 사람들과 마찬가지로 패턴에서 벗어나지 않아요. 남편이나 자식 등 자신을 옭아매는 굴레나 의무 없이 앨리스테어의 돈만 가지고 떠날 수 있는 기회가 생긴 거죠. 그레이스는 그것을 또 다른 업그레이드 기회로 보고 붙잡았어요."

노트북을 탁 닫아버렸다. 더 이상 듣고 싶지 않았다. 들을 수가 없었다. 엄마가 돈 때문에 테디 작은아빠와 아빠를 이용했고 기회가 생기자마자 돈을 챙겨서 도망쳤다고? 엄마는 계속 우리 모두를 조종했단 말인가? 그렇다면 나는 뭐가 되지? 엄마의 탐욕, 욕망을 가로막는 올가미나 의무 같은 것이 만들어낸 부산물이란 말인가?

우리 가족이 세 사람의 또 어떤 어두운 비밀을 내게 숨기고 있는 것일까?

사건 인터뷰를 듣고 사건 파일을 뒤지는 것은 좋지 못한 생각일지도 모른다. 그랬다가 엄마에 대한 좋은 기억이 무너지고 남은 가족과의 관계마저 오점이 생기면 어쩌지? 나는 정말로 알고 싶은 것일까? 이것들은 정말 알아야 할 가치가 있는 일일까?

"정말 최악이야." 사각형 안뜰을 가로질러 로즈우드 홀로 향하는 길에 드루가 깊은 한숨을 쉬었다. "양자역학? 삼각법? 장난해? 수업 설명 읽으면서 잠들 뻔했다니까. 한 학기 동안 그런 수업들을 어떻게 견디지?"

드루는 미술과 역사, 언어 과목은 충분하니 다음 학기에는 상급 코스의 과학과 수학 수업을 들으라는 머라이어의 조언을 듣고 상심해 있었다.

"난 대학에서 정치학을 전공하고 싶다고. 진짜 과학이 아니라."

"새 학기 수업 신청 얘기가 나와서 말인데." 내가 목소리를 낮추어 말했다. "돌턴이 그러는데 에이스가 삼학년 멤버들한테 봄학기 수업 신청 우선권을 얻게 해줄 수 있대."

원래 수업 신청 우선권은 졸업반들에게만 주어졌다. 봄학기 수업을 다른 학생들보다 우선적으로 신청할 수 있는 것이다. 듣자 하니 주드 베인이 수업 신청 시스템을 해킹해서 삼학년이 졸업반으로 인식되도록 바꿔서 수업 신청을 일찍 할 수 있게끔 해놓은 모양이었다.

"할렐루야. 호바스 선생님의 요가와 마음챙김 명상 수업에 등록할 거야. 입학했을 때부터 듣고 싶었던 수업인데 내가 수강 신청할 즈음에는 항상 꽉 차버렸거든."

"이번 주말까지 돌턴에게 과목 리스트를 줘야 해. 우리 이름을 시스템에 입력해야 하니까. 우리 둘의 수업 일정을 비슷하게 해달라고 부탁해볼까?" 내가 말했다.

"물론이지. 참, 머라이어가 무슨 끔찍한 말을 했는지 안 알려줄 거야?"

"내가 공감 능력이 없고 심각한 자기애 성격장애래."

"흥. 십대 청소년 중에 안 그런 애가 어디 있어." 드루는 전혀 놀랍지 않다는 듯이 말했다.

"너보고도 자기도취증이래?"

"아니. 스티비한테는 완벽주의가 경계성 강박장애 수준이니까 상담을 받아보라고 하더래."

"심하네."

"그렇지."

"스티비는 뭐라고 해?"

"부모님의 보험으로 처리되는 반경 팔십 킬로미터 안에 위치한 정신과 목록을 작성 중이지. 정신과 의사들의 출신학과와 전문분야까지 함께 넣어서."

"머라이어가 제대로 본 것 같네."

"좀 그래." 드루가 말했다.

"머라이어는 내가 비교과 활동을 하면 펜실베이니아 합격률이 높아질 거래."

"내가 일학년 때부터 말했잖아. 펜싱부에 들어봐. 네 안의 억눌린 공격성을 해소해줄 거야."

캠프 왈라비에서 했던 배구 시합이 떠올랐다.

"나 운동 신경 별로잖아."

"그건 그래. 토론 클럽은 어때? 몸으로 하는 싸움이 네 강점은 아닐지라도 말로 하는 싸움은 소질이 있잖아."

"그래. 그런데 토론 클럽이라니, 토론의 달인이 되느니 펜실베이니아에 안 들어가고 말겠다."

"알았어, 알았어." 드루가 갑자기 멈추더니 한 손을 내밀어 나를 막았다. 손이 배에 세게 부딪혔다.

"아야. 걸어가는데 갑자기 그러면 어떡해."

"좋은 생각이 났어." 드루는 다시 걷기 시작했다.

"생각과 걷기를 동시에 할 수는 없는 거야?" 내가 얼얼한 배를 누르며 물었다.

"조용히 해봐. 잘 들어. 정말 천재적인 생각이라니까. 《놀우드 크로니클》에 들어가는 거야."

"학교 신문부?" 내가 미심쩍어하면서 되물었다.

"그래. 오피니언 칼럼 같은 걸 쓰는 거야. 학교 신문은 토론 클럽보다 영향력이 훨씬 크고, 스포츠와 똑같지는 않지만 비슷하지."

"글쎄."

"대학 입학에도 도움이 될 거고 머라이어를 떼어낼 수도 있을 거야."

"그럴지도."

"숙녀분들." 안뜰을 지나는 우리 뒤쪽에서 레오가 걸어오더니 나와 드루에게 어깨동무를 했다.

드루가 꿈틀거리며 빠져나갔다. "더러워. 방금 샤워했단 말이야."

"요즘 뭐 했어? 네 엑스박스가 외로워하고 있어." 내가 말했다.

"미안. 비교과 활동 때문에 바빠서. 아, 말이 나와서 말인데 너희들의 이 라운드는 어때?" 레오가 물었다.

"언제……?"

"오늘 아침. 우편함 확인해봐."

"네 건 어때?" 내가 물었다.

레오가 내 어깨에 두른 팔을 빼고 교복 재킷 주머니에 손을 넣었다. "아주 순조롭지."

드루와 나는 레오가 내민 카드를 읽으려고 멈추었다.

아이템 #2: 포세이돈 분수의 물고기 조각상 하나

드루가 물고기처럼 입을 뻐끔거렸다.

포세이돈 분수는 극장 앞의 북쪽 잔디밭에 있었다. 커다란 돌 분수인데 가운데에 거품이 이는 파도를 가로지르면서 삼지창을 휘두르는 포세이돈이 있고, 바다에서 튀어 오르는 다섯 개의 청동 물고기 조각상이 포세이돈을 둘러싸고 있다. 물고기들의 벌린 입에서 물이 나왔다. 도와줄 사람이 없으면 레오가 물고기 조각상을 훔치기는 어려울 것이다. 분명 한 명이 들기에는 무거울 테니까. 다행히 레오에게는 내가 있다.

"나쁘지 않네." 내가 레오에게 티켓을 돌려주며 말했다.

레오는 여자 기숙사의 우편물실까지 우리를 따라와서 내 우편함 옆의 벽에 기대섰다.

"무슨 아이템일지 내기 할래?" 레오가 말했다. "윌슨 부인의 비스킷 레시피?"

"흠, 아니면 이번에는 교장 선생님의 사랑하는 핏불을 통째로?"

나는 우편함에서 카드를 꺼내 읽었다.

아이템 #2: 앤드루스 선생님과의 낯 뜨거운 사진

배 속이 꼬이는 것 같았다.

드루가 자신의 우편함을 열면서 내 쪽으로 몸을 기울여 카드를 읽었다.

"불공평해. 앤드루스 선생님을 유혹하라고? 난 에이스를 위해서가 아니라 그냥 하래도 하겠는데."

"넌 뭐야?" 레오가 드루에게 물었다.

드루가 우편함을 열어 카드를 꺼냈다.

"젠장."

"안 좋아?" 내가 물었다.

"직접 읽어봐." 드루가 티켓을 건넸다.

내 뒤에 선 레오도 같이 읽었다.

아이템 #2: 프랭클린 선생님의 삼각법 중간고사 시험지

레오가 낮게 휘파람을 불었다.

"젠장. 이런 걸 받다니 너 누구 심기를 거스른 거야?" 레오가 말했다.

드루와 나는 서로를 쳐다보았다. 렌이다. 드루가 크로스비와 시시덕거리는 것을 알아차린 렌이 게임으로 복수하는 것이다.

부정행위에 대한 놀우드의 무관용 원칙을 생각할 때 시험지를 훔쳐내는 것은 굉장히 위험한 일이었다. 만약 드루가 시험지를 훔치다 발각된다면 무조건 퇴학이었다. 특히 삼각법 시험지라면 훔쳐내기가 더욱 어려웠다. 프랭클린 선생님은 항상 시험 바로 전날 문제를 출제했다. 따라서 미리 시험을 본 학생에게 얻어낸다거나 몰래 컴퓨터에서 빼낸다거나 하는 손쉬운 방법들은 불가능했다. 아니, 불가능한 임무였다.

"모르겠어. 하지만 확실히 위에 있는 누군가가 날 싫어해." 드루가 말했다.

《놀우드 크로니클》 문 앞에 서서 차라리 그 순간에 할 수 있는 다른 일들을 떠올려보았다.

매운 할라페뇨 고추 생으로 한 바가지 먹기.

머라이어와 내 성격장애에 대해 허심탄회하게 대화하기.

도로가 펄펄 끓는 팔월의 이글거리는 더위 속에서 마라톤 하기.

물론 재미있는 일들은 아니지만 내가 지금 하려는 일보다는 나을

것 같았다. 하지만 견디자고 생각하면서 숨을 길게 내쉬고 신문부실 문을 열었다.

내가 상상한 학교 신문부실은 〈그의 연인 프라이데이〉나 〈시민 케인〉, 〈모두가 대통령의 사람들〉 같은 오래된 영화에 나오는 모습이었다. 안경을 쓰고 니트 조끼를 입고 귀에 연필을 꽂은 편집자들이 좁은 책상 사이를 지나 통신원에게로 가서 정보의 출처가 어디인지 묻고 통신원은 절대 밝히지 않기로 약속했다고 말하는 활기 넘치는 공간. 기자들이 타자를 치고 있고, 식은 커피가 담긴 스티로폼 컵이 즐비하고, 전화벨이 울려대는 모습을 상상했다.

하지만 《놀우드 크로니클》 신문부실은 학교 내의 보통 교실과 다를 바 없었다. 단조로운 회갈색 벽, 회색 카펫. 책상과 컴퓨터, 의자 몇 개. 그리고 한쪽에는 여러 종류의 패턴이 들어간 낡은 소파가, 반대쪽에는 철제 서류함이 놓여 있었다. 전반적으로 조용했고 사람도 몇 명밖에 없었다. 대부분은 책상에 앉아 키보드를 두드렸고 몇 명이 소파 구석에 모여 있었다.

"무슨 일로 왔어?"

고개를 돌리자 문에서 가장 가까운 자리에 앉은 낯빛이 창백하고 머리 색이 짙은 여학생이 보였다.

"여기가 《놀우드 크로니클》 맞아?"

"잘나가던 시절에는 그렇게 불렸지." 여학생이 자리에서 일어나 책상의 컴퓨터 너머로 몸을 기울여 악수를 청했다. "편집장 펜 프랭클린이야."

펜은 졸업반이었다. 정식으로 만난 것은 처음이지만 학교에서 종종 보았다.

"난 찰리야. 특별활동으로 신문부에 들고 싶어서. 자리가 있다면 말이야."

펜의 눈이 휘둥그레졌다. 우선 특별활동 신청이 마감되는 주에 자리가 있는지 물어보고 있으니 그럴 만도 했다. 게다가 신문부에서 한 번도 활동한 적 없는 상급생이라니. 특별활동을 하는 학생은 대부분 하급생, 학교생활에 적응하고 자신에게 맞는 자리를 찾으려는 일학년생들이었다. 삼학년들은 이미 자리를 찾은 뒤였다. 일학년 때 가입한 클럽이나 운동부에서 이미 가장 높은 자리로 올라가 있는 것이다. 이를테면 드루는 배구부의 공동주장이고 스티비는 학생윤리위원회 회장이고 레오는 삼학년 회장이었다. 하지만 나에게는 아무런 직함이 없었다.

"어느 부서에 관심 있어?" 펜이 물었다. "기사 작성, 사진, 레이아웃, 마케팅, 세일즈?"

"기사. 당연히 기사 작성."

"자리가 대부분 찼거든." 펜이 머리카락을 귀 뒤쪽으로 넘기며 말했다. "편집자들 중에 널 받아줄 만한 사람이 있는지 확인해봐야 해."

"내가 받을게."

아는 목소리였다. 뒤돌아보면 반짝거리는 완벽한 금발 곱슬머리의 주인공이 보이리라. 하퍼 카트라이트였다.

"특집기사 담당 편집자 자리가 있어." 하퍼가 나를 보며 미소 지었다. 나는 저도 모르게 이를 갈았다.

"잘됐네." 내가 말도 안 되는 핑계를 대면서 도망치기 전에 펜이 말했다. 앞으로 어떤 상황이 펼쳐질지 뻔했다. 물론 서투른 신입 편집자이니 커피 심부름을 하고 아무도 맡지 않으려는 형편없는 기사를 맡으리라는 것쯤은 당연히 예상했다. 하지만 이렇게 되면 이야기가 전혀 달라진다. 하퍼 카트라이트의 손아귀에 들어간다니 견딜 수 없이 싫었다. 하퍼는 돌턴이 가장 최근에 헤어진 여자친구이고 나와 돌턴 사이에 뭐가 있다고 의심하고 있었다.

"좋았어." 하퍼가 말했다. 눈이 사악하게 빛났다. "아이디어 회의를 하는 중인데 같이 가자."

"그거 좋지." 거짓말이었다.

하퍼를 따라 구석으로 가보니 낡은 커피 테이블에 한 무리의 학생들이 둘러앉아 있었다. 소파의 하나 남은 빈자리에 앉았다. 하퍼는 손에 노트를 들고 소파를 마주 보는 안락의자에 앉았다.

"얘는 찰리야." 하퍼가 모두에게 말했다. 주위를 둘러보니 아는 사람이 단 한 명도 없었다. 모두 하급생, 대부분 일학년생이라는 뜻이었다. 다들 순진하고 어리게만 보였다. "찰리는 삼학년이야. 신문부는 처음이니까 너희들이 잘 가르쳐줘."

생색내는 듯한 하퍼의 태도가 민망스러울 정도였지만 나는 모두에게 살짝 손을 흔들고 미소를 지었다.

"핀, 다음은 네 차례인 것 같은데." 하퍼가 노트를 보며 말했다.

"음." 내 옆에 허리를 꼿꼿이 펴고 앉은 핀이 입을 열었다. "이런 기사는 어떨까? 제목은 '교복', 소제목은 '평등을 초래하는가, 분열을 부추기는가?'" 핀은 뭉툭한 손가락으로 허공에 대고 제목을 쓰는 것처럼 매우 커다란 동작으로 말했다. "제목은 놀랍고 생기 넘치지만 알맹이는 우리가 입어야만 하는 끔찍한 교복에 대한 패션과 정치 기사지."

그때 핀의 완벽하게 주름 잡힌 교복 바지와 빳빳하게 다림질된 재킷이 눈에 들어왔다. 가슴 주머니에는 밝은 분홍색 실크 손수건이 접혀 있었다. 나는 눈동자를 굴리지 않으려고 무던히 애써야만 했다. 수업 시간에 폴리에스테르 재킷을 입어야 한다는 사실을 견딜 수 없어서 저항하는, 패션에 집착하는 사립학교 학생이 한둘이던가. 당장 벗어나고 싶다. 이곳에 오다니 역시나 실수였다.

"흥미로운데." 하퍼가 고개를 끄덕이며 노트에 메모했다. "이야깃 거리가 많겠어. 찰리하고 같이 해봐."

"찰리라니, 나 말이야?" 여기에 또 다른 찰리가 있기를 바랐지만 헛된 희망임을 알고 있었다.

"그래, 찰리 너. 바이라인을 둘이 같이 올려도 돼."

첫 번째 기사를 일학년하고 같이? 그것도 전교생이 다 보는 줄무늬와 물방울무늬에 대한 바보 같은 기사에 내 이름이 올라간다고? 펜실베이니아에서 픽도 좋아하겠다.

절대 안 된다.

"있잖아. 다른 좋은 아이디어가 있는데."

"그렇겠지. 우리도 듣고 싶어. 다음 아이디어 회의에서 말이지. 지금은 지면이 꽉 찼거든." 하퍼가 말했다.

하퍼는 탁 소리 나게 노트를 닫고 모두를 보며 미소 지었다.

"이번 주도 모두 잘했어. 기사 기대된다. 금요일 저녁까지 초고 제출하는 거 잊지 말고."

다들 노트와 펜, 노트북을 챙겨서 돌아갔고 옆에 있던 핀이 자리를 고쳐 앉았다. "가서 커피라도 마실래? 기사 개요라도 짜보려고."

"지금은 안 돼. 갈 데가 있거든." 내가 말했다.

사실 여기만 아니라면 어디든 좋았다.

"그래. 그럼 전화번호나 이메일 교환해서 다시 시간 잡자."

하퍼가 문 쪽으로 가고 있었다. 그녀가 가버리기 전에 잘 구슬려서 다른 기사를 맡게 해달라고 해야 한다.

"그러자." 가방에서 종이 귀퉁이를 찢어 학교 이메일 주소를 휘갈겨 건네고 일어섰다. "자, 이메일 보내."

나는 핀이 대답하거나 항의를 하기도 전에 문 쪽으로 걸어가 밖으로 나갔다.

"하퍼!" 내가 부르자 하퍼가 복도를 절반쯤 걸어가다 멈추고 돌아섰다.

"찰리. 네가《놀우드 크로니클》에 들어와서 기쁘다. 저널리즘에 관심 있는 줄 몰랐지 뭐야."

아, 그게 아니야. 사실은 너랑 친해지려고 들어왔어. 나중에 같이 매니큐어도 바르고 서로 머리도 땋아줄까? 이렇게 말하고 싶었다.

하지만 꾹 참았다. 좋게 풀어갈 필요가 있었다.

"응. 그런데 말이야, 좀 더 생각해보고 다음 주 회의 때 아이디어를 내도 될까?"

"핀하고 같이 기사를 맡는 게 걱정스러운 이유가 정확히 뭔지 말해줄래?" 하퍼가 가방을 다른 쪽 어깨로 옮겨 메면서 물었다. 내 답변에 정말로 주의를 기울이는 듯이 눈썹을 찡그렸다.

"하퍼, 솔직히 교복은 현실 감각 없는 바보 같은 기삿거리잖아. 그렇게 지루한 기사도 없겠다."

하퍼가 헛기침을 하면서 내 왼쪽 어깨 바로 위로 시선을 옮겼다. 뒤돌아보니 뒤에 핀이 서 있었다. 귀가 새빨개진 채로.

"실례할게." 핀이 말했다.

나는 아무 말도 하지 않았다. 핀이 지나갈 수 있도록 옆으로 물러나기만 했다.

하퍼는 그저 가만히 서서 모퉁이를 돌아 사라지는 핀의 발소리만 듣고 있었다. 멀리서 문이 열리고 닫히는 소리가 들렸다.

하퍼가 미소를 지었다. "특별활동 신청은 이번 주가 마감이야. 신문부에 들어오고 싶으면 핀하고 같이 기사를 써야만 해."

한숨이 나왔다. "다른 기사를 맡겨줄 순 없어?"

"금요일까지 천 단어 분량으로 써와."

하퍼는 이렇게 말하고 뒤돌아갔다. 비교과 활동을 잘해볼 수 있는 가능성도 함께 사라지고 있었다.

우선 우리는 분수의 조명을 껐다. 달빛 없는 어두운 밤이지만 포세이돈 분수의 조명이 켜져 있으면 라일리 아저씨건 새벽 두시에 순찰을 도는 누구건 몇 백 미터 떨어진 곳에서도 우리의 모습이 보일 터였다.

레오에게는 캠퍼스의 어떤 문이든 열 수 있는 열쇠 꾸러미가 있었다. 에이스가 오든의 로커에 열쇠 꾸러미를 넣어두기 전에 복사를 한 것이다. 덕분에 레오는 극장 스위치를 움직여 조명을 끌 수 있었다.

나는 어둠을 가림막 삼아 옷을 벗고 속옷 차림으로 포세이돈 분수대로 들어갔다. 시월이라 바람이 찼다. 팔과 다리에 닭살이 돋은 상태로 물을 헤치고 바닥에 배수구가 있는 분수 가운데 쪽으로 걸어갔다. 분수에 가득 찬 물이 허리까지 닿았다.

나는 특별히 물을 좋아하지 않았다. 내가 일찍부터 수영에 소질을 보이지 않자 타고난 선수였던 엄마는 실망을 했다.

네 살 때 그리니치의 할머니, 할아버지 집에 있는 실내 수영장에서 부모님이 수영을 가르쳐주었다. 엄마가 나를 잡고 있는 상태에서 내가 발을 차며 앞으로 나아갔다. 하지만 엄마가 놓자마자 물속으로 가라앉아 엄마에게 매달렸다. 엄마는 깜짝 놀라 비명을 지르며 나를 끌어올렸다.

"그렇게 오냐오냐하면서 가르치면 절대 못 배워." 아빠가 수영장 가장자리에 발을 담그고 앉아 말했다.

"때가 되면 배울 거예요." 엄마가 나를 아빠 옆에 올려놓으며 말했다. 그리고 수영장 밖으로 나와 수건으로 몸을 닦았다. "난 기저귀를 떼자마자 수영을 배웠어요. 유전이니까 샬럿도 분명 잘할 거야."

엄마가 내 머리카락을 헝클어뜨렸다.

"저녁 먹기 전에 행크 오빠한테 전화해야 해요." 엄마가 고개를 기울여 물을 빼내며 말했다.

"우린 여기 있을 거지?" 아빠가 나에게 말했다. "예쁜 수영장을 바라보며 저 안에서 헤엄치면 얼마나 멋질까 생각하면서."

"재촉하지 마요, 앨리스테어. 늦게 꽃피는 아이일 뿐이니까." 엄마는 이렇게 말하며 몸을 숙여 아빠의 뺨에 키스했다.

엄마가 간 후 아빠는 물속으로 들어갔다. 몇 걸음 걸은 후 뒤돌아 나에게 두 팔을 내밀었다.

"샬럿. 헤엄쳐서 아빠한테 와보렴."

나는 머뭇거리면서 아빠를 쳐다보았다.

"점프해. 아빠가 잡아줄게."

일어나 나를 향해 뻗은 두 팔을 바라보았다. 별로 멀어 보이지 않았다. 한 번만 폴짝 뛰면 닿을 것 같았다. 그래서 뛰어내렸다.

발이 물에 닿고 머리가 물속으로 들어갔다. 기다렸다. 아빠가 팔을 내밀어 나를 들어 올려주기를, 구해주기를. 하지만 아빠는 그러지 않았다.

내 첫 번째 반응은 도움을 구하는 것이었다. 그래서 아빠를 부르려고 입을 벌렸는데 입안에 물이 가득 찼다.

두 번째 반응은 공황상태에 빠지는 것이었다. 헤엄치려고 두 다리를 마구 발버둥 쳤지만 가라앉기만 했다. 눈을 떴더니 소독약 때문에 따가웠다. 물속에서 고개를 들어보니 손 닿을 정도로 가까운 거리에 서 있는 아빠가 어렴풋이 보였다. 내가 손을 뻗자 아빠는 한 걸음 물러났다. 뭐라고 하는지 알 수 없는 아빠의 목소리가 들렸다. 내 이름을 부르는 것 같았지만 물속이라 분명하게 들리지 않았다.

심장이 마구 방망이질 치고 귓속이 뜨거웠다. 폐가 아팠다. 숨을 쉴 수 없었다.

그때 누군가 뒤에서 나를 잡아 물위로 끌어올렸다.

나는 울면서 소리 질렀다. 숨을 마구 들이마셨고, 앞이 보이지 않았다. 나를 안고 있는 사람이 엄마라는 사실을 잠시 후에야 깨달았다. 엄마는 나를 수영장 밖으로 데려가 이미 젖은 수건으로 감싸고 부드럽게 안았다.

"세상에, 앨리스테어. 도대체 무슨 생각으로 그런 거예요?"

"그냥 뒀으면 헤엄을 쳤을 거야." 아빠가 말했다. 아빠는 여전히 내 뒤쪽 물속에 서 있어서 보이지 않았다. "그냥 뒀으면 알아서 했을 거야. 괜찮았을 텐데."

지금 나는 분수대에 들어가 발로 바닥을 더듬고 있다. 드디어 배수구가 느껴졌다. 심호흡을 한 후 물속으로 들어가 마개를 뽑았다.

"수영하기 딱 좋은 밤이네." 내가 물위로 올라오자 레오가 말했다. 레오도 어느새 물에 들어와 있었고 우리는 함께 앉아 물이 다 빠지기만을 천천히 기다렸다.

물이 다 빠진 후 물고기 조각상을 하나 빼냈다. 조각상은 둘이 들기에도 꽤 무거웠다. 우리는 뒤뚱거리며 조각상을 극장으로 들고 가 소도구실에 놓고 시트를 덮어두었다.

목요일 저녁때까지도 핀에게서 만나서 기사 초고를 쓰자는 이메일이 오지 않았다. 놀랍지 않은 일이었다. 그를 탓하지는 않았지만 내 이름이 함께 들어가는 기사를 혼자 쓰게 할 생각은 없었다. 핀이 내가 전혀 거들지 않았다고 보고해 하퍼가 나를 신문부에서 쫓아낼 핑곗거리가 생기는 더 나쁜 상황도 만들고 싶지 않았다. 하퍼가 나 혼자는 기사를 쓰게 해주지 않으니 핀을 설득하는 수밖에 없었다. 조금이라도 덜 형편없는 새로운 방향으로 접근해보자고. 그래서 목요일 저녁 식당에서 핀을 발견하자마자 피자와 음료수가 담긴 식판을 들고 그의 테이블로 향했다. 평소에 앉는 테이블을 지나칠 때 드루와 눈이 마주쳤다. 드루는 야엘과 스티비, 그리고 레오와 돌턴 패거리로 이루어진 남자애들과 앉아 있었다. 그 테이블을 그냥 지나쳐 핀이 앉은 쪽으로 걸어갔다.

"어디 가?" 드루가 소리쳤다.

내 사회적 파멸, 그리고 굴욕의 정점을 향해. 이렇게 말하고 싶었지만 그냥 어깨를 으쓱하고 눈을 부라리기만 했다.

핀이 앉은 테이블로 힘차게 걸어갔다. 핀은 땀에 젖은 여드름투성이 얼굴의 일학년 남학생들과 앉아 있었다. 다들 신나게 이야기를 나누다가 나를 보자마자 정적에 빠졌다.

"안녕, 핀."

핀이 나를 올려다보았고, 또다시 귀가 빨개졌다. 그는 식판으로 시선을 돌리고 포크로 파스타를 뒤적거렸다. "안녕."

"오랜만이네."

"그래." 여전히 나를 쳐다보지 않는 핀을 보자 안쓰러운 마음이 들었다. 복도에서 그런 말을 들어야 했던 핀에게, 그리고 이런 상황을 견뎌야 하는 나에게도. 그의 마음을 상하게 만든 것과 별개로 내 말은 사실이었다.

"나중에 만날 수 있을까?" 굳이 기사 때문이라는 말은 하지 않았다. 상대를 달래기 위한 미끼를 던져야 하니까. 핀의 친구들이 우리가 다른 이유로 만난다고 생각하게 만들자. 선배와 멋진 데이트를 하는 것이라고 생각하게 만들자.

하지만 핀은 어깨를 으쓱할 뿐이었다. "글쎄. 저녁에 바쁜데."

그렇게는 안 되지.

나도 어깨를 으쓱했다. "괜찮아. 지금 하면 되겠네."

나는 그의 맞은편 자리에 식판을 내려놓았다. 친구들이 한 칸씩 자리를 옮겨주었다.

"안녕, 얘들아. 난 찰리라고 해." 내가 탄산 음료수를 따며 말했다.

"디클랜이야." 핀의 옆에 앉은 남학생이 머리를 약간 흔들어 눈을 가린 머리카락을 헤치며 말했다.

"루크야." 내 옆에 앉은 남학생이 말했다.

"핀하고 난 《크로니클》에 실릴 교복에 대한 기사를 쓸 거야."

나는 엄지 끝부분에 묻은 음료수를 핥은 후 숄더백에서 노트북을 꺼냈다.

핀의 친구들이 있어서 나에게 유리할지도 몰랐다. 친구들 앞에서 이야기를 나누면 그것이 얼마나 바보 같은 기사인지 깨달을 테니까. 새로운 관점이나 실속 있는 주제가 필요하다는 사실까지도.

"기사에 인용문을 넣어도 되겠다." 내가 노트북을 열면서 말했다. "너희들은 교복에 대해 어떻게 생각하니? 폴리에스테르에 찬성이야, 반대야?"

"아니, 이건……" 핀이 눈을 부라렸다. "단순히 폴리에스테르로 재킷의 안감을 대는 게 얼마나 터무니없는 일인지의 문제가 아니야. 난 좀 더 정치적인 방향으로 나가고 싶어."

"교복 재킷의 정확히 어디가 정치적인데?" 내가 물었다.

"생각해봐. 놀우드에서 교복은 사회경제적 차이를 없애려는 목적이야. 하지만 그건 우리 캠퍼스라는 소우주에 집중된 매우 편협한 맥락이지. 예를 들어 우리가 속한 폴스처치나 뉴햄프셔, 나아가 미국이라는 공동체를 기준으로 생각한다면 놀우드의 교복은 평등 장치가 아니라 지위의 상징이야."

흠. 예상한 것과는 다른 관점이네. 나는 교복에 대해 깊이 생각해본 적이 없었다. 다른 사람들에게 내 교복이 어떻게 보이는지도, 내가 어디에 누구와 함께 있는지에 따라 교복에 담긴 의미가 바뀔 수 있다는 것도 생각해보지 않았다.

"심오하다, 친구야." 디클랜이 말했다.

"생각만큼 형편없지는 않네. 아니, 전혀 형편없지 않을지도 모르겠어." 내가 말했다.

"알아. 현실 감각 없는 바보 같은 기삿거리가 아니야." 핀이 말했다.

나는 헛기침을 하고 워드프로세서에서 새 문서를 열었다. "그래, 현실 감각이 없진 않아. 혹시 개요 시작했어?"

핀은 물을 한 모금 마시고 냅킨으로 우아하게 입가를 톡톡 두드렸다.

"어. 문 닫기 전에 도서관에 가서 마무리할 생각이었는데 원하면 같이 가도 돼."

손목시계를 보니 일곱시가 가까웠다.

"그래." 노트북을 닫고 가면서 먹으려고 피자를 냅킨에 쌌다. "얼른 가자. 만나서 반가웠어, 디클랜, 루크."

"나도." 디클랜이 말했다. 식판을 들려고 일어날 때 루크가 핀을 보며 눈을 찡긋하는 듯했다.

핀과 나는 식당 끄트머리의 컨베이어벨트로 식판을 가져갔다. 그릇을 내려놓고 두 짝으로 된 유리문을 지나 식당 테라스로 나갔다. 뒤쪽 잔디밭으로 난 길을 통해 도서관으로 향했다.

"우리 학교 학생들하고 외부 사람들을 인터뷰하자. 자유 연상 같은 걸 해보는 거야. 놀우드 교복 하면 가장 먼저 떠오르는 세 가지 단어를 말해보라고 하는 거지. 잠재의식적인 생각과 함축적인 의미가 튀어나올 거야."

피자를 한 입 베어 물었는데 앞서가던 핀이 갑자기 멈추는 바람에 그와 부딪힐 뻔했다. 핀은 뒤돌아 나를 쳐다보았다.

"나쁜 놈처럼 보이기 싫어서 친구들 앞에서는 말하지 않았는데 바이라인을 선배랑 같이 넣지 않을 거야. 기사는 이미 써뒀고 선배 이름은 안 들어가."

피자가 목에 걸릴 뻔했다. 다 씹지도 않고 삼킨 피자가 목을 긁으며 내려갔다. 눈에 눈물이 고였다.

"내가 하퍼한테 현실 감각 없는 바보 같은 기삿거리라고 해서 그래? 사실은 너 때문에 한 말이 아니었어. 내 기사를 쓰고 싶어서 그랬던 거야. 내가 원래…… 협동에 약해."

"내 기사와 첫 바이라인을 공유하고 싶은 생각은 추호도 없어. 특히 특별활동 신청 기간 막판에 나타나 지옥의 주간은 그냥 지나쳐버린 사람하고는 더더욱."

"지옥의 주간이 뭔데?" 내가 물었다.

"그 기간 동안 신문부 선배들이 새 부원들에게 종이로 만든 바보 모자를 쓰고 다니게 했어. 신문부실 안에서만이 아니라 학교 전체에서. 소극적인 논조로 글을 쓸 때마다 학교 건물을 한 바퀴 돌게 하고, 선배들의 빨래까지 시켰어."

"헉."

"그래. 그런데 선배는 고결한 척 아이디어 회의 때 들어와서는 자기 기사를 쓰겠다고 하고 내 제안을 '현실 감각이 없다'고 치부했잖아. 나도 좋아서 선배랑 기사를 쓰게 된 게 아닌데 말야. 굳이 말하자면 내 기사는 조금 다채로울 거야. 난 일학년이지만 선배는, 선배잖아."

"내가 나라니? 무슨 뜻이야?"

"찰리 캘러웨이잖아." 핀의 입에서 발음되어 나온 내 이름을 듣자 마치 이탤릭체로 강조된 문자를 보는 것 같았다.

"기사를 같이 쓰게 해주면 나도 뭔가를 해줄게. 네가 원하는 게 있을 거야. 친구들한테 나랑 키스했다고 해도 돼."

"나 게이야."

"이런. 내 생각엔 네 친구들이 우릴 보고…… 아까 네 친구 루크가 너한테 윙크하는 것도 봤는데."

"루크는 멍청이야." 핀이 말했다.

"나한테는 꼭 필요한 일이라서 그래. 바이라인을 올리지 않으면 하퍼가 날 쫓아낼 거야. 펜실베이니아에 들어가려면 꼭 신문부 활동을 해야 해."

"미안해."

처음에는 핀이 사과하는 줄 알았다. 마음이 바뀌어서 기사를 같이 쓰자는 줄 알았다.

"미안해." 그가 다시 말했다. "딱 한 단어야. 가끔씩은 사용해봐."

"뭐라고?"

"이걸 사과라고 하지. 뉘우침. 나쁜 행동을 했을 때 느끼는 가책."

"뉘우치는 게 뭔지는 나도 알아."

"과연 그럴까? 난 사과라곤 한마디도 듣지 못했는데. 자기한테 뭐가 필요하고 뭘 해야 되는지만 강조하고 날 조종해서 얻으려고 하잖아. 평소에는 그러면 다 해결됐겠지. 하지만 이번은 아니야."

"핀. 부탁해."

핀은 다시 뒤돌아 걸어가기 시작했다. "미안해." 그가 뒤에 대고 말했다.

하지만 전혀 미안한 것 같지 않았다.

18
앨리스테어 캘러웨이

1997년 봄

아버지와 수석 건축가가 회의실 테이블에 가장 최근의 개발 사업인 머레이힐 설계도를 펼쳐놓고 있었다. 그 지역의 개발 계획 관련 법규를 검토하는 중이었다. 나는 디자인 컨설턴트와 함께 한 공동주택의 뼈대 구조를 둘러보고 돌아온 참이었다. 내가 캘러웨이 그룹에서 처음 책임자로 진행하게 된 프로젝트였다. 건물을 선정해 매각하는 과정부터 관여했고, 이제는 다 쓰러져가는 애처로운 건물을 젊은 전문직 종사자들을 대상으로 하는 고급 월세 아파트로 변신시키는 광범위한 리모델링 공사를 감독하는 중이었다.

내가 회의실로 들어서자 아버지가 얼굴을 들었다.

"테디는?"

"아직 안 왔어요?" 시계를 힐끔 보았다. 두시 삼십분이었다. 테디는 삼십 분 전에 도착했어야 했다. 봄방학을 맞아 뉴욕에 머무르고 있는 테디에게 아버지가 회사에 들르라고 단호하게 말했던 것이다.

평소의 나라면 테디가 모습을 비치지 않은 것을 기뻐했을 것이다. 하지만 그것은 아버지가 머레이힐 프로젝트에서 테디를 내 바로 아래 부지휘관으로 임명하기 전의 일이다. 테디는 오월에 졸업하면 나를 따라다니며 일을 배우기로 되어 있었다. 아버지는 이미 테디의 사무실도 마련해두었다. 모습을 보이거나 말거나 녀석의 자리는 그렇게 준비되고 있었다.

"제가 전화해볼게요. 잠시 실례하겠습니다."

내 사무실로 가는 길에 비서의 책상을 지나치며 말했다. "로지, 테디 전화 연결해줘요."

테디가 늦는 것도 당연했다. 테디와 그레이스는 며칠째 어퍼 이스트 사이드의 내 아파트에 머무르며 뉴욕 시내를 관광하며 지냈다. 나는 가능하면 두 사람을 피하려고 그들이 일어나기도 전에 일찍 출근했다. 이틀은 마고의 집에서 자기도 했지만 마고가 두 명의 의대생과 함께 사는 브루클린의 엘리베이터 없는 삼층 아파트는 너무 작고 불편했다. 그래서 전날은 그냥 집에서 잤다. 밤늦게 침대에 누워 있을 때 두 사람이 돌아오는 소리가 들렸다. 그레이스의 웃음소리가 복도에 울려 퍼졌고 두 사람의 방문이 삐걱거리며 닫혔다. 어둠 속에서 베개로 얼굴을 누르고 두 사람이 함께 있는 모습을 상상하지 않으려 애썼다.

"연결되었습니다." 로지가 문가에서 말했다.

전화를 집어 들었다.

"도대체 어디야? 삼십 분 전에 회사로 와서 새 임대 아파트 건을 검토하기로 했잖아."

"잠깐만." 테디의 목소리가 작아졌다. "네, 미디엄 레어로. 샤도네이 한 잔 주시고요." 잡음과 함께 테디의 목소리가 다시 들렸다. "미안. 무슨 일이야?"

"설마 지금 점심 먹고 있는 건 아니겠지."

"영화 보러 왔는데 이른 시간대가 매진이라 좀 늦게 봤거든. 그래서 점심이 늦었는데 레스토랑에서도 기다리라잖아. 지금 겨우 주문했어."

"당장 택시 타고 와. 지금 당장."

"솔직히 내가 필요한 것도 아니잖아. 그냥 무슨 얘기했는지 나중에 말해주면 안 돼? 나 휴가 중이잖아."

"헛소리 마. 넌 평생이 휴가였잖아. 이제 놀이는 끝났어."

"알겠습니다, 아빠." 테디가 말했다.

"장난 아니다, 테디. 장난은 그만해. 아버지와 유지니아는 평생 존재하는 것만으로 네게 참가상 정도는 줬을지 모르지만 나는 아니다. 이건 내 프로젝트야. 네가 망치게 놓아두면 내가 망한다."

"꽥꽥대는 소리 같네. 전화 연결 상태가 안 좋은가. 아, 에피타이저 나왔다."

"잘 들어, 이 개자식아. 그 따위로……."

테디는 내 말이 끝나기도 전에 전화를 끊어버렸다.

휴대폰이 울렸다. 침대 옆 탁자에 놓인 스탠드를 손으로 더듬었다.

"맙소사." 옆에 누운 마고가 중얼거리며 한 손으로 불빛을 가렸다.

"미안해. 계속 자." 찡그리고 시계를 확인하니 새벽 두시 십팔분이었다. 도대체 이 시간에 누가 전화를? 휴대폰을 집어 드니 테디가 발신인으로 떠 있었다. 엿 먹으라지.

스탠드를 끄고 돌아누워서 마고의 따뜻한 몸을 안아 나에게로 당겼다. 마고가 내 팔을 만지며 몸을 밀착했다.

몇 초 후 다시 휴대폰이 울렸다.

마고는 괴로워하며 베개로 머리를 눌렀다.

휴대폰을 가져와서 받았다.

"지금 배수로에서 죽어가고 있어서 전화한 거라야 할 거야." 내가 말했다.

하지만 수화기에서 들려온 것은 테디의 목소리가 아니었다. 그레이스였다.

"앨리스테어?"

나는 몸을 일으켜 앉았다.

"앨리스테어, 이 시간에 미안해요." 약간 숨이 찬 목소리였다. "누구한테 전화해야 할지 몰라서."

"무슨 일이에요?"

"테디 때문에요. 어디 다친 건 아니에요. 술을 많이 마셨는데 택시 안에서 토하려고 해서 기사가 내리라고 했어요. 상태가 이러니 택시가 잡히지 않아서. 인사불성 상태라 나 혼자 지하철역으로 데려갈 수도 없을 것 같아요. 계속 넘어지는데 너무 무거워서."

"어디예요?" 눈을 비비며 내가 물었다.

"웨스트 빌리지예요. 7번가와 그리니치 사이요."

"그대로 있어요. 데리러 갈게요."

삼십 분 후 로워 맨해튼에 도착했다. 거의 곧바로 두 사람을 발견할 수 있었다. 인도에 웅크린 테디, 추운 삼월의 밤에 안개 같은 입김을 불며 길 잃은 표정으로 서 있는 짧은 코트 차림의 그레이스. 차를 세웠다.

그레이스는 나를 보자 내 이름을 불렀다. "테디가 이런 적은 처음이에요. 몇 시간 전부터 그만 마시고 집에 가자고 했는데 말을 듣지 않았어요."

그녀는 파랗게 변한 입술로 덜덜 떨고 있었다. 추운 새벽에 그녀를 밖에서 떨게 만든 동생을 때려주고 싶었다.

"같이 차에 태우죠." 나는 그렇게만 말했다.

가까이 다가가기도 전에 테디에게서 냄새가 풍겼다. 코트 앞자락에 토사물이 묻어 있고 시큼한 중국 음식 냄새와 와인 냄새가 났다. 그레이스가 테디의 한 팔을 부드럽게 잡았고 내가 다른 팔을 약간 거칠게 붙잡아 차로 데려갔다.

"봄방학인 건 알겠는데 여기는 칸쿤이 아니라고." 내가 테디에게 말했다.

테디는 뒷좌석으로 기어가 쓰러졌다. 그레이스도 따라 탔고 나는 운전석으로 갔다. 차를 출발하기 전에 룸미러로 테디를 보며 건조한 말투로 물었다.

"무슨 일이야?"

하지만 테디는 눈을 감고 웅크린 채 끙끙거릴 뿐이었다.

"아버지 때문이에요." 그레이스가 말했다. "회의에 오지 않았다고 아버지께 전화로 한 소리 들었거든요. 모르겠어요. 얘기가 좋게 끝나지 않았어요."

"아버진 멍청이야." 테디가 신음하며 머리를 창문에 기댔다. "속이 안 좋아."

"창밖으로 머리를 내밀고 있어. 주체 못 할 정도로 마셔댄 너 때문에 아까운 돈 들여 세차할 생각은 없으니까." 내가 말했다.

그레이스가 몸을 기울여 테디가 있는 쪽의 창문을 내려주었다. 얼음처럼 차가운 바람이 들어왔다.

"너무 춥잖아." 테디가 불평했다. 혀가 꼬이고 발음이 엉켰다.

"찬바람 쐬는 게 자기한테 좋을 거야." 그레이스가 테디의 무릎을 쓰다듬으며 말했다. 그리고 나를 향해 덧붙였다. "아버지가 좀 심하긴 하셨어요."

"테디의 애처로운 척하는 연기에 속지 말아요. 심한 말 몇 마디 정도로는 한참 부족하니까."

테디는 그레이스 쪽으로 다가가 그녀의 무릎에 머리를 누였다. 눈이 감겼다. 그레이스는 테디의 머리카락을 쓸어주며 알 수 없는 선율을 작게 흥얼거렸다.

살면서 동생을 부러워한 적이 한 번도 없었다. 하지만 지금은 부러웠다.

테디가 알아듣지 못할 말을 중얼거렸다.

"뭐라는 거죠?" 내가 물었다.

"장미나무라고 한 것 같은데요?" 그레이스가 말했다.

"장미나무 때랑 똑같아." 테디가 꼬이는 발음으로 말했다. 몇 분 후에는 조용해졌다. 잠든 모양이었다.

"장미나무라니 무슨 말이에요?" 그레이스가 나에게 나직한 목소리로 물었다.

룸미러로 그녀와 눈이 마주쳤다. 나는 곧바로 시선을 돌렸다.

"어릴 때 아버지가 나에게 유지니아가 아끼는 장미나무를 자르라고 시킨 적이 있어요." 하트퍼드 플라워 앤 가든 쇼에서 삼 년 연속 상을 받은 유지니아가 가장 아끼는 장미나무였다. 나는 그날을 생생하게 기억하고 있었다. 눈에 땀이 들어갈 정도로 더운 날씨와 원예 가위로 장미나무의 아래쪽을 자를 때 손바닥을 찌르던 가시들.

"내가 나무를 자르고 있는데 테디가 달려오면서 그만두라고 소리쳤어요. 당연히 난 그만두지 않았죠. 아버지가 나에게 맡긴 일이니까. 어쨌든 테디와 난 싸웠죠."

그 싸움도 기억났다. 우리는 주먹으로 배를 힘껏 때리고 정강이를 발로 차면서 함께 땅바닥으로 굴렀다.

"난 결국 장미나무를 잘랐고 그날 테디에게는 저녁 식사가 금지되었죠."

"둘이 싸운 것 때문에요?" 그레이스가 물었다.

"아뇨. 아버지가 장미나무를 살리라고 했는데 테디가 실패했기 때문이죠."

"이해가 안 가요. 당신에게는 나무를 자르라고 하셨다면서요."

"그래요. 나한테는 장미나무를 자르라고 했고 테디에게는 살리라고 한 거죠."

"왜죠?"

"누가 이기나 보고 싶으셨던 것 같네요."

"잔인해요."

나는 어깨를 으쓱했다. 테디도 그렇게 생각했지만 나는 그렇지 않았다.

내 증조부는 빈털터리로 미국에 왔다. 아껴서 모은 돈으로 뉴욕의 미트패킹 디스트릭트에 공장을 사서 상당한 재산을 축적했다. 여섯 아들 중 막내였지만 형들을 제치고 재산을 물려받은 할아버지는 그 재산으로 캘러웨이 그룹을 만들었다. 그리고 아버지는 그 회사를 뉴욕에서 가장 큰 부동산 기업으로 키워냈다. 아버지는 나와 테디가 가만히 앉아 현상 유지만 하는 것이 아니라 주어진 것을 더 크게 만들기를 원했다. 당신이, 당신의 아버지가 그랬듯이. 스스로 일궈내라고.

"아버지는 다윈주의자예요. 강자만이 살아남고 약자는 사그라진다고, 모조리 제거된다고 생각하죠."

"당신도 그렇게 생각하나요?" 그레이스가 물었다.

다시 룸미러로 그녀와 시선을 마주쳤다. 어렸을 때는 아버지를 우러러보았고 아버지처럼 되고 싶었다. 이기적이 되라고, 원하는 것은 흔들리지 않는 끈기로 반드시 손에 넣으라고 가르쳐준 것도 아버지였다. 그래야만 이기고 앞서가고 아버지만큼 이룰 수 있다고. 그 믿음을 위해 희생한 것들을 생각했다. 절대로 돌이킬 수 없는 것들. 그 믿음이 없으면 나는 누구이고 무엇일까?

"아버지가 틀린 건 아니에요." 나는 그렇게만 말했다.

거울에 비친 그레이스의 얼굴이 내 시선을 잡아끌었다. 그녀는 깊은 생각에 잠긴 슬퍼 보이기까지 하는 얼굴이었다.

"그럴지도요." 그녀가 잠시 사이를 두고 말했다. "하지만 그렇게 살면 너무 외로울 것 같아요."

19
찰리 캘러웨이

2017년

눈부신 빛이 나를 깨웠다. 문 쪽을 보니 드루가 조명 스위치를 켠 것이었다. 알람 시간보다 늦잠을 잤다는 생각에 깜짝 놀라며 침대 옆 탁자에 놓인 시계를 보았다. 아직 여섯시 삼십분이었다. 한 손으로 눈을 가렸다.

"드루, 불 좀 꺼줄래?" 내가 갈리지는 목소리로 부탁했다.

폴짝 두 번 뛰는 소리가 들리더니 드루가 내 침대로 올라왔다.

"네가 자랑스러워! 나의 에드워드 R. 머로(1950년대 매카시즘과 맞서 싸운 미국의 언론인—옮긴이)!"

"무슨 소리야?" 내가 몸을 일으키며 물었다.

"너. 네 기사."

아침 달리기를 하고 온 드루는 운동용 반바지와 티셔츠 차림이었고, 하나로 묶어 쪽찐 머리가 헝클어져 있었다. 그녀가 뺨이 아직 상기된 채로 들고 있던 신문을 내밀었다.

"커피 마시러 가다가 발견했어. 정말 훌륭해, 찰리. 정말이야. 두 번 읽었어."

나는 받아든 신문을 읽었다.

보기에 따라 달라진다
핀 매킨타이어, 찰리 캘러웨이

핀이 내 이름을 바이라인에 같이 넣었다. 그런데 왜지?

"난 간단히 샤워를 해야겠어. 그다음에 같이 아침 먹으러 가자, 응?"

"그래." 내가 잠을 깨려고 눈을 비비며 말했다.

드루는 문에 달린 고리에 걸린 수건과 목욕 가방을 챙기고 콧노래를 부르며 방을 나갔다. 드루가 나가기를 기다렸다가 기사를 읽기 시작했다.

"찰리, 다음엔 네가 말해볼래?" 하퍼가 노트 위로 펜을 들며 말했다.

특집기사팀이 신문부실의 커피 테이블에 둘러앉아 회의를 하는 중이었다. 나는 또다시 소파에 앉고 핀은 테이블 맞은편 책상에서 끌어온 회전의자에 앉았다. 그는 회의 내내 내게 눈길 한번 주지 않았다. 눈을 마주치려고 내가 계속 핀을 쳐다보았기 때문에 알 수 있었다.

"그래. 놀우드에 전해 내려오는 괴담을 다루고 싶어. 캠퍼스의 신화를 파헤치는 거지. 그 괴담들이 어디에서 생겼고 우리에 대해 무엇을 말해주는지, 사라지지 않고 지속되는 이유가 무엇인지 말이야."

"흥미롭네. 사례 있어?" 하퍼가 물었다.

"전교생이 아는 놀우드의 유령이 있지. 하지만 그 학생이 실제로 캠퍼스에서 죽었는지, 언제부터 퍼진 괴담인지는 아무도 모르잖아."

아빠의 졸업기념 앨범에서 '추모' 페이지를 본 후로 죽은 제이크 그리핀에 대한 생각이 머릿속을 떠나지 않았다. 정확히 무슨 일이 있었던 걸까? 캠퍼스를 떠돈다는 유령이 그일까?

"마음에 들어. 네가 단독 기사로 써봐, 찰리."

"있잖아, 취재가 필요한 기사라 이번에도 핀하고 같이 하고 싶은데."

나는 핀을 힐끔 보았다. 그가 시선을 내 쪽으로 향하다 나와 눈이 마주치자마자 돌려버렸다. 그의 귀가 또다시 빨개졌다.

"저번에 팀워크가 좋았거든." 내가 말했다.

"좋아. 그렇게 해." 하퍼가 승낙했다.

회의가 끝난 후 가방에 노트를 넣고 아직 짐을 챙기고 있는 핀에게로 다가갔다.

"내 이름 넣어준 거 말이야, 꼭 안 그래도 됐는데." 나는 다른 사람들에게 들리지 않도록 작게 말했다.

핀은 어깨를 으쓱했다. "선배가 낸 자유 연상 아이디어가 좋아서 활용했거든. 이름을 올리는 게 맞는다고 생각했어."

"고마워." 내가 말했다.

핀이 나를 바라보았다.

"이번에 나랑 같이 할 필요는 없어." 그가 말했다.

"난 그러고 싶어. 보상이라는 거지. 망친 상황을 바로잡는 거. 하지만 기삿거리가 마음에 안 들고 다루고 싶은 기사가 따로 있다면······."

"아니. 마음에 들어. 훌륭한 기사가 될 거라고 생각해. 재미만 있다면 유령 이야기를 싫어하는 사람은 없잖아?"

다음 날 오후 사진학 개론 수업이 끝나고 모두가 교실을 나가는 동안 나는 꾸물거리며 남았다. 앤드루스 선생님은 파워포인트를 끄고 장비를 치우느라 늘 마지막까지 남아 있었다. 노트북을 천천히 숄더백에 넣고 문 위에 걸린 시계를 보았다. 네시 십오분. 레오가 네시 이십오분에 창밖의 사각형 안뜰에서 아이폰을 들고 대기하기로 되어 있었다. 레오는 교실 창문으로 앤드루스 선생님과 나의 끈적끈적한 포옹 장면을 찍을 것이다.

"선생님, 지난 주말에 찍은 스틸 사진 좀 봐주실래요?" 내가 높은 실험용 테이블에 사진을 올려놓고 그 옆에 서서 물었다. 일부러 창문을 등지고 섰다. 레오가 찍을 사진에 내 얼굴이 적나라하게 나오게 하기 싫었다.

"물론이지." 앤드루스 선생님이 다가와 내 옆에 섰다. 사진을 보려고 몸을 숙이는 선생님의 팔이 내 팔을 스쳤지만 나는 팔을 움직이지 않았다. 그저 가만히 서서 팔을 더욱 밀착시켰다.

바로 그 순간 힘이 생긴 듯한 기분이었다. 남자가 여자를 차지하려고 할 때 이런 기분을 느낄까? 사냥감을 쫓는 사냥꾼이 된 기분일까?

"선생님이 설명해주신 구도의 세 가지 법칙을 적용시키려고 했어요." 이렇게 말하며 선생님에게 한 걸음 다가섰다. 숙였던 몸을 일으킨 선생님은 나와 테이블 사이에 서서 창문을 향하고 있었다.

"정말 그렇네. 잘했구나."

"감사합니다." 속눈썹을 살짝 치켜뜨며 내가 말했다. "훌륭한 선생님이 가르쳐주신 덕분이죠."

나는 까치발을 하고 선생님의 목에 팔을 감으며 키스했다. 선생님은 움직이지 않았다.

"찰리……." 내가 입술을 떼자 앤드루스 선생님이 말했다. 그가 목에서 내 팔을 떼어냈다. "네가 뭔가 잘못 생각한 것 같구나. 난 네 선생이야."

"알아요." 나는 선생님에게 몸을 기울이고 셔츠의 첫 단추를 만지작거리면서 입꼬리를 올려 교태 부리는 미소를 지었다. 드루가 크로스비를 보고 그렇게 웃는 모습을 수없이 본 터였다. "저에게 가르쳐주실 게 많을 것 같은데요."

그의 눈을 바라보았다. 지난여름에 세드릭 로스가 서재 소파에 누운 내 위로 올라와 지었던 바로 그 표정이 나올 거라고 생각했다. 반쯤 감은 눈에 반쯤 벌린 입술로 널 원한다고 말하는 듯한 표정 말이다. 하지만 그런 표정은 없었다. 오히려 앤드루스 선생님은 실망한 표정이었다.

"그러지 마라, 찰리. 그렇게 자신을 하찮게 보지 마. 넌 훨씬 소중한 사람이야."

선생님은 나에게서 떨어졌다. 레오의 아이폰 카메라가 내 쪽을 향하고 있는 창문을 힐끔 돌아보았을 때는 더 이상 힘이 느껴지지 않았다. 대신 오랫동안 느껴보지 못한 감정이 몰려왔다.

수치심이었다.

그날 저녁 학교 식당에서는 여자 친구들하고만 앉았다. 음식을 계속 깨작거리기만 했다. 점심 때 있었던 사건 이후로 식욕이 없었다. 가벼운 유혹이었을 뿐인데 어째서 나 자신이 최악 중에서도 최악으로 느껴지는지 알 수 없었다. 순간 스티비와 야엘이 뭔가를 기다리는 표정으로 나를 쳐다보고 있음을 깨달았다.

"왜?" 내가 물었다.

"안 듣고 있을 줄 알았다니까." 스티비가 말했다.

"너희 둘, 남자들이 없다고 그렇게 노골적으로 대화에 끼지 않으면 안 되지." 야엘이 꾸짖었다.

맞은편에 앉은 드루도 음식을 먹지는 않고 포크로 뒤적이고만 있었다.

"미안. 피곤해서." 내가 말해다.

"긴장 풀어. 그냥 해본 말이야. 냉동 요구르트 먹을 사람?" 야엘이 말했다.

"나!" 스티비가 손을 번쩍 들었다.

"난 됐어." 드루가 말했다.

"나도 됐어." 내가 말했다.

스티비와 야엘이 자리를 뜰 때까지 기다렸다가 테이블 아래로 드루를 쿡 찔렀다.

"돌턴이 목록 달래." 내가 낮은 목소리로 말했다.

"무슨 목록?"

"수업 신청 목록. 지난주에 너한테 내 목록을 보냈는데 네 건 못 받았어."

"아, 맞다. 미안. 아직 확인 못 했어."

"음, 그래." 드루가 왜 저렇게 미적거리는지 알 수 없었다. 다음 학기에 원하는 수업을 신청하는 우선권이 주어졌고 서로 시간표를 맞출 수 있는 기회인데, 그걸 외면하고 있다니.

"그냥 돌턴에게 네 목록만 주지 그래? 기한 넘으면 안 되잖아. 네 목록이 나한테 있으니까 그걸 보고 내 시간표를 짜볼게." 드루가 말했다.

"무슨 일 있어?"

"어? 아, 그냥 편두통 때문에."

드루는 정신이 딴 데 팔린 듯 피하는 듯 이상하게 굴고 있었다. 드루의 편두통은 내가 피곤하다고 한 것처럼 뻔히 보이는 평계였다.

"프랭클린 선생님의 시험지를 어떻게 훔쳐낼지 생각해봤어?" 내가 대수롭지 않게 물었다.

"아, 응."

"도움 필요해?"

"아니, 다 생각해뒀어. 고마워."

"어떤 방법인지 얘기 안 해줄 거야?"

"얘들아, 반가운 소식이 있어." 스티비가 냉동 요구르트 그릇을 세 개나 들고 테이블로 돌아와 앉으며 말했다. "모카 미드나이트 매드니스 맛이 돌아왔다."

스티비는 요구르트 그릇 하나를 맞은편의 내 쪽에 놓아주고 하나는 드루 쪽으로 밀었다.

"내가 숟가락 가져왔어!" 야엘이 테이블에 숟가락을 내려놓았다.

"맛있겠다." 드루가 미소 지었지만 거짓 미소임을 알 수 있었다. 숟가락을 집어 든 그녀는 나에게서 시선을 피했다. 야엘과 스티비가 돌아오지 않았어도 드루가 내 질문에 답하지 않으려 했을 것이라는 이상한 생각이 들었다.

그날 밤 돌턴의 방에서 앤드루스 선생님의 사진학 개론 수업에서 우리가 함께 하게 된 과제에 필요한 리서치를 했다. 우리는 혁신적인 시도를 하고 있는 현대 사진작가들에 대한 리포트를 써야 했다.

저녁 식사 이후부터 통금 이전까지(평일 저녁 일곱시부터 아홉시까지)인 자습 시간에는 여학생도 남학생 기숙사에 출입할 수 있었다. 하지만 반드시 방문을 열어놓고 항상 바닥에 세 개의 발이 위치해야 한다는 규칙이 있었다. 나는 침대에 돌턴과 나란히 앉아 있었다. 벽에 등을 기대고 한쪽 다리는 접고 한쪽 다리는 바닥으로 내렸다. 과제에 집중하려고 했지만 자꾸 앤드루스 선생님이 생각났다. 돌턴에게 사진에 대해 물어보고 싶었지만(에이스가 왜 그런 낯 뜨거운 사진을 원할까?) 어떻게 말을 꺼내야 할지 막막했다. 게다가 돌턴이 그 사진의 용도를 말한다면 에이스의 신의를 저버리는 것이 될 터였다. 돌턴을 그런 입장에 처하게 만들고 싶지는 않았다.

한편으로 선량해 보이는 앤드루스 선생님을 그런 사진으로 협박하거나 파멸로 이끄는 것은 잔인한 일처럼 느껴졌다. 하지만 또 한편으로 나에게는 선택권이 없었다. 만약 내가 실패하면 에이스는 나와 레오의 사진을 퍼뜨릴까? 그렇게 되면 내가 겪게 될 공개적인 망신은 둘째 치고 아무 잘못 없는 레오까지 고통을 겪게 될 것이다. 레오가 그런 일을 겪게 할 수는 없다.

"이제 그만 현실로 돌아와, 찰리."

"응?"

"뒤숭숭해 보여서. 무슨 일 있어?"

"아니. 아무 일 없어." 나는 거짓말을 했다.

"이 사람 어때?" 돌턴이 물었다. 그의 노트북 화면을 보려고 옆으로 가까이 갔다. 어깨가 닿자 그의 어깨가 경직되는 것이 느껴졌다.

"이 작가는 자연광만으로 사진을 찍는대. 다음 주 수요일에 웨스트 빌리지에서 전시회가 있어. 전시회 후에 질의응답 시간도 있대. 가볼까? 작가의 말을 리포트에 인용하면 추가 점수가 있을 텐데."

"좋아. 작품에서 공과 사의 구분을 어디에 두는지 물어봐야겠네." 내가 비아냥거리듯 말했다.

"아주 흥미로운 생각이네요, 캘러웨이 양." 돌턴은 사진학 개론 첫 수업 때 앤드루스 선생님과 내가 나눈 대화를 흉내 내는 것이 분명했다. "윤리와 예술은 항상 새로운 깨달음을 주는 토론 주제죠."

웃음을 터뜨리려고 돌턴 쪽으로 고개를 돌리니 돌턴이 나를 보며 미소 짓고 있었다. 서로 십 센티미터도 떨어지지 않은 거리였다. 숨이 턱 막히는데, 돌턴이 다가와 내게 키스했다.

"오래전부터 하고 싶었어."

"얼마나 오래전?"

"네가 일학년 때 식당에서 오만한 리비 윙클러더러 허세만 가득하다고 했을 때부터."

"그 선배는 자기밖에 모르는 사람이었어. 다들 속으로 싫어했지."

"그래도 일학년이 졸업반한테 그렇게 대놓고 말하는 건 대담한 일이지."

돌턴은 무릎에서 노트북을 내려놓고 내 턱을 어루만졌다. 턱을 따라 움직이던 손이 목덜미에 이르자 그가 나를 잡아당겨 이번에는 훨씬 덜 부드럽게 키스하며 거칠게 머리카락을 움켜쥐었다. 아프면서도 흥분되었다. 마침내 돌턴이 떨어졌을 때는 그가 내 폐에서 산소를 다 빨아낸 기분이었다. 그런 키스는 처음이었다.

"이건 사진학 개론 첫날부터 하고 싶었어."

"그래?" 내가 한쪽 눈썹을 치켜올렸다. 약간 숨이 찼지만 애써 숨겼다. 그가 나에게 끼친 영향을 알게 하고 싶지 않았다. 계속 우위를 점하고 싶었다. 장난스럽게 그의 셔츠 단추를 풀기 시작했다. 그의 입이 약간 벌어졌다. 눈빛에 갈망이 드러났다. "포커에서 지고 나서는 뭘 하고 싶었어?" 내가 물었다.

"반칙 써서 이겨놓고." 돌턴이 낮은 목소리로 웃으며 말했다.

"내가 신사적이지 않았다는 건 인정해. 하지만 네가 조금만 덜 신사적이었다면 이겼을 거야."

"내가 항상 신사적인 건 아니야." 돌턴이 말했다.

"보면 믿어줄게."

돌턴이 나를 침대로 쓰러뜨렸다. 한 손으로 내 손을 잡아 머리 위로 누르고 내 위에 올라와 키스했다. 다른 손은 목을 따라 쇄골을 지나 가슴과 배꼽을 스쳤다. 그리고 손이 셔츠 안으로 들어왔다. 따뜻한 살이 서로 맞닿았다.

그때 방문이 쾅 닫히고 돌턴이 나에게서 휙 떨어졌다.

"젠장."

그가 가서 문을 열고 밖으로 나가 복도를 쳐다보았다. 나는 침대에서 일어나 앉아 머리를 정리했다.

"이상하네." 돌턴이 안으로 들어오며 말했다. "바람이었나 봐."

"그만 가야겠어. 어느 작가로 할지도 정했고."

나는 노트북을 들고 나머지 물건들도 챙기기 시작했다.

"그래. 네 방까지 바래다줄게." 돌턴이 말했다.

통금이 가까웠지만 드루는 아직이었다. 그래서 침대에 앉아 노트북으로 사진학 개론 리포트를 위해 선택한 사진작가에 대해 찾아보며 메모를 했다. 침대 옆 탁자에 그대로 놓인 엄마의 사건 인터뷰가담긴 USB 드라이브가 계속 신경 쓰였다.

인터뷰를 듣는 것 자체가 아니라 누구의 인터뷰를 들었는지가 실수였는지도 모른다. USB 드라이브를 꽂고 외할머니의 인터뷰를 클릭한 후 헤드폰을 꼈다. 인터뷰의 전반부는 그리어 작은엄마의 경우와 마찬가지로 엄마의 성격과 인성에 대한 질문이었다. 당연히 외할머니의 이야기는 작은엄마의 이야기와 대단히 다르고 훨씬 긍정적이었다. 그리고 린치 씨가 외할머니에게 엄마와 아빠의 관계에 대해물었다.

"그레이스는 앨리스테어를 진심으로 생각해요. 처음에는 평소와달리 소용돌이처럼 갑자기 시작된 관계였죠. 그레이스는 제이크 이후로 누구한테도 마음을 열지 못했거든요."

"제이크요?"

"예, 제이크 그리핀. 고등학교 시절 남자친구예요. 한 동네에 살았죠. 어려서부터 친구였어요."

제이크 그리핀. 낯익은 이름이었다. 어디서 들었지?

"착하고 똑똑한 아이였죠." 외할머니가 계속 말했다. "뉴햄프셔인가에 있는 기숙학교에 다녔어요. 전액 장학생으로. 그런데 어린 나이에 세상을 떠났죠. 그레이스가 아직 고등학생일 때, 그러니까 열여섯 살 때였을 거예요. 어릴 때죠. 애가 충격이 컸어요. 이겨내는 데 오래 걸렸죠."

뉴햄프셔의 기숙학교? 죽은 남학생?

온몸에 소름이 끼쳤다. 제이크 그리핀. 들어본 적은 없지만 본 적이 있는 이름이었다. 아빠의 졸업기념 앨범 '추모' 페이지에서. 제이크 그리핀, 죽은 학생, 캠퍼스의 사각형 안뜰에서 아빠와 어깨동무를 하고 카메라를 보며 미소 짓던 남학생. 그 사진에 제이크 그리핀과 앨리스테어 캘러웨이라는 설명이 달려 있었다.

내가 알고 있는 모든 조각을 모아 맞춰보았다. 이 조각들이 무슨 의미인지.

1. 엄마는 제이크 그리핀과 사귀었다.
2. 그때 아빠는 제이크 그리핀과 친구였다.
3. 같은 해에 제이크 그리핀이 죽었고
4. 십칠 년 후 엄마는 흔적도 없이 사라졌다.

이것들이 아무런 의미도 없을 가능성이 있을까?

20
그레이스 페어차일드

1997년 봄

졸업식에서 나는 테디의 가족과 마고와 함께 앉았다. 테디는 학사모와 가운을 입고 무대로 걸어가 졸업장을 받았다. 다른 가족들은 일어나 사진을 찍었지만 우리는 정중하게 앉아 있었다. 유지니아가 고용한 사진사가 무대 근처에 앉아 모든 것을 기록했다. 유지니아는 모두를 두 시간 일찍 오게 하여 학사모와 가운 차림의 테디와 함께 캠퍼스의 가장 풍경 좋은 곳에서 사진을 찍었다. 다른 졸업생들이나 그 가족들과 섞여 거칠게 떠밀려 다닐 필요가 없도록. 그녀가 한 시간 동안 땡볕에 앉아 있는 모습이 아니라 메이크업과 머리 손질을 막 받고 온 상태 그대로 사진을 찍고 싶어서 그런 것이라는 생각도 들었다.

나는 졸업식에 입고 가려고 옷을 새로 샀다. 삭스 오프 피프스 애비뉴에서 세일가로 구입한 연한 핑크색 원피스였다. 언젠가 올리비아에게 들어본 명품 브랜드였다. 몸에 꽉 붙지만 네크라인이 심하게 파이지 않았고 무릎에서 조금 올라간 길이였다. 잘 어울려서 만족스러웠지만 사진을 찍으려고 포즈를 잡는 순간 불안한 생각이 들었다. 원피스가 너무 얇아서 속이 비치면 어쩌지? 형광등 조명이 흐릿한 탈의실에서는 괜찮았지만 환한 태양 아래 서 있으니 걱정이 되었고, 만약을 대비해 속치마를 살 생각을 하지 못한 자신이 원망스러웠다.

밴드의 연주가 시작되고 졸업생들이 졸업장을 들고 자랑스럽게 통로를 행진할 때 테디의 아버지가 내 쪽으로 몸을 숙였다.

"예약 시간에 늦겠구나." 그는 찡그리면서 손목시계를 보았다. 졸업식이 늦게 시작하는 바람에 유지니아가 준비한 완벽한 계획이 위태로워진 것이다.

"앨리스테어, 기다렸다가 동생이랑 같이 오렴." 유지니아가 졸업식 식순표로 부채질을 하며 말했다. "우린 레스토랑에 먼저 가 있으마."

마고는 한 손을 앨리스테어의 팔에 올린 채 다른 손에 든 식순표로 미친 듯이 부채질을 했다. "난 어머님, 아버님이랑 갈게. 일 분만 더 있다간 열사병 걸릴 것 같아."

"전 같이 기다릴게요." 내가 자원해서 말했다.

앨리스테어가 고개를 끄덕였다. "가서 테디 찾아봐요." 그는 양손을 양복 주머니에 넣고 나에게 말했다. "난 화장실 다녀올게요."

졸업생들과 학생들로 북적거리는 캠퍼스의 산책길 쪽에서 간신히 테디를 발견했다. 그는 산책길에서 살짝 벗어난 곳에 친구들과 있었는데 다들 등을 보인 채 반원 형태로 모여 무대 쪽을 보고 서 있었다. 그중 두 명은 나도 아는 친구였다. 그레이엄 파크, 닉 쳉. 테디와 함께 시내에서 만나 영화를 보고 초밥을 먹으러 간 적이 몇 번 있었다. 예의 바르고 유쾌한 남자들이었다. 다른 한 친구는 큰 키에 마르고 주근깨가 있었다. 내가 있는 쪽으로 살짝 몸을 돌리고 있어 옆얼굴이 보였다. 누구인지 기억해보려 했지만 만난 기억이 없었다.

"내 생각에 진정한 챔피언은 테디야." 닉이 테디의 등을 두드리며 말했다.

"닉이 아까 알려줘서 나도 봤어. 분수 옆에서. 핑크색 원피스 입고 있던데. 아직도 섹스를 안 했다니 믿어지지 않는다." 키 큰 친구가 말했다.

나는 걸음을 멈추었다. 내 이야기인 것을 알고 가슴이 철렁했다. 갑자기 알몸이 된 기분이었다. 발가벗고 걷는 나를 모든 사람이 다 쳐다보고 있음을 돌연 깨닫게 되는 악몽 같았다.

"이번 판은 기권한다니까." 테디가 말했다.

"헛소리 하지 마. 부전승으로 이기긴 싫어. 한번 점검해보자. 닉?"

"테디가 제타 시그마로 일 타 명중, 프랑스 교환학생으로 이 타 명중, 경제학과 조교로 삼 회 명중." 닉이 테디가 여자들을 정복한 횟수를 손가락으로 세면서 말했다. 나와 사귀는 동안의 일일까? 아니면 그 전에?

"그리고 동네녀로 홈런을 쳤지." 키 큰 친구가 말했다.

동네녀. 나에게는 이름조차 없었다.

"그냥 인정해. 잔 거 맞잖아."

테디가 어깨를 으쓱했다. 웃고 있었다. 얼굴은 보이지 않았지만 어깨가 흔들리는 것으로 알 수 있었다.

"묵비권을 행사하지." 테디가 말했다.

우리 사이의 가장 사적인 이야기를 저 키 큰 주근깨와 친구들에게 떠벌리는 테디의 모습에 구역질이 났다. 그것도 농담이나 게임이라도 되는 양.

닉이 테디의 팔을 의기양양하게 치켜들었다. "테디 승!"

"위대한 자여, 소인들은 미천합니다." 키 큰 주근깨가 테디에게 절하는 흉내를 냈다.

자리를 뜨고 싶었지만 몸이 움직이지 않아 그대로 서 있었다. 그때 테디가 뒤돌아 나를 보았다.

차마 입 밖으로 나오지 않은 말들이 내 얼굴 표정으로 다 나타난 모양이었다. 나를 보는 순간 테디의 얼굴에서 미소가 사라지고 핏기가 가셨다.

"그레이스."

뒤돌아 빨리 걸었다. 하이힐이 잔디밭에 걸려서 약간 휘청거렸다. 그가 쫓아와 내 팔을 잡아 억지로 세웠다.

몇 걸음 떨어진 곳에서 그의 친구들이 여전히 반원으로 서서 우리를 쳐다보고 있었다.

"만지지 마." 팔을 빼려고 했지만 그의 손에 더욱 힘이 들어갔다. 그의 손가락이 내 팔에 파고들었다. 아파서 얼굴을 찡그렸다.

"그레이스, 내가 다 설명할게." 마치 우리 사이를 원래대로 돌려줄 설명이 있기라도 한 듯 그가 말했다. 하지만 그럴 리 없었다. 그런 설명은 있을 수 없었다.

"내 몸에서 손 떼라고." 내가 다시 말했다.

"무슨 말을 들었는지 모르겠지만," 테디가 친구들을 힐끔 돌아보고는 목소리를 낮추었다. "저 멍청이들 말은 믿지 마. 그냥 실없는 소리 한 거야. 멍청이들이야. 아무 의미 없는 말이라고."

"아니, 아무 의미가 없는 건 나겠지. 내가 너한테 장난이었어? 놀이였어?"

"그렇지 않아." 테디가 거칠게 말했다. "아니야. 넌…… 우리 사이는……" 그는 말을 멈추고 심호흡을 했다. 정말로 상처 받은 표정으로 나를 쳐다보았다. "진심이었어. 너하고 나는. 맹세해. 그레이스, 난 널 사랑해."

나는 열 살 때 행크 오빠가 뒷마당에서 가르쳐준 대로 했다. 엄지를 밖으로 내밀어 주먹을 쥐고 뒷발에 무게를 싣고 곧장 그의 얼굴로 날렸다. 주먹이 바람을 가르고 힘 있게 부딪히는 소리가 났다. 테디는 헉 소리와 함께 곧바로 내 팔을 놓고 앞으로 몸을 숙였다.

"젠장." 테디가 코를 잡았다. "젠장."

나는 그가 괜찮은지 확인하지도 않고 곧바로 뒤돌아 달렸다.

앞이 제대로 보이지 않았다. 가장 가까운 건물의 모퉁이를 돌면서 누군가와 세게 부딪혔다. 넘어지면서 하이힐 신은 발목이 접질려 뜨겁고 날카로운 통증이 느껴졌다.

"이런, 괜찮아요?" 남자가 물었다.

고개를 들어보니 앨리스테어였다. 우리는 동시에 서로를 알아본 듯했다. 그의 눈빛이 반짝이며 얼굴이 환해지는 것이 보였다. "지금 찾으러 가는 중이었는데." 그가 말했다.

그러고 나서 내 눈빛에 담긴 감정을 읽은 그의 얼굴이 어두워졌다.

"괜찮아요?"

질문에 뭐라고 대답해야 할지 알 수 없었다.

"다 거짓이었어요. 전부 다."

횡설수설하고 있다는 것을 알았지만 멈출 수가 없었다.

쓰라린 발목을 부여잡고 천천히 일어서 발에 무게를 실어보았다. 괜찮았다. 살짝 삔 것일 뿐 걸을 수 있었다.

나를 부르는 소리기 들려 얼굴을 돌려보았다. 테디가 나를 찾고 있었다. 셔츠 칼라에는 피가 묻어 있었다. 내가 때려 코피가 난 것이었다.

나는 다시 앨리스테어를 보았다.

앨리스테어는 이해한다는 듯이 고개를 끄덕였다. "가요. 못 따라가게 할 테니까." 분노가 담긴 단호한 목소리였다.

그렇게 앨리스테어는 나를 두 번째로 구해주었다. 하지만 나는 이번에도 역시 정신이 없어 고맙다는 말을 하지 못했다. 그저 모퉁이를 돌아 뒤돌아보지 않고 달렸다.

21
찰리 캘러웨이

2017년

스탠펠드 선생님의 소등 점검이 있은 후 옷장에서 가방을 꺼내 다급하게 짐을 챙겼다. 옷가지와 노트북, 엄마의 사건 파일을 닥치는 대로 집어넣었다.

"사실대로 말해주면 안 돼?" 드루가 침대에서 나를 바라보며 말했다. "그냥 무슨 일인지만 말해줘."

"나도 무슨 일인지 몰라." 세면도구 가방을 가져와 목욕바구니에 든 것을 전부 쏟아 넣었다. "하지만 알게 될 거야."

"알았어. 좀 겁나. 어디 가는지는 말해줄 수 있어?"

"힐스버러. 아무한테도 말하지 마. 레오한테도. 내일 통금 전까지 안 오면 적당히 둘러대줘야 해. 알겠지?"

"알았어."

내가 먼저 창문을 넘어갔고 드루가 가방을 던져주었다.

"조심한다고 약속해." 드루가 창밖의 나에게 속삭였다.

"노력은 할게." 나도 속삭였다.

밤새 운전해 새벽 두시에 외갓집에 도착했다. 차고에 행크 외삼촌의 트럭이 세워져 있고 집 안은 캄캄했다. 외갓집 식구들을 깨우고 싶지 않아서 자동차 좌석을 뒤로 젖히고 눈을 감았다. 잠이 오지 않을 줄 알았는데, 차문을 두드리는 요란한 소리에 깨어났다.

"샬럿?"

몸을 일으키고 눈을 비볐다. 목이 뻣뻣해져서 신음 소리가 났다.

할머니가 차문을 열었다.

"샬럿? 얘야, 여기서 뭐 하는 거니?"

"안녕하세요, 할머니." 새벽 햇살에 눈을 끔뻑이며 인사를 했다. "지금 몇 시예요?"

할머니는 가운과 실내화 차림으로 두 손에 신문을 들고 있었다.

내가 정말로 멍해 보였던지 할머니는 왜 왔느냐고 다시 묻지 않았다. 대신 이렇게 말했다. "들어가자. 먹을 걸 만들어주마."

할머니를 따라 안으로 들어가 식탁에 앉았다. 커피가 끓고 있는 냄새가 나서 커피포트가 어디 있나 주위를 둘러보았다. 할머니는 프라이팬에 기름을 두르고 스토브에 올렸다.

"팬케이크하고 계란 프라이 괜찮지?"

"음."

"자." 할머니가 커피를 따라서 내 앞에 놓아주었다.

할머니는 바쁘게 계란을 깨뜨리고 팬케이크 반죽을 저었지만 걱정스러워하는 시선이 느껴졌다. 커피를 마시며 생각을 정리하려고 애썼다.

제이크. 제이크 그리핀. 제이크 그리핀과 엄마. 두 사람에 대해 알아야만 한다. 제이크는 어떻게 된 거지? 어떻게 죽은 거지? 제이크와 엄마, 아빠는 무슨 관계일까? 세 사람의 연결고리가 분명히 있을 터였다. 조각들이 주어졌으니 어떻게 맞춰야 하는지만 알아내면 된다.

할머니에게 사립탐정의 사건 파일에 있던 인터뷰를 들었다고, 제이크에 대해 아는 대로 전부 알려달라고 말하려는 순간 행크 외삼촌이 주방으로 들어왔다.

삼촌은 나를 보고 깜짝 놀랐다. 내가 인사를 하려고 손을 들자 삼촌이 험악한 표정을 지었다.

"쟤가 왜 여기 있는 거예요?"

가슴이 철렁했다. 왜 그러는 거지?

팬케이크를 뒤집던 할머니가 뒤돌아 삼촌을 쳐다보았다.

"행크, 여긴 내 집이야. 누굴 환영할지는 내가 정한다. 샬럿은 언제든 환영이야."

"그런 짓을 했는데도요?" 삼촌이 침을 뱉으며 나에게 손가락질을 했다. 눈이 분노로 이글거렸다. "저 애는 그레이스가 아니에요, 엄마. 생긴 건 닮았을지 몰라도 그레이스가 아니에요. 저 앤 그 인간들과 같은 족속이고 앞으로도 영원히 그럴 거라고요."

"왜 그러세요?" 내가 물었다.

"네가 무슨 짓을 했는지 알잖아." 행크 외삼촌이 씩씩거렸다. "난 네가 내 기억 속의 꼬맹이인 줄 알았다. 하지만 아니야. 넌 그들처럼 비열하고 남을 조종하는 사람으로 자랐어. 널 믿다니, 맙소사. 엄청난 실수였다. 다시는 그런 실수를 하지 않을 거다."

내 눈에 눈물이 맺혔다. 저번에 외갓집에 왔을 때 이후로 내가 무슨 짓을 했기에 삼촌이 저렇게 나를 증오하게 된 거지? 오해임이 분명했다.

"행크 외삼촌……." 내가 말하려 했지만 삼촌은 한 손을 들어 제지했다.

"변명할 생각 마라. 마치 우리가 상처를 줬다는 듯이 울지 마. 우리에게 눈곱만큼도 관심 없으면서. 그러니 그렇게 눈을 똑바로 보면서 거짓말을 했지."

"전 그런 적……."

도움을 청하려고 할머니를 보았다. 할머니는 양쪽 팔꿈치를 잡고 팔을 가슴팍에 끌어안은 채 눈물을 흘리고 있었다.

"말하지 말라고 했는데 넌 알렸어." 행크 외삼촌이 말했다.

"누구한테요?"

"네 아빠."

"아빠한테 말 안 했어요."

"그럼 네 작은아빠가 왜 나한테 연락을 했겠어? 사진에 대해서는 어떻게 알고?"

"작은아빠가요?"

"사진을 내놓으라고 하더라. 그러지 않으면 무단침입죄로 고소하겠다고 협박하면서."

"몰랐어요. 작은아빠가 그럴 줄 몰랐어요."

"나가라. 왜 왔는지 모르겠지만 우린 관심 없다. 넌 우릴 위해서 온 게 아니야. 원하는 게 있어서 왔지. 그게 뭐든 우린 주지 않을 거다."

외삼촌과 외할머니를 차례로 쳐다보았다. 할머니가 나를 감싸주기를 바랐지만 그녀는 아무 말도 하지 않았다. 그저 나 때문에 상처 받은 얼굴로 날 바라볼 뿐이었다.

"죄……죄송해요." 나는 다리의 힘이 풀리기 전에 급하게 삼촌을 지나쳐 밖으로 나갔다.

차 안에서 울지 말자고 다짐했다. 힐스버러에서 아직 나를 환영해 줄지도 모르는 다른 집으로 차를 몰았다. 로즈 집안으로.

말없이 찾아가기에는 약간 이른 아침 일곱시 삼십분이었다. 그래도 초인종을 눌렀다.

그레이슨이 나왔다. "안녕, 마사 스튜어트."

무너지지 않으려고 이를 악물었다. 목이 꽉 막히고 온몸이 무거워 주저앉을 듯했다. 이제 외가에서 날 미워해, 날 미워해.

지난번에 외갓집에 갔을 때 느낀 따뜻한 사랑과는 온도 차이가 너무도 확연했다. 할머니마저 그냥 서 있었다. 행크 외삼촌이 끔찍한 말을 퍼부을 때 할머니는 말리지 않고 그냥 서 있었다. 마치 모두 동의한다는 듯이.

다시는 외갓집에서 환영받지 못할 것이다. 금요일 저녁에 다 같이 앉아 축구 경기를 시청할 수도, 엄마의 침대에서 잘 수도 없다. 다시는 그곳에 속할 수 없다.

"찰리, 너 괜찮아?" 그레이슨의 얼굴에서 장난스러운 미소가 사라지고 우려가 떠올랐다.

"클레어 아줌마 있어? 꼭 만나야 해."

"동생들 학교 데려다주러 갔어. 바로 병원으로 출근하실 거고."

다시 보니 그레이슨은 양복과 넥타이 차림이었다. 평일이니 당연히 출근해야 할 것이다. 왜 그걸 지금에야 알아차렸을까. 잠을 자지 못해서 머릿속이 뒤죽박죽이었다.

"괜히 왔나 봐. 미안해."

나는 가려고 돌아섰다.

차에 탈 때까지 울면 안 돼.

"찰리, 기다려." 그레이슨이 부르며 인도로 쫓아왔다. 나는 차가 세워진 곳까지 달리기 시작했지만 그가 나를 앞질러 운전석 문을 막아섰다. "찰리, 무슨 일이야?"

바로 그때 그레이슨이 도저히 용서할 수 없는 짓을 저질렀다. 그가 껴안는 바람에 나는 무너지고 말았다. 나는 울기 시작했다. 엉엉 소리 내어 울었다.

그가 내 등을 문지르며 더욱 꼭 안아주었다.

"괜찮아. 다 괜찮아질 거야."

사실이 아닌 것을 알면서도 그의 말이 위로가 되었다.

눈을 떴을 때는 알 수 없는 곳에 있었다. 방 안을 둘러보았다. 커튼이 굳게 쳐져 있고 내가 누운 침대는 내 침대가 아니었다. 내 방도 아니었다.

짙은 색 체크무늬 시트가 덮인 퀸사이즈 침대였다. TV와 검은색 서랍장에 올려진 엑스박스, 다른 쪽 벽에 놓인 책상과 노트북이 보였다. 무지주 선반에 놓인 미식축구 트로피, 그리고 사진들. 금발 소년의 사진. 그레이슨이었다. 그레이슨의 방이었다.

몸을 일으켜 앉았다. 전부 기억났다. 내가 얼마나 엉망진창이었는지. 그레이슨이 더 이상 울 수도 없을 때까지 차도에서 안아준 것과 어린아이라도 되는 듯 나를 안고 방으로 데려와 침대에 눕혀주고 한

숨 자라고 커튼을 쳐준 것, 머리가 베개에 닿자마자 잠든 것까지.

아래층으로 내려갔다. 그레이슨이 주방의 스토브 앞에서 요리를 하고 있었다. 냄새가 너무 좋아 나도 모르게 배가 고파졌다.

"뭐 만들어?"

"아침으로 부리토. 슬픔 이후의 숙취에 최고지."

"냄새 정말 좋다."

"좀 나아진 것 같네."

"응."

아일랜드 식탁의 스툴에 앉았다. 그가 부리토 접시를 앞에 놓아주었다. 며칠 굶은 사람처럼 먹어치우고 나중에는 손가락까지 핥았다. 갑자기 트림이 나왔다. 손으로 입을 가리고 얼굴을 붉혔다. 젠장.

"요리사에게 보내는 칭찬으로 받아주면 안 될까?"

"그거야말로 최고의 칭찬이지." 그레이슨이 말했고, 나는 그럴 상황이 아니었음에도 배꼽이 빠질 정도로 신나게 웃어댔다. 그레이슨도 웃었다.

웃음이 멈추었을 때 그레이슨이 물었다. "작은아빠가 사건 파일을 구해줬나 보구나?"

"응." 나는 그에게 전부 말했다. 엄마가 돈을 노리고 캘러웨이 집안의 남자와 결혼하려고 작정한 여자였다는 그리어 작은엄마의 말, 아빠의 졸업 앨범에서 본 제이크의 수수께끼 같은 죽음, 할머니의 인터뷰 내용, 아침에 외갓집에 갔을 때 행크 외삼촌이 보인 반응까지 전부 다.

"저런. 슬픔 치유 부리토는 잊어버려. 진작 알았으면 트라우마 극복용 오믈렛을 해줬을 텐데."

"그래. 정말 감당하기가 힘들어." 내가 말했다.

"내가 뭘 도와줄까? 막 시켜. 뭘 할까?"

"클레어 아줌마하고 이야기를 해야 해. 아줌마도 분명 제이크를 알 거야. 어떻게 죽었고 엄마의 실종과 어떤 관계가 있는지."

"차 열쇠 가져올게." 그레이슨이 말했다.

그레이슨이 응급실 대기실에서 내 옆에 앉았다. 우리는 십 분 전에 클레어 아줌마에게 호출을 보냈다. 갑자기 복도의 쌍여닫이문이 열리고 수술복 차림의 아줌마가 나타났다.

"그레이슨, 무슨 일이야? 라이더 괜찮아? 혹시 놀런이 어떻게 된 거야?"

그레이슨이 일어섰다. "아뇨, 아무 일 없어요, 엄마. 엄마를 꼭 만나야 한다는 사람이 있어서."

그가 뒤에 있는 나를 가리켰고 내가 일어섰다.

클레어는 나를 보고 심호흡을 하더니 그레이슨의 가슴을 쿡 찔렀다.

"머리에서 피 나는 게 아니면 응급실에서 일하는 사람한테 절대 911이라고 호출하지 마."

"솔직히 비슷한 정도예요. 비유적으로는요."

클레어 아줌마가 나를 보았다. "무슨 일이니, 샬럿? 무슨 일 있니?" 불친절한 말투가 아니었다.

"엄마 일이에요. 엄마와 제이크 그리핀에 대해 아는 대로 다 말해주세요."

그레이슨과 나는 클레어 아줌마와 함께 밖으로 나가 병원 입구 근처의 벤치에 앉았다.

"제이크 그리핀, 오랜만에 들어보는 이름이구나. 왜 제이크에 대해 궁금해하는 거니?" 아줌마가 물었다.

나는 사실을 있는 그대로 말하지는 않았다. 근래 들어 내 특기가 되어가고 있는 일이었다.

"아빠가 사립탐정이 조사한 엄마의 사건 파일을 줬는데 제이크의 이름이 나왔거든요. 알면 도움이 될 것 같아서."

아줌마가 고개를 끄덕였다. "그렇구나. 하지만 제이크는 네 엄마의 실종과 아무런 관계도 없어. 몇 십 년 전의 일인걸."

"알아요. 그냥 엄마에 대해 잘 알고 싶어서요."

"별로 말할 것도 없구나. 네 엄마와 제이크는 어릴 때부터 친구였어. 그리핀네는 네 외갓집 바로 길 건너편에 살았거든. 모퉁이의 파란색 집 있잖니. 두 사람은 늘 함께였지. 그러다 중학교 때부터 사귀기 시작했고. 하지만 제이크는 꿈이 컸어. 힐스버러를 벗어나 넓은 세상으로 나가고 싶어했지. 그래서 고등학교를 다른 주의 비싼 기숙학교로 장학생으로 갔어. 네 엄마랑은 장거리 연애를 했지. 그래도 큰 문제 없이 잘 지냈어. 물론 보통 사귀는 사이처럼 다투기도 했지만."

"어떤 일로 싸웠어요?" 내가 물었다.

"함께 보내는 시간이 적다는 것 같은 평범한 문제들. 하지만 두 사람은 잘 헤쳐나갔지. 그러다 제이크가 삼학년 겨울방학 때 집으로 오기 직전에 자살을 했어."

"왜죠?"

"솔직히 다들 충격이 컸어. 제이크는 무척 밝은 애였거든. 항상 행복해 보였어. 하지만 사람 속은 모른다는 말이 정말인 것 같구나. 제이크는 학교생활이 힘들었던 모양이야. 그의 기숙사 방에서 훔친 시험지가 발견되었다더구나. 유서도 같이. 유서에 따르면 부정행위를 하다 들켜서 학교 측에 알려질 상황이었나 봐. 그럼 퇴학을 당하게 되는 거였고. 그때까지 쌓아온 모든 게 무너진다고 생각했겠지. 특히 어린 나이에는 세상이 끝나는 것처럼 느껴질 수도 있어. 네 엄마는 큰 충격을 받았어. 상상조차 못 한 일이었으니까."

"우리 아빠는요?"

클레어 아줌마는 어리둥절한 표정이었다. "네 아빠가 뭐?"

"제이크가 다닌 기숙학교는 놀우드 오거스터스 사립학교예요. 아빠랑 제이크는 친구였어요."

"제이크하고 네 아빠가 아는 사이였다고?"

"네. 엄마가 말한 적 없어요?"

"없어. 분명히 없어."

엄마가 두 사람의 관계를 몰랐을 수도 있었을까? 아니면 제이크가 죽고 몇 년이 흘러 두 사람이 만난 것은 기이한 우연이었을 뿐일까?

하지만 어떤 느낌이 계속 나를 붙잡았다. 아직은 이 일들이 어떻게 연관되어 있는지 알 수 없지만 분명 조각들이 들어맞게 해줄 연결고리가 있을 거라는 느낌. 그 연결고리는 무척 중요했다. 왜 그런지 알아내야 했다.

"육 단계 분리 이론 같은 것인지도 몰라." 그레이슨이 라디오 볼륨을 높이려고 몸을 숙이며 말했다. 레드 핫 칠리 페퍼스의 노래가 나왔다. "여섯 명만 거치면 모두가 연결된다는 거 말이야. 내가 아는 누군가가 아는 누군가가 아는 누군가가 아는 누군가가 톰 크루즈랑 아는 사이인 거지. 생각보다 세상이 좁거든. 이 년 전에 친구들하고 유럽 배낭여행을 하다가 버킹엄 궁전 근위병 교대식을 보려고 기다리는 중이었거든. 문득 오른쪽을 봤더니 글쎄 우리 집 건너편에 사는 차베즈 부인과 남편이 서 있는 거야. 허리춤에 전대 같은 가방을 두르고 말이야. 지구 반대편으로 여행 가서 이웃집 사람하고 같은 시간, 같은 장소에 있을 가능성이 얼마나 되겠어?"

"그러게. 이상하네."

나는 대시보드에 발을 올려놓았다. 한낮이고 그레이슨의 집으로 돌아가는 중이었다. 빨간불에 멈추었을 때 창밖을 내다보았다. 버스 정류장 근처의 벤치에 앉은 노숙자가 보였다. 벤치 등받이에는 '신중하고 비밀스럽게 진실을 찾아드립니다'라는 광고가 붙어 있었다.

신호등이 초록색으로 바뀌고 출발하려는 순간 노숙자가 벤치에 누웠다. 그가 움직이는 순간 벤치 광고가 다 드러났다. '힌즈버그 & 손턴 사립탐정 사무소'라는 제목 아래 양복을 입은 두 남자의 상반신 사진이 보였다. 두 사람은 똑바로 앞을 보며 자신만만한 미소를 지었다. 순간 아는 사람이라는 충격이 나를 휘감았다.

"세워! 차 세워!" 내가 소리쳤다.

그레이슨이 교차로 한가운데에서 갑자기 코롤라를 세웠다. 앞으로 몸이 쏠렸고 뒤차 운전자가 경적을 울렸다.

"왜? 찰리, 무슨 일이야?"

벤치 광고의 오른쪽 남자는 내가 본 모습보다 나이 들어 있었다. 관자놀이 부분의 머리가 벗어지고 얼굴에도 살이 붙었다. 하지만 그 사람이었다. 확신할 수 있었다.

"저거." 내가 벤치를 가리켰다. 그레이슨의 시선이 내 손가락이 가리키는 방향을 따라갔다. "저 사람이야. 행크 외삼촌이 보여준 사진 속 남자. 엄마랑 식당에 있던 남자. 저 사람이야."

22
앨리스테어 캘러웨이

1997년 여름

힐스버러 미술관은 시내 중심가에서 약간 떨어진 오래된 벽돌 건물에 자리했다. 안은 북적거렸다. 하얀색 벽과 콘크리트 바닥에 반사되는 조명의 밝은 불빛에 눈을 찡그리며 그곳에서 유일하게 아는 얼굴을 찾아 주위를 둘러보았다. 하지만 그레이스는 보이지 않았다.

이 지역 화가들의 전시회 전단지를 일주일 전에 받았다. 봉투의 발신인에는 그레이스의 주소가 적혀 있었다. 그녀는 전단지에 '앨리스테어, 당신이 관심 있을까 해서……'라고 짧은 메모를 적어놓았다. 나는 받은 것을 책상 서랍 맨 위 칸에 치워두었다. 관심이 없었다. 관심을 가지면 안 되었다. 하지만 오늘 아침에 전단지를 다시 꺼내 보았다. 생각이 바뀌기 전에 와이셔츠를 입고 주차 직원에게 차를 대기시키라고 연락했다.

홀로 미술관 주변을 하릴없이 걸으며 벽에 매달린 작품들을 바라보았다. 사진, 유화, 드로잉 등 다양했다. 마침내 그녀가 보였다. 그레이스는 전채 요리가 놓인 테이블 옆에 서서 내가 모르는 한 무리의 사람들과 이야기를 나누고 있었다. 옆에 있는 남자가 그녀의 등에 가볍게 손을 올렸고 그녀는 그 남자의 그런 행동이 지극히 자연스러운 일이라는 듯이 말을 계속 이어갔다. 가슴이 답답해졌다.

오지 말았어야 했다. 너무도 바보천치 같고 충동적이고 터무니없는 결정이었다. 일하고 있어야 할 시간이라는 점에서 더욱 그랬다. 머레이힐 프로젝트의 수석 디자인 컨설턴트를 해고한 터라 오늘 오후에는 인사과에서 보낸 후보들의 이력서를 검토해야 했다. 시계를 보았다. 차가 막히지 않는다면 한 시간 반 이내에 뉴욕에 도착할 수 있었다. 중간에 어디에서 식사를 할지 생각하다 고개를 드니 영원히 시간이 멈춰버린 제이크의 앳된 얼굴이 나를 똑바로 쳐다보고 있었다.

캔버스에 유화로 그린 초상화였다. 얼굴은 노란색, 오렌지색, 파란색의 밝고 선명한 색으로 표현했다. 생기 넘치고 행복한 색조이지만 눈빛은 어딘지 어두웠다. 캔버스에 물감을 두껍게 짜서 팔레트 나이프로 번지게 해 얼굴의 각도와 슬픈 느낌이 더욱 또렷했다.

"왔네요."

그레이스가 내 옆에 서 있었다. 그녀가 웃으며 화이트 와인 잔을 내밀었다.

"메모 받았어요." 내가 와인 잔을 받으며 말했다.

그레이스가 고개를 끄덕였다. "고맙다는 말을 한 번도 못 해서요."

헛기침을 하면서 시선을 돌렸다. 테디의 졸업식 이후 그레이스를 만나지 못했고 전화 통화를 한 적도 없었다. 건물 모퉁이를 도는 순간 넘어진 그녀를 잡아주었을 때의 모습이 계속 떠올랐다. 살짝 눈물 맺힌 얼굴에 발목을 삐끗한 채로 테디와 녀석의 유치한 게임에 대해 횡설수설 이야기하던 그녀. "테디는 멍청이에요." 내가 말했다.

"네. 알아차리는 데 시간이 좀 걸렸네요." 그녀가 고개를 끄덕이며 말했다.

그녀는 뒤돌아 벽에 걸린 캔버스들을 가리켰다.

"어떠세요?" 그녀가 주제를 바꾸며 물었다.

처음에는 제이크의 그림만 보였는데 지금 보니 추상적 초상화가 여러 점 있었다. 주방 싱크대에 서 있는 그레이스와 약간 비슷해 보이는 중년 여성(그레이스의 어머니일까?), 스케이트보드를 타는 팔다리가 긴 십대 소년, 어깨가 발갛게 탄 해변의 젊은 금발 여자. 모두 제이크의 그림처럼 밝은 색깔에 질감도 비슷하지만 왠지 더 가볍고 행복해 보였다.

"정말 훌륭하군요." 내가 말했다.

"제이크를 어떤 모습으로 그리면 좋을까 내가 가진 사진들을 전부 뒤져봤어요. 내가 가장 좋아하는 추억들을 골랐죠. 여름 호수에서의 제이크, 해변 산책로에서의 제이크, 우리 집 현관에서 놀던 제이크. 그런데도 그림이 저렇게 나왔어요. 아무리 밝은 색을 써도 분위기가 덧칠을 해버렸죠. 정말로 제이크가 저런 표정이었던 건 아니에요. 지금의 내가 기억하는 모습일 뿐."

우리는 잠깐 동안 말이 없었다. 그냥 서로를 바라보았다. 그레이스의 어깨 너머로 아까 그녀와 이야기 나누던 남자가 우리를 쳐다보는 모습이 보였다. 별로 환영하지 않는, 텃세를 부리는 듯한 표정이었다. 그는 이야기 나누고 있던 남자를 쿡 찌르더니 우리 쪽을 향해 고갯짓을 했다. 마치 내가 누구냐고 묻는 듯했다. 나는 다시 그레이스에게로 시선을 옮겼다.

"내가 당신을 친구들에게서 뺏고 있는 것 같네요." 내가 말했다.

"아니에요."

"당신이 나와 있는 걸 당신 남자친구가 별로 좋아하지 않는 듯하군요."

"내 남자친구요?" 그녀가 누구를 말하는지 주변을 둘러보았다. "오빠 행크예요." 그녀가 웃으며 말했다.

곧바로 마음이 편해져서 나도 함께 웃었다.

"원래 날 과잉보호하거든요." 그녀는 잠깐 머뭇거리더니 덧붙였다. "지금…… 만나는 사람 없어요."

나는 고개를 끄덕였지만 그녀를 쳐다볼 수가 없었다.

"제이크가 당신 얘기를 많이 했어요." 그레이스가 제이크의 그림을 힐끔 돌아보며 말했다. "놀우드와 그곳 친구들에 대한 이야기를 할 때면 당신 이름이 가장 많이 나왔죠."

"그래요?"

"네. 제이크는 당신을 우러러봤어요."

나는 그저 고개만 끄덕였다. 뭐라고 말해야 할지 알 수 없었다. 수년 동안 누구와도 제이크 이야기를 하지 않았다. 제이크가 죽었을 때는 그의 이야기를 하지 않고 생각하지 않기가 힘들었다. 하지만 오랜 세월이 지난 지금은 하지 않게 되었다.

"제이크에 대해 말하고 싶지 않은 마음 이해해요. 하지 말아요 우리. 하지만 제이크 이야기를 다시는 하지 않기 전에 꼭 물어보고 싶은 게 하나 있어요. 난 놀우드에 가서 제이크를 만난 적이 한 번도 없어요. 제이크에게 학교 이야기를 자주 들었지만 내 눈으로 본 적은 없죠. 그래서 제이크가 학교에서 어땠는지 늘 궁금했어요. 행복한 것 같았나요?"

"네. 행복해 보였어요." 내가 말했다.

"나도 그렇게 생각했어요. 학교 이야기를 할 때마다 행복해 보였 거든요."

"다들 제이크를 좋아했어요. 좋아하지 않기가 힘들었죠. 못하는 게 없는 녀석이니 싫어하고 싶어도 그럴 수가 없었죠."

그레이스가 알겠다는 듯이 킥킥 웃었다.

"성적도 최고, 테니스도 최고. 덕분에 지지 않으려고 엄청 노력했 죠."

"그래서 이해가 가지 않았어요. 학교에서 정말 잘 지내는 것 같았 거든요. 하지만 다 거짓말이었나 봐요. 그렇게 힘들어하는 줄 정말 몰랐어요."

"놀우드는 경쟁이 치열한 학교예요. 누구나 힘들어했죠."

"혹시 뒤처져서 힘들다는 말을 했었나요?"

목이 조여왔다. 더 이상 말하고 싶지 않았다. 뭐라고 말하려 입을 열었지만 말이 나오지 않았다. 나는 고개만 저었다.

"나에게도 그런 말을 한 적이 없거든요." 그레이스가 말했다.

도를 넘기 전에 그녀가 의문을 제기하는 것을 멈추도록 해야 했다.

"제이크에 대해서 해줄 말은 많아요. 하지만 답을 찾고 있다면 그 건 내가 줄 수 없어요."

그레이스가 잠시 침묵하더니 말했다. "어쩌면 나쁜 생각이겠지만 그 말을 들으니 기분이 나아지네요. 난 오랫동안 제이크가 힘든 걸 눈채채지 못한 내가 그를 실망시킨 거라고 생각했어요. 나만 몰랐던

게 아니라는 말을 들으니 위안이 돼요."

나는 본능적으로 그녀의 손을 잡았다. 그녀는 놀라는 듯했지만 손을 빼지는 않았다.

"잘 들어요, 그레이스." 내가 천천히 신중한 목소리로 말했다. 그녀가 내 말에 귀를 기울이게 만들어야만 했다. 꼭 이해하도록. "제이크가 그렇게 된 건 당신 잘못이 아니에요. 당신은 아무 상관도 없어요."

그녀는 나를 바라보기만 했다. 커다래진 눈은 무언가를 찾으려는 듯 상실감으로 가득했다.

"당신 잘못이 아니에요." 내가 다시 말했다.

그녀는 다른 한 손을 가져와 내 손에 대고 살짝 눌렀다.

"당신 잘못도 아니에요." 그녀도 나에게 말했다.

순간 흠칫했다. 견딜 수가 없었다. 하지만 그녀가 양손으로 내 손을 꼭 쥐고 있었다.

나는 헛기침을 하면서 눈을 딴 데로 돌렸다.

"흠…… 이제 돌아가 봐야겠어요." 그녀의 손에서 손을 빼내 목덜미를 긁는 시늉을 했다.

"바로 가야 하나요?" 그녀가 실망한 듯이 물었다. "삼십 분만 시간 내줄 수 있어요? 꼭 보여주고 싶은 게 있는데."

그녀는 물러서지 않겠다는 듯이 보였다.

"알았어요."

그녀가 환한 미소를 지으며 따라 말했다. "알았어요."

그레이스는 내 차의 조수석에 앉아 길을 알려주었다. 시내를 벗어나 얼마간 달린 후 그녀가 나무들이 빽빽하게 들어선 곳 옆에 차를 대라고 했다. 번개에 맞아 거의 매끈하게 반으로 갈라진 느릅나무가 있는 풀밭에 차를 세웠다. 그레이스는 내 손을 잡고 나를 숲속으로 이끌었다. 나무 틈 사이로 호수가 보였다.

"랭글리 호수예요."

그녀는 호숫가의 두꺼운 참나무를 가리켰다. 몸통이 갈라진 부분에 기다란 나무판 몇 개가 평평하게 놓여 있었다. 몸통의 겉면에는 작은 나무판을 박아서 만든 사다리가 보였다.

"제이크하고 내가 어릴 때 만든 거예요. 우리만의 특별한 장소였죠. 아무도 모르는. 지금은 시시해 보이지만 어린 우리에게는 정말 대단했죠."

그레이스는 사다리를 올라 트리 하우스로 들어갔다. 나도 따라갔다. 우리는 나무판에 다리를 달랑거리며 앉았다. 아래는 호수였다.

"당신을 처음 본 게 이 트리 하우스에서였어요. 제이크가 첫 여름방학에 집에 와서 바로 이 나무판에 학교 앨범을 펴놓고 당신의 사진을 가리켜 이름을 알려줬죠. 교복을 입은 모습이 얼마나 거만해 보이던지 제이크가 당신하고 친하다고 했을 때 믿기지 않았어요."

내가 웃음을 터뜨렸다. "내 잘못이 아니에요. 그 재킷을 필수로 입어야 했는데 그걸 입으면 다 허세 가득한 얼간이로 보였거든요."

"장담컨대 교복 재킷 때문은 아니었어요. 당신이 문제였지. 자기가 남들보다 잘났다고 여기는 듯한 표정이 있었어요."

"내가 원래 첫인상이 강렬해요. 재미있는 건 나도 당신을 사진으로 처음 봤다는 거예요. 처음 만났을 때 말했죠? 제이크 책상에 있었던 아이스크림콘 먹는 사진."

"아, 얼굴에 아이스크림 묻힌 사진요? 나도 첫인상이 강렬하다니까요." 그녀는 어깻짓으로 내 어깨를 슬쩍 치고는 호수를 바라보았다. "난 당신을 잘난 척하는 얼간이라고 생각했고 당신은 날 제대로 먹을 줄도 모르는 야만인이라고 생각했네요."

"아니. 난 그렇게 생각하지 않았어요."

"그럼 뭐라고 생각했어요?"

"당신이…… 행복이라고 생각했죠." 그녀의 사진을 보았을 때의 느낌을 어떻게 표현해야 할지 알 수 없었다. "물론 당신은 행복해 보였지만 행복해 보여서가 아니라 당신이 행복 그 자체였거든요. 이 여자애를 꼭 만나야겠다고 생각했죠."

고통스러울 정도로 긴 찰나가 지난 후 그레이스가 호수에서 나에게로 시선을 옮겼다. 그녀에게 꼭 하고 싶은 말이 많았지만 대신 나는 그녀를 끌어안고 키스했다. 그녀는 밀어내지 않고 내 키스에 답했다.

그녀가 내 셔츠 칼라를 당겨 트리 하우스의 나무판으로 함께 쓰러졌다. 나는 두 손으로 그녀의 머리를 잡고, 블라우스의 단추를 풀고, 스커트 자락을 걷어 올렸다.

한참 후 나는 그녀의 손을 잡고 그녀는 내 어깨에 머리를 기댄 채 함께 호수를 바라보며 촛불이 흔들리다 꺼지듯 태양이 저편 숲으로 사라지는 모습을 지켜보았다.

3부

23
찰리 캘러웨이

2017년

그는 더 이상 사진 속의 이름 없는 남자가 아니었다. 이름과 직업, 소재를 알게 되었다. 이름은 피터 힌즈버그, 직업은 사립탐정. 힌즈 버그 & 손턴 사립탐정 사무소를 파트너 론 손턴과 함께 운영하고 있었다. 웹사이트에 나온 주소로는 시내 쇼핑센터 근처에 사무실이 있었다. 약력 소개에 따르면 피터 힌즈버그는 하트코 인슈어런스에 서 몇 년 간 보험 사기 조사관으로 일하다가 스탬퍼드의 경찰관이었 던 오랜 친구 론 손턴과 함께 사무소를 개업했다. 간단히 구글 검색 을 해보니 2004년 루시 헤일이라는 유치원 교사와 약혼했다는《힐 스버러 크로니클》기사 외에는 별다른 정보가 뜨지 않았다.

"너희 엄마는 너희 아빠가 바람피운다고 생각했던 걸까?" 그레이 슨이 내 쪽으로 몸을 기울여 내가 보고 있는 그의 컴퓨터 화면을 함 께 들여다보며 물었다.

"왜 그런 말을 해?" 내가 물었다.

그레이슨이 화면을 가리켰다. "이 사무소에서 담당하는 업무를 좀 봐."

감시, 신원정보 확인, 실종, 민사 및 형사 사건 조사, 소송 전 합의, 증인 소환, 배우자 불륜, 위자료, 자녀 양육권.

"아니면 이혼하실 생각이었을까? 이혼 소송을 하기 전에 철저하게 자료를 준비해놓으려고 말이야." 그레이슨이 말했다.

나는 입술을 깨물었다. 엄마가 늘 겉돌았다는 유지니아의 말과 앨리스테어 캘러웨이는 헤어지고 싶다고 헤어질 수 있는 남자가 아니야, 라는 클레어 아줌마의 말이 떠올랐다. 내가 마지막으로 본 엄마 아빠가 함께 있는 모습은 싸우는 장면이었다. 엄마는 아빠에게 만지지 말라고 소리쳤다. 엄마가 이혼을 원했고 아빠가 자신을 떠나려는 엄마의 계획을 알아차렸던 것이라면? 그것이 싸움의 이유였다면?

그레이슨의 책상에 놓인 집 전화기를 들어 전화를 걸었다.

"뭐 해?" 그레이슨이 물었다.

나는 손을 들어 조용히 하라고 했다. 신호가 가기 시작했다.

"힌즈버그와 손턴 사무소입니다. 뭘 도와드릴까요?" 여자가 받았다.

뭐라고 말하려 했지만 몸이 얼어붙었다. 그냥 전화를 끊어버렸다.

"뭐 한 거야?" 그레이슨이 물었다.

"만나러 가야겠어."

"피터 힌즈버그? 뭐라고 말하게?"

"모르겠어. 하지만 엄마가 무슨 일을 맡겼는지 꼭 알아야 해."

"좋아. 내가 데려다줄게."

힌즈버그 & 손턴 사무소는 약국 체인 라이트 에이드 건너편의 지저분한 사무 단지에 자리했다. 안으로 들어가니 대기실에 다른 손님은 없었다. 프런트 데스크에 앉은 중년 여성에게로 갔다. 그레이슨이 내 뒤에 바짝 붙어 서 있었다.

"무슨 일로 오셨나요?" 목소리로 보아 아까 전화를 받은 사람이었다.

"피터 힌즈버그 씨를 만나러 왔어요."

"지금 안 계세요."

"언제 오시죠?"

"다다음 주 월요일이요." 여자는 이렇게 말하고 컴퓨터 화면으로 다시 시선을 돌렸다. 안경에 비친 그림자로 그녀가 카드 게임을 하고 있음을 알 수 있었다. "자메이카로 가족 크루즈 여행을 떠났거든요."

이럴. 순. 없다.

"그와 꼭 이야기를 해야 하는데…… 중요한 일이에요."

여자가 나를 다시 쳐다보았다. "고객인가요?"

"네. 제 사건에 대한 거예요. 급해요."

"이름이?" 여자가 키보드에 손을 올리고 물었다. 내 이름을 입력하자마자 의뢰인이 아니라는 사실이 들통날 터였다.

"아니, 새로운 의뢰인이에요. 찾을 사람이 있는데 지난주에 힌즈버그 씨와 통화를 했거든요. 도와줄 수 있다고 해서. 휴대폰 번호 좀 알 수 있을까요?"

"휴가 기간에는 힌즈버그 씨의 사건을 손턴 씨가 대신 처리하십니다. 많이 급하다면 잠깐 시간을 내줄 수 있는지 여쭤볼게요."

"네." 내가 뒤쪽의 텅 빈 대기실을 보면서 말했다. "그래주시면 좋죠. 감사합니다."

"잠시만요." 여자가 자리에서 일어나 뒤쪽의 짧은 복도로 사라졌다.

"뭐 하는 거야?" 그레이슨이 속삭였다.

"저 사람을 잠깐 따돌려줘."

"따돌리라고?"

"말 걸어서 정신 팔리게 만들라고."

"찰리, 뭘 하려는 거야?"

멀리서 짤막한 노크 소리와 알아들을 수 없는 저음의 목소리가 들렸다.

"계획이 있어. 그냥 날 믿어."

더 말할 시간이 없었다. 안내 직원이 벌써 데스크로 돌아왔다. "손턴 씨가 지금 만나시겠답니다." 그녀는 자리에 앉으며 뒤쪽의 복도로 살짝 고갯짓을 했다. "오른쪽에서 두 번째 방이에요."

"감사합니다."

나는 그레이슨에게 살짝 눈을 찡긋하고 그를 안내 데스크에 두고 복도로 향했다. 복도에는 왼쪽에 하나, 오른쪽에 두 개, 모두 세 개의 문이 있었다. 안내 직원은 오른쪽에서 두 번째 방문을 살짝 열어두었다. 나머지 문들은 닫혀 있었다.

"허스키스 팬이신가요? 농구 좋아하세요?" 뒤쪽에서 그레이슨이 안내 직원에게 묻는 소리가 들렸다.

맙소사. 그레이슨의 사교 기술로 상대방이 정신을 딴 데 팔게 만들 수 있다고 생각하다니, 내 생각이 짧았다.

"아뇨." 여자가 대답했다.

"미식축구는요?"

"아뇨."

안내 직원이 내 쪽을 보지 않는지 뒤돌아 확인했다. 보고 있지 않았다. 오른쪽 첫 번째 방의 손잡이를 잡았다. 제발 잠겨 있지 않기를 바라며. 다행히 손잡이가 돌아갔다. 최대한 조용하게 문을 열고 안을 들여다보았다. 안은 어두웠지만 카운터처럼 생긴 것 위쪽의 거울에 내 모습이 비쳤다. 화장실이었다. 내가 찾는 것이 아니었다. 문을 닫고 짧은 복도를 다시 걸었다.

왼쪽에 있는 방 앞에서 멈추었다. 안내 직원이 보고 있지 않은지 다시 뒤돌아 확인하고 최대한 조용하게 문을 열었다. 창문에 블라인드가 쳐져 있어서 어두웠지만 책상과 소파, 서류함 두어 개가 보였다. 피터의 사무실이었다. 슬쩍 안으로 들어가 조용히 문을 닫았다.

뒷주머니에서 휴대폰을 꺼내 손전등을 켰다. 책상 뒤쪽으로 오른쪽 벽에 나란히 붙어 서 있는 서류함들을 살폈다. 첫 번째 서류함의 서랍에는 '회계', '은행 기록', '계획', '허가 및 면허' 같은 라벨이 붙어 있었다. 두 번째 서류함은 알파벳순으로 의뢰인의 파일을 넣어두는 용도였다. 맨 위 서랍은 '의뢰인: A-C'였다. 저거다. 서랍을 잡아 당겼다. 잠겨 있었다. 젠장.

자물쇠를 열 만한 것을 찾아 두리번거렸다. 드루가 에이스의 첫 번째 아이템을 구하느라 자물쇠 따는 방법을 가르쳐주는 유튜브 영상을 보던 모습을 떠올렸다. 내 기억에 의하면 큰 종이 클립 두 개가 필요했다. 하나로는 자물쇠를 눌러주고 또 하나로는 후벼 파야 한다. 피터 힌즈버그의 책상에 놓인 메시 소재의 사무용품 정리함에서 종이 클립을 찾았다. 클립을 펴서 끝부분을 구부려 고리 모양으로 만들었다. 클립을 열쇠구멍의 아랫부분에 꽂고 오른쪽으로 살짝 돌려 힘을 가했다. 그렇게 붙잡고 있는 상태에서 나머지 클립을 열쇠 구멍의 위쪽에 집어넣고 후벼 팠다. 몇 번 그렇게 하자 자물쇠가 열리는 것이 느껴지고 클립이 돌아갔다. 성공이었다.

서랍을 열어 휴대폰으로 비추며 파일을 뒤졌다. 서랍에는 적어도 백 개는 되어 보이는 얇거나 두꺼운 파일이 빼곡하게 들어 있었다. A와 B는 지나치고 C에서 찾기 시작했다. 거의 뒤쪽에서 '캘러웨이, 그레이스'라고 쓰인 파일을 발견했다. 노란색 리걸패드 종이 몇 장과 휘갈긴 메모들, 작은 봉투가 들어 있는 얇은 파일이었다. 봉투를 열자 수십 장의 사진이 바닥으로 떨어졌다. 한 장을 주워 휴대폰을 비추어보고 깜짝 놀랐다.

아빠의 사진이었다.

사진 속의 아빠는 십대 청소년이었다. 얼굴에 아직 젖살이 남아 있었다. 한 손에는 맥주를 들고 내가 아는 얼굴, 제이크 그리핀의 어깨에 한 팔을 두른 모습이었다.

한밤중이라 사진이 어두웠다. 사진 오른쪽 귀퉁이에 붉은색으로 1990년 12월 21일 오후 9시 32분이라고 날짜가 찍혀 있었다. 사진 속 제이크는 카메라 앞에서 환하게 웃으며 사진 찍는 사람을 향해 맥주를 들어 경례를 해 보였다. 제이크의 다른 쪽 옆에 선 여학생은 제이크의 뺨에 키스를 하고 있었다. 아빠의 오른쪽에는 나도 아는 아빠의 친구 매슈 요크가 서 있었다.

바닥에 떨어진 다른 사진을 주웠다. 그 사진에는 내가 모르는 늘씬한 금발의 여학생이 있었다. 여학생은 알몸이었는데 전혀 부끄러워하지 않는 흔들림 없는 시선으로 카메라를 보고 있었다. 그녀의 온몸에는 빨간색 매직펜으로 온갖 욕과 비난의 말이 적혀 있었다.

동그라미를 치고 꼬리표를 붙여놓은 부위도 있었는데, 코에는 '부리', 배에는 '지방'이라고 해놓는 식이었다. 이 사진의 날짜는 더 빠른 1990년 9월 22일이었다.

그때 벽 너머로 프런트에서 전화벨이 울리고 안내 직원이 전화를 받는 소리가 들렸다.

"힌즈버그와 손턴 사무소입니다. 아, 안녕하세요, 피터. 비행은 어땠어요? 네, 알았어요. 한번 찾아볼게요. 전화 돌릴게요, 잠시만요."

갑자기 바로 옆 피터 힌즈버그의 책상에서 전화벨이 울려 화들짝 놀라고 말았다. 벽 너머에서는 들키기 일보 직전이라고 경고해주려는 듯한 그레이슨의 크고 당황한 목소리가 들렸다.

"저기, 화장실이 어딘지 알려주실 수 있나요? 정말 급해서요. 지금 당장 가야 될 것 같은데. 죄송해요. 오늘 아침에 먹은 부리토가 저랑 잘 안 맞네요."

젠장. 서류함 서랍을 닫고 급하게 쭈그려 앉아 흩어진 사진들을 주워서 파일에 넣었다.

"아, 여기인가요?" 그레이슨의 목소리였다. "감사합니다. 그런데 화장지가 부족해 보이는데 뒤쪽에 더 있나요? 죄송해요. 제가 특별 체질이라 좀 곤란해질 수 있어서…… 아, 세면대 아래에 있다고요? 와, 화장지가 참 많네요. 코스트코 회원이신가 봐요. 저도 가입하려고 하는데 일반 회원으로 가입해야 할지 특별 회원으로 해야 할지 결정하기가 힘드네요. 어떤 걸로 하셨어요?"

내가 사진을 도로 집어넣고 서류 파일을 닫은 후 피터 힌즈버그의 책상 아래로 숨자마자 문이 열렸다. 휴대폰 손전등을 끄고 숨을 죽였다.

"일반 회원일걸요." 안내 직원이 사무실 불을 켜며 말했다.

"아, 일반 회원이시군요." 그레이슨의 목소리로 보건대 그가 좀 더 가까이 다가와 문가에 서 있음을 알 수 있었다. 그는 잠시 머뭇거렸다. 아마 나를 찾으려고 방 안을 훑는 것 같았다.

책상 앞에서 움직이는 안내 직원의 하반신이 보였다. 나는 다리를 가슴에 바짝 붙이고 좀 더 뒤로 물러났다.

"미안한데 찾을 게 있어서요." 안내 직원이 말했다.

"네, 그러세요. 그럼 전 제 볼일 보러 갈게요."

복도 맞은편의 화장실 문이 닫히는 소리가 들리고 안내 직원이 책상으로 몸을 숙여 전화기를 들었다.

"그걸 어디에 두셨다고요?" 그녀가 전화에 대고 물었다.

나는 침을 삼키며 되도록 숨소리를 내지 않으려고 안간힘을 썼다. 가슴이 쿵쾅거리고 코로 숨이 들락날락하는 소리가 괴로울 정도로 너무 잘 들렸다. 내 숨소리가 원래 이렇게 컸던가?

바로 그때 바닥에 떨어진 사진 한 장이 보였다. 안내 직원의 오른발에서 이삼 센티미터밖에 떨어지지 않은 곳이었다. 그녀가 사진을 집으려고 몸을 숙이는 순간 내 위치가 들킬 것이다. 내가 먼저 천천히 손을 뻗어 사진을 집을 수 있을지도 모른다. 하지만 그러다 그녀의 주의라도 끌면?

"네, 내일 보낼게요. 재미있게 보내세요. 낸시한테 이번에는 선크림 꼭 바르라고 하시고요. 플로리다키스 여행 때처럼 되면 안 되니까."

직원은 웃음을 터뜨리고 전화기를 내려놓았다. 나는 꼼짝도 하지 않고 앉아서 사진만 쳐다보았다. 제발 그녀가 아래를 보지 않기를 바랐다. 제발 보지 마라, 보지 마라, 보지 마라 생각했다.

그녀는 내게는 영원처럼 느껴지는 순간을 서 있다가 책상을 떠났다. 불이 꺼지고 문 닫히는 소리가 들렸다. 나는 크게 숨을 내쉬고 사진을 주웠다.

서류 파일을 재킷 안으로 집어넣고 사진들은 재킷 앞주머니에 넣었다. 재빨리 사무실 밖으로 나가 조용히 문을 닫았다. 화장실은 여전히 닫혀 있었고 밑에서 빛이 새어 나왔다.

나는 재킷이 불룩한 것을 눈채채지 못하기를 바라면서 주머니에 손을 넣은 채 안내 데스크로 돌아갔다.

"다 됐어요?" 직원이 나를 올려다보며 물었다. "힌즈버그 씨가 돌아오는 대로 약속을 잡아드릴까요?"

"아뇨, 괜찮아요. 다 해결됐어요."

"그렇군요. 친구분은 화장실에 갔어요." 그녀는 앞으로 몸을 기울이며 걱정스러운 듯이 목소리를 낮춰서 물었다. "친구분 괜찮을까요?"

내가 답을 하기도 전에 변기 내리는 소리와 함께 화장실 문이 활짝 열리고 그레이슨이 나왔다. 그는 나를 보고 안심한 표정이었다.

"빨리 가자. 나 상태가 안 좋아."

그가 내 팔을 붙잡고 문 쪽으로 갔다.

"화장실에 바로 안 가시는 게 좋을 거예요. 적어도 삼십 분 후에 들어가세요." 그레이슨이 안내 직원에게 말했다.

우리는 놀라는 표정의 안내 직원을 뒤로하고 곧장 그의 자동차로 향했다.

24
앨리스테어 캘러웨이

1997년 여름

노크 한 번에 마고가 문을 열었다. 그녀는 트레이닝복 차림에 약간 흘러내린 올림머리를 하고 안경을 쓰고 있었다. 공부하는 중이라는 뜻이었지만 집 안으로 들어가 보니 식탁에 펼쳐져 있는 것은 전공 교과서가 아니라 우리 결혼식의 자리 배치도였다.

나는 주머니에 손을 넣고 있다가 그것이 약하고 불안하다는 증거라는 생각에 손을 빼 앞으로 팔짱을 꼈다. 아니, 그것도 자연스럽지 않았다. 젠장, 손을 대체 어떻게 해야 하지?

"앨리스테어?" 마고가 주방에서 불렀다.

"음?"

"차 줄까?"

"아니, 됐어."

진정해, 속으로 생각했다. 그냥 있는 사실을 그대로 말하고 끝내면 되는 것이다. 나와 그레이스가 결혼했다고.

우리는 금요일에 뉴헤이븐 외곽의 법원에서 결혼했다. 판사와 그 비서관이 우리 결혼서약의 유일한 증인이었다. 그레이스는 연한 노란색 여름 원피스에 플립플롭을 신고 머리를 어깨까지 풀어 내렸다.

결혼식이 끝난 후 우리는 달빛 쏟아지는 텅 빈 해변에 앉아 입고 있던 옷 그대로 바다에서 수영을 했다. 그리고 호텔로 돌아와 젖은 옷을 히터에 널어두고 몸을 데우려 이불 속으로 들어갔다. 나는 텐트 치듯 이불 속으로 들어가서 내 아내에게 키스했다. 그레이스의 젖은 머리카락이 이마와 양쪽 볼에 달라붙어 있었지만 나를 올려다 보는 그녀는 그 어느 때보다 아름다웠다. 죽을 때까지 그 순간을 잊지 못하리라는 것을 나는 알 수 있었다.

"마침 잘 왔어." 마고가 주방에서 차가 담긴 머그잔을 들고 나오며 말했다. 그리고 테이블에 앉았다. "좌석 배치도 때문에 편두통이 생길 지경이야."

지금 말해야 한다.

나는 그녀 옆에 앉았다.

"마고. 할 말이 있어."

그녀는 차를 후후 불어서 한 모금 마셨다. "뭔데?"

"몇 주 전부터 만나는 사람이 있어."

"만나는 사람이 있다고?" 마고는 제대로 들었는지 확인하려는 듯이 천천히 따라 말했다.

"그래."

"이름이 뭔데?" 마고가 물었다.

나는 한숨만 쉬고 대답하지 않았다.

"내가 아는 사람이야? 설마 비서랑 바람피우는 뻔한 이야기는 아니겠지."

"그레이스 페어차일드야." 내가 마지못해 말했다.

"누구?"

두뇌가 명석한 마고는 날짜와 이름을 잘 기억했다. 기억해야 할 만큼 중요하다고 생각된다면. 하지만 그레이스는 별다른 인상을 남기지 못한 것이 분명했다.

"너도 몇 번 만난 사람이야. 테디랑 사귀었었어."

"그동안 남동생 전 여자친구랑 잤다고?"

마고는 웃음을 터뜨렸다.

나는 대꾸하지 않았다.

"그 성모 마리아 같은 여자 말이야? 알고 보니 마리아 막달레나였네."

"몇 달 전에 미술관에서 그레이스를 우연히 만났어. 둘 다 의도치 않았던 일인데 그렇게 됐어."

그레이스가 임신했다는 말은 하지 않았다. 그것이 마고의 분노를 더욱 부추길지, 우리 관계가 잘될 가능성이 없다는 사실을 깨닫게 해줄지 알 수 없었기 때문이다.

"이제 기분이 좀 나아졌어?" 마고가 물었다.

"기분이 나아졌느냐니?"

"바람피운 사실을 솔직하게 털어놨잖아. 이제 그만 넘어갈래?" 그녀가 차를 한 모금 마셨다. "하지만 앞으로 또 딴짓해도 내가 무신경하게 나올 거라고는 생각하지 마. 이해해. 결혼식 때문에 압박감도 크고 스트레스를 풀어야 했겠지. 그래, 이해해. 하지만 내가 매번 그냥 넘어갈 거라고 생각하진 마."

마고는 테이블에 펼쳐진 좌석 배치도를 보았다.

"네가 도와줄 일이 있어. 베로니카 고모가 인연을 끊었다는 사람이 네 육촌 해럴드였나? 네 어머니가 그쪽 집안 피가 안 좋다는 말을한 적이 있거든. 그래서 해럴드를 네 케임브리지 친척들과 같이 육번 테이블에 앉힐까 해. 베로니카 고모는 브리지포트 사는 친척들과 십일번 테이블에 앉히고."

"마고." 내가 부드럽게 그녀를 불렀다. 젠장. 생각보다 힘들어질 모양이었다. "결혼식은 없을 거야."

그녀가 나를 쳐다보았다. 이제야 그녀가 주의를 집중했다.

"결혼식이 없을 거라니 무슨 말이야?"

"끝난 일이라서 그레이스와의 관계를 말한 게 아니야. 결혼식을하지 않을 거라 말한 거야."

"무슨 말인지 모르겠어." 마고가 말했다.

"그레이스하고 나, 지난 주말에 결혼했어. 주말 내내 아버지하고골프 쳤다고 했는데 사실은 그레이스하고 있었어."

마고는 아무 말도 하지 않고 머그잔만 내려다보았다.

나도 한동안 침묵했다. 곧 있을 우리의 결혼식을 상기시켜주는 물건들 사이에서 마고와 함께 앉아 있으려니 무슨 말을 해야 할지 곤혹스러웠다. 마고는 입술을 깨물고 깊은 생각에 잠길 때면 늘 그렇듯이 자신도 모르게 약혼반지를 만지작거렸다. 내 눈이 그녀의 손에끼워진 할머니의 카나리아 다이아몬드에 머물렀다. 저 반지 또한 이문제를 해결하기 위해 처리해야만 하는 힘든 일 중 하나였다. 신랑이 파혼을 선언할 경우 버림받은 약혼녀가 약혼반지를 가지게 하는 것이 신사다운 일이지만 저 반지는 우리 집안의 가보였다.

"넌 아무것도 신경 쓰지 않아도 돼." 잠시 후에 내가 말했다. "취소는 내가 다 알아서 할게. 식장, 하객들 전부 다. 넌 아무것도 하지 않아도 돼."

"참 고결하기도 하셔라." 마고가 냉담하게 말했다.

"딱 한 가지…… 한 가지만 빼고." 말하기가 정말로 쉽지 않았다.

"뭔데? 나에게 원하는 게 뭘까?"

나는 천천히 숨을 내쉬었다.

"할머니의 반지는 돌려받아야 해."

약혼이 깨지면 마고의 미래 재정 상태가 급격하게 바뀐다는 사실이 이 상황을 백배는 더 힘들게 만들었다. 그녀의 경제적 부담을 덜어줄 수 있는 뭔가를 남겨준다면 내 마음이 아주 조금이라도 나아질 것 같았다.

"반지 가격을 감정 받아서 돈으로 줄게. 감정가가 얼마든."

마고는 코웃음을 치고 거만한 말투로 말했다. "네 지원금은 필요 없어, 앨리스테어." 그녀는 반지를 꺼내 우리 사이에 놓인 테이블에 올려놓았다. "너와 나는 돈 때문에 만난 사이가 아니야."

나는 테이블에 반지를 그대로 놓아둔 채 우리 둘 사이의 무게를 느꼈다. 마고와 나는 돈 때문에 만난 사이가 아니었다. 돈 이상이었다. 내 가족, 내가 브랜드처럼 입고 있는 캘러웨이라는 이름 때문에 만난 관계였다. 함께 이룰 수 있는 야망이 있었기에. 하지만 돈도 언제나 그 일부분이었다.

마고는 오래전부터 외과의가 되고 싶어했다. 돈도 많이 들고 힘든 직업이지만 그녀의 계획은 거기서 끝이 아니었다. 마고에게는 외과

연구센터를 만들겠다는 꿈이 있었다. 외과의와 엔지니어, 혁신가들이 한데 모여 새로운 외과술 도구와 기법을 개발하는 기관. 하지만 그런 연구센터 설립은 막대한 경제적 지원 없이는 불가능하다. 나 같은 이름을 가진 사람이 필요했다.

우리는 한동안 말없이 앉아 있었다. 마고는 울부짖거나 눈물을 글썽거리지도 않았고 격분하거나 단단한 물건을 집어던지지도 않았으며 모호하고 비이성적인 협박을 하지도 않았다. 원래 냉정하고 분석적인 마고가 아닌가. 당연히 인생을 뒤집어엎는 소식을 듣고도 냉철한 차분함으로 반응했다.

"왜 그 여자야?" 마고가 물었다. 매우 복잡한 알고리즘을 풀려는 듯한 표정이었다. "왜 내가 아니라 그 여자야?"

"마고……."

"단지 이해하고 싶을 뿐이야." 마고의 손가락이 머그잔 가장자리를 따라 움직였다. "물론 예쁘지. 하지만 외모만 보고 결혼하는 건 잘못된 투자잖아. 분명 다른 뭔가가 있을 텐데 그게 대체 뭐지?"

나는 한숨을 쉬며 엄지손톱 주위의 거스러미를 뜯었다.

"노동자 계급 출신이지, 교육도 제대로 못 받았지, 야심도 없고 너무 물러. 모든 측면에서 계산할 때 네 상대로는 형편없어."

나는 마고가 틀렸다는 것을 알고 있었다. 그레이스는 마고가 말한 것 이상이었다.

"사랑은 꼭 논리적으로 설명할 수 없잖아. 그냥 사랑하는 거지."

마고의 얼굴에 예전에도 본 적 있는 큰 실망감이 서렸다. 혐오와 연민이 섞인 듯한 표정이어서 나는 고개를 돌릴 수밖에 없었다. 속이 뒤틀리는 듯한 뜨거운 수치심이 밀려왔다.

"사랑이라. 사랑 때문에 우리가 이룰 수 있는 것들을 버리는 거야?"

나는 대답하지 않았다.

"넌 바보야. 사랑은 제 일 막일 뿐이야. 영원히 계속 되지 않아. 그다음에는 뭐가 올 것 같아?"

반지를 집어 주머니에 넣었다. "네가 잘되기를 바랄게, 마고. 진심으로."

문을 열고 나가려는 찰나 마고가 불러 뒤돌아보았다.

"너와 나는 함께 뭔가를 만들 수 있었어. 하지만 너와 그레이스는 서로를 파괴하기만 할 거야. 두고 봐. 너무 늦어서 손조차 쓸 수 없을 때 넌 지금 이 순간을 떠올리면서 내 말이 맞았다고 생각할 거야. 거대한 비극은 전부 사랑에서 시작됐으니까."

25
찰리 캘러웨이

2017년

빨간색 보머 재킷을 입고 몸을 움츠리면서 돌턴에게 뒤처지지 않으려 애썼다. 그의 느긋한 걸음걸이가 나에게는 빨리 걷기나 마찬가지였다. 키 차이를 줄이려 굽 높은 부츠까지 신었는데 말이다.

돌턴이 한 팔로 나를 감싸고 귓가에 대고 말했다. "커피 마실래?"

나는 고개를 끄덕였다. 우리는 웨스트 빌리지의 북적거리는 커피숍으로 들어가 줄을 섰다. 우리 둘은 데이비드 타워의 전시회를 본후 시내에 있는 각자의 본가에서 자고 다음 날 학교로 돌아오기로하고 함께 일박 외출증을 받았다. 아침 일찍 캠퍼스를 나섰다. 돌턴이 운전을 했다. 하트퍼드 외곽에서 잠깐 멈춰 커피와 샌드위치를아침으로 먹었다. 잠시 동안 학교를 벗어나니 기분이 좋았고 돌턴과 함께여서 즐거웠다. 오로지 엄마의 사건 파일에서 찾은 사진들에 대한 생각뿐이었던 나에게 유쾌한 기분 전환이 되어주었다.

그 사진들은 무엇이고 어디에서 난 걸까? 무슨 뜻일까? 무엇보다도, 그들은 무엇을 하고 있었던 걸까? 사건 파일에 들어 있던 노란색 리걸패드를 찢은 종이들도 살펴보았지만 읽을 수 없게 휘갈겨 쓴 글씨가 대부분이었다. 맨 위에 2007년 7월 14일이라고 쓴 날짜는 알아볼 수 있었다. 엄마가 실종되기 삼 주 전이었다. 그 밖에 알아볼 수 있는 글씨라고는 '놀우드'와 '제이크 그리핀'뿐이었다.

그러니까, 엄마가 사라지기 삼 주 전 피터 힌즈버그는 엄마에게 사건을 의뢰 받아 도와주고 있었던 것이다. 공교롭게도 아빠와 함께 학교를 다닌 죽은 옛 남자친구와 관련 있는 사건을.

그리고 행크 외삼촌이 랭글리 호수의 집 엄마 아빠의 침실 마룻바닥 안에서 발견한 사진이 있다. 피터 힌즈버그와 엄마가 함께 있는 사진, 그리고 '나는 알고 있다'라는 메모. 내 사진 뒷면에 적힌 '멈춰'라는 한 단어도.

엄마와 피터 힌즈버그가 함께 해결하고 있던 사건이 무엇이든 간에 그 사건을 누군가 알게 된 것일까? 그 사람이 엄마에게 그런 메시지를 보냈을 정도로 위협을 느꼈다면, 또 어떤 위협을 가했을까? 엄마는 겁이 나서 도망쳤을 수도, 도망칠 기회를 얻지 못했을 수도 있다.

등줄기가 서늘해져서 생각을 떨쳐버리려고 머리를 흔들었다. 돌턴이 바리스타에게 신용카드를 내면서 내 커피도 자신이 사겠다고 고집했다. 그러지 말라고 말리려 했지만 돌턴은 절대로 물러서지 않겠다는 표정이었다. 그래서 이렇게만 말했다.

"고마워."

"내 기쁨이지." 그가 미소 지으며 답했다.

우리는 누구의 눈에라도 커플처럼 보였을 것이다. 돌턴은 상냥하고 평범한 소년으로(사실이지만), 나는 상냥하고 평범한 소녀로(사실이 아니지만). 기숙사 방에서 키스를 한 후 나를 대하는 돌턴의 태도가 미묘하게 바뀌었다. 과잉보호하고 소유하려는 쪽으로. 돌턴 무리는 저녁 식사 때도 나와 드루, 야엘, 스티비와 같이 앉기 시작했다. 예전에는 거의 없던 일인데 이제 그들과 한 무리가 되어버린 느낌이었다. 가끔씩 돌턴은 내 옆자리에 앉아 상체를 젖히고 아무렇지 않게 내 의자 등받이에 팔을 걸치기도 했다. 마치 우리가 사귀는 사이라는 듯이. 그런가 하면 워커 트레퐁이 내가 배구 코트에서 보여준 형편없는 운동신경에 대해 농담을 했을 때 돌턴은 그의 라크로스 블로킹 실력이 형편없다며 농담을 던졌다. 트레퐁은 귀까지 빨개져서 저녁을 다 먹을 때까지 아무 말도 하지 않았다. 마치 돌턴이 항상 나를 지켜주는 것 같았다.

이런 상황에서 내가 어떻게 반응해야 하는지 알고 있었다. 기뻐해야 한다. 누구라도 그렇게 반응할 테니까. 삼각법 수업 시간에 노트에 돌턴의 이름을 끼적이거나 드루에게 돌턴의 섹시한 눈빛에 대해 쉴 새 없이 수다를 떨어야 정상이겠지.

하지만 나는 오히려 마음이 멀어지기만 했다. 드루가 돌턴 이야기를 꺼낼 때면 조용해졌고 어정쩡하게 어깨만 으쓱할 뿐 별다른 열성을 보이지 않았다. 저녁을 먹을 때는 그에게 아예 말을 걸지 않거나 쳐다보지 않기도 했다. 수업 시간에 돌턴이 견해를 밝히면 그와 반대되는 견해를 내놓고 열띤 토론을 펼쳤다. 마치 나를 제발 싫어해 달라고 애쓰는 것 같았다.

말도 안 되는 행동이었다. 나도 돌턴이 좋았다. 똑똑하고 친절하고 인기 많고. 돌턴을 좋아하는 여자애들이 많다는 것도 알고 있었고 그가 나를 좋아한다는 사실을 티내자 나를 대하는 여자애들의 태도가 갑자기 달라졌다는 것도 모르지 않았다. 나도 그에게 매력을 느꼈다. 어두운 복도 구석이나 축구 훈련이 끝난 후 남자 로커룸 뒤쪽에서 그와 키스하는 게 좋았다. 그의 재킷 단추를 풀고 슬그머니 따뜻한 살을 맞대는 것도 좋았다. 하지만 웬일인지 자신을 막아야 한다고 느꼈다. 팔을 뻗으면 닿을 수 있는 거리 이상 다가오지 못하게 해야 한다고.

돌턴이 주머니에서 울리는 전화를 꺼내 확인하더니 말했다.

"엄마가 좀 늦으실 것 같아. 너희 아빠 사무실에서 만나도 괜찮을지 물으시는데."

"물론." 내가 어깨를 으쓱하며 말했다.

돌턴은 엄마가 나와의 만남에 긴장하고 있다고 말했다. 아무래도 우리가 사귄다고 말한 모양이었다. 돌턴의 엄마는 우리가 뉴욕 시내에 들른다는 말을 듣고 저녁을 사주고 싶다고 했다. 그러자 돌턴이 우리 아빠도 부르자고 제안했다. 그 역시 우리 아빠를 만나본 적이 없으므로 말하자면 일석이조인 셈이었다. 아빠가 출장을 갔다고 서투른 핑계를 댈까도 고민했다. 솔직히 아빠를 보고 내가 어떤 기분이 들지 알 수 없었기 때문이다.

개학한 후, 행크 외삼촌이 부모님의 침실 마룻바닥에 숨겨져 있던 사진을 가지고 찾아온 이후로 아빠를 만나지 못했다. 외갓집 식구들과 클레어 아줌마가 아빠에 대해 한 말을 내가 너무도 잘 안다고 생각했던 아빠의 모습과 어떻게 일치시켜야 할지 혼란스러웠다.

예전처럼 아빠를 대할 수 있을까. 같은 공간에서 서로를 보게 되는 순간 아빠는 내가 자신을 배신했음을 눈치챌 것이다. 내가 자신의 과거를 캐고 다니고 알아서는 안 되는 것들을 알고 있으며 추악한 의심을 품고 있다는 것을. 이렇게 되어버렸는데 우리가 어떻게 예전과 똑같을 수 있을까 싶었다.

하지만 결국 아빠를 저녁 식사에 부르자는 데 찬성했다. 엄마에게 생긴 일을 확실히 밝히려면 아빠에게도 질문을 하지 않으면 안 되었다. 가장 좋은 출발점은 제이크 그리핀에 대해 물어보는 것이라고 결론 내렸다. 사건 파일에 담긴 사진들을 본 후로 엄마의 실종이 어떻게든 제이크와 관련되어 있다는 점이 명백해 보였다. 과연 그 연결고리가 무엇인지, 또 아빠가 어떤 식으로든 관련이 있는지 알아내야 했다.

아빠의 사무실은 뉴욕 시내의 유리로 이루어진 듯한 초고층 빌딩 맨 꼭대기에 있었다. 미리 전화를 해두었더니 일층 경비실에 통행증이 준비되어 있었다. 내가 어렸을 적부터 쭉 아빠의 비서로 일하는 로잘린드가 엘리베이터에서 우리를 맞았다. 그녀는 오십대의 통통한 여성으로 마음에 드는 상대에게는 더할 나위 없이 밝고 상냥하지만 그렇지 않은 상대에게는 퉁명스럽게 톡 쏘아붙였다. 어릴 때 그녀가 월스트리트에서 일하는 다 큰 성인 남자를 울리는 모습을 본 적도 있었다. 적어도 그는 눈물이 글썽했다.

"로지." 내가 그녀에게 인사하며 포옹했다.

그녀는 웃으며 나를 껴안았다. "너무 큰 소리로 말하면 안 돼. 날 그렇게 부르고 무사히 넘어갈 수 있는 사람은 네가 유일하거든. 난 사람들이 이곳에서 애칭을 불러도 괜찮다고 생각하길 원치 않는단다."

하지만 감히 그녀를 언짢게 만들려는 사람은 없을 터였다.

"저 키 크고 잘생긴 친구는 누구니?" 로지가 물었다.

"로이스 돌턴입니다." 돌턴이 손을 내밀며 미소 지었다. "만나 뵈어 반갑습니다. 정말 존경스러운 분이라고 찰리에게 말 많이 들었어요."

"나도 만나서 반갑구나." 로지가 돌턴의 손을 잡았다. 그녀는 나를 보고 윙크하고는 속삭였다. "놓치지 마."

로지는 우리를 아빠의 사무실로 들여보내주고 물을 가지러 갔다. 아빠는 시내에서 회의를 마무리하는 중이라 좀 늦을 예정이었다.

아빠의 사무실은 크고 장식이 많지 않았다. 세련되고 현대적으로 보이도록 의도된 것이었지만 내 눈에는 차갑고 가까이하기 어려워 보였다. 어쩌면 그것도 의도에 포함될지 몰랐다. 아빠의 사무실은 건물의 모퉁이에 있어 두 면의 창문으로 시내가 내다보였다. 사무실 가운데에는 철제 프레임 책상과 컴퓨터가 있었다. 방의 한쪽 면에는 이인용 검은색 가죽 소파와 안락의자 두 개, 주류 보관함이 자리했다.

돌턴이 소파에 앉았고 나는 창가에 서서 도시를 내려다보았다. 워낙 고층이어서 다른 건물들이 작아 보일 정도였다.

"너희 아버지 안목이 뛰어나시네." 돌턴이 말했다.

"그렇지." 고개를 돌려 책상과 한쪽 벽을 따라 늘어선 책장을 바라보았다. 아빠의 사진이 많았다. 고객들이나 중요한 사람들과 찍은 사진, 오랜 동창 친구들과 함께한─프레디 하인즈와 항해를 하고 매슈 요크와 골프를 치는─사진이 있었다. 나하고 세라피나와 찍은 사진은 한 장뿐이었다. 마서스비니어드섬의 별장 근처 해변에서 찍은 것이었다. 일곱 살쯤 되어 보이는 세라피나는 아빠가 목말을 태웠고 나는 아빠 옆에 기대서 있었다. 아빠는 한 팔을 나에게 둘렀다. 나는 터무니없이 큰 아빠의 컬럼비아 대학 티셔츠를 입었는데 소매에 뚫은 구멍에 엄지를 끼운 모습이었다.

"기다리게 해서 미안하다."

뒤쪽에서 낯익은 목소리가 들렸다. 돌아보니 문가에 양복에 외투를 입은 아빠가 보였다.

아빠는 안으로 들어와 서류가방을 책상에 올려놓았다.

"샬럿, 정말 반갑구나." 아빠가 나를 안고 머리에 키스했다. 희미하게 월하향꽃 향기가 났다. 아빠가 가장 좋아하는 향수였다.

"나도요." 내가 약간 부자연스럽고 숨이 찬 목소리로 말했다.

"샬럿의 친구구나." 아빠가 돌턴과 악수하기 위해 긴 보폭으로 몇 걸음을 걸어갔다.

돌턴은 소파에서 일어나며 손을 내밀었다.

"로이스입니다. 반갑습니다. 죄송한데 어머니가 좀 늦으신다네요. 워낙 극적인 등장을 좋아하셔서."

"네 엄마 소개를 참으로 멋지게도 하는구나."

우리 셋 모두 문 쪽을 돌아보았다. 거기에는 짙은 색 리넨 바지에 고급스러운 캐시미어 스웨터와 두꺼운 울코트를 입은 세련된 차림의 여성이 서 있었다. 한 손에는 큼직한 버킨백을 들었다. 그녀는 보통 키였지만 몸가짐이나 행동이 매우 인상적이고 경외심을 일으키는 데가 있었다. 난 돌턴의 엄마가 굉장한 미인일 거라고 생각했다. 물론 돌턴만큼 매력적이기는 했지만 이상하게도 강한 사각턱이나 넓은 코, 긴 이마처럼 돌턴의 얼굴에서는 매우 매력적인 특징이 오히려 그녀를 평범하게 만들었다. 어딘지 익숙한 느낌이 또 있었는데 딱 꼬집어낼 수가 없었다.

"칭찬으로 말한 거예요, 맹세해요." 돌턴이 미소 지으며 말했다. "찰리, 캘러웨이 씨, 제 사랑하는 엄마를 소개……."

"마고." 아빠가 쉰 목소리로 말했다.

"아." 어리둥절해진 돌턴의 이마에 주름이 잡혔다. "죄송해요. 두 분이 아는 사이인 줄 몰랐어요."

돌턴 부인이 남성적이고 위엄 있는 걸음걸이로 성큼성큼 걸어와 아빠의 뺨에 키스했다.

"앨리스테어, 정말 오랜만이야. 이쪽이 네 딸 찰리겠구나." 그녀의 시선이 나를 향했다. 나를 위아래로 뜯어보며 그녀가 말했다. "세상에, 제 엄마를 빼닮았구나. 마고라고 부르렴."

그녀가 내민 손을 잡았다. 속으로는 엄마의 이야기가 나와서 가슴이 뛰었다. 지금까지 내 앞에서 엄마 이야기를 꺼낸 사람은 아무도 없었다. "저희 엄마와 아는 사이셨어요?"

"그래. 그레이스를 알았지. 네 아빠와 나는 놀우드 동창이야. 컬럼비아도 같이 다녔고."

그녀가 왜 낯익어 보였는지 그제야 알았다. 만난 적은 없지만 본 적이 있어서였다. 알몸에 붉은색으로 낙서가 되어 있던 사진 속 여학생이 그녀였다. 알몸인 것이 그녀가 아니라 사진을 보는 사람인 것처럼 느끼게 했던 사진 속 여학생의 부끄러움 없고 흔들림 없는 눈빛이 똑같았다.

"놀우드 시절이 아득한 옛날처럼 느껴지네. 그렇지 않아?" 마고가 아빠를 보고 웃으며 말했다. "우리가 놀우드에 다니는 자식을 둔 나이라니 믿어져? 우린 아주 늙다리가 됐어."

아빠는 잠시 후에야 대답했다. 생각에 잠겨 멍해진 것 같았다.

"그래. 믿어지지가 않는군."

"다들 이탈리아 음식을 좋아해야 할 텐데." 마고가 미소 지으며 모두를 차례로 바라보았다. "오스테리아 다 루카를 예약했거든." 그녀가 날카롭게 아빠를 쳐다보았다. "네가 무척 좋아하던 곳이었지. 내기억이 맞는다면."

아빠는 고개를 끄덕이기만 했다.

"좋아. 일곱시 삼십분으로 예약했어."

그녀는 손목을 들어 시간을 확인했다. 외투 소맷자락이 살짝 떨어지며 백금의 시곗줄이 드러났다. 진주색의 시계 문자판 테두리에 알알이 박힌 노란색 다이아몬드들이 반짝거리는 정말 아름다운 시계였다. 돌턴의 어머니는 안목이 뛰어난 듯했다.

"예뻐요. 바니스인가요?" 내가 물었다.

"응?"

"시계요."

"아, 우리 집 가보야." 마고가 말했다. 그녀가 손을 내렸고 소맷자락이 내려와 시계를 가렸다. "아래층에 차 대기시켜놨어. 이제 갈까?"

아빠는 어딘지 퉁명스러웠다. 레스토랑에서 내 접시를 보는 척하면서 아빠를 슬쩍 보았다. 아빠는 평소와 달리 무척 조용했는데 무엇 때문인지 감을 잡기가 어려웠다. 유지니아가 홈커밍에서 나와 나눈 대화를 전했을까? 테디 작은아빠가 약속을 깨뜨리고 행크 외삼촌이 호숫가 집에서 찾은 사진에 대해 말한 것일까? 나에게 화가 나서일까? 아니면 마고의 출현이 불편한 것일까? 그렇다면 왜지?

무엇 때문인지는 모르겠지만 그렇다고 내 목적 달성에 방해가 되게 할 수는 없었다. 헛기침을 하고 포크를 리소토 속으로 찔러 넣었다.

"저 학교 신문부에 들어갔어요."

"《크로니클》 말이니? 샬럿, 정말 멋지구나." 아빠가 말했다. 적어도 지금만큼은 잡념에서 벗어난 모습이었다.

아빠의 미소에 인정받았다는 생각이 들어 온몸이 따뜻해졌다.

"지금 특집 기사를 쓰고 있는데요, 학교에서 떠도는 도시괴담에 대한 기사를 쓰자고 제안했어요."

"흥미로운걸." 마고가 말했다.

"정말 그래요. 지금 제가 알아보고 있는 괴담이 하나 있어요. 유령 이야기 같은 건데요, 예전 놀우드 재학생이 캠퍼스를 떠돈다는 소문이에요. 자살을 했다나 그렇대요. 자세한 건 다 애매모호하고요."

"아, 맞다. 크로스비가 봤다던데. 밤에……." 돌턴이 말을 멈추고 내 아빠와 자신의 엄마를 쳐다보았다. "도서관에서 공부하고 오다가요……. 깜짝 놀랐대요."

나는 아빠의 표정을 살폈다. 침을 삼키고 이야기를 계속했다.

"그 유령이 누구인지 찾아보는 중이에요. 백 년 동안 놀우드에서 죽은 학생은 두 명뿐이거든요. 그중 한 명은 아빠랑 같은 시기에 학교를 다닌 학생이더라고요. 이름이 제이크 그리핀이었어요."

아빠는 나이프로 스테이크를 자르다 멈추었다.

"제이크 그리핀." 마고가 잘 기억나지 않는 듯 제이크의 이름을 천천히 말했다. "아, 기억난다. 비극적인 사건이었지. 내 기억이 맞는다면 내가 삼학년 때였어."

"아는 사이셨어요?" 내가 물었다.

"그래. 같은 학생회 간부였어. 제이크는 정말 좋은 애였지."

"아빠도 아는 사이였어요?" 아빠에게 물었다.

"아니. 같은 학년이 아니었어."

아니라고? 졸업 앨범의 '추모' 페이지에 실린 아빠와 제이크 그리핀이 어깨동무를 하고 카메라를 보며 환하게 웃는 사진이 떠올랐다. 분명히 제이크 그리핀과 앨리스테어 캘러웨이라고 적혀 있었는데. 아빠는 거짓말을 하고 있었다.

"졸업 앨범에서 둘이 같이 찍은 사진을 본 것 같은데요." 내가 말했다.

아빠는 대답하지 않았다.

"제이크하고 같은 테니스부였지 않아?" 마고가 물었다.

"기억이 나지 않는데." 아빠는 나나 마고를 쳐다보지 않았다. "아까 네가 말한 대로 아득한 옛날 일이니까."

"하지만 졸업 앨범에 같이 찍은 사진이 있었는데." 내가 다시 말했다. 절대로 그냥 넘어갈 생각이 없었다. 답을 알고 싶었다. 꼭 알아야 했다. "사각형 안뜰에서 찍은 사진인데 굉장히 친해 보였어요."

"그 유령이 어디에서 나타난다고?" 마고가 끼어들어 물었다.

"보통은 한밤중에 옛날 상급생 기숙사 근처에서요." 돌턴이 대답했다.

"그렇다면 그 유령은 제이크 그리핀이 아닌 것 같구나."

"어째서요?" 내가 물었다.

"제이크 그리핀은 캠퍼스 내에서 죽지 않았거든." 마고가 말했다.

"정말요?"

"마고, 저녁 식사에서 나눌 대화로는 적절하지 않은 것 같아." 아빠가 말했다.

"제발요. 전 듣고 싶어요." 아빠가 답을 줄 수 없다면 마고가 줄 수 있을지도 모른다. "기사 때문에 그래요." 내가 덧붙였다.

"학교 일이잖아, 앨리스테어. 숙제를 도와주는 거라고." 마고가 말했다.

아빠는 한숨을 쉬고 아까와 달리 스테이크를 힘껏 자르기 시작했다.

"스폴딩강 근처의 계곡에서 발견됐어. 부정행위가 적발돼서 레지에서 뛰어내렸지. 물에 빠져 죽었어. 시체는 며칠 후에 발견되었고."

"끔찍해요." 돌턴이 말했다.

"그래. 학교 전체가 큰 충격에 빠졌지. 놀우드는 한 가족 같은 학교이고 제이크는 그 일원이었으니까. 하지만 학생들이 학업에 얼마나 큰 압박감을 느끼는지 당사자가 아니면 잊어버리기 쉽지. 놀우드는 만만치 않은 학교야. 적응하지 못하는 학생들도 있을 수 있어."

마고의 말을 들으니 어지럽고 숨 쉬기가 힘들어졌다.

"실례할게요. 잠깐 화장실 좀."

"괜찮니? 얼굴이 창백하구나." 마고가 물었다.

"괜찮아요." 거짓말이었다.

자리를 빠져나와 휘청거리지 않도록 중심을 잡으려 애쓰며 걷다가 이내 달렸다. 화장실에 들어가 문을 잠그고 기대어 거칠게 숨을 몰아쉬었다.

엄마의 사건 파일에 있던 제이크와 아빠와 마고와 또 다른 친구들이 나온 사진들. 레지에서 찍은 거였다. 왜 진즉 몰랐을까?

조각들이 합쳐지고 있었다. 모든 변수가 더해지고 있었다.

1. 첫째, 아빠와 제이크가 학교 캠퍼스에서 찍은 사진이 있다.

2. 아빠는 두 사람이 친구였다는 사실을 부인했다.

3. 제이크가 시험지를 훔치다 발각되었다는 사실. 처음에는 이해가 되지 않았다. 다들 제이크가 매우 우수한 학생이었다고 했으니까.

4. 마지막으로, 제이크가 뛰어내렸다는 스폴딩강 위쪽에는 빈터가 있다.

이 모든 단서가 모여 한 가지를 가리켰다. 제이크는 에이스였다. 나 같은 입회자. 확신하건대 아빠와 마고도 에이스였을 것이다. 엄마의 사건 파일에 있던 사진들 가운데 일부는 입회 기념으로 찍은 것이었다. 레오와 내가 렌의 차 뒷좌석에서 찍은 사진처럼.

시험지를 훔치는 것이 제이크가 받은 임무였고 그가 실패한 것이라면? 그는 훔치다 발각되어 퇴학 위기에 처했고 스폴딩강 위의 레지로 간 것이다. 하지만 과연 그가 혼자였을까? 자유 의지로 뛰어내린 것일까, 아니면 자신을 수장시킬 저 아래 물속으로 뛰어내리지 않으면 안 되었던 것일까?

26
그레이스 캘러웨이

1999년 가을

눈앞이 빙빙 도는 증상이 멈출 때까지 화장실 벽에 기댔다. 적어
도 구토는 하지 않았으니 잘된 일이었다. 오스카 데 라 렌타 드레스
를 입고서 칼라일 호텔 화장실의 도자기 타일 바닥에 무릎을 꿇고
변기에 대고 토하는 소리를 어퍼 이스트 사이드의 입버릇 고약한 아
내들이 들었다면 내 굴욕의 절정이 되었을 테니까. 만약 그랬다면
다시 파티장으로 돌아갔을 때쯤에는 그 안에 있는 사람들 절반에게
는 내가 섭식장애라고, 나머지 절반에게는 알코올 중독이라고 소문
이 쫙 퍼졌을 것이다.

정말로 오고 싶지 않았지만 캘러웨이 집안이 매년 주최하는 자선
연회인 데다 앨리스테어가 연설을 하기로 되어 있었다. 그날 저녁
집에서 그의 넥타이를 매주었다. 그는 연설을 연습했다. 처음부터
끝까지 연설문을 읊으며 어느 부분을 강조해야 하는지, 어느 부분에

서 웃음과 박수갈채가 나올 테니 잠깐 멈추어야 하는지 확인했다. 그때 몸이 좋지 않아 집에 있어야겠다고 말할까 생각했지만 근래 들어 우리 사이에 팽팽한 긴장감이 맴돌았기 때문에 또다시 싸움을 만들고 싶지 않았다.

호텔에 도착한 지 오 분도 되지 않아 그는 동료들과 등이 파인 이브닝드레스를 입은 사교계 명사들과 대화를 나누러 갔고 나는 다시 혼자 남았다. 그때 웨이터들이 돌아다니며 권하던 연어 파이 냄새가 확 끼쳐와 배 속이 뒤틀렸다. 그래서 곧장 화장실로 향한 것이다.

하지만 언제까지나 화장실 안에 숨어 있을 수는 없었다. 심호흡을 하고 밖으로 나갔다. 세면대에서 찬물로 손을 씻었다. 거울 속에 핼쑥한 얼굴의 내가 있었다. 몸 상태만큼이나 얼굴도 형편없어 보였다.

보통은 아침에 입덧이 심하다는데 나는 하루 종일 입덧을 했다.

임신했다는 사실을 이틀 전에 알았다. 빈 물병 세 개와 더하기 표시가 나타난 임신테스트기 다섯 개가 옆에 놓인 채로 화장실 바닥에 혼자 앉아서. 아무에게도, 앨리스테어에게조차 말하지 않았다.

변기 물 내리는 소리에 이어 문이 열렸다. 거울을 통해 뒤쪽을 보았다가 유지니아인 것을 발견하고 소스라치게 놀랐다.

유지니아는 내가 앨리스테어와 사귄다는 사실에 테디 때보다도 훨씬 격렬하게 반응했다. 앨리스테어와 내가 결혼한 후 그녀는 추수감사절 모임 초대 명단에서 우리를 제외했고, 캘러웨이 집안의 크리스마스카드는 사진에서 앨리스테어의 얼굴이 잘린 채로 도착했다. 유지니아의 분노는 몇 달 전에 테디가 비니어드에서 그리어 그레이마우스라는 아름다운 여성과 결혼식을 올리고 나서야 누그러지기 시작했다. 그레이마우스 가문은 해상운송사업으로 재산을 축적한 전통 있는 부호였다. 유지니아는 친구 딸인 그리어와 테디의 중매에 직접 나섰다. 그리어가 뉴욕 대학교에서 심리학 박사과정을 밟는 중이라는 사실은 유지니아가 그녀에 대해 입에 침이 마르도록 칭찬하는 부분 가운데 하나였다. 그리어의 윤기 나는 머리카락과 마장마술 대회 챔피언 경력도 거기에 포함되었다.

앨리스테어의 나머지 가족들을 보자면, 그의 아버지는 예전과 마찬가지로 나에게 별 관심이 없었고 테디는 아예 나를 아는 척도 하지 않았으며 올리비아는 바사를 졸업한 후 파리로 건너갔다. 파리에서 그녀는 센 강 인근에 위치한 미술관에서 일하면서 뚱한 표정의 삼십 세 연상 외국인 남자와 동거했다.

유지니아는 나를 보자 늘 그렇듯 얼굴을 찡그렸다.

"돼지처럼 땀을 흘리고 있구나." 그녀가 세면대 쪽으로 오며 말했다. 그녀는 클러치에서 기름종이를 꺼내 내밀었다. 이제껏 나에게 보여준 가장 큰 친절이었다.

"고맙습니다." 내가 종이로 이마를 누르며 말했다.

"안색이 많이 안 좋은데. 괜찮은 거니?"

"식중독인가 봐요. 속이 메스꺼워요."

유지니아는 손을 씻으면서 나에게서 약간 물러났다. "집에 가서 눕지 그러니. 전염돼서 다들 아프면 안 되잖니." 그녀가 핸드 타월로 손을 뻗으며 말했다.

그녀가 얼마나 끔찍한 일을 상상하고 있는지 알 수 있었다. 자신의 파티에 온 어퍼 이스트 사이드 사람들의 절반이 최초 감염자인 나 때문에 쓰러지는 모습.

"그러려고요. 앨리스테어 보시면 전해주시겠어요?"

"물론이지, 얘야. 걱정 말고 얼른 집에 가서 쉬렴."

곧바로 연회장을 지나쳐 입구의 휴대품 보관소로 갔지만 아무도 없었다. 여직원이 잠깐 담배를 피우러 간 모양이었다. 손님들이 도착할 시간은 지났고 돌아가기에는 너무 이른 시간이었으니 그럴 만했다. 나는 그녀가 언제 돌아올까 생각하며 시계를 보았다.

"벌써 가는 거야?"

돌아보니 내 뒤 어두운 복도에 서 있는 테디가 보였다. 손에는 스카치 잔이 들려 있었다.

"몸이 안 좋아서."

"형이 실망할 거야. '날 좀 보소, 날 좀 보소' 하는 대단하신 연설도 아직 안 했는데. 듣자하니 연설 실력이 일취월장해서 별 묘기를 다 부린다던데."

테디는 벽에 기댔다. 숨결에서 술 냄새가 풍겼다.

"다시 들어가봐야겠어." 내가 물품 보관소 창문에서 물러나며 말했다.

테디가 똑같이 움직이는 동시에 한 걸음을 내딛어 내 길을 막았다. "간다며."

그가 너무 가까이에 있었다. 목덜미에 소름이 돋았다.

"오늘 정말 예뻐." 테디는 손가락 하나로 내 팔을 쓰다듬었다. 팔에도 소름이 돋았다. "내 손길에 아직도 반응하고 있잖아." 그가 속삭였다. 그러고는 더 가까이 다가와 내 귀에 대고 말했다. "내가 네 몸을 악기처럼 연주하고 네 입에서 신음 소리가 나오게 만들던 걸 기억해. 형은 그러지 않지?"

나는 가만히 서 있었다. 그의 뒤쪽으로 뻗은 연회장으로 이어진 어둡고 조용한 복도를 바라보았다. 연회장 샹들리에의 하얀 조명이 빛나고 저녁 식사에 쓰일 접시 부딪히는 소리가 들렸다.

"네 아내한테 돌아가, 테디. 널 찾고 있을 거야." 내가 말했다.

"내 아내." 그가 웃음을 터뜨리며 술을 한 모금 마셨다. "내 아내. 네 남편. 우리 정말 어른 같네. 영원히 옆에 붙어 있을 이름딱지도 생기고 말이야."

"너 취했어."

"그래. 취했어. 그렇다고 내 말이 사실이 아닌 건 아니지. 좀 딱해 보이긴 할지라도."

"그래. 딱해."

테디가 뒤돌아섰다. 앨리스테어가 어두운 복도에서 주머니에 손을 찔러 넣은 채 우리를 보고 있었다.

"몇 번이나 말했지. 적당히 마시라고." 앨리스테어가 우리 쪽으로 다가오더니 자연스럽게 테디의 술잔을 가져갔다. "그러다 우스운 꼴 되지 말고."

"형 노릇 하려는 건 여전하네." 테디가 건조하게 말했다. "오늘 밤은 하루 쉬어. 피곤해 보이는데."

"네 아내한테 가. 내 아내는 내버려두고." 앨리스테어의 목소리는 얼음처럼 차가웠다.

테디는 한동안 그대로 서 있었다. 어깨를 똑바로 펴고 그동안 쌓인 적의를 모두 담아 앨리스테어를 쳐다보면서. 테디는 앨리스테어보다 적어도 십오 센티미터는 키가 컸다. 하지만 앨리스테어가 더 다부진 어깨와 탄탄한 체격을 갖췄다. 둘 사이에 흐르는 팽팽한 긴장감이 느껴졌다. 마침내 끓는점에 이르러 테디가 그동안 굳이 숨기려 하지 않았던 증오를 터뜨리는 것이 아닐까 싶었다. 하지만 싸우지 않는 편이 낫겠다 생각했는지 테디는 연회장으로 발걸음을 옮겼다. 우리는 그가 멀어져가는 모습을 바라보았다.

"무슨 일로 그런 거야?" 마치 내 잘못이라도 되는 듯 앨리스테어가 날카롭게 물었다.

"내가 어떻게 알겠어요?"

"내가 두 사람 때문에 걱정을 해야 하는 건가? 둘이 언제 몰래 어두운 복도로 빠져나와 속삭이지는 않을지."

"그러려고 그런 게 아니에요. 코트를 찾고 있었을 뿐."

앨리스테어의 눈썹이 올라가는 것을 보고 나에게 코트가 없다는 사실을 깨달았다.

"코트를 찾으러 왔어요." 내가 표현을 바꿔서 말했다. "집에 가려고. 그런데 테디가 날 몰아세운 거예요."

앨리스테어는 상처 받은 표정이었다. "가려고 했다고? 내 연설도 안 보고 가려고 한 거야?"

"몸이 안 좋아서."

"그것 참 편하군."

"전혀 편하지 않아요." 나도 모르게 큰 소리가 나왔다. 내 목소리가 복도로 퍼져나가 연회장 가장 가까운 테이블에 앉은 사람들이 우리를 쳐다보았다. 나는 분노 섞인 속삭임으로 목소리를 낮추었다. "어지럽고 토할 것 같고 피곤한데 가고 싶지도 않은 행사에 끌려가는 건 전혀 편한 일이 아니라고요. 같이 온 사람이 계속 날 버려두고 있다가 하지도 않은 일로 몰아세울 때만 아는 척하는 것도. 앨리스테어, 그 무엇도 절대로 편하지 않아요."

안으로 들어가 아무 일도 없는 척 사람들과 앉아 있을 자신이 없었다. 나는 뒤돌아 비틀비틀 로비를 향해 걷기 시작했다. 코트 따위는 상관없었다.

뉴욕의 추운 날씨 속에서 앨리스테어가 인도로 따라 나왔다.

"미안해. 당신을 나 몰라라 하려는 의도는 아니었어."

"알아요. 항상 그러려고 그러는 건 아니죠."

평일 야근, 주말의 전화회의, 온통 새로운 프로젝트에 쏠린 관심. 그 무엇도 일부러 나를 상처 주려는 것은 아니었다.

"다 알고 시작한 거잖아." 앨리스테어가 말했다.

"이제 당신만 있는 게 아니에요. 나만 있는 것도 아니고."

눈물이 나왔다. 이런 식으로 뉴욕의 차가운 인도에 서서 다투면서 전하고 싶은 이야기가 아니었는데.

"그게 무슨 말이야?" 앨리스테어가 물었다.

"나……." 내 목소리가 작아졌다. 한 손을 배에 올렸다. "나 임신했어요."

앨리스테어는 말이 없었다. 숨이 막히는 것 같은 모습이었다.

"확실해?"

"응. 확실해요."

그의 반응이 어떨지 알 수 없었다. 우리의 첫 임신은 초기 유산으로 끝나버렸다. 그 일로 나는 크게 상심했고 아마도 앨리스테어 또한 마찬가지였겠지만 그는 평소 나에게조차 감정을 잘 드러내지 않는 사람이었다.

앨리스테어는 떨어져 있는 나에게로 다가오더니 나를 껴안았다. 예상하지 못한 애정 표현에 어떻게 해야 할지 몰라서 그의 양복 재킷 안으로 손을 넣어 허리를 감싸 안았다. 그는 너무도 오랜만인 것처럼 나를 꼭 끌어안았다.

"행복해요?" 내가 물었다.

"당연히 행복하지." 앨리스테어는 내 머리에 입을 맞추었다. "당신은 행복하지 않아?"

나는 대답하지 않았다. 임신에 대한 감정과 우리의 관계에 대한 감정을 따로 떨어뜨려 생각할 수가 없었다. 지금처럼 우리 사이가 멀게 느껴진 적은 없었다.

"나 몸이 안 좋아요." 대신 이렇게 말했다. 어쨌든 사실이었으니까.

앨리스테어가 양복 재킷을 벗어 내 어깨에 걸쳐주었다. "집에 보내줄게." 그는 택시를 잡기 위해 도로 쪽으로 움직였다.

택시 문을 열어주는 그에게 재킷을 돌려주려고 했다.

"그냥 입고 가. 춥잖아."

"연설은 어떡하고." 셔츠만 입고 연설을 할 수는 없었다. 유지니아가 난리칠 게 뻔했다.

"괜찮아." 그는 몸을 숙여 내 이마에 키스했다. "나도 금방 집으로 갈게."

집에 돌아가 따뜻한 물로 목욕을 하고 파자마 차림으로 거실에 앉아 짭짤한 크래커에 진저에일을 마셨다. 저녁 시간 드라마가 야간 토크쇼로 바뀔 때까지 TV를 보았다. 자정에 깨어보니 화면에 해설식 광고가 떠 있었다. TV를 끄고 혼자 잠자리에 들었다.

다음 날 잠에서 깨니 앨리스테어가 와 있었다. 그가 캐주얼한 청바지와 스웨터 차림으로 뜨끈한 오트밀을 방으로 가져왔다. 그는 오트밀을 침대 옆 탁자에 내려놓았다.

"안녕, 잠꾸러기. 갈색 설탕 넣고 오트밀 만들었어. 오믈렛보다는 속이 편할 것 같아서. 먹어야 해."

나는 눈을 비비면서 그를 바라보았다. "어제 몇 시에 들어왔어요?"

"얼른 먹고 나갈 준비해. 보여줄 게 있어." 그가 웃으며 말했다.

하지만 몇 숟가락 들지도 않았는데 속이 울렁거렸다. 얼른 욕실로 가서 옷을 입었다.

옷을 입고 있는데 앨리스테어가 아래층을 향해 차를 준비시켜달라고 말하는 소리가 들렸다. 정문에 차가 대기하고 있었다. 나는 조수석에 앉아 차가운 유리창에 머리를 기댔다.

"어디 가는 거예요?" 연석에서 차를 빼는 앨리스테어에게 물었다.

"깜짝 놀라게 해줄 거야." 그는 내 손을 잡고 안심시켜주는 미소를 지었다. "좋은 거야."

고층 건물들이 사라지고 교외가 나올 때까지 한 시간 넘게 달려 탁 트인 평지로 들어섰다. 나는 눈을 감고 그대로 잠이 들었다. 차가 갑자기 멈추었을 때 깨어났다. 창밖을 보니 온통 나무뿐이었다.

"나와봐. 거의 다 왔어." 앨리스테어가 문을 열며 말했다.

그의 손을 잡고 그가 이끄는 대로 따라갔다. 분명히 와본 적이 있는 곳인데 처음에는 알아차리지 못하다가 문득 호수가 보였다. 랭글리 호수였다.

우리는 아무 말 없이 몇 분을 걸어 제이크와 내가 어렸을 때 만든 트리 하우스로 갔다. 앨리스테어와 내가 처음 사랑을 나눈 곳이기도 했다.

앨리스테어가 걸음을 멈추고 나를 보았다. "당신이 불행했다는 거 알아. 우리 삶에는 내가 바꿀 수 없는 것들이 많아. 하지만 분명히 절충안이 있을 거야."

"여기가 우리의 시작이었지." 그가 호수 쪽으로 빙 돌면서 말했다. "그리고 우리의 또 다른 시작이 될 거야. 난 여기에 우릴 위한 집을 지을 거야. 그냥 집이 아니야. 가정을 꾸릴 거야. 우리 아이들, 우리 가족을 이곳에 채울 거야. 이곳은 모든 것으로부터 벗어난 우리만의 공간이 될 거야. 이곳에 오면 오직 우리뿐일 거야."

그는 정말 진심을 말하는 것 같았다. 단호한 의지로 자신이 우리 사이를 꼭 붙잡아 떨어지지 않도록 틈을 메울 수 있다고 생각하는 듯이. 나는 그를 믿고 싶었다. 아, 얼마나 간절하게 그를 믿고 싶었는지. 그래서 아무 말도 하지 않고 그저 그의 손을 잡았다.

27
찰리 캘러웨이

2017년

돌턴과 나는 다음 날 놀우드에 늦게 돌아가도 된다는 허락을 받았다. 마고가 미리 학교에 전화를 걸어 우리가 통금 시간이 지나 돌아갈 것이라고 알렸다. 학교에서는 마지못해 수긍했고, 다음 날 아침에 곧바로 기숙사 감독관에게 가서 확인을 받으라고 했다. 돌아가는 차 안에서 조수석에 앉은 나는 차가운 유리창에 머리를 대고 눈을 감았다. 머리가 깨질 듯이 아팠다. 제이크에 관한 진실이 너무도 충격적이라서 돌턴과의 대화를 이어갈 수 없었다. 혼자 조용히 생각하고 싶었다. 갑자기 모든 퍼즐이 하나로 맞춰지는 기분이었다. 내가 찾고 있던 연결고리, 분명히 존재할 것이며 표면 아래에 숨어 내가 발견해주기만을 기다리고 있으리라고 생각해왔던 연결고리들이 나타난 것이다.

하지만 생각하면 할수록 내가 틀렸다는 확신이 들었다. 에이스가 정말로 사람을 죽이기까지 할까? 입회자가 게임에 실패했다고, 에이스의 존재를 밝히겠다고 협박했다 한들 과연 살인까지 감행할 가치가 있단 말인가? 에이스는 분명히 어둡고 잔인하다. 하지만 과연 살인까지?

가장 중요한 것은 이 일을 엄마의 행방불명과 어떻게 끼워 맞춰야 할지 모르겠다는 점이었다. 제이크와 아빠는 놀우드에서 아는 사이였고 둘 다 에이스의 멤버였다. 어쩌면 아빠가 제이크에게 시험지를 훔쳐내라는 임무를 전달했을지도 모른다. 그러다 제이크가 발각되었고 퇴학 위기에 처하자 인생이 끝났다는 생각에 자살을 한 것일수 있다. 하지만 그 일이 그로부터 십칠 년 후에 일어난 엄마의 실종과 무슨 상관이란 말인가?

퍼즐이 맞춰지려는 순간 다시 흩어져버렸다. 레스토랑에서는 완전히 확신했던 답들이 이제는 도무지 말도 안 되는 것처럼 느껴졌다. 더 이상 말이 되지 않았다.

"자, 받아." 돌턴이 말했다.

눈을 떠보니 그가 가운데 컵 홀더에 놓인 물병을 가리키고 있었다.

"고마워." 내가 물병을 집으며 말했다. "하지만 수분 부족이 문제인 줄은 몰랐는데."

돌턴이 미소 지었다. "당연히 아니지, 바보야." 그가 한 손으로 운전대를 잡은 채 내 쪽으로 몸을 기울여 글러브 박스를 열었다. "물은이거랑 같이 마시는 용도지."

그가 오렌지색 약병을 꺼내 내 앞에 대고 흔들었다. 라벨을 읽어보니 병원에서 처방 받은 진통제였다.

"어디서 났어?"

"작년에 발 다쳤을 때 처방 받았는데 남은 거야. 준결승전에서 그 자비에의 웬 멍청이가 나한테 발을 걸었었잖아."

돌턴이 지난봄에 목발을 하고 다녔던 것이 어렴풋이 기억났다. 여학생들이 너도나도 그의 책을 들어주려고 하던 것도.

"고마워." 나는 이렇게 말하고 약을 받았다.

"네 아빠를 만나서 좋았어." 돌턴이 말했다.

"그래."

"하지만 어떤 분인지 알게 된 것 같지는 않아. 뭐랄까, 표면을 깨기 어려운 분 같다고 할까."

나는 대답하지 않았다. 대답 대신 알약을 입에 넣고 물을 꿀꺽 삼키느라 바쁜 척했다.

하지만 아빠를 절반도 모르고 하는 소리라고 말해주고 싶었다.

놀우드에 돌아가자마자 곧바로 레지로 갔다. 우리 두 사람이 함께 오는 모습을 보고 하퍼가 기분 나쁜 표정을 지었다. 우리가 마지막으로 도착한 터였다. 나는 레오가 찍은 사진을 얼른 렌에게 문자로 전송했다.

어제의 사건에도 불구하고 약간 안심이 되었다. 어느 정도 성취감도 느꼈다. 내가 정말로 해낸 것이 사실이니까. 이제 두 번째 임무까지 성공했으니 하나만 더 하면 된다. 그러면 나도 엄연한 에이스가 되는 것이다. 모두가 둥그렇게 모여 선 가운데 맞은편을 쳐다보다가 레오와 눈이 마주쳤다.

거의 다 됐어. 이렇게 말하고 싶었다.

드루를 찾으려고 모여 선 사람들을 쭉 둘러보았다. 드루와 이 순간을 꼭 함께하고 싶었다. 빨리 방으로 돌아가 밤새 이야기를 나누고 싶었다. 하지만 쭉 훑었는데도 드루는 보이지 않았다. 심장이 덜컥 내려앉았다. 크로스비의 차 후드 부분을 쳐다보며 그곳에 훔친 프랭클린 선생님의 시험지가 있기를 바랐지만 그것도 없었다.

그제야 드루가 성공하지 못했다는 사실을 깨달았다.

28
그레이스 캘러웨이

2007년 6월

"자, '치즈!'"

플래시가 터졌다. 샬럿은 뒷좌석에 나란히 앉은 동생의 사진을 찍고는 방금 찍은 사진을 확인하려고 조심스럽게 디지털 카메라의 화면을 보았다.

"왜 '치즈' 하라고 하는 거야?" 샬럿이 물었다.

"그럼 웃을 수밖에 없게 되니까." 내가 룸미러로 샬럿을 보며 말했다. 내 옆의 운전석에서는 앨리스테어가 블루투스 헤드셋으로 통화를 하고 있었다. 주말의 교통체증을 피하기 위해 오후 일찍 뉴욕을 떠났다. 바야흐로 여름이라 우리가 아는 사람들은 대부분 햄턴으로 떠났지만 우리는 랭글리 호수에 있는 우리 집에 가기 위해 북쪽으로 향했다.

"왜 사진 찍을 때 꼭 웃어야 하는데?" 샬럿이 물었다.

발아래에 놓인 가방에서 립밤을 꺼냈다. "사진은 그 순간을 기억하기 위해서 찍는 거잖아. 나중에 사진을 꺼내 볼 때 네가 행복하게 웃고 있는 모습이면 좋지 않을까?"

"너 바보처럼 나왔어, 세라." 샬럿이 옆자리의 카시트에 앉은 동생에게 사진을 보여주었다.

"동생한테 바보라고 하면 안 돼." 룸미러로 샬럿을 쳐다보며 말했다.

샬럿은 나를 무척 닮았다. 지난주에 엄마가 내가 샬럿만 했을 때의 사진을 보여주었는데 정말 똑같았다. 곱슬거리는 짙은 갈색 머리 하며 커다란 회색 눈과 뺨의 곡선까지. 샬럿은 나를 닮았지만 앨리스테어도 많이 닮았다. 강인하고 고집 세고 자신감 넘치며 나이에 어울리지 않게 침착한 면이 그랬다.

뒷좌석에 앉은 샬럿을 보고 있자니 딸아이의 성격 중에서 나를 닮은 면이 있는지 의아했다.

세라피나가 손을 내밀어 샬럿의 카메라 줄을 확 잡아당기는 바람에 카메라가 문 옆쪽에 세게 부딪혔다.

"야." 샬럿이 소리치며 카메라를 잡았다. "넌 정말 말썽꾸러기야."

샬럿은 잠시 카메라를 만지작거리더니 나를 쳐다보며 우는 소리를 했다.

"세라피나가 망가뜨렸어."

뒤돌아 카메라를 가져와 살펴보았다. 카메라의 몸체와 화면은 멀쩡해 보였지만 전원이 켜지지 않았다.

"뉴욕에 돌아가서 수리 맡겨야겠다."

"내 미술 숙제는? 이번 주말에 사진 찍어야 해."

샬럿은 여름 방학 기간에 학교에서 일주일 동안 열리는 미술 수업을 받고 있었다.

"옛날 카메라가 있을지도 몰라. 도착하면 찾아보자."

"숫자 다시 읽어봐." 앨리스테어가 옆에서 말했다. "잠깐만."

그는 헤드셋의 버튼을 눌러 상대방에게 목소리가 들리지 않게 하고 내 쪽을 보았다. 뉴욕에서 출발하고 처음으로 나를 보는 것이었다. "그레이스, 주변 소음을 적당한 수준으로 유지해줄래? 중요한 전화야."

그는 내 답을 기다리지도 않고 다시 앞을 보며 헤드셋을 눌렀다.

"미안하네, 프레드. 차 안에 우리 집 여자들이 있어서."

프레드가 뭐라고 했는지 모르지만 앨리스테어가 웃음을 터뜨렸다.

나는 아이들이 보지 못하게 눈을 부릅뜬 후에 뒷좌석의 아이들을 보고 미소 지으며 검지를 입술에 가져가 조용히 하자는 신호를 보냈다.

그러고는 다시 앞으로 고개를 돌리고 한숨을 쉬었다.

옆에 앉은 남편을 보면서 상대방의 모든 면을 다 알지 못할 때 느끼는 짜릿한 끌림이 그립다는 생각을 했다. 매일 한 침대에서 자지 않고 같은 화장실을 쓰지 않고 아플 때 뒤치다꺼리를 하지 않는 사이. 앞일을 예상할 수 없는 신비로움이 그리웠다. 상대방의 좋은 면, 상대방이 보여주고 싶은 모습만 보기 때문에 그가 완벽해 보이는 시절이.

정말 형편없는 생각이 아닐 수 없었다. 앨리스테어도 가끔 그런 생각을 할지 궁금했다. 분명히 나와 사랑을 나눌 때 가끔씩 다른 사람을 생각하겠지. 나는 그가 다른 여자들을 본다는 것을 알고 있었다. 자선행사에서 등이 파인 이브닝드레스를 입고 으스대기를 좋아하는 완벽한 피부에 목이 긴 여자들을. 그가 그 여자들에게 시선을 뺏기는 것을 보았다. 그 여자들의 눈도 그를 향했다. 그 여자들의 시선으로 남편을 보려고 시도해보았다. 그들에게 그는 키 크고 날카로운 파란 눈과 잘생긴 이마가 두드러져 보이는 금발의 미남이었다. 하지만 생김새만이 아니었다. 앨리스테어에게는 좌중을 압도하는 면모가 있었다. 다른 사람들이 자신을 어떻게 생각하든 전혀 개의치 않는 듯한 태도 말이다. 나는 그런 순간에 남편을 응시했다. 그 짧은 순간에는 매일 한 집에서 사는 남자를 잠시나마 제대로 볼 수 있다. 똑같은 것을 보더라도 무엇이 보이느냐가 달라진다. 하지만 누군가와 오랫동안 함께하면 더 이상 상대를 제대로 보지 않게 된다.

십 년 세월을 함께한다는 것은 가장 좋아하는 노래를 너무 자주 듣는 것과 같다. 가사는 전부 알지만 노래를 들어도 더 이상 예전 같은 느낌, 애초에 그 노래를 좋아하게 되었던 그 느낌이 나지 않는다. 가사도 비트도 멜로디도 그대로이고 아무것도 달라지지 않았으니 이상한 일이긴 하다. 달라진 것이 있다면 이제 그 노래가 나오면 주파수를 바꾸고 싶어진다는 사실뿐이었다.

호숫가 집에 도착해 먼저 주방의 서랍들을 다 뒤졌다. 아이들 생일파티 때 사용한 일회용 카메라가 분명히 어디 있을 터였다. 주방에서는 수확이 없어 앞쪽 복도에 있는 오래된 수납장으로 향했다. 샬럿이 나를 졸졸 따라다녔고 언니 뒤를 세라피나가 오리처럼 뒤뚱거리며 따랐다.

맨 위쪽 선반에서 아무 표시 없는 상자를 꺼내 바닥에 내려놓았다. "그게 뭐야?" 샬럿이 물었다.

"잡동사니들."

상자에는 오래된 비디오카세트와 사진 앨범들이 들어 있었다. 상자의 맨 아랫부분에서 뭔가가 눈에 띄었다.

"아하." 내가 노래하듯 외쳤다.

"뭔데?" 샬럿이 물었다.

그것을 꺼내 샬럿에게 보여주었다. 광택 없는 검은색 삼십오 밀리미터 필름 카메라였다.

"옛날식 카메라야." 필름이 들어 있는지 살피면서 내가 말했다. 필름이 들어 있었다. "엄마랑 아빠는 너만 할 때 이런 카메라로 사진을 찍었거든."

윗면에 표시된 남은 필름의 숫자는 이십오로 거의 한 통이 그대로 남은 셈이었다. 전원 버튼을 눌렀는데 아무것도 작동하지 않았다.

"고장 났어." 샬럿이 실망하며 말했다.

"아니야. 새 건전지를 넣어주면 돼. 잠깐 기다려."

주방으로 가 서랍에서 AA 건전지 두 개를 꺼냈다. 다시 전원을 누르자 작동이 되었다. 복도로 돌아가 샬럿에게 보여주었다.

"이제 다 됐어. 오래된 거니까 살살 다루어야 해." 샬럿에게 카메라를 건네주며 말했다.

"화면은 어디 있어?"

"없어. 필름을 인화해야 사진을 볼 수 있는 거야. 뷰파인더에 눈을 대고 보면서 찍으면 돼." 내가 카메라의 뷰파인더를 가리켰고, 샬럿이 카메라를 눈으로 가져갔다.

"이렇게?"

"응. 그렇게."

샬럿이 버튼을 눌러 사진을 찍으려고 했다. 하지 말라고 손을 뻗었지만 늦었다. 플래시가 터졌다.

"멋지다." 샬럿이 외쳤다.

나는 웃음을 터뜨렸다. "잘 생각하고 찍어야 해. 주말 동안 스물네 장밖에 못 찍으니까."

샬럿은 카메라를 다시 얼굴로 가져갔지만 사진을 찍지는 않았다. 카메라 렌즈로 복도를 이리 보았다 저리 보았다 할 뿐이었다.

"응." 샬럿이 대답했다.

일요일이 되어 도시로 돌아가기 전에 힐스버러 3번지와 중심가 모퉁이에 있는 월그린으로 샬럿의 사진을 찾으러 갔다. 사진 현상소가 있는 매장의 안쪽 구석에 두 명의 직원이 있었다. 안경 쓴 노인과 돌아서면 사각팬티의 일부가 보일 정도로 바지를 내려 입은 겨우 스무 살 정도 되어 보이는 청년이었다. 노인이 나를 도와주려고 카운터로 왔다.

"현상 맡긴 필름 찾으러 왔어요. 이름은 그레이스 캘러웨이고요." 이렇게 말하며 지갑을 꺼냈다.

카운터 뒤에서 필름을 분류하던 청년이 바닥으로 필름통을 하나 떨어뜨려 달가닥 소리가 났다. 그가 고개를 돌려 나를 보았는데 왠지 충격을 받은 것 같은 표정이었다.

"그 손님 제가 맡을게요. 좀 전에 제가 현상한 거라. 금방 올게요." 청년이 노인에게 말했다.

청년이 안쪽으로 들어가고 나는 미소 짓는 노인과 함께 기다렸다. 청년이 봉투를 들고 나타났다.

"여기 있어요." 그가 계산을 하려고 금전 등록기로 갔다. 긴 머리가 번들거렸고 이름표에는 랜디라고 적혀 있었다.

"더 필요한 게 있으면 말씀하세요." 노인은 이렇게 말하고 다른 손님에게로 갔다.

"저기." 청년은 노인에게 들리지 않는지 어깨 너머로 확인하며 말했다. "원래 이런 사진은 현상해주지 않거든요. 매장 방침이라서. 하지만 저 '개인적으로는' 가끔 모른 척해드리기도 해요."

"네?" 무슨 말인지 알 수 없었다. "이런 사진이라니요?"

"아시잖아요." 그가 카운터에서 내 쪽으로 몸을 기울이더니 목소리를 낮추었다. "대신 수고비를 받죠."

나는 어리둥절해하며 그를 빤히 쳐다보았다.

그가 한숨을 쉬었다. "이십 달러 정도 현금으로 주시면 그냥 넘어가드릴게요."

"다른 사람이랑 착각한 거 아닌가요?" 내가 어깨에 멘 가방끈을 조절하며 물었다. "내 딸이 찍은 사진인데. 일곱 살짜리예요."

랜디는 봉투에 적힌 글씨를 다시 확인했다. "그레이스 캘러웨이 맞으세요?"

"맞아요. 필름이 바뀐 거 아닌가요? 확인해봐도 될까요?"

랜디는 어깨를 으쓱하며 봉투를 내밀었다. "확인해보세요. 손님 사진이 맞아요. 손님 모습도 있거든요."

봉투를 열었다. 첫째 장은 내 사진이었다. 샬럿이 복도에서 카메라를 받아 찍은 것이었다. 렌즈를 위로 향한 탓에 키가 커 보였고, 촬영을 막으려고 한 손을 뻗은 모습이었다. 다른 사진들도 휙휙 넘겨보았다. 샬럿과 세라피나의 사진도 있고 해질녘 보트에서 찍힌 앨리스테어와 내 사진도 있었다. 하지만 그다음에 나온 것들은 분명히 내 딸이 찍은 사진이 아니었다.

그 사진이 나오자마자 사진들을 휙휙 넘기던 내 손길이 멈추었다.

알지만 십 년 넘게 보지 못한 얼굴이 거기에 있었다. 제이크였다. 제이크 그리핀.

사진은 밤에 찍은 듯 어두웠다. 오른쪽 하단에 날짜가 찍혀 있었다. 제이크가 죽기 불과 몇 달 전인 1990년 9월에 찍은 사진이었다.

사진 속 제이크는 셔츠 칼라의 단추를 풀고 넥타이를 삐뚜름하게 맨 모습이었다. 한 손에는 절반쯤 마신 맥주병을 들었고 다른 손은 카메라를 향해 가운뎃손가락을 내밀고 있었다. 얼굴에는 부주의한 웃음이 흘렀다.

다음 사진에서는 자동차 후드에 누워 있는 한 여학생의 유령처럼 하얀 배가 보였다. 셔츠를 올려 가슴이 드러났고 배에는 코카인 같은 가루가 뿌려져 있었다. 앨리스테어의 친구인 매슈 요크가 손가락으로 한쪽 콧구멍을 막고 코카인을 흡입하는 모습도 보였다.

제이크뿐만 아니라 다른 아이들의 또 다른 사진도 있었다. 내가 아는 사람들의 어린 시절 모습이었다. 프레디 하인즈, 마고, 마리사 손더스, 앨리스테어.

한 사진에서 마고는 알몸이었는데 붉은색 매직으로 온몸에 낙서가 되어 있었다. 신체 부위에 동그라미나 엑스 표시를 해놓고 다들 참여한 듯 제각각의 글씨체로 돼지, 걸레, 창녀, 추녀, 절박해, 딱해, 나쁜 년 같은 말을 휘갈겨놓았다.

더 이상 보고 싶지 않았다. 알고 싶지 않았다. 끔찍한 사진이었다. 이런 사진을 애초에 왜 찍었을까? 이런 사진을 왜 가지고 있을까?

하지만 나도 모르게 마지막 두 장의 사진까지 보고 말았다. 앨리스테어와 어깨동무를 한 제이크가 있었다. 제이크의 다른 쪽 옆에는 까치발을 하고 제이크의 뺨에 키스하는 마고가 있었고, 매슈 요크는 앨리스테어의 한쪽 옆에서 입을 벌리고 크게 웃는 모습이었다. 그들은 벼랑 끄트머리에 서 있었다. 사진이 찍힌 날짜는 1990년 12월 21일 오후 9시 32분이었다. 날짜를 확인하고 그 자리에 얼어붙었다. 제이크가 죽은 날 밤이었다. 부검 보고서에서 추정한 사망 시간에서 불과 몇 시간 전이었다. 제이크의 뒤로 그가 뛰어내린 암봉이 있었다. 하지만 그는 혼자가 아니라 친구들에 둘러싸여 환하게 미소 짓고 있었다. 정말 신나고 행복해 보였다. 사진 속에서 나를 바라보고 있는 저 제이크가 어떻게 몇 분 뒤에 암봉에서 뛰어내린 사람일 수 있을까?

"무슨 일이 있었던 거니?" 공공장소라는 것도 잊어버리고 나는 사진에 대고 중얼거렸다. "어떻게 된 거야?"

내 눈이 남편의 소년 같은 얼굴로 향했다. 앨리스테어는 그날 밤 거기에 있었다. 하지만 한 번도 말한 적이 없었다. 수년 전 미술관에서 내가 그의 옆에 서서 제이크의 죽음이 내 탓이라고, 제이크가 스스로 목숨을 끊을 정도로 괴로워했다는 것을 알아차리지 못한 나 자신에게 죄책감을 느낀다고 말했을 때도. 내가 가장 깊고 어두운 애처로운 모습을 보여주었는데도 그는 아무 말도 하지 않은 것이다.

아니, 아무 말도 하지 않은 것은 아니었다. 이제 기억났다. 그는 내 손을 잡았었다. 예상치 못한 부드러운 손길이었다. 손을 잡고 그는 제이크가 그렇게 된 것은 내 잘못이 아니라고, 자신은 답을 줄 수가 없다고 했다.

"끝내주죠." 랜디가 말했다.

고개를 들었다. 내가 어디에 있는지 잠시 잊고 있었다. 랜디는 뭔가를 기다리는 얼굴로 나를 쳐다보고 있었다.

"일반 등급은 아니에요. 좀 민망한 사진들도 있더라고요."

"네."

"손님 사진 맞죠? 손님 얼굴도 있던데." 그가 물었다.

"가져갈게요." 나는 이십 달러짜리 지폐를 카운터로 슬쩍 밀어 올렸다.

랜디는 지폐를 주머니에 넣은 후 봉투의 바코드를 스캔했다.

"십육 달러 오십 센트입니다." 그의 말에 손을 떨지 않으려고 애쓰면서 카드를 건넸다.

이제 한 가지는 확실했다. 그날 저녁의 진실을 알려면 앨리스테어에게는 물어볼 수 없고 다른 곳에서 찾아야만 했다.

29
찰리 캘러웨이

2017년

기숙사로 돌아와보니 방에 불이 켜져 있고 드루가 있었다. 창문 밖의 느릅나무 가지 사이로 드루가 보여 유리창을 두드리자 그녀가 와서 들여보내주었다.

"얘기 들었지?" 드루가 손을 내밀어 창문을 넘는 나를 도와주면서 아무렇지 않게 물었다. 뒤쪽으로 드루의 침대에 펼쳐진 여행가방이 보였다. 이미 절반은 찬 상태였다.

"간단하게밖에 못 들었어." 내가 창문을 넘으며 말했다. "크로스비가 말해줬는데 별로 말하고 싶은 기분이 아니더라."

크로스비는 화가 잔뜩 나고 상심한 상태여서 간단한 사실밖에 말해주지 않았다. 드루가 오늘 오후에 삼각법 시험지를 훔치다가 프랭클린 선생님에게 걸렸다는 것. 교장실에 불려가 저녁 내내 있었고 퇴학당할 거라는 것.

드루는 침대에 쌓인 옷가지로 돌아갔다. 옷더미 맨 위에서 옷걸이에 걸린 옷을 들어 올리더니 물었다.

"이거 가질래?" 평소 내가 탐냈던 검은색 클로이 원피스였다. 두 해 전 여름에 우리 집에 놀러 왔을 때 소호에서 구입한 것이었다. "어차피 너한테 더 잘 어울려."

나는 대답하지 않았다. 무슨 일이 벌어지고 있는지 아직 파악하려 애쓰는 중이었다. 드루는 벌써 벽도 깨끗이 비워놓았다. 메모판, 사진, 줄전구가 전부 책상에 놓인 상자에 들어가 있었다. 옷장도 텅 비었다.

"젠장. 젠장." 내가 말했다.

"그래. 정말 그래."

"어떻게 된 건지 난 아직도 모르겠어." 드루의 침대에 쌓인 옷가지 옆에 자리를 만들어 앉고 무릎을 가슴팍으로 끌어안았다. "다……말해줘. 처음부터."

"크로스비가 벤슨 선생님의 조교인 거 알지?" 드루가 물었다. 벤슨 선생님은 일학년 기하학을 가르치는 여선생님이었다. 나는 고개를 끄덕였다. "크로스비가 수학과 건물 교사 휴게실 비밀번호를 알고 있어서 나에게 알려줬어. 삼각법 시험이 내일이니까 난 프랭클린 선생님이 오늘 오후에 휴게실 복사기로 시험지를 복사할 거라고 생각했지. 선생님이 들어올 때까지 휴게실 안에 숨어서 기다렸어. 선생님이 복사기에 시험지를 넣는 것과 복사기가 돌아가는 걸 지켜봤지. 내가 문자를 보내면 크로스비가 화재경보기를 울려주기로 되어 있었어. 선생님이 소리를 듣고 건물 밖으로 나가도록. 그런데 그럴 필요가 없었어. 복사하는 도중에 선생님이 화장실에 갔거든. 아니, 난 그런 줄 알았어. 그런데 그냥 자판기를 사용한 거였나 봐. 정말 일 분 만에 돌아왔거든. 나가면서 현행범으로 잡혔어."

"우리가 할 수 있는 일이 있을 거야." 나는 양 손바닥으로 눈을 누르며 생각을 짜내려고 애썼다. 분명 빠져나갈 방법이 있을 것이다. "넌 삼각법 수업을 듣지도 않잖아. 시험을 보는 것도 아닌데 과연 부정행위라고 할 수 있을까?"

내가 쳐다보자 드루는 어깨를 으쓱했다. 그녀는 다 괜찮다는 듯 계속 옷을 접어 가방에 넣었다. 드루의 손목을 잡았다.

"그만해. 진짜 떠나는 것처럼, 다 끝난 것처럼 짐을 싸지 말란 말이야. 에이스가 도와줄 수 있을지도 몰라."

"크로스비하고 이야기를 했어. 웰즐리 대학 입학처에 아는 사람이 있는데 내년에 내가 웰즐리에 지원하면 이 일을 눈감아줄 수 있을지도 모른대."

"놀우드에 계속 있을 수 있는 방법이 있을 거야. 처벌을 줄이거나 빠져나갈 구멍이 있을 거라고."

"그런 건 없어." 드루가 말했다.

주머니에서 휴대폰을 꺼냈다. "돌턴한테 전화라도 해볼게. 도와줄 수 있을지 몰라."

"하지 마."

휴대폰을 빼앗으려는 드루를 뿌리치며 내가 말했다. "네가 왜 싸우지 않는지 이해가 안 돼. 아무래도 괜찮다는 듯이."

드루는 잠시 조용히 있다가 마침내 입을 열었다. "사실 그동안 너한테 솔직하지 못했어." 그녀는 들고 있던 옷걸이를 내려놓았다. 감정이 북받치고 목이 메어오는 것이 느껴졌다. "엄마가 몇 달 전에 직장을 잃었어. 엄마 회사도 파산 신청을 하는 중이고."

드루의 말은 강철 방망이처럼 나를 때렸다. 세상에서 가장 친한 친구가 그동안 크나큰 가족 위기를 겪고 있었는데 나는 에이스와 내 가족의 드라마에 빠져서 알아차리지도 못한 것이었다.

"드루, 미안해. 몰랐어."

"개학하고 학교로 돌아왔을 때부터 조짐이 있었어. 부모님은 반드시 해결하겠다는 의지가 강했고, 엄마는 반드시 방법이 있을 거라고 낙관했는데 잘 안 됐어."

드루의 아빠는 코네티컷의 작은 문과대학 역사 교수였다. 놀우드 같은 사립학교의 비싼 등록금을 도저히 감당할 수 있는 처지가 아니었다.

"우선 집을 팔았고 그다음으로 내 교육비를 줄여야 했나 봐. 부모님은 원래 학기 중에 학교를 그만두게 할 생각이었어. 나도 며칠 전에 알았어."

"그래서 봄 학기 수업 신청을 계속 미뤘던 거야?"

"미안해. 난…… 너에게 어떻게 말해야 할지 몰랐어."

"장학금은 알아봤어?"

"가을 학기는 벌써 종료됐대. 내년이 되어야 신청할 수 있어. 장학금을 받더라도 예전하고는 다를 거야."

그때 문득 드루가 체면을 살리려고 일부러 발각된 것이라는 생각이 들었다. 대단한 부정행위 사건에 연루되어 당당하게 학교를 그만두는 것이 갑자기 집안 사정이 나빠져서 초라하게 그만두는 것보다 낫다고 생각해서 말이다. 굴욕보다 악명을 선택한 것이다.

"또 아는 사람 있어?" 드루가 적어도 스티비에게는 말했을지 궁금했다.

드루가 고개를 저었다. "너밖에 몰라."

나는 클로이 원피스의 부드러운 어깨 끈을 만졌다. 드루가 이 원피스를 샀을 때가 어제 일처럼 생생하게 떠올랐다. 드루와 나는 여름 원피스와 샌들 차림으로 부티크들을 들락날락거렸다. 잠을 너무 많이 잔 데다 햇볕에 피부를 잔뜩 데인 상태라 정신이 멍했었다. 드루는 프랑스인인 척하면서 어설픈 영어로 서른 살의 매장 직원에게 추파를 던졌다. 할 수 있다는 것을 보여주기 위해 그의 번호도 받아냈다. 쇼핑을 끝낸 다음에 좁고 어둑한 국수 가게에 들러 그에게 전화를 걸었다. 드루는 마담 르 페브르의 수업에서 배운 기초 프랑스어로 그에게 자신이 가장 좋아하는 음식을 이야기했다(Je mange les noodles. J'adore les noodles. 나 국수 먹어요. 나 국수 좋아해요.). 맞은편에 앉은 나는 입술을 깨물고 터져 나오려는 웃음을 참았다. 작년에 그 국수 가게에 다시 가보려고 했는데 찾지 못했다.

"원피스는 그냥 네가 가져. 나보다 네 다리에 더 잘 어울려." 내가 말했다.

"그래. 넌 자타공인 꼬마니까." 드루가 말했다.

내가 웃으며 드루를 밀었다. "날 떠나는 넌 정말 못됐고." 목이 메어서 침을 꿀꺽 삼키며 말했다.

"흥. 넌 이제 뜨는 거야. 혼자 방을 쓰는 유일한 삼학년이 될 테니까. 침대를 붙여서 퀸 사이즈로 써도 되고."

"메가 사이즈가 되겠네."

드루가 웃었다. "옷장도 메가 사이즈라고." 드루는 고개를 흔들며 덧붙였다. "내가 끝까지 널 얼마나 생각하는데."

다음 날 점심을 먹을 때 우리 테이블은 평소와 다르게 매우 침울했다. 드루가 프랭클린 선생님의 삼각법 시험지를 훔치다가 걸렸다는 소문은 밤새 전교에 퍼졌다. 부모님이 벌써 학교에 와 드루는 삼십 분 전에 교장실로 불려갔다.

"누가 죽기라도 했나?" 재커리가 식판을 내려놓으며 우리를 둘러보았다.

"넌 정말 얼간이야." 내가 말했다.

"분위기를 띄우려 한 것뿐이야." 재커리가 앉으며 말했다.

"분위기를 띄우는 것 자체가 불가능해. 너무 엿 같은 상황이라." 스티비가 말했다.

"어떡할 거야?" 크로스비가 물었다. 평소 적극적으로 분위기를 이끌어가는 활발한 성격의 그였지만 하루 종일 조용하다가 처음 꺼낸 말이었다.

"무슨 말이야?" 스티비가 되물었다.

"내일 오후 징계 공청회에서 뭐라고 말할 거냐고."

스티비의 얼굴이 빨개졌다. 그녀는 식판을 내려다보며 포크로 콩을 뒤적거렸다. "원칙이 명료한 사건이야. 징계 공청회는 형식적으로 열리는 것뿐이고."

"그러니까 공청회에서 교장 선생님한테 네 가장 친한 친구를 퇴학시키라고 말하겠다는 거네."

"난 원칙대로 할 거야. 상대가 누구라도 똑같아. 그래야만 해."

"네가 그렇게 고상한 척하지만 않아도 친구가 더 많을 텐데."

"그만해. 스티비 잘못이 아니야." 야엘이 말했다.

스티비는 금방이라도 울 것처럼 보였다. "나 물 좀 가져올게." 그녀가 거의 들리지 않는 작은 목소리로 말했다.

나는 일어나 정수기 쪽으로 스티비를 따라갔다.

"괜찮아?"

"크로스비는 왜 내가 어쩔 수 있다고 생각하는지 모르겠어." 스티비가 컵 하나를 빼내며 말했다. 너무 세게 힘을 주는 바람에 쌓여 있는 컵들이 다 흔들렸다.

"속상해서 그래. 우리 전부 다 속상하잖아. 하지만 크로스비가 그걸 너한테 푸는 건 잘못이지."

스티비는 컵을 정수기로 가져가 물을 받았다. "탓하고 싶은 사람을 찾는가 본데 난 아니란 말이야." 스티비가 말했다.

"그게 무슨 말이야?" 내가 물었다.

스티비가 천천히 고개를 돌려 나를 보았다. 그녀가 매우 화나 있다는 것을 비로소 알게 되었다. "드루가 시험지를 훔친 건 당연히 자신을 위해서가 아니야. 다른 사람을 위해서였어."

"설마 그게……." 나는 말하다 멈추고 침을 삼켰다. "설마 내가 드루더러 시험지를 훔쳐달라고 부탁했다는 거야?"

스티비는 어깨를 으쓱했다. "내가 아는 건 네가 최근 들어 펜실베이니아 대학교 얘기를 자주 했다는 것뿐이야. 그리고 남자친구 때문에 마음이 딴 데로 가……."

"돌턴은 내 남자친구가 아니야."

"그러든지 말든지. 내 말은…… 드루가 도대체 무엇 때문에 시험지를 훔치러 간 건지 모르겠다는 거야. 널 도와줄 수 있는 일이라고 생각하지 않고선."

"스티비. 난 절대로 드루에게 그런 일을 해달라고 부탁하지 않았어."

"그게 아니면 이거겠지." 스티비가 목소리를 낮추었다. "다른 누군가가 시험지를 훔쳐 오라고 한 거지."

"다른 누군가?"

스티비가 팔짱을 꼈다. "말해줘. 드루…… 에이스야? 너는?"

"아니야. 당연히 아니야."

스티비는 울 것 같은 표정을 지었다. "콜린스 교장 선생님은 그렇게 생각할 거란 말이야. 솔직히 어느 쪽이 더 나쁜지 모르겠어. 네가 정말로 드루에게 그렇게 멍청한 짓을 하라고 부탁할 정도로 이기적인 애라는 쪽인지, 너희들이 정말로 지금까지 그렇게 유치하고 끔찍한 클럽에 들어 있었다는 쪽인지."

"스티비……."

"에이스는 끔찍해. 자기가 잘난 줄 알고 자기밖에 모르는 돈 많은 애들이 신이라도 되는 듯 일을 꾸며. 유치하고 한심한 대결이라고."

"그 정도는 아닐 거야." 내가 말했다.

"아니, 확실히 그래. 왜 넌 그걸 모르는지 모르겠어."

한편으로는 스티비에게 사실대로 말해주고 싶었다. 드루가 스스로 떠나고 싶어한 것이라고. 하지만 일학년 때 리버와 슈퍼마켓에 갔을 때 조용히 나를 지켜주었던 드루의 모습이 떠올랐다. 아직 그다지 친하지도 않았을 때인데 드루는 내 비밀을 지켜주었다. 나도 드루의 비밀을 함부로 말할 수 없었다.

스티비는 걸음을 옮기더니 다시 뒤돌아보고 말했다. "있잖아. 넌 그렇게 똑똑한데도 바보천치처럼 굴고 있어."

뭐라고 대꾸하려는 찰나 휴대폰 진동이 울렸다.

화면을 흘낏 보고 놀라 다시 한 번 확인했다. 아빠의 사무실에서 걸려온 전화였다. 또 무슨 일이지? 지금은 도무지 그쪽에 신경 쓸 여력이 없지만 어쩔 수 없이 받아야 했다.

"로지?" 내가 전화를 받으며 말했다.

하지만 수화기 너머에서 들려온 것은 아빠의 목소리였다. "샬럿."

"아빠?" 조금이 아니고 상당히 놀랐다. 평소 아빠는 나에게 전화를 걸지 않았다. "무슨 일 있어요?" 식당이 시끄러워서 전화기를 대지 않은 귀를 손가락으로 막았다.

"그래. 네가 어울리는 사람들에 관해 꼭 말해줘야 할 것 같아서 전화했다."

"아." 당혹스러웠다. 내가 어울리는 사람들이라니. 혹시 아빠가 드루에 대해 아는 걸까? 부정행위로 퇴학당하게 되었다는 것을? 그러다 문득 전날 돌턴과 부모님들과 함께한 저녁 식사가 떠올랐다. "혹시 돌턴 말이에요?" 내가 어리둥절해하며 물었다.

도대체 무슨 일이지? 조용한 곳을 찾아 식당 끄트머리의 여닫이 문으로 향했다.

"그래. 네가 저녁 식사에 데려온 남자애. 둘이 무슨 사이인지 모르겠지만 어쨌든 그만둬."

문을 열고 밖으로 나갔다. 밖은 추웠고 테라스는 거의 비어 있었다.

"무슨 말인지 모르겠어요."

아빠는 정말로 저녁 식사 자리에서 단 한 번 만난 남학생과 헤어지라고 전화한 것일까?

"너에게 맞는 상대가 아니야. 그 애 가족…… 올바른 사람들이 아니다. 보통 자식은 부모를 닮는 법이야. 난 네가 그 애를 그만 만나기를 바란다."

"돌턴의 가족요?" 돌턴의 가족에 대해 나쁜 말을 들어본 적이 없는 데다 돌턴의 엄마 마고는 정말로 멋진 사람 같았는데. "아빠와 돌턴 엄마가 예전에 친구였던 줄 알았는데."

"그렇다면 네가 잘못 생각한 거야. 마고…… 마고랑도 가까이 하지 마라. 다시 연락이 오거든 즉각 나에게 알려. 그럼 내가 처리하마."

"알았어요." 휴, 알았어요, 그만 진정하세요, 이런 뜻의 말이었다. 하지만 아빠는 내가 자신의 명령에 이의가 없다는 것으로 받아들인 듯했다.

"그래." 아빠의 목소리에서 약간 안심이 되는 동시에 피로한 기색이 묻어났다. "널 위해서야, 샬럿. 그건 믿어주렴."

"알았어요."

하지만 아빠를 믿을 수 없었다. 조금도 믿을 수 없었다.

징계 공청회는 생각만큼이나 끔찍했다. 나는 에이스와 함께 앉아 교장 선생님이 드루에게 공범을 전부 밝히고 빠져나갈 기회를 주는 모습을 지켜보았다. 하지만 드루는 기회를 잡지 않았다. 교장 선생님은 드루에게 이날 안으로 방을 비우고 캠퍼스를 떠나라고 지시했다.

그날 통금 시간이 지난 후 나는 아무것도 없는 드루의 매트리스에 누워 어둠 속에서 천장을 바라보았다. 드루의 숨소리와 뒤척이는 소리가 없는 방은 너무도 고요했다.

가장 친한 친구를 잃었다는 생각을 떨칠 수 없었다. 아무리 드루가 스스로 학교를 그만두고 싶어서 일부러 잡힌 것이라고 해도.

　휴대폰을 꺼내 그레이슨에게 문자를 보냈다.

　　당장 와서 면도칼 좀 안 보이게 숨겨줘.

　그는 내 화나는 마음을 누그러뜨려줄 재치 가득한 답장을 보내지 않았다.

　　그레이슨: 뭐가 문제야?

　답장을 쓰다가 지워버렸다. 다시 쓰다가 또 멈추었다. 끝내는 그냥 사실대로 적었다.

　전부 다.

30
그레이스 캘러웨이

2007년 6월

다시 시계를 확인했다. 그녀가 늦고 있었다. 손가락으로 테이블을 두드리며 다시 메뉴를 보았다.

이 레스토랑을 고른 이유는 앨리스테어가 고객들을 데려가는 곳이라는 말을 들은 적이 있어서였다. 그녀가 편안해할 만한 장소 같았다. 와인 메뉴판이 두 페이지나 되고 가장 저렴한 것도 이백 달러가 넘었다. 그럴 줄은 알았지만 지나치게 손님을 배려해주는 서비스는 예상하지 못했다. 세심해도 너무 세심했다. 내가 물을 한 모금 마실 때마다 누군가 와서 물을 다시 채워주었고 웨이터가 항상 근처에 있었다. 나도 모르게 그쪽을 쳐다보거나 의도치 않은 몸짓을 보이기만 해도 다가와 필요한 것이 없는지 물었다.

조용히 이야기 나누고 싶어서 일부러 레스토랑 안쪽의 어두운 부스를 선택했다. 누군가 우리 이야기를 엿듣기를 원치 않았다.

삼십 분 후 고개를 들어보니 그녀가 보였다. 트렌치코트와 하이힐, 팔에는 버킨백을 든 세련된 차림이었다. 통화 중은 아니었지만 한 손에 휴대폰을 들고 있었다. 어깨쯤에 닿는 연한 밀짚 색깔의 머리는 반듯한 일자로 잘랐다. 매우 멋지고 자신감 넘치는 모습으로 주의를 끄는 사람이었다.

인사하려고 자리에서 일어났지만 그녀가 앉으라는 손짓을 했다. 나는 다시 앉았다.

"마고, 나와줘서 고마워요."

"수술이 꽉 차 있어서." 그녀는 이 말로 인사를 대신하고 어느새 옆에 와 있는 웨이터를 보았다. 그에게 손가락 하나를 세워 보이더니 메뉴판을 펼쳐 재빨리 와인 목록을 훑었다.

"메를로 와인 한 잔 주세요. 그레이스는?"

"아, 난 물이면 돼요."

"메를로 와인 두 잔으로 하죠." 마고가 웨이터에게 와인 메뉴판을 건네며 말했다. "나 혼자 술 마시게 하지 말아요." 그녀는 퉁명스럽지 않은 어조로 말하며 트렌치코트를 벗어 옆자리에 놓았다. "그리고 레드 와인에는 항산화물질이 있어서 심장에 좋아요."

"네." 나는 웨이터에게 그렇게 해달라는 의미로 살짝 웃으며 와인 메뉴판을 건넸다. "고마워요."

웨이터에게는 우리가 오랜 친구처럼 보였을 것이다. 자주 점심 식사를 함께하고 인사를 건넬 필요도 없이 가까운 사이, 혹은 서로의 항산화물질 섭취와 심장 건강에 신경 써주는 친구.

웨이터가 간 후 메뉴판을 훑어보는 마고에게로 시선을 옮겼다. 그녀가 지난주에 전화로 만나자고 한 내 청을 들어주어서 놀랐다. 갑작스럽게 만나자는 내 연락에 그녀도 놀랐을 것이다. 한편으로는 그녀가 약속 장소에 나올지 의아하기도 했지만 그녀로서는 내 용건이 너무 궁금한 나머지 바람맞힐 수 없었는지도 모른다.

"올리버는 잘 지내요?" 내가 물었다. 우리는 여전히 행동반경이 어느 정도 비슷했다. 가끔씩 행사장에서 마고와 그녀의 남편인 부유한 은행가 올리버와 마주쳤다. 그 부부에게 샬럿만 한 아들이 있다는 것도 알고 있었다. "아들도 잘 있죠?"

마고가 메뉴판에서 얼굴을 들었다. "형식적인 안부 주고받을 시간 없어요. 만나자고 한 진짜 용건을 말해요."

"그래요." 내가 말했다. 어떻게 대화를 풀어갈지 머릿속으로 수백 번 연습했건만 정작 마땅한 말이 떠오르지 않아 그저 사진을 테이블에 올려놓기만 했다.

마고가 사진을 쳐다보았다. 이마가 찡그려졌다. 그녀는 사진을 들어 하나씩 획획 넘겼다.

"이게 다 어디서 났죠?"

"호숫가 집 수납장 상자 속 오래된 카메라에 있었어요. 필름을 현상하고 나서 그 사진들을 발견했고요."

웨이터가 와인 잔을 가지고 오자 마고가 사진들을 뒤집어놓았다.

"주문하시겠습니까?"

"조금 있다 할게요." 마고가 웨이터에게 말했다.

웨이터가 간 후 마고는 와인을 한 모금 마셨다.

"원하는 게 뭐예요?"

"몇 장은 제이크가 죽던 날 찍은 거더군요. 마지막 사진에 찍힌 시간은 제이크의 사망 추정 시간쯤이고. 당신도 그 자리에 있었어요.

난 그날 밤 무슨 일이 있었는지 알고 싶어요. 진실을."

"앨리스테어한테 물어보지 그래요? 그도 거기에 있었는데."

"난 그의 대답은 믿지 않아요. 지금까지 말할 수 있었는데도 그 사람은 숨겼어요. 지금 물으면 분명히 진실을 왜곡해서 알려주겠죠. 내가 원하는 건 진실뿐이에요. 진실을 알고 싶어요."

"그날 밤 무슨 일이 있었는지가 왜 중요하죠? 바뀌는 게 없잖아요. 제이크는 죽었고 살아 돌아오지 않아요."

"나에게는 중요한 일이에요."

마고는 한숨을 쉬고 약간 지겹다는 표정을 지었다. 나에게 중요하건 말건 그녀가 신경 쓸 리 없었다. 접근 방향이 잘못되었다. 그녀는 고개를 갸웃하고 한 손가락으로 와인 잔을 더듬으며 생각에 잠겼다.

"사고였어요." 마고가 나를 쳐다보며 말했다.

"그 말은 제이크가…… 자살한 게 아니라는 건가요?"

"그래요." 마고가 말했다.

그녀는 메뉴판을 덮고 웨이터를 불렀다. 나는 입을 다물었다. 심장이 마구 방망이질 쳤다. 지금까지 줄곧 제이크가 그런 극단적인 선택을 내릴 만큼 괴로워한 이유가 무엇인지 알아차리지 못한 자신을 원망하고 또 원망했다. 내 인생의 절반에 해당하는 십칠 년 동안 그 죄책감을 안고 살아왔는데 전부가 다 거짓이었다니.

"셰프 특선 샐러드에 들어간 게 메추리알인가요?" 마고가 웨이터에게 물었다. 그녀의 목소리가 멀리서 들려오는 듯 아득했다.

웨이터가 뭐라고 답했지만 들리지 않았다.

"좋아요. 드레싱은 옆에 따로 주시고요." 마고는 웨이터에게 메뉴판을 건네고 뭔가를 기다리는 표정으로 나를 보았다. "그레이스?"

"왜요?"

"그렇게 있지 말고 뭐라도 주문해요. 나 혼자 먹게 하지 말고."

배가 고프지 않았다. 뭘 먹을 엄두조차 나지 않았다. 하지만 그녀를 만족시켜주기 위해 메뉴판을 보고 제일 먼저 눈에 띈 것을 주문했다.

"미네스트로네(채소, 파스타 등으로 만든 이탈리아 전통 수프 — 옮긴이)." 문장으로 말하지도 못했다.

"알겠습니다." 웨이터가 내 메뉴판을 가져갔다.

웨이터가 간 후 몸을 숙여 마고에게 물었다. "사고였다니 무슨 말이죠?"

마고는 와인을 마셨다. 제이크의 죽음이 아니라 주말 계획에 대해 말하고 있는 것처럼 너무도 침착하고 차분했다.

"학교에서 같은 클럽에 들었어요. 소수만 들어가는 비밀 클럽." 그녀가 한 손을 흔들었다. "제이크하고 나는 후보자였는데 정식 멤버가 되려면 거쳐야 할 과정이 있었어요. 그때 했던 일들은 별로 생각하고 싶지 않군요. 유쾌한 일들이 아니었거든요. 어쨌든 어느 날 밤 축하 파티를 열려고 캠퍼스 밖에 있는 레지라는 곳으로 갔죠. 술을 마셨고 누군가 마약성 진통제 퍼코셋을 가져와서 돌렸어요. 그걸 혼합해서 먹은 제이크가 이상한 반응을 보였어요. 호흡 정지를 일으켰죠."

"숨이 멈췄다고요?"

"당연히 우린 공황 상태에 빠졌죠. 아직 어렸고 술과 약에 취했으니 가장 좋은 결정을 내릴 수 있는 상태가 아니었죠. 병원에 데려가면 우리도 정학이나 퇴학일 테니 그럴 순 없었어요. 미래를 통째로 감수할 순 없었죠. 이미 죽었는데 그럴 필요가 있었겠어요?"

　나는 그녀를 빤히 쳐다보았다. 그림이 그려졌다. 어둡고 차갑고 별 하나 없는 밤. 그날 저녁의 차가웠던 밤공기가 떠올랐다. 곧 제이크를 본다는 생각에 긴장되어 잠 못 이루던 일도. 내가 힐스버러의 집에서 침대에 누워 뒤척일 때 북쪽으로 수백 킬로미터 떨어진 레지라는 곳에서 제이크는 마지막 숨을 쉬며 두려움 속에서 혼자 죽어가고 있었다. 자신을 도와주지 않는 이기적이고 멍청한, 이름뿐인 친구들에 둘러싸여.

　"앨리스테어가 있어서 천만다행이었죠. 그가 없었다면 어떻게 되었을지. 앨리스테어는 항상 계획이 있고 항상 주도하는 사람이죠. 그날도 정말 탁월했어요."

　"앨리스테어가요?"

　"그래요. 자살로 위장하자는 게 그의 아이디어였거든요. 앨리스테어와 또 다른 졸업반 한 명이 제이크를 레지에서 골짜기로 던졌죠. 앨리스테어가 유서도 위조했어요. 나중에 학교에서 제이크의 방을 뒤졌을 때 그가 마지막 가입 과제로 훔쳐낸 시험지까지 발견되어 완벽했죠. 이야기가 저절로 만들어졌죠. 완벽해 보였던 장학생이 사실은 속으로 큰 불안에 시달렸다. 도저히 따라가기가 벅차서 부정행위를 했고 누군가 그걸 알고 신고하겠다고 했다. 더 이상 견딜 수 없어서 자살했다. 누구나 애처로운 비극을 좋아하죠. 다들 그대로 받아들였고 질문조차 거의 하지 않았어요."

　훔친 시험지 이야기를 들은 기억이 떠올랐다. 나도 '예전에' 의문을 품었었다. 제이크는 항상 전과목 A를 받는 학생이었다. 자신감 넘치고 똑똑했다. 그 자살 유서에 그려진 모습하고는 너무도 다르게.

뭔가가 맞지 않다는 것을 나도 알았다. 하지만 엄마가 더 이상 의문을 품지 말라고, 상처를 그만 건드리라고 했다. 모두의 상처가 아물 수 있도록.

"나중에 부검 결과가 나왔을 때야 알게 됐죠. 제이크가 약물 과다 복용으로 죽은 게 아니라는 걸. 사인은 익사였어요. 우리가 물에 빠뜨릴 때 아직 숨을 쉬고 있었던 거예요."

저들은 제이크를 죽이고 그를 그가 아닌 다른 사람으로 만들기까지 했다.

"제이크가 죽기 전에 퍼코셋을 흡입했다면 부검 결과에서 나오지 않았겠어요?"

"나왔죠. 약물 검사에서 알코올, 아세타미노펜, 옥시코돈 성분이 발견되었죠. 부검 보고서에도 기록되었고. 하지만 자살 사건에서 그런 약물이 나오는 건 드문 일이 아니에요. 제이크의 가족은 분명 약물 성분이 나왔다는 걸 들었겠지만 사람들에게 말하지 않았겠죠."

나는 참고 있던 숨을 내쉬었다. "왜 모든 걸 다 말해주는 거죠?" 마고에게 물었다.

마고는 어깨를 으쓱했다. "알면 당신이 괴로울 테니까. 그리고 이 일로 당신의 결혼생활이 산산조각 나는 걸 지켜보는 게 재미있을 것 같거든."

"내 결혼생활?"

마고는 와인을 한 모금 마시고 잔인한 미소를 지었다. "생각해봐요. 앞으로 평생 남편을 볼 때마다, 키스를 하고 와인을 따라주고 농담에 웃고 사랑을 나눌 때마다 그가 제이크를 죽게 한 사람이라는 사실이 떠오르겠죠. 앨리스테어가 아니었으면 제이크는 아직 살아 있었을 거예요. 앨리스테어가 아니었으면, 누가 알아요? 지금 당신과 제이크가 결혼해서 아이들을 잔뜩 낳고 교외 주택가에 터전을 잡고 살고 있을지. 생각해보니 좀 재미있네요. 당신은 제이크의 인생을 훔친 남자와 결혼하게 되었잖아요."

"당신이 한 일에 대한 대가를 치르게 될 거예요. 당신들 모두, 대가를 치를 거야."

행동에는 반드시 결과가 따를 것이다. 내가 그렇게 만들 것이다.

"우리가 한 일? 앨리스테어가 한 일이겠죠?"

"당신들 모두 그 자리에 있었어. 뭐든 할 수 있었어. 막을 수 있었다고. 당신들도 모두 유죄야."

마고는 거의 불쌍하다는 눈빛으로 나를 바라보았다. 그녀는 립스틱이 번지지 않도록 꼼꼼하게 냅킨으로 입가를 닦았다. "오, 그레이스. 아무것도 모르는 멍청이처럼 굴지 말아요. 무슨 죄를 무슨 증거로 물을 거죠?" 그녀가 테이블에 놓인 사진들을 가리켰다. "제이크가 자살한 날 밤에 우리가 그 자리에 있었다는 사진 몇 장으로? 저것들은 아무것도 증명해주지 못해요. 아무도 자백하지 않을 거고 당신은 아무것도 증명할 수 없는 상황이라고. 우린 더 이상 평일에 무단으로 나가 약을 했다고 퇴학당할까 봐 두려워하는 열일곱 살이 아니야. 좋든 싫든 이미 오래전에 끝난 일이라고?"

사진을 가방에 집어넣었다. 그녀가 틀렸다. 틀려야만 했다. 제이크를 죽이고 이야기를 꾸며놓고 아무런 대가도 치르지 않고서 벗어날 순 없다.

이건 살인이다. 살인.

단호하게 가방을 어깨에 메고 일어섰다.

"두고 봐야죠." 나는 이렇게 말하고 주문한 음식을 들고 오는 웨이터와 부딪힐 뻔하면서 후들거리는 다리로 최대한 서둘러 걸었다.

31

찰리 캘러웨이

2017년

드루가 퇴학당한 지 사흘이 지났다. 방에 있기가 너무 힘들었다. 드루의 텅 빈 매트리스와 텅 빈 옷장, 드루가 목욕 수건을 걸어두던 문에 달린 텅 빈 고리를 보는 게 힘들었다. 학교 식당도 되도록 가지 않았다. 원망하는 듯한 눈으로 노려보는 스티비나 돌턴, 나만큼이나 침울한 표정의 크로스비를 봐야 하니까. 그래서 수업이 끝나면 문이 닫힐 때까지 도서관에 있었다. 허기는 시리얼이나 미니 냉장고에 들어 있는 것으로 때웠다. 그 밖의 것들은 철저히 외면하면서 지냈다.

어느 날 저녁에 도서관에서 막 돌아와 방문을 열었다. 불을 켜자마자 나는 놀라서 펄쩍 뛰었다. 드루의 매트리스에서 누군가 자고 있었다.

"뭐야?" 한 손으로 놀란 가슴을 진정시키며 내가 말했다. 가슴이 쿵쾅거렸다.

그레이슨이 손을 들어 불빛을 가리고 눈을 껌뻑거리면서 나를 쳐다보았다. "그래, 너도 안녕."

나는 방으로 들어가 얼른 문을 닫았다. "깜짝 놀랐잖아." 가방을 바닥에 내려놓았다. "뭐 하는 거야?"

"너 보러 왔지." 그레이슨이 몸을 일으켜 앉으며 말했다. "네 문자 받고 걱정했는데 전화도 안 받아서."

"그게 아니라, 내 기숙사 방에서 뭐 하는 거냐고. 어떻게 들어온 거야?"

"사각형 안뜰에서 학생들한테 널 아냐고 물어보다가 어떤 여학생을 만났어. 이름이 헤일리? 하모니였나?"

"혹시 하퍼?"

"맞아. 그 이름이야. 고향 친구라고 널 놀라게 해주려고 연락도 없이 왔다니까 기숙사로 몰래 들여보내주고 네 방도 알려주던데."

흠, 하퍼답지 않게 친절한 행동이었다. 뭔지는 모르지만 분명히 숨겨진, 사악한 꿍꿍이가 있을 것이다. 어쩌면 내가 편집증인지도 모르고.

"아무튼 그래서 문 따고 들어왔지. 왜? 그게 그렇게 어렵나?"

"맥가이버 나셨네."

"내가 있는 게 싫으면 갈게." 그레이슨이 말했다.

"그런 말 안 했어." 여기까지 와준 그가 고마웠고 정말로 가지 않았으면 하는 마음이었다. "전화 안 받아서 미안해. 기분이…… 좀 그랬어. 사람들하고 말하고 싶은 기분이 아니었어."

"이해해."

"배고파?" 내가 물었다.

"우리 남자들은 항상 배가 고프지."

미니 냉장고에서 베이글과 피자 소스 병, 모짜렐라 치즈 봉지를
꺼냈다.

"오늘은 포식하자." 내가 말했다.

그레이슨과 나는 방바닥에 앉았다. 옆에는 피자 소스 묻은 접시,
반쯤 비운 프레첼 봉지, 다 마신 탄산음료 캔 네 개, 다 먹은 쿠키맛
아이스크림 통 등 우리가 저녁을 먹은 흔적이 널브러져 있었다.

"클레어 아줌마랑 동생들은 잘 있어?" 내가 침대에 기대며 물었다.
토할 것 같을 정도로 배가 불렀다.

"다들…… 잘 있지."

"왜 멈추었다 말하는 건데?"

"안 멈췄어."

"멈췄잖아. 뭔데? 말해봐. 방금 내 문제들에 대해 전부 들어줬으니
까 나도 보답을 해야지."

그레이슨은 한숨을 쉬었다. "그게…… 알았어. 아무한테도 말 안
했는데. 엄마가 아프셔."

"감기 같은 거야?"

"아니. 더 심각한 거. 암. 몇 년 전에 진단 받았어. 지금은 완치되는
중이지만 엄마도 동생들도 많이 힘들었어."

"그래서 집으로 들어간 거야? 도우려고?" 내가 물었다.

"응."

"내가 정말 못된 바보였네." 그레이슨더러 엄마 집에 편하게 얹혀
사는 어른아이라고 했던 일이 떠올라 말했다.

그레이슨이 웃음을 터뜨렸다. "아니야."

그제야 전에 주방에서 그레이슨이 집 밖으로 나가 즐거운 시간을 보내 다행이라고 했던 클레어 아줌마의 말도 이해되었다.

그때 노크 소리가 들렸다.

"젠장. 스탠펠드 선생님일 거야. 통금 시간 다 됐거든."

일어나 그레이슨의 운동 가방을 들어서 그에게 건넸다.

"드루 옷장에 숨어. 빨리."

그가 서둘러 숨은 후에 문을 열었다.

하지만 스탠펠드 선생님이 아니라 돌턴이었다.

"안녕, 찰리."

"어, 안녕. 무슨 일이야?"

"그냥 잘 있나 보려고 왔어." 하지만 어딘가 이상했다. 돌턴은 앞주머니에 양손을 찔러 넣고 어깨를 똑바로 편 모습이었다. 긴장한 듯 보였다. "저녁 먹으러 안 왔더라."

"응. 지금은 사람들에 둘러싸여 있을 기분이 아니라서."

말하는 동안 돌턴의 시선이 내 뒤쪽 바닥에 널브러진 접시와 음식들로, 그리고 또 다른 것으로 향했다. 뒤돌아보니 그레이슨이 서 있었다.

"사실이었구나." 돌턴은 목소리가 갑자기 차가워지더니 경계하는 눈빛으로 그레이슨을 뜯어보았다.

"뭐가?" 내가 물었다.

"하퍼가 널 찾는 남자를 만났다고 했거든. 방으로 들여보내달라고 했다고."

그러면 그렇지.

"내 친구 그레이슨이야." 내가 한 걸음 물러서며 문을 더 열었다. "옛날 친구. 집안끼리 아는 사이야."

잘한 일이었다. '친구'라는 말이 그나마 타격이 덜할 테니.

그레이슨이 돌턴을 보며 고개를 끄덕였다. 그도 약간 달라 보였다. 왠지 키도 더 커진 듯하고 더 강인해 보였다.

"안녕." 그레이슨이 말했다.

"그럼 둘이 계속 오붓한 시간 보내. 뭘 하고 있었는지 모르지만."

"돌턴." 돌턴이 무슨 생각을 하는지 뻔했으므로 오해하도록 두고 싶지 않았다. "그런 거 아니야. 우린 그냥……."

"알았어. 괜찮아." 돌턴이 내 말을 끊었다.

그는 돌아서 복도를 걸어가기 시작했다. 쫓아가 해명하고 싶었지만 두 방 건너에서 기숙사를 순찰하는 스탠펠드 사감 선생님이 보였다. 그냥 보낼 수밖에 없었다.

다음 날 점심시간에 식당 복도를 서성이며 돌턴을 기다렸다. 그레이슨과 있었던 지난밤의 일에 대해 설명하고 싶었다. 돌턴은 분명히 오해하고 있었다. 그레이슨과 내가 친구 이상이라고 생각하고 있는 그의 오해를 바로잡아줘야만 했다.

"찰리." 누군가 나를 부르는 소리에 돌아보았다. 스티비였다. 어깨에 백팩을 메고 팔 한가득 책을 들고 있었다.

"며칠 동안 거의 못 봤네." 스티비가 조심스럽게 입을 열었다. 저번보다 얼음이 약간 녹은 목소리였다.

"어. 좀 바빴어." 너하고 애들을 피하느라고 바빴어.

스티비가 어깨를 으쓱했다. "나 점심 먹으려고 왔는데. 야엘은 벌써 안에 있고. 같이 먹자."

화해를 제안 받으니 마음이 약간 누그러졌다. 우리 네 사람을 이어준 것은 항상 드루였지만 드루가 없다고 스티비, 야엘과 서먹해질 필요는 없지 않은가?

"고마워. 근데, 나 벌써 먹었어. 다음에 같이 먹자."

"그래. 참, 오늘 저녁에 안 바쁘면 식당으로 올래? 학생회에서 트러스티 자선 갈라 준비를 하고 있거든. 일손이 많을수록 좋으니까."

"트러스티 자선 갈라? 십이월인 줄 알았는데."

놀우드에서는 매년 가을 학기가 끝나면 캠퍼스의 연회장에서 트러스티 자선 갈라를 열었다. 정장을 입고 일인당 오백 달러를 내고 참가하는 고급스러운 디너파티인데 수익금은 다음 해 장학금으로 썼다. 매년 아빠는 친구들과 나란히 앉을 수 있도록 티켓을 사주고 경매에 참여할 돈도 한 사람당 천 달러씩 주었다. 작년에 드루와 나는 돈을 모아 기숙사 방에 둘 고급 에스프레소 머신을 경매로 구입했다. 스티비는 뉴욕 필하모닉 제1바이올린 수석연주자에게 개인 레슨을 받을 수 있는 이용권을, 야엘은 귓불에 달라붙는 티파니 다이아몬드 귀고리를 샀다.

"응. 하지만 준비할 게 많아서. 네가 도와주면 큰 도움이 될 거야." 스티비가 말했다.

바로 그때 식당 문이 열리고 돌턴이 친구 몇 명과 나오는 모습이 보였다.

"그래, 봐서." 학교 행사 준비는 내 체질에 맞지 않았지만 스티비에게 얼른 대답했다. "가봐야겠다. 나중에 보자, 응?"

나는 스티비의 대답도 기다리지 않고 벌써 복도를 저만치 걸어가는 돌턴을 따라갔다.

"돌턴, 잠깐만." 돌턴이 멈춰 서지 않을지도 모른다는 생각이 들었지만 멈추었다. 그는 마지못해 뒤돌아섰다. 앞으로 축 처진 어깨와 양쪽 주머니에 찔러 넣은 손을 보고 이미 나를 귀찮아하고 있다는 것을 느낄 수 있었다.

"왜?" 그가 무관심이 담긴 눈으로 쳐다보았다.

"잠깐 얘기 좀 할 수 있을까? 잠깐이면 돼." 친구들이 나를 쳐다보고 있는 것이 느껴졌다. 마커스 랜스버리, 재커리 피츠패트릭, 레오.

"우, 천국에 문제가 생겼도다." 재커리가 노래하듯 말했다.

"그러지 말고, 둘이 얘기하라고 하자." 레오가 재커리의 팔을 끌어당겼다.

"아냐, 괜찮아. 그냥 있어도 돼." 돌턴이 말했다.

나는 한숨을 쉬었다. 꼭 관객들이 있는 데서 이래야 할까?

"무슨 일이야, 캘러웨이?" 돌턴의 목소리는 차갑고 공허했다.

"설명하고 싶었어."

"뭘 설명해?"

"그레이슨." 나는 옆에 서 있는 레오와 친구들을 힐끔 쳐다보았다.

"누구?"

눈동자를 굴리지 않으려고 무던히 애써야만 했다. 돌턴은 꼭 이래야 할까? 오해를 바로잡으려고 하는데 왜 그럴 기회를 주지 않는 걸까?

"그냥 내 말 좀 들어줄래? 어젯밤 일은 네가 생각하는 그런 게 아니야. 그레이슨은 집안끼리 오랜 친구……."

돌턴은 양손을 주머니에 넣고 웃음을 터뜨렸다. "캘러웨이. 난 네가 친구들과 뭘 하는지 눈곱만큼도 관심 없어."

"그래. 알았어." 깜짝 놀라며 내가 말했다.

돌턴은 어깨를 으쓱했다. "난 놀이가 지겨워졌을 뿐이야."

"놀이가 지겨워지다니 무슨 말이야?"

"아무것도 아니야. 알겠어?" 돌턴은 잠시 후 더 나은 말이 생각났다는 듯이 덧붙였다. "난 마음이 없었거든."

레오를 쳐다보았다. 레오의 눈빛에 당황스러움이 스쳐가면서 문득 차갑고 메스꺼운 사실을 깨달았다. 지금까지 돌턴이 나를 좋아한다고 생각했는데 돌턴은 게임을 하고 있었던 것이다.

"보드 게임에 내 이름을 넣은 거야?" 내가 레오에게 물었다.

나를. 레오가 그 구역질 나는 정복 보드 게임에 내 이름을 넣었다. 친구들이 가지고 놀려는 목표물이 될 수도 있다는 사실을 알면서도.

갑자기 내 기숙사 방에서 레오가 돌턴에 대해 물었던 일이 떠올랐다. 그는 돌턴하고 엮이지 말라고 경고했었다. 그때는 레오가 정말로 나를 걱정해서 그러는 것이라고 생각했지만 이제 깨달았다. 레오는 나를 위해서가 아니라 자신을 위해서 그렇게 말한 것이다. 돌턴이 보드판의 칸을 지우려고 나에게 작업 거는 것을 알고 그가 이기는 게 싫어서 그런 것이다.

"찰리……." 레오가 나를 불렀다.

"내 이름 어느 베이스였니?"

"그게 아니라……."

"어느 베이스였냐고?" 내가 소리 질렀다.

사람들이 쳐다보는 게 느껴졌지만 상관없었다.

"네 번째." 재커리가 말했다. 마치 야한 농담의 결정적인 부분을 던지듯 그는 얼굴에 잔인한 미소를 띠었다.

나는 레오를 보았다. 그는 마치 안에서 어느 쪽이 이겨야 하는지 알 수 없는 전쟁을 벌이고 있는 것처럼 턱이 뻣뻣하게 굳어 있었다.

나는 아무 말도 하지 않았다. 테라스로 이어지는 여닫이문을 밀고 달리기 시작했다.

방으로 가지 않았다. 차를 끌고 레지로 달렸다.

조금씩 희미해지는 햇살 속에서 절벽 끄트머리에 홀로 앉아 삼십 미터 아래 골짜기를 흐르는 까만 물을 내려다보았다. 휴대폰을 꺼내 드루에게 전화를 걸었지만 받지 않았다. 부모님이 휴대폰을 압수했을지도 모른다는 생각을 했지만 너무도 절박했다. 꼭 드루와 이야기를 하고 싶었다. 세 번째 전화도 음성사서함으로 이어지자 전화를 끊고 골짜기를 빤히 내려다보았다.

그럴 생각이 아니었다. 가까이 오게 할 생각이 아니었는데 그래버렸다. 돌턴, 레오, 드루, 스티비, 외할머니, 행크 외삼촌, 엄마. 계속 같은 일을 반복하고 말았다. 난 그 사람들을 받아들여 관심을 쏟고 믿는 실수를 저질렀고 모두에게 버림받고 배신당했다.

눈을 감고 저 골짜기 아래를 떠올렸다. 모든 것을 놓아버리고 그냥 저 아래로 뛰어내리면 어떤 기분일까.

32
앨리스테어 캘러웨이

2007년 7월

사진 속 아내의 옆얼굴을 훑었다. 그녀였다. 그레이스였다. 힐스버러와 하트퍼드 사이의 교차로에서 약간 떨어진 곳에 있는 기름투성이 식당, 헬스 다이너에 앉아 있는 모습. 들어본 적도 가본 적도 없는 식당이었다. 나라면 그레이스와 아이들을 데리고 절대로 가지 않을, 주민들이 추천하지도 않을 그런 식당이었다. 새벽 두 시에 따뜻한 음식을 먹으려는 트럭 운전기사들이나 술집 영업이 끝난 후 술을 깨려는 술꾼들이 주로 가는 싸구려 식당이었다. 불륜에 빠진 아내들이 연인을 만나러 자주 찾는 곳이기도 했다.

"이름이 뭡니까?" 내가 물었다.

그레이스의 맞은편에 앉은 남자는 평범한 외모였다. 주차장에서 망원 렌즈로 찍은 사진이라 아내가 바람피우는 남자의 얼굴이 지나칠 정도로 자세하게 나왔다. 나이는 삼십대 초반, 소매가 너무 긴 싸구려 기성복 양복을 입었고 관자놀이부터 머리숱이 옅어지기 시작했다. 거리에서 보았다면 아무 생각 없이 그냥 지나쳤을 사람이었다. 내가 아무런 걱정 없이 아내와 단둘이 남겨놓을 수 있는 그런 남자. 그런데 그런 남자가 교차로에 있는 어두운 식당에서 아내의 손을 잡으며 함께 있었다.

"피터 힌즈버그입니다." 린치 씨가 말했다.

"피터 힌즈버그." 기억을 더듬어보았지만 아무것도 떠오르는 게 없었다. 처음 듣는 이름이었다.

몇 주 전부터 그레이스가 이상해졌다. 차갑고 말이 없고 애정이 전혀 느껴지지 않았다. 어느 날은 저녁을 먹은 후 싱크대에서 설거지하는 그녀에게 다가가 뒷주머니에 손을 넣고 어깨에 키스하자 그녀가 움찔했다. 실제로 움츠렸다. 내가 닿는 것이 기분 나쁜 듯 몸을 뺐다.

"지금은 싫어요, 앨리스테어. 그럴 기분이 아니에요."

그 후로 그녀는 계속 그럴 기분이 아니었다. 사랑을 나누지 않은 지 몇 주가 흘렀다. 그녀는 딸들과 함께 계속 호숫가 집에 있었고 아이들을 더 이상 뉴욕으로 데려오지도 않았다. 매일 밤 혼자 그렇게 지냈다.

책상에 놓인 사진들을 넘겼다. 호숫가 집에서 찍힌 그레이스와 아이들의 사진. 시내에서 찍힌 그레이스와 아이들의 사진. 그레이스의 부모님 집에서 찍힌 그레이스와 아이들의 사진. 그리고 지저분한 식당의 어두운 테이블에서 그 남자와 함께 찍힌 그레이스의 사진.

"혹시……." 나는 말끝을 흐렸다. 아내가 다른 남자와 한 침대에 있는 사진에 대해 물어보려니 난감했다. 대신 이렇게 물었다. "다른 사진은 어디 있습니까?"

"둘이 함께 있는 현장을 본 건 한 번뿐입니다. 식당에서 한 시간 동안 있었고 돌아갈 때는 따로 갔고요. 남자가 집으로 온 적은 없습니다. 적어도 제가 미행하는 동안에는."

적어도 그레이스에게는 불륜 상대를 딸들이 있는 집으로 끌어들이지 않을 정도의 체면은 있었다. 적어도 이 증거들에 의하면.

린치 씨가 내 앞에 얇은 서류철을 내놓았다. "그레이스의 통화 기록입니다. 이건 그 남자에게 걸었던 기록이고요."

종이 한 장을 받아들고 항목을 훑어보았다. 그레이스가 피터의 개인 휴대폰으로 처음 전화를 건 것은 몇 주 전이었다. 그 후 그들은 일주일에 몇 번씩 전화를 주고받았다. 통화 시간이 단 몇 분일 때도 있고 한 시간일 때도 있었다. 대부분의 통화는 저녁에 이루어졌다. 나는 그레이스가 밤에 우리 부부의 침대에 앉아 있는 모습을 상상했다. 침대 옆 탁자에는 화이트 와인이 담긴 잔이 있다. 샤워로 젖은 머리칼, 시트 위에 놓인 방금 면도한 다리. 한쪽 귀에 전화기를 대고 제 방에서 잠든 아이들을 깨우지 않으려 작은 목소리로 섹시하게 속삭이는 그녀.

"식당에서 만난 후에는 아무것도 없습니다. 통화도 멈췄고요." 린치 씨가 말했다.

사진들을 들어 다음 사진으로 넘겼다. 그 사진에서 그레이스는 눈에 띄게 상심한 모습이었다. 울고 있었다.

"피터 힌즈버그라는 자에 대해 아는 사항은요?" 내가 물었다.

"하트코 인슈어런스에서 보험 사기 조사관으로 일했습니다. 몇 달 전에는 호숫가 집의 조경업자들이 청구한 산재보험을 맡았고요.

그 일로 그레이스를 만나러 호숫가 집으로 갔던 것 같습니다. 그 건이 해결된 후에도 관계를 계속 이어갔고요. 좀 더 조사를 해봤더니 그레이스와 피터는 같은 고등학교를 나왔더군요. 피터가 몇 살 어리지만 아는 사이였습니다." 린치 씨가 말했다.

"그 사람에 대해 난 들어본 적이 없어요. 그레이스가 한 번도 말한 적이 없습니다."

린치 씨는 어깨를 으쓱했다. "어릴 때 알던 사람을 우연히 만나 대화하다 보면 순간적으로 끌림을 느끼기 쉽습니다. 그러다 사이가 깊어지고요. 생각보다 흔한 일입니다. 하지만 다행히 두 사람의 관계는 이제 끝난 듯합니다. 식당에서 만난 후 연락을 주고받은 흔적이 없어요. 피터도 유부남이고 아내가 얼마 전에 첫 아기를 낳았더군요. 아무래도 양심의 가책을 느꼈겠지요."

"확실히 끝난 건가요?" 내가 물었다.

"그래 보입니다. 하지만 원하시면 계속 주시하겠습니다, 캘러웨이 씨."

"아닙니다. 내가 해결하죠. 고마워요, 션."

나는 인터컴의 버튼을 눌러 로지를 호출했다.

"네, 캘러웨이 씨?"

"션을 배웅해주겠어요?"

"네, 알겠습니다."

일어나 린치 씨와 악수를 했다. 두 사람이 나간 후 책상 의자에 앉았다. 사진을 보며 턱을 문질렀다.

그레이스. 그레이스를 어쩔까? 그녀가 나에게 상처 준 것처럼 그녀에게도 똑같이 상처를 주고 싶었다. 내가 알고 있다는 것을 내가 그녀의 불륜에 대해 알게 된 것과 똑같은 방식으로 그녀가 알게 만들어주고 싶었다. 차갑고 비인간적으로.

책상에 놓인 노란색 리걸 패드를 한 장 찢었다. 굵은 대문자로 "나는 알고 있다(I KNOW)"라고 썼다. 종이를 접어 봉투에 넣었다. 그리고 사진들을 들었다. 식당에서 찍힌 그레이스와 피터 힌즈버그가 손을 잡고 있는 사진만 봉투에 넣을까 생각하다 책상에 놓인 다른 사진이 눈에 들어왔다. 외갓집 뒷마당에서 노는 큰딸 샬럿의 사진이었다. 그레이스는 나만 배신한 것이 아니라 우리 가족을 배신했다. 샬럿의 사진 뒷면에 "멈춰(STOP)"라고 썼다. 그 사진도 넣고 봉투를 봉했다. 며칠 후 그녀가 발신인 주소 없는 이 봉투를 받는 모습을 상상했다. 봉투에 담긴 사진과 메모를 보고 등줄기에 소름이 돋을 것이다. 내가 알고 있다는, 전부 다 알고 있다는 사실을 깨닫고.

33
찰리 캘러웨이

2017년

수업 시간에 계속 나를 쳐다보는 돌턴의 시선을 느꼈지만 철저하게 무시했다. 그쪽은 절대로 쳐다보지 않았다.

사흘 전 식당 밖에서의 사건 이후로 나는 그와 한마디도 하지 않았다. 하지만 그는 몇 번이나 대화를 시도를 했다. 우편함에 쪽지를 넣어두고("찰리, 정말 미안해. 얘기 좀 할 수 있을까?") 교실의 내 자리로 장미 꽃다발을 보냈다. 수업이 끝난 후 나를 복도 구석으로 몰아넣는 게 그의 특기였으므로 매일 핑계를 대고 몇 분씩 교실에서 일찍 나갔다.

그레이슨은 아직 돌아가지 않았다. 그는 폴스처치의 호텔에 방을 잡고 저녁이면 캠퍼스로 나를 만나러 왔다. 그에게 전부 다 말했다. 아버지와 제이크의 죽음과 엄마의 실종에 대해 알고 있는 것들부터 돌턴과의 일까지 전부. 그레이슨은 내가 괜찮은지 지켜보고 엄마의 사건을 알아보는 것도 도와준다며 한사코 더 머물겠다고 했다.

그레이슨은 낮 동안에는 폴스처치의 도서관에서 정보를 검색하면서 보냈다. 어느 날 오후 수업이 끝나고 기숙사 방에 가보니 놀랍게도 그가 파일들과 함께 드루의 매트리스에 널브러져 있었다.

"오늘 찾은 거야." 그레이슨이 매트리스에서 내려와 스테이플러로 묶은 종이뭉치를 내밀었다.

"제이크의 부검 보고서 사본이야."

"이걸 어디서 구했어?" 내가 가방을 책상에 놓고 종이를 받아들며 물었다.

그레이슨이 어깨를 으쓱했다. "공문서야."

서류를 홱홱 넘겨보았다. 병리학자가 제이크의 시신에 대해 기술한 부분은 읽기가 힘들었다. 표피 탈색 및 팽만…… 위장에서 물 발견…… 분비물로 인한 기도 흡인…… 입 안의 분홍색 거품.

사망 추정 시간은 1990년 12월 21일 오후 여덟시에서 자정 사이로 기록되어 있었다. '사인'은 폐부종이었다.

"폐부종?" 내가 그레이슨을 보면서 물었다.

"폐에 물이 찼다는 뜻이야. 익사."

"마고의 말이 사실이었네."

"그런 것 같아." 그레이슨이 다음 페이지를 가리켰다. "제이크의 시신에는 저항으로 인한 찰과상이나 멍이 없었다고 되어 있어. 물속에 억지로 들어간 게 아니라는 거야."

"그럼 자살인 거네."

"그래. 엄마가 말해준 제이크의 방에서 발견되었다는 유서 내용과 제이크의 사인이 꽤 맞아떨어지는 것 같아." 그레이슨이 말했다.

무엇이라도 좋으니 자살이 아님을 말해줄 뭔가를 찾으려 부검서를 훑었다. "이건 어때? 약물 검사 결과. 알코올과 아세타미노펜, 옥시코돈 성분이 발견됐대."

그레이슨이 고개를 끄덕였다. "내가 찾아본 바로는 비교적 낮은 수치긴 한데 그래도 불법 약물 혼합제이긴 하지. 부검에 따르면 공식적인 사인은 익사지만."

"죽던 날 제이크가 술을 마셨던 거지?" 내가 물었다.

"그런 것 같아." 그레이슨이 말했다.

"약도 했고."

나는 한숨을 내쉬고 생각에 잠겼다. 옥시코돈과 아세타미노펜이라. 퍼코셋인가? 퍼코셋은 학교 내에서 사탕처럼 쉽게 주고받는 약이었다. 한 번도 처방 받아본 적 없는 나도 파티에서 실라 앤드루스가 사랑니를 발치하고 처방 받은 것을 가져왔길래 몇 알 먹어본 적이 한 번 있었다. 많은 아이들이 퍼코셋을 헤로인이나 다른 진통제보다 훨씬 위험성이 덜한 마약성 약물이라고 여겼다.

"뭔가 있을 거야. 간과된 뭔가가." 내가 말했다.

"어떤?"

"모르겠어." 내가 미쳤는지도 모른다. 있지도 않은 연결고리를 찾으려 지푸라기라도 잡으려는 것인지도. 하지만 엄마의 실종과 제이크, 아빠 사이에 무슨 연관이 있는 것이 분명했다. 그것이 제이크의 죽음과 관련된 무언가라고 내 직감이 말하고 있었다.

"오늘 알아낸 것 중에 흥미로운 게 또 있어." 그레이슨이 말했다. 말하기가 긴장되는 듯 그가 뒷목을 긁었다.

"뭔데?"

그는 침대로 가서 다른 종이를 가져왔다. 오래된 신문기사를 복사한 것이었다. 아빠의 약혼 발표 기사였다. 하지만 상대는 엄마가 아니었다. 사진에서 아빠의 옆에 있는 사람은 내가 아는 다른 사람이었다.

"아빠가 마고랑 약혼을 했었다고?"

"그런가 봐." 그레이슨이 어깨를 으쓱했다. "너희 아빠가 말한 적 없지?"

"없어." 하지만 아빠와 우리 가족이 나에게 말하지 않은 것은 그 밖에도 많았다.

갑자기 누군가 방문을 두드렸다.

"알아 알아. 옷장에 숨을게." 그레이슨이 두 손을 올리며 말했다.

나는 웃으며 "고마워."라고 했다.

그레이슨이 드루의 옷장에 숨은 후에 방문을 열었다.

레오였다. 작은 상자를 들고 보드판처럼 생긴 것을 겨드랑이에 끼고 있었다.

보자마자 문을 확 닫으려 했지만 레오가 앞으로 나와 막았다.

"원하는 게 뭐야?"

식당 사건 이후로 레오와 말을 하지 않았고 영원히 말하지 않게 되어도 상관없었다. 돌턴보다 레오의 배신이 더 쓰라렸다.

"미안해. 이 말부터 시작할게."

한 번도 사과하는 것을 보여준 적 없는 레오였기에 약간 경계가 누그러지기는 했다.

"널 게임에 넣은 건 네가 우리 학교 그 어떤 남자애한테도 과분해서 절대로 관심을 보이지 않을 거라는 걸 알았기 때문이야. 네가 돌턴에게 관심을 보이기 시작했을 땐 경고해주려고 했어. 이렇게 될 줄은 몰랐어. 알았다면 처음부터 하지도 않았을 거야."

"난 네가 내 편이라고 생각했어."

"찰리, 난 절대 그 누구도 너에게 상처 주게 하지 않을 거야. 내가 너한테 다시 경고하지 않은 이유는 돌턴이 널 진심으로 좋아하고 게임 때문에 너랑 가까이 지내는 게 아니라고 납득시켜줬기 때문이야. 돌턴은 아직도 널 좋아해. 저번에는 속상한 마음에 게임 때문이라고 한 거야."

"그것 참 잘됐네. 하지만 난 더 이상 너희들 말을 믿지 않아."

"돌턴 얘기를 들어봐. 들어보고 믿을지 안 믿을지 결정해. 우선 이걸 너한테 줄게."

레오가 보드판을 내밀었다.

펼쳐보니 비어 있는 칸들이 가득했다.

"퍼즐이야. 글자를 맞추면 뭐라고 쓰여 있는지 알 수 있어."

"무슨 글자?"

"자." 레오가 상자를 건넸다. 열어보니 폴스처치의 고급 컵케이크 가게에서 파는 컵케이크가 하나 들어 있었다. 컵케이크 위에는 'Y'라고 적힌 작은 타일이 꽂혀 있었다.

"글자가 하나뿐이잖아?"

"아니. 다른 글자들도 있을 거야." 레오가 말했다.

"너희들의 유치한 게임은 지금까지로 족해."

"아니야. 이 게임은 분명히 마음에 들 거야. 나 훈련하러 가봐야 해. 나중에 다시 얘기하자. 알았지?"

"알았어."

레오가 간 후 보드판과 타일을 책상에 올려놓았다.

"그럴 생각은 아니겠지?" 그레이슨이 물었다. 이미 옷장에서 나온 그는 팔짱을 끼고 실망스러운 표정을 지었다.

"뭘?"

"그런 여자들 있잖아. 남자가 나쁜 짓을 했는데 선물을 주면서 반성하면 전부 다 잊어버리고 용서해주는. 남자는 또 나쁜 짓을 계속하고."

"아니. 난 안 그럴 거야."

"찰리, 이건 단순한 다툼이 아니야. 그 녀석은…… 널 철저하게 이용했어. 그걸 묵인한 네 사촌도 나쁜 놈이고."

"알아. 나도 안다고. 직접 겪었으니까. 컵케이크로 기억상실에 걸리진 않아."

"그래."

그때 또 누가 방문을 두드렸다.

"맙소사." 그레이슨이 내뱉었다.

"빨리 옷장에 들어가줄래?"

그레이슨은 한숨을 쉬고 눈을 흘겼지만 내 말대로 했다. 문에는 또 다른 컵케이크와 타일을 든 크로스비가 서 있었다. 삼십 분 동안 축구부 절반이 상자에 든 컵케이크와 타일을 들고 나타났고 퍼즐이 풀렸다. 글자를 합쳐서 나온 말은 "내가 나쁜 놈이야. 미안해."였다.

"와우." 그레이슨이 책상에 놓인 퍼즐을 보며 말했다. "역시나 사립학교 남학생은 대충 하는 법이 없구나."

노크 소리가 또 들려서 마지못해 문을 열었다. 이번에는 돌턴이었다. 확 닫아버리려고 했지만 평소의 그답지 않은 매우 겸손하고 미안해하는 표정이었다.

"안녕, 찰리. 들어가도 될까?"

"누가 와 있어서." 나는 그레이슨이 보일 정도로만 문을 열었다.

"안녕하세요." 돌턴이 그레이슨에게 손을 내밀어 인사를 했다. "지난번에는 제대로 인사를 못 한 것 같네요. 돌턴입니다. 만나서 반가워요."

그레이슨은 팔짱을 낀 채로 그냥 제자리에 서 있었다. "난 반갑다고는 못 하겠네. 찰리한테 다 들었는데 별로 추천할 만한 인물은 못 되더군. 무슨 말인지 이해할지 모르겠지만."

돌턴이 그레이슨의 솔직한 발언에 허를 찔린 듯 손을 옆으로 내렸다.

"삼 초 안에 사라지지 않으면 내 주먹으로 새 얼굴을 만들어줄 거야. 사탕발림에 불과한 사과는 도로 가져가고."

"소동을 일으키려고 온 게 아니에요." 돌턴이 항복의 표시처럼 두 손을 올리며 말했다. "내 사과가 진심이라고 생각하건 말건 진심입니다. 그리고 그쪽의 생각은 중요하지 않아요. 이건 찰리와 내 일이니까."

그레이슨이 앞으로 나와 문과 나 사이에 섰다.

"그레이슨, 괜찮아."

그의 셔츠 뒷자락을 잡아당겼지만 그는 아랑곳하지 않았다.

"그레이슨. 내가 말할게. 괜찮아."

"그럴 필요 없어. 넌 저 녀석한테 빚진 게 없어."

"알아."

"알았어. 대신 난 바로 문밖에 있을 거야. 바로 여기. 문도 계속 열어놓을 거고."

그레이슨이 복도로 나갈 수 있도록 돌턴이 한 걸음 물러났다. 나는 돌턴에게 들어오라는 손짓을 하고 이 센티미터 정도의 틈만 남기고 문을 닫았다.

"찰리. 그런 말 해서 미안해." 돌턴이 안으로 걸어오며 말했다. 그레이슨에게 들리지 않도록 목소리를 낮추었다. "너와 보낸 시간은 절대로 그 바보 같은 게임 때문이 아니었어. 단 한순간도. 레오가 보드판에 네 이름을 넣기 전부터 난 널 좋아했어. 그 감정을 행동으로 옮길 용기가 나기까지 시간이 좀 걸렸어. 넌 절대로 만만한 애가 아니니까."

그는 미소 지었고 나는 입술을 깨물었다.

"저번에 널 그렇게 대해서 미안해. 진심으로 한 말이 아니었어. 내 본모습이 아니었어."

"왜 진심도 아닌 말을 한 건데?" 내가 팔짱을 끼면서 물었다.

"속상해서 그랬어. 내가 널 좋아한다는 건 누가 봐도 뻔했어. 다들 알았지. 하지만 넌 계속…… 날 경계했어. 네가 원래 그렇다고…… 쉽게 마음을 열지 않는 성격이라고 생각했어. 그런데 방에서 다른 남자랑 있는 걸 보고…… 나 자신이 바보처럼 느껴졌어. 네가 나에게 거리를 둔 이유가 쉽게 마음을 열지 않아서가 아니라 내가 널 좋아하는 만큼 날 좋아하지 않기 때문이라는 생각이 들어서."

"좋아했어."

내가 거리를 두고 때로는 차갑게 굴었다는 사실을 나도 알고 있었다.

돌턴은 두 손을 주머니에 찔러 넣었다. "바보 같겠지만 그런 생각이 들었어. 처음에는 상처를 받았고 나중에는 화가 나서 그런 말까지 하게 된 거야. 미안해."

한편으로는 나도 그렇게 대해서 미안하다고 사과해야 한다고 생각했다. 하지만 사과한다면 그가 한 행동에 대해 내가 사과하는 모양새가 된다는 생각이 더 컸다. 내가 그를 그렇게 행동하게 만든 것처럼. 그것은 사실이 아니지 않은가?

"뭔가를 바라고 온 건 아니야. 그저 미안하다는 말을 하고 싶어서 왔어."

"그래. 고맙네." 내가 말했다.

그는 축 처진 어깨와 후회로 가득한 눈빛으로 내 앞에 서 있었다. 진심으로 미안해하는 것처럼 보였다. 다른 누구도 아니고 돌턴이었다. 식당에서 내 의자에 팔을 걸치던 녀석. 친구들 앞에서 내 편을 들어주던 녀석. 금방이라도 깨질 듯한 연약한 존재를 대하듯 내게 키스하던 녀석. 누구에게서도 본 적 없는 눈빛으로 날 바라보던 녀석. 며칠 전까지만 해도 그는 항상 나를 최고로 배려하고 존중해주었지.

"그만 가볼게. 얘기 들어줘서 고마워."

"그래."

돌턴이 간 후 그레이슨이 안으로 들어오며 문을 닫았다.

"끝나서 다행이다." 그가 말했다.

"그래."

"끝난 거 맞지?"

나는 대답하지 않았다.

"찰리?"

"만약에…… 진심으로 미안해하는 거면 어떡하지? 바보같이 들리겠지만 정말 속상해서 실수한 거라면? 게임 때문에 접근한 게 아닌데 순간적으로 나에게 상처 주려고 그런 말을 한 거라면? 솔직히 나도 돌턴에게 항상 친절하진 않았거든."

"그래. 너 지금 진짜 바보 같다." 그레이슨이 말했다.

나는 그를 노려보았다. 무슨 자격으로 그런 말을 하는 거지? 솔직히 돌턴에 대해 뭘 안다고?

돌턴의 마음이 진심이고 나에게 정말 좋은 사람인데 그냥 보내버리는 것이라면? 좋은 인연을 바로 눈앞에서 놓치는 것이라면?

"여기 괜히 온 것 같네. 나와 보낸 시간을 착각한 것 같아." 내가 말했다

"내가 정확히 뭘 착각했다는 거지?" 그레이슨이 물었다.

"나, 우리 사이. 난…… 오빠한테 이성으로서 감정이 없어." 내가 말했다.

그레이슨이 코웃음을 쳤다. 마치 나에게 따귀를 맞기라도 한 것처럼 보였다. "찰리…… 난……." 그는 잠시 멈추었다가 다시 말했다. "난 친구로서 여기에 온 거야. 너에게 누군가 간절히 필요한 것 같아서. 그게 다야. 하지만 네 말이 맞다, 괜히 온 것 같아."

그는 가방에 짐을 쑤셔 넣기 시작했다.

"가는 거야?"

그는 대답하지 않고 가방의 지퍼를 잠그고 가져온 파일을 내 책상 끄트머리에 올려놓았다.

"그레이슨?"

"찰리, 네가 원하는 걸 찾길 바랄게. 진심으로."

34
그레이스 캘러웨이

2007년 3월 1일

편지라고 할 수 있을지 모르겠지만 그 편지에는 이렇게만 쓰여 있었다. 두꺼운 대문자로. "나는 알고 있다."

발신인이 없는 봉투 안에서 사진이 나왔다. 나와 피터가 교차로 근처의 헬스 다이너에 있는 모습이었다. 보는 사람이 없도록 내가 신중하게 고른 장소였다. 그런데 누군가 보고 있었다. 아니, 누군가 미행을 했다. 그들은 피터와 내가 같이 있는 모습만 본 것이 아니라 다 알고 있었다. 그들에게 죄를 묻기 위해 내가 소송을 준비하고 있다는 것을. 그들은 내가 가진 사진의 존재도 알았다. 그 사진에 제이크가 죽던 날 자신들이 함께 있는 모습이 담겨 있다는 것을.

마고를 만난 후 경찰에 신고하고 소송을 걸기에는 구체적인 자료가 부족하다는 사실을 깨달았다. 그래서 피터에게 연락해 도움을 구했다. 초여름에 우리 조경업자 중 한 명이 연관된 산재보험 청구 일로 사진을 찍으러 호숫가 집으로 온 피터를 만났다. 고등학교 이후로 처음 만나는 것이라 놀랍고 반가웠다. 고등학교 때 같은 수영팀이었던 피터는 내성적이지만 탐구심이 많은 아이였다. 드러내지는 않아도 관찰력이 매우 뛰어났다. 그래서 퍼즐을 푸는 직업을 생계 수단으로 선택했다는 사실이 그리 놀랍지 않았다. 우리는 그의 일에 대한 이야기를 나누었다. 대학에서 형사사법학을 공부한 그는 사립 탐정 자격증이 있어서 곧 사무소를 따로 차릴 예정이었고 이미 사건도 받기 시작한 터였다. 앨리스테어에게서는 답을 알아낼 수 없으리라 깨닫고 내가 가장 먼저 전화를 건 사람이 바로 피터였다.

마고는 분명 내가 보여준 사진에 대해 누군가에게 말했을 것이다. 그중 누가 나를 미행한 것일까. 한 명 이상일까. 협박은 마고가 할 만한 일이 아니었다. 레스토랑에서 그녀는 두려움 없이 매우 당당했다. 하지만 나뿐만 아니라 내 아이들을 향해 노골적인 협박을 할 법한 사람들이 몇몇 있었다.

사진에는 나와 피터뿐만 아니라 샬럿과 세라피나까지 찍혔다. 샬럿을 가까이에서 찍은 마지막 사진의 뒷면에는 '멈춰'라고 쓰여 있었다.

편지를 받은 후 엄마에게 연락해 외출하는 동안 아이들을 봐달라고 부탁했다. 운동하러 간다고 말하고 반바지와 운동화 차림에 빈 가방을 어깨에 두르고 집을 나섰다. 내가 간 곳은 은행이었다. 은행 금고에서 현금을 인출했다. 앨리스테어는 대여섯 군데 은행의 열 개가 넘는 금고에 현금을 보관해두고 있었다. 만일을 위한 자금이라고 했다. 응급 상황이 생길 때를 대비한. 이제 그 돈은 나와 세라피나, 샬럿의 만일을 위한 자금이 될 것이다. 나는 뒤돌아보지 않고 이곳을 떠날 생각이었다.

집에 돌아왔을 때는 초저녁이었다. 차도에 엄마의 차는 없고 앨리스테어의 차가 보였다.

"아무도 없어요?" 내가 현관문을 열며 외쳤다.

"왔군."

고개를 돌려보니 앨리스테어가 한 손에 위스키 잔을 들고 거실에 서 있었다.

그를 보자마자 긴장되어 심장이 마구 뛰었다. 어깨의 가방을 고쳐 멨다. 돈이 가득 든 무거운 가방이 살을 파고들었다.

"올 줄 몰랐어요." 차분한 목소리로 말하려고 애쓰며 현관문을 닫았다. 그는 보통 주말에 호숫가 집으로 오는데 이날은 수요일이었다. 미소를 지으려 했지만 얼굴이 뻣뻣하게 느껴졌다. "애들은요?"

"외갓집에서 자고 오라고 보냈어. 앨리스에게 그동안 일 때문에 너무 바빠서 부부 둘만의 시간이 없었다고 말했어. 흔쾌히 애들을 데려가주시더군."

가슴이 철렁했다. 밤새 앨리스테어와 단 둘이 있어야 한다고?

"엄마가 마음 써주셨네요." 실망한 것처럼 보이지 않으려 애쓰며 말했다. "저녁 준비 못 했는데 나가서 먹을래요? 일단 샤워 좀 하고요."

얼른 이층 침실로 도망치려 계단으로 향했지만 계단에 들어서자마자 그가 나를 불러 세웠다.

"그레이스."

나는 계단에 선 채로 몸이 얼어붙었다.

"이리 와."

돈을 인출했다는 걸 안 거야.

도대체 어떻게 알았는지 모르겠지만 목소리에서 그가 알고 있다는 걸 느낄 수 있었다.

여전히 계단에 선 채로 그를 향해 고개를 절반쯤 돌렸다.

그는 몰라. 침착하자. 핑계를 대. 이층으로 올라가. 돈을 숨겨.

"네?" 목소리가 떨리지 않도록 애썼다.

"이리 오라고. 다시 말하지 않아."

가방을 고쳐 메고 그에게 걸어갔다. 그를 바라보려고 애쓰면서.

그는 몰라. 몰라. 알 리가 없어. 알 리가 없잖아?

그의 앞에 섰다. 원한다면 그가 내 가방을 잡을 수 있을 정도로 가까웠다. 나는 보호하려는 듯 가방 위에 한 손을 놓았다.

"당신이 한 짓에 대해 아무 말 없이 넘어갈 수 있다고 생각하는 건가? 아무 일 없었던 척할 수 있다고?"

그에게서 술 냄새가 풍겼다. 그의 눈동자가 빛이 전부 빠져나간 듯 검게 변했다. 목덜미에 소름이 끼쳤다.

내가 아는 앨리스테어는 부드럽고 다정한 남자였다. 근래 몇 년 들어 서로 멀어지고 냉담해지기는 했지만 그는 우리 딸들에게 한없이 다정하고 자상한 아빠였다. 자전거를 타다 넘어져 까진 샬럿의 손바닥에 키스를 해주고, 세라피나를 목욕시키며 〈첨벙첨벙〉 노래를 불러주어 아이가 까르르 웃게 만드는 그였다. 하지만 그에게는 다른 사람들이 보는 다른 면도 있었다. 이사회에서는 날카롭고 무시무시한 이빨을 가진 늑대였다. 그가 들어올 때 사람들의 반응을 보면 알 수 있었다. 어깨가 뻣뻣하게 굳고 말하기 전에 살짝 숨이 탁 막혔고 말하면서 고분고분하게 고개를 끄덕였다. 마치 맹공격에 대비해 마음을 단단히 먹는 모습이었다. 결혼하고 처음으로 나에게도 그가 남들 눈에 보이는 모습으로 보였다. 무서웠다.

"무슨 말인지 모르겠어요." 이렇게 말하는 내 목소리는 속삭이는 듯 작고 약했다. 나라도 믿기지 않을 것 같았다.

그의 얼굴은 한동안 완벽한 정지 상태였다가 순식간에 고통으로 뒤틀린 가면으로 변했다.

그는 들고 있던 술잔을 내 뒤쪽의 벽에 던졌다. 깨지는 소리가 들리고 산산이 부서진 유리 파편들이 우리 주위로 흩뿌려졌다. 나는 충격으로 몸을 움츠렸다.

"앨리스테어……."

그가 내 뒷머리를 잡아채더니 확 잡아당겼다. 머리가 뒤로 젖혀지면서 뜨거운 전기 같은 통증이 엄습해 비명을 질렀다. 가방도 떨어뜨렸다.

"피터 힌즈버그."

알고 있었어. 그는 사립탐정도 돈도 전부 알고 있었다. 도대체 어떻게?

"우리의 결혼을 더럽힌 장소가 어디야. 여긴가?"

그는 머리채를 잡은 채로 내가 식당 쪽을 보게 만들었다.

"아니면 저 테이블?"

"아프잖아요." 눈물이 났다.

뒤죽박죽이 된 머릿속으로 상황을 파악하려 애썼다. 피터? 나와 피터가 불륜 관계라고 생각한 건가?

앨리스테어는 오른쪽으로 몇 발자국 떨어진 곳으로 나를 끌고 가 소파 쿠션에 내 얼굴을 밀어 넣었다. 거친 체크무늬 면직물에 코가 파묻혔다. 숨을 쉴 수가 없었다.

"아니면 이 소파인가?"

그는 갑자기 소파에서 나를 홱 일으켜 돌려세워 자신을 마주 보게 만들었다. 두 손으로 내 어깨를 잡았다. 나는 숨을 헐떡거리며 뒤로 주춤주춤 물러났다.

"아니야." 기침이 나오고 목소리가 갈라졌다. "아니야. 난 안 그랬어. 맹세코."

나는 균형을 잃고 쓰러졌다. 어깨가 책장에 부딪히며 엄청난 통증이 몰려왔다. 바닥에 엎드려 쓰러진 채 흐느껴 울었다.

눈앞이 흐렸다. 한 손으로 다친 어깨를 잡았다. 손을 떼니 피가 묻어 있었다.

고개를 들어 앨리스테어를 보니 그는 두 손을 관자놀이에 대고 쭈그려 앉아 있었다.

"왜 그랬어? 왜?" 그는 작은 목소리로 몇 번이나 말했다.

누구에게 하는 말인지 알 수 없었다. 나인지 자기 자신인지.

양손으로 감싼 얼굴을 들어 나를 봤을 때 그는 울고 있었다.

다음 날 아침에 침대에서 눈을 뜨자 어깨가 뭉근하게 아파왔다. 어깨에 감은 붕대가 보였다. 어젯밤에 클레어가 아들들이 이층에서 잠들자마자 주방에서 감아준 붕대였다.

"넘어졌어. 넘어진 거야." 나는 클레어에게 몇 번이고 되풀이해 말했었다.

하지만 거짓말이라는 걸 클레어는 분명히 알았을 것이다.

클레어는 어젯밤에 나를 집에 데려다주었고 이층 소파에서 자고 가겠다고 한사코 고집을 부렸다. 차고에 앨리스테어의 차도 없고 집 안에 그의 흔적조차 없는데도.

진통제 때문에 여전히 머릿속이 멍했다. 생각을 정리할 수가 없었다.

누군가 문손잡이를 돌리는 소리가 들렸다. 문을 잠가두었었다. 그가 새벽에 돌아왔나 싶어 두려워졌다. 침대에서 몸을 웅크리고 이불을 바투 끌어올렸다.

가버려. 말하고 싶었지만 목이 메어 목소리가 나오지 않았다.

"엄마?" 밖에서 외치는 소리가 들렸다.

샬럿이었다. 샬럿. 샬럿. 샬럿. 가엾고 소중한 샬럿. 일어나야 한다. 일어나 아이에게 가야 한다. 하지만 몸이 움직여지지 않았다.

35
찰리 캘러웨이

2017년

돌턴과 다시 어울리는 것은 생각보다 어렵지 않았다. 너무 많은 사람이 나를 떠났기에 날 생각해주는 사람이 있어 다행스러웠다. 스티비와 야엘과는 사이가 껄끄러웠고 드루는 떠났고 그레이슨과는 연락하지 않고 있었다. 그래서 돌턴과 레오 무리와 어울렸다. 식당에서 점심과 저녁을 같이 먹었고 주말에도 함께 놀았다. 돌턴과 나는 거의 매일 저녁 도서관이나 둘 중 한 사람의 방에서 통금까지 함께 공부했다.

"일주일이나 널 못 본다니 마음에 안 들어." 어느 날 저녁 돌턴이 나를 기숙사로 바래다주며 말했다. 그가 내 어깨에 팔을 두르고 자기 쪽으로 바싹 끌어당겼다. 십일월이고 캠퍼스에 눈이 조금 쌓여 있었다. "추수감사절 연휴 때 우리 집에 가자. 돌턴 집안 사람들도 전부 만나고. 엄마가 항상 너에 대해 물어보시거든. 네가 온다면 분명 좋아하실 거야."

"너희 엄마가?"

"응." 돌턴이 내 머리에 키스하며 대답했다. "널 아주 좋아하시는 것 같아. 그럴 수밖에 없겠지만."

"아빠가 안 좋아하실 거야."

"어째서?"

"날 보고 싶어하시니까." 나는 거짓말을 했다. "저번에 뉴욕에서 식사한 후로 못 봤거든."

돌턴에게 아빠가 전화로 그와 그의 엄마를 멀리하라고 했다는 말은 하지 않았다. 그때 아빠는 화가 잔뜩 난 명령조의 목소리였다. 도대체 왜? 마고는 한때 아빠와 약혼한 사이였고 분명히 파혼을 하게 된 계기가 있었을 것이다. 하지만 이십 년도 전에 헤어진 약혼녀 때문에 아빠가 그렇게 극적인 반응을 보일 리는 없었다. 마고를 가까이하지 말라는 아빠의 명령에는 틀림없이 다른 이유가 있었다. 어쩌면 내가 알면 안 되는 것을 마고가 알기 때문인지도 몰랐다. 마고는 아빠와 제이크와 함께 학교에 다녔다. 그녀는 에이스 회원이었고 엄마와도 아는 사이였다. 문득 모든 퍼즐 조각을 맞추는 방법을 아는 사람이 있다면 마고일 것이라는 생각이 들었다. 어쩌면, 어쩌면 나에게 기꺼이 말해줄 수도 있었다.

"알았어." 내가 말했다.

"알았다니?"

"추수감사절 말이야. 너희 집으로 같이 가자."

"정말?"

"정말."

돌턴은 마음이 바뀐 이유를 묻지 않았고 나도 말하지 않았다. 대신 그는 내게 키스했고 나도 키스를 받아들였다.

돌턴의 가족은 사우샘프턴에 약 삼천육백 평에 이르는 바닷가 저택을 소유하고 있었다. 추수감사절치고 가족 모임은 단출했다. 돌턴이 외동인 데다 그의 가족 절반이 영국인이라 추수감사절을 지내지 않았다. 그래서 모인 사람은 돌턴과 돌턴의 부모님, 마고의 동생 레지나 부부, 그들 부부의 세 자녀가 전부였다. 세 아이 중 첫째는 이제 열 살이었다. 게다가 돌턴의 아버지는 추수감사절 당일인 목요일 저녁에야 뉴욕에서 돌아오기로 되어 있었다.

아빠에게는 드루의 집에서 추수감사절을 보낸다고 했다. 아빠는 내 삶에 별로 관심이 없는지 재차 묻지도 증거를 요구하지도 않았다.

돌턴의 어린 조카들은 돌턴에게서 한시도 떨어지지 않았다. 계속 쫓아다니면서 레슬링을 하자고 하거나 게임을 하자고 졸랐다. 우리는 아이들과 놀아주느라 시간을 다 보냈고, 그 와중에 나는 마고와 단 둘이 남아 질문을 할 수 있는 기회를 노렸다.

"우리 숨바꼭질할까?" 돌턴이 어느 날 저녁 제안했다. 사촌동생들은 좋아서 비명을 지르며 누가 먼저 숨을까를 놓고 티격태격하기 시작했다.

"내가 할게. 내가 먼저 숨을 거야." 내가 손을 들고 소파에서 일어나면서 말했다. 아이들이 옥신각신하는 모습을 또 볼 생각을 하니 벌써부터 머리가 지끈거리는 것 같아서였다. 숨어서 몇 분 동안 혼자 조용히 있을 수 있다니 구미가 당기기도 했고. 꼭꼭 숨으면 삼십분 동안 달콤한 잠에 빠질 수도 있을 것이다. "다들 눈 감아. 눈 감고

백부터 세." 내가 아이들에게 설명했다.

아이들은 손으로 눈을 가리고 큰 소리로 숫자를 세기 시작했다.

"백, 구십구, 구십팔······."

내가 돌턴을 가리켰다. "너도. 눈 감으세요."

그는 웃으며 일부러 과장되게 두 손으로 얼굴을 가렸다. 나는 서둘러 거실을 빠져나갔다.

침실이 여덟 개, 화장실이 다섯 개나 되는 큰 집이었다. 숨을 곳이 엄청나게 많았다. 어른들이 붉은 와인 잔을 들고 대리석 아일랜드 주위에 서 있는 주방을 지나쳤다.

"숨바꼭질하는 중이에요. 못 본 걸로 해주세요." 내가 손가락을 입술에 대고 속삭였다.

마고가 웃으며 자신도 손가락을 입술에 대고 속삭였다. "절대 못 봤지!"

다음 순서로 나는 구석에 있는 방으로 달려갔다. 옷장인 줄 알고 문을 열었는데 계단이 나왔다. 지하실이었다. 더할 나위 없이 완벽했다. 휴대폰의 손전등을 켜고 문을 조용히 닫고 계단을 내려갔다.

지하실은 칠흑처럼 캄캄했고 시트로 덮인 오래된 가구들, 상자더미 등으로 어수선했다. 흰곰팡이 냄새가 살짝 풍겼다. 미로 속을 걷듯 이리저리 지나가다 딱딱한 무언가에 정강이를 부딪쳤다.

"아야." 내가 어둠속에서 중얼거렸다.

방금 부딪힌 것의 날카로운 모서리를 휴대폰으로 비추었다. 불빛에 먼지 가득한 오래된 여행가방이 보였다.

바로 그때 지하실 천장의 조명이 켜졌다. 계단 맨 위에서 돌턴의 목소리가 들렸다. 휴대폰 손전등을 끄고 숨어야 했는데 몸이 움직여지지 않았다. 여행가방의 무언가가, 흐릿한 갈색 페이즐리 무늬가 내 눈을 잡아끌었다. 예전에 엄마에게도 똑같은 여행가방이 한 쌍 있었다.

"거기 있니, 찰리?" 돌턴이 소리쳤다.

계단을 내려오는 발소리가 들렸지만 그가 보이지는 않았다. 냉장고만 한 상자가 계단 쪽을 가리고 있었기 때문이다. 여행가방 앞쪽의 라벨을 손으로 훑었다. 버버리였다.

휴대폰을 떨어뜨리고 뒤로 한 발짝 물러섰다. 예전에 엄마가 가지고 있던 여행가방과 똑같은 것이었다. 엄마가 떠날 때 가져간 바로 그 여행가방 말이다.

나락으로 떨어지는 기분이었다. 가슴이 방망이질 치고 숨은 얕아지고 상황을 파악하려 머릿속이 핑핑 돌아갔다.

그냥 우연일 거라고 생각했다. 똑같은 여행가방을 가지고 있는 사람은 수없이 많다고. 마고도 지하실에 그와 똑같은 여행가방을 갖고 있는 것뿐이라고. 이게 그 가방일 리는 없다. 엄마의 것일 리 없다.

하지만…… 만약 엄마의 것이라면? 문득 엄마의 여행가방 안감이 찢어져 있었던 사실이 떠올랐다. 열었을 때 똑같이 찢어진 부분이 나온다면…….

다시 가방으로 손을 뻗었는데 뭔가 딱딱한 것이 내 양팔을 꼼짝 못 하도록 붙잡았다. 돌턴이었다. 그가 나를 찾은 것이다. 그의 두 팔이 마치 쇠창살처럼 나를 가두었다.

"찾았다."

36
앨리스테어 캘러웨이

2007년 8월 4일

샬럿은 여전히 수영복과 보트 슈즈 차림으로 제 동생과 거실에서 데굴데굴 굴렀다. 저희들만이 아는 게임을 하는 중이었다. 세라피나가 발목을 잡자 샬럿은 산딸기 한 알을 불어서 동생의 뺨에 맞혔다. 세라피나가 좋아하며 까르르 웃었다.

"방에 들어가서 놀지 그러니?" 내가 서류가방을 들고 아이들에게로 다가가 침대에 앉으며 말했다.

"아, 알았어." 아직 일곱 살밖에 안 된 샬럿이지만 십대 청소년도 인정할 법한 짜증스러운 말투를 실감나게 소화했다. 세라피나도 언니를 흉내 냈다.

"아, 알았어."

딸들이 웃음을 터뜨리며 계단을 올라갈 때 뒤쪽 테라스에서 그레이스가 들어오는 소리가 들렸다.

"난 샤워할게요. 한 시간 후에 그릴에 햄버거 패티 구울래요?"

나는 무릎에 놓인 보고서를 보다가 고개를 들었다. "그러지. 좋아."

눈을 가늘게 뜨고 종이 위의 작은 글자들을 바라보았지만 글자가 뭉개졌다. 호숫가 집에 놓아두는 여분의 독서용 안경을 찾으려 두리번거렸다. 커피 테이블에는 없었다. 일어나 서재로 들어가 책상 위를 훑어보고 서랍도 열어봤지만 보이지 않았다. 그때 저번 주말에 이층의 침실에 놓아둔 사실이 떠올랐다. 자기 전에 사용하고 침대 옆 탁자에 놓아두었었다.

이층에 가보니 그레이스가 방문을 닫아놓아 살짝 노크를 한 후 손잡이를 돌렸다. 잠겨 있지 않아 안으로 들어갔다. 욕실에서 물소리가 들렸다. 침대 옆 탁자로 가는데 욕실 문이 조금 열려 있는 것이 보였다. 세면대 거울에 아내의 모습이 비쳤다. 그녀는 알몸으로 샤워 부스 밖에 서서 한 손을 수도꼭지에 대고 물 온도를 살펴보는 중이었다. 그녀의 모습에 배 속에서 뭔가가 불끈했다.

싸운 다음 날 아침에 그녀에게 꽃을 보냈다. 자주색 히아신스와 튤립 꽃다발이었다. 그리고 저녁에는 야근이 있어 사무실에서 전화를 걸었다. 키보드 옆에서 포장된 중국 음식이 식어갔다. 내가 혼자 자는 침대, 샬럿과 세라피나의 물건이 수납장과 서랍에 새 것처럼 깔끔하게 정리된 조용한 방이 있는 텅 빈 아파트로 돌아갈 자신이 없었다. 내가 한 짓, 그레이스가 한 짓, 우리가 서로에게 한 짓을 곱씹으며 혼자 있는 것이 싫었다.

그래서 호숫가 집으로 전화를 걸었다. 몇 번의 벨이 울리고 살짝 숨이 찬 목소리로 그레이스가 전화를 받았다. 끊어지기 전에 받으려고 달려온 것 같았다. 이층 복도에서 무선전화기를 쥐고 딸들에게 잘 준비를 시키는 그녀의 모습을 떠올렸다. 그녀 뒤쪽의 욕실에서 깔깔거리는 웃음소리와 아이들이 양치질하려고 틀어놓은 세면대의 물소리가 귓가에 들리는 듯했다. 그레이스는 몇 년 전 내가 어머니날에 선물해준 소매가 해져가는 옅은 분홍색 실크 가운을 입고 있을 터였다.

"여보세요?" 그녀가 다시 전화에 대고 말했다.

"그레이스, 나야."

그녀는 조용했다. 그녀의 모습이 선명하게 보였다. 입술을 깨물며 끊을지 말지 고민하고 있는 모습이.

"꽃 받았어?" 내가 물었다.

"네." 그녀가 한숨을 쉬었다. "버리려고 했는데 애들이 먼저 봐버렸어요. 내가 자주색 싫어하는 거 알잖아요."

나는 미소를 지었다.

"세라는 공주님 꽃이라더군요." 그레이스가 건조하고 슬픈 목소리로 말을 이었다. "오후에 꽃으로 왕관을 만들면서 놀았어요."

가슴이 욱신거렸다. 뭐라 말하려다 입을 다물었다.

얼마 후에 내가 말했다. "그레이스, 어제 그런 짓을 했던 사람은 내가 아니야. 당신도 알잖아."

그녀의 숨소리가 들렸다. "앨리스테어. 어젯밤 일은……."

"다신 없을 거야. 약속해."

그녀는 아무 말도 하지 않았다.

"당신하고 그……" 차마 그의 이름을 말할 수 없었다. "끝난 건가?"

잠시 사이를 두고 그레이스가 대답했다. "네, 끝났어요."

"그래, 그럼……." 잠시 후 내가 거래 협상을 마무리 짓는 사업 파트너라도 되는 듯이 말했다. 양측 모두 내어주고 싶지 않았던 것을 포기하게 된 거래인 것처럼.

전날 내가 뉴욕에서 왔을 때 집은 어두웠다. 아이들은 이층에서 잠들었고 그레이스는 가운 차림으로 우리 방 침대에 앉아 TV를 보고 있었다. 방으로 들어오는 나를 보고 그녀가 자리에서 일어났다. 둘 다 말이 없었다. 서 있는 그녀에게로 가서 무릎을 꿇었다. 그녀의 허리를 잡고 실크 가운의 매듭에 대고 말했다. "난 노력하고 있어. 노력하고 싶어."

그레이스는 아무 말도 하지 않았다. 그저 한 손을 내 머리에 올리고 관자놀이를 가볍게 만질 뿐이었다.

그날 나는 복도 끝의 손님방에서 잤다. 아이들이 우리 부부의 방으로 들이닥치기 전에 일어나려고 새벽 다섯시 삼십분에 알람을 맞춰놓았다. 아이들이 사랑하는 토요일 아침의 전통을 깨뜨리고 싶지 않았다. 아이들은 토요일이면 새벽부터 우리 부부의 방으로 쳐들어와 침대에서 방방 뛰며 아침을 만들어달라고 깨우곤 했다. 그런 날, 나는 옆에 있는 그레이스의 무게를 느끼며 누워 있곤 했다. 우리는 둘 다 잠든 척하며 아이들이 몰려오기를 기다린다. 잠시 후 나는 눈을 떠 그녀를 바라본다. 베개에 흘러내린 짙은 갈색 머리칼, 감긴 속눈썹, 살짝 벌어진 입술. 손을 뻗어 그녀를 만지려 할 때 문이 삐걱거리는 소리와 세라피나의 키득거리는 웃음, 동생을 조용히 시키는 샬럿의 목소리가 들린다. 아이들의 작은 몸이 올라오면서 침대가 흔들리는 것이 느껴진다.

그레이스는 내가 방으로 들어오는 기척을 느끼지 못했는지 거울을 힐끔 보았다가 내가 자신의 뒤에 있는 것을 발견하고 깜짝 놀라는 듯했다.

아내의 벗은 몸을 노골적으로 쳐다보았다. 봉긋한 가슴, 잘록한 허리, 햇볕에 그을린 반투명한 피부. 우리는 저 욕실에서, 샤워 부스와 세면대, 타일 바닥에서 얼마나 많은 사랑을 나누었던가? 그레이스의 머리카락 끝에서 피어오르던 수증기, 화강암 욕실 바닥에 떨어지는 물소리에 둘러싸인 그녀의 신음 소리. 나는 그녀의 뒤로 가서 가슴을 움켜쥐고 안았다. 내가 얼마나 강렬하게 그녀를 원하는지 느껴지도록 그녀의 몸을 바싹 끌어당겼다.

그녀의 몸이 경직되는 것이 느껴졌다.

"하지 말아요."

그녀의 목으로 손을 가져갔다. 그녀를 기분 좋게 해주어 우리가 함께일 때 얼마나 좋았는지 상기시켜주고 싶었다. 함께 다시 노력해보기로 했으니까. 몸의 굴곡을 따라 흐르던 내 손이 순간 무언가 불룩한 것에 닿아 멈추었다. 거울에 비친 우리의 모습을 보니 그녀의 왼쪽 어깨에 붕대가 감겨 있었다. 밝은 욕실 조명 때문에 그걸 알아채지 못했고, 그녀가 하루 종일 어깨를 가리고 있어서 더욱 몰랐다. 그 주에 우리의 싸움이 있었다는 반박할 수 없는 증거가 거기 있었다. 내가 남긴 흔적이.

사고였다. 그녀가 넘어졌다. 그 자리에 나도 있었지만 내 잘못이 아니었다. 물론 내 기분이 언짢았고 끔찍한 말을 했고 그녀를 약간 거칠게 대했을 수도 있다. 하지만 그녀는 거짓말을 하지 않았는가. 그녀는 나를, 우리 가족을 배신했다.

피터 힌즈버그, 빌어먹을 피터 힌즈버그. 대체 왜 그인가? 그가 도대체 뭐라고? 힐스버러의 보험 조사관? 우리가 쌓아온 삶을 저버릴 정도로 그의 무엇이 그렇게 가치 있단 말인가?

"앨리스테어."

나는 몸을 숙여 샤워기를 껐다. 화강암 바닥에서 수증기가 피어올랐다. 물에서 빠져나오는 열이 느껴졌다.

"들어가." 내가 말했다

그레이스의 눈에 공포가 서린 것을 보자 더욱 분노가 치밀었다. 반항하는 그녀를 막으며 키스했다. 눈을 감은 그녀의 마음이 나에게서 멀어지는 것을 보았다. 내가 따라갈 수 없는 곳으로.

그 후 샤워기의 뜨거운 물줄기를 맞으며 몇 분간 혼자 앉아 있었다. 샤워 부스에서 나오니 욕실 거울에 김이 서려 있었다. 허리에 수건을 두르고 면도를 했다. 욕실에서 나가보니 그레이스는 청바지에 헐렁한 티셔츠 차림이었다. 다시 보니 내 여행가방이 열린 채 침대에 놓여 있고 그레이스가 서랍 하나가 열린 서랍장 옆에 있었다. 그녀는 내 여행가방에 와이셔츠를 집어넣는 중이었다.

"나가요. 앞으로 나에게 그런 짓 할 생각 하지 마요. 두 번 다시는."

"그 남자는 당신을 만져도 되고 난 안 되는 건가?"

그레이스는 아무 말도 하지 않았다.

"다시 노력해보기로 했잖아."

"그건 당신이 한 말이죠." 그레이스는 반박하며 차가운 눈빛으로 나를 보았다.

"무슨 뜻이지?"

하지만 그녀는 시선을 돌리고 대답하지 않았다.

"얼른 나가요."

"젠장, 그레이스." 내가 그녀가 있는 침대 맞은편으로 다가갔다. 그녀는 곧 자신에게 닿으려는 내 손길이 혐오스럽다는 듯 물러섰다. 그녀의 손목을 잡고 내 품으로 끌어당겼다.

"날 봐."

"당장 내 몸에서 떨어져요." 그레이스가 쏘아붙였다.

"엄마?"

우리가 동시에 돌아보니 샬럿이 문손잡이를 잡고 조금 열린 문 사이로 이쪽을 쳐다보고 있었다.

그레이스는 얼굴을 보이지 않으려고 황급히 돌아섰다.

"엄마 왜 울어?" 샬럿이 물었다.

젠장. 어쩌다 이런 상황까지 벌어졌단 말인가?

아내를 놔주고 문으로 가서 딸을 안아 올렸다.

"우리 가서 초콜릿 아이스크림 먹을까?" 내가 웃으며 물었다.

"응."

샬럿을 안고 아래층의 주방으로 내려가 냉장고에서 아이스크림을 꺼냈다. 우리는 뒤쪽 테라스로 나가 계단에 앉아서 호숫가를 바라보았다. 불과 한 시간 전만 해도 우리는 호수에서 너무도 즐거운 시간을 보냈는데. 언제 이렇게 엉망진창이 된 걸까?

"엄마가 아이스크림 먹는다고 화내지 않을까?" 샬럿이 손가락에 묻은 초콜릿을 핥으며 물었다.

나는 한숨을 쉬었다. 다시 어떻게 그녀를 보아야 할지 알 수 없었다. 그레이스에게 미치도록 화가 났다. 안에 계속 있었더라면 분명히 후회할 행동을 했을 것이다.

"샬럿, 너도 다 컸으니까 아빠 없는 동안 엄마를 잘 보살펴야 한다.

할 수 있겠어?"

"아빠 벌써 가?"

"내일 아침에 일찍 회의가 있어." 나는 거짓말을 했다.

"가지 마. 내일 또 보트 태워준다고 했잖아." 샬럿이 애원했다.

"다음 주말에 하자. 응?"

"나도 아빠랑 같이 가면 안 돼?"

맙소사, 이곳 생활이 얼마나 끔찍하면 샬럿이 나와 가고 싶어할까? 내가 어릴 때 여름에 이런 호숫가 집에 있을 수 있었다면 바랄게 없었을 텐데. 하지만 그레이스는 실패한 불륜의 상처를 핥느라 정신이 없어서 우리 아이들에게 신경 쓸 여유가 없는 모양이었다.

한편으로는 샬럿을 데려가고 싶기도 했다. 간단히 짐을 챙겨서 샬럿과 세라피나를 차에 태워 이 집에서 나가버리고 싶었다. 하지만 그러려고 하면 그레이스가 난리를 부릴 것이 분명했다. 울면서 뛰쳐나와 비명을 질러 아이들이 큰 충격을 받을 것이고 내 딸들은 제정신이 아닌 엄마의 모습을 지워버리기 위해 평생 상담 치료를 받아야 할 것이다.

"넌 여기서 엄마를 보살펴야 해." 내가 말했다. "아빠를 위해서 그래줄 수 있겠어?"

샬럿이 고개를 끄덕였다. 나는 샬럿을 쓰다듬어주고 일어서 마저 짐을 싸려고 안으로 들어갔다. 그레이스는 방에 없었다. 어디 갔는지 모르지만 굳이 찾아서 작별인사를 하지도 않았다. 곧장 차로 가서 가방을 트렁크에 던지고 출발했다.

피터 힌즈버그. 빌어먹을 피터 힌즈버그. 운전을 하면서도 그 사진이 머릿속에서 떠나지 않았다. 두 사람이 함께 있는 모습이 자꾸만 떠올랐다.

　뉴욕까지 절반쯤 남았을 때 차를 세웠다. 손가락으로 운전대를 두드리다 차를 돌렸다.

4부

37
찰리 캘러웨이

2017년

침대에 누웠지만 잠이 오지 않았다. 어둠 속에서 천장을 쳐다보며 돌턴의 집에서 나는 한밤중의 이상한 소리에 귀 기울였다. 위층의 변기 물 내리는 소리, 벽의 파이프로 물이 쏴 하고 흘러가는 소리가 들렸다. 발소리, 마룻바닥이 삐걱거리는 소리, 문이 닫히는 소리도 들렸다. 기다렸다. 집 안의 모두가 잠들었으니 행동을 개시해도 된다고 알려주는 침묵을, 정적을 기다렸다.

저녁 식사 내내 마고를 쳐다볼 수 없었다. 바로 옆에 앉은 그녀에게 그린빈이 담긴 접시를 건네주다 그녀의 손가락이 살짝 스치는 순간 접시를 떨어뜨릴 뻔했다. 목덜미가 서늘해졌다. 잠깐 화장실에 다녀온다고 말하고 일층 화장실로 가서 대리석 세면대에 걸터앉아 그레이슨에게 문자를 보냈다.

그레이슨과는 몇 주 전 내 기숙사 방에서 그렇게 헤어진 후 서로

한 번도 연락을 하지 않았다. 솔직히 여전히 연락하고 싶은 기분은 아니었지만 어쩔 수 없었다. 모든 상황을 알고 있는 사람은 그가 유일하고, 그래서 그동안의 일을 장황하게 설명하지 않고도 곧바로 본론으로 들어갈 수 있으니까 말이다. 누군가와 이야기를 나눠야만 했다. 내가 미치지 않았다는 것을 확인할 필요가 있었다.

엄마의 여행가방을 찾은 것 같아. 엄마가 떠날 때 가져간. 이렇게 문자를 보냈다.

망상이나 착각이 아니다. 엄마의 여행가방이 생생하게 기억났다. 엄마가 주말에 뉴욕에 들를 때마다 짐을 챙겨 넣던, 엄마가 사라졌을 때 함께 없어진, 페이즐리 문양이 들어간 버버리 면 여행가방 두 개. 사립탐정의 보고서에도 언급되어 있었다.

하지만 엄마의 가방이 아니라면? 나는 전에도 한 번 엄마의 가방을 보았다고 착각한 적이 있었다. 아홉 살 때 JFK 공항 보안검색대를 통과할 때 그 가방을 보았다. 엄마라고 확신하고 가방을 든 여자를 쫓아갔다. 하지만 뒤돌아선 그녀는 중년의 폴란드인 여성이었다(퀭한 눈의 그녀는 자신을 멍하니 바라보는 나에게 강한 악센트가 들어간 영어로 "왜, 얘야? 왜 그러니?"라고 했다.). 이번에도 불행한 우연에 불과할지 모른다.

나는 엄마가 그 여행가방을 들고 터벅터벅 외국의 공항을 지나 따뜻하고 이국적인 어딘가로 떠나는 모습을 자주 상상했었다. 그런데 그동안 그것들이 사실은 사우샘프턴의 어두운 지하실, 마고의 지하실에 놓여 있었다면? 그렇다면 그것들은 도대체 어떻게 여기로 오게 된 것일까? 마고의 지하실에 있는 것이 엄마의 가방이 맞는다면 엄마는 어디에 있을까?

손에 든 휴대폰 진동이 울렸다. 화면에 그레이슨의 이름이 떴다. 전화였다. 나는 입을 가리고 작은 목소리로 전화를 받았다.

"여보세요?"

"찰리, 무슨 일이야? 너 어디야?" 그는 조금 숨찬 목소리였다.

"짜증내지 마. 사우샘프턴 돌턴네 집이야."

그가 작게 욕설을 내뱉고 물었다. "주소가 어떻게 돼?"

"지금 오면 안 돼." 목소리가 생각보다 훨씬 크게 나왔다. 타일로 덮인 공간에 내 목소리가 울렸다. 젠장. 목소리를 다시 낮추었다. 복도 끝에 있는 돌턴의 가족들에게 소리가 들리면 안 되었다. "난 괜찮아. 엄마의 가방이 아닐 수도 있어. 똑같은 가방 들고 다니는 사람이 뭐 한둘인가. 그런데 같은 무늬에 같은 브랜드라 소름이 끼쳤어."

"어디에서 봤는데?" 그레이슨이 물었다.

"지하실에서. 상자들이랑 시트로 덮어놓은 옛날 가구들 옆에서 봤어. 정말 별거 아닐 수도 있어."

"당장 거기서 나와. 찰리, 거기서 나와. 지금 당장. 짐 챙겨서 나오라고. 내가 데리러 갈게."

"안 갈 거야. 가방 안을 아직 못 봤어. 엄마 가방은 안감에 찢긴 부분이 있거든. 가방을 열어서……."

"찰리, 너 미쳤어?" 화난 목소리였어. "만약 그게 진짜 네 엄마 가방이라면……."

그레이슨은 말을 멈추었다. 그가 차마 입 밖으로 내지 못하는 말의 무게가 느껴졌다. 그렇다면 엄마는 자신의 의지대로 떠난 게 아니다. 우리를 떠난 게 아니다. 사람들의 생각대로 엄마는 죽은 것이다. 돌아오지 않는다.

"아직은 이게 뭘 뜻하는지 모르잖아. 뭔지 모르는 거야."

"찰리, 잘 들어. 네 아빠와 마고는 약혼한 사이였어. 둘 다 에이스였고, 오래 알고 지낸 사이야. 네 엄마의 여행가방이 마고의 집에 있다는 건 마고가 네 아빠를 도와……."

"아빠를 돕다니?"

"증거를 없애는 거 말이야."

"엄마가 떠나는 걸 마고가 도와줬을 수도 있어." 내가 멍청하게 말했다.

"네 엄마가 떠났다면 왜 여행가방을 마고의 지하실에 남기고 갔겠어?"

"엄마 것인지 확실하지도 않아."

"찰리, 제발……."

전화를 끊었다. 곧바로 다시 전화가 걸려왔고 그 후에도 계속 왔다. 할 수 없이 그의 전화번호를 '방해 금지 모드'로 해놓고 식사 테이블로 돌아갔다.

선택의 여지가 없었다. 몰래 지하실로 다시 가서 여행가방을 열어 안감이 찢어져 있는지 봐야만 했다. 정말로 엄마의 것이 맞는지 확인해야 했다.

처음부터 혼자 시작했고 혼자 끝낼 것이다. 지난 몇 달 동안 배운 게 있다면 오로지 자기 자신에게만 기댈 수 있다는 것이었다.

최대한 조용하게 침대 이불을 치우고 바닥으로 내려갔다. 발에 닿은 마룻바닥이 살짝 삐걱거렸다. 왜 돌턴네 집은 노인처럼 조그만 움직임에도 삐걱거리고 신음하는 오래된 집인 걸까?

추운 밤이라 맨발에 닿은 마룻바닥이 얼음처럼 차가워 잠옷 차림으로 조심스럽게 서랍장으로 가서 양말을 신고 후디를 입었다. 그런 다음 살금살금 문을 열었다. 경첩이 저항하는 소리에 숨을 죽였다.

지하실로 향하는 길은 느릿느릿 힘들기만 했다. 내가 무슨 소리를 내거나 무슨 소리가 들리거나 할 때마다 누군가 들었는지 혹은 깼는지 경계해야만 했기 때문이다. 작은 소리도 잘 들리는 집이라서 좋은 점은 누군가 내가 일층으로 향하는 낡은 계단을 내려가는 소리를 들을 수도 있지만 반대로 누군가 내 뒤를 따라 낡은 계단을 내려오는 소리를 내가 들을 수 있다는 것이었다.

집 안은 어두웠다. 집 안의 대략적인 구조를 떠올리면서 손을 더듬어 나아갔다. 일층에 도착했을 때 계속 손을 벽에 대고 더듬으면서 복도를 지나 구석방으로 향했다. 지하실 문손잡이를 잡는 순간 현관 초인종이 울렸다.

돌턴네 집의 괴롭도록 커다란 초인종 소리가 끝없이 울리면서 집 안 전체로 퍼져나갔다. 나는 어둠 속에 서서 얼어붙었다. 당장 이층 방으로 다시 올라가는 것은 너무 위험했다. 마고가 이층으로 올라가는 바로 그 계단을 내려와 현관으로 나갈 테니까. 나는 소파 뒤로 기어가 숨었다.

초인종이 다시 울리고 문을 쾅쾅 두드리는 시끄러운 소리가 몇 번 이어졌다. 누군가 주먹으로 문을 두드리는 것 같았다.

누가 이 시간에 찾아와 저렇게 소란을 부리는 것일까? 새벽 두시가 가까운 시각이었다.

계단을 내려오는 발소리가 들리고 뒤쪽 복도에 불이 켜지는 것이 보였다. 마고가 복도를 돌아 구석방 쪽으로 왔다. 그녀가 지나갈 때 소파 뒤의 나를 보지 못하기를 기도하면서 숨을 죽였다. 그녀는 테리 직물 소재의 크림색 가운을 입고 어깨쯤 닿는 머리를 풀어 내린 모습이었다. 그녀가 거실을 지나쳐 현관 입구로 사라졌다. 현관문 여는 소리가 들렸다.

"도대체 무슨 수작을 부리는 거야!"

어떤 남자가 소리를 질렀다. 우르릉거리는 저음의 고함 소리가 벽을 통해 울려 퍼졌다.

그다음에 마고의 목소리가 들렸지만 뭐라고 말하는지는 알 수 없었다. 무슨 말을 하는지 들으려고 일어나 현관 입구와 가까운 거실로 갔다.

"……을 부리는 게 아니야. 난 그 애가 말없이 온 줄 몰랐어. 제발 진정 좀 해." 마고가 말했다.

혹시 돌턴의 아버지일까? 돌턴의 아버지는 원래 오늘 중으로 오기로 되어 있었다. 그런데 무슨 일로 저렇게 화가 난 거지?

"어디 있어? 지금 당장 봐야겠어. 마고, 장난이라고 생각하지 마."

심장이 덜컥했다. 돌턴의 아버지가 아니라 우리 아빠였다.

현관으로 들어와서 앞쪽의 큰 계단으로 올라가는 아빠의 묵직한 발걸음 소리가 들렸다. 나는 그 자리에 얼어버렸다. 아빠가 여긴 왜 온 거지? 내가 여기 있다는 것을 어떻게 알고?

"샬럿! 샬럿!" 아빠가 소리쳤다.

내가 멍하게 현관으로 가서 막 이층 층계참에 이른 아빠를 부르려는 순간이었다. 자다 일어난 헝클어진 머리에 잠옷 차림으로 서 있는 돌턴이 보였다.

"무슨 일이에요?" 그가 눈을 비비며 물었다.

"너!" 아빠가 붉으락푸르락한 얼굴로 삿대질을 하며 돌턴에게로 달려들었다.

"앨리스테어!" 마고가 소리치며 계단을 달려 올라갔다.

"네가 무슨 수작을 부리고 있는지 다 들었다." 아빠는 돌턴의 바로 앞에서 멈추었지만 삿대질을 멈추지 않고 몸까지 떨었다. "당장 내 딸한테서 떨어져. 문자도 전화도 하지 말고 가까이 가지 마라. 머리털 하나라도 건드렸다가는 팔을 뽑아버릴 거야."

"아빠. 그만해요."

내 목소리에 아빠는 층계참에서 뒤돌아 계단 아래에 서 있는 나를 보았다. 한순간 얼굴에서 분노가 사라지고 안도하는 빛이 보였다. 하지만 곧바로 분노가 돌아왔다. 분노는 더욱 거세졌다.

"샬럿, 짐 챙겨 와. 가자."

"꼭 이럴 필요 없잖아, 앨리스테어." 마고가 말했다.

"차에 가 있으마." 아빠는 그녀의 말을 무시했다. "오 분 주마. 오 분 후에 안 오면 내가 다시 들어올 거다. 그때 내가 무슨 행동을 할지 장담 못 한다."

"알았어요."

아빠는 뒤돌아 마고와 나를 휙 지나쳤다. 몇 초 후 뒤에서 현관문이 쾅 닫혔다.

"지금 무슨 일이 일어난 거야?" 돌턴이 물었다.

"내가 추수감사절에 어디에 가는지 아빠한테 제대로 말 안 해서 그래."

"당장 짐 챙기는 게 좋겠다." 마고의 목소리는 조금 싸늘했다. "네 아빠를 기다리지 않게 하는 게 최선이야. 로이스, 잠깐 아래층에서 나 좀 보자."

"나 아무 짓도 안 했어요." 돌턴이 말했다.

나는 마고의 등 뒤에서 돌턴에게 입모양으로 미안하다고 말하고 내가 묵던 방으로 갔다. 어제 벗은 그대로 바닥에 놓인 청바지와 스웨터로 갈아입었다. 짐을 가방에 던져 넣고 최대한 빨리 챙겼다.

돌턴에게 작별 인사도 하지 못했다. 여행가방을 끌고 아래층으로 왔을 때는 돌턴도 마고도 보이지 않았다. 찾아볼 시간이 없어서 그냥 밖으로 나갔다.

아빠의 차는 앞쪽 차도에 시동이 켜진 채로 세워져 있었다. 아빠가 차 밖으로 나와 내 여행가방을 트렁크에 넣은 후 조수석 문을 열어주었다. 내가 차에 타자 문이 쾅 닫혔다.

차가 출발하고 처음 몇 분 동안 둘 다 아무런 말이 없었다. 휴대폰을 꺼내보니 그레이슨에게 부재중 전화 오십 통과 문자 수십 통이 와 있었다. 깜빡하고 그의 번호에서 '방해 금지 모드'를 풀지 않은 것이 화근이었다. 처음 보낸 문자들은 걱정되어 미칠 듯한 모습이었다.

그레이슨: [8:05 p.m.] 찰리, 어디야?

그레이슨: [8:12 p.m.] 너 괜찮아?

그레이슨: [8:56 p.m.] 제발 전화 좀 받아.

그레이슨: [9:30 p.m.] 받으라고.

그레이슨: [10:03 p.m.] 진짜 걱정돼.

중간부터는 약간 위협하는 분위기로 변했다.

그레이슨: [10:03 p.m.] 전화 안 받으면 네 아빠한테 전화해서

그놈 주소 알려달라고 할 거야.

그리고 마지막 문자들은 아주 바보 같았다.

　　그레이슨: 〔11:45 p.m.〕 너네 아빠 번호를 몰라서 뉴욕 사무실
로 왔어.
　　그레이슨: 〔11:47 p.m.〕 화가 잔뜩 나셨어. 널 데리러 가실 거
야.
　　그레이슨: 〔11:48 p.m.〕 네 아빠한테 돌턴하고 정복 보드 게임
얘기했어.
　　그레이슨: 〔11:48 p.m.〕 미안. 뭐라고 하지 마.

　하, 그레이슨이 아빠를 찾아갔다고? 돌턴 이야기도 다 하고? 이런
바보 멍청이 같으니.
　"샬럿, 절대로 나한테 거짓말하지 마라." 아빠가 마침내 침묵을 깨
뜨리고 말했다. "다시는 거짓말하지 마."
　"재미있네요. 거짓말은 캘러웨이 집안 사람들 특기잖아요."
　"그게 무슨 말이냐?"
　"제이크 그리핀. 아빠는 제이크 그리핀을 모른다고 했어요."
　아빠가 갓길에 차를 세우고 주차 모드로 기어를 놓았다.
　"그래서 마고를 가까이하지 말라고 한 거예요? 제이크 사건을 캐
묻고 다니는 저에게 마고가 답을 해줄까 봐요? 제가 진실을 알게 될
까 봐요?"
　"마고가 정확히 뭐라고 했지?"

"다 말해줬어요." 나는 거짓말을 했다.

"사고였어. 우린 그가 죽은 줄 알았다. 숨을 쉬지 않았어."

나는 창밖으로 고개를 돌려 도로와 시골 풍경에 눈이 흩뿌려지는 모습을 바라보았다. 충격으로 가득한 얼굴을 아빠에게 보여줄 수 없었다. 도대체 무슨 사고란 말인가?

"다들 나만 바라보고 있었다. 내가 상황을 바로잡을 방법을 내놓기를 바라면서. 다들 겁에 질렸어. 아직 어렸으니까. 그때 마고가 제안했다. 제이크가…… 자살한 것처럼 만들자고. 레지 아래로 던져서 자살한 것처럼 보이게 하자고. 이미 훔친 시험지가 있으니까 유서를 써서 기숙사 방에 놓아두면 되지 않겠느냐고."

"그래서 아빠가 하셨나요? 아빠가 제이크를 물에 던졌어요?"

"마고가 그렇게 말했니?" 아빠는 나를 보았다가 시선을 돌렸다.

나는 아무 말도 하지 않았다.

"무거워서 마고 혼자는 들 수 없었어. 누가 마고를 도와줘야 했다. 올바른 선택이라고, 우리가 살 수 있는 유일한 방법이라고, 어차피 죽었는데 우리 미래까지 같이 내던질 순 없지 않느냐고 마고가 계속 말했어. 내가 제이크를 데려가겠다고 했어. 내가 폴스처치 병원으로 데려가서 당장 발견될 만한 곳에 두고 오겠다고. 하지만 마고는 너무 위험하다고 했어. 의문스러운 점이 많으니 결국 의문이 우리한테까지 쏟아질 거라고 했지. 절대 그 누구도 우리에게 답을 찾으려 하는 상황으로 만들어선 안 된다고 말했어. 그래서 매슈 요크가 마고를 도와 같이 했다. 나중에야 물속으로 던졌을 때 제이크가 살아 있었다는 사실을 알게 됐어."

아빠의 말이 곧바로 이해되지 않았다. 아빠와 친구들이 제이크 그리핀을 죽인 것이다.

"난 약했다." 아빠가 마침내 나를 보았다. "그것도 최악으로 약했어. 약해서 마고를 거들 수도 없었고, 약해서 마고를 멈추지도 못했다."

나도 모르게 손을 내밀어 아빠의 한 손을 쥐었다.

"죄송해요."

"지금까지 아무에게도 말하지 않았어."

"엄마한테도요?"

아빠는 기습 공격이라도 당한 표정이었다. 아빠가 손을 빼려 하기에 놓아주었다. "네 엄마?"

바로 지금이었다. 사건 파일, 사진, 여행가방 이야기를 꺼내고 진실을 물어볼 시간.

"엄마도 알았어요? 제이크가 정말로 어떻게 된 건지?"

아빠는 한참 후에야 대답했다.

"그래. 하지만 내가 말한 건 아니었어. 우리와 보낸 마지막 여름에 네 엄마가 알게 됐다. 필름을 현상하다가 옛날 사진을 발견했고 마고를 다그쳐서 마고가 전부 다 말했어."

그게 바로 아빠가 마고를 가까이하지 말라고 한 이유였다. 마고가 제이크의 진실을 엄마에게 말했기 때문에. 아빠는 마고가 나에게도 말하는 것을 원치 않았던 것이다.

"네 엄마는 증거를 찾으려고 탐정을 고용했어. 소송을 하려고. 난 그걸 네 엄마가 사라진 후에야 알았다. 난…… 네 엄마가 바람을 피우는 줄만 알았어. 네 엄마가 사라졌을 때 난 상대 남자의 집으로 찾아갔다. 함께 도망친 줄 알고. 그제야 깨달았다. 두 사람이 정말로 무슨 사이인지. 내가 고용한 탐정이 은행 CCTV 영상과 은행금고에서 돈이 사라진 걸 발견했을 때 네 엄마가 도망쳤다는 사실을 알 수 있었다. 그 이유가 뭔지도 알았지. 내가 한 짓을 알고 더 이상 그런 사람과 같이 살 수가 없었던 거야. 그리고 내게 상처를 주고 싶었던 거야. 절대로 돌이킬 수 없는 상처를."

나는 망연자실한 채 침묵 속에서 가만히 앉아 있었다. 엄마가 떠난 사람은 아빠뿐만이 아니었다. 엄마는 나와 세라피나, 클레어 아줌마, 외할머니, 외할아버지, 행크 외삼촌까지 떠났다. 엄마는 왜 한마디 말도 없이, 한 번도 뒤돌아보지 않은 채로 모두를 떠났을까?

"클레어 아줌마가 그러는데……." 나는 말을 멈추고 심호흡을 했다. 어떻게 말해야 할지 곤혹스러웠다. "엄마가 떠난 그 주에 엄마하고 아빠가 싸웠다고 했어요. 엄마가 다쳤다고."

곁눈질로 보니 아빠는 두 주먹을 움켜쥐고 있었다.

"말다툼을 하다가 네 엄마가 넘어졌다. 내가 때린 게 아니야. 난 절대…… 네 엄마를 해치지 않아."

사실일까? 의문이 들지 않을 수 없었다. 엄마가 아빠를 두려워했을 수도 있을까? 그 두려움 때문에 지금까지 침묵하며 숨어 있는 것일 수도 있을까? 엄마가 아빠에게 마지막으로 했던 말이 떠올랐다. 내 몸에서 손 치워요.

한동안 침묵이 이어지다 아빠가 물었다. "그런데 엄마 얘기는 왜 물어본 거니?"

전부 다 말할까 생각했다. 행크 외삼촌이 호숫가 집의 마룻바닥에서 발견한 사진과 내가 피터 힌즈버그의 사무실에서 훔친 사건 파일에 대해. 어쩌면 아빠의 말이 다 사실일 수도 있었다. 여러 모로 깔끔하게 다 들어맞는 말이었다. 엄마는 정말로 우리를 버리고 떠난 것인지도 모른다. 내가 그동안 그렇게 생각해왔듯이.

하지만 마고의 지하실에서 본 여행가방이 머릿속에서 떠나지 않았다. 아무것도 아닌 우연일 수도 있고, 내가 미친 것일 수도 있지만 말이다.

"그냥요. 그냥…… 명절이잖아요. 이맘때면 유난히 엄마가 생각나요. 추수감사절은 엄마가 제일 좋아하는 명절이었잖아요."

잠시 말을 멈추었다.

"아빠는…… 가끔이라도 엄마 생각 하세요?" 어릴 때 이후로 아빠에게 처음으로 묻는 질문이었다.

아빠는 처음에 아무 대답이 없었다. 그저 차에 기어를 넣고 다시 도로로 진입했다. 그러다 잠시 후, 겨우 알아차릴 정도로 미미하게 고개를 끄덕였다. 아빠가 내 질문을 들었다는 것을 알 수 있었다.

"그러지 않은 순간이 없다."

38
찰리 캘러웨이

2017년

학교로 돌아가자 우편함에 에이스의 세 번째이자 마지막 티켓이 기다리고 있었다. 이번 티켓은 작은 하얀색 봉투 안에 들어 있었다. 로즈우드 홀 입구에서 봉투를 열어보았다.

아이템 #3: 《놀우드 크로니클》 다음 호에 이 사진을 올릴 것

봉투에서 사진을 꺼냈다. 보기도 전에 무슨 사진인지 짐작이 갔다. 레오가 찍은 나와 앤드루스 선생님의 사진이었다. 사진 속의 나는 얼굴은 보이지 않았지만 교복을 입은 뒷모습으로 놀우드의 학생임을 분명히 말하고 있었다. 반면 앤드루스 선생님은 누가 봐도 확실히 알아볼 수 있게 얼굴이 드러났다. 우리의 부적절한 포옹도.

앤드루스 선생님은 무슨 일로 에이스의 심기를 불편하게 만들었을까? 물론 이유 따위는 알 필요도 없었다. 에이스가 앤드루스 선생님을 망하게 할 작정이고 거기에 나를 이용하려는 것이니까.

사진을 봉투에 집어넣고 삼각법 교과서에 끼웠다. 이 사진을 찍어 오라는 임무를 받았을 때는 유치한 담력 테스트 같은 것이라고 생각했다. 내가 에이스의 일원이 될 자격이 있다는 것을 증명하기 위해 어느 정도나 할 수 있는지 알아보는 시험 말이다. 하지만 이번 일은 잔인하게 느껴졌다. 한 사람의 평판을 망가뜨리는 일이었다. 만약 사진이 진짜라면 앤드루스 선생님은 그래도 싸다. 하지만 사진에는 내가 키스를 했고 선생님은 밀어냈다는 사실이 나타나지 않았다. 거짓 사진이다.

교과서를 가슴에 안고 캠퍼스를 가로질러 교실로 갔다. 교과서에 끼워놓은 봉투가 눈에 보이지는 않았지만 세 번째이자 마지막 티켓, 내가 정식으로 에이스가 되기 위해 통과해야 할 마지막 시험을 품에 안고 있다는 것을 느꼈다.

뒤에서 레오가 내 손에 들린 플라스의 시집 『에어리얼』을 채갔다. 잡으려고 했지만 레오는 시집을 가져가 내 기숙사 방 침대 위 베개에 홀랑 드러누웠다. 그는 시의 마지막 구절을 큰 소리로 과장해서 읽더니 웃음을 터뜨렸다.

"아, 이 시 진짜 싫어." 레오가 말했다. "플라스의 시가 심오한 건 알겠어. 그런데 내가 이 시에서 느끼는 건 플라스가 아빠랑 그렇고 그런 사이였다는 것뿐이거든."

그는 한 침대에 앉은 나에게 시집을 던져주더니 엑스박스 컨트롤러를 집었다. 나는 닫힌 책을 두 손으로 들어 페이지 가장자리를 어루만졌다.

추수감사절 연휴에 나눈 아빠와의 대화 이후로 아빠와 에이스가 제이크에게 한 짓이 머리에서 떠나지 않았다. 그들은 제이크가 죽었다고 생각해 레지에서 골짜기 아래로 던졌다. 처음부터 해치려던 것은 아니었다. 그렇다고 아예 잘못이 없지는 않다. 에이스는 친구가 무사한 것보다 자신들을 더 중요시했다. 자신들의 미래와 평판을. 그날 밤 그들이 제이크를 먼저 생각했다면 어떻게든 도우려 했을 것이다. 아니, 적어도 그날 있었던 일을 솔직하게 털어놓아 제이크가 자살했다고 생각하는 가족과 친구들의 고통이라도 덜어주었더라면. 에이스는 살인범은 아닐지라도 자기밖에 모르는 이기적이고 잔인한 인간들이다.

내가 자신에게 솔직하려면 고통스럽더라도 아빠의 입장이 되어 보아야 했다. 내가 그날 밤 제이크와 함께 레지에 있었다면 과연 다른 선택을 했을까? 나는 이미 아빠와 똑같은 상황에 처해보았고 오로지 나 자신의 이익을 위해 행동했다. 오든이 누명을 썼을 때 그가 하지도 않은 일로 벌을 받도록 그냥 내버려두었다. 그때는 에이스의 존재를 밝혀야 한다는 생각조차 들지 않았다. 만약 내가 그때 사실을 밝혔다면 상황이 바뀌었을 것이다.

정확히 말하면 오로지 자신의 이익만 생각한 것은 아니었다. 나는 에이스에 충성한 것이다. 어찌 보면 아빠와 친구들이 한 일도 비슷한 맥락일 것이다. 그들은 서로를 살리기 위해 제이크를 희생시켰다. 쉬운 선택도, 완전히 이기적인 선택도 아니었다. 한편으로는 그 충성심을 고결하다고 할 수 있을지도 모른다.

"내가 나쁜 짓을 했다고 쳐. 정말로 나쁜 짓을." 내가 말했다.

"무슨 나쁜 짓?" 레오가 물었다. 시선은 여전히 TV 화면에 고정되어 있고, 뭔가에 집중할 때는 늘 그렇듯 입술을 오므리고 있었다. "추수감사절에 아빠한테 거짓말하고 남자친구 집에 간 거?"

"하하." 내가 웃었다. 레오는 아직도 그 일로 날 볶아댔다. 그는 내가 추수감사절 연휴를 어디서 보낼지에 대해 거짓말을 했다고 약간 토라진 상태였다. 서로에게 솔직하지 않기로는 자신도 뒤처지지 않으면서 말이다.

"내가 누굴 죽였다고 쳐. 사고로."

"어떻게?" 레오가 물었다.

"몰라. 그런 세부적인 건 중요하지 않아."

"세부적인 건 중요하지. 네가 차로 사람을 친 거야? 아니면 치정에 얽힌 범죄야? 돌턴이랑 싸우다가 루이뷔통 하이힐로 찔러서 죽였다든가?"

내가 한숨을 쉬었다. "네가 골라."

"루이뷔통 살인을 선택할게. 누구한테도 말 안 할 테니까 안심하고."

"농담이 아니라 실제 상황이라면 말이야, 넌 내가 사람을 죽인 걸 알고도 경찰에 신고하지 않을 거야?"

"네가 어쩌다 사람을 죽였을 때 말이지? 글쎄, 안 할 것 같은데."

"왜? 죗값을 치르는 게 맞잖아?"

"가족이니까." 레오가 어깨를 으쓱했다.

"그러니까 한 핏줄이라는 이유로 범죄를 무조건 눈감아준다는 거야? 양심의 가책을 느끼지 않겠어?"

"사랑하는 사람, 가족에 대한 의리를 지키는 건 도덕적인 일이야.

가족 간에 의리만큼 중요한 게 어디 있겠어?"

"가족 간의 의리라. 네가 그런 말 하니까 웃겨."

나는 레오가 나에게 한 짓을 아직 완전히 용서하지 않았고 그 일을 계속 끄집어내는 것이 좋았다.

"돌턴을 용서할 수 없어야지, 내가 아니라. 불공평해."

"알았어."

하지만 그래도 마음을 결정할 수가 없었다.

"내일 나 도와준다고 했지? 트러스티 자선 갈라 기부 행사 말이야." 레오가 물었다.

"무슨 소리야? 난 애초에 자원봉사 한다고 말한 기억이 없는데."

"친구들한테 다 도와달라고 하고 있거든. 너도 예외가 아니야." 레오가 말했다. 학생회가 행사를 주관하기 때문에 삼학년 학생회장인 레오도 도와야 했다. "게다가 나 요즘 계속 바빴단 말이야. 신경 쓸 시간이 전혀 없었는데 갈라가 벌써 토요일로 다가왔잖아."

나는 여전히 게임에 정신이 팔려 있는 레오와 TV 화면을 번갈아 노려보았다. "그래. 엄청 바쁜 것 같네."

"마지막 아이템 뭐 받았어?" 레오가 내 말을 무시하며 물었다.

"네가 찍어준 앤드루스 선생님과 내 사진을 학교 신문에 올려야 해."

"나쁘지 않네."

번거롭지는 않다는 뜻으로 한 말이려니 생각했다.

"그래. 앤드루스 선생님이 에이스를 적으로 둘 만한 무슨 일을 했는지 혹시 알아?"

"뭘 해서가 아니라 안 해서지. 아니, 누구한테 안 했느냐가 문제라고 할까."

"그게 무슨 말이야?"

"렌이 앤드루스 선생님을 좋아했는데 거절당한 모양이야. 그래서 신경질이 났겠지."

"학생이랑 부적절한 관계라고 누명 씌우는 이유가 그거야? 학생과의 부적절한 관계를 거절해서?"

"그런 셈이지." 레오가 말했다.

지난해에 에이스가 인문학부 부장 선생님을 쫓아낸 일이 떠올랐다. 그가 미성년자와 주고받은 부적절한 이메일을 공개한 일. 그것도 모함이었을까? 그때는 에이스가 어둠의 기사 같은 자경단처럼 보였는데 이제는…….

"너무한 것 같지 않아?" 내가 물었다.

레오는 어깨를 으쓱했다. "그동안 한 일들과 별로 다를 바 없는 것 같은데?"

"다르지." 내가 말했다.

"어째서?" 레오는 게임기 컨트롤러를 내려놓았다. "에이스가 오든에게 프랭클린 선생님의 사진을 가지고 장난쳤다고 누명 씌운 거 기억하지? 넌 그때 널 빼놓고 일을 계획했다고 투덜거렸잖아. 어쨌든 오든을 퇴학시킨 건 우리였어."

"그래, 그랬지."

"우린 지금까지 거짓말하고 부정행위를 하고 망가뜨리고 그래왔어. 이건 뭐가 다른데?"

"모르겠어. 다르게 느껴져."

하지만 레오 말대로 다르지 않을지도 몰랐다. 달라진 것은 나인지도.

"에이스가 요구하는 대로 하지 않겠다는 생각 해본 적 있어? 게임을 그만둔다거나 에이가 되지 않는 거 말이야." 내가 물었다.

"아니. 지금 이 시점에서는 더더욱 아니지. 그동안 무지 고생했지만 거의 다 끝났잖아. 곧 우리 차례야."

우리 차례. 에이스 멤버들이 우리에게 한 것처럼 우리가 새로운 입회자들에게 할 차례. 우리가 복수 계획을 세워 실행하고 콜린스 교장 선생님 이하 선생님들과 전쟁을 할 차례.

"게다가 그만두려고 하면 결과가 좋지 않다는 것도 봤잖아. 오든 잊었어?"

"만약 그만둬도 아무런 결과가 따르지 않는다면?" 내가 물었다.

"결과가 따를 거야. 에이스가 우리 약점을 쥐고 있는 거 알잖아. 넌 그 사진이 공개되길 원해? 학교 애들이 어떻게 생각할지는 둘째 치고 어른들까지 보게 되면?"

할 말이 없었다. 내 결정에 내 운명만 달려 있는 것이 아니었다. 레오의 운명도 달려 있었다.

"설마 바보 같은 짓을 계획하고 있는 건 아니겠지?"

나는 레오를 바라보기만 했다.

"찰리?"

레오에게 피해를 줄 수는 없다. 레오가 요즘 들어 내 믿음을 깨뜨리기는 했지만 그렇다고 똑같이 배신한다면 되겠는가? 사랑하는 사람, 가족에 대한 의리를 지키는 건 도덕적인 일이야. 가족 간에 의리만큼 중요한 게 어디 있겠어?

"당연히 아니지. 너무 호들갑 떨지 마. 그냥 가정해본 거야."

"그래. 알았어." 레오는 게임기 컨트롤러를 들고 다시 게임에 집중했다.

레지에서의 첫날 밤에 렌이 한 말, 사실이라는 생각이 들었다. 비밀이 우리를 하나로 묶어준다는 말. 비밀은 나와 레오, 현재 에이스 멤버뿐만 아니라 역대 모든 에이스를 하나로 묶어주었다. 모두가 불가분의 관계로 이어져 있었다. 빠져나가도 다 같이 빠져나가고 망해도 다 같이 망한다. 어떤 식으로든 모두가 유죄이기에.

하지만 세상에 잘못 없는 사람이 있을까?

어떻게든 빠져나가려고 했지만 수요일 오후에 학교 식당에서 돌턴, 크로스비, 레오와 함께 트러스티 자선 갈라 경매를 위해 기부된 물품들의 목록을 작성했다.

"별장 숙박권 또 있어." 크로스비가 잭슨 홀에 위치한 스키 산장의 사진과 설명이 들어간 종이를 나에게 건넸다.

사람들이 경매를 위해 가장 많이 기부한 것은 주말 동안 자기 소유의 별장(또는 타호 호수의 고급 콘도, 프랑스 남부의 대저택, 토스카나의 빌라, 내파의 포도원)에 공짜로 묵을 수 있는 숙박권이었다. 전혀 수고스럽지 않은 데다 자선 활동이라는 명목으로 부를 마음껏 과시할 수 있는 방법이기 때문이다. 한마디로 #겸손한척은근자랑하기인 것이다.

"'자연을 느낄 수 있는 소박한 산장.'" 내가 인쇄물의 설명을 읽었다. "도대체 이 산장의 무엇이 '소박'하다는 걸까? 열네 명이 들어갈 수 있는 대리석 저쿠지? 아니면 지하실에 마련된 개인 영화관?"

크로스비에게 사진이 보이도록 종이를 들었다.

"어디 조용한 곳에 있으면 무조건 캠핑 왔다고 생각한다니까." 크로스비가 말했다.

"예전에 애틀랜타에서 비행기 연착으로 공항 옆에 있는 힐튼 호텔에 묵어야 했던 적이 있거든. 그때 우리 엄마가 '잠깐 불편하게 됐다'고 하더라."

돌턴은 웃음을 터뜨리며 내 의자 뒤에 팔을 걸쳤다. 그의 손끝이 내 어깨를 스칠 때 나는 경직되지 않으려고 애썼다. 사실 돌턴의 집 지하실에서 여행가방을 발견한 후 그를 볼 때마다 이상한 기분이 들었다. 속마음을 사실대로 말할 수도 없어서 힘들었다. 단순한 우연의 일치로 엄마의 것과 똑같은 여행가방일 뿐이라면 내가 정신이 나간 것이고, 정말로 엄마의 것이라면 마고가 엄마의 실종과 밀접한 관련이 있다는 뜻이기 때문이다. 반드시 다시 가서 여행가방을 열어봐야 하는데 방법이 없었다.

한편으로는 여행가방에 대해 생각하지 않으려고 갖은 노력을 다했다. 그것이 정말로 엄마의 가방이라면 무슨 뜻이겠는가. 엄마가 자신의 의지로 우리를 떠난 게 아니라는 생각은 용납할 수 없었다. 그것을 대신하는 상황, 즉 아빠가 엄마의 실종에 어느 정도 책임이 있고 어떤 식으로든 엄마를 해쳤을지 모른다는 상상은 소름끼쳤다. 엄마가 우리를 떠난 것이 아니라면 나는 너무도 많은 면에서 틀렸다는 뜻이었다. 세상에 곁을 주지 않고 살아온 것이 잘못된 선택이라는 뜻이었다. 애초에 마음에 벽을 세우고 차갑고 무관심한 태도를 방패 삼을 필요가 없었다. 엄마는 나를 배신한 것도 버린 것도 아니니까. 나는 필요한 존재였고 사랑받는 존재였으니까.

그 생각이 나를 무장해제시켰다.

"각 물품의 경매 최소 시작가를 어떻게 정하지?" 크로스비가 물었다.

"우선 티켓이 몇 장이나 팔렸는지부터 확인해야겠다." 레오가 말했다. "그래야 목표액 달성을 위해 사람들에게 얼마나 바가지를 씌워야 하는지 알 수 있으니까. 찰리, 티켓 판매 수익이 나왔는지 스티비한테 가서 물어보고 현금 상자도 가져올래?"

"너 요즘 너무 부려먹는다. 권력을 행사하더니 오만해졌어." 내가 말했다.

"그래, 독재자처럼 굴지 마, 캘러웨이. 적어도 '부탁한다'고는 해야지." 돌턴이 말했다.

"학년회장이 탄핵당한 사례는 없나?" 내가 물었다.

"유감스럽지만 그런 선례는 없어." 돌턴이 답했다.

"우리 쿠데타 일으키자. 나 내일 삼각법 수업 끝나고 자유 시간인데."

레오가 한숨을 쉬었다. "샬럿님, 제발 부탁합니다. 스티비한테 가서 티켓 판매 수익금이 얼마인지 물어보고 현금 상자도 가져다주실래요?"

"그렇게 간곡하게 부탁하니 어쩔 수 없지." 내가 일어나며 말했다.

나는 스티비와 야엘이 현금 상자를 갖고 앉아 있는 식당 테이블로 갔다. 야엘과는 드루가 퇴학당한 후로, 스티비와는 몇 주 전에 식당 앞에서 화해 요청을 받은 후로 대화를 해본 적이 없었다. 그때 스티비를 무시한 것이 마음에 걸렸지만 그럴 의도는 아니었다. 그저 타이밍이 나빴던 것뿐이다.

그동안 내가 못되게 군 데다 언제나 우리 네 사람의 우정을 연결해주는 접착제 역할을 하던 드루도 이제 없다. 하지만 스티비와 야엘은 내 친구이기도 했고 그 애들이 그리웠다.

"안녕, 얘들아." 나는 지나치게 명랑한 목소리로 인사를 건넸다. 가식처럼 들리겠지만 어쩔 수 없었다. 친절하게 굴고 환심을 사는 연습을 한 적이 없으니까. 그런 데는 전혀 관심도 없었고.

야엘이 하던 말을 멈추었다. 다가온 사람이 나라는 것을 알고 얼굴에서 웃음기가 싹 가셨다. 스티비는 나를 힐끔 쳐다보고 다시 손에 든 계산기로 눈을 돌렸다. 앞에 수표들이 잔뜩 쌓여 있었다.

"레오가 현금 상자하고 티켓 총 판매 수익 결산이 필요하대."

"금방 돼." 스티비는 여전히 나를 보지 않았다.

"그래." 나는 스티비 옆에 앉았다. 스티비는 계산기를 계속 두드렸고 숫자가 점점 커졌다. "도와줄 거 있어?"

"앉으라고 안 했는데." 야엘이 나를 노려보았다. 따뜻하게 환영해 줄 거라고는 생각하지 않았지만 너무도 차가웠다. 적어도 나는 노력하고 있는데.

"이유가 뭐야?" 내가 물었다.

야엘은 한숨을 쉬었다. "연기 그만해도 돼, 찰리. 네 짓인 거 다 아니까."

"뭐가 나라는 거야?"

"정말 모르는 척할 거야?"

"야엘, 척이 아니야. 난 정말 무슨 말인지 모르겠어."

"우리 방에 갖다놓은 빌어먹을 물고기 말이야." 야엘의 목소리가 높아졌다. 조용히 하라는 스티비의 말에 야엘의 목소리는 분노 가득한 속삭임으로 변했다. "빌어먹을 물고기 얘기를 하는 거야."

"물고기라고?" 내가 물었다.

나는 스티비와 야엘이 드루에게 시험지를 훔치게 만든 사람이 나라고 생각해서 화가 난 줄 알았다. 그리고 내가 자기들을 나 몰라라 하고 돌턴을 비롯한 남자애들하고만 어울려서 기분이 상한 줄 알았다. 그런데 나에게 말을 걸지 않은 이유가 물고기 때문이라니?

"있잖아, 잘난 비밀 클럽 친구들하고 비밀을 만들면서 다니니까 세상에 무서울 게 없지? 아무도 모를 거라고 생각하겠지."

"야엘……." 스티비가 야엘을 말리려고 했다.

"아니. 난 쟤랑 쟤의 소중한 친구들이 무섭지 않아." 야엘은 스티비에게 말하고 분노가 이글거리는 눈으로 다시 나를 보았다. "얼마 전에 화장실에서 다르시와 렌이 얘기하는 걸 우연히 들었어. 너하고 레오에게 차원이 다른 '사촌 키스'를 시켰다나. 참 이상한 우정이더구나. 사촌하고 진한 키스를 해야만 자기들 무리에 끼워준다니 말이야. 둘이 그 얘기를 하면서 아주 즐거워하던데."

순간 얼굴이 확 달아올랐다. "무슨 얘긴지 모르겠어."

"이것만 알아둬. 우릴 건드리면 우리도 가만있지 않아. 우리도 아는 게 있으니까."

"야엘. 그만해." 스티비가 말했다.

야엘은 스티비를 보며 심호흡을 했다. 그리고 다시 나를 노려보았다.

"있잖아? 같은 수준이 되고 싶진 않네. 자기밖에 모르는 게임과 권력 놀이, 남을 조종하고 배신하는 쓰레기 짓 계속해봐. 단 날 끌어들이진 마."

나는 스티비도 야엘과 같은 생각인지 확인하려고 스티비를 쳐다보았다. 그녀는 숨을 크게 쉬면서 테이블을 바라볼 뿐, 나와 눈을 마주치려 하지 않았다. 잠시 후 그녀는 한숨을 쉬더니 수표를 모아서 현금 상자에 넣었다.

"자." 스티비는 포스트잇에 숫자를 갈겨쓴 후 계산기를 던져 넣고 상자를 꽉 닫았다. 포스트잇을 상자 위쪽에 붙였다. "티켓 판매 수익금이야." 그녀는 이렇게 말하고 상자를 내 쪽으로 밀쳤다.

"스티비?"

그제야 스티비는 나를 보았다. 하지만 나를 향한 실망의 눈빛이 너무 커서 차라리 보지 않는 게 나았겠다는 생각마저 들었다.

"얼른 가자." 스티비는 야엘에게 말하고 의자에서 일어났다.

야엘은 테이블 앞으로 몸을 숙여 스티비와 나에게만 들리는 작은 목소리로 말했다. "넌 완벽한 에이가 될 거야, 찰리. 자기밖에 모르는 인간이니까."

두 사람이 떠난 후 나는 화가 잔뜩 오른 채로 남자애들이 앉은 테이블로 돌아갔다. 내가 현금 상자를 테이블에 던지듯이 내려놓자 돌턴이 말을 멈추고 나를 쳐다보았다.

"얘기 좀 해." 내가 말했다.

"무슨 일이야?" 돌턴이 물었다.

"물고기 얘기가 뭔지 알아야겠어." 내가 목소리를 낮추어 말했다. 테이블에는 돌턴과 크로스비뿐이었다. 레오는 저쪽 맞은편에서 삼학년 지도 교사인 데이비스 선생님과 이야기하는 중이었다. 그래도 혹시나 누가 들을까 봐 조심스러웠다.

"물고기라니?" 돌턴이 말했다.

"그거 있잖아." 크로스비가 돌턴의 어깨를 쿡 찌르며 킥킥거렸다.

"그 고상한 척하는 여자애 방에 둔 물고기. 진짜 역겨웠지."

돌턴이 웃기 시작했다. "아, 잊어버리고 있었네."

"이해가 안 돼. 왜 스티비와 야엘의 방에 물고기를 갖다놓은 거야?"

"걔가 드루의 징계 공청회에서 한 짓에 대한 복수. 에이를 퇴학시켰는데 가만히 두면 안 되지. 봐봐." 크로스비가 주머니에서 휴대폰을 꺼내며 말했다. 그는 앨범을 뒤적거리더니 화면에 뜬 사진을 내게 내밀었다. "완전 웃겨."

그냥 물고기가 아니었다. 레오와 내가 포세이돈 분수대에서 훔쳐 오래된 소도구실에 숨겨놓은 바로 그 물고기 조각상이었다. 조각상은 반쯤 시트에 덮인 채 스티비의 침대에 놓여 있었는데 거기에는 피처럼 보이는 무언가로 이렇게 적혀 있었다. 고자질하는 것들은 물고기 밥이 될 것이다.

"저거 피야?" 내가 물었다.

"응. 입안을 봐."

물고기 조각상의 벌린 입에 쑤셔넣은 것은……

"설마 사용한 탐폰은 아니겠지."

"냄새가 장난 아니더라." 크로스비가 계속 웃으며 말했다.

배 속이 뒤틀렸다. "도대체 왜 그런 짓을 한 거야?"

"설마 영화 〈대부〉 안 봤어?" 크로스비가 못 믿겠다는 표정으로 물었다. "명작인데."

"진정해." 돌턴이 당황스러워하는 나의 손을 잡고 말했다. "장난이었어. 스티비가 좀 예민하잖아. 그냥 장난 좀 친 거야."

"스티비가 좀…… 강박관념이 있는 건 사실이야. 그래도 내 친구란 말이야." 저런 일을 당할 이유가 없어.

"친구? 둘이 마지막으로 같이 어울린 게 언제지?" 돌턴이 말했다.

그의 질문은 모욕이나 마찬가지였다. 하지만 틀린 말이 아니기에 뭐라 응수할 수가 없었다. 드루가 퇴학당한 후로 스티비와 어울린 적이 없고 그 전에도 내가 돌턴과 가까워지고 에이와 엮인 후로는 많은 시간을 함께하지 못했다.

"네겐 더 이상 맞지 않는 옷이 된 거야. 다 이유가 있는 법이지." 돌턴이 말했다.

"무슨 말이야?" 내가 손을 빼며 물었다.

"찰리, 너도 알잖아. 스티비 소란토스? 꼭 일일이 설명을 해줘야 해?"

나는 가슴 앞으로 팔짱을 끼고 말했다. "그래. 설명을 해줘야겠어."

돌턴은 한숨을 쉬더니 뒤쪽 테이블로 고개를 돌렸다. 그가 크로스비에게 눈짓을 하는 게 보였다. "드라마 찍지 마, 찰리. 그냥 장난친 거야."

"난 하나도 재미있지 않은데." 나는 테이블에서 가방을 들어 어깨에 걸치고 돌아섰다.

"쟤 어디 가는 거야?" 테이블로 돌아온 레오가 묻는 소리가 들렸다.

"집 나간 유머 감각 찾으러." 크로스비가 말했다.

그날 저녁 핀과 도서관에 있었다. 테이블에는 옛날 신문과 학교 앨범들이 가득했다. 그 주 금요일이 마감인 놀우드의 유령 괴담 기사를 쓰기 위해 자료를 찾아보는 중이었다. 올해의 마지막 신문에 실릴 기사였다. 하지만 좀처럼 집중이 되지 않았다. 돌턴과의 다툼,

스티비와 야엘과의 언쟁으로 머릿속이 어지러워 아빠가 연관된 남학생의 죽음에 대한 가짜 기사를 쓰고 싶지 않았다. 무엇보다 기사에서는 내가 아는 진실을 교묘히 피해가도록 애써야만 했다. 그렇지 않아도 골치가 아픈데 나도 모르게 신문이나 학교 앨범에 나와 있지 않은 자세한 정보를 누설해 문제를 키울 수는 없었다.

"왜 유령 이야기는 항상 교훈을 주는 이야기일까?" 핀이 예전 졸업 앨범을 넘기며 말했다.

"무슨 뜻이야?"

"제이크는…… 테니스부 에이스에 학생회 임원에 인기도 많고 잘생기고 공부도 잘하고 놀우드의 잘나가는 학생이었잖아. 전부 다 가진 것 같았는데 어느 날 부정행위로 완전히 몰락해 그 후로 우리 학교의 대표적인 실패 사례가 된 거지. 올바른 길을 벗어나면 어떻게 되는지 경고해주는 비운의 유령이나 마찬가지잖아. 그러니까 교훈을 주는 이야기지."

"그런 식으로 생각해보진 않았는데."

그때 가방에서 휴대폰 진동이 울렸다. 전화를 꺼내보니 돌턴에게 부재중 전화 두 통과 문자 한 통(어디야?), 그리고 그레이슨에게 여러 통의 문자가 와 있었다.

그레이슨: 일을 망쳐서 미안해. 네가 괜찮은지만 알고 싶어. 제발 답장해줘.

짧게 답장을 입력했다. 나는 추수감사절에 아빠를 찾아간 그에게 여전히 화가 나 있었다.

나: 괜찮아. 날 그냥 내버려둬.

휴대폰을 가방에 도로 집어넣었다.

"나 오늘 착한 일을 했나 봐." 핀이 말했다.

"무슨 말이야?"

"아름다운 남자의 화신께서 방금 도서관으로 들어왔거든. 그리고 아무래도 이쪽으로 오는 것 같아."

돌아보니 돌턴이 입구의 안내 데스크 옆에 서 있었다. 고개를 홱 돌리고 가장 가까이 있는 책을 집어 얼굴을 가렸다. "왜 이쪽으로 오는 걸까?" 내가 물었다.

핀이 눈알을 굴렸다. "그야 선배가 여기 있으니까 그렇지. 눈치 못 챘나 본데 선배가 있는 곳마다 그가 있어."

"날 본 것 같아?" 내가 몸을 수그리며 물었다.

입이 귀에 걸린 핀의 얼굴이 답을 해주었다.

"돌턴 선배가 걷는 모습에는 뭔가가 있다니까." 핀은 한 손으로 턱을 괴고 내 뒤쪽에서 걸어오고 있는 내 남자친구임이 분명한 사람을 노골적으로 쳐다보았다. "꼭 온 세상이 그의 런웨이 같다니까. 혹시 모델 수업을 받았을까?"

"우리 싸웠어. 좀 심하게." 내가 말했다.

핀이 한숨을 쉬었다. "윤리 도덕 시간에 돌턴 선배를 보는 게 내 하루의 큰 즐거움이거든. 저 선배는 공리주의마저 섹시하게 만든다니까."

"몰래 빠져나갈 시간이 충분할까?" 내가 짐을 챙기면서 물었다.

"아니. 그러니까 인사시켜줄 수 있어?" 핀이 물었다.

"핀."

핀은 나더러 조용히 하라고 하더니 노트북에 시선을 주었다. 핀의 귀가 칙칙한 도서관 조명 아래에서도 눈에 띌 만큼 빨개졌다. "친절하게 대해. 이쪽으로 왔어." 핀이 소곤거리며 나를 꾸짖었다.

고개를 돌리니 돌턴이 옆에 있었다. 그는 내 앞에 하얀색 종이컵을 내려놓고 희망에 찬 미소를 지었다.

"커피 가져왔어. 식당 밖에 있는 커피 카트에서 가져온 무지방 우유 넣은 달지 않은 카푸치노. 네가 제일 좋아하는 거잖아."

"꽃을 가져왔어야지. 카페인이 들어가면 기운이 넘쳐서 짜증만 더 낼 텐데." 핀이 말했다.

돌턴이 웃었다. "그럴 수도 있겠다. 생각을 못 했네."

돌턴이 핀에게 손을 내밀었다. "초면인 것 같아. 돌턴이야."

핀이 적극적으로 그 손을 잡았다. "핀이야. 우리 윤리 도덕 수업 같이 들어."

"그 수업 최악이지."

"맞아. 끔찍해. 진짜 싫어."

나는 핀을 째려보며 입모양으로 '배신자'라고 말했다.

"찰리랑 잠깐 얘기하고 싶은데. 너만 괜찮다면." 돌턴이 핀에게 말했다.

"핀하고 나는 지금……."

"……각자 갈 길 가려던 중이야." 핀이 내 말을 잘랐다. "그럼 난 기사 초고 쓰러 가봐야겠다. 봐서…… 아니, 만나서 반가웠어."

"나도." 돌턴이 말했다.

나는 짐을 챙겨서 돌아가는 핀을 노려보았다. 돌턴은 내 옆자리에 앉더니 의자를 돌려 나를 마주 보았다.

"내가 이미 알고 있어야 하는 거겠지만 양해해줘. 왜 화났는지 설명해줄래?"

"물고기 때문이야." 내가 말했다.

"그래. 그런데 물고기의 무엇 때문에?"

"첫째, 넌 내 친구에게 정말 역겹고 비열한 짓을 했어." 그가 뭐라고 말하기 전에 손을 들어 제지했다. "그래, 네가 어떻게 생각하건 스티비는 내 친구야. 아니, 친구였어. 그 물고기 장난 전까지만 해도. 둘째, 넌 그 물고기 조각상을 훔치려고 나와 레오를 이용했어. 난 나와 가까운 사람을 괴롭히는 데 쓰일 줄도 모르고 힘들게 고생해서 그걸 구했어. 그게 패턴인 것 같아. 입회자들은 모든 위험과 번거로움을 감수하지만 그게 어디에 쓰이는지도 모르지. 잘못되면 책임도 져야 하고."

돌턴은 고개를 끄덕였다. 정말로 내 말에 주의를 기울이는 듯한 모습에 약간 마음이 누그러졌다. 나는 금방이라도 그를 치거나 말싸움을 할 준비가 되어 있었는데.

잠시 후에 돌턴이 말했다. "우선 물고기 일은, 네가 스티비와 사이가 나쁘지 않다는 걸 알았다면 하지 않았을 거야. 그리고 두 번째는 배제당하는 것 같아서 납납한 거 이해해. 나도 네 입장이었을 때 똑같이 느꼈으니까. 내가 그때를 잊어버렸는지도 모르지. 하지만 장담해. 통과한 후에는 모르는 게 없게 될 거야. 지금 이게 가장 어려운 부분이야. 넌 거의 다 왔어. 통과하고 나면 가치 있는 일이라고 느낄 거야."

"과연 그럴까? 난 이렇게 느끼거든. 지금 남의 정교한 장난과 복수

극을 위해 힘든 일을 도맡아 하고 있는 것 같아. 내년에 내가 직접 할 정교한 장난과 복수극에 누군가를 부려먹을 수 있게 되기 위해서 말이야."

"물론 우리가 못된 짓도 하고 장난도 치는 건 맞아. 하지만 에이스의 진짜 목적은 그게 아니야."

"그래?"

"그래. 에이스는…… 널 누구보다 잘 아는 사람들과 함께라는 소속감을 느끼게 해줄 거야. 네 최악의 모습을 알고도 떠나지 않을 사람들이지. 크로스비랑 나, 정말 친해 보이지. 하지만 에이스 입회 기간 때 힘든 일을 함께 겪지 않았더라면 친해지지 않았을 거야. 크로스비와 나는 형제나 다름없어. 한 가족이야."

아빠와 아빠의 친구들에 대해 생각했다. 아빠는 항상 신비로운 천국이라도 되는 듯 놀우드에 대해 이야기했다. 놀우드에서 사귄 친구들, 함께한 즐거운 추억들. 아빠가 지금까지도 친하게 지내는 고등학교 친구들은 분명히 에이스였을 것이다.

돌턴이 내 손을 잡고 지긋이 힘을 주었다. "찰리, 에이스는 단순히 우리가 놀우드에서 함께하는 이 년의 시간이 아니야. 한번 에이스면 영원한 에이스야. 난 네가 나와 함께 그 일부가 되었으면 좋겠어."

나는 입술을 깨물었다. 그의 말이 맞는다는 것을 나도 알았다. 에이스에 들어가면 영원한 특권을 누릴 수 있다. 에이스는 곧 권력이다. 흔하지 않은 특별한 유대였다. 내가 간절히 에이가 되고 싶었던 데는 이유가 있었다.

하지만 또 한편으로 야엘과 스티비가 에이스에 대해 한 말도 사실이라는 것을 알았다. 신인 척하는 자기밖에 모르는 부잣집 아이들.

연민과 공감, 수치심 없이 남을 희생시키면서 즐거움을 얻는 자들. 좋게 말하면 에이스는 뻔뻔하고 마음대로 권력을 휘두르며 '카르페 디엠'을 추구한다. 원하는 대로 보고 가차 없이 취한다. 나쁘게 말하면 이기적이고 오만하고 잔인하다.

머무를지 나갈지 나 스스로 선택해야만 했다. 둘 다 가질 수는 없었다. 하지만 두 마음이 팽팽하게 대립되어 어느 하나를 선택할 수가 없을 것 같았다. 그래서 아무 말도 하지 않았다. 그저 우유부단한 마음을 들키지 않기를 바라며 돌턴의 손에 살짝 힘을 주었다.

39
찰리 캘러웨이

2017년

나는 내가 예전에 면전에 대고 놀려댔던 그런 사람이 되었다. 행사가 시작되기 몇 시간 전에 나와서 천장에 색 테이프를 다는 사람 말이다. 다 레오 탓이었다. 레오가 나와 돌턴을 들들 볶는 바람에 토요일 아침에 트러스티 자선 갈라의 경매를 준비하기 위해 연회장으로 나온 것이다.

"와줘서 고마워." 레오가 돌턴과 나에게 경매 입찰서가 끼워진 클립보드를 내밀며 말했다.

"너 미워." 내가 말했다.

"그렇게 이른 시간도 아니잖아."

"토요일은 정오 전이면 무조건 이른 거야."

레오가 라테를 건넸다. "영양 섭취 좀 해."

커피를 한 모금 마셨지만 여전히 뿌루퉁한 기분이었다. 카페인도 도움이 될 것 같지 않았다. 내 기분이 저기압인 이유는 토요일에 일찍 일어나야 했던 것 때문이 아니었다. 오늘 밤 인쇄될 예정인 학교 신문에 앤드루스 선생님과 나의 사진을 싣거나 마지막 임무 실패에 따르는 결과에 대비하거나 둘 중 하나를 선택해야 했기 때문이었다. 실패하면 에이가 되지 못할 뿐만 아니라 만약 에이스가 그에 대한 보복으로 레오와 나의 사진을 공개하기라도 하면 우리는 대대적인 망신을 당할 터였다. 솔직히 공개할 가능성이 컸다.

학교 신문에 사진을 게재하는 방법 때문에 고민하는 것도 아니었다. 방법은 이미 알아두었다. 일학년인 핀은 신문의 최종 버전이 담긴 플래시 드라이브를 발행일 자정까지 인쇄소에 배달해야 하는 귀찮은 일도 맡고 있었다. 핀이 신문부에서 인쇄소로 가기 전에 내 기사와 문제의 사진을 미리 넣어둔 똑같은 플래시 드라이브와 바꿔치기하면 되었다.

그렇게 되면 내 기사는 제1면 기사로 나갈 뿐만 아니라 이번 주 《놀우드 크로니클》의 유일한 기사가 된다. 물론 내가 그쪽을 선택한다면 말이다.

"자, 입찰서야. 경매품 설명과 사진이 들어간 인쇄물은 저기 테이블 위에 있어." 레오가 그쪽을 가리켰다. "그냥 다 펼쳐놓기만 하면 돼. 저쪽 스티브 옆에 장식이랑 테이블보 등등이 있으니까 아무거나 집어서 보기 좋게 펼쳐놔."

"알았어." 돌턴이 옆에서 지나치게 명랑한 목소리로 말했다.

"다시 한 번 고마워." 레오는 이렇게 말하고 다른 자원봉사자들에게 달려갔다.

"음, 너희 아빠도 오늘 오셔?" 돌턴이 경매 입찰서를 테이블 위에 놓고 물품 분류를 시작하면서 물었다.

"응. 매년 오셔. 왜?"

"저기, 용서하신 거야?" 돌턴이 불편한 얼굴로 뒷목을 긁적였다.

"뭘?"

"추수감사절에 정복 보드 게임 일로 날 때리려고 하셨잖아."

"아." 여러 가지 문제로 복잡해서 그 일은 생각지도 못했다. "그 일에 대해서는 얘기하지도 않았어."

"얘기하지 않았다고?"

"원래 우린 대화를 많이 안 하거든. 물론 아빠는 여전히 널 싫어하겠지만 오늘 공격하거나 하진 않을 거야. 그게 걱정되는 거라면 말이지."

"물론 그것도 걱정이지만, 난 네 아빠가 날 싫어하지 않았으면 좋겠어. 원래 부모님들은 날 좋아하는데."

다음부터는 친구들하고 섹스 빙고 같은 비열한 게임을 하지 않으면 될 것이라고 쏘아붙이려는 찰나, 테이블에서 얼굴을 드니 돌턴 뒤에 서 있는 마고가 보였다. 캐나다 구스 파카와 겨울 부츠로 완벽하게 차려입은 모습이었다.

"찰리." 그녀가 약간 차가운 목소리로 인사를 했다.

추수감사절의 소동으로 여전히 언짢은 것이 분명했다. 나는 고개를 까닥하며 알은척을 했다.

"엄마, 왜 이렇게 일찍 왔어요?" 돌턴이 그녀를 안으며 뺨에 키스했다.

"폴스처치 호텔의 체크인이 세시라잖아. 그래서 같이 브런치나 먹자고 왔지."

"아, 그런데 레오한테 경매 준비 도와준다고 했거든요. 한 시간 정도 있다가 다른 곳에서 만날까요?"

마고는 얼굴을 찡그리며 손목시계를 보았다. 테두리에 작고 동그란 노란색 다이아몬드들이 박혀 있는 진주색 문자판이 눈에 띄었다. 뉴욕에서 마고를 처음 만났을 때도 감탄한 바로 그 시계였다. 나는 노란색 다이아몬드가 좋았다. 흔하지 않기 때문이기도 했지만 엄마가 카나리아 다이아몬드 약혼반지를 가지고 있었기 때문이다. 엄마는 정원일이나 설거지를 할 때면 반지를 빼 가슴 정도 닿는 얇은 금목걸이에 끼워 목에 걸었다. 어릴 때 엄마의 무릎에 앉을 때면 엄마가 반지를 빼서 만지게 해주었다. 나는 너무 커서 맞지도 않는 반지를 손가락에 끼워보고는 했다. 커다란 에메랄드컷 다이아몬드를 볼 때마다 그 독특한 색깔에 감탄했다. 수선화와 노란 여름 호박 색깔. 마고의 시계에 박힌 다이아몬드도 그와 똑같은 색깔이었다. 내 시선을 끈 것은 시계에 박힌 다이아몬드의 특이한 색깔뿐만이 아니었다. 가까이에서 보니 마고의 시계는 롤렉스 오이스터 퍼페추얼 칼리버 2235 모델이었다. 작년에 열여섯 살 생일을 맞아 손목시계를 사러 갔을 때 그 모델을 살까 했기 때문에 알아볼 수 있었다. 결국은 1933년경에 만들어진 빈티지 롤렉스 버블백 제품을 골랐지만 말이다. 마고가 착용한 오이스터 퍼페추얼 모델은 빈티지가 아니었다. 롤렉스에서 1990년대 후반부터 제조하기 시작한 모델이었다. 그런데 마고는 뉴욕에서 만났을 때 내가 시계를 어디에서 샀는지 묻자 집안 가보라고 대답했다.

"그럼 너무 늦어. 브런치 시간은 대부분이 두시까지거든. 난 미모사가 꼭 마시고 싶은데."

"괜찮아. 엄마랑 브런치 먹고 와. 세팅은 내가 알아서 할게." 내가 돌턴에게 말했다. 변함없는 어조로 말하려 주의를 기울였다.

"정말? 그럼 내가 미안한데."

"어차피 한 사람이면 충분한 업무야. 레오가 나한테는 오래전부터 부탁했어. 둘 다 고생할 필요 없어." 내가 말했다.

"그래. 정말 괜찮겠어?"

"응."

돌턴이 내 이마에 가볍게 입을 맞췄다. 입술이 닿을 때 움찔하지 않고 자연스레 반응하려고 노력했다. "네가 최고야. 이따 저녁에 봐." 돌턴이 말했다.

"그래, 저녁에 봐." 나는 그에게 살짝 웃어 보였다.

두 사람이 간 후 이쪽을 보는 사람이 없는지 둘러보고 의자에 주저앉았다.

도대체. 뭐지?

지하실의 여행가방은 그렇다 치고 엄마의 반지와 똑같은 색깔의 다이아몬드 시계라니? 마고의 시계는 가보가 아니었다. 기껏해야 십 년 정도 되었을 것이다. 하지만 엄마의 반지는 정말로 가보였다. 우리 증조할머니가 물려준 것이었다.

심장이 쿵쿵 뛰었다. 숨을 쉴 수가 없었다.

그레이슨이 〈타임스〉에서 찾은 약혼 기사가 떠올랐다. 엄마의 약혼반지가 한때는 마고의 것이었을까? 속이 울렁거렸다. 토할 것 같았다.

정신 차려, 캘러웨이. 정신 똑바로 차려.

그 어느 때보다 지금은 절대로 무너져서는 안 된다.

똑바로 서서 심호흡을 했다. 잡생각을 떨쳐내려 머리를 흔들었다. 할 수 있다. 할 수 있다. 하지만 혼자서는 할 수 없었다.

휴대폰을 꺼내 연락처를 뒤졌다. 내가 원하는 이름이 나왔을 때 이름 옆의 전화 모양을 눌렀다. 전화기를 귀에 댔다. 신호가 가고 낯익은 목소리가 전화를 받았다.

"안녕. 도움이 필요해." 내가 말했다.

저녁 일곱시에 기숙사 방으로 데리러 온 아빠와 팔짱을 끼고 캠퍼스를 걸었다. 아빠는 빳빳한 검은색 정장과 실크 타이에 겨울 코트를 덧입었고, 나는 짙푸른 A라인 이브닝드레스에 아빠가 뉴욕에서 가져온 구슬로 장식한 보디스(장식이 달린 여성용 조끼―옮긴이)를 입었다. 보디스는 아빠의 비서 로지가 고른 것이었다. 싸구려 게 모양 펜던트가 달린 엄마의 목걸이도 걸었다. 나는 그것이 분명히 제이크가 준 것이라고 확신했다. 아빠의 예전 졸업 앨범 '추모' 페이지에 따르면 제이크는 이른 칠월생이었다. 별자리가 게자리였다. 엄마가 그 목걸이를 계속 간직하고 있었던 걸 보면 엄마에게 제이크는 정말로 소중한 존재였을 것이다. 나는 부적의 의미로 그 목걸이를 했다. 아빠가 목걸이를 알아볼지 궁금했다. 하지만 알아보았다고 해도 아빠는 아무 말이 없었다.

연회장의 불빛이 앞쪽 잔디밭으로 새어 나왔다. 우리는 돌계단으로 향하는 동안 아빠의 친구들에게 인사하느라 몇 번이나 멈추었다. 오늘 갈라는 놀우드 재학생들보다도 많은 부모와 졸업생들이 참여하는 행사였다.

"여, 앨리스테어." 매슈 요크가 아빠의 팔을 잡았다. 그는 딸 메릴과 함께였는데 메릴도 같은 에이스 입회자이지만 나와는 평소 거의 말을 하지 않는 사이였다. 메릴은 조용하고 남들과 잘 어울리지 않는 성격으로, 긴 얼굴형에 표정이 항상 근엄해서 심술궂은 구석이 있을 것이라고 짐작할 뿐이었다.

"요즘 클럽에서 통 못 봤네. 뭐 하느라 바빠?" 매슈 요크가 아빠에게 물었다.

아빠는 그에게 답을 하기 위해 멈춰 섰다. 나는 아빠의 손을 살짝 쥐면서 입모양으로 안에서 만나자고 했다. 아빠는 고개를 끄덕였다.

"테디도 왔어?" 매슈 요크가 아빠에게 묻는 소리가 들렸다.

"그리어하고 같이 왔어. 조카가 놀우드에 원서를 냈거든."

정문에서 코트를 맡겼다. 연회장에는 세 가지 코스로 이루어진 저녁식사를 위한 테이블이 세팅되어 있었고, 이브닝드레스를 입은 여자와 정장을 입은 남자 들로 북적거렸다. 연회장 중앙에 마련된 댄스 플로어 한가운데에서는 콜린스 교장 선생님이 부모와 졸업생들을 맞이하는 환영사를 막 마치는 중이었다. 트러스티 자선 갈라는 항상 교장 선생님의 연설로 시작해 칵테일파티와 경매가 이어지고 저녁식사와 춤으로 끝났다. 북적거리는 인파의 가장자리에서 테디 작은아빠와 그리어 작은엄마를 발견하고 그쪽으로 갔다.

"오늘은 차려입었네." 작은아빠가 말했다.

"샬럿, 반갑구나." 작은엄마가 퉁명스러운 미소를 지었다. 나도 형식적인 미소로 답했다. 작은엄마와의 사이에서는 항상 메울 수 없는 거리감이 느껴졌다. 솔직히 작은엄마가 아주 냉정한 성격은 아니었다. 작은엄마와 작은아빠는 어릴 때 나와 세라피나를 이 년간 맡아 키워주기도 했다. 엄마 실종 사건의 인터뷰 파일을 듣고서야 작은엄마가 나에게 살갑지 않았던 이유가 이해되었다. 내 외모가 엄마와 많이 닮았다는 사실도 한몫했을 것이다.

작은엄마가 클러치에서 휴대폰 진동이 울리자 들고 있던 샴페인 잔을 작은아빠에게 건넸다.

"베이비시터예요." 작은엄마가 화면을 보며 말했다. "밖에 나가서 받아야겠어요. 금방 올게요."

작은엄마가 간 후 작은아빠는 샴페인을 한 모금 마시며 물었다. "내가 보내준 자료들 살펴봤니?"

무슨 자료들을 말하는 건지 잠시 후에야 깨달았다. 아빠가 고용한 사립탐정의 사건 조사 파일을 말하는 것이었다.

"네. 보내주셔서 감사해요."

"원하는 답은 찾았고?"

"그렇기도 하고 아니기도 해요. 답을 얻었지만 질문이 더 생겼거든요."

작은아빠는 고개를 끄덕였다.

"행크 외삼촌이 그러는데 두 분이 흥미로운 대화를 하셨다고요."

"그렇게 말하던?"

"작은아빠가 호숫가에서 찾은 사진을 내놓으라고 협박했다고."

"처음에는 좋게 말했다." 작은아빠가 작은엄마의 샴페인을 또 한 모금 마셨다. "하지만 행크는 원래 좀…… 거칠지. 거절하기에 나도…… 거칠게 답을 해주긴 했다."

"왜 그러셨어요?"

작은아빠는 한숨을 쉬었다. "인터뷰를 들었으면 너도 알 텐데."

"엄마랑 작은아빠랑 예전에 사귀는 사이였죠."

"그 이상이었어. 네 엄마는 내가 처음으로 사랑한 여자였다." 작은 아빠는 이렇게 말하고 잠시 후에 덧붙였다. "샬럿, 난 네가 꼭 알기 바란다. 인터뷰에 무슨 말이 나왔건 사람들이 뭐라고 하건 그레이스는 절대로 돈을 중요시하지 않았어. 오히려 그레이스는 네 아빠가 돈이 많은데도, 그런 집안인데도 불구하고 사랑한 거야."

"엄마가 정말로 아빠를 사랑했다고 생각하세요?" 내가 물었다. 예전에는 엄마와 아빠가 서로를 무척 사랑했으며 단단한 유대로 이어져 있었다고 확신했다. 하지만 지난 몇 달 동안 알게 된 사실들이 그것을 의심하게 만들었다.

"그래. 난 그렇게 생각한다. 인정하기엔 마음 아프지만."

"엄마가 도망갔다고 생각하지 않으시죠?"

작은아빠는 고개를 저었다. "그렇게 생각하지 않아. 하지만 그 반대 증거가 없었다. 그래서 네가 말한 사진을 꼭 보고 싶었던 거야."

"어떠셨어요?" 내가 물었다.

"글쎄. 협박 같기는 하지만 솔직히 무슨 사진인지 잘 모르겠더구나."

"저도요." 거짓말이었다. 작은아빠가 그것이 무슨 사진인지 모른다는 것은 아빠에게 사진 이야기를 하지 않았거나 했는데도 아빠가 사실을 말해주지 않았다는 뜻이었다. 아빠의 말을 믿어야 할지 확신할 수 없는데도 아빠를 감싸고 있는 나를 이해할 수 없었다.

"클레멘타인이 베이비시터에게 가공된 설탕을 먹어도 된다고 했나 봐요." 작은엄마가 눈에 띄게 흥분한 표정으로 돌아와서 말했다. "당신이 숨겨둔 마시멜로를 봉지 절반이나 먹어치우고 지금 잠도 안

자고 미친 듯이 뛰어다니고 있대요."

"진정해." 작은아빠가 작은엄마의 허리를 잡으며 말했다. "가서 터무니없이 비싼 휴양지 숙소 이용권이나 살펴보자고. 그럼 기분이 나아질 거야."

작은아빠는 나에게 눈을 찡긋한 후 작은엄마를 데리고 경매 테이블로 갔다.

그때 누군가 뒤에서 나를 껴안는 바람에 몸이 굳어졌다. 귓가에서 돌턴의 목소리가 들렸다.

"기가 막히게 아름답다."

그에게 기가 막히게 아름답다는 뜻의 단어 'ravish'가 "거칠게 잡거나 강제로 빼앗다"라는 뜻의 라틴어 'rapere'에서 나왔다는 사실을 알려주고 싶었다. 지금은 의미가 고어처럼 되어버렸지만 여자들이 '네가 너무 예뻐서 힘으로 널 내 마음대로 하고 싶어'라는 말을 칭찬으로 받아들여야 한다는 사실이 여전히 불쾌했다. 하지만 꾹 참고 말하지 않았다.

"아까 준비하면서 보니까 이 건물에는 어두컴컴한 구석과 텅 빈 복도가 많던데." 돌턴이 내 귀에 속삭이고는 내 허리를 잡고 빙 돌려 내 얼굴이 자신을 향하도록 했다. "보여줄게."

"엄마 오셨어?" 내가 물었다.

그의 손이 멈추었다. "우리 엄마?" 약간 실망스러운 목소리였다.

"응. 아까 경매 준비할 때 네 엄마가 좋아하실 만한 물건을 봤거든. 보여드리고 싶어."

"나중에 하면 안 돼?"

나는 빙 돌아 그의 팔에서 빠져나온 후 달래는 의미로 코에 키스

해주었다. "이따 만나." 그리고 거짓으로 둘러댔다.

경매 테이블을 둘러보는 마고를 찾았다. "뭐 찾으시는 거 있어요?" 내가 물었다.

마고는 허리를 꼿꼿이 세우고 나를 보며 미소 지었다. 검은색 오프 숄더 드레스를 입은 그녀는 매우 멋지고 세련되어 보였다.

"휴양지 숙박권을 살펴보는 게 제일 재미있어." 그녀는 들고 있던 샴페인을 한 모금 마셨다. "로이스 아빠랑 나파에 집을 구입하려고 생각 중이거든. 나파에 있는 별장 숙박권을 보고 있어. 며칠 묵으면서 집을 알아볼까 해서."

"여행을 좋아하시면 마음에 드실 만한 경매품이 있어요." 내가 말했다.

그녀와 함께 테이블 끄트머리로 가 그날 아침에 내가 연출해놓은 경매품 카드를 보여주었다. 카드를 읽는 그녀의 표정을 살폈다.

페이즐리 무늬 빈티지 버버리 여행가방, 550달러
모든 여자를 부러워하게 만들 멋진 여행가방 세트! 짧은 여행에 안성맞춤인 페이즐리 무늬 빈티지 버버리 여행가방. 우아하고 품격 있는 스타일로 모두의 시선을 한 몸에 받을 거예요. 안감이 살짝 찢어진 것을 제외하고 새 것과 다름없는 상태. 기회를 놓치지 마세요.

마고는 잠시 동안 조용했다. 그러더니 다 안다는 듯한 미소를 지었다.

"넌 똑똑한 애야, 찰리." 그녀는 또 샴페인을 마셨다. "감탄할 만한 배짱도 있어. 그건 그레이스를 닮았겠지."

"엄마와 친구였던 것처럼 말하지 마세요." 내 목소리는 차가웠다.

엄마가 사라진 십 년 전 그날 밤 내가 본 엄마와 호수에 함께 있던 금발의 여자는 클레어 아줌마가 아니라 마고라는 확신이 들었다. 껴안은 것처럼 보였던 모습이 전혀 다른 의미였다는 사실도. 껴안은 것이 아니라 발버둥치는 모습이었던 것이다.

"당신이 엄마를 죽였어. 그날 밤 호숫가에 있는 당신을 봤어. 엄마 전에는 제이크를 죽였지. 당신이 제이크도 죽였어."

마고는 한숨을 쉬며 샴페인을 마셨다. "제이크 일은 표현이 너무 세구나. 우린 어렸어. 난 열일곱 살이었다. 제이크는 순전히 자기 의지로 약을 했고. 아무도 강요하지 않았어. 우리가 그렇게 하지 않았어도 그 애는 죽었을 거야. 그게 바로 추한 진실이지. 그 애는 병원에 도착할 때까지도 살아 있지 못했을 거야. 우린 확신이 없었지만 결국은 오히려 그래서 다행이었어. 만약 사리판단이 분명했다면 그럴 배짱이 없었을 테니까. 우린 그 애를 고통 없이 빨리 끝내준 거야. 자비로운 일이었어."

"전혀 자비롭지 않아." 내가 말했다.

"그 애는 의식이 없었어. 아무것도 느끼지 못하는 상태였어."

"그건 모르는 거야."

"난 안다. 난 레지에 서서 그 애를 잡고 있었어. 그 애의 몸은 움직이지 않았고 차갑고 생기가 없어서 죽었다고 생각했어. 물에 빠졌을 때도 그냥 가라앉았고. 순식간에 사라졌어."

"당신이 그를 물에 던졌다고 시인하는 거야?" 내가 물었다.

"원래는 네 아빠가 했어야 했지. 하지만 너무 약해서 견디지 못하더구나."

"처음엔 제이크를 그렇게 만들었고 나중에 진실을 알게 된 엄마도 가만 놔둘 수 없었겠지."

"그레이스에게 그날 밤의 일을 말해줬지. 알고 싶어하니까. 그렇게 끝내면 되는 거였어. 그런데 그레이스가 고용한 탐정이 와서 캐묻기 시작하는 거야."

마고는 여전히 신경 거슬리는 일이라는 듯이 고개를 저었다.

"엄마 어디 있어? 어떻게 했어?"

마고는 나를 보며 애처롭다는 미소를 지었다. "네가 내 입장을 이해하게 분명히 밝혀두마, 찰리. 난 이 자리에 오기까지 열심히 노력했다. 절대 그 누구도 그걸 빼앗아가게 내버려두지 않아. 제이크도, 네 엄마도, 너도. 찰리, 넌 똑똑하니까 잘 생각해보렴." 그녀가 손가락을 하나 들어 올렸다.

"첫째, 제이크 사건. 그레이스 사건으로 소송을 하려면 제이크를 거론하지 않으면 안 되지. 그런데 그날 밤 네 아빠가 그러라고 시켰고 입 다물라고 협박했다고 증언해줄 사람들이 있거든. 나 혼자서는 제이크를 못 들어. 단독 범행은 불가능해. 하지만 네 아빠는 가능하지. 우린 네 아빠가 혼자서 한 일이라고 말할 거고. 혼자만 짊어지면 되는데 전부 다 책임질 필요는 없잖아?"

그녀가 손가락을 하나 더 들었다.

"그리고 그레이스 사건. 넌 증거를 잡았다고 생각하는 모양인데 네가 가진 건 여행가방뿐이야. 때마침 최근에 우리 집에 왔던 너나 앨리스테어가 지하실에 갖다놓은 거라고 할 수도 있겠지. 분명 너는 가방을 만졌을 테고, 지하실에서 네 DNA가 잔뜩 나올걸."

마고는 혀를 쯧쯧 찼다.

자신에게 유리한 쪽으로 흘러가도록 사실을 조작해 거짓 이야기를 술술 만들어내는 그녀를 보니 기가 막혔다. 결국은 저런 식으로 가장 흥미진진한 이야기가 만들어지는 것이리라. 진실인지 여부는 상관없이 사람들이 믿게 만들면 그만이니까. 사람들이 정말로 그녀의 이야기를 믿는다면?

"놀랍게도 남자들은 늘 공을 독차지해. 자신이 하지 않은 일일 때도 말이지. 난 손가락 하나 까딱하지 않았는데도 앨리스테어의 옆에 있는 사람들이 알아서 그를 맹공격하잖아. 내가 마음만 먹으면 네 아빠한테 어떤 타격을 줄 수 있는지 보고 싶은 건 아니겠지."

"언젠가 그 거짓말이 당신을 망하게 할 거야."

마고는 고개를 저었다. "찰리, 네가 아직 이해를 못 했구나. 진실이라는 건 말이지, 사람들은 진실을 말하고 싶어하지 않는단다. 너도 마찬가지야. 진실을 밝히고 다치지 않을 사람은 없거든."

그녀의 협박에 뭐라 응수하려 했지만 아무 말도 나오지 않았다. 믿고 싶지 않았지만 맞는 말이라는 것을 알았기 때문이다.

그 말은 에이스의 입회자가 된 날 밤 렌이 한 말과 똑같았다. 비밀이 우리를 묶어준다는 것. 그 결속이 우리를 날아오르게 할 수도, 망하게 할 수도 있었다.

40
그레이스 캘러웨이

2007년 8월 4일
오후 9시 25분

호수를 마지막으로 돌고 나자 숨이 차고 심장이 터질 듯했다. 물 위에 등을 대고 누워 코로 심호흡을 했다. 볼이 불룩해지도록 천천히 숨을 내쉬면서 호흡을 진정시켰다. 온몸에 달콤한 피로감이 퍼졌다. 몸을 간신히 받칠 수 있을 만큼 근육이 얼얼하고 나른했다. 물 위에 가만히 누워 있었다. 귓불에 닿은 수면으로부터 호수의 울림과 윙윙거림이 들려왔다.

한계치를 넘어 움직인 근육이 축 처진 만큼 정신도 아득해졌다. 침실 마룻바닥 안에 숨겨둔 나와 피터와 아이들의 사진, 여행가방에 넣어둔 현금 오십만 달러, 피터가 준비해준 나와 아이들의 가짜 여권에 대해 생각했다.

오늘 밤 아이들을 데리고 차를 운전해 테터보로로 간 후 전세기를 타고 멕시코시티로 갈 것이다. 전세기를 예약할 때 새 이름을 사용했고 조종사의 입을 막기 위해 더 많은 돈을 지불했다. 멕시코시티에서 비행기로 레온에 가서 버스를 타고 남동쪽으로 한 시간 삼십 분을 달려 멕시코 중부의 바히오 산맥에 위치한 스페인 식민지 산미겔 데 아옌데로 갈 것이다. 그 누구도 생각하지 못할 곳으로. 그 도시의 외곽에 작은 집을 구할 때까지 호텔에 묵을 것이다. 떠난다는 것도 제이크의 죽음에 대해 알게 된 사실도 아무에게 말하지 않았다. 행크 오빠나 엄마, 클레어에게조차. 나와 아이들이 처한 위험에 그들까지 빠뜨리고 싶지 않았다.

산 미겔에 도착한 후에 무사하다고 연락할 수 있는 방법을 찾을 생각이다.

여행가방에 짐을 싸서 SUV에 넣어두었다. 삼십 분 후에 아이들을 깨워 아이들의 물건을 챙길 것이다. 앨리스테어가 내일 일어나기도 전에, 우리가 사라졌다는 것을 누군가 알고 찾을 생각을 하기도 전에 우리는 멕시코에 도착할 것이다.

샬럿을 설득할 방법을 아직 고민 중이었다. 세라피나는 너무 졸려서 질문도 하지 않고 순순히 따라올 것이다. 차 안에서도 카시트에서 잘 테니 온기로 가득한 아이의 몸을 안아 비행기에 태우면 된다. 하지만 샬럿은 깨우자마자 질문을 할 것이고 아빠 없이 우리끼리만 어디를 가려고 하지 않을 것이다. 워낙 무조건적으로 아빠를 사랑하는 아이니까.

금요일 저녁마다 샬럿은 늦게까지 자지 않고 뉴욕에서 오는 아빠를 기다린다고 우겼다. 우리가 함께 거실 소파에 앉아 드라마 〈닉 앳 나이트〉를 보노라면 아이들은 조금씩 눈이 감기고 하품을 했다. 그러다 차도에 앨리스테어의 차 헤드라이트가 들어와 TV 화면에 반사

되는 순간 샬럿은 눈을 번쩍 뜨고 동생을 흔들어 깨우고는 잠옷 차림에 맨발로 아빠를 맞이하러 현관 계단으로 달려 나갔다.

하지만 어젯밤에는 평소와 똑같은 시간에 잠자리에 들게 하자 아이들의 실망이 컸다. 세라피나는 부루퉁한 정도였지만 샬럿은 격분했다.

"자는 시간은 정해주는 거 아니야. 그건 언제 숨 쉬라고 정해주는 거랑 똑같아. 억지로 못 해." 샬럿은 이렇게 말했다.

일곱 살치고는 너무도 논리 정연한 주장이었다. 강제로 정해진 잠자는 시간을 자신의 몸에 대한 자주성이라는 더욱 중대한 토론으로 이끌어내다니. 역시나 앨리스테어의 딸다웠다.

"침대로 가. 지금." 나는 깊이 토론할 기운이 없었다.

"방으로는 가지만 자지는 않을 거야." 샬럿이 단호하게 이층으로 올라가며 말했다.

"양치질 먼저 해." 내가 뒤에서 소리쳤다.

샬럿은 아빠가 올 때까지 자지 않겠다는 의지가 확고했다. 한 시간 후에 방으로 가보니 고집쟁이 딸은 침대에 앉은 채로 베개에 쓰러져 잠들어 있었다.

집에 도착한 앨리스테어는 내가 뭐라고 하는데도 아이들을 깨웠다. 셋은 밖으로 나가 반딧불이를 잡았다. 앨리스테어가 나에게 유리병을 가져다 달라고 외쳤다. 병을 들고 나가보니 그들은 맨발로 앞마당에 서서 하늘을 향해 두 손을 쭉 내밀고 있었다.

딸들과 맨발로 마당에서 반딧불이를 잡던 사람과 오늘 저녁 나에게 끔찍한 짓을 한 남자가 동일인물이라니! 샤워 부스 벽으로 나를 밀어붙이고 한 손으로 내 목을 누른 채 거칠게 다가오던 그 느낌이 사라지지 않았다. 입안으로 물이 들어가 숨도 쉬기 어려웠다.

순간 숨이 막혀 질식할 것만 같았다.

무슨 일이 일어나고 있는지 잠시 후에야 알아차렸다. 누군가, 무 언가가 내 어깨를 잡고 나를 물속으로 밀치고 있었다. 기침을 하면 서 상황을 파악하려고 애썼다. 심장이 쿵쾅거렸다. 뜨거운 아드레날 린이 온몸으로 퍼지는 가운데 나를 짓누르는 손을 잡아 떨쳐내려 했 지만 그것은 점점 힘을 더해 누를 뿐이었다.

일어설 수 있을 정도로 수심이 얕은 곳이었다. 호수 바닥의 돌에 발가락이 치여가며 발을 딛고 서서 위로 올라가려고, 물 밖으로 나 가려 안간힘썼다. 내 정수리가 그것의 턱 아래에 부딪히면서 치아 가 딱딱 부딪치는 소리가 났다. 나를 잡은 손이 살짝 미끄러진 순간 을 틈나 미친 듯이 몸을 위로 밀치며 상대에게 부딪혔다. 숨을 헐떡 거리면서 눈에 찬 물기를 없애려 눈을 깜빡거렸다. 주먹으로 상대의 살을 파고들어 움켜쥔 힘을 풀었다. 상대가 신음 소리를 냈다.

그때 시야가 걷히며 흐릿한 달빛 아래 익숙한 얼굴선과 금발이 보 였다. 마고였다.

그녀는 내 쪽으로 휘청거리며 다가와 내 어깨를 잡고 물속으로 밀 어넣으려 했다. 나도 한 손으로 그녀의 어깨를, 다른 손으로 머리카 락을 잡았다. 무릎으로 그녀의 배를 찔렀다. 그녀가 헉하면서 손을 놓았다. 뒤돌아 호수 기슭으로, 집으로 달리기 시작했다. 하지만 물 이 자꾸만 나를 잡아당겨 걸음이 느려졌다.

헤엄쳐 달려가는데 가슴이 들썩이고 다리가 후들거렸다. 수영을 하고 방금 전 아드레날린이 퍼지느라 에너지가 다 소진되었다. 그녀 가 점점 거리를 좁히며 뒤따라오는 소리가 들렸다. 내 움직임은 빠르지 못했다. 그녀가 등을 덮쳤다. 내 날카로운 비명 소리가 어둠속에 울려 퍼졌다.

마고는 나를 쥐어뜯을 듯이 잡아챘다. 한 손은 내 얼굴에 있었다. 그녀의 손가락을 피가 나도록 물자 그녀가 떨어졌다. 내가 홱 뒤돌아섰다. 그녀와 나의 팔이 단단하게 뒤엉켰다. 서로 붙잡고 싸우며 상대를 쓰러뜨리려 했다.

숨이 차고 다리가 무거웠다. 마고가 있는 힘껏 나를 뒤로 떠밀었고 쓰러진 내 위로 올라왔다. 순간 벌어진 내 입으로 물이 가득 들어왔다. 마고가 내 목을 잡고 점점 힘을 주었다. 엄지로 기도를 차단했다. 그녀의 손바닥에 닿은 경정맥이 북소리를 울리듯 요란하게 뛰었다. 그녀는 내 얼굴을 물속으로 밀어 넣었다. 눈과 입안으로 물이 들어왔다. 떨리는 연약한 두 팔로 남은 힘을 다해 발버둥 쳤지만 일어날 수가 없었다.

아무도 없는 집의 이층에 잠들어 있는 딸들이 떠올랐다. 저 아이들은 어떻게 될까? 아이들을 지킬 수 있는 방법에 대해 생각했다. 내가 평생 아이들을 세상의 슬픔과 악으로부터, 부당함과 잔인함으로부터 지키려 애썼던 것처럼. 하지만 이제야 그것이 얼마나 부질없고 잘못된 선택이었는지 깨달았다. 어둠을 가려줄 것이 아니라 어둠 속에서 살아남고 빛으로 헤쳐나가는 방법을 가르쳐주었어야 했다. 달이 뜨지 않은 밤에 아이들을 데리고 나가 별을 가리키며 어둠 속에서도 저렇게 빛난다는 것을 보여주었어야 했다.

내 의지와 상관없이 또다시 숨이 쉬어지자 물이 목을 타고 폐로 들어왔다. 그녀는 내 심장의 고동이 멈출 때까지, 몸이 축 처지고 더 이상 움직이지 않을 때까지 나를 물속으로 누르고 있었다.

41

찰리 캘러웨이

2017년

일요일 아침에 식당이 저렇게 북적거리는 모습은 이번 학기 들어 처음이었다. 재학생 자녀를 둔 졸업생 부모들이 팬케이크 바를 가득 채우고 있거나 기다란 참나무 테이블에 앉아 자녀들과 함께 아침을 먹고 있었다. 시리얼 그릇과 오렌지 주스가 담긴 컵을 가지고 빈 테이블에 앉았다. 시계를 보았다. 아빠가 뉴욕으로 돌아가기 전인 여덟시 삼십분에 식당에서 만나 아침을 먹기로 했는데, 여덟시 사십오분이 되어가고 있었다.

"좀 괜찮니?"

고개를 들자 커피 머그잔 두 개를 든 아빠가 보였다.

나는 전날 갈라에서 일찍 나왔다. 아빠에게만 말했고 편두통이 심하다는 핑계를 댔다.

"나중에 괜찮은지 보러 갔었다." 아빠가 맞은편에 앉아 머그잔 하나를 내 앞에 놓아주었다. "기숙사 방문을 두드렸는데 답도 없고 불도 꺼져 있더구나."

"죄송해요. 기절한 것처럼 잤어요."

사실은 그때 방에 없었다. 잠깐 기숙사 방에 들러 옷을 갈아입고 학교 신문 기사를 마지막으로 수정한 후 전날 학교 매점에서 구입한 플래시 드라이브에 내 사진과 함께 저장했다. 그리고 그것을 핀의 플래시 드라이브와 바꿔치기하기 위해 몰래 캠퍼스로 나갔다. 방에 들어왔을 때는 거의 새벽 한시였다.

그 후로 잠이 오지 않았다. 내가 얼마나 엄청난 일을 저질렀는지 그 사실만 끊임없이 상기되었다. 내가 쓴 글도 사진도 되돌릴 수 없었다. 인쇄되어 온 학교가, 온 세상이 보게 될 터였다. 영원토록. 계속 뒤척이다가 겨우 잠들었지만 곧 알람이 울렸다. 아빠가 떠나기 전에 함께 아침을 먹기 위해 피곤한 몸을 일으켰다.

"언제부터 그런 거니?" 아빠의 물음이 내 잡념을 떨쳤다.

"뭐가요?"

"네 편두통 말이야." 아빠의 이마가 걱정으로 주름 졌다.

"아. 얼마 안 됐어요. 별거 아니에요."

"안색이 나쁘구나. 나랑 같이 가자꾸나. 내일 아침 바로 카마이클 박사에게 진료 예약을 잡아주마."

"다음 주에 기말고사가 있어요. 놓치면 안 돼요."

"건강이 더 중요해. 카마이클 박사에게 소견서를 써달라고 하마. 시험은 좀 나아지면 볼 수 있게."

시리얼 그릇에서 아빠의 얼굴로 애써 시선을 옮겼다. 아빠는 딸을 보호하려고 하는, 걱정 가득한, 지극히 아빠다운 모습이었다. 아빠를 배신했다는 생각에 눈을 마주 보는 것이 고통스러웠다. 내가 한 짓을 알면 저렇게 다정하게 대해주지 않겠지. 하지만 아빠는 결국 나를 이해해주지 않을까. 용서해주지 않을까.

사실대로 말해야 해. 나는 생각했다. 어차피 곧 알게 될 테니까 말해야 한다. 내가 입을 떼려는 순간 아빠의 뒤쪽에서 식판을 든 돌턴이 나타났다.

"어제 어디로 사라진 거야?" 돌턴은 이렇게 물으며 테이블을 돌아와 내 옆에 앉았다.

거북하게도 그의 바로 뒤에 마고가 보였다. 그녀는 맞은편의 아빠 옆에 앉았다.

"앨리스테어." 그녀가 미소 지으며 인사했고 아빠는 무뚝뚝하게 고개를 끄덕였다.

"편두통 때문에." 내가 말했다.

돌턴이 내 등을 문질렀다. "이제 괜찮아?"

"괜찮아. 고마워."

"엄마가 널 봐주고 약을 처방해줄 수 있을 거야." 돌턴이 마고를 보며 말했다.

"고맙지만 우리 주치의한테 보이는 게 나을 것 같군." 아빠가 재빨리 대답했다.

"아무래도 그게 좋겠지. 앨리스테어, 어제 경매에서 뭐 좀 건졌어?" 마고가 물었다.

대화 주제가 나에서 별장 숙박권으로 넘어갈 즈음 옆 테이블의 이학년 여학생이 나를 멍하니 쳐다보는 것이 보였다. 그녀는 나와 눈이 마주치자 재빨리 고개를 돌렸다. 그때 여학생 앞에 펼쳐진 오늘

자 학교 신문이 눈에 들어왔다.

식당을 둘러보니 그 학생뿐만 아니라 대부분의 사람들이 나를 쳐다보기 시작했다. 금방이라도 무슨 일이 터질 듯한 폭풍전야 같았다. 단체로 숨을 헐떡이는 소리, 얼빠진 침묵. 누구에게나 억측의 대상이 되었던 예전의 낯익은 무게감이 느껴졌다. 식당 안을 훑어보다 레오와 시선이 마주쳤다. 레오는 백지장처럼 하얀 얼굴로 입구에 서 있었다. 멋지고 자신감 넘치던 사촌은 겁에 질린 모습이었다.

바로 그때 시선 끝에 뭔가가 걸려 고개를 돌려보니 렌 몽고메리가 나에게로 쏜살같이 달려오고 있었다. 렌이 나를 테이블로 밀쳤다. 오렌지 주스 컵이 날아가 마고의 무릎에 쏟아졌다. 내 팔꿈치가 시리얼 그릇을 세게 짚었고, 엉치뼈가 단단한 나무 테이블에 부딪혀 얼얼했다.

"뭐야, 렌?" 돌턴이 렌을 나에게서 떼어내고 둘 사이에 섰다. "왜 그러는 거야?"

"왜 그러냐고? 방금 우리 존재를 온 세상에 폭로한 네 여자친구한테 물어보지 그래?"

"그게 무슨 소리야?" 돌턴이 여전히 테이블에 벌러덩 쓰러져 있는 나에게서 렌에게로, 또 다시 나에게로 시선을 옮기며 물었다.

"우리의 비밀을 찰리가 방금 제1면 기사로 내보냈다는 얘기야." 렌은 잔뜩 흥분한 상태로 옆 테이블의 《놀우드 크로니클》을 홱 낚아채 돌턴의 가슴팍으로 떠밀었다. "호외요 호외! 꼭 읽어보세요!"

상체를 일으키고 시리얼 그릇에 묻힌 팔꿈치를 들었다. 스웨터 소매가 흠뻑 젖었다.

"넌 끝났어." 렌이 내게 삿대질을 했다. "끝장이야."

전교생이 다 보는 난장판 한가운데서 우유에 젖은 욱신거리는 팔꿈치를 주무르며 렌의 말이 옳다는 것을 인식했다. 내가 새 학기의 시작과 함께 에이스를 위해 장전했던 총의 방아쇠를 막 당겼기 때문이다.

"이게 뭐냐?" 아빠가 돌턴에게서 신문을 가져가며 물었다.

"진실요." 내가 마고를 보며 말했다. 마고는 내가 저지른 일에 대한 의심이 확신으로 바뀌자 표정이 굳어졌다. "전부 다요."

아빠는 신문을 펼치고 읽기 시작했다.

내가 쓴 기사와 사진이었다. 결국 사진을 신문에 올렸다. 원래 계획한 앤드루스 선생님의 사진이 아니라 제이크가 죽던 날 밤에 찍은 에이스의 사진이었다.

나는 어떤 사람이 될 것인지 마침내 결정했다.

사라지지 않는 진실
찰리 캘러웨이

놀우드 오거스터스 사립학교에 입학한 순간부터 이 학교에 유령이 나타난다는 사실을 알게 되었다. 오래전 죽었다는 남학생 유령이 나타난다는 소문이 돌았다. 너무 오래전이라 이름과 사연도 잊혀버린. 하지만 유령괴담은 유서 깊은 도서관이나 콜린스 교장 선생님, 미국 최고의 인재를 배출하는 놀우드의 전통만큼이나 우리 학교의 일부분이었다. 그 유령을 보는 것은 불길한 일이 생길 조짐이라는 것을 모르는 학생이 없다. 유령을 본 후에 이성 친구와 헤어지거나 시험을 망치거나 꿈꾸던 대학에 떨어졌다는 사연 하나쯤은 어디에서나 쉽게 들을 수 있었다.

최근 필자는 유령에 대해, 우리를 자꾸만 따라다니는 것들과 우리가 하는 이야기에 대해 많은 생각을 하게 되었다. 그런 것들은 분명히 우리에 대해 중요한 것을 말해주니까. 우리를 놓아주지 않는 것 혹은 우리가 놓지 않는 것은 무엇일까? 왜 그 이야기들이 계속 전해져 내려오는 것일까? 우리가 하려는 이야기 너머에, 수면 아래에, 우리가 꼭 알아야 하는 중요한 무언가가 있기 때문이 아닐까.

알고 보니 정말로 놀우드에 죽은 학생이 있었다. 그의 이름은 제이크 그리핀이고 1990년 12월 21일에 스폴딩강에 빠져 죽었다. 제이크 그리핀은 장학생, 즉 아웃사이더였다. 시험에서 부정행위를 저질렀고 퇴학을 두려워한 나머지 레지로 가서 뛰어내렸다고 알려져 있다.

이 이야기가 왜 지금까지도 전해져 전교생의 입에 오르내리는지, 왜 다들 쉽게 믿는지는 충분히 이해가 된다. 제이크 그리핀은 놀우드 오거스터스 사립학교에 들어는 왔지만 버티지 못한 노동계급 가정 출신 학생이었다. 그가 자살함으로써 그의 실패와 죽음에 모두가 죄를 면제받았다. 이 이야기는 죽은 남학생, 유령, 불길한 징조처럼 가장 기본적인 뼈대만 남더라도 우리를 사로잡아 계속 입에 올리게 만든다. 손에서 놓을 수 없게 한다. 실패의 망령은 우리 모두를 따라다닌다. 자신이 부족한 사람일지 모르고, 영원히 그럴 것이며, 그 사실을 남들이 알아챌지도 모른다는 생각은 끔찍하다. 우리 자신이 유령이라는 생각, 스스로 가장하거나 바라는 모습의 그림자에 불과하다는 생각만큼 두려운 것이 있을까?

제이크의 이야기는 우리에게 전해 내려오는 것이 전부가 아니다. 사실 제이크는 부정행위를 저지르다 발각된 것이 아니었다. 그는 그날 밤 절망에 사로잡혀 레지로 올라가지도, 뛰어내리지도 않았다. 아이러니하게도 그날 밤 제이크를 그곳으로 불러낸 것은 실패가 아닌 성공이었다. 그는 몇 달간의 무수히 많은 시련을 이기고 마침내 놀우드의 최고 엘리트 집단 에이스에 들어갔다. 승리에 취해 제이크는 퍼코셋을 과다 복용했고 호흡이 멈추어 사망했다. 아니, 그날 밤 함께 있던 친구들은 적어도 그렇게 생각했다. 그들은 도움을 청하지도 그를 병원에 데려가지도 않았다. 평판과 미래를 지키느라 급급해 그들은 제이크를 레지 아래로 던졌다. 나중에 부검서가 나왔을 때야 그들은 제이크가 당시 의식을 잃었을 뿐이고 그런 그를 자신들이 차가운 강으로 던져 익사시켰음을 알게 되었다. 하지만 그 사실을 알고도 아무도 나서지 않았다. 그들은 스스로를 지키기 위해 계속 거짓을 진실로 내세웠다.

필자는 왜 우리가 이 이야기를 하지 않는지 알고 있다. 똑바로 마주하기 어려운 추악한 이야기이기 때문이다. 우리는 곧바로 고개를 돌리고 귀를 닫고 싶어진다. 놀우드 오거스터스 사립학교의 가장 뛰어난 학생들, 지금은 자랑스러운 졸업생이 된 그들이 잔인하게 한 소년을 죽였다는 이야기는 우리가 말하거나 듣고 싶은 이야기가 아니다. 우리를 좋은 모습으로 비쳐주지 않는 데다 우리가 누구이고 여기에서 무엇을 하고 있으며 어떤 가치를 굳건히 하고 있는가에 대한 불편한 질문마저 일으킬 수 있기 때문이다.

필자 또한 이번 학기에 많이 떠올린 질문들이다. 나는 누구인가? 어떤 사람이 되고 싶은가? 결국 많은 것에 솔직해지지 않으면 그 질문에 답할 수 없다는 사실을 깨달았다. 그래서 이렇게 진실을 밝힌다. 여러 추악한 얼굴을 가진, 오로지 진실만을.

　나는 에이다. 아니, 적어도 에이스의 입회자다. 에이스가 되기 위한 내 마지막 '시험'은 바로 이번 호 《놀우드 크로니클》에 한 교사가 학생과 부적절한 관계인 것처럼 보이는 사진을 싣는 것이었다. 다른 에이스 멤버가 자신을 거부한 교사를 벌하고 모욕을 주기 위해 꾸민 거짓 사진을 말이다. 하지만 필자는 그 사진을 싣지 않을 테니 더 이상 에이라고 할 수 없을 것이다. 지금껏 줄곧 그 불법 집단의 일원이 되고 싶다고 생각했지만, 그래도 괜찮다. 필자도 대부분의 학생들처럼 에이스를 신이라도 되는 것처럼 우러러보았다. 하지만 최근에야 역겨운 자부심을 용기로, 강압과 최악의 괴롭힘을 힘으로 착각했음을 깨닫게 되었다.

　필자는 이번 학기에 자랑스럽지 못한 일을 많이 했고 그중 다수는 에이스가 되기 위해 저지른 것들이다. 렌 몽고메리의 아우디 자동차 뒷좌석에서 사촌과 키스를 했다. 내가 멤버가 되지 못했을 때를 대비해 협박용으로 사용하기 위해 렌이 그 모습을 촬영했다. 그리고 교장 선생님 애완견의 다이아몬드 목줄을 훔쳤다(이를 증명할 흉터가 있다). 오든 스타인이 하지도 않은 일로 퇴학당했을 때 침묵했다. 진실을 말했더라면 그를 지킬 수도 있었을 것이다.

　하지만 이제 침묵은 진절머리가 난다. 타인에게 보여주고 싶지 않은 모습을 감추는 것이 진절머리 난다. 거짓과 절반의 진실과 그들이 일삼는 파멸에 진절머리가 난다. 내가 진실을 말하면 상처 받는 사람이 있다는 것을 안다. 그중에는 그래 마땅한 사람도 그렇지 않은 사람도 있고, 내가 사랑하는 사람도 증오하는 사람도 있다. 나 역시 무사히 빠져나갈 수 없다. 누군가 진실을 밝히고 다치지 않는 사람은 없다고 말했다. 그 말이 맞는 듯하다.

필자의 아버지 앨리스테어 캘러웨이는 제이크가 죽던 날 밤 레지에 있었다. 그가 제이크를 차마 던질 수 없어 망설이자 마고 돌턴(당시 휘태커)과 매슈 요크가 했다. 그들은 당시 제이크가 숨이 멎어 있지 않았다는 사실을 알고 나서도 계속 침묵했다. 그리고 십년 전 필자의 어머니는 고등학교 시절 남자친구였던 제이크의 죽음에 대한 진실을 알게 되었다. 그녀가 진실을 밝히려 하자 마고가 침묵시켰다. 필자는 어머니가 사라진 날 밤에 호수에서 어머니와 함께 있는 마고를 보았다. 그리고 지난주에는 마고의 사우샘프턴 자택 지하실에서 어머니의 여행가방을 발견했고, 오늘 어머니의 약혼반지에 있던 카나리아 다이아몬드가 마고의 시계판을 둘러싼 노란색 다이아몬드와 같은 것일지도 모른다는 사실을 깨달았다.

이것이 추악한 진실의 전면이다. 오늘 우리는 그림자에서 벗어나 날선 모서리와 어둠 속에서 저지른 죄에 빛이 비치도록 해야 할 것이다.

나는 기사 아래에 제이크 그리핀과 에이스의 사진을 싣고 내가 아는 모든 에이의 이름을 기록했다.

아빠는 기사를 다 읽고 고개를 들었다. 그리고 말없이 나를 바라보았다. 아빠의 얼굴에서 감정의 흔적을 읽으려 했지만 아무것도 읽을 수 없었다. 그리고 아빠의 시선은 마고에게로 옮겨갔다.

돌턴도 제 엄마를 보고 있었다. 그는 무슨 말인가를 하려다 그냥 입을 다물었다. 주위를 둘러보니 어느새 식당 안에 수많은 사람들이 몰려와 있었다. 커피 카트 옆에 사진학 개론을 가르치는 앤드루스 선생님도 보였다. 테디 작은아빠와 그리어 작은엄마도 몇 테이블 떨어진 곳에 있었다. 식당 입구 근처에 입을 떡 벌린 채 선 스티비와 야엘도 보였다. 식당의 모든 사람이 마고를 쳐다보는 것 같았다.

마고는 의자에서 벌떡 일어났다.

"너하고 네 딸이 도대체 무슨 작당을 하는 건지 모르겠네, 앨리스테어." 그녀가 말했다. 떨리는 목소리에서 감정이 드러났다. "난 맞장구쳐줄 마음 없어."

아빠가 마고의 손목을 낚아챘다. 그녀가 움찔했다. 아빠의 시선이 그녀의 손목시계 테두리에 박힌 노란색 다이아몬드로 향했다.

"찰리." 아빠의 목소리는 조용했지만 침착하고 흔들림이 없었다. "경찰 불러라."

마고가 손목을 비틀어 빼냈다. "이거 놔." 그녀는 다치기라도 한 것처럼 다른 손으로 손목을 움켜쥐었다. 그녀가 돌턴을 보았고, 그다음에는 나를, 그리고 주위를 둘러싼 관객을 훑어보았다. 수많은 증인들이 힘없이 몸을 웅크리고 문으로 도망치는 그녀의 모습을 침묵하며 지켜보았다.

삼십 분 후 나는 교장실에서 혼자 교장 선생님을 기다렸다. 아빠는 복도에서 경찰과 충격에 빠진 라일리 아저씨와 이야기를 나누는 중이었다.

주머니에서 휴대폰 진동이 울렸다. 삼십 분 전 식당에서 드라마가 펼쳐질 때부터 계속 울려댔는데 확인할 시간이 없었다. 휴대폰을 꺼내 잠금을 해제했다.

내 기사에 대한 소문은 그새 빠르게 전파된 모양이었다. 부재중 전화가 수십 통이었다. 레딩의 동생이 세 통. 그레이슨이 한 통. 드루가 여섯 통. 드루 부모님이 휴대폰 사용 금지를 풀어준 모양이었다. 문자함을 열어보니 단체 대화로 여러 개의 메시지가 와 있었다.

드루: 그 재미있는 걸 난 못 본 거네?

야엘: 찰리가 방금 재수 없는 인간들에게 폭탄을 터뜨렸어.

스티비: 찰리 어디야? 괜찮니? 네 엄마 일은 정말 믿어지지 않는다!

드루: 그러게. 이제 어떻게 되는 거야?

야엘: 그 사이코 아줌마 잡혀가는 거야?

스티비: 찰리, 제발 전화 받아.

드루: 나중에 전화해, 애들아! 자세히 알려줘. 부모님이 드디어 전화 돌려줬어.

야엘: 찰리, 정말 잘했어. 필요한 거 있음 말만 해.

적어도 나를 싫어하지 않는 사람들도 있었다.

문이 열리고 심각하고 근엄한 표정의 콜린스 교장 선생님이 들어왔다.

"밖이 온통 떠들썩하구나." 그가 문을 닫으며 말했다.

주머니에 휴대폰을 넣고 똑바로 앉았다. 교장 선생님은 커다란 참나무 책상 앞에 앉았다. 쉬는 날에, 그것도 이렇게 이른 시간에 나올 일이 생기리라고는 생각지 못한 듯 면도도 하지 않고 머리도 절반 정도만 빗은 모습이었다. 와이셔츠의 맨 위쪽 단추가 잘못 끼워져 있었지만 차마 말할 엄두가 나지 않았다.

"네가 한 일이 용감하지 않았다고는 하지 않겠다." 교장 선생님이 말했다. "용감하고 진실한 행동이었어. 우리 학교가 학생들에게 심어주고자 하는 근본적인 가치를 조금이나마 볼 수 있어서 감동적이었다."

선생님은 팔짱을 끼고 엄숙한 표정으로 나를 바라보았다. '잘했다'고 등을 두드려주고 끝낼 일이 아니라는 것은 나도 알고 있었다.

"하지만 올바른 행동을 했다고 모든 잘못을 면제받을 수 있는 것은 아니야. 절도, 공공기물 파손, 부정행위, 거짓말. 그 모든 심각한 비행을 눈감아 줄 수는 없다."

"퇴학인가요?" 내가 물었다.

교장 선생님은 한숨을 쉬었다. "에이스 전원에게 퇴학 조치가 내려질 거다. 하지만 너는 사실을 밝히려고 나선 만큼 예외를 허용해주려고 한다. 이번 학기가 일주일밖에 남지 않았지. 기말고사를 보고 이번 학기를 끝낼 수 있도록 해주겠다. 봄학기에 등록을 하지 않는다면 학생부에 퇴학으로 처리하지 않으마. 다른 학교로 전학을 가면 된다. 학기 중간이지만 기부금으로 받아주는 데가 있을 거다."

기사를 쓰면서 퇴학을 예상하긴 했지만 막상 이렇게 되니 충격이었다. 놀우드를 떠나야 한다니. 지난 이 년 육 개월 동안 집이었던 곳을 잃어야 한다니. 하지만 더 나쁜 결과로 이어질 수도 있었다.

"감사합니다."

그때 노크 소리가 들렸다.

"네 아버지일 거야." 교장 선생님이 말했다. "네가 경찰에 진술하기 전에 이야기를 나누고 싶어하신다. 두 사람에게 잠시 시간을 주마."

교장 선생님이 나간 후 아빠가 들어와 옆에 앉았다.

둘 다 말이 없었다. 아빠에 대한 내 심정은 복잡했다. 한편으로는 아빠의 비밀을 학교 신문에 폭로한 것에 죄책감을 느꼈다. 특히 아빠가 엄마의 살인에 가담하지 않았다는 것을 알게 되어 더더욱. 아빠가 나에게 한 말은 대부분 사실이었다. 하지만 아빠에게 아무 잘 못이 없는 것은 아니다. 제이크에게 잔혹한 짓을 저질렀으니까. 아빠가 엄마에게 차가웠고 엄마 몸에 상처를 입히기까지 했다는 클레어 아줌마의 말이 사실인지도 어쩔 수 없는 의문이었다. 엄마가 아빠에게 마지막으로 했던 말이 여전히 뇌리에서 떠나지 않았다. 내 몸에서 손 치워요.

"마고를 기소할 만한 증거가 충분할까요?" 잠시 후에 내가 물었다.

"네가 그날 호수에서 목격한 게 증언으로 채택될 거다. 시계와 여행가방이라는 상황적 물적 증거도 있으니. 안타깝게도 사우샘프턴 집에 수색영장이 나올 때는 마고가 여행가방을 이미 없애버렸을 가능성이 크지만."

"그건 불가능해요. 더 이상 그 집에 없거든요."

"무슨 소리냐?" 아빠가 물었다.

"어제 그레이슨에게 전화로 부탁했어요. 그레이슨이 어제 오후에 사우샘프턴에 가서 여행가방을 가져왔어요. 이젠 제법 무단침입에 익숙해져서."

아빠는 놀란 표정이더니 곧 웃음을 터뜨렸다. 그 웃음에 나도 모르게 경계가 풀려 아빠의 얼굴을 슬쩍 쳐다보았다. 아빠는 턱을 문지르며 다시 심각한 얼굴로 돌아왔다.

"나한테 말해줬으면 좋았을걸. 미리 다 얘기해줬으면 좋았을걸. 하지만 왜 그러지 않았는지 알 것 같구나. 날 믿지 않아서겠지."

508

나는 시선을 떨궜다. 맞는 말이었기에 아빠를 볼 수가 없었다. 나는 아빠를 의심했다. 믿지 않기로 선택했었다. 타블로이드지에서 아빠에 대해 떠들어대는 말이 사실일지도 모른다고 생각한 순간도 있었다.

"하지만…… 난 오랫동안 스스로 잘못이 없다고 생각해왔다. 그레이스가 스스로 떠난 거라고 생각하면서 원망하고 화를 냈지. 내 잘못이기도 하다는 걸 이제 알겠구나. 제이크를 죽게 한 이기적이고 비겁했던 십대의 나, 나중에 시간이 흘러 네 엄마가 제이크의 죽음에 대해 물었을 때 솔직하지 못했던 모습, 마지막 여름에 그레이스가 나에게 사실대로 말할 수 없게 만든 무신경한 억측과 냉담함. 내 그런 태도가 아니었다면 그레이스는 아직 살아 있겠지. 나도 나 자신을 용서할 수 있을지 모르겠구나. 그러니 너에게 어떻게 용서를 바랄 수 있을지."

다시 아빠를 바라보았다. 할 말이 아무것도 떠오르지 않았다.

"난 늘 널 지키려고 했다. 지금의 너로서는 믿기 어렵겠지만. 내가 잘못한 게 있다는 걸 안다. 네 엄마가…… 사라졌을 때 난 무너졌다. 무너졌고 화가 났어. 예전의 차가운 껍데기로 돌아간 듯했지. 너희들의 아빠가 될 자격도 가치도 없는 것 같았어. 그래서 너와 네 동생을 작은아빠에게 보낸 거야. 너희들에게서 멀어지려고 했어. 내가 없는 편이 나을 것 같았다."

"난 아빠가 나한테 화가 나서 그런 거라고 생각했어요. 행크 외삼촌한테 한 말 때문에, 그리고 그 후에 일어난 일 때문에요."

아빠는 고개를 저었다. "난 너에게 화난 게 아니었어, 샬럿. 나 자신에게 화가 났던 거지. 네 엄마와 함께한 마지막 여름에 내가 했던

행동을 생각할 때마다…….” 아빠의 목소리가 약간 갈라졌다. “결국
마지막이 되어버린 그날 네 엄마에게 했던 말, 행동을 생각할 때마
다…….”

뜨거운 것이 뺨을 타고 흘렀다. 나도 모르게 울고 있었다.

“그리고 오늘 벌어진 일들. 네가 마고와 제이크에 대해, 내가 그날
밤 일조한 일들에 대해 쓴 글을 읽으니…….”

아빠는 말끝을 흐리며 잠시 아무 말이 없었다. 그저 나를 바라보
기만 했다. 읽을 수 없는 표정이었다. 순간 내 오랜 기억보다 깊은 아
빠의 눈가 잔주름이 보였다. 관자놀이 주변의 머리카락은 잿빛으로
변해 있었다. 난생 처음으로 아빠가 늙고 피곤해 보인다는 생각을
했다.

“그날 내가 다르게 행동했더라면 하고 바라지 않은 날이 없었다.
너무 오랫동안 난 다른 사람이 되고 싶었어. 하지만 매번 미치지 못
했고 길을 잃었다. 하지만 오늘 네 덕분에 달라질 수 있다는 걸 자신
에게 증명할 수 있게 되었구나. 밖에 있는 경찰에게 그날 밤 일에 대
해 진술했다. 오래전에 져야 했을 책임을 이제야 진 거야.”

“그게 무슨 뜻이에요?” 아빠가 기소 당할까? 감옥에 갈까? “이제
어떻게 되는 거예요?”

“나도 모르겠구나.” 아빠가 말했다.

아빠를 용서하고 싶었다. 간절히. 그러나 아직은 그럴 준비가 다
되지 않았다. 하지만 언젠가는 그렇게 되리라는 것을 안다. 그래서
아빠의 손을 잡았다.

돌턴 집안의 사우샘프턴 자택 마당을 며칠간 파헤친 끝에 정원 텃

밭에서 엄마의 남은 부분이 발견되었다. 이렇게 오랜 시간이 지났는데 나는 무엇을 기대했을까? 뚜렷하게 엄마라고 알아볼 수 있는 뭔가가 나오리라고 기대했을까? 세월의 흐름에 창백하게 닳아버린 엄마의 뼈가 나왔을 때 그것을 손에 쥐어보았지만 차가움밖에 느껴지지 않았다. 고작 내 손바닥에 다 들어가는, 전혀 엄마라고 알아볼 수 없는 조각만이 남았다.

어쩌면 그게 맞는 것인지도 모른다. 엄마는 내 인생에서 큰 부분을 차지했다. 엄마는 과거의 나와 지금의 나의 뗄 수 없는 일부였다. 그런데도 나는 엄마의 삶에서 작은 역할만을 맡았을 뿐이다. 내가 존재하기도 전부터 엄마는 다양한 사람들에게 다양한 존재였다. 엄마의 과거를 살펴보며 내가 배운 것이 있다면 우리는 누군가를 온전히 이해할 수 없다는 것이었다. 여러 모로 엄마와 아빠, 나와 가장 가깝고 나에게 가장 큰 의미가 있는 두 사람은 이방인이었다. 아름다운 이방인들.

봄에 우리는 엄마를 그리니치에 있는 캘러웨이 집안 소유의 땅에 묻었다. 아빠가 엄마를 위해 준비한 장미색 묘비에는 이렇게 새겨졌다.

그레이스 엘리자베스 캘러웨이

1974~2007

사랑하는 아내이자 엄마

우리 뒤에 있는 것과 앞에 있는 것은
안에 있는 것에 비하면 아무것도 아니다.

에필로그
찰리 캘러웨이

2020년 9월

"저기 자리 있네." 내가 외갓집에서 세 집 건너에 있는 연석을 가리킨다. 외갓집 차도는 이미 꽉 차 있다. 로니 외삼촌과 캐롤라인 외숙모의 미니밴과 행크 외삼촌의 녹슨 트럭이 보인다. 뉴욕에서 출발해 기차역에 들러 세라피나를 태우고 오느라 우리가 가장 늦게 도착했다. 세라피나는 레이놀즈에서 고등학교의 마지막 해를 보내고 있다.

"좋았어." 그레이슨이 연석에 차를 세운다.

각자 가져온 음식을 꺼낸다. 나는 슈퍼마켓에서 쿠키를 샀고, 그레이슨은 특기인 풀드 포크(돼지고기를 잘게 찢어 양념하여 구운 요리—옮긴이)를 만들어왔고, 세라피나는 레딩에서 컵케이크 상자를 가져왔다.

노크를 하지 않고 곧장 안으로 들어간다. 늘 그렇듯 외갓집은 사람들과 시끄러운 소리로 가득하다. 우리 세 사람은 집 안에 들어서며 동시에 인사를 한다. 내가 제일 먼저 외할머니를 발견하고 그녀와 포옹한다.

"할아버지가 제일 좋아하시는 쿠키 사 왔어요." 플라스틱 용기를 내밀며 내가 말한다.

"응석을 너무 받아주면 안 돼." 할머니는 쿠키를 받아들고 주방으로 간다.

"너희들 왔구나." 클레어 아줌마가 한 손에 맥주를 들고 거실로 들어오며 소리친다.

그레이슨이 몸을 기울여 아줌마의 뺨에 키스한다. "안녕, 엄마."

"뉴욕 대학교는 어때?" 아줌마가 나에게 묻는다.

"아주 좋아요."

"귀여운 남학생들은 좀 만났고?" 아줌마가 놀리듯 묻는다.

내가 웃음을 터뜨리자 그레이슨이 내 어깨를 감싸며 끌어당긴다. "이제 그런 것들하고는 작별이지." 그가 내 머리에 키스하며 말한다.

나는 놀우드의 학교 신문에 에이스에 대한 기사가 나온 후 남은 삼학년을 동생이 있는 레이놀즈에서 보냈다. 다음 해에 졸업하고는 바로 대학에 진학하지 않고 여행을 하기로 마음먹었다. 친구들이 대학 생활을 시작할 때(드루는 웰즐리, 스티비는 버클리, 야엘은 컬럼비아에 진학했다) 나는 미네소타와 캐나다의 호수 지역으로 배낭여행을 떠났고 슈피리어호에서 카약을 탔다. 내가 그런 일을 하리라고는 전혀 예상하지 못했지만 막 깨달은 내 안의 힘을 활용하는 방법을 배웠다. 돌아와서는 펜실베이니아 대학교 경영학과를 마다하고 뉴욕 대학교 다큐멘터리 영화과에 들어갔다. 불과 일 년 전만 해도 상상하지 못한 방향이었지만 올바른 선택이었다. 엄마의 일을 통해 사람들이 서로에 대해 하는 이야기가 얼마나 중요한지 알게 되었다. 우리가 하는 이야기는 서로를 바라보는 시각을 바꾸고 심지어 세상을 보는 눈까지 바꿔줄 수 있다. 나는 그런 이야기를 하고 싶었다. 꼭 해야만 했다.

몇 주 전에 대학 생활이 시작되었다. 그레이슨과 그리니치빌리지의 아파트에서 월세로 지낸다.

제이크의 죽음에 관한 아빠의 증언이 있은 후 그날 밤 현장에 있었던 아빠를 비롯한 에이스 멤버들에게는 과실치사죄가 적용되었다. 그 후 제이크의 가족이 그들에게 민사소송을 제기했고 공개되지 않은 금액으로 합의가 이루어졌다. 아빠는 일 년을 교도소에서 복역한 후 현재는 보호관찰 중이다. 캘러웨이 그룹 회장직에서는 물러나야 했지만 컨설턴트 등의 형태로 어떤 식으로든 복직하기로 테디 작은아빠와 할아버지와 협의가 있었던 것으로 안다. 하지만 아빠를 이사로 앉혀줄 것 같지는 않다. 아빠가 교도소에 있을 때 세라피나와 몇 번 면회를 갔었다. 지금은 아빠와 가끔 연락하지만 지난 이 년 동안 있었던 일들과 내가 알게 된 모든 것들을 토대로 아빠와의 관계를 새로 쌓아가는 일은 길고도 느린 과정이 될 것이다. 우리의 관계가 결국 어떤 모습이 될지 여전히 모르겠다.

엄마를 살해한 마고의 재판에는 언론의 엄청난 관심이 쏠렸다. 세라피나와 나는 판결이 나오기 전까지 학교에서 수많은 기자들에게 시달려야 했다. 결국 마고는 일급 살인죄로 가석방 없는 종신형을 받았다.

음식을 담은 접시를 들고 주방을 나와 축구 중계를 보러 구석방으로 향한다. 사촌 패트릭과 소파에 앉아 있는 행크 외삼촌이 보인다. 살짝 손을 흔들자 삼촌이 고개를 끄덕인다.

해가 저물자 할머니가 엄마를 위해 만든 프로스팅 입힌 생일 케이크를 가져온다. 살아 있었다면 엄마는 올해 마흔여섯이 되었을 것이다. 모두 식탁에 모여 노래를 부른다. 내가 몸을 기울여 촛불을 끈다.

나중에 동생을 기차역에 내려주고 그레이슨과 함께 뉴욕으로 돌아간다. 일부러 랭글리 호수를 지나는 멀리 돌아가는 길을 택한다. 도로를 달리며 오래전 아빠가 엄마를 위해 지은 집을 바라본다. 집은 자물쇠로 잠기고 창문에 나무판자가 덧대어진 채로 쓸쓸하게 호수를 바라보고 서 있다. 아빠가 일 년 전 매물로 내놓았지만 아직까지 사겠다는 사람이 나타나지 않았다. 아빠는 그 집을 관리하는 것도 그만두었다. 좀가지풀이 마당에 그득하고 방울고랭이가 무릎 높이까지 자랐으며 여기저기 층층나무 어린나무도 보인다. 집을 이루는 돌까지도 비바람에 닳기 시작했다. 앞으로 오랜 세월이 흐른 후에는 덩굴과 잡초에 삼켜져 숲의 일부가 되겠지.

너는 알고 있다

초판 1쇄 인쇄 2019년 7월 15일
초판 1쇄 발행 2019년 7월 22일

지은이 엘리자베스 클레포스
옮긴이 정지현
펴낸이 이수철
본부장 신승철
주 간 하지순
디자인 오세라
마케팅 안치환
관 리 전수연

펴낸곳 나무옆의자
출판등록 제396-2013-000037호
주소 (03970) 서울시 마포구 성미산로1길 67 다산빌딩 3층
전화 02) 790-6630 팩스 02) 718-5752

페이스북 www.facebook.com/namubench9
인쇄 제본 현문자현

ISBN 979-11-6157-063-1 03840